U0115729

國家出版基金資助項目

儒家文明省部共建協同創新中心研究成果

山東大學文史哲研究專刊

# 杜詩學通史

## 遼金元明編

綦維 著

張忠綱 主编

国家出版基金項目
NATIONAL PUBLICATION FOUNDATION

**圖書在版編目(CIP)數據**

杜詩學通史. 遼金元明編 / 綦維著. —上海: 上海古籍出版社, 2023.8

(山東大學文史哲研究專刊)

ISBN 978-7-5732-0782-1

Ⅰ. ①杜…　Ⅱ. ①綦…　Ⅲ. ①杜詩—詩歌研究—中國—遼宋金元時代②杜詩—詩歌研究—中國—明代　Ⅳ. ①I207.227.423

中國國家版本館CIP數據核字(2023)第140261號

山東大學文史哲研究專刊

**杜詩學通史·遼金元明編**

綦 維 著

上海古籍出版社出版發行

(上海市閔行區號景路159弄1-5號A座5F　郵政編碼201101)

(1) 網址: www.guji.com.cn

(2) E-mail: guji1@guji.com.cn

(3) 易文網網址: www.ewen.co

山東韻傑文化科技有限公司印刷

開本890×1240　1/32　印張13.875　插頁6　字數348,000

2023年8月第1版　2023年8月第1次印刷

印數: 1—1,800

ISBN 978-7-5732-0782-1

I·3744　定價: 86.00元

如有質量問題,請與承印公司聯繫

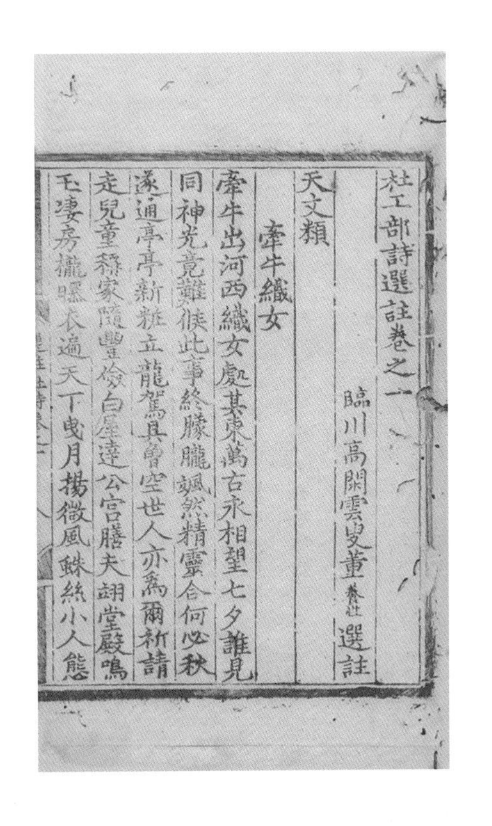
杜工部詩選註卷之一

臨川高閑雲叟董養性選註

天文類

牽牛織女

牽牛出河西織女處其東萬古永相望七夕誰見同神光意難候此事終朦朧颯然精靈合何必秋遂通亭亭新粧立龍駕具曾空世人亦爲爾祈請走兒童稱家隨豐儉白屋達公宮膳夫翊堂殿鳴玉淒房櫳曝衣遍天下曳月揚微風蛛絲小人態

［元］董養性《杜工部詩選注》書影

明刻本

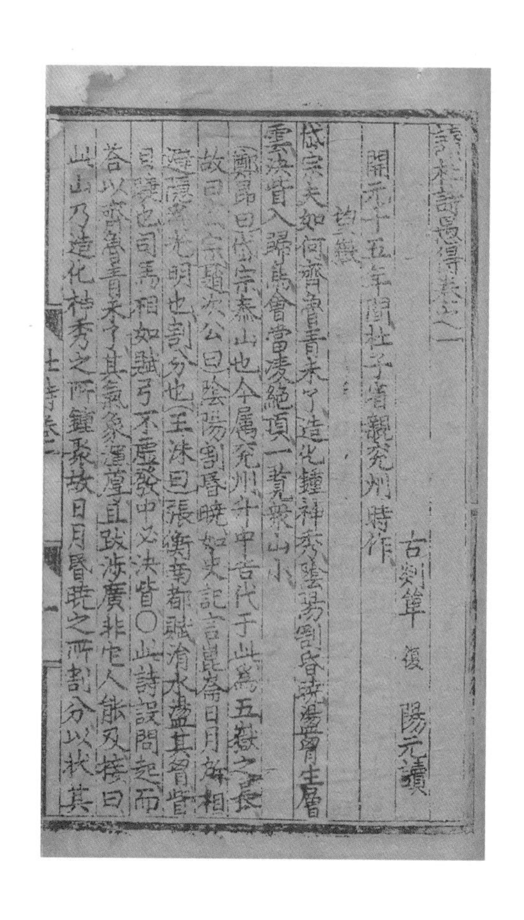
讀杜詩愚得卷之一

古剡單　復　陽元讀

開元二十五年閒杜子省覲兗州時作

望嶽

岱宗夫如何齊魯青未了造化鍾神秀陰陽割昏曉盪胸生層雲決眥入歸鳥會當凌絕頂一覽衆山小

（鄭昂曰）岱宗泰山也今屬兗州升中告代于此爲五嶽之長故曰宗（趙次公曰）陰陽割昏曉如史記言崑崙日月相避隱爲光明也割分也（王洙曰）張衡南都賦滄水盪其胷背目眥也司馬相如賦弓不虛發中必決眥○此詩設問起而荅以齊魯青未了其氣象渾厚且跋涉廣非他人能及接曰此山乃造化神秀之所鍾聚故日月昏曉之所割分以狀其

［明］單復《讀杜詩愚得》書影

明宣德九年刻本

# 出版説明

山東大學素以文史見長。二十世紀三十年代,以聞一多、梁實秋、楊振聲、老舍、沈從文、洪深等爲代表的著名作家、學者,在這裏曾譜寫過輝煌的篇章。二十世紀五十年代以來,以馮沅君、陸侃如、高亨、蕭滌非、殷孟倫、殷煥先爲代表的中國古典文學、漢語言文字學研究,以丁山、鄭鶴聲、黄雲眉、張維華、楊向奎、童書業、王仲犖、趙儷生爲代表的中國古代史研究,將山東大學的人文學術地位推向巔峰。但是,隨着時代的深刻變遷,和國内其他重點高校一樣,山東大學的文史研究也面臨着挑戰。如何重振昔日的輝煌,是山東大學領導和師生的共同課題。"周雖舊邦,其命維新。"山東大學文史哲研究院正是在這一特殊歷史背景下成立的,肩負着不可推卸的歷史責任,將形成山東大學文史學科一個新的增長點。

文史哲研究院是一個專門從事基礎研究的學術機構,所含專業有中國古典文獻學、中國古代文學、漢語言文字學、史學理論與史學史、中國古代史、科技哲學、文藝學、民俗學、中國民間文學等。主要從事科研工作,同時培養碩士、博士研究生。著名學者蔣維崧、王紹曾、吉常宏、董治安等在本院工作,成爲各領域的學科帶頭人。

"興滅業,繼絶學,鑄新知",是本院基本的科研方針;重點扶持高精尖科研項目,優先資助相關成果的出版,是本院工作的重中之重。《山東大學文史哲研究院專刊》正是爲實現上述目標而編輯的研究叢書。感謝上海古籍出版社對本叢書的支持,歡迎海内外學友對我們進行批評和指導。

山東大學文史哲研究院
2003年10月

【附記】

《山東大學文史哲研究院專刊》已陸續編輯出版多種,在海內外引起廣泛關注和好評。2012年1月,山東大學文史哲研究院與山東大學儒學高等研究院、山東大學儒學研究中心和《文史哲》編輯部的研究力量整合組建爲新的山東大學儒學高等研究院,許嘉璐先生任院長,龐樸先生任學術委員會主任(龐樸先生于2015年病故)。本院一如既往,以中國古典學術爲主要研究範圍,其中尤以儒學研究爲重點。鑒于新的格局,專刊名稱改爲《山東大學文史哲研究專刊》,繼續編輯出版。歡迎海內外朋友提出寶貴意見。

2019年3月

# 總　序

張忠綱

"杜詩學"之名,始于金代元好問。他在《杜詩學引》中云:

竊嘗謂子美之妙,釋氏所謂學至于無學者耳。今觀其詩,如元氣淋漓,隨物賦形;如三江五湖,合而爲海,浩浩瀚瀚,無有涯涘;如祥光慶雲,千變萬化,不可名狀,固學者之所以動心而駭目。及讀之熟,求之深,含咀之久,則九經百氏,古人之精華,所以膏潤其筆端者,猶可仿佛其餘韻也。夫金屑丹砂、芝术參桂,識者例能指名之。至于合而爲劑,其君臣佐使之互用,甘苦酸鹹之相入,有不可復以金屑丹砂、芝參术桂而名之者矣。故謂杜詩爲無一字無來處,亦可也;謂不從古人中來,亦可也。前人論子美用故事,有着鹽水中之喻,固善矣。但未知九方皋之相馬,得天機于滅沒存亡之間,物色牝牡,人所共知者,爲可略耳。先東巖君有言,近世唯山谷最知子美,以爲今人讀杜詩,至謂草木蟲魚,皆有比興,如試世間商度隱語然者,此最學者之病。……乙酉之夏,自京師還,閒居崧山,因録先君子所教與聞之師友之間者,爲一書,名曰《杜詩學》。子美之傳志年譜,及唐以來論子美者在焉。[1]

---

① 姚奠中主編《元好問全集》卷三六,山西人民出版社 1990 年版,下册,第 24—25 頁。

元好問從杜詩研究史的角度,第一次明確地提出“杜詩學”的概念,成爲杜詩學史上一個重要的理性標記。自此以後,“杜詩學”,作爲一門專門學問,千餘年來,就像研究《文心雕龍》的“龍學”、研究《紅樓夢》的“紅學”一樣,成爲中國古典文學研究領域中的一個熱點,歷久不衰,彌久彌新,至今猶盛。

元好問的《杜詩學》一書,今已不存,我們無法窺知它的全貌和具體内容。詹杭倫、沈時蓉所撰《元好問的杜詩學》一文認爲,元氏已佚的《杜詩學》包含三個組成部分:(一)元好問之父及其師友有關杜甫的言論,(二)有關杜甫生平的資料,(三)唐、宋(指北宋)以來有關杜甫及其詩作的評論,並進而指出:元的《杜詩學》,是以杜詩輯注之學爲其根柢,以杜詩譜志之學爲其綫索,以唐、宋、金諸家論杜爲其參照,確實是一部博綜群言、體例完備的杜詩學專著①。我們今天借用其“杜詩學”一詞,所涵内容與其或有不同。杜甫是中國古典詩歌的集大成者,具有承前啓後、繼往開來的偉大功績。因此,對杜詩學的研究,一直是新時期杜甫研究的一個熱點,出版了一些著作,發表了大量論文。但迄今爲止,還没有一部完整描述自唐至今杜詩研究全貌的《杜詩學史》。我們的《杜詩學通史》,試圖對唐代以來古今中外的杜詩學研究作一簡要的介紹,並稍加探討,總結杜甫研究的經驗和得失,主要集中于以下三個方面的内容:

(一)自唐迄今,杜甫其人其詩對後世的影響概述。

(二)自唐迄今,歷代對杜甫其人其詩的研究概況。

(三)杜詩流傳、刊刻、整理情況的研究。

《杜詩學通史》由張忠綱主編、多人撰寫,具體分工如下:

(一)《唐五代編》,張忠綱撰寫。

(二)《宋代編》,左漢林撰寫。

---

①　詹杭倫、沈時蓉《元好問的杜詩學》,《杜甫研究學刊》1990年第4期。

（三）《遼金元明編》，綦維撰寫。

（四）《清代編》，孫微撰寫。

（五）《現當代編》，趙睿才、劉冰莉、裴蘇皖撰寫。

（六）《域外編》，趙睿才、劉冰莉、夏榮林撰寫。

《杜詩學通史》因所涉時間長，地域廣，内容繁富多樣，資料汗牛充棟，又成于多人之手，錯訛失察之處，在所難免。敬祈方家與讀者批評指正。

# 目　　録

# 明　代　編

# 遼 金 元 編

# 緒　論

遼、金、元三代都是少數民族統治的政權，少數民族文化和漢族文化的衝突與融合必然是這一時期文化上的主要特點。相對漢族統治的宋、明兩朝，遼金元的文學批評和杜詩學研究自有其特殊性，一方面由于統治時間的短暫、政治形勢的不穩定和文化的相對落後，此時期的詩文批評顯得較爲冷落；另一方面又因爲新的文化質素的加入、思想禁錮的鬆弛，這一時期文人的文學觀念有許多新鮮、活潑的見解，散發出大異于宋人與明人的個性特徵。

遼金元時期文化的衝突與融合的過程，主要是少數民族的統治者逐步吸取漢族先進文化的過程，而漢族文化的代表便是儒學，對傳統儒學的吸取和發揚就成爲其中最主要的部分。《金史·文藝傳序》云："世宗、章宗之世，儒風丕變，庠序日盛，士由科第位至宰輔者接踵。當時儒者雖無專門名家之學，然而朝廷典策、鄰國書命，粲然有可觀者矣。"①這種儒學的復歸和發揚與宋、明理學占統治地位的局面有很大不同。理學雖是儒學一脈，但其與傳統儒學的差别還是顯而易見的。傳統儒學主張王道仁政，强調經邦治國的事功思想和詩文的教化作用；理學則釋義理、談性命，更重視個人的修身養性，精神取向是内向的。正如宋、明的文學批評深受理學的影響一樣，遼金元時期，特别是金元兩朝的詩文批評則打上了傳統儒學的深刻烙印。杜甫正是一個儒家思想的忠實實踐者，而且杜甫所奉行的儒家思想主要是孔、孟的原始儒家思想，也就是遼

① （元）脱脱等《金史》卷一二五，中華書局1975年版，第2713頁。

金元時期所發揚的傳統儒學思想。這種契合無疑會使杜甫成爲此時期文人崇敬和學習的榜樣,遼金元杜詩學得以發展,這既是思想方面的原因,也是首要原因。

建立遼政權的契丹貴族十分仰慕中原文化,他們最崇拜的詩人是唐代的白居易和北宋的蘇軾。《契丹國志》卷七載遼聖宗曾"親以契丹字譯白居易《諷諫集》,召番臣等讀之"①。蘇轍《神水館寄子瞻兄四絶》其三云:"誰將家集過幽都,逢見胡人問大蘇。"②但整體上遼代文人的文化水平較低,没有多少深入的見解。金代詩歌創作原本深受北宋影響,尤其是蘇軾和黄庭堅的影響更大。翁方綱《又書遺山集後詩三首》(其一)謂:"程學盛南蘇學北。"③其《又齋中與友論詩第三首》又云:"蘇學盛於北,景行遺山仰。"④元好問《趙閑閑擬和韋蘇州詩跋》云:"百年以來,詩人多學坡、谷。"⑤但宋詩,尤其是江西詩派新變疊出、粗率奇澀的流弊也引起了金代文人的不滿,他們同南宋文人一起對北宋詩歌進行反思。不同于嚴羽等南宋批評家主要從藝術風格方面闡發詩學主張,金代的文學批評則在傳統儒學復歸的影響下形成一股明顯的復古傾向,標榜風雅的古詩傳統。這種風雅正體在思想内容上固然要求情實兼備,有益王教,在風格上則要求敦厚淳雅,中正平和。貞祐南渡

---

① (宋)葉隆禮撰,賈敬顔、林榮貴點校《契丹國志》,中華書局2014年版,第80頁。

② (宋)蘇轍撰,陳宏天、高秀芳點校《蘇轍集》,中華書局1990年版,第321頁。

③ (金)元好問撰,周烈孫、王斌校注《元遺山文集校補》附録卷三,巴蜀書社2013年版,第1425頁。

④ (金)元好問撰,周烈孫、王斌校注《元遺山文集校補》附録卷三,第1427頁。

⑤ (金)元好問撰,周烈孫、王斌校注《元遺山文集校補》附録卷三,第1374頁。

(1214)後,師古的風尚開始盛行,《詩經》《離騷》《文選》《古詩十九首》及漢魏之作自然是垂範後世的經典,而宋人刻意反撥、以求超越的唐詩也成爲金人争相效法的榜樣。劉祁《歸潛志》云:"趙閑閑晚年,詩多法唐人李、杜諸公,然未嘗語於人。已而,麻知幾、李長源、元裕之輩鼎出,故後進作詩者争以唐人爲法也。"①唐詩,尤其是李、杜等大家的創作正符合風雅正體的要求,也正可以糾正當時詩壇因學宋詩而出現的尖新和粗硬的弊端。元滅南宋後,對宋代詩歌的反思發展到一個新的階段,批判理學對南宋詩的消極影響是其中的主要内容。元代著名文學批評家袁桷一方面聲稱"至理學興而詩始廢,大率皆以模寫宛曲爲非道。夫明於理者,猶足以發先王之底藴;其不明理,則錯冗猥俚,散焉不能成章"②,一方面贊揚唐詩"音節流暢,情致深淺,不越乎律吕"③,符合詩歌的藝術要求。因此,唐詩成爲元人批判宋詩時的主要參照,自然也成爲元人創作詩歌時的效法對象。這種文學上的越代繼承性是遼金元杜詩學得以發展的另一主要原因。

---

① (金)劉祁撰,崔文印點校《歸潛志》卷八,中華書局1983年版,第85頁。

② (元)袁桷撰,楊亮校注《袁桷集校注》卷二一《樂侍郎詩集序》,中華書局2012年版,第1117頁。

③ (元)袁桷撰,楊亮校注《袁桷集校注》卷四九《書番陽生詩》,第2149頁。

# 第一章　遼金杜詩學

## 第一節　遼代的杜詩接受

916年遼太祖耶律阿保機創建契丹國,947年遼太宗耶律德光定國號爲大遼,至1125年遼天祚帝被金軍俘虜,遼共歷九帝210年。1124年,遼太祖八世孫耶律大石見遼瀕於滅亡,率領一部分契丹人自立爲王,向西北撤退,建立西遼,凡五傳,共88年。和其他朝代不同的是,遼的國號多次在契丹和遼之間翻覆。建國之初,契丹族還處於游牧生活階段,其立國時間雖長,却一直戰争頻繁,所以遼代的文化和文學没能得到長足的發展,但亦有不少可圈可點之處。

遼太祖于建國不久後的神册五年(920)正月,便命製契丹大字,以漢字隸書之半增減而成,其後又命製契丹小字,主要仿回鶻文。金滅遼後,契丹文字繼續使用,且在女真製字的過程中起過很大作用。金章宗明昌二年(1191)詔罷契丹字,但直至1211年西遼被滅,契丹文才成爲死文字。從創製到廢止,共使用了近三百年的時間。契丹文的使用改變了契丹族刻木爲契的面貌,極大推動了民族的發展。

遼代的科舉也基本没有間斷過。早在遼太宗會同年間(938—947),遼就在所占領的燕雲十六州地區開始實行科舉。宋田況《儒林公議》卷下"契丹開選舉"條云:"契丹既有幽薊及雁門以北,亦開舉選,以收士人。"[1]身爲南京(今北京)人的遼名臣室昉,《遼史》本傳中明確記載其"會同初,登進士第,爲盧龍巡捕官"[2]。燕雲地區以漢人爲主,遼開科舉的目的是爲拉攏漢人,選拔官吏。起初,遼爲保持本民族的尚武風尚,禁止契丹人應試科舉,後來隨著社會的發展,限制漸漸放寬。遼太祖耶律阿保機八世孫,西遼德宗耶律大石就是進士出身。遼聖宗統和六年(988)"詔開貢舉"[3],正式在全國範圍内推行科舉。先是仿唐制,一年一次,但每次衹録數人;後依宋制,三年一次,録取人數大爲增加,由數十人直至一百數十人不等。科舉制的實行,大大促進了契丹對漢族先進文化,尤其是儒家文化的學習,顯著提高了社會的整體文明程度,更有力推動了民族的融合。

遼統治者對中原文化一直十分傾慕,學習態度也比較積極。太祖阿保機建國不久即修建孔廟,命皇太子春秋釋奠,並親臨祭祀。太宗耶律德光滅後晋入汴京(今河南開封),先將晋方伎、百工、圖籍、曆象、石經、銅人、明堂刻漏、太常樂譜等悉送遼都上京(今内蒙古自治區巴林左旗林東鎮南),又以文臣馮道、和凝、李澣等從行,可見其對中原文明的喜愛。1004年澶淵之盟後,宋、遼兩國百餘年間無大戰事,兩國禮尚往來,頻繁通使,漢族文化對遼的影響日益深廣。據《契丹國志》卷九記載,嘗有漢人爲遼道宗講《論語》,"至'夷狄之有君',疾讀不敢講。(帝)又曰:'上世獯鬻、獫狁蕩無禮法,故謂之"夷";吾修文物,彬彬不異中華,何嫌之有?'卒令講之"[4]。道宗毫不以"夷狄"字眼介懷,固是由其胸襟開放,更見其確是爲中華禮法文物浸潤已深,方有"彬彬不異中華"的自信。

---

① (宋)田況撰,張其凡點校《儒林公議》,中華書局2017年版,第96頁。

② (元)脱脱等《遼史》卷七九,中華書局2016年版,第1401頁。

③ (元)脱脱等《遼史》卷一二,第143頁。

④ (宋)葉隆禮撰,賈敬顔、林榮貴校《契丹國志》,第106頁。

而彬彬者,必是工詩能文,契丹貴族與統治下的漢族文人取得了不容忽視的詩文成就。沈德潛《〈遼詩話〉序》云:"聖、興、道三宗,雅好詞翰,咸通音律……文學之臣,若蕭韓家奴、耶律昭、劉輝、耶律孟簡,皆淹通風雅。"①今日可知當時著有文集者,就有耶律隆先《閬苑集》、耶律資忠《西亭集》、耶律良《慶會集》、蕭韓家奴《六義集》、蕭柳《歲寒集》、蕭孝牧《寶老集》、楊佶《登瀛集》、劉京《劉京集》、郎思孝《海山文集》等。而特别引人注目的是遼女性文學的創作十分繁榮,這自然與游牧民族需要女性獨當一面、没有濃重的男尊女卑思想密切相關。契丹貴族女性,特别是蕭氏后族與耶律皇族中富有才情、文采風流者不乏其人,蕭觀音、蕭瑟瑟、耶律常哥,以及秦晋國妃蕭氏是其中的杰出代表。

但是,遼代文學散佚情况十分嚴重,絶大多數作品都没有流傳下來。究其原因,首先要提到的是遼的書禁政策。書禁,即禁止書籍的私自刊行和傳播,目的主要是爲了防止敵方從文化典籍中窺知時政軍情、山川險要、邊防利害等軍事情報和國家機密。沈括《夢溪筆談》中有一則重要史料:"幽州僧行均集佛書中字爲切韵訓詁,凡十六萬字,分四卷,號《龍龕手鏡》,燕僧智光爲之序,甚有詞辯。契丹重熙二年集。契丹書禁甚嚴,傳入中國者法皆死。熙寧中,有人自虜中得之,入傅欽之家,蒲傳正帥浙西,取以鏤板。其序末舊云'重熙二年五月序',蒲公削去之。"②一部僧人撰寫的語言類著作,傳入北宋重刊尚費如此周折,其他可以想見。而遼書禁政策不但嚴格,且持續時間很長,自太宗朝始,至天祚亡國終,幾歷二百年。這樣長時間的書禁政策,雖然在政治軍事上發揮了一些效

① (清)周春輯《遼詩話》卷首,《續修四庫全書》第1710册景印清嘉慶刻本,上海古籍出版社2002年版,第2頁。

② (宋)沈括撰,金良年點校《夢溪筆談》卷一五,中華書局2015年版,第151頁。

用,但却嚴重戕害了文化的保存和傳承。金滅遼後二年即占領了汴京,北宋滅亡。繁華宋都的文化留存,足以讓金統治者應接不暇,欣喜不已。遼文化儘管獲得了較大的發展,但根本無法與北宋相提並論,金人對之自無重視之意,故遼亡後,其典籍文物毁壞嚴重,散佚殆盡。元人修《遼史》就已痛感文獻不足,時至今日,可以尋找到的遼代的杜詩學資料更是少而又少。

前文已經提到,最受遼人歡迎的唐代作家是白居易,白詩通俗易懂,歷來深爲外族人喜愛。而杜詩不但沉鬱厚重,不易領會,且嚴華夷之辨,不合遼人口味自在情理之中。翻檢現存文獻,明確涉及遼人談論杜詩的資料祇有兩條。

其一,清周春輯《遼詩話》卷上"時立愛"條云:"大觀四年,郭隨使遼,舉少陵詩'黄羊飫不膻'以問遼使時立愛。立愛云:'黄羊野物,可獵取,食之不膻。'"[①]"黄羊"句見《送從弟亞赴河西判官》,此條實出自南宋蔡夢弼《杜工部草堂詩箋》卷一〇,當爲蔡夢弼注,然蔡注作大觀三年(1109),"遼"作"虜"。《金史·時立愛傳》云:"時立愛,字昌壽,涿州新城人。父承謙,以財雄鄉里,歲饑發倉廩賑貧乏,假貸者與之折券。遼太康九年(1083),中進士第,調泰州幕官。丁父憂,服除,調同知春州事。未逾年,遷雲内縣令,再除文德令。樞密院選爲吏房副都承旨,轉都承旨。累遷御史中丞,剛正敢言,忤權貴。除燕京副留守,丁母憂,起復舊職,遷遼興軍節度使兼漢軍都統。"後降金,官至中書令。"天會十五年,致仕,加開府儀同三司、鄭國公。薨於家,年八十二。"[②]在遼、金皆任要職的時立愛出身豪富之家,自己亦是飽學之士,作爲北地土著,他應當對杜詩中的北方名物有清楚真切的了解。

---

① (清)周春輯《遼詩話》,《續修四庫全書》第1710册景印清嘉慶刻本,第26頁。

② (元)脱脱等《金史》卷七八,第1775—1777頁。

其二,宋陶穀《清異録》卷二"觀自在"條云:"耶律德光入京師,春日聞杜鵑聲,問李崧:'此是何物?'崧曰:'杜鵑。唐杜甫詩云:"西川有杜鵑,東川無杜鵑。涪萬無杜鵑,雲安有杜鵑。"京洛亦有之。'德光曰:'許大世界,一箇飛禽,任他揀選,要生處便生,不生處種也無,佛經中所謂觀自在也。'"[①]會同九年(946),契丹南伐後晋,以後唐降將趙延壽詐稱欲迴歸中原,引誘後晋。李崧時爲後晋中書侍郎、同平章事,兼樞密使,竟對之深信不疑,並將兵權交於品行不良的晋高祖石敬瑭妹婿杜重威。滹沱之戰後,杜以十萬晋軍降附契丹。次年,太宗耶律德光進入晋都汴梁,因趙延壽等人多次稱贊李崧才能,即拜李崧爲太子太師、樞密使。耶律德光在汴梁聽聞杜鵑啼叫,詢問李崧其爲何物,李崧單引杜甫《杜鵑》詩作答,應是頗有深意。詩中有句云:"我見常再拜,重是古帝魂。生子百鳥巢,百鳥不敢嗔。仍爲餧其子,禮若奉至尊……聖賢古法則,付與後世傳。君看禽鳥情,猶解事杜鵑。"浦起龍謂此詩:"詩詠杜鵑,而主意乃在禽鳥之事杜鵑者,蓋托物以爲臣節諷也……時蜀亂相仍,如段子璋、徐知道、崔旰之徒,皆不修臣節者,托諷之意,蓋在於此。"[②]但耶律德光和李崧的對話顯然没到這層深意上來,這固然是因爲杜鵑這一自然物象在漢族文化傳統中的深厚内涵完全在契丹皇帝的視野之外,也是因爲杜詩构思過於奇特,其真義難於索解。李崧所引四句,爲《杜鵑》詩之開頭,四句四"杜鵑",不避重複,且兩用對舉之法,如此古樸直拙的行文,必然引起多種解讀,趙次公甚至説:"錯綜其語,豈直是題下注邪?"[③]清周篆則云:"余謂杜鵑

① (宋)陶穀《清異録》,《四庫提要著録叢書》子部第244册景印明萬曆寶顔堂秘笈本,北京出版社2010年版,第40頁。

② (清)浦起龍《讀杜心解》卷一之四,中華書局1961年版,第121頁。

③ 林繼中《杜詩趙次公先後解輯校》丁帙卷三,上海古籍出版社1994年版,第744頁。

今南中處處有之，寧有東西二川之别，雲安、涪、萬之殊耶？爲有爲無，蓋因一時聞見偶異，故特記之，非僅有取於文勢也。”①楊倫又云：“本將西川杜鵑陪起雲安杜鵑，却用兩無杜鵑處搭説，便離奇不可捉摸。”②幾位後世的杜甫研究大家，對此四句尚有如許歧見，契丹皇帝耶律德光對這初識的禽鳥、奇妙的詩句，產生在我們看來想落天外的領會也不足爲奇了。契丹原信薩滿教，隨著領土的擴張，爲穩定統治，尤其是安撫北遷的漢族信衆，逐漸建寺奉佛。至石敬塘將本就佛教盛行的燕雲十六州獻于遼太宗耶律德光後，佛教正式在遼流行起來。《遼史·禮志一》記載：“太宗幸幽州大悲閣，遷白衣觀音像，建廟木葉山，尊爲家神，於拜山儀過樹之後，增‘詣菩薩堂儀’一節，然後拜神。”③可以説正是在太宗朝，佛教神靈被納入契丹崇拜體系之中，佛教信仰與契丹原有宗教信仰融合，契丹王族的拜山儀有了新的程序和方式，佛教完全融入契丹的社會和生活中。而太宗特重觀音菩薩，觀自在正是觀音菩薩的另一個稱呼。玄奘所譯《般若波羅蜜多心經》云：“觀自在菩薩，行深般若波羅蜜多時，照見五蘊皆空，度一切苦厄。”但耶律德光“許大世界，一個飛禽，任他揀選，要生處便生，不生處種也無”的感悟似乎未得“諸法空相，不生不滅”，“無無明，亦無無明盡，乃至無老死，亦無老死盡”的觀自在真義，其於佛法的理解亦有欠缺。

兩條遼人談論杜詩的資料都是關於杜詩中的動物，一是北方黄羊，一是中原杜鵑。居於遼的漢族文人解釋黄羊不膻自然是輕鬆自如，而初至中原的契丹皇帝遠不能體會杜鵑托諷臣節的深沉内涵，可見遼人對杜詩的接受還停留在比較淺顯的層面。

---

① 轉引自蕭滌非主編《杜甫全集校注》卷一二，人民文學出版社 2014 年版，第 3492—3493 頁。

② （清）楊倫《杜詩鏡銓》卷一二，上海古籍出版社 1980 年版，第 582 頁。

③ （元）脱脱等《遼史》卷四九，第 929 頁。

今日所能見到的遼代詩歌雖然不多，但亦有佳作。最著名的是遼道宗耶律洪基的《題李儼黄菊賦》詩："昨日得卿黄菊賦，碎剪金英填作句。袖中猶覺有餘香，冷落西風吹不去。"此詩構思極爲巧妙，夸贊李儼黄菊賦寫得好，説那裏面的句子是用剪碎的黄菊花瓣填成的，放在袖中都能感覺陣陣餘香，就是冷冽的秋風也不能把這香味吹去。不知《黄菊賦》能得多少菊的神韵，這首詩却將黄菊的艷色與清香、高雅與傲骨表現得淋漓盡致。譽菊即是贊頌《黄菊賦》，相得益彰，兩臻其妙。如此奇思，古今罕有，無怪此詩能在當時北、南各地競相傳誦，連一向嚴華夷之辨的陸游也甚爲嘆服，將其録入《老學庵筆記》卷四中。

遼代作品保留最多、品質最高的則是道宗皇帝的皇后蕭觀音，現存作品有詩四首，詞十首，文一篇。遼王鼎《焚椒録》記其詩文與本事最詳，其略云：

> （清寧）二年八月，上獵秋山，后率妃嬪從行在所。至伏虎林，上命后賦詩，后應聲曰："威風萬里壓南邦，東去能翻鴨緑江。靈怪百千都破膽，那教猛虎不投降。"上大喜，出示群臣曰："皇后可謂女中才子。"次日上親御弓矢射獵，有虎突林而出，上曰："朕射得此虎，可謂不愧后詩。"一發而殪，群臣皆呼萬歲。……三年秋，上作《君臣同志華夷同風》詩，后應制屬和曰："虞廷開盛軌，王會合奇琛。到處承天意，皆同捧日心。文章通鹿蠡，聲教薄雞林。大寓看交泰，應知無古今。"……后常慕唐徐賢妃行事，每於當御之夕，進諫得失。國俗君臣尚獵，故有四時捺缽。上既擅聖藻，而尤長弓馬，往往以國服先驅。所乘馬號飛電，瞬息百里，常馳入深林邃谷，扈從求之不得。后患之，乃上疏諫曰："妾聞穆王遠駕，周德用衰。太康佚豫，夏社幾危。此游佃之往戒，帝王之龜鑑也。頃見駕幸秋山，不閑六御。特以單騎從禽，深入不測。此雖威神所届，萬靈自爲擁護。倘有絶群之獸，果如東方所言，則溝中之豕，必敗簡子

之駕矣。妾雖愚闇,竊爲社稷憂之。惟陛下尊老氏馳騁之戒,用漢文吉行之旨。不以其言爲牝雞之晨而納之。”上雖嘉納,心頗厭遠。故咸雍之末,遂稀幸御。后因作詞曰《回心院》,被之管絃,以寓望幸之意,曰:

埽深殿,閉久金鋪暗。游絲絡網塵作堆,積歲青苔厚階面。埽深殿,待君宴。

拂象牀,憑夢借高唐。敲壞半邊知妾卧,恰當天處少輝光。拂象牀,待君王。

换香枕,一半無雲錦。爲是秋來轉展多,理有雙雙泪痕滲。换香枕,待君寢。

鋪翠被,羞殺鴛鴦對。猶憶當時叫合歡,而今獨覆相思塊。鋪翠被,待君睡。

裝繡帳,金鈎未敢上。解却四角夜光珠,不教照見愁模樣。裝繡帳,待君眖。

疊錦茵,重重空自陳。只願身當白玉體,不願伊當薄命人。疊錦茵,待君臨。

展瑶席,花笑三韓碧。笑妾新鋪玉一牀,從來婦歡不終夕。展瑶席,待君息。

剔銀燈,須知一樣明。偏是君來生彩暈,對妾故作青熒熒。剔銀燈,待君行。

爇薰鑪,能將孤悶蘇。若道妾身多穢賤,自沾御香香徹膚。爇薰鑪,待君娱。

張鳴箏,恰恰語嬌鶯。一從彈作房中曲,常和窗前風雨聲。張鳴箏,待君聽。①

① (遼)王鼎《焚椒録》,《四庫全書存目叢書》史部第45册景印明萬曆寶顔堂秘笈本,齊魯書社1997年版,第129—131頁。

清徐釚《詞苑叢談》卷八紀事三“遼蕭后十香詞”條云：“獨喜其《回心院》詞，則怨而不怒，深得詞家含蓄之意。斯時柳七之調尚未行於北國，故蕭詞大有唐人遺意也。”①道宗與蕭觀音皆是才華横溢，詩思之奇巧罕有人及。而蕭觀音詞風含蓄，又真情貫注，更有以國事爲重、勇於進諫的忠心，這些似乎都可看到杜甫其人其詩的影響，但在無直接文獻依據的情況下，這樣的結論畢竟太過武斷。

還有一首契丹文寫成的長詩，被有的學者譽爲“學杜杰作”，那就是寺公大師的《醉義歌》。元耶律楚材《醉義歌序》云：“遼朝寺公大師者，一時之豪俊也。賢而能文，尤長於歌詩，其旨趣高遠，不類世間語，可與蘇、黄並驅争先耳。有《醉義歌》，乃寺公之絶唱也。昔先人文獻公嘗譯之。先人早逝，予恨不得一見。及大朝之西征也，遇西遼前郡王李世昌於西域，予學遼字于李公，期歲頗習。不揆狂斐，乃譯是歌，庶幾形容其萬一云。”耶律楚材乃契丹皇族後裔，其《贈遼西李郡王》詩云：“我本東丹八葉花。”②其八世祖即耶律阿保機長子耶律倍，先被立爲皇太子，後讓位於其弟耶律德光，封東丹王。楚材之父耶律履是金朝的賢臣，卒謚“文獻”，其博學善文可謂人所共識。履通曉契丹大小字，據上序可知其翻譯過《醉義歌》。但正是耶律履逝世的金昌宗二年詔罷契丹文，而其時耶律楚材僅兩歲，故楚材幼年全無學習契丹文的機會。據王國維《耶律文正公年譜》，耶律楚材扈從成吉思汗西征，當始於1219年，其時西遼尚使用契丹文，年逾三十的楚材遂向所遇西遼前郡王李世昌學習，衹一年便基本掌握，並在其父後再度翻譯了《醉義歌》，至遲在

① （清）徐釚撰，唐圭璋校注《詞苑叢談》，中華書局2008年版，第189頁。

② （元）耶律楚材撰，謝方點校《湛然居士文集》卷七，中華書局2021年版，第146頁。

1222 年已完成[1]。全文如下：

曉來雨霽日蒼涼，枕幃摇曳西風香。困眠未足正展轉，兒童來報今重陽。吟兒蒼蒼渾塞色，容懷衮衮皆吾鄉。斂衾默坐思往事，天涯三載空悲傷。正是幽人嘆幽獨，東鄰携酒來茅屋。憐予病竄伶仃愁，自言新釀秋泉麯。淩晨未盥三兩卮，旋酌連斟折欄菊。我本清癯酒户低，羈懷開拓何其速。愁腸解結千萬重，高談幾笑吟秋風。遥望無何風色好，飄飄漸遠塵寰中。淵明笑問斥逐事，謫仙遥指華胥宫。華胥咫尺尚未及，人間萬事紛紛空。一器纔空開一器，宿酲未解人先醉。携樽挈榼近花前，折花顧影聊相戲。生平豈無同道徒，海角天涯我遐棄。我愛南村農丈人，山溪幽隱潛修真。老病猶耽黑甜味，古風清遠途猶迍。喧囂避遁巖麓僻，幽閑放曠雲泉濱。旋舂新黍爨香飰，一樽濁酒呼予頻。欣然命駕匆匆去，漠漠霜天行古路。穿村迤邐入中門，老幼倉忙不寧處。丈人迎立瓦杯寒，老母自供山果醋。扶携齊唱雅聲清，酬酢温語如甘澍。謂予緑鬢猶可需，謝渠黄髮勤相諭。隨分窮秋摇酒卮，席邊籬畔花無數。巨觥深斝新詞催，閑詩古語玄關開。開懷囑酒謝予意，村家不棄來相陪。適遇今年東鄙阜，黍稷馨香棲畎畝。相邀斗酒不浹旬，愛君蕭散真良友。我酬一語白丈人，解釋羈愁感黄耇。請君舉盞無言他，與君却唱醉義歌。風雲不與世榮别，石火又異人生何。榮利儻來豈苟得，窮通夙定徒奔波。梁冀跋扈德何在，仲尼削迹名終多。古來此事元如是，畢竟思量何怪此。争如終日且開樽，駕酒乘杯醉鄉裏。醉中佳趣欲告君，至樂無形難説似。泰山載斲爲深杯，長河釀酒斟酌之。迷人愁

---

① 參見（元）耶律楚材撰，謝方點校《湛然居士文集》附録二，第 334—338 頁。

客世無數，呼來掐耳充罰卮。一杯愁思初消鑠，兩盞迷魂成勿藥。爾後連澆三五卮，千愁萬恨風蓬落。胸中漸得春氣和，腮邊不覺衰顔却。四時爲馭馳太虛，二曜爲輪輾空廓。須臾縱轡入無何，自然汝我融真樂。陶陶一任玉山頽，藉地爲茵天作幕。丈人我語真非真，真兮此外何足云。丈人我語君聽否？聽則利名何足有！問君何事徒劬勞，此何爲卑彼豈高？蜃樓日出尋變滅，雲峰風起難堅牢。芥納須彌亦閑事，誰知大海吞鴻毛。夢裏蝴蝶勿云假，莊周覺亦非真者。以指喻指指成虛，馬喻馬兮馬非馬。天地猶一馬，萬物一指同。胡爲一指分彼此，胡爲一馬奔西東。人之富貴我富貴，我之貧困非予窮。三界惟心更無物，世中物我成融通。君不見千年之松化仙客，節婦登山身變石。木魂石質既我同，有情於我何瑕隙。自料吾身非我身，電光興廢重相隔。農丈人，千頭萬緒幾時休，舉觴酩酊忘形迹。①

這首長篇歌行筆勢縱横，寫重陽節幽居獨處的詩人正悲傷孤寂，東鄰邀其飲酒，農家老丈的純樸熱誠深深感染了詩人，他開懷暢飲，亦充分感悟人生多變，名利等更是虛幻，不如“舉觴酩酊忘形迹”。全詩受道家影響最爲明顯，多處使用了《莊子》的典故。有學者認爲，此詩“老病尤耽黑甜味”至“老母自貢山果醋”數句，純由杜甫《羌村三首》其三“父老四五人，問我久遠行。手中各有携，傾榼濁復清”幾句化出；“開杯屬酒謝予意，村家不棄來相陪。適遇今年東鄙阜，黍稷馨香棲畎畝”四句實是由《羌村三首》其二“賴知禾黍收，已覺糟床注。如今足斟酌，且用慰遲暮”而來；“一器纔空開一器，宿酲未解人先醉”，“丈人迎立瓦杯寒，老母自貢山果醋。扶

① 詩并序俱見(元) 耶律楚材撰，謝方點校《湛然居士文集》卷八，第163—165頁。

携齊唱雅聲清,酬酢温語如甘澍”,則是從杜甫《遭田父泥飲美嚴中丞》中來;“梁冀跋扈德何在,仲尼削迹名終多”亦是從杜詩“德尊一代常坎坷,名垂萬古知何用”(《醉時歌》)化用而來①。所言依稀若是,但這些相近處主要是由於和杜詩的某些場景、人物相似而産生的,却並不是直接運用了衹有杜詩才有的典故或典型用語。這和此詩對《莊子》典故的運用是完全不同的,所以我們似乎不能簡單坐實此詩一定是受了杜詩的影響,許爲“學杜杰作”恐怕也不易爲人信服。

## 第二節　金人論杜

1114 年,金太祖完顔阿骨打統一女真諸部後起兵反遼,次年立國,國號大金,建都上京會寧府(今黑龍江哈爾濱)。1125 年金滅遼,兩年後滅北宋。1153 年,海陵王完顔亮遷都中都大興府(今北京)。宣宗時,蒙古軍南侵,金被迫遷都汴京(今河南開封)。1234 年,金國在南宋和蒙古南北夾擊下覆亡。金享國 120 年,共歷十帝。

金建國比遼晚一百年,且建國後僅十二年即滅北宋,占領了原北宋統治的大片領土,故其受漢族先進文化影響之深遠勝於遼。女真人也創立過女真文字,但其推廣不如契丹文,文人創作還是使用漢字。這雖然使女真民族文化的發展受到制約,却有力促進了其漢化的程度。金代自太宗天會元年(1123)便開科取士,其後基本定期舉行,各項制度也比較完善。金進士分辭賦、經義、策論三種,策論進士專取女真人,且取士數量較少,這就爲漢族文人進入仕途提供了比較廣闊的空間。對科舉的重視必然促進學校的發

---

① 赫蘭國《遼金元杜詩學》,河南人民出版社 2012 年版,第 22 頁。

展,金代的學校不但官學與私學都比較興盛,且形成了漢與女真並行的獨具特色的體系。不論是朝廷的國子學、太學,還是地方上的府學、州學、縣學、鄉學等,都是漢人與女真分别設學。這既保障了女真人的特殊地位,也保障了漢族的文化傳承。民間私學,尤其是童蒙教育也很受重視。至世宗(1161—1189)、章宗(1190—1208)時,金朝已進入政治文化的鼎盛時期,大批優秀作家和作品問世。金末元好問編《中州集》共收録作家 251 人,作品 2 062 首,犖犖大觀,遠非遼可比。正如《金史》列傳六十三"文藝上"言:"太宗繼統,乃行選舉之法,及伐宋,取汴經籍圖,宋士多歸之。熙宗款謁先聖,北面如弟子禮。世宗、章宗之世,儒風丕變,庠序日盛,士繇科第位至宰輔者接踵。當時儒者雖無專門名家之學,然而朝廷典策、鄰國書命,粲然有可觀者矣。金用武得國,無以異於遼,而一代制作能自樹立唐、宋之間,有非遼世所及,以文而不以武也。"①馬上得天下的金朝統治者,比較得力地推行了文治,取得了"能自樹立唐、宋之間"的文化成就,杜詩研究當然也隨之水漲船高,不但遠勝於遼,在整個杜詩學史上也占有一席之地。尤其是元好問第一次提出了"杜詩學"的概念,意義重大,故設專節論述。除元好問之外,趙秉文、李純甫、周昂、王若虚等也都有重要的論杜見解,下文詳細分析。

趙秉文(1159—1232),字周臣,號閑閑居士,晚稱閑閑老人,磁州滏陽(今河北磁縣)人。世宗大定二十五年(1185)進士,歷仕五朝,主盟文壇近三十年。趙秉文對杜詩不但非常熟悉,而且有精到的解讀,這對於文壇領袖來説,自然是應有之義。比如其解杜甫名作《望嶽》"岱宗夫如何?齊魯青未了"云:"'夫如何'三字,幾不成語,然非三字無以成下句,有數百里之氣象。若上句俱雄麗,則一

① (元)脱脱等《金史》卷一二五,第 2713 頁。

李長吉耳。此前人論詩也,論書亦然。若有學南麓書者當以吾言參之。"[①]此段出自其《題南麓書後》。南麓,乃金書法家任詢(約1122—1193)之號,《金史》本傳稱任詢"爲人慷慨多大節,書爲當時第一,畫亦入妙品"[②]。今日本京都藤井有鄰館尚藏其行書杜甫《古柏行》碑刻拓片。和任詢一樣,趙秉文也是詩文書畫俱工,不論是何種藝術,相互映襯,富於變化,方至神境。杜詩此聯之妙正在能以上句之平淡襯出下句之雄麗,較李賀一味奇詭更佳。多種藝術修養相互貫通,使趙秉文的解讀别具隻眼。趙秉文還有《仿老杜無家》一詩:"弟妹他鄉隔,無家問死生。兵戈塵共暗,江漢月偏清。落日黄牛峽,秋風白帝城。中原消息斷,何處是秦京。"[③]《無家别》是杜甫新題樂府組詩"三吏三别"中的一篇,描寫了一個兵敗還鄉却無家可歸,重又被徵的兵士的悽慘遭遇,感人至深。趙秉文的仿作却是五律,所用詞句、意象幾乎全部出自杜詩。如杜甫《月夜憶舍弟》頸聯:"有弟皆分散,無家問死生。"此詩首聯全從此出,次句更是一字不易。黄牛峽在今湖北宜昌西二十公里長江西陵峽中,因其峽南岸有黄牛山,故有此稱。杜甫《送韓十四江東省覲》有"黄牛峽静灘聲轉,白馬江寒樹影稀"之句,《奉使崔都水翁下峽》又有"白狗黄牛峽,朝雲暮雨祠"之句。五律《江漢》、拗體七律《白帝城最高樓》是杜詩中的名作,"江漢"、"白帝城"和"兵戈"、"中原"、"秦"等詞語多次在杜詩中出現,但是以上這些却并不見於《無家别》中。而且,仿作的情調也偏於凄清哀傷,不像《無家别》那樣

① （金）趙秉文《閑閑老人滏水文集》卷二〇,《四庫全書底本叢書》集部第184册景印清康熙鈔本,文物出版社2019年版,第539頁。

② （元）脱脱等《金史》卷一二五,第2719頁。

③ （金）趙秉文《閑閑老人滏水文集》卷五,《四庫全書底本叢書》集部第184册景印清康熙鈔本,第44—45頁。

“真覺腸爲生斷,鬼亦夜哭”①,慘痛無極。由此可以看出,趙秉文對杜詩雖已達到了信手拈來的熟稔程度,但其氣格精神却還是差一層。

《答李天英書》是他闡述文學觀點的主要文章,中間涉及杜甫處甚多,其文大略云:

> 嘗謂古人之詩,各得其一偏,又多其性之似者。若陶淵明、謝靈運、韋蘇州、王維、柳子厚、白樂天,得其沖淡;江淹、鮑明遠、李白、李賀,得其峭峻;孟東野、賈浪仙,又得其幽憂不平之氣;若老杜,可謂兼之矣。然杜陵知詩之爲詩,未知不詩之爲詩。而韓愈又以古文之渾浩,溢而爲詩,然後古今之變盡矣。太白詞勝於理,樂天理勝於詞。東坡又以太白之豪、樂天之理,合而爲一,是以高視古人,然亦不能廢古人。足下以唐宋詩人得處,雖能免俗,殊乏風雅,過矣!所謂近風雅,豈規規然如晋宋詞人,蹈襲用一律耶?若曰子厚近古,退之變古,此屏山守株之論,非僕所敢知也。詩至於李杜,以爲未足,是畫至於無形,聽至於無聲,其爲怪且迂也甚矣!其於書也亦然。足下之言,措意不蹈襲前人一語,此最詩人妙處,然亦從古人中入。譬如彈琴不師譜,稱物不師衡,上匠不師繩墨,獨自師心,雖終身無成可也。故爲文當師六經、左丘明、莊周、太史公、賈誼、劉向、揚雄、韓愈;爲詩當師《三百篇》《離騷》《文選》《古詩十九首》,下及李杜;學書當師三代金石、鍾、王、歐、虞、顔、柳。盡得諸人之所長,然後卓然自成一家。非有意於專師古人也,亦非有意於專擯古人也……若揚子雲不師古人,然亦有擬相如四賦;韓退之惟陳言之務去,若《進學解》則《客難》之

① (明)唐元竑《杜詩攟》卷一,臺灣大通書局 1974 年《杜詩叢刊》景舊鈔本。

> 變也,《南山》詩則子虚之餘也,豈遽汗漫自師胸臆,至不成語,然後爲快哉!此詩人造語之工,古人謂之一藝,可也。至於詩文之意,當以明王道、輔教化爲主。六經吾師也,可以一藝名之哉!……太白、杜陵、東坡,詞人之文也,吾師其辭,不師其意。淵明、樂天,高士之詩也,吾師其意,不師其辭。①

李天英,名經,有詩名,作詩喜出奇語,刻意不襲蹈前人,故有生硬尖新之病,趙秉文作爲一代文宗作此書規勸之,認爲文、詩、書都應"從古人中入",即使如韓愈一樣主張"惟陳言之務去",其文其詩也自有其淵源。衹有轉益多師,方能"盡得諸人所長,然後卓然自成一家",正確的態度應該是"非有意于專師古也,亦非有意于專擯古人"。基於此,趙秉文非常推崇杜詩,他繼承了元稹在杜甫墓係銘中對杜詩"盡得古今之體勢,而兼人人之所獨專"的觀點,指出"古人之詩,各得其一偏","若老杜可謂兼之矣",儼然將杜甫置於古今詩人之上。他還認爲李杜之詩如無形之畫、無聲之聽,乃是借《老子》"大音希聲,大象無形"這一影響極爲深遠的傳統美學觀念,盛贊李杜詩已至最高境界,而那些"以爲未足"的看法,實在是十分古怪迂腐的。但是,趙秉文也提出杜甫有"未知不詩之爲詩"的缺陷,至韓愈引文法爲詩,方盡其變。對杜詩變體開後世惡道的批評一直是貶杜言論的重要内容,趙秉文却認爲杜詩未能盡變,表明其對詩歌創新的態度十分開明。同時,趙又把"師古"分成"師意"和"師辭"兩部分,"太白、杜陵、東坡,詞人之文也,吾師其辭,不師其意;淵明、樂天,高士之詩也,吾師其意,不師其辭",而"詩文之意,當以明王道,輔教化爲主",仍是承襲了儒家傳統的功利主義的文學觀,衹是以這種觀念來衡量的時候,却將李白、杜甫、蘇軾放

---

① (金)趙秉文《閑閑老人滏水文集》卷一九,《四庫全書底本叢書》集部第184册景印清康熙鈔本,第501—508頁。

在了辭勝於意的範圍,實在有幾分不可解,且和他自己的論述也有自相矛盾之處。但是,無論如何,趙秉文的觀點還是較爲通達的,他主張師古,却不泥於古,而是講求創新;所師之古人,既包括唐及其前詩人,也不排斥宋人。而之後的李純甫、周昂、王若虛等則主要是由唐詩與宋詩的區别來闡發自己的師古理論,於是貶棄宋人宋詩之語頗多於趙秉文。

李純甫(1177—1223),字之純,號屏山居士。弘州襄陰(今河北陽原)人。章宗承安二年(1197)進士,嘗三入翰林院,深受皇帝賞識。卒於京兆府判官任。純甫工於散文,文風雄肆奇譎。金貞祐南渡後,文壇的師古風尚實由趙秉文和李純甫兩人主導,但二人也有差異,這可以從李純甫遺留下的唯一一篇完整的批評文章《西嵓集序》中明顯看出。全文如下:

人心不同如面,其心之聲發而爲言,言中理謂之文,文而有節謂之詩。然則詩者文之變也,豈有定體哉?故《三百篇》,什無定章,章無定句,句無定字,字無定音。大小、長短、險易、輕重,惟意所適。雖役夫室妾悲憤感激之語,與聖賢相雜而無愧,亦各言其志也已矣,何後世議論之不公耶?齊梁以降,病以聲律,類俳優然。沈宋而下,裁其句讀,又俚俗之甚者,自謂靈均以來,此秘未睹。此可笑者一也。李義山喜用僻事、下奇字,晚唐人多效之,號西崑體,殊無典雅渾厚之氣,反詈杜少陵爲村夫子。此可笑者二也。黄魯直天資峭拔,擺出翰墨畦逕,以俗爲雅,以故爲新,不犯正位,如參禪着末後句爲具眼。江西諸君子,翕然推重,别爲一派。高者雕鐫尖刻,下者模影剽竄。公言韓退之以文爲詩,如教坊雷大使舞。又云,學退之不至,即一白樂天耳。此可笑者三也。嗟乎!此説既行,天下寧復有詩耶?比讀劉西嵓詩,質而不野,清而不寒,簡而有理,澹而有味,蓋學樂天而酷似之。觀其爲人,必傲世而自重者。

頗喜浮屠，邃於性理之説。凡一篇一詠必有深意，能道退居之樂，皆詩人之自得，不爲後世論議所奪，皆豪傑之士也！①

《西嵓集》是金詩人劉汲的詩集。劉汲，字伯深，自號西嵓老人，天德三年（1151）進士，亦嘗入翰林。劉汲喜浮屠，與好談佛老的李純甫相接近；但劉汲學白居易，詩風簡淡，却和頗有李賀風貌的李純甫大異其趣。而李純甫仍然對劉汲詩誠心贊頌，正是出自其詩當"惟意所適"、"各言其志"的觀念。李純甫認爲人心如面，各不相同；詩如人心，亦無定體。他曾作《爲蟬解嘲》詩，中有句云："倚杖而吟如惠施，字字皆以心爲師。千偈瀾翻無了時，闗楗不落詩人詩。"②可見其寫詩重在師心的觀念。趙秉文"師古"觀主張"盡得諸人所長"，更强調詩之"正體"，而李純甫則説"役夫室妾悲憤感激之語，與聖賢相雜而無愧"，體現出其對風格、題材等的變化更具包容之心。李純甫反對的是以聲律、僻事、奇字、雕鎸、剽竄等形式主義的追求束縛詩人的心意，從這樣的視角出發，他對宋初西崑派囿於奇僻、反罵杜甫爲"村夫子"就極爲不滿。

周昂（約1162—1211），字德卿，真定（今河北正定）人。大定二十二年（1182）登進士第，授南和簿，遷良鄉令，入拜監察御史。因作詩語涉譏諷，廢謫十餘年。後起爲隆州都軍，以邊功復召入朝。大安三年（1211），蒙古軍南侵，權行六部員外郎，從參知政事完顔承裕備邊。兵敗，承裕隻身脱逃，昂與從子周嗣明同遇難。李純甫《屏山故人外傳》云："德卿以孝友聞，又喜名節，藹然仁義人也。學術醇正，文筆高雅。以杜子美、韓退之爲法，諸儒皆師尊

① （金）元好問編，張静校注《中州集校注》乙集第二，中華書局2018年版，第383—384頁。

② （金）元好問編，張静校注《中州集校注》丁集第四，第1131頁。

之。"[1]金代文學批評家王若虛是周昂外甥,接受了他的詩學主張,並在其所著《滹南詩話》中保存了不少周昂關於文學批評的見解。王若虛《滹南詩話》卷一云:"史舜元作吾舅詩集序,以爲有老杜句法,蓋得之矣。而復云由山谷以入,則恐不然。吾舅兒時便學工部,而終身不喜山谷也。若虛嘗乘間問之,則曰:'魯直雄豪奇險,善爲新樣,固有過人者。然於少陵初無關涉,前輩以爲得法者,皆未能深見耳。'舜元之論,豈亦襲舊聞而發歟?抑其誠有所見也?更當與知者訂之。"[2]周昂認爲黄庭堅詩雄奇新變處勝於常人,但並非來自杜詩。前人多以爲黄學杜,如江西詩派"一祖三宗",一祖是杜甫,三宗之首則是黄庭堅。而爲周昂詩集作序的史舜元也將周詩的老杜句法視爲由學山谷而得,雖然王若虛十分瞭解其舅,但依然有所疑惑,不知是舜元"襲舊聞",還是"誠有所見"。那麼,周昂何以會否定大多數人都認可的杜、黄之間的傳承與聯繫?《中州集》周昂小傳載周昂曾傳文法於王若虛,云:"文章工於外而拙於内者,可以驚四筵而不可以適獨坐,可以取口稱而不可以得首肯。"又云:"文章以意爲主,以字語爲役,主强而役弱,則無令不從。今人往往驕其所役,至跋扈難制。甚者反役其主,雖極辭語之工,而豈文之正哉!"[3]也許在周昂的眼中,黄庭堅詩之過人,還是在於"字語"等外在形式,真正内在的"意"却並不强,和杜甫大異其趣。《中州集》還録有周昂的一首《讀陳後山詩》,云:"子美神功接混茫,人間無路可升堂。一斑管内時時見,賺得陳郎兩鬢蒼。"[4]江西詩派三宗之一的陳師道即使是到了兩鬢蒼蒼的老年,對杜詩的學習也不過是管中窺豹,衹見一斑而已。杜甫乃天縱奇才,其詩鬼斧

① （金）元好問編,張静校注《中州集校注》丁集卷四,第 864 頁。
② 見丁福保輯《歷代詩話續編》,中華書局 2006 年版,第 507 頁。
③ （金）元好問編,張静校注《中州集校注》丁集第四,第 864 頁。
④ （金）元好問編,張静校注《中州集校注》丁集第四,第 891 頁。

神工,直接混茫,他人根本没有升堂入室的可能。不難看出,杜詩在周昂心目中地位極高,連幾得公認的黄庭堅、陳師道這樣的學杜大家也予以否定,甚而認爲根本就没有升其堂奥的可能。這樣過分拔高,把杜甫推向神壇的看法,難免偏頗,以此態度很難得出客觀而有價值的結論,反而會陷入錯謬。這在《滹南詩話》開篇所引周昂一則關於杜詩千家注的長評語中表現得十分明顯。

世所傳《千(家)注杜詩》,其間有曰"新添"者四十餘篇。吾舅周君德卿嘗辨之云:"唯《瞿唐懷古》《呀鶻行》《送劉僕射惜别行》爲杜無疑,自餘皆非本真。蓋後人依仿而作,欲竊盜以欺世者。或又妄撰其所從得,誣引名士以爲助,皆不足信也。"東坡嘗謂《太白集》中往往雜入他人詩,蓋其雄放不擇,故得容僞,於少陵則決不能。豈意小人無忌憚如此!其詩大抵鄙俗狂瞽,殊不可讀。蓋學步邯鄲,失其故態,求居中下且不得,而欲以爲少陵,真可憫笑!《王直方詩話》既有所取,而鮑文虎、杜時可間爲注説,徐居仁復加編次。甚矣,世之識其者少也!其中一二雖稍平易,亦不免蹉跌。至於《逃難》《解憂》《送崔都水》《聞惠子過東溪》《巴西觀漲》及《呈竇使君》等,尤爲無狀。洎餘篇大似出於一手,其不可亂真也,如糞丸之在隋珠,不待選擇而後知,然猶不能辨焉!世間似是而相奪者,又何可勝數哉!予所以發憤而極論者,不獨爲此詩也。吾舅自幼爲詩,便祖工部,其教人亦必先此。嘗與予語及"新添"之詩,則嚬蹙曰:"人才之不同如其面焉,耳目鼻口相去亦無幾矣,然諦視之,未有不差殊者。詩至少陵,他人豈得而亂之哉?"公之持論如此,其中必有所深得者,顧我輩未之見耳。表而出之,以俟明眼君子云。①

① 見丁福保輯《歷代詩話續編》,第506頁。

此則大力討伐《千家注杜詩》"新添"之"僞作",周昂持論雖激烈,但並没有入情入理的辨析,衹是認爲差别明顯,如"糞丸之在隋珠,不待選擇而後知"。其實,徐居仁所編千家注雖然粗疏,但"新添"者亦非僞作。杜詩風格多樣,各篇藝術成就也並不在同一水平上,有高有下很自然。衹憑一己偏執之見,在没有文獻依據的情況下,就簡單地做判定,必然不能服衆。王若虚大概也覺得周昂之説未必在理,故末尾云"以俟明眼君子",實冀求有人能細繹其所得,給出讓人信服的結論。

王若虚(1174—1243),字從之,號慵夫,入元自稱滹南遺老。早年師從其舅周昂和古文家劉中。章宗承安二年(1197)擢經義進士,歷官鄜州録事、門山縣令,國史院編修官、著作佐郎、平涼府判官、左司諫、延州刺史等職。曾奉命出使西夏。天興二年(1233),金軍馬都元帥崔立以南京開封府降蒙古軍,召元好問等撰功德碑。元好問擬就碑文後,王若虚參與了删定。金亡不仕,北歸鄉里。1243年東遊泰山,坐石而逝,年七十。王若虚是金末著名的詩人、學者,著述頗豐,有《滹南遺老集》等傳世。

《滹南詩話》三卷集中代表了王若虚的詩學觀點,在當時與後世都有一定的影響。王若虚論詩,尤其是闡述對杜詩的看法時,常借對宋人言論的批駁而完成。如《滹南詩話》卷二云:"《唐子西文録》云:'古之作者,初無意於造語,所謂因事陳辭。老杜《北征》一篇,直紀行役耳,忽云"或紅如丹砂,或黑如點漆。雨露之所濡,甘苦齊結實",此類是也。文章即如人作家書乃是。'慵夫曰:'子西談何容易!工部之詩,工巧精深者何可勝數,而摘其一二,遂以爲訓哉?正如冷齋言樂天詩必使老嫗盡解也。夫《三百篇》中亦有如家書及老嫗能解者,而可謂其盡然乎?且子西又嘗有所論矣,曰:"詩在與人商論,深求其疵而去之,等閒一字放過則不可。殆近法家,難以言恕,故謂之詩律。立意之初,必有難易二途,學者不能强所劣,往往舍難而趨易,文章不工,每坐此也。"'又曰:'吾作詩甚苦,悲吟累日,僅能成篇,初未見可羞處,明日取讀,疵病百出,輒復悲吟累日,反覆改正,稍稍有加。數日再讀,疵病復出。如此數四,方敢示人,然終不能奇也。'觀此二説,又何其立法之嚴而用心之勞邪！蓋喜爲高論而不本於中者,未有不自相矛盾也。退之曰:'文無難易,唯其是耳。'豈復有病哉!"①子西乃北宋眉州詩人唐庚(1070—1120)之字,唐庚爲詩,本重錘煉,近於苦吟,但他却稱贊杜甫《北征》"如人作家書","無意於造語",祇是"因事陳辭"。王若虛則認爲杜詩之佳者,既有"無意於造語"者,亦有不可勝數之"工巧精深"者,如《唐子西語録》這樣"摘其一二,遂以爲訓"的做法,自然是不可取的。文之高下,他既不簡單地肯定無意爲之,也不完全贊同盡力推敲,最爲他認定的還是韓愈所謂的"是",即内心情志的表達。若本於此,就無須"立法之嚴而用心之勞",詩亦不至於"有病"。可見,王若虛的觀點還是比較辯證的,他更反對的是費盡心神的"悲吟",但也清楚地意識到不能衹强調杜詩"無意"的一面。

《滹南詩話》卷三又云:"朱少章論江西詩律,以爲用崑體功夫,而造老杜渾全之地。予謂用崑體功夫,必不能造老杜之渾全,而至老杜之地者,亦無事乎崑體功夫,蓋二者不能相兼耳。茅璞評劉夷叔長短句,謂以少陵之肉,傅東坡之骨,亦猶是也。"②朱弁(1085—1144),字少章,南宋文學家。朱弁推尊蘇黄,所著《風月堂詩話》云:"義山亦自覺,故别立門户成一家。後人挹其餘波,號西崑體,句律太嚴,無自然態度。黄魯直深悟此理,乃獨用崑體功夫,而造老杜渾成之地,今之詩人少有及之者。此禪家所謂更高一著也。"③此論頗得認可,《四庫全書總目》卷一九五"風月堂詩話二卷"條便

① 見丁福保輯《歷代詩話續編》,第513頁。

② 見丁福保輯《歷代詩話續編》,第524頁。"傅"原作"傳",誤。

③ (宋)朱弁撰,陳新點校《風月堂詩話》卷下,中華書局1988年版,第112頁。

認爲“其論黄庭堅用崑體功夫而造老杜渾成之地,尤爲窺見深際,後來論黄詩者皆所未及”。王若虛却認爲西崑體的堆砌典故、工巧華靡和杜詩有本質區别,萬難相兼相容,《滹南詩話》卷二云:“山谷之詩,有奇而無妙,有斬絶而無横放,鋪張學問以爲富,點化陳腐以爲新;而渾然天成,如肺肝中流出者,不足也。”①在王若虛的眼中,黄詩奇在鋪張、點化,欠缺的正是發自肺腑自然而至的渾成之妙。他在《文辨》中又批評《後山詩話》“黄詩、韓文,有意故有工,左、杜則無工矣。然學者必先黄、韓,不由黄、韓,而爲左、杜,則失之拙易”的觀點,認爲“此顛倒語也。老杜冠絶古今,可謂天下之至工而無以加之矣。黄、韓信美,曾何可及,而反憂學者有拙易之失乎?且黄、韓與二家,亦殊不相似,初不必由此而爲彼也”②。王若虛反對陳師道由黄庭堅、韓愈入於杜甫,否則將失之拙易的觀點,認爲黄、韓與杜甫“殊不相似”,很難由此爲彼。他譏諷“陳氏喜爲高論而不中理,每每如此”。不但黄庭堅與杜甫之間難以融通,就是蘇軾與杜甫之間也是涇渭分明,所以茅璞評南宋劉望之的詞是“以少陵之肉,傅東坡之骨”也同樣是不恰當的。

王若虛汲汲力辨西崑派、黄庭堅乃至蘇軾、韓愈與杜甫的區别,實是將杜甫置於極其崇高的地位。《滹南詩話》卷三云:“山谷自謂得法於少陵,而不許於東坡。以予觀之:少陵,《典》《謨》也;東坡,《孟子》之流;山谷,則揚雄《法言》而已。”③“典謨”乃《尚書》中《堯典》《舜典》和《大禹謨》《皋陶謨》等篇的並稱。以二典二謨爲代表的《尚書》與《孟子》和《法言》,不僅在出現時間上有前後之别,其作爲儒家經典的地位亦是依次遞減的,王若虛以這樣的順次來比擬杜甫、蘇軾和黄庭

---

① 見丁福保輯《歷代詩話續編》,第518頁。

② (金)王若虛《滹南遺老王先生文集》卷三五,《四庫提要著録叢書》集部第251册景印明祁氏澹生堂鈔本,北京出版社2010年版,第526頁。

③ 見丁福保輯《歷代詩話續編》,第523頁。

堅,完全是將杜甫放在最尊崇的位置上。不但後世蘇黄這樣的大家不能和杜甫相提並論,就是聚訟紛紜的李杜優劣論,王若虚也篤定地支持揚杜抑李説。《滹南詩話》卷一謂:"荆公云:'李白歌詩豪放飄逸,人固莫及,然其格止於此而已,不知變也。至於杜甫,則發斂抑揚,疾徐縱横,無施不可。蓋其緒密而思深,非淺近者所能窺,斯其所以光掩前人而後來無繼也。'而歐公云:'甫之于白,得其一節,而精彊過之。'是何其相反歟?然則荆公之論,天下之言也。"①王安石、歐陽修都是首屈一指的大家,其於李杜的認識相左,王若虚毫不猶豫地認定揄揚杜甫的王安石之論是"天下之言"。在《文辨》中他更是直接説道:"世稱李杜,而李不如杜;稱韓柳,而柳不如韓;稱蘇黄,而黄不如蘇;不必辨而後知。歐陽公以爲李勝杜,晏元獻以爲柳勝韓,江西諸子以爲黄勝蘇。人之好惡,固有不同者,而古今之通論,不可易也。"②

王若虚還就杜詩一些具體問題發表了自己的意見,如《滹南詩話》卷一中的三則:

杜詩稱李白云:"天子呼來不上船。"吴虎臣《漫録》以爲范傳正《太白墓碑》云:"明皇泛白蓮池,召公作引,時公已被酒於翰苑中,乃命高將軍扶以登舟。"杜詩蓋用此事。而夏彦剛謂蜀人以襟領爲船,不知何所據?《苕溪叢話》亦兩存之。予謂襟領之説,定是謬妄;正使有據,亦豈詞人通用之語!此特以"船"字生疑,故爾委曲。然范氏所記,白被酒于翰苑;而少陵之稱,乃"市上酒家",則又不同矣。大抵一時之事,不盡可考,不知太白凡幾醉,明皇凡幾召,而千載之後,必於傳記求其證

① 見丁福保輯《歷代詩話續編》,第509—510頁。

② (金)王若虚《滹南遺老王先生文集》卷三五,《四庫提要著録叢書》集部第251册景印明祁氏澹生堂鈔本,第527頁。

邪？且此等不知，亦何害也！

老杜《北征》詩云："見耶背面啼。"吾舅周君謂"耶"當爲"即"字之誤，其説甚當。前人詩中亦或用"耶娘"字，而此詩之體，不應爾也。

近代詩話云："杜詩云'皂雕寒始急'，白氏歌云'千呼萬喚始出來'，人皆以爲語病；其實非也。事之終始，則音上聲；有所宿留，則音去聲。"予謂不然。古人淳至，初無俗忌之嫌，蓋亦不必辨也①。

這幾則都是對字詞的解釋，雖未必皆爲不易之論，但頗有見地，足資參考，顯示出王若虛長於考證的深厚學養。

## 第三節　元好問的杜詩學

元好問(1190—1257)，字裕之，號遺山，世稱遺山先生。太原秀容(今山西忻州)人。系出北魏鮮卑拓跋氏，七歲能詩，有"神童"之稱。蒙古軍南下，避亂河南，詩名震京師。興定五年(1221)進士及第，正大元年(1224)中博學宏辭科，授儒林郎，充國史院編修。正大二年元好問因爲官清冷，休長假回應舉前定居地登封，期間撰寫《杜詩學》一書。三年，任河南鎮平令，次年改河南内鄉令，正大中，調南陽令。天興初，擢尚書省掾，除左司都事，轉尚書省左司員外郎。金亡不仕，潛心著述。

元好問是金末元初著名的文學家、學者，學問精深，著述宏富。流傳下的詩歌有1 380餘首，文250餘篇，另有詞曲、小説傳世，可謂各體皆工，文學成就斐然。他抱著"以詩存史"的目的，收録金源皇帝文臣以至布衣百姓共250餘人詩2 001首、詞115首，編成《中

① 俱見丁福保輯《歷代詩話續編》，第509頁。

州集》,且爲每位作者都寫了小傳。《中州集》不但填補了中國文學史的空白,而且保存了金代豐富的歷史資料,成爲《金史》的重要文獻來源。另有《東坡詩雅》《杜詩學》《集驗方》《故物譜》等多部學術著作,惜已散佚。

作爲金代文學創作與文學批評上集大成的人物,元好問以風雅正體爲規矩準繩,强調詩出本心,以誠爲詩。其《楊叔能小亨集引》云:"詩與文,特言語之别稱耳。有所記述之謂文,吟詠情性之謂詩,其爲言語則一也。唐詩所以絶出於《三百篇》之後者,知本焉爾矣！何謂本？誠是也。古聖賢道德言語,布在方册者多矣……故由心而誠,由誠而言,由言而詩也,三者相爲一。情動于中而形於言,言發乎邇而見乎遠。同聲相應,同氣相求。雖小夫賤婦、孤臣孽子之感諷,皆可以厚人倫、美教化,無它道也。故曰:不誠無物。夫惟不誠,故言無所主,心口别爲二物,物我邈其千里,漠然而往,悠然而來,人之聽之,若春風之過馬耳。其欲動天地、感鬼神,難矣！其是之謂本。唐人之詩,其知本乎？何温柔敦厚、藹然仁義之言之多也！幽憂憔悴、寒饑困憊,一寓於詩,而其厄窮而不憫,遺佚而不怨者,故在也。至於傷讒疾惡,不平之氣不能自掩,責之愈深,其旨愈婉;怨之愈深,其辭愈緩。優柔饜飫,使人涵泳於先王之澤,情性之外不知有文字。幸矣,學者之得唐人爲指歸也!"①元好問認爲唐詩之所以能特立獨出,步武《三百篇》,是因爲"知本",即"誠"。詩歌必須書寫發自内心的真實感受,否則不會真正地感動人。但同時他又指出唐詩中所多的是"古聖賢道德言語","温柔敦厚、藹然仁義之言",這就把"誠"定義在"正"的範圍内,使它從屬於儒家的道德觀念。所以,須先有本心之正,才能再談情性之真,儒家正人君子的真情性,方能感染人。即使是這種真情性的抒發,

---

① (金)元好問撰,狄寶心校注《元好問文編年校注》卷五,中華書局2012年出版,第1022—1023頁。

也必須符合"温柔敦厚"的傳統;即便是對"不能自掩"的"傷讒疾惡不平之氣",也必須采取"責之愈深,其旨愈婉,怨之愈深,其辭愈緩"的態度。他在《陶然集詩序》中亦云:"子美夔州以後,樂天香山以後,東坡海南以後,皆不煩繩削而自合,非技進於道者能之乎?詩家所以異於方外者,渠輩談道,不在文字,不離文字。詩家聖處,不離文字,不在文字。唐賢所謂'情性之外不知有文字云耳'。"①元好問再三提到"情性之外不知有文字",的確是以之作爲論詩的根本。若不基於情性而衹是執著文字,"大概以脱棄凡近、澡雪塵翳、驅駕聲勢、破碎陣敵、囚鎖怪變、軒豁幽秘、籠絡今古、移奪造化爲工",則必然出現"頓滯、僻澀、淺露、浮躁、狂縱、淫靡、詭誕、瑣碎、陳腐爲病"②的現象。而"秦以前,民俗醇厚,去先王之澤未遠,質勝則野,故肆口成文,不害爲合理。使今世小夫賤婦,滿心而發,肆口而成,適足以污簡牘,尚可辱采詩官之求取耶?故文字以來,詩爲難;魏晋以來,復古爲難;唐以來,合規矩準繩尤難"③。魏晋及唐之大家,元好問尚能有所肯定,對新變迭出的宋人,即使是天才的蘇軾,也多有批評。其《東坡詩雅引》云:"五言以來,六朝之陶、謝,唐之陳子昂、韋應物、柳子厚,最爲近風雅,自餘多以雜體爲之,詩之亡久矣!雜體愈備,則去風雅愈遠,其理然也。近世蘇子瞻絶愛陶、柳二家,極其詩之所至,誠亦陶、柳之亞,然評者尚以其能似陶、柳而不能不爲風俗所移爲可恨耳。夫詩至於子瞻,而且有不能近古之恨,後人無所望矣!"④元好問對詩壇風雅傳統的日漸遠離分外憂慮,其對諸詩家的品評也多是由此而發。

---

① (金)元好問撰,狄寶心校注《元好問文編年校注》卷五,第1151—1152頁。

② (金)元好問撰,狄寶心校注《元好問文編年校注》卷五,第1150頁。

③ (金)元好問撰,狄寶心校注《元好問文編年校注》卷五,第1149頁。

④ (金)元好問撰,狄寶心校注《元好問文編年校注》卷二,第180頁。

《論詩三十首》是元好問繼杜甫《戲爲六絶句》之後運用絶句形式比較系統地闡發詩歌理論的著名組詩，亦重在作家評論，其中對蘇、黄的批駁正可與對杜詩的肯定相互參照。如二十二首云："奇外無奇更出奇，一波才動萬波隨。只知詩到蘇、黄盡，滄海横流却是誰。"在肯定蘇、黄詩奇麗多姿的同時，指出其一味求新求變的流弊。清宗廷輔《古今論詩絶句》云："自蘇、黄更出新意，一洗唐調，後遂隨風而靡，生硬放佚，靡惡不臻，變本加厲，咎在作俑。先生慨之，故責之如此。"①二十六首云："金入洪爐不厭頻，精真那計受纖塵。蘇門果有忠臣在，肯放坡詩百態新。"亦是在褒揚蘇軾詩精純若真金的同時，批評蘇詩刻意求新，有失風雅。郭紹虞謂："元氏論詩偏主壯美，故風格豪放，頗類蘇軾，第固不欲徒逞才氣，一瀉無餘耳。故知所謂'滄海横流'，所謂'百態新'云者，仍不妨爲貶詞，不必定爲蘇詩迴護也。"②二十八首云："古雅難將子美親，精純全失義山真。論詩寧下涪翁拜，未作江西社裏人。"郭紹虞謂："鄭獻甫《書石洲詩話後》，謂此詩'首二句言江西社之毛病，第三句還山谷詩之本領，第四句言自己之倔强。語本明順，毋庸解釋。'所言甚是。"③此詩正是抨擊江西詩派雖提倡由李商隱入手學杜，但除黄庭堅取得一定成就外，大都不得其正，失去子美的古雅與李商隱的精純真誠。杜詩的古雅無疑十分符合元好問以傳統儒家詩教爲旨歸的論詩原則，那麽，杜詩的典範作用具體有哪些呢？《論詩三十首》其十云："排比鋪張特一途，藩籬如此亦區區。少陵自有連城璧，争奈微之識碔砆"。元稹《唐故工部員外郎杜君墓係銘并序》是文學史上第一篇對杜甫予以全面而系統評價的重要文章，影響極大。

---

① 轉引自郭紹虞《元好問論詩三十首小箋》，人民文學出版社 1978 年版，第 73—74 頁。

② 郭紹虞《元好問論詩三十首小箋》，第 79 頁。

③ 郭紹虞《元好問論詩三十首小箋》，第 83 頁。

元稹十分推崇杜甫,他認爲"苟以爲能所不能,無可無不可,則詩人以來,未有如子美者"。接着他對並稱的李杜做了一番比較:"時山東人李白,亦以奇文取稱,時人謂之李杜。予觀其壯浪縱恣,擺去拘束,模寫物象,及樂府歌詩,誠亦差肩於子美矣。至若鋪陳終始,排比聲韵,大或千言,次猶數百,詞氣豪邁而風調清深,屬對律切而脱棄凡近,則李尚不能歷其藩翰,况堂奥乎!"①元稹將"鋪陳終始,排比聲韵"看作杜詩最了不起的成就,認爲在這一方面李白"尚不能歷其藩翰",他人更難登其"堂奥"。但是,元好問却不同意這樣的看法,他認爲排比鋪張祇是詩歌創作的一種途徑,但並不是特别重要者,元稹實是識見短淺,抓住了石頭,却漏掉了美玉。那杜陵之"連城璧"又是什麽呢?《論詩三十首》其十一又云:"眼處心生句自神,暗中摸索總非真。畫圖臨出秦川景,親到長安有幾人?"祇有親眼目睹,用心感受,才能寫出神妙的好詩句。杜甫之所以能在詩歌中描繪出秦川的風景,正是因爲他親臨長安,並且待了十年之久。清施國祁注云:"少陵自天寶五載至十四年以前,皆在長安。見諸題詠,如《玄都壇》之子規山竹,王母雲旗;《慈恩塔》之河漢西流,七星北户;《曲江三章》之素沙白石,杜曲桑麻;《麗人行》之三月氣新,水邊多麗;《樂遊園》之碧草煙綿,芙蓉波浪;《渼陂行》之棹謳間發,水面藍關;《西南臺》之錯翠南山,倒影白閣;《湯東靈湫》之陰火玉泉,横空浴日。凡兹景物,並近秦川一帶,登臨俯仰,獨立冥搜,分明十幅畫圖,都在把酌浩歌,曠懷游目中,一一寫照也。"②施注十分詳細,但其關注點太過拘於杜甫對長安自然風景的刻畫,其實,還應包括對社會生活的反映和詩人心態的抒寫。宗廷

---

① 轉引自蕭滌非主編《杜甫全集校注》附録二,人民文學出版社 2014 年版,第 6580 頁。

② (清)施國祁注,麦朝枢校《元遺山詩集箋注》,人民文學出版社 1958 年版,第 527 頁。

輔《古今論詩絶句》對此首的注解則涉及後兩點，其云："景物興會，無端湊泊，取之即是，自然入妙。若移時易地，則情隨景遷，哀樂不同，而命辭亦異矣。少陵十載長安，長篇短詠，皆即事抒懷之作也。查初白云：'見得真，方道得出。'"[①]與江西詩派主張模擬不同，元好問非常强調實歷，認爲衹有親見，才能有發自本心的真誠感受，這才是詩歌創作中最重要的。

元好問曾著有《杜詩學》一書，惜其已佚。但尚有元氏自撰序言《杜詩學引》一文存於其文集中，全文如下：

> 杜詩注六七十家，發明隱奥，不可謂無功。至於鑿空架虚，旁引曲證，鱗雜米鹽，反爲蕪累者亦多矣。要之，蜀人趙次公作《證誤》，所得頗多；托名於東坡者爲最妄。非托名者之過，傳之者過也。竊嘗謂子美之妙，釋氏所謂"學至於無學者"耳。今觀其詩，如元氣淋漓，隨物賦形；如三江五湖，合而爲海，浩浩瀚瀚，無有涯涘；如祥光慶雲，千變萬化，不可名狀。固學者之所以動心而駭目。及讀之熟，求之深，含咀之久，則九經、百氏、古人之精華所以膏潤其筆端者，猶可髣髴其餘韵也。夫金屑、丹砂、芝、朮、參、桂，識者例能指名之。至於合而爲劑，其君臣佐使之互用，甘苦酸鹹之相入，有不可復以金屑、丹砂、芝、朮、參、桂而名之者矣。故謂杜詩爲無一字無來處亦可也，謂不從古人中來亦可也。前人論子美用故事，有著鹽水中之喻，固善矣。但未知九方皋之相馬，得天機於滅没存亡之間，物色牝牡，人所共知者爲可略耳。先東巖君有言：近世唯山谷最知子美，以爲今人讀杜詩，至謂草木蟲魚皆有比興，如試世間商度隱語然者，此最學者之病。山谷之不注杜詩，試取《大雅堂記》讀之，則知此公注杜詩已竟。可爲知者道，難爲俗

① 轉引自郭紹虞《元好問論詩三十首小箋》，第67頁。

人言也。乙酉之夏,自京師還,閑居嵩山,因録先君子所教與聞之師友之間者爲一書,名曰《杜詩學》,子美之傳、志、年譜及唐以來論子美者在焉。候兒子輩可與言,當以告之,而不敢以示人也。六月十一日,河南元某引。①

《杜詩學引》首先表明了元好問對宋人注杜的看法。其首曰:"杜詩注六七十家,發明隱奥,不可謂無功。至於鑿空架虚,旁引曲證,鳞雜米鹽,反爲蕪累者亦多矣。要之,蜀人趙次公作《證誤》,所得頗多;托名於東坡者爲最妄,非托名者之過,傳之者過也。"宋人注杜盛極一時,號稱千家者,雖屬夸張之詞,但重要注家不下數十。其對杜詩字句典故的考證箋釋、對詩意的闡發挖掘等等允稱有開拓之功,且成就斐然。趙次公注乃其中最爲精詳者。趙注有《杜詩正誤》或《杜詩證誤》之稱,現存明鈔本殘卷每卷首行則署"新定杜工部古詩近體詩先後并解"。趙注引經據典,廣徵博搜,於字句之出處皆竭力追尋考索。其體例亦頗詳備,每卷前有考述杜甫年歲及行迹的文字,並注明爲某月至某月之詩;題目後有類似題解的文字;每首詩都先逐句詮釋,詩末又有長言概論。趙注資料豐富翔實,就其詳切而論,不但宋注無有可超越者,從整個杜詩學史來看,亦是極有成就的一家。不論是今傳宋代各杜詩集注本,還是後世注杜者,無不援引趙注,其原因正是因其"所得頗多"。然趙注已不免有因求全而顯繁冗之弊,其餘宋人杜詩注更多逞博炫奇之處,可謂空虚無據之言、委曲雜亂之語充斥滿篇。尤其是隨著印刷業的發展,坊賈唯利是圖,用盡各種作僞手段,更加重了其蕪雜紛亂的程度,爲後人留下辨僞清理的諸多麻煩。在宋代的數家僞注中,托名蘇軾的所謂"僞蘇注"

① (金)元好問撰,狄寶心校注《元好問文編年校注》卷一,第91—92頁。

是最爲誤人者。陳振孫《直齋書録解題》謂僞蘇注書名作《東坡杜詩故事》,"隨事造文,一一牽合,而皆不言其所自出。且其辭氣首末若出一口,蓋妄人依托以欺亂流俗者。書坊輒勦入集注中,殊敗人意"①。其實就是假托蘇軾的大名,依循杜詩詞句,編造典故,其虚妄本不難辨,但却爲宋代許多集注本收録,以致以訛傳訛,遺患無窮。所以,元好問認爲傳播僞蘇注者,主要是指那些惑於私利,不辨是非,大肆采録僞蘇注的書坊,他們的過錯更爲嚴重。元好問寥寥數句,便將宋人注杜的功過優劣指點明白,顯示出他對整個杜詩學的宏觀把握。

《杜詩學引》最爲精到的闡釋是對杜甫學者型詩歌的理解。杜詩向以"無一字無來處"、集古今之大成著稱,博取善學最是杜甫特色。杜詩"讀書破萬卷,下筆如有神"(《奉贈韋左丞丈二十二韵》)正可作爲佛家"學至於無學"的注脚。所謂"無學",乃是强調對真義的領會,禪宗"直指人心,見性成佛"的頓教法門,不立言句,不依次第,不設斷惑證理之階位,講究頓悟,六祖慧能便是其代表。詩歌創作上的"學至於無學",正是指能如杜甫一樣學古而有神悟,化人爲己,得其天機。元好問在指出杜詩這個最主要的特長後,先用一系列的比喻贊美杜詩達到的高妙境界:如隨物賦形之元氣,于自然天成中表情達意;如浩瀚無涯之大海,融匯諸家,調動百端;如祥光慶雲,富於變化,炫人心目。這樣的杜詩在熟讀細詠之後,便知其爲九經百氏精華浸潤而成,神韵自與古人相仿佛。接著,元好問又舉藥劑爲喻,藥能指名,合而爲劑,則不復可名,但以君臣佐使之配合使其卓有效用,甘苦酸鹹諸味混合而更見豐厚。杜詩化用古人不但已達難分彼此的境界,而且有進一步的升華,"故謂杜詩爲無一字無來處亦可也,謂不從古人中來亦可也"。所以元好問認

---

① (宋)陳振孫撰,徐小蠻、顧美華點校《直齋書録解題》卷一九,上海古籍出版社 2015 年版,第 559 頁。

爲,前人以“著鹽水中”形容杜詩典故的運用固然是很好的説法,但還不如以九方皋相馬來比擬更爲恰切。《列子·説符》載伯樂答秦穆公曰:“良馬可形容筋骨相也。天下之馬,若滅若没,若亡若失。若此者絶塵弭轍。”並謂九方皋善相馬。“穆公見之,使行求馬。三月而反,報曰:‘已得之矣,在沙丘。’穆公曰:‘何馬也?’對曰:‘牝而黄。’使人往取之,牡而驪。穆公不説,召伯樂而謂之曰:‘敗矣,子所使求馬者!色物、牝牡尚弗能知,又何馬之能知也?’伯樂喟然太息曰:‘一至於此乎!是乃其所以千萬臣而無數者也。若皋之所觀,天機也。得其精而忘其粗,在其内而忘其外。見其所見,不見其所不見;視其所視,而遺其所不視。若皋之相者,乃有貴乎馬者也。’馬至,果天下之馬也。”①杜詩之用典,亦如九方皋之相馬,在滅没存亡之間,取精去粗,在内忘外,抓住了最本真的精義,而一般人都能看到的那些毛色牝牡的表面現象却可以省略了。應該説,元好問以藥劑和九方皋相馬來闡釋杜詩用典之精妙,較前人著鹽水中之喻更具哲理内涵,更能彰顯出杜詩集大成的實質,那就是在融會衆家的基礎上有所提升,因得其精義而能開後世法門。

隨後,元好問又專引其父“先東巖君”之語,對黄庭堅的論杜予以肯定,並藉以表達對比興附會之説的反感與否定。好問父元德明認爲“近世唯山谷最知子美”,因爲黄庭堅指出讀杜注杜者,往往認爲杜詩中的草木蟲魚皆有比興之義,故常如商討揣度隱語一般解釋杜詩,“此最學者之病”。黄氏所言的確是精辟深警,解杜而好言比興的弊病,不但貫穿有宋一代,在整個杜詩學史上也是連綿不斷。黄氏之言實出自其《大雅堂記》,德明又云:“山谷之不注杜詩,試取《大雅堂記》讀之,則知此公注杜詩已竟。可爲知者道,難爲俗人言也。”黄庭堅《刻杜子美巴蜀詩序》云:“自予謫居黔州,欲屬一奇士而有力者,盡刻杜子美東西川及夔州詩,使大雅之音久湮没而

---

①　楊伯峻《列子集釋》卷八,中華書局1978年版,第255—258頁。

復盈三巴之耳。"[①]丹棱名士楊素翁粲然將黄庭堅所書杜詩盡刻於石,並構高屋以庇之,黄名之曰"大雅堂",並作《大雅堂記》以記之,其云:"由杜子美以來,四百餘年,斯文委地,文章之士,隨世所能,傑出時輩,未有升子美之堂者,况室家之好耶!余嘗欲隨欣然會意處,箋以數語,終以汨没世俗,初不暇給。雖然,子美詩妙處乃在無意於文。夫無意而意已至,非廣之以《國風》《雅》《頌》,深之以《離騷》《九歌》,安能咀嚼其意味,闖然入其門耶!故使後生輩自求之,則得之深矣。使後之登大雅堂者,能以余説而求之,則思過半矣。彼喜穿鑿者,棄其大旨,取其發興於所遇林泉人物、草木魚蟲,以爲物物皆有所托,如世間商度隱語者,則子美之詩委地矣。素翁可並刻此於大雅堂中,後生可畏,安知無涣然冰釋於斯文者乎!"[②]黄庭堅認爲杜詩的妙處即在於能充分吸取詩騷之精華而成大雅之音,但其並非刻意屬文,惟其無意於文,故能得其至意大道。故黄氏雖有箋注杜詩之意而未得實行,却覺得如果後生輩能信其所言,懂得杜詩妙處所在,用心探求領會,自能大有所得,如此便勝過去讀那些附會穿鑿的杜詩注解,從而與斯文涣然冰釋,與大雅再無隔閡。元德明正是從此意義上稱黄庭堅注杜已竟,但同時他也清醒地認識到,一般庸俗之人很難體察到這樣的層次,所以衹能"爲知者道"。元好問雖不喜黄庭堅的某些詩歌,但並不因此廢其詩論,而是對其卓有見地的論杜之語大加贊賞,充分顯示出一個批評大家的胸懷與眼光。

在《杜詩學引》的末尾,元好問介紹了《杜詩學》一書撰寫的背景與

---

① (宋)黄庭堅《類編增廣黄先生大全文集》卷二九,王水照編《宋刊孤本三蘇温公山谷集六種》第六册景印宋乾道刊本,國家圖書館出版社2012年版,第111頁。

② (宋)黄庭堅《類編增廣黄先生大全文集》卷三〇,王水照編《宋刊孤本三蘇温公山谷集六種》第六册景印宋乾道刊本,第135—136頁。

大概内容。據"因録先君子所教與聞之師友之間者爲一書,名曰《杜詩學》。子美之傳、志、年譜,及唐以來論子美者在焉"數語可知,已經亡佚的《杜詩學》應包括前人(唐、北宋迄金)、時人(元好問之父、師、友等)對杜甫其人其詩的評價,及杜甫的生平資料。詹杭倫、沈時蓉據以指出元好問的杜詩學,是以杜詩輯注之學爲其根柢,以杜詩譜志之學爲其綫索,以唐、宋、金諸家論杜爲其參照,確實是一部博綜群言、體例完備的杜詩學專著①。立足於元好問的時代,這樣一部《杜詩學》可以説已涵蓋了其中的重要元素。許總則指出"杜詩學"概念的明確提出,"無疑成爲杜詩學史上的一個重要的理性標記"②,其深遠意義自是不言而喻。在元好問之前,文藝研究領域内衹有"選學"的概念已經深入人心,《新唐書・曹憲傳》云:"憲始以梁昭明太子《文選》授諸生,而同郡魏模公孫羅、江夏李善相繼傳授,於是其學大興。"③初唐既有"選學"之名。"學"之含義,是指由對研究對象的詮釋、評價等批評活動而形成的一種專門學科的知識。"詩經學"、"楚辭學"、"龍學"等尚有其實而無其名。第一個提出了"杜詩學"概念,正是元好問對杜詩學的最大貢獻。

總之,"杜詩學"概念的明確提出,以及諸多精到的論杜之語,使元好問當之無愧地成爲金代杜詩學研究的代表人物。

---

① 詹杭倫、沈時蓉《元好問的杜詩學》,《杜甫研究學刊》1990年第4期。

② 許總《金元杜詩學探析》,見《杜詩學發微》,南京出版社1989年版,第114—115頁。

③ (宋)歐陽修等《新唐書》卷一九八,中華書局1975年版,第5640頁。

# 第二章　元代杜詩學

## 第一節　元代的文化特徵

元代是由我國北方的蒙古族建立的王朝，其前身是 1206 年成吉思汗鐵木真統一蒙古漠北諸部後建立的大蒙古國。蒙古族能征善戰，蒙古統治者更是一直奉行對外擴張政策，成吉思汗時期就征服了西遼、花剌子模等國，並對日益衰落的西夏和金發動了强有力的進攻。1227 年，鐵木真在征伐西夏時去世，而這個由党項人建立的在中國西北部存在了 189 年的西夏政權同年即被蒙古大軍消滅。1234 年，蒙古又攻滅了金。繼成吉思汗第一次西征花剌子模後，太宗八年（1236）至十四年窩闊台汗遣拔都等諸王率軍征服伏爾加河以西諸國，是爲蒙古第二次西征。憲宗二年至世祖中統元年（1252—1260）蒙哥汗派五弟旭烈兀率領十萬大軍攻討波斯，是爲蒙古第三次西征。通過近半個世紀的西征，蒙古成爲横跨歐亞大陸的超級帝國：在伏爾加河流域建立欽察汗國，在兩河流域建立伊利汗國，在天山南北東起阿爾泰山西至阿姆河的廣大地區建立察合台汗國，在額爾齊斯河以西至巴爾喀什湖以東的乃蠻部族舊地和部分西遼領土建立窩闊台汗國，史稱四大汗國。1252 年蒙古國大汗蒙哥汗采納四弟忽必烈建策，決定避開宋軍主要防綫，進兵大理國，借西南人力物力，形成迂回攻宋之勢。兩年後，元軍占領大理全境。1259 年蒙哥在四川攻打合州時暴死，駐守蒙古帝國首都哈拉和林（位於今蒙古國首都烏蘭巴托市西南）蒙哥七弟阿里不哥欲謀汗位。正在攻打南宋的忽必烈與宋議和後，率軍北歸，次年春在開平（位於今内蒙古錫林郭勒盟正藍旗駐地上都鎮東北）召開諸王大會，稱大汗，並下詔建元紀年，年號中統。阿里不哥隨之在哈拉和林稱汗，二人因此展開了四年的汗位戰争。中統五年（1264）阿里不哥戰敗，忽必烈奪得蒙古汗國的最高統治權，改元至元。至元十三年（1276），元軍占領南宋都城臨安，宋室投降，元統一全國。至元十六年，南宋大臣陸秀夫背著八歲的幼帝趙昺投海殉國，南宋滅亡。其後，元雖多次對日本、緬甸、安南、爪哇等國發動戰争，然而疆域大體趨於穩定。元武宗至大三年（1310），元朝與察合台汗國瓜分窩闊台汗國，元朝取得窩闊台汗國的漠西領土。至此，元朝疆域東起日本海、南抵南海、西至天山、北包貝加爾湖，故《元史・地理志一》云："自封建變爲郡縣，有天下者，漢、隋、唐、宋爲盛，然幅員之廣，咸不逮元。漢梗於北狄，隋不能服東夷，唐患在西戎，宋患常在西北。若元，則起朔漠，併西域，平西夏，滅女真，臣高麗，定南詔，遂下江南，而天下爲一。故其地北逾陰山，西極流沙，東盡遼左，南越海表。蓋漢東西九千三百二里，南北一萬三千三百六十八里，唐東西九千五百一十一里，南北一萬六千九百一十八里，元東南所至不下漢、唐，而西北則過之，有難以里數限者矣。"①至元惠宗妥歡帖木兒至正二十八年（1368），明軍攻下大都，元室北遷爲止，統一的元王朝便在這遼闊的疆域上演繹了中國歷史上不同尋常的百年風雲。

所向披靡、滅國無數的蒙古大軍難免野蠻殘暴，在東征西討的過程中對當地經濟造成極大破壞，但當蒙古貴族力求鞏固統治時，就不得不改變其戰争政策。早在成吉思汗時期，當蒙古軍隊進入中原地區後，統帥木華黎就對漢族地主武裝采取了招降政策，戰争的目的也從搶掠人、財、物，變成攻城奪地。爲建立適應中原經濟

---

① （明）宋濂等《元史》卷五八，中華書局1976年版，第1345頁。

文化水平的統治秩序，蒙古統治者逐步實行"漢法"，在這一過程中，精熟漢文化的契丹貴族後裔耶律楚材(1190—1244)起了重要作用。耶律楚材是遼太祖耶律阿保機的九世孫，自其祖父起世代仕於金，常居於燕京，這使耶律楚材從小就受到當地濃厚的漢族文化風氣的濡染，精通漢文，博極群書，對儒家思想的領悟更爲深入。1215年，蒙古軍攻占燕京，成吉思汗聞知其才名，派人問以治國之計。其後，耶律楚材兩次隨成吉思汗出征，力阻濫殺，諫言安民治國之道，深受器重。窩闊台即位，耶律楚材倡立朝儀，勸窩闊台之兄察合台等人行君臣禮，被窩闊台譽爲"社稷臣"。窩闊台汗三年(1231)，耶律楚材即拜中書令，此後，他積極推行文治，殫精竭慮，制定了一系列軍事、政治、經濟、文化方面的法令制度，不但使飽受戰亂破壞的中原農業經濟得以恢復發展，而且使蒙古貴族逐漸放棄游牧民族的生活和思維方式，采用儒家傳統思想和制度來治理國家。蒙古軍隊攻討金時，屠殺、奴役儒生的現象十分普遍，金亡前一年(1233)，元好問痛感於此，特致函耶律楚材，盼其能保護儒生："誠以閣下之力，使脱指使之辱，息奔走之役，聚養之，分處之，學館之奉不必盡具，饘粥足以糊口，布絮足以蔽體，無甚大費，然施之諸家，固已骨而肉之矣。"①其實，早在1230年蒙古設置十路課税所時，耶律楚材就奏請窩闊台以儒生爲課税使，一次就啓用了二十名儒生爲各路正副課税使，這是蒙古統治者大規模任用漢人儒士的開始。同樣在耶律楚材的努力下，窩闊台汗十年，亦即金亡後第四年，就舉行首次科試取士，並且明令被俘爲奴的儒生就試，其主匿弗遣者死，這樣就使大批儒生得免爲奴。這次在舊曆戊戌年進行的科試，共得儒生四千零三十人，以"戊戌選"稱名於後世。耶律楚材在成吉思汗、窩闊台兩朝任事近三十年，爲促進蒙古貴族接受

---

① （金）元好問撰，狄寶心校注《元好問文編年校注》卷四《癸巳歲寄中書耶律公書》，第310頁。

中國傳統文化做出了重大貢獻,雖然他也不斷受到打擊排擠,并在窩闊台死後三年,年僅五十四歲即悲憤離世,但他"以儒治國"的主張却爲忽必烈建立元朝奠定了堅實的基礎。

1251年蒙哥即汗位,是爲憲宗。因忽必烈在其同母弟中"最長且賢",故命其總領漠南漢地軍政事務。次年,奉忽必烈命訪求人才的張德輝偕元好問覲見,元好問提出尊忽必烈爲"儒教大宗師"的主張,忽必烈欣然接受。其時忽必烈周圍已漸漸形成一個漢人儒士幕僚集團,其中著名的人物有劉秉忠、郝經、許衡、姚樞、竇默、趙璧、張德輝、程鉅夫等。這些儒士幕僚爲忽必烈講解儒家經典,叙説中國歷代聖君賢臣的事迹,更反復陳述"以馬上得天下,不可以馬上治天下"、"農桑乃天下之本"等治國大道,力圖使忽必烈接受儒家正統觀念,忽必烈則有意通過這些頗有聲名的儒士來争取漢族地主軍閥的支持。劉秉忠博學多才,勇於言事,是對忽必烈産生重要影響的關鍵人物。《元史・劉秉忠傳》謂:"癸丑,從世祖征大理。明年,征雲南。每贊以天地之好生,王者之神武不殺,故克城之日,不妄戮一人。己未,從伐宋,復以雲南所言力贊於上,所至全活不可勝計。中統元年,世祖即位,問以治天下之大經、養民之良法,秉忠采祖宗舊典,參以古制之宜於今者,條列以聞。於是下詔建元紀歲,立中書省、宣撫司。朝廷舊臣、山林遺逸之士,咸見録用,文物粲然一新。"①而忽必烈《中統建元詔》則稱:"朕獲纘舊服,載擴丕圖,稽列聖之洪規,講前代之定制。建元表歲,示人君萬世之傳;紀時書王,見天下一家之義。法《春秋》之正始,體《大易》之乾元。炳焕皇猷,權輿治道。可自庚申年(1260)五月十九日,建元爲中統元年。"②明白地宣告他自認爲中國中央王朝的正統繼承人。由於忽必烈積極"行漢法",明顯違背了蒙古傳統,引起許多蒙古貴

---

① (明)宋濂等《元史》卷一五七,第3693頁。

② (明)宋濂等《元史》卷四,第65頁。

族的不滿，紛紛拒絶歸附忽必烈汗國，四大汗國除伊利汗國外都支持阿里不哥。但忽必烈却虚心聽取身邊漢族謀臣的建議，在政治經濟上鋭意改革，穩固了政權統治，爲戰争的進行營造了良好的環境，最終在奪汗大戰中獲勝。至元八年（1271），忽必烈稱帝，劉秉忠奏請以《易經》中“大哉乾元”之意，正式建國號大元，忽必烈采納，并命劉秉忠繼續營建大都。至元十一年正月元旦，忽必烈在大都正殿接受朝賀，從此大都代替和林，成爲蒙古統治者的政治中心，亦成爲後世中國的政治中心。可以説，忽必烈完成了蒙古貴族統治形式的最終轉變，其建立的元朝更是基本擺脱了遊牧民族政權的性質，而進入中國歷史長河的主流中。

元朝疆域遼闊，結束了自唐末藩鎮割據以來中國多個政權長期並存的分裂和戰亂局面，推動了統一的多民族國家的鞏固和發展。與廣袤的國土相應，元統治者也有比較恢宏的氣度，在思想上兼收並蓄，文化上寬鬆包容。元統治者對各種思想幾乎都予以承認，所謂“三教九流，莫不崇奉”。忽必烈的“行漢法”主要就是按儒家學説來治國，所以儒家思想仍可視爲元朝的統治思想，不但地位重要，且有對後世産生重大影響的舉措。如元成宗大德十一年（1307）封孔子爲“大成至聖文宣王”；元仁宗初年正式行科舉，規定“明經”、“經疑”、“經義”的考試都用朱熹注，自此“朱氏諸書，定爲國是，學者尊信，無敢疑貳”①，“至於《論語》《大學》《中庸》《孟子》，專以周、程、朱子之説爲主，定爲國是，而曲學異説，悉罷黜之”②，程朱理學成爲元代的官學。興起於金朝初年的全真教作爲元朝道教的代表，也得到蒙古最高統治者的高度認可。1222 年，掌

---

① （元）虞集《道園學古録》卷三九《跋濟寧李璋所刻九經四書》，《儒藏精華編》第 247 册下，北京大學出版社 2016 年版，第 909 頁。

② （元）蘇天爵《滋溪文稿》卷五《伊洛淵源録序》，《四庫提要著録叢書》集部第 61 册景印明鈔本，第 55 頁。

教丘處機在西行三萬五千里之後,以 74 歲高齡到達西域大雪山(今阿富汗興都庫什山)成吉思汗的行宫。成吉思汗向其詢問養生之法和治國之道,丘處機勸其清心寡欲,敬天愛民,成吉思汗十分敬服,稱之爲"仙翁",下令免除全真教的賦役,并令丘處機掌管天下宗教事務。丘處機"一言止殺"留下千古佳話,全真教以此爲契機,借成吉思汗的崇奉,遍立宫觀,弘道傳教,此後歷經尹志平、李志常兩任掌教,約三十年間一直維持鼎盛局面。元世祖統一江南後,同源異流的道教南宗與全真教逐步趨於認同、融合,至元朝中後期,南宗併入全真教,全真教蓋過江南正一教,成爲天下道教統領。直到明代,統一的全真教才在朝廷打擊約束的政策下分解成諸多支派。除此之外,元朝對藏傳佛教也十分推崇,對西亞文化和歐洲文化都予以接納和吸收。爲了維護蒙古貴族的特權地位,元實行了"民分四等"的政策,蒙古人爲第一等,其餘大體上以西域色目人爲第二等,淮河以北原金國境内漢人爲第三等,最後征服的南宋境内的南人爲第四等。儘管如此,元朝還是廣泛任用各民族的人士爲官,比如忽必烈滅南宋後,很快采納程鉅夫的建議,起用南方儒士爲朝臣。而程鉅夫更單獨引薦宋太祖趙匡胤十一世孫、著名書畫家、文人趙孟頫覲見忽必烈,忽必烈對之甚爲器重,趙孟頫亦出仕元朝,南方漢族文人反元抗元的態度因此發生了很大改變。仁宗一朝,趙孟頫更受寵信,入翰林院,任侍講學士、知制誥、同修國史。《元史・趙孟頫傳》載:"帝(仁宗)眷之甚厚,以字呼之而不名。帝嘗與侍臣論文學之士,以孟頫比唐李白、宋蘇子瞻。又嘗稱孟頫操履純正,博學多聞,書畫絶倫,旁通佛、老之旨,皆人所不及。有不悦者間之,帝初若不聞者。又有上書言國史所載,不宜使孟頫與聞者,帝乃曰:'趙子昂,世祖皇帝所簡拔,朕特優以禮貌,置於館閣,典司述作,傳之後世,此屬呶呶何也!'"①意大利著名探險家馬

① (明)宋濂等《元史》卷一七二,第 4022 頁。

可・波羅亦曾朝見過忽必烈,且被委以官職。他在中國遊歷了 17 年,回國後寫成《馬可・波羅遊記》一書,詳細記述了在中國的見聞,在歐洲引起巨大的轟動。

作爲第一個以少數民族統一中國的王朝,元朝雖然總體上是“以儒治國”,文化整體面貌也是多元並存,但爲維護蒙古貴族的統治,不可避免地存在民族歧視與壓迫的現象。這種矛盾集中反映在如何對待漢族文化主要傳承人——儒士的問題上。《元史・高智耀傳》記載:

> 皇子闊端鎮西涼,儒者皆隸役,智耀謁藩邸,言儒者給復已久,一旦與厮養同役,非便,請除之。皇子從其言。欲奏官之,不就。憲宗即位,智耀入見,言:“儒者所學堯、舜、禹、湯、文、武之道,自古有國家者,用之則治,不用則否,養成其材,將以資其用也。宜蠲免徭役以教育之。”帝問:“儒家何如巫醫?”對曰:“儒以綱常治天下,豈方技所得比。”帝曰:“善。前此未有以是告朕者。”詔復海内儒士徭役,無有所與。世祖在潛邸已聞其賢,及即位,召見,又力言儒術有補治道,反覆辯論,辭累千百。帝異其言,鑄印授之,命凡免役儒户,皆從之給公文爲左驗。時淮、蜀士遭俘虜者,皆没爲奴,智耀奏言:“以儒爲驅,古無有也。陛下方以古道爲治,宜除之,以風厲天下。”帝然之,即拜翰林學士。①

高智耀(約 1206—約 1271)是西夏進士,其家世代在西夏爲官,祖父更官至右丞相。西夏和金也是少數民族政權,都在其後發展壯大起來的蒙古軍隊的鐵蹄下瓦解。但是以勇武善戰著稱的蒙古對儒家文化的了解實在遠遜於西夏與金,大汗蒙哥竟然提出“儒

---

① (明)宋濂等《元史》卷一二五,第 3072—3073 頁。

家何如巫醫”的問題,由此可見一斑。而且雖然自成吉思汗起就從耶律楚材等人處接受了儒家思想的影響,也一直有一些提高儒士地位的舉措,但直至忽必烈即位,仍然大量存在以儒士爲奴的現象。儒士本是“生常免租稅,名不隸征伐”(杜甫《自京赴奉先縣詠懷五百字》),而在蒙古統治下,儒士即使得以釋放不再爲奴,也不復免除徭役的特權,即便統治者多次下詔恢復,仍有不予執行的地區。陸文圭《中大夫江東肅政廉訪使孫公墓志銘》即云:“至元有詔,蠲免身役,州縣奉行弗虔,差徭如故。”①

忽必烈南征北戰的過程中一直依靠大批漢族儒士的支持,但中統三年(1262)正當其與阿里不哥的奪汗大戰激烈進行時,山東軍閥李璮舉兵反叛,璮之岳父王文統時任中書省平章政事,深得忽必烈信任,王又是劉秉忠等人所舉薦。雖然李璮之亂數月即被平定,王文統亦被處死,但經此一事,忽必烈對漢族文臣大爲疏遠。王惲《儒用篇》云:“國朝自中統元年以來,鴻儒碩德,濟之爲用者多矣! 如張、趙、姚、商、楊、許、三王之倫,蓋嘗忝處朝端,謀王體而斷國論矣……今則曰: 彼無所用,不足以有爲也。是豈智於中統之初,愚於至元之後哉? 予故曰: 士之貴賤,特係夫國之重輕、用與不用之間耳!”②

元代的科舉也是時行時止,開科之日,名額亦由四等人均分,漢族士子主要在漢人、南人中,人數遠較應舉的蒙古、色目人多,其不公平性顯而易見。而在很長的一個時期内,南人即使考中進士,也不能爲御史、尚書等重要官職,這自然引起南方儒士的極大不滿。科舉無定時又必然導致《元史・選舉志》所稱“仕進有多歧,銓

---

① (元) 陸文圭《墻東類稿》卷一二,《景印文淵閣四庫全書》第 1194 册,第 680 頁。

② (元) 王惲撰,楊亮、鍾彦飛點校《王惲全集彙校》卷四六,中華書局 2013 年版,第 2183 頁。

衡無定制"①的局面。《元史·徹里帖木兒傳》載許有壬(1286—1364)語曰:"古人有言,立賢無方。科舉取士,豈不愈於通事、知印等出身者。今通事等天下凡三千三百二十五名,歲餘四百五十六人。玉典赤、太醫、控鶴,皆入流品。又路吏及任子其途非一。今歲自四月至九月,白身補官受宣者七十二人,而科舉一歲僅三十餘人。"據此,元入仕途徑之多、官員出身之雜、科舉得仕比例之小,堪以空前絶後目之。即便如此,中書平章政事徹里帖木兒仍提出罷科舉,許有壬正是因此與丞相伯顔辯論。伯顔竟認爲:"今科舉取人,實妨選法。"許有壬以上述事實反問:"太師試思之,科舉於選法果相妨邪?"雖然許有壬指出:"科舉若罷,天下人才觖望。"②然停罷科舉之議已定,時爲元惠宗至元元年(1335)。次年始,科舉考試便暫停,直至至正元年(1341)方恢復。

可以説,儒士的地位、境遇自始至終是元朝一個複雜而尖鋭的社會問題。蒙古統治者雖然還是把儒家思想作爲統治思想,但更以維護蒙古貴族特權爲第一要務,對儒士的用與棄必然要圍繞鞏固蒙古族統治的中心來調整,這中間也必然會受到蒙古統治者舊有的頑固落後思想的影響。在這樣的文化氛圍中,儒士不可能獲得和前代一樣的政治地位,而一旦喪失仕進的機會,缺乏其他才能的儒士必定境遇極差,所以元代才流傳"九儒、十丐"之説,而元末余闕亦有"小夫賤隸,亦皆以儒爲嗤詆"之語③。

但蒙古統治者既没有像前代的秦始皇一樣"焚書坑儒",也没有像後世的清廷那樣實行文字獄。這個建立起横跨歐亞的大帝國的民族,自有不同尋常的氣魄,從没有試圖統一思想,更没有施展

① (明)宋濂等《元史》卷八一,第2016頁。

② (明)宋濂等《元史》卷一四二,第3405頁。

③ (元)余闕《青陽先生文集》卷二《貢泰父文集序》,《四庫提要著録叢書》集部第256册景印明正統十年刻本,第452頁。

鉗制言論的鐵腕。元末明初陶宗儀的《南村輟耕録》裏記載了這樣一樁案件：

> 俞俊，其先嘉興人，今占籍松江上海縣……俊弱冠時，從顧琛淵白游，負氣傲物。當伯顔太師柄國日，嘗賦《清平樂》長短句云："君恩如草，秋至還枯槁。落落殘星猶弄曉，豪傑消磨盡了。 放開湖海襟懷，休教鷗鷺驚猜。我是江南倦客，等閒容易安排。"手稿留葉起之處。後與葉交惡，竟訴于官，必欲構成其罪。賚緣賄賂，浙省移准中書省咨，劄付儒學提舉司，議得古人寄情遣興，作爲閨怨詩詞，多有指夫爲君者，然此亦當禁止。以故獲免罪戾，而所費已幾萬錠矣。①

年輕氣盛的江南士子俞俊得罪了葉起之，葉以其寫著"君恩如草，秋至還枯槁"這樣大逆不道詞句的手稿訴於官。然當朝最後的判定却是閨怨詩詞自古多指夫爲君，故不論罪，但當禁止，意即既往不咎，下不爲例。雖説俞俊爲脱罪花了幾萬的巨額賄賂，但若在明清，如此公然犯忌是根本不可能靠破財以免灾的。

明人姜南《投甕隨筆》"馮子振反覆"條云："元世祖時，馮子振嘗爲詩譽桑哥，且涉大言。及桑哥敗，即告詞臣撰碑引諭失當。國史院編修官陳孚發其奸狀，乞免所坐遣還家。帝曰：'詞臣何罪？使以譽桑哥爲罪，則在廷諸臣，誰不譽之？朕亦嘗譽之矣！'吁！子振反覆，小人固不足道也。帝所以諱子振之罪者，正所以諱己用桑哥之失也。"②事見《元史·世祖本紀》③。在姜南眼中，忽必烈對馮

---

① （元）陶宗儀《南村輟耕録》卷二八，中華書局1959年版，第352頁。

② （明）姜南《投甕隨筆》，嘉慶吴氏聽彝堂刻本，（清）吴省蘭輯《藝海珠塵》第33册。

③ （明）宋濂等《元史》卷一七，第362頁。

子振這樣反覆小人不予追究是力圖掩蓋自己的用人之失，這番議論實在是以小人之心度君子之腹。桑哥乃畏兀兒人，精通多種語言，軍事、經濟才能極爲出衆，故深得忽必烈信任，位至尚書右丞相，總攬朝廷大權。當此盛時，自然是滿朝贊譽之聲，而桑哥正是因此日益驕縱，終以貪腐被殺。忽必烈不過是因其能而大用之，因其惡而嚴懲之，昔日之譽，今日之誅，都是應有之義。一切如此簡單明白，又有什麽忌諱難言之處？而曾以詩譽桑哥的馮子振急於撇清，竟反告爲桑哥撰碑頌揚之人隱喻失當；陳孚則汲汲於揭發馮子振的反覆無常，乞以論罪。文人之間這些狹隘而殘忍的争鬥，胸襟博大、心地明净的元世祖却能一眼看透其中的無聊無益，根本不會因一點挑唆，便陷入盲目加罪臣下的昏君泥淖中。

同時，元代科舉雖時行時止，但縣學、府學、國子學等各類官學一直未廢，民間私學的創辦也没有多少限制。所以被阻隔於官場之外的儒生文士，雖然生活困頓，更難以實現治國平天下的人生價值，但是文脈不絶，文禁寬鬆，文人依然可以鑽研經義、探討學問，更可以盡情抒發各種人生感懷。這種特殊的境遇對文學必然産生影響，最直接的表現就是俗文學的蓬勃發展。

自宋代開始就出現以詞爲代表的俗文學與傳統詩文雅文學分裂的局面，文人多以詩文言志，以詞抒情。至南宋末，隨著詞樂的消亡及詞作家對文詞工麗的片面追求，詞逐漸成爲細膩精緻的案頭之作，原本具有的通俗性和歌唱性特徵消失，詞成爲典雅的更高層次的文學意義的詩歌。而在北方，一種新的可歌的詩體開始在民間興起，這就是“曲”。金末哀宗（1224—1233）時，劉祁與王青雄論詩，“唐以前詩在詩，至宋則多在長短句，今之詩在俗間俚曲”，“今人之詩……雖得人口稱，而動人心者絶少，不若俗謡俚曲之見其真情，而反能蕩人血氣也”①。曲包括劇曲和散曲，因其通俗性及

① （金）劉祁《歸潛志》卷一三，第145—146頁。

真情貫注得到廣泛的歡迎。而到元代,更吸引了在政治上飽受壓抑的文人投身其中,激情四射地創作出大量優秀的作品。元曲成爲有元一代文學的代表,在文學史上獲得了和唐詩、宋詞並稱的地位。

元曲中的劇曲,即通常所説的元雜劇。元雜劇的繁榮和經濟發展水平、城市商業化水平密切相關,而衆多文人的參與也是一個重要條件。元鍾嗣成(約 1279—約 1360)所撰《録鬼簿》是一部專爲曲作家立傳之書,鍾氏自序云:"人之生斯世也,但知以已死者爲鬼,而不知未死者亦鬼也。酒罌飯囊,或醉或夢,塊然泥土者,則其人雖生,與已死之鬼何異?"①可見其一腔怨懟之意。鍾嗣成祖籍大梁(今河南開封),寄居杭州,曾在杭州官學進學,多次參加明經考試而不中,後在浙江行省任掾史,又不得升遷,於是杜門著書,亦有雜劇創作。可以説鍾嗣成自己就是"鬼"之一員,而其時如他一樣的文人所在多矣!故鍾氏自序又云:"余因暇日,緬懷故人,門第卑微,職位不振,高才博識,俱有可録,歲月彌久,湮没無聞,遂傳其本末,吊以樂章。復以前乎此者,叙其姓名,述其所作。"地位低微,窘迫如鬼,滿懷高才博識,衹能借曲傳寫,鍾氏身處其間,自惜惜人,故撰成《録鬼簿》一書,唯恐生如鬼且死無聞。

元代特殊的文化氛圍必然對杜詩學産生多方面的影響,不過就元統治者對杜甫的基本態度而言,還是以尊崇爲主,如同其雖然兼收並蓄,但依然主要用儒家思想來治理國家一樣。元惠宗至元三年(1337)夏四月"丁酉,謚唐杜甫爲文貞"②,終元一代,再未有其他文人獲此殊榮。杜甫也像孔子、朱熹一樣,在這個少數民族統治的朝代中得到了前此未有的尊號和崇高的地位,而且這些都被後世廣泛接受。這一標志性事件在杜詩學史上亦具有重大意義。

---

① (元)鍾嗣成《録鬼簿》,上海古籍出版社 1978 年版,第 2 頁。

② (明)宋濂等《元史》卷三九,第 839 頁。

## 第二節　元曲與元詩中的杜甫形象

關於杜甫題材的元雜劇,今日可考者,至少有三種。一爲范康撰《曲江池杜甫遊春》,一爲闕名撰《杜秀才曲江池》,此兩種已亡佚。第三種爲《衆僚友喜賞浣花溪》①,作者亦失名,有脈望館抄校本,《孤本元明雜劇》本據之校印。錢曾《也是園書目》、姚燮《今樂考證》、王國維《曲録》皆著録。此劇題目作"聖明君命玩春和景",簡名《浣花溪》。元雜劇通常在結尾處用一聯或二聯對句,概括全劇主要劇情,用末句寫出此劇的全名,而此句的末三字或四字多爲此劇的簡稱。《孤本元明雜劇》所録,亦於劇尾題"聖明君命玩春和景,衆僚友喜賞浣花溪"一聯,而上聯前冠以"題目"二字,下聯前冠以"正名"二字。劇情正如聯語所示,乃是衆臣僚奉聖明君主之命喜賞春光。第一折中殿頭官云:"小官今日早朝,奉聖人的命:慶賞元宵,節令已過,遇此春間天氣,芳草茸茸、和風細細,放衆臣宰每假限十日,去郊外游賞春光。賞心樂事,同享太平。"可以説先定下了皇恩浩蕩的基調,但這種基調中分明透露出緬懷盛世、譏諷當朝的意思。第一折宋之問所唱〔混江龍〕曲云:"聖明君廣施仁義,武臣文宰盡扶持。千邦納土,萬國來儀。寰宇千門歌稔泰,聖明一統錦華夷。真個便無士馬干戈退,清寧蠻虜,净掃戎狄。"蠻虜需清寧,戎狄當净掃,若是清廷聞此語,必殺之而後快,元雜劇却堂而皇之地流傳至今。第三折寫院公與莊農打掃浣花溪莊事,大量鋪排年豐景美及農耕之樂。然而一個莊農看到一處大户人家倉場米麥堆積如山,便動了"明日吃了酒,和弟兄商量了,偷他些,家裏媳婦

① 見涵芬樓輯《孤本元明雜劇》第二十册,商務印書館民國三十年(1941)版。

孩子吃”的心思,另一莊農以“拿住不是耍”告誡他,他却説:“你曉的,一日不識羞,三日不忍飢。”此情景雖衹數句帶過,但盛世難掩的貧苦終究透露出來。

劇中出場的唐代知名人物依次是:賀知章、李適之、蘇味道、張叔明、宋之問、李白、張旭、焦遂、史思明、杜甫、崔宗之、蘇晋等。第二折正末杜甫〔倘秀才〕曲云:“聚僚友知章汝陽,會太白宗之尊長,蘇晋先生多伎倆。左相威凜凜,張旭貌堂堂,有焦遂清爽。”可謂將杜甫《飲中八仙歌》中的八位人物羅列一遍,而其實汝陽王李璡並未出現。第二折中有一招引衆臣串聯全場的關鍵人物姓王名璡,自稱“官拜中書之職”,今考唐實無此人。蘇味道、宋之問則是初唐人,二人去世時,杜甫尚未出生。而浣花溪更在四川成都,杜甫於上元元年(760)始卜居是處,時賀知章亦已謝世十六年。更兼天寶十四載(755)歷時八年的“安史之亂”爆發,浣花草堂的生活雖然是杜甫一生中難得的安寧時光,其時早已不復稱太平盛世。杜甫曾在天寶五載至十五載居於長安,《飲中八仙歌》即創作於此時,且《浣花溪》一劇本是寫京城諸臣受命賞春,故事發生地自應是長安。作爲安史叛軍主要首腦,被殺於761年的史思明出現於此劇中,則説明其時當在“安史之亂”爆發前。歷史上與這些文人並無多少交往的史思明在劇中被刻畫成一個不請自來,要嘴調文,硬要擠進這熱鬧中的類似醜角一樣的人物,這自然是作者反感心緒的反映。

不過天寶十五載,雖然仍處所謂“開天盛世”之中,但朝政已日趨黑暗,杜甫亦是四處干謁,生活窘迫,所見所聞使他敏鋭地覺察到唐王朝由盛轉衰的危局。程千帆先生即指出:“詩中的‘飲中八仙’在當時是欲有所爲而被迫無所爲,爲世俗所拘,不得已而沉湎於醉鄉,即通過‘浪迹縱酒’,而‘以自昏穢’。而杜甫與他們的關係則可歸結爲‘一個醒的和八個醉的’。杜甫是當時社會中的一個先覺者,他感覺到了表面美妙的社會政治情况之下的實際不妙,開始從唐代盛世的沉湎中清醒過來,但最初的感覺還不是深刻的,所以在《飲中八仙歌》中杜甫是面對一群不失爲優秀人物的非正常精神狀態，懷著錯愕與悵惋的心情，睁著一雙醒眼客觀地記録了八個醉人的病態。它是杜甫從當時流行風氣中掙脱出來的最早例證。"①而在《浣花溪》一劇中，杜甫基本是個歌頌昇平之人。杜甫雖然是此劇的"正末"，即主角，但衹出現在全劇四折中的第二折和第四折中，其所唱曲文主要有如下幾首：

〔正宫·端正好〕志氣又忠直，情性多謙讓。爲官的舉止行藏，吟詩作賦偏豪放。頓覺情懷傷。

〔滚繡球〕吐珠璣錦繡腸，人都道杜甫狂。愛游春繞街穿巷，托賴着萬乘君王，致令得四海安、普天下百姓康。齊賀着太平景象，幸遇着明媚春光。一心待聚同僚友荒郊外，則待要作賦吟詩閑舉觴，趁着這日吉時良。

〔小梁州〕見如今四序清平化日長，玩芳春歡宴徜徉，爲官全要顯忠良。相謙讓，志氣要軒昂。

〔雙調新水令〕今日箇賞春開宴會臣僚，幸逢着萬民歡樂，八方無士馬，四海息波濤。喜遇花朝，駢車馬，盡來到。

〔折桂令〕錫天廚美酒佳殽，衆位公卿樂樂醄醄。麟脯駝峰，珍羞百味，熊掌羊羔。更有那交梨火棗，將着這仙酒仙桃。任意遨遊，瀟灑清標，仰祝吾皇洪福天高。

〔沽美酒〕荷當今明聖朝，賽虞舜過湯堯。祝贊昇平慶賀了，普天下黎民快樂，四野裏盡歌謡。

〔太平令〕齊賀着豐年之兆，愛賞着美景良宵，幸遇着春光天道。看着，玩着，一齊的拜了，但願的萬萬載家家歡笑。

---

① 程千帆《一個醒的和八個醉的——杜甫〈飲中八仙歌〉札記》，《中國社會科學》1984年第5期。

劇中杜甫借這些曲文宣揚了自己的忠正品格和詩賦才能,但主要還是極口稱頌君上聖明、四野太平、萬民歡樂。政治上的預見性、批判性則絲毫没有表現出來,而這些才是現實中杜甫的最可貴的品質。如果説創作《飲中八仙歌》時,杜甫還没有清醒地意識到盛世掩蓋下的危殆局面,那麼在天寶末期創作的《麗人行》一詩中,杜甫則以含蓄而又生動的筆觸諷刺了楊氏兄妹的腐朽奢靡,充分反映出他對黑暗現實的深刻認識。上引〔折桂令〕"麟脯駝峰"一句顯然是承襲《麗人行》詩中描寫飲食豪奢的"紫駝之峰出翠釜,水精之盤行素鱗"兩句而來,但《麗人行》接之以"犀箸厭飫久未下,鸞刀縷切空紛綸。黄門飛鞚不動塵,御廚絡繹送八珍"數句,便將楊氏一族的暴殄天物與昏聵皇帝的無度驕寵暴露無遺,極具批判的張力。而〔折桂令〕亦是在得到御賜酒殽後演唱,却衹是在贊美殽饌之珍貴,落脚於"仰祝吾皇洪福天高",一派卑微小臣感激涕零的模樣。

這部唯一流傳下來的杜甫題材的元雜劇水平之有限實是一目瞭然,這位失却姓名的作者自然也不是才學出衆之士,不但對基本歷史事實的掌握有所欠缺,而且對杜詩也不是很熟悉。第三折末浣花溪莊莊農杜成下場詩:"浣花溪水水西頭,主人爲卜林塘幽。灑掃亭臺並花囿,安排僚友賞春游。"前兩句取自杜詩《卜居》,這是全劇僅有的一處直接徵引杜詩原句的地方。曲文中,即使是對賀知章、李白、張旭等飲中八仙人物的描述,也没有徵引杜詩的精彩詩句。曲本與詞有更直接緊密的關係,《浣花溪》受宋詞的影響也十分明顯,比如第四折中杜甫所唱〔得勝令〕:"都來玩賞樂逍遥,談笑飲香醪。岸口環新柳,墻頭綻小桃,清標;紅杏枝頭鬧,堪描。李花白雪飄。""紅杏枝頭鬧"一句自是由北宋宋祁《玉樓春・春景》中的名句"紅杏枝頭春意鬧"而來。而杜詩諸多膾炙人口的名句在此劇中却不見一毫踪影。

另兩部亡佚的杜甫題材的元雜劇,劇名中都有"曲江池"三字。

曲江是唐時春遊勝地,杜甫寫有多首曲江題材的詩,後世作者常藉以渲染。元陶宗儀《輟耕録》卷二五即著録金院本《杜甫遊春》。元闕名撰《杜秀才曲江池》,袛爲清初無名氏所撰《傳奇彙考標目》别本(即其增補本)著録,其據李氏《海澄樓藏書目》補得元傳奇,録此本,並注云:二册。未見其他著録。范康撰《曲江池杜甫遊春》,簡名《杜甫遊春》,又作《遊曲江》。鍾嗣成《録鬼簿》、明朱權《太和正音譜》均著録。明臧懋循《元曲選目》則誤分作《曲江池》《杜甫遊春》兩種,實疏漏之甚。《録鬼簿》謂康"因王伯求其《太白貶夜郎》,乃編《杜甫遊春》。筆下新奇,蓋天資卓異,人不可及也"①。范康,字子安,一作子英。元杭州(今屬浙江)人。約生活於元後期,作雜劇二種,今存《陳季卿悟道竹葉舟》,《曲江池杜甫遊春》則已佚。另存散曲數支。《太和正音譜》稱其詞"如竹裏鳴泉"。《録鬼簿》謂其"明性理,善講解,能詞章,通音律"。鍾氏還爲其作吊詞《淩波曲》云:"詩題雁塔寫秋空,酒滿觥船棹晚風,詩籌酒令閑吟詠。占文場第一功,掃千軍筆陣元戎。龍蛇夢,狐兔踪,半生來彈指聲中。"范康現存曲作的水平确實高過《浣花溪》。雜劇《陳季卿悟道竹葉舟》是一部神仙道化劇,寫吕洞賓點化陳季卿的故事,反映了獲取功名不如求仙得道的思想,明顯受到全真教的影響。此劇結構緊湊,人物形象生動,曲文也富於文采和藝術感染力。據此推想其《杜甫遊春》當頗有可觀處,可惜今已不見傳本,其主要原因當不是《杜甫遊春》水平欠佳,而是在全真教興盛的社會大背景下神仙道化劇更受大衆歡迎所致。

除雜劇外,散曲中也有歌詠杜甫的作品,如鮮于必仁〔折桂令〕《杜拾遺》:

倦騎驢萬里初歸,可嘆飄零,誰念棲遲?飯顆山頭,錦官

① (元)鍾嗣成《録鬼簿》,第32、33頁。

城外，典盡春衣。草堂裏閑中布韋，曲江邊醉後珠璣。難受塵羈，黄四娘家，幾度斜暉。①

鮮于必仁乃元代著名詩人、書法家鮮于樞之子，漁陽郡(今天津薊州)人。必仁雖出生於官宦之家，自己却終生未仕，其爲人性情達觀，浪迹四方，寄情山水。《全元散曲》存其小令二十九首，題材主要是詠寫山水風景、詠懷歷史人物。僅〔折桂令〕，鮮于必仁還作有《諸葛武侯》《李翰林》《韓吏部》《晋處士》《蘇學士》等題。《杜拾遺》一首，主要慨嘆杜甫之窮困飄零，雖然情緒深沉，頗爲感人，但對杜甫的理解比較片面。且"錦官城外"接以"典盡春衣"，"黄四娘家"接以"幾度斜暉"，這樣對原作的背景、意境的任意篡改，總讓人感覺其對杜詩的認識尚流於表面。而對唐孟啓《本事詩・高逸》中所載李白戲贈杜甫詩"飯顆山頭逢杜甫，頭戴笠子日卓午。借問何來太瘦生，總爲從前作詩苦"，此類傳聞失據之詞，鮮于必仁却特藉以刻畫杜甫，暴露出其對杜甫其人其詩基本情況尚缺乏必要的深入了解。

雖然曲作爲新興的詩體大受元代文人歡迎，但古今體詩的創作依然十分繁盛，而且詠寫杜甫的詩作數量更多，質量也比較高。鮮于必仁〔折桂令〕《杜拾遺》提到的杜甫騎驢的形象在元詩中也多次出現，如以下幾首：

**題范蠡五湖杜陵浣花其二　趙孟頫**

春色醺人苦不禁，蹇驢馱醉晚駸駸。江花江草詩千首，老盡平生用世心。②

---

①　隋樹森編《全元散曲》，中華書局 1964 年版，第 392—393 頁。

②　(元) 趙孟頫《松雪齋文集》卷五，《四庫提要著録叢書》集部第 107 册景印元志元刻本，第 294 頁。

### 少陵春遊圖　程鉅夫

杜陵野客正尋詩，花柳前頭思欲迷。一樣東風驢背穩，曲江怎似浣花溪。①

### 贊少陵騎驢　周霆震

巫山雲暗失歸樵，劍閣春深雪未消。泪墮中原天萬里，蹇驢獨過浣花橋。②

### 少陵醉歸圖二首　劉敏中

宗武扶醉眠，宗文引羸蹇。花柳暗草堂，日落江橋遠。

耽詩不自苦，惟醉乃始忘。無使驢失脚，驚覺吟更狂。③

### 少陵醉歸圖　同恕

烏帽斜欹兩鬢絲，相將驥子與熊兒。致君堯舜平生事，驢背誰知醉後思。④

### 杜甫遊春　尹廷高

矍哉驢上一吟翁，詩好平生不慮窮。夢冷草堂無史筆，浣溪千載自春風。⑤

---

① （元）程鉅夫《雪樓集》卷二八，《景印文淵閣四庫全書》第1202册，第416頁。

② （元）周霆震撰，施賢明、張欣點校《石初集》卷五，北京師範大學出版社2016年版，第118頁。

③ 楊鐮主編《全元詩》第十一册，中華書局2013年版，第275頁。

④ （元）同恕《榘庵集》卷一四，《景印文津閣四庫全書》集部第173册，商務印書館2016年版，第497頁。

⑤ （元）尹廷高《玉井樵唱》卷上，《景印文淵閣四庫全書》第1202册，第696頁。

### 題子美尋芳圖 歐陽玄

吾年三歲聲吾伊,慈親膝下教杜詩。如今蟬蠹三十載,夢寐欲見終無期。誰家山水空翠濕,彷彿相逢拾遺揖。金馬門前封事稀,碧雞坊裏尋春急。野桃官柳春連連,水流山店依平川。眉尖不着杜鵑恨,壺中風月開元天。君乘蹇驢步如棘,後有驊騮追不得。茅屋西風五百年,虛度人間幾春色。①

### 題杜甫遊春圖 李祁

草屋容欹枕,茅亭可振衣。如何驢背客,日晏尚忘歸。②

### 杜子美騎驢醉歸圖 許有壬

田翁招飲不煩沽,時事多憂一醉除。天子乘騾蜀山險,浣花溪上分騎驢。③

### 題杜少陵行春圖二首 吕誠

徒步歸來白髮新,蹇驢馱醉過殘春。問渠何處花饒笑,韋曲家家政惱人。

牢落出同谷,淒涼賦七歌。日斜驢背上,白髮似詩多。④

### 題杜拾遺像 謝應芳

國破家何在,窮途更暮年。七歌同谷裏,再拜杜鵑前。胡

---

① (元)歐陽玄《圭齋文集》卷四,《四庫全書底本叢書》集部第34册景印明成化刻本,第96—97頁。

② (元)李祁《雲陽集》卷二,《景印文淵閣四庫全書》第1219册,第696頁。

③ 楊鐮主編《全元詩》第三十四册,第441頁。

④ (元)吕誠《來鶴亭集》卷五,《景印文淵閣四庫全書》第1220册,第596頁。

羯長安滿，騎驢短褐穿。畫圖憔悴色，猶足見憂天。①

### 杜少陵春遊圖　鄭允端

何處尋芳策蹇驢，典衣買酒出城西。玄都觀裏桃千樹，黄四娘家花滿蹊。②

### 記畫李杜騎驢圖　袁士元

不是相逢飯顆山，春遊應共醉長安。謫仙回望情何限，野老長吟意自閑。戀戀能忘宫錦貴，悠悠寧怯布衣寒。東風行樂人多幸，千古誰傳入畫間。③

### 杜甫遊春　陸景龍

杜陵野客興蕭騷，策蹇行春樂更饒。楊柳暖風欹醉帽，杏花微雨濕吟袍。推敲謾説衝京兆，清絶徒憐過灞橋。直許文章高萬丈，謫仙聲價兩相高。④

杜甫雖然也有“裘馬頗清狂”（《壯游》）的經歷，但那尚是少年時，其後便無復如此“放蕩”歲月，更多的是與驢相伴，窮困潦倒。杜甫寫騎驢最著名的詩句當屬《奉贈韋左丞丈二十二韻》中“騎驢三十載，旅食京華春。朝扣富兒門，暮隨肥馬塵。殘杯與冷炙，到處潛悲辛”幾句了。“騎驢三十載”一作“騎驢十三載”，仇兆鰲云：

---

① （元）謝應芳《龜巢稿》卷九，《四庫提要著録叢書》集部第 112 册景印清初鈔本，第 282 頁。

② 楊鐮主編《全元詩》第六十三册，第 116 頁。

③ （元）袁士元《書林外集》卷四，《四部叢刊五編》集部第 149 册景印明正統刻本，中國書店 2020 年版，第 136 頁。

④ （明）孫元理輯《元音》卷一二，《四庫全書底本叢書》集部第 244 册景印明初刻遞修本，第 366 頁。

"公兩至長安,初自開元二十三年赴京兆之貢,後以應詔到京,在天寶六載,爲十三載也。他本作三十載,斷誤。"①韋左丞,指韋濟。韋濟天寶九載(750)始遷尚書左丞,十一載,出爲馮翊太守,故此詩當作於天寶九載至十一載之間②。《杜甫全集校注》據"今欲東入海,即將西去秦"句,將此詩繫於天寶十一載春,"時杜甫暫歸東都洛陽與濟告别,遂作此詩"③。並進一步指出:"按甫自叙云:'往昔十四五,出遊翰墨場。'(《壯遊》)至甫寫此詩時已二十六七年,大概言之,亦可曰'三十載',且諸宋本皆作'三十載',似不宜輕改也。"④其時杜甫已年逾四十,却因應舉不第,被迫到長安干謁求仕。長安車水馬龍,塵土飛揚,一派喧鬧繁華的皇都景象,而懷著"致君堯舜上,再使風俗淳"政治抱負的詩人,却衹能騎著驢從早到晚,四處干謁,過著迹近乞討的辛酸生活。作於天寶十三載秋的《示從孫濟》又云:"平明跨驢出,未知適誰門。權門多噂嗒,且復尋諸孫。"此時的杜甫仍舊生計艱難,他一大早就騎驢出門,却如陶潛《乞食》中説的那樣,"飢來驅我去,不知竟何之",思忖再三,决定避開多事的權門,到他的從孫杜濟家去。但"貧無事"的杜濟,却受小人挑撥和薄俗影響,對自己的這位從祖頗有嫌猜之意,讓詩人感慨不已。可以説未入仕途的杜甫在驢背上嘗盡了人情冷暖、世態炎涼。而在入仕之後,杜甫不但没有享受到輕裘肥馬的待遇,甚至連驢都要借了。《偪仄行》云:"自從官馬送還官,行路難行澀如棘……東家蹇驢許借我,泥滑不敢騎朝天。"此詩作於乾元元年(758)春,杜甫時任左拾遺。據《舊唐書・肅宗紀》,至德二載(757),"上議大舉收

① (清)仇兆鰲《杜詩詳注》卷一,第76頁。

② 陳鐵民《由新發現的韋濟墓志看杜甫天寶中的行止》,《文學遺産》1992年第4期。

③ 蕭滌非主編《杜甫全集校注》,第276頁。

④ 蕭滌非主編《杜甫全集校注》,第280頁。

復兩京,盡括公私馬以助軍"①,所以杜甫配備的官馬也送還了官府。而經歷了携家避亂、陷賊長安、隻身投行在等諸般動蕩後,孤身一人在朝爲官的詩人却因爲戰亂物資匱乏,身邊連一頭驢也没有了,遇到道路泥濘難行,衹得向東鄰家借一頭蹇驢。蹇驢,即腿脚不靈便的駑弱驢子。雖已入仕途,并擔任左拾遺這樣的中朝清要之職,但騎著借來的蹇驢的杜甫,其形象似乎比求仕時還要落拓不堪。總之,杜甫的這三首詩借騎驢的形象淋漓盡致地表現了自己坎坷的遭際和無限悲涼的心境。

張伯偉在《再論騎驢與騎牛——漢文化圈中文人觀念比較一例》一文中指出:"驢、牛和馬是古代的坐騎,但在中國、朝鮮、日本的傳統詩文和繪畫中,'騎驢''騎牛'或'騎馬'却有著特殊的象徵意味……中國詩人之騎驢,都是和騎馬相對,表現了在朝與在野、出與處、仕與隱的對峙。"②而孟浩然因爲在大唐盛世終身不仕,被後世視爲"紅顔棄軒冕"(李白《贈孟浩然》)的清高之士。據傳王維最早畫《孟浩然騎驢圖》,宋李復《書郢州孟亭壁》曰:"孟亭,昔浩然亭也。世傳唐開元間,襄陽孟浩然有能詩聲,雪途策蹇,與王摩詰相遇於宜春之南,摩詰戲寫其寒峭苦吟之狀於兹亭,亭由是得名。而後人響榻摹傳摩詰所寫,迄今不絶。"③此後不但諸多畫家都繪有《孟浩然騎驢圖》,更有衆多以此爲題的詩文。這些詩文將孟浩然進一步塑造成甘願歸隱,在雪中騎驢吟詩的風雅之士。如元惠宗至元前後在世的張仲深《題灞橋風雪圖》即云:"先生名利兩不干,騎驢底事衝風寒。風髯獵獵雪種種,三尺蹇驢僵不動。自知清

① (後晋)劉昫等《舊唐書》卷一〇,中華書局1975年版,第245頁。

② 張伯偉《再論騎驢與騎牛——漢文化圈中文人觀念比較一例》,《清華大學學報》2007年第1期。

③ (元)李復《潏水集》卷六,《景印文津閣四庫全書》集部第140册,第687頁。

骨爲詩瘦,不道玉山和雪聳。"[①]元末明初的梁寅(1303—1389)《題王維所畫孟浩然像》則云:"蹇驢行行欲何之,妙句直欲追大雅。"[②]這形象雖與史實不符,但却建立起以孟浩然爲清雅孤高的騎驢詩人典範的文化觀念。而驢背上的杜甫無論在朝與在野,雖一直窮困潦倒、辛酸失意,却始終滿懷用世之心,後世便以"杜甫朝天"稱之,正與"浩然踏雪"形成鮮明的對比。在宋人的眼中,這樣的杜甫已經有了庸俗而可憐的一面。蘇軾《續麗人行》云:"杜陵飢客眼長寒,蹇驢破帽隨金鞍。隔花臨水時一見,衹許腰肢背後看。心醉歸來茅屋底,方信人間有西子。"陳師道《戲寇君二首》其一:"杜老秋來眼更寒,蹇驢無復逐金鞍。南鄰却有新歌舞,借與詩人一面看。"實不乏取笑與嘲弄,但這十六首元人詠寫杜甫騎驢的詩却毫無此意。十六首詩中,十二首是題畫詩,可見杜甫騎驢也是元人畫的重要素材。那個在現實中曾騎著驢輾轉於"富兒門"的"殘杯與冷炙"之間的杜甫,在元人的畫裏詩中却先是一副乘醉賞春的模樣。趙孟頫的《杜陵浣花》與吕誠的《題杜少陵行春圖二首》其一都有"蹇驢馱醉"與"春"字,歐陽玄《題子美尋芳圖》有"尋春急"、"壺中風月"、"君乘蹇驢"之語,陸景龍《杜甫遊春》有"策蹇行春"、"攲醉帽"之語,鄭允端《杜少陵春遊圖》有"策蹇驢"、"典衣買酒"之語,袁士元《記畫李杜騎驢圖》則謂"春遊應共醉長安",李祁的《題杜甫遊春圖》亦謂"如何驢背客,日晏尚忘歸"。可以説,元人畫筆與詩筆下騎著驢醉賞春光的杜甫首先是詩意盎然的,其境遇優於踏雪的孟浩然,其攲枕草屋、振衣茅亭的清高,賞花韋曲、留戀殘春的風雅更是絲毫不遜於孟浩然。尤其是陸景龍《杜甫遊春》一詩,將

① (元)張仲深《子淵詩集》卷二,《景印文津閣四庫全書》集部第176册,第271—272頁。

② (元)梁寅《石門集》卷二,《景印文淵閣四庫全書》第1222册,第629頁。

策蹇而行的杜甫置於“楊柳暖風”、“杏花微雨”的旖旎春光裏，完全脱離了雪中騎驢的悲涼基調。“推敲謾説衝京兆，清絶徒憐過灞橋”兩句則引賈島長安騎驢推敲詩句①及孟浩然灞橋騎驢踏雪尋詩②的名典作對比，抬高杜甫騎驢遊春的瀟灑與歡愉。末更盛贊杜甫文才堪與謫仙李白並稱，凸顯出杜甫的詩人本質及崇高的詩壇地位。程鉅夫《少陵春遊圖》“杜陵野客正尋詩”，“一樣東風驢背穩”，劉敏中《少陵醉歸圖二首》其二“耽詩不自苦，惟醉乃始忘。無使驢失脚，驚覺吟更狂”，尹廷高《杜甫遊春》“矍哉驢上一吟翁，詩好平生不慮窮”，吕誠《題杜少陵行春圖二首》其二“日斜驢背

① （元）辛文房《唐才子傳》卷五上：“（島）逗留長安，雖行坐寢食，苦吟不輟。嘗跨蹇驢張蓋，横截天衢，時秋風正厲，黄葉可掃，遂吟曰：‘落葉滿長安。’方思屬聯，杳不可得，忽以‘秋風吹渭水’爲對，喜不自勝。因唐突大京兆劉棲楚，被繫一夕，旦釋之。後復乘閒策蹇驢訪李凝幽居，得句云：‘鳥宿池中樹，僧推月下門。’又欲作‘僧敲’，鍊之未定，吟哦引手作推敲之勢，傍觀亦訝。時韓退之尹京兆，車騎方出，不覺衝至第三節，左右擁到馬前，島具實對：‘未定推敲，神遊象外，不知迴避。’韓駐久之曰：‘敲字佳。’遂並轡歸，共論詩道，結爲布衣交，遂授以文法，去浮屠，舉進士。”見周紹良《唐才子傳箋證》，中華書局 2010 年版，第 951 頁。

② 灞橋雪中騎驢尋詩之語本出自鄭綮；孫光憲《北夢瑣言》卷七載：“唐相國鄭綮，雖有詩名，本無廊廟之望……同列以其忝竊每譏侮之……或曰：‘相國近有新詩否?’對曰：‘詩思在灞橋風雪中驢子上，此處何以得之?’蓋言平生苦心也。”（賈二强點校本，中華書局 2002 年版，第 149—150 頁）但鄭綮只是有此言，未必親身爲之，且其極可能受到傳聞中孟浩然騎驢踏雪的影響，北宋董逌《廣川畫跋》卷二《書孟浩然騎驢圖》即云：“綮殆見孟夫子圖而强爲此哉!不然，綮何以得知此。”（《景印文淵閣四庫全書》第 813 册，第 459 頁。）因灞橋位於皇都長安郊外，地理位置的特殊性使孟浩然逐漸替代詩名遠不及的鄭綮，成爲後世詩畫中灞橋騎驢踏雪的主角；而那些更早、更切近歷史真實的，孟浩然於宜春、襄陽等長期生活的南方地區騎驢的記載却被忽視。關於孟浩然騎驢之地在歷代詩作中的轉變及原因，參見拙作《杜甫騎驢形象與元代詩、畫的異讀——兼及“浩然踏雪”誤讀解析》（《安徽大學學報》2018 年第 2 期）。

上,白髮似詩多"等句所刻畫的驢背上的杜甫,或閒逸,或愁苦,或神采奕奕,或沉醉不堪,但都是詩情洋溢的。除此之外,元人筆下騎驢的杜甫滿懷憂國憂民之情,"泪墮中原天萬里,蹇驢獨過浣花橋"(周霆震《贊少陵騎驢》);"天子乘騾蜀山險,浣花溪上分騎驢"(許有壬《杜子美騎驢醉歸圖》);"胡羯長安滿,騎驢短褐穿。畫圖憔悴色,猶足見憂天"(謝應芳《題杜拾遺像》);"致君堯舜平生事,驢背誰知醉後思"(同恕《少陵醉歸圖》)。杜甫"平生用世心"(趙孟頫《杜陵浣花》)躍然紙上,感人肺腑。總之,元人詩畫中杜甫騎驢的形象雖然和杜甫的自述不十分吻合,却把握住了杜甫作爲"詩聖"富於詩才詩情又憂時憫世的本質特徵,和宋蘇軾、陳師道等人的揶揄比起來,實不可以道里計。

元人筆下騎驢的杜甫已多是醉酒的形象,更有直接以"醉歸"命名者,如:

**李杜醉歸圖**　李庭

青春錦里花邊醉,白日長安市上眠。不意畫圖千載後,一時併識兩詩仙。①

**子美醉歸浣花圖**　江垕

回首雲生白帝城,四松萬竹感深情。閑愁到底難驅去,莫遣東風吹酒醒。②

---

① 轉引自冀勤編著《金元明人論杜甫》,商務印書館 2014 年版,第 14 頁。編著者稱録自李庭《寓庵集》卷四,然遍檢《續修四庫全書》集部第 1322 册景印清宣統二年刻本,未發現此詩。

② (清)顧嗣立、席世臣編,吴申扬點校《元詩選癸集》戊之下,中華書局 2021 年版,第 673 頁。

這兩首詩雖都是描寫杜甫“醉歸”，但側重點明顯不同，《李杜醉歸圖》中，將杜甫與李白放在一起，兩人“花邊醉”、“市上眠”，完全是不受世俗拘禁的放浪做派，故以“兩詩仙”稱之。而《子美醉歸浣花圖》則滿是借酒消愁的苦悶，儘管這愁尚是“閑愁”，但既然“難驅去”，亦見其深重。許有壬的《杜子美騎驢醉歸圖》題目既有“騎驢”，又有“醉歸”，次句“時事多憂一醉除”更明白指出醉是由於對時事的憂慮。

許有壬還有《杜子美像》絶句一首，云：“删後騷餘代有聞，集成惟許杜陵人。憑誰寄語沿流者，流到江西不是春。”[①]前兩句贊揚杜甫是詩騷而後詩歌的集大成者，後兩句則指出學杜的江西詩派未能得其真諦。

柳貫《題松雪翁畫杜陵小像》云：“一代詩材飯顆山，國風雅頌可追還。秦州行色湖州畫，四海新愁儼在顔。”[②]不同於許有壬衹從詩壇地位與影響的角度來詠贊杜甫，柳貫的這首絶句内容豐富得多，既贊揚了杜詩堪與《詩經》比肩的成就，也贊揚了杜甫雖避亂秦州仍心憂四海的偉大情懷。詩聖的詩人氣質、風霜之色、憂愁之情，都被湖州這位畫技高超、號松雪道人的趙孟頫充分刻畫了出來。

鄭允端《浣花老人圖》云：“可笑杜拾遺，白頭尚栖栖。平生無飽飯，至死不安居。茅屋秋風破，杜鵑春日啼。孤忠在詩史，千古播名譽。”[③]雖以“可笑”二字開篇，但其實是對杜甫滿懷敬慕之意。“平生無飽飯，至死不安居”兩句可謂將老杜之窮困不堪、顛沛流離描寫殆盡，即便如此，他依然忠心不改。這自顧不暇却不忘憂國的

---

① （元）許有壬《圭塘小稿》卷四，《四部叢刊五編》集部第147册景印明成化刻本，中國書店2020年版，第116頁。

② 楊鐮主編《全元詩》第二十五册，第213頁。

③ 楊鐮主編《全元詩》第六十三册，第109頁。

白頭老翁,世人看來不免可笑,然而其名傳千古却正是因爲這一片不爲流俗理解的“孤忠”。

錢惟善《題杜子美麻鞋見天子圖》云:“四郊多壘未還鄉,又别潼關謁鳳翔。九廟君臣同避難,十年弟妹各殊方。中興百戰洗兵甲,萬里一身愁虎狼。寂寞當時窮獨叟,按圖懷古恨茫茫。”①這首七律,表面是取杜甫隻身投行在“麻鞋見天子”的特定畫面來吟詠,但視野已放遠至整個安史之亂。國罹戰亂,家人離散,窮愁潦倒的杜甫渴盼和平安寧,品圖思之,詩人感懷不已。

倪瓚《題陳仲美畫次張貞居韵》其一云:“杜老茅堂倚石根,往來西瀼與東屯。一庭秋雨青苔色,自起鈎簾盡緑尊。”②作爲元末明初著名的山水畫家,倪瓚此詩注重從畫的佈局、顔色來描寫,滿幅清逸之氣。大曆二年(767)初春,杜甫在夔州西瀼溪西畔購得柑園四十畝,故暮春即遷居於此,並作《暮春題瀼西新賃草屋五首》,秋天東屯稻熟之後,詩人又遷居東屯,《自瀼西荆扉且移居東屯茅屋四首》其二云:“東屯復瀼西,一種住清溪。來往皆茅屋,淹留爲稻畦。”夔州的這段生活雖如往昔一般清貧,但又多了些農事的甘苦。倪瓚對杜甫此番經歷和相關杜詩應是十分熟悉,因此他的這首題畫詩不但寫景叙事若合符節,更將詩聖此際心繫農事的自足自在與衰頽憂時的苦悶悵惘之情細膩而充分地表現出來。

張昱《杜甫上謁圖》云:“出當天寶艱難日,歸拜拾遺行在時。入蜀還秦底心性,一篇長拜杜鵑詩。”③天寶十四載(755)冬,困守長安十年,終於得授右衛率府兵曹參軍這樣一個看管兵甲器仗小

① (元) 錢惟善《江月松風集》卷一,《四庫提要著録叢書》集部第 112 册景印清初吕留良家鈔本,第 8 頁。

② (元) 倪瓚《清閟閣全集》卷七,《四庫提要著録叢書》集部第 62 册景印清康熙刻本,第 90 頁。

③ (元) 張昱《可閒老人集》卷二,《景印文津閣四庫全書》集部第 177 册,第 616 頁。

官的杜甫往奉先縣(今陝西蒲城)省親,寫下著名長詩《自京赴奉先縣詠懷五百字》,其時安史之亂已經爆發,未得消息的杜甫已深刻感受到當時巨大的社會矛盾,不管是對"朱門酒肉臭,路有凍死骨"的社會不公的整體批判,還是"入門聞號咷,幼子餓已卒"的個人不幸的抒寫,都極具感染力。次年杜甫爲避亂移家鄜州(今陝西富縣)羌村,聞肅宗即位靈武(今屬寧夏),隻身奔行在,却爲安史叛軍所俘,押往長安。至德二載(757)二月,肅宗將行在遷往鳳翔(今屬陝西)。四月,杜甫冒險逃離長安,間道歸鳳翔,謁肅宗。五月,授左拾遺,旋以疏救房琯觸忤肅宗,次年六月貶華州司功參軍。一年後棄官携家流寓秦州(今甘肅天水),又赴同谷(今甘肅成縣),是歲,即乾元二年(759)歲末,抵成都。大曆元年(766),漂泊雲安(今重慶雲陽)的杜甫作《杜鵑》詩,中有"昔我遊錦城,結廬錦水邊……杜鵑暮春至,哀哀叫其間。我見常再拜,重有古帝魂。生子百鳥巢,百鳥不敢嗔。仍爲喂其子,禮若奉至尊……君看禽鳥情,猶解事杜鵑"句。張昱這首七絶雖然簡短,却將安史之亂前後杜甫的經歷囊括殆盡,充分表明其不但對杜甫生平及詩作十分熟悉,更對杜甫忠君愛國的心性有深入的體察。

同爲詠寫杜甫,就流傳至今的作品來看,元詩的水平明顯高於元曲。這些寫下詠贊杜甫詩作的元代文人,不但有很高的文學素養,不少在其他領域也有卓越的成就。比如趙孟頫和倪瓚,都是名垂畫史的大家。同恕(1254—1331),奉元路(今陝西西安)人,十三歲即以書經爲鄉校考試第一。朝廷數次徵召,皆推辭不就。後任奉元魯齋書院領教,培養學生上千人。延祐年間,兩任朝廷主考官,公正嚴明,深受稱頌。延祐六年(1319)召爲太子左贊善,負責教養太子,次年退休歸家。年七十八卒,謚"文貞"。同恕致力於傳播儒家學説,對促進蒙古貴族擺脱落後意識産生了十分積極的影響。柳貫(1270—1342),婺州浦江(今屬浙江)人,著名文學家,詩書畫兼精,博學多才,經史、術數、釋道無不貫通,官至翰林待制，兼國史院編修。與虞集、揭傒斯、黄溍等並稱“儒林四傑”。歐陽玄(1274—1358)，歐陽修後裔，生於瀏陽(今屬湖南)。延祐二年(1315)探花，爲官四十餘年，先後六入翰林，兩爲祭酒，兩任主考。惠帝時，負責四朝實録及遼、金、宋三史的編修。學識淵博，有“一代宗師”之稱。許有壬(1286—1364)，字可用，彰德湯陰(今屬河南湯陰)人。延祐二年進士及第，歷同知遼州事、吏部主事、監察御史、中書左司員外郎、中書參知政事、中書左丞等職。於懲叛兇、賑饑荒、罷科舉、引渾河諸朝政大事，不計一己得失，直言進諫。《元史》本傳末云：“有壬歷事七朝，垂五十年，遇國家大事，無不盡言，皆一根至理，而曲盡人情。當權臣恣睢之時，稍忤意，輒誅竄隨之，有壬絶不爲巧避計，事有不便，明辨力諍，不知有死生利害，君子多之。”①有壬亦以文學名家，歐陽玄曾爲其文集作序，深爲贊許。周霆震(1292—1379)，安福(今屬江西)人，延祐中，以再試不售，遂專意於詩文創作。《四庫全書》周霆震《石初集》提要謂其“親見元代之盛，又親見元代之亡。故其詩憂時傷亂，感憤至深……昔汪元量《水雲集》，論者謂宋末之詩史。霆震此集，其亦元末之詩史歟？”②評價頗高。謝應芳(1295—1392)，武進(今江蘇常州)人，篤志好學，潛心性理研究。隱居於武進白鶴溪，構小室名“龜巢”，並以此爲號。平生授徒講學，議論必關世教，品行高潔，爲學者所宗。其《辨惑編》批判佛道迷信，備載先儒扶正抑邪之言，在元末明初有極大影響。李祁(1299—?)，茶陵(今屬湖南)人，元惠宗元統元年(1333)進士第二名，歷應奉翰林文字、婺源州同知、江浙儒學副提舉等職。尚名節，言談不離君臣之義，元朝覆亡，憂憤不已，明初不受應召，自號“不二心老人”。錢惟善(？—

① (明)宋濂等《元史》卷一八二，第4203頁。

② (元)周霆震《石初集》卷首，《景印文淵閣四庫全書》第1218册，第457—458頁。

1369)曾於元惠宗至元元年(1335)參加江浙省試,考題爲《羅刹江賦》。當時應考者三千餘人,皆不曉羅刹江出處,唯有錢惟善引枚乘《七發》證錢塘之曲江爲羅刹江,大爲主考官稱賞,因而名聲遠揚,自號曲江居士。錢亦長於《毛詩》,兼善書法,實是博學之士,故其《題杜子美麻鞋見天子圖》一詩對仗工穩、沉鬱蒼涼,頗具唐律風貌。袁士元(1306—1366),鄞縣(今浙江寧波)人,出身官宦世家,飽讀詩書,精通儒學,一身正氣,是享譽元代詩壇的著名人物,生平作詩無數,傳世的《書林外集》七卷却衹保留了其中的一小部分。其《記畫李杜騎驢圖》亦是一首對仗工穩的七律,描寫李杜二人形貌傳神之至。詠杜諸詩人中,還有一位女詩人,即鄭允端(1327—1356),吴中平江(今江蘇蘇州)人,爲宋丞相清五世孫女,其家富雄一郡。允端工詩詞,嫁同郡施伯仁,亦爲儒雅之士,夫妻相敬如賓,暇則吟詩自遣。至正十六年(1356)家爲張士誠兵所破,貧病悒悒而卒。其夫裒其遺稿成《肅雝集》,錢惟善等爲其作序,稱美有加。

元人還有不少悼懷杜甫的詩作,這些詩作大多深寓感慨,動人心魄,如張翔《題杜子美墳》二首:

> 諫署言清切,忠臣思鬱陶。赤膚行翡翠,碧海掣鯨鰲。詩律嚴秦法,詞源汲漢騷。珠明鳳凰髓,玉潤鷫鸘膏。耽句頭空白,謀生計轉勞。揚雄慚德薄,賈誼累才高。抵觸逢牛角,攙搶起蝟毛。蕩胸雲夢澤,埋骨耒江皋。奇數終無耦,窮途竟不遭。秋風悲草樹,落日哭猿猱。
>
> 詩義兼唐史,詩聲繼國風。論文思李白,獻賦蔑揚雄。健筆扛神鼎,危言訐聖聰。秦城遭板蕩,蜀道走途窮。實下聞猿泪,虚勞畫虎功。賈生才未展,屈子道無通。楚畹紉蘭佩,衡山戀桂叢。大名垂皎日,直氣吐長虹。天地青蠅滿,江湖白鳥同。耒陽靴冢在,錦里草堂空。露浥秋蕪緑,霞燒晚樹紅。悠

悠牛酒恨,何處問漁翁。①

又宋旡《杜工部祠》云:"老病思明主,乾坤入苦吟。秋風茅屋句,春日杜鵑心。詩史孤忠在,文星萬古沉。祇應憶李白,到海去相尋。"②悼懷杜甫的這些詩人對杜甫的生平乃至相關傳説都是很熟悉的,其詩作中的杜甫形象和真實的杜甫十分吻合,卓越的詩文才華、忠貞的愛國情懷、漂泊的人生行迹……歷千百代而仍爲人感念不已。

元代詠杜詩作情感真摯,立意高遠,充分反映出元人對杜甫其人其詩的深沉熱愛與深刻了解。這中間有許多題畫詩,從中我們可以看到杜甫各個時期的形象都被元人畫進畫中,或灑脱,或愁苦,多姿多彩,生動傳神。這些畫作都已散佚,但流傳下的這些題畫詩提供了杜甫在元代的接受情況的重要文獻資料,特别值得關注。

## 第三節　現存元代杜詩學文獻簡介

就目前文獻記載可知,在元統治中國百年左右的時間裏,出現的杜詩注本約有二十餘種,數量並不多,流傳下來的祇有五部:范梈《杜工部詩范德機批選》、張性《杜律演義》、趙汸《杜工部五言趙注》、董養性《杜工部詩選注》及《重雕老杜詩史押韵》。前四部皆

---

① 楊鐮主編《全元詩》第三十三册,第250—251頁。《永樂大典》作者作張雄飛,下小字云"肅政廉訪司僉事";文字亦稍異,"翡翠"作"孔翠","漢騷"作"楚騷"。見卷八六四八,第五、六頁,中華書局1986年景印本第4册,第4006—4007頁。

② (元)宋旡《翠寒集》,《四庫全書底本叢書》集部第135册景印明崇禎汲古閣刻本,第440—441頁。

爲杜詩選注本，篇幅不廣，其成就自不能和杜詩學史上的諸多鴻篇巨製相比，但在推動杜詩學發展上也有其不可磨滅的價值。元人注杜簡賅明瞭，正是對宋人繁瑣博雜、牽合穿鑿的反撥，因不糾纏於字詞典故的枝蔓末節，故對杜詩情致思理的挖掘多有獨到深入處。《重雕老杜詩史押韵》則爲現存最古之韵編杜詩者，頗具文獻價值。本節將對這五部杜詩學文獻逐一予以介紹。

## 一、范梈《杜工部詩范德機批選》

范梈（1272—1330），字亨父，一字德機，人稱文白先生。清江（今江西樟樹）人。《元史》有傳。梈早年喪父，家貧，受教於母熊氏，天資聰慧，過目不忘，耽於詩文，用力精深。人罕知者，獨與虞集友善。年三十六游京師，始知名於諸公，薦爲翰林院編修官，後歷任海南海北道廉訪司照磨、翰林應奉、福建閩海道知事。在閩期間，曾作歌詩一篇，述文繡局之弊。廉訪使取以上聞，文繡局之良家繡工皆得罷遣。未幾，移疾歸。天曆二年（1329），授湖南嶺北道廉訪司經歷，以養親辭，明年卒，年五十九。范梈居家能固窮守節，爲官則廉正不阿，聲名頗著，深爲大儒吴澄稱揚。梈能文工詩，與虞集、楊載、揭傒斯並稱爲“元詩四大家”。有《范德機詩集》四卷及詩法著作《木天禁語》《詩學禁臠》，後二者實爲僞作。

《杜工部詩范德機批選》，明《文淵閣書目》及《明史·經籍志》著録，書名作《杜詩范選》；清黄虞稷《千頃堂書目》著録，書名作《批選杜子美詩》；清盧文弨《補元史藝文志》著録，書名作《選杜子美詩》。是書現存最早版本爲元末刻本，今藏臺北“國家圖書館”，1974年臺灣大通書局據之影印，收入《杜詩叢刊》。首爲虞集序，次爲目録，次爲正文，末有跋語。每卷首題“杜工部詩范德機批選卷之×”，次行下署“高密鄭鼐編次”，並木刻“鄭氏鼎夫”印記。據虞序稱，是書乃由范氏門人鄭鼐爲之編印。書末跋語云：漢魏至唐，“體備諸家，制存風雅，其惟杜公”，故取“三百篇”之義，選杜詩

311首。此跋未署名,當爲鄭鼒所作。

全書以五言古詩、七言古詩、五言律詩、五言長律、七言律詩、七言長律及七言絶句之體類分爲六卷,約略編年。所録之詩大部爲無注之白文,行間有圈點。據統計,有注者僅65首①,其注釋亦極簡略,大多爲典故訓釋、背景介紹,多徑用宋人舊注原文而不標出處。如卷二《奉先劉少府新畫山水障歌》"若耶溪,雲門寺,吾獨胡爲在泥滓"句下注云:"《南史》:何胤,字子季,隱居不仕,以會稽山多靈異,往游焉,居若耶溪雲門寺。"乃宋人(托名王十朋)所注。同卷《哀王孫》《悲陳陶》題下概括唐史,解説當時背景,亦早爲宋人所言。范氏自注語實則衹有二十餘條,然頗有獨出機杼者,如卷一《留花門》注云:"'公主其(歌)黄鵠,君王指白日',此中國何如時也?讀此者可以監《春秋》書會戎盟戎之義矣。謂子美詩爲詩史,可不信哉?"此條仇兆鰲《杜詩詳注》在《留花門》詩後徵引,但有異文,仇注引作:"范梈曰:此中國何如時也?讀'胡爲傾國至'數語,可以鑒《春秋》書會戎盟戎之義矣。謂子美爲詩史,豈不信哉?"②此條後仇注隨之附以二百餘字的按語,詳細介紹唐王朝借兵回紇的情形,闡發杜詩借兵無益之深意。春秋時戎禍不斷,孔子作《春秋》記載了諸夏與戎會盟之事,並以微言大義表明了他的態度。范梈指出《留花門》亦如《春秋》一樣記録了真實的歷史,更藴含深刻的見解,所以杜詩堪稱詩史。所言甚有見地,故爲仇注徵引並予以發揮。另如卷一《前出塞》題下評曰:"前後出塞皆桀作也,有古樂府之聲而理勝。"卷一《九成宫》總評:"杜詩之沉鬱頓挫類此也。"卷一《夏夜嘆》"昊天出華月"句下評曰:"宋人'長風將佳月'詩意調本出乎此,此便可以觀古今人氣象優劣,衹一'將'字甚費力,與'山將落日去'自别。"卷一《新安吏》評曰:"天地無情而僕射

---

① 赫蘭國《遼金元杜詩學》,第214頁。

② (清)仇兆鰲《杜詩詳注》卷七,第552頁。

如父兄，當時之人心可知，朝廷之大體可悲矣。”卷一《新婚别》“婦人在軍中，兵氣恐不揚”句下評曰：“顛沛流離之際，猶有若是婦人者，爲人臣而不知《春秋》之義者，何心哉？”卷一《杜鵑詩》“西川有杜鵑，東川無杜鵑。涪萬無杜鵑，雲安有杜鵑”四句下評曰：“此詩起句亦古，詩似此重言疊疊而韵更無倫者何限，何必以爲序。”“君看禽鳥情，猶解事杜鵑”句下評曰：“亂臣賊子聞是詩者亦可警矣，可以人而不如鳥乎？”卷二《醉歌行》題下評曰：“歌行轉换處類聯聯有之，觀其用虚字處可見也。”卷二《奉先劉少府新畫山水障歌》題下評曰：“歌行之奇絶者。”卷二《戲題王宰畫山水圖歌》題下評曰：“劉少府山水障與此三歌（按：另兩首指《題李尊師松樹障子歌》《戲韋偃爲雙松圖歌》），古今題畫圖之律度也。”卷二《釋悶》詩後總評：“福善禍淫，此事之常也而必可料者；善未必福，淫未必禍，事之非常而不可料者也。此老翁之所謂錯也。若孽孽全生是其事矣。”卷三《秦州》（按：即《秦州雜詩二十首》其二）詩後評曰：“渭無情而知東向，爲臣子有人性而不知尊王之義，此子美愁時獨有取于水者也。”卷三《日暮》“石泉流暗壁”句下評曰：“‘暗水流花逕’亦是用‘暗’字，彼不言‘逕’，此不言‘泉’，未曾同也。”卷四《臨邑舍弟書至苦雨黄河泛溢堤防之患簿領所憂因寄此詩用寬其意》詩後評：“末句乃題中所謂‘用寬其意’者也。”卷四《投贈哥舒開府翰二十韵》題下評曰：“此篇美哥舒來獻捷也。”卷四《喜聞官軍已臨賊寇二十韵》詩後評曰：“形容人心望治之意秖如此，筆力有餘，故雖極虡，語輒從容耳。”卷四《哭李尚書》末句“秋色凋春草，王孫若箇邊”後評曰：“‘清霜洞庭葉，故就别時飛’與此十字皆晚唐佳句之權輿，比猶學右軍書而獨得裹鮮法以名家者，所謂學者觀垔，人皆得其性之所近，詩道亦然。兹可以閲世變矣。”卷五《贈獻納使起居田舍人澄》前四句後評曰：“律詩叙事當如此。”卷五《和裴迪登蜀州東亭送客逢早梅相憶見寄》題下評曰：“此詩首尾一意。”范注雖簡短無多，但涉及範圍頗廣，既有字句的點評、詩意的闡釋，也有風格的評判、技法的解説，且不拘於所評之詩，或以相關杜詩映襯，或引他人之詩對比，隻言片語間足見信手拈來、高屋建瓴的大家氣象。

是書之編次先分體後編年，年月清楚者細列出，不能確定者則標注大致時期。如卷三五律，"齊趙梁宋之間所作"，後列《登兖州城樓》《房兵曹胡馬》《畫鷹》三詩；"至德元載公自鄜州赴朝廷遂陷賊中在藍田縣所作"，後列《對雪》《月夜》二詩；"至德二載丁酉在賊中所作"，後列《春望》一詩；"至德二載夏自賊中達行在所授拾遺後所作"，後列《月》《獨酌成詩》《送翰林張司馬南海勒碑相國制文》三詩。其作法既有編年之效，又無牽强之弊，故爲明張綖、胡震亨等杜詩注家仿效。

范梈批選杜詩雖篇目少而注釋略，但因其精警獨到産生了不小的影響。明初單復就對是書頗爲推崇，其所著《讀杜詩愚得》自序云："余於是屏去諸家注，止取杜子詩，反覆諷詠，似略見大意，亦未昭晰。既又得范德機氏分段批抹杜詩觀之，恍若有得，則向所謂莫知而可疑者，始釋然矣。"張綖之子張守中在《杜工部詩通》題記中亦云："清江范德機先生批點杜詩共三百十一篇，皆精深高古之什，蓋欲合《葩經》之數，悉有深意。"張綖《杜工部詩通》即取范批所選杜詩加以注釋而成。但此書亦有學者懷疑其爲僞作，如元末周霆震《張梅間詩序》云："或托范德機之名，選少陵集，止取三百十一篇以求合於夫子删詩之數，一唱群和，梓木散行，賢不肖靡然師宗，以爲聖人後起，殆不可易。"①然其並未提出任何依據，而"一唱群和"、"靡然師宗"諸語反可見范批之大受推崇。唐宸《范梈批選李杜詩辨僞》一文亦主此書爲假托，認爲虞序鄭跋皆有破綻，范批無甚出彩處，但因之便認定其爲元末書坊主僞托之作，尚難令人完

① （元）周霆震撰，施賢明、張欣點校《石初集》卷六，第140頁。

全信服①,故本文暫仍取前説。

是書元刊本訛誤殊多,如上引卷一《留花門》,便將"歌"誤作"其","鑒"誤作"監"。諸如此類,不勝枚舉,此當屬坊刻之粗疏。元、明間均有刻本,然刊刻年月不詳,《韓國所藏中國漢籍總目》載韓國國立中央圖書館及延世大學藏有此書三種版本,其中一種有弘治辛酉(1501)安彭壽跋及嘉靖戊子(1528)蔡世英跋,當爲明刻本。關於此書存世版本之具體情況,可參見上揭唐宸文。

## 二、張性《杜律演義》

張性,字伯成,臨川金溪(今屬江西)人,元至正十年(1350)舉人。所撰《杜律演義》卷前有曾昂夫《元進士張伯成先生傳》並附獨足翁吴伯慶《哭張先生詩》,曾傳略云:"貢士諱性,伯成字也。其族散居石門東曹里。幼孤,育於外氏周先生自誠。先生學尚淳實,自幼訓之,先性理而後詞藝。稍長,工舉子業,治書經,師於先學士。他日覽其爲文,大稱之……是年,舉於鄉……明年試於春官,下第歸,而用功益力。其文贍富而明暢,不獨可以決科而已。會兵起,科舉廢。乃日取經子秦漢唐宋之書與文章讀之,學爲碑銘序記論説箴諫之文,刮陳剔垢,馳騖開闔,演繹含蓄,言其所當言,紀其所當紀,是非之公,不以時廢,不以俗存,務在追古作者。嘗將所著

① 唐宸《范梈批選李杜詩辨僞》(《中國典籍與文化》2021年第3期)以此書虞集序中有"吴文正公稱其清修苦節,有東漢諸君子之風,信矣"諸語,出於吴澄爲范梈所作墓志銘,故謂此序當作於范梈卒後。而鄭鼐跋則有"因請是編録之,敬壽諸梓"之語,則編刻此書時范梈仍在世,序跋互相矛盾。虞集序所引吴澄語與吴澄所撰范梈墓志銘,衹"東漢諸君子"、"苦節"數字同,且次序前後有異,故二者未必直接相關。吴澄在范梈墓志銘中言范梈"年未三十,予識之于其鄉里富者之門",范梈五十九歲卒,是二人相交近三十年,且吴澄對范梈十分欣賞,詩文中多次力贊范梈。而虞集不僅與范梈友善,交往頗多,還是吴澄門生,所以不排除虞集直接從吴澄處聽聞其對范梈稱揚的可能性。

《尚書補傳》《杜詩演義》，雜文若干手抄成編，謂門人宋季子曰：'吾志在斯，惟求吾師曾先生正之而已。'未達而卒，人悲其志。"據此可知，曾昂夫之父爲張性業師，對其十分欣賞。張性潛心於學問詩文，雖未能入仕，然用功不輟。吴詩云："何處重逢説别時，斯文千載盡交期。學憐知己先登早，生愧同庚後死遲。箋疏空令傳杜律，志銘誰與繼唐碑。寡妻弱子將焉托，節傳遺文衹益悲。"力贊其注杜律、擅志銘的成就，深哀其早逝之悲。

《杜律演義》，明王圻《續文獻通考》著録，書名作《杜律注》；明趙美琦《脈望館書目》著録，書名作《杜律張注》；清黄虞稷《千頃堂書目》、清倪燦《補遼金元藝文志》著録，書名作《杜律衍義》。惟清阮元《天一閣書目》録作《杜律演義》。上海圖書館今藏是書宣德四年(1429)刊本，當是初刻本。又有明嘉靖十六年(1537)汝南王齊刊本，卷前録嘉靖丁酉(1537)王齊序、天順丁丑(1457)黎近序、曾昂夫張性傳附吴伯慶《哭張先生詩》，宣德四年吴鞏《刊版告語》及目録。卷末有嘉靖丁酉曹亨跋、瀛州錦屏山人跋、澮皋吴夢麟跋。浙江省圖書館及臺灣"中央圖書館"均藏有此本，然浙圖本無曹、吴二人之跋。

是書選杜詩七言律151首，分作山川、時序、居室、音樂、紀行、尋訪送餞等二十一類，前、後兩集。張氏注杜簡潔曉暢，大抵先於題下簡介時代背景，詩後先對詞語典故稍作闡釋，而後串講詩意。如《聞官軍收河南河北》題下注云："廣德元年，田承嗣説史朝義往幽州，發兵既去，承嗣即以城降，送朝義母子於官軍。又范陽節度使李懷先請降，朝義窮蹙，遂乃自縊而死矣。"詩後注云："劍外，謂劍閣之外。公時在蜀也。襄陽，公之先居，後遷河南鞏縣。此詩久客劍南，忽有人傳官軍收復之事，一聞之初，悲喜之情交集，故感其亂離而先之以泣也。既悲既喜，故隨看己妻子已無前日之愁，且有可歸之機，所以漫而卷束詩書，不勝其喜而欲狂也。無愁有喜，故雖白首不覺放歌，又宜縱飲，且乘此春光可以相伴而還鄉也。結句遂言還鄉道路所經，而襄陽洛陽皆其故鄉。‘即從’、‘便下’四字，見速歸之意也。”又如《早秋苦熱堆案相仍》注曰：“公自拾遺貶官華州，以侍臣而入掾曹，去省掖而居州廨，本不勝悒鬱而煩悶矣。又值其秋毒熱，所以不勝其苦而賦其詩也。足蝎多蠅，以秋熱過時，故此蟲不蟄而苦人。注家以爲賀蘭進明譖房琯於帝，並及公，故公被逐，此聯蓋指當時譖愬之人。要之不必如此拘也。第三聯只是不禁冠帶坐曹，文案又冗，故欲狂叫。末聯欲棄去納涼也。”張氏注詩不糾纏於字句枝節，亦不穿鑿附會，而是注重從詩歌總體的情境出發，在闡釋詩歌意藴的同時，突現詩人情感的脈絡。杜甫七律技巧超妙，變化莫測，而始終真情貫注，感人至深，張性這種解詩之法透脱通達，故頗得杜詩真諦。正如卷前黎近序所言：“詩至於律，其法精矣。唐之工於律者萬家，其渾噩深永，獨推少陵。雖馳騁變化於繩尺之外，終從容微婉於矩度之中。蓋得六義之遺風，不失性情之正者也。故鑒世者以之注少陵詩者非一，皆弗如吾鄉先進士張氏伯成《七言律詩演義》，訓釋字理，極其精詳，抑揚趣致，極其切當，大抵彷彿朱子《詩傳》《楚辭解》，而折衷衆説焉。蓋少陵有言外之詩，而《演義》得詩外之意也。”雖有揄揚，亦切實際。

是書傳世甚少，却被冠以虞集之名大行於世，書名除《杜律虞注》外，又作《虞邵庵分類杜詩注》《杜律七言注解》《杜工部七言律詩》《杜詩虞箋》《虞伯生選杜律七言注》等。明、清間各地翻刻者有十餘種，以體例計，有分類本，編年本；以卷數計，有一卷、二卷、四卷及不分卷本。還有與趙汸《杜工部五言律注》合刊本。朝鮮亦有多種刻本，是當時朝鮮最廣泛流行的杜詩品評書。僅《韓國所藏中國漢籍總目》著録者，即多達七八十種。臺灣大通書局《杜詩叢刊》收録明吴登籍校刊二卷本和明萬曆十六年（1588）新安吴懷保七松居藏板三卷本。諸本序跋互有增減，唯楊士奇序均載，略云：“百年之前，趙子昂、虞伯生、范德機諸公皆善近體，亦皆宗於杜。伯生嘗自比漢庭老吏，謂深於法律也。又嘗取杜七言律爲之注釋，伯生學廣而才高,味杜之言,究杜之心,蓋得之深矣。觀其《題桃樹》一篇,自前輩已謂不可解,而伯生發明其旨,瞭然仁民愛物以及夫感嘆之意,非深得於杜乎?或疑此篇非出於虞,蓋謂歐陽原功所撰墓碑不見録也。伯生以道學文章重當世,碑之所録,取其大而略其小,故録此未足以見伯生,然必伯生能爲此也。"虞集,字伯生。楊序力主七言律注爲集所撰,並以取大略小爲虞集墓碑未載此注辯解,故刊行是書者必録此序。《四庫全書總目》卷一七四"杜律注"條云:"舊本題元虞集撰……然歐陽玄撰集墓碑,不載其有此書。觀其詞意,亦皆淺近。考元趙汸學詩於集,而所注杜詩乃無一語及其師。董文玉爲《趙注》作序,亦疑虞注之非真,然不云實出誰手。案曹安《讕言長語》稱元進士臨川張伯成著《杜詩演義》,曾昂夫作傳有此名,又有刊版,惜其少傳,往往誤以爲虞伯生。李東陽《麓堂詩話》亦云:'徐竹軒以道嘗謂予曰《杜律》非虞伯生注,宣德初已有刊本,乃張姓某人注,渠所親見。'合二家之言觀之,則此注實出張伯成手,特後人假集之名以行耳。"所論更合情理。虞集注杜並無確切文獻依據,張性注杜則多有記載,且張書問世更早。正如吴鞏《刊版告語》所云:"金溪石門元朝進士伯成張先生所注《杜律七言演義》,極爲精詳,足以啓發後學。傳寫恐有舛訛,告諸朋友,共刻於版……卷首刻曾昂夫所著張先生傳文,以表其實耳。宣德四年(1429)十月良吉,牧叟吴鞏子固敬告。"言之鑿鑿,按此推斷,其著作權自應屬於張性。

當然,判定真僞最重要的證據還是兩書的實際面貌。諸虞注刊本所收亦爲杜詩七律,故篇目率與張性《杜律演義》相同,然編次則多有不同。張注爲分類編次,虞注之編年本自難與之相同,即便虞注之分類本,亦與張注相異。有學者對比《杜詩叢刊》所收《杜律演義》汝南王齊刊本與《杜律虞注》吴登籍校刊本,發現虞注將張注的二十一類擴展爲三十二類,而其中二十九類與宋徐居仁編《集千家注分類杜工部詩》相同且先後順序一致。很明顯,虞注的編次受到徐居仁千家注的影響。但是二者串講杜詩七律的文字則幾乎完全相同,儘管虞注大部分關於杜詩典故的注釋要詳於張注①。杜詩釋典的工作宋人已頗完備,《杜律演義》於之皆作簡要處理,其主要價值當然是在對杜詩七律詩意的解讀上。既然解詩之文字幾乎無異,則張注、虞注實爲一書,而張書在前,故虞注爲僞作無疑。

至於有此僞書的原因,《杜律演義》嘉靖十六年重刻本王齊序云:"豈昔人以伯成、伯生音近而誤傳耶? 抑虞公嘗爲題品,而江陰諸處遂僞傳耶? 抑好事者以張之窮、虞之達,而藉重以傳耶?"最主要的原因恐怕是窮達之别。元代僞書甚多,皆借名士顯宦之名,無非坊賈欲藉之牟利。後張注罕見,而虞注大行,有疑虞注爲非者因未見張注而不敢遽斷。又虞注版本甚多,分類、注釋、編次等亦有稍異于張注之處,故明清以來,以《杜律演義》《杜律虞注》爲二書者屢見不鮮。《寶文堂書目》《千頃堂書目》《孝慈堂書目》《天一閣藏書目録》等皆並收二書。然張著終得傳世,且真相早已大白,亦稱幸事。無怪乎王齊感慨道:"以涯翁名相,博洽聞海外,尚爾未見。而予適見之,是其書之顯晦固自有數,亦不可謂不遇也。嗚呼! 世之不遇者,豈獨一《演義》也哉?"

此集爲第一個杜詩七律注本,對後之七律注本影響極大,明馮惟訥《杜律删注》、王維楨《杜律頗解》、薛益《杜工部七律分類集注》等皆出自是書。

### 三、趙汸《杜工部五言趙注》

趙汸(1319—1369),字子常,號東山,學者稱東山先生。休寧(今屬安徽)人。《明史》有傳。幼聰慧,長而不事舉子業,勵志求道,遍訪名師,師從黄楚望、虞集等,潛心六經之學。後歸鄉奉母,

---

① 赫蘭國《遼金元杜詩學》,第201頁。

築東山精舍,隱居著述。至正末以輔元帥汪同起兵保鄉井,授江南行樞密院都事。元末兵亂,奉母避居深山,人事幾絶而著書不已。明初屢徵不起,洪武二年(1369),召修元史,乃如京師,事畢還山,未幾卒。汸通諸經而尤邃於《春秋》,有《春秋集傳》《春秋師説》《春秋屬辭》《春秋左氏補傳》《春秋金鎖匙》及《周易文詮》《東山存稿》等。

《杜工部五言趙注》明萬曆十六年(1588)刻本卷前有吴懷保《杜律趙注引》,云:

> 少陵公律詩,七言有虞注,五言未及注。注五言者,予鄉趙東山先生也。先生生元末,幼即嚮慕鄉先正朱夫子,盡讀其書。弱冠游黄楚望、虞道園之門,講求理學淵微,故所得粹然一出於正。其經學多著論,尤邃於春秋詩學,亦充然妙稱一時間。仿道園之例注杜,批點極精當,而發揚趣致,尤得言翁之意。又取劉須溪所論格調句法附之,杜之精神性情居然可見。視虞注則已詳矣。嗚呼!詩未易言也,生於千百載之下而欲逆探其意趣於千百載之上,非深於道養鮮能得其情者。故三百篇惟吾朱子説得其正,是編其亦有所契受而然乎?世之論詩者惟少陵公可繼三百篇後,愚亦謂注詩者東山公亦可以趾美朱夫子也。顧虞注業已廣,而此帙雖刻而未廣,於是命工梓之,復表先哲精神工化之柱也。是爲引。萬曆戊子春月之吉新安吴懷保書。

作爲刊印者,吴懷保之引自要對趙注盡力揄揚,然其所言實有謬誤處。一爲認定虞集注杜詩七律,注者應爲張性,而非虞集;一爲將格調句法之論歸於劉辰翁,其引後所録《詩法家數》本楊載所作,之後"詩有内外意"、"詩有三體"、"詩有四格"、"四煉"、"五忌"、"八病"諸條則是融會白居易、嚴羽等有關詩話而成,皆與劉辰翁無涉。之所以會有此錯謬,恐怕是學養不足的吴氏誤會了趙汸對劉辰翁評點的重視。趙汸選注的杜甫五言律詩共 261 首,其中又有 28 首詩僅有圈點而無注釋。所注典故詞語、史實背景,多徑引原出處,引舊注處則標出人名,有黄鶴、葉夢得、張九成、方回等,而以劉辰翁最多。據統計,趙汸引用劉辰翁杜詩評點共計 85 處,差不多占所注杜詩的三分之一,對劉辰翁十分推崇,不過對劉氏之誤亦能委婉指出①。能有這樣的態度,體現出趙汸身爲經學家的嚴謹客觀。趙汸注杜也深受劉辰翁影響,簡練切當,不作泛泛之論,而多深中詩旨之言,如《喜達行在所三首》其一趙注云:"題言達行在所矣,而詩多追説脱身歸順,間關跋涉之情,所謂痛定思痛,愈於在痛時也。"《有客》注云:"此詩自一句順説至八句,不事對偶而未嘗無對偶,不用故實而自可爲故實,散澹真率之態,悠而成章,而厭世避喧,少求易足之意,自在言外。"皆富於新意,有獨得之妙。而吴引指出的趙汸對於朱熹注解《詩經》的繼承則十分到位,此點仇兆鰲亦有細緻解説,《杜詩詳注》卷七《搗衣》詩末注云:"朱子《詩經集傳》多順文解義,詞簡意明。唐汝詢解唐詩亦用此法,但恐敷衍多而斷制少耳。今注杜詩,間用順解,欲使語意貫穿融洽。此章趙汸注云:'此因聞砧而托爲搗衣戍婦之詞曰:我亦知夫之遠戍,不得遽歸,方秋至而拂拭衣砧者,蓋以苦寒之月近,長别之情悲,亦安得辭搗衣之勞,而不一寄塞垣之遠。是以竭我閨中之力,而不自惜也。今夕空外之音,君其聽之否耶。音字,含一詩之意。'唐仲言極稱斯注。今標此以發順解之例。"②所謂順解,即注重突顯詩作的情感脈絡,闡釋其内蘊深意,這無疑是解詩之至義。朱熹的《詩經集傳》雖然是經學的經典,但因其超拔的學識修養,對《詩經》文學性的解讀也達到了新的高度,亦對後世的詩學研究産生了深遠的影

① 赫蘭國《遼金元杜詩學》,第 226 頁。
② (清)仇兆鰲《杜詩詳注》卷七,第 609 頁。

響。趙汸作爲一位頗有修爲的經學家,對朱子著述精義的領悟自然深入,故其注杜能循《詩經集傳》之旨要而得杜詩之確解。此類注解也受到明末著名唐詩研究者唐汝詢的極力稱贊。

趙汸注杜的另一個突出優點是,其學術視野較寬,不但解杜能深入肌理,還能將杜詩之淵源與影響剖析明白,予人以極大的啓示。如《登兖州城樓》注云:"公詩法實出於其祖審言,審言《登襄陽城》詩云:'旅客三秋至,層城四望開。楚山横地出,漢水接天回。冠蓋非新里,章華只舊臺。習池風景異,歸落滿塵埃。'陳後山又學公詩者也,其《登鵲山》詩云:'小試登山脚,今年不用扶。微微交濟濼,歷歷數青徐。樸俗猶虞力,安流尚禹謨。終年聊一快,吾病失醫廬。'看此二詩,則其源流概可見矣。"《落日》"啅雀争枝墜,飛蟲滿院游"句下,趙注云:"此景物見於幽静中者。唐人'鬥雀翻檐散,驚蟬出樹飛',又'鬥雀墜閒庭',宋梅聖俞'懸蟲低復上,鬥雀墜還飛',皆此類。"《江漢》注云:"此詩中四句以情景混合言之:雲天夜月,落日秋風,物也,景也;與天共遠,與月同孤,心視落日而猶壯,病對秋風而欲蘇者,我也,情也。他詩多以景對景、情對情,人亦能效之,或以情對景,則效之者已鮮;若此之虚實一貫,不可分别,能效之者尤鮮。近歲唯汪古逸有句云'年争飛鳥疾,雲共此生浮'近之。"不同於執著於"無一字無來處"説的詩評家竭力從先秦魏晋之經史子集中尋求杜詩字詞出處,趙汸關注更多的是杜詩在唐宋詩發展流變中承上啓下的地位及對元詩的影響。可見趙汸注杜少有人云亦云之弊,而多一己獨到之見。

《杜工部五言趙注》亦爲分類編次,分作朝省、宴游、感時、羈旅、閒適等十六類。其注附於句下、篇末,有言則長,無言則短。杜之律詩注本甚多,但其中主要是七律注本,五律注本相對要少得多。趙注是杜詩學史上第一個五律注本,且其注解簡當精切,故深得後人推重。明清注杜詩五言律諸家鮮有不徵引趙汸注者,更有不出趙汸姓名而直接抄襲者。如《村夜》首聯"蕭蕭風色暮,江頭人不行”，趙汸注曰：“起句先言將暮之景。”明范濂《杜律選注》一字不易。頸聯“胡羯何多難，漁樵寄此生”，趙汸注曰：“漁樵二字，承上四句而言江村旅宿之由。”范濂注曰：“五六以漁樵二字，承上四句而言江村旅宿之由。”《寄楊五桂州》尾聯“江邊送孫楚，遠附白頭吟”，趙汸注曰：“此言送段參軍，而寄詩於楊。《白頭吟》，司馬相如妻卓文君所賦，今借以言交情不可喜新厭舊也。”范濂注曰：“此因送段參軍而寄詩於楊，借文君《白頭吟》言交情不可喜新而厭舊也。”范濂注皆是將趙汸注字詞稍作調整而已。而明邵傅《杜律集解》注《水檻遣心二首》其一、《早起》等詩竟至整首全襲趙汸，字詞亦幾無變化，此爲未標明者，更有多首詩注末徑言“俱出趙注”“出趙注”。明汪瑗《杜律五言補注》本是補趙汸注的五律注本，其對趙注的亦多徵引，然對原文有所剪裁。如《徐步》首聯“整履步青蕪，荒庭日欲晡”，趙汸注曰：“言步之處與時。”汪瑗曰：“言步之時。”頷聯“芹泥隨燕觜，花蘂上蜂鬚”，趙汸注曰：“步時所見。”汪瑗曰：“言步時所見之景。”頸聯“把酒從衣濕，吟詩信杖扶”，趙汸注曰：“步時所爲。”汪瑗曰：“步時所爲之事。”尾聯“敢論才見忌，實有醉如愚”，趙汸注曰：“步時所感，不怨而怨，怨而不怨。”汪瑗曰：“應‘酒’。二句步時所感，有哀而不傷，怨而不怒之意。”而被仇兆鰲譽爲“最有發明者”①的王嗣奭的《杜臆》亦有深受趙汸注影響而不明言處。如《江亭》頷聯“水流心不競，雲在意俱遲”，趙汸注曰：“此聯景與心融，神與景會，非有見於道者，不足知此。”王嗣奭曰：“‘水流’、‘雲在’一聯，景與心融，神與景會，居然有道之言。蓋當閒適時道機自露，非公説不得如此通透，更覺‘雲淡風輕’，無此深趣。”《漫成二首》其二尾聯“近識峨眉老，知余懶是真”，趙汸注曰：“言他人不足知我所以懶之由。”王嗣奭曰：“結句謂他人不足知我所以懶之由。”而博采衆家的仇兆鰲《杜詩詳注》“全引趙汸注

① （清）仇兆鰲《杜詩詳注》卷首《杜詩凡例》，第24頁。

釋之處達 66 條,檃括趙汸注釋的地方則更多”①。

以上約略舉例言之,足見趙汸注之影響實深遠而巨大。故自明以來,此集版刻甚夥,版本有十餘種之多。有一卷本、二卷本、三卷本、四卷本、不分卷本;書名又有《杜詩類選》《杜工部五言律詩》《杜律五言注釋》《杜詩趙注》《杜五言律注》等。日本亦有慶安四年(清順治八年,1651)翻刻本,名《杜工部五言律詩》。《韓國所藏中國漢籍總目》載韓國雅丹文庫與精神文化研究院藏有此書三種版本,名均作《類選杜詩五言律》,其中之一有正德甲戌(1514)會稽董玘序。1974 年臺灣大通書局據明萬曆十六年(1588)新安吴懷保七松居藏本影印,收入《杜詩叢刊》。另有清查弘道、金集補注與僞虞注合刊本。

### 四、海外孤本——董養性《杜工部詩選注》

董養性《杜工部詩選注》國内一直未見傳本,山東大學儒學高等研究院現藏有此本複印件,是由曾師從蕭滌非先生的美國耶魯大學博士車淑珊女士從日本複印而得,殊爲珍貴。卷前有董氏自叙云:

> 唐元微之叙子美詩備矣,至謂其上薄風騷,下該沈宋,言奪蘇李,氣吞曹劉,盡兼昔人之所獨專。吁,其知子美亦深乎哉!蓋嘗論之,詩本人情者也,詩而不本於人情,則無關乎世教,故曰:聲音之道與政通。三代之前,氣象混涵,化成俗厚。君臣歌於朝廷,士民歌於里巷,政治之美惡一見於詩,故得以是而觀風焉。兩漢風氣去古未遠,兩漢之後,三光五嶽之氣分裂無餘,教亡於上,俗漓於下,人不能皆詩也,始有專門名家。然三綱淪,九法斁,率皆浮靡同風,流連光景而已矣。子美鍾盛唐之秀,襲箕裘之業,其得於天也縱,其成於學也篤。故其剛大之氣,從容乎

① 赫蘭國《遼金元杜詩學》,第 229 頁。

典則之常；禮樂之文，洋溢乎風雅之正。尊世教，立人心，拯頽波於百弊之後，金聲玉振，集詩家之大成。於是知浮靡之風，留戀光景者無補，而所謂兼昔人之所獨專者非虚言也。自趙宋來，經術大明，至於詩獨知尊草堂而亦未有能窺其户庭者，其亦氣運有以使之然乎？余平生最嗜讀，然觀舊有爲之注者，如魯訔之編年，黄鶴之分類，劉會孟之評論，雖頗詳悉，又病其附會穿鑿，徒牽合引據，而於作者之情性略無見焉。遂忘其愚昧，校勘諸本，略加删補，必求以著明作者之初意。分門歸類，共爲七卷，庶於初學之士或少助焉。元集若干，今選舍若干，非私意敢有所去取也，但學者苟能因其所選以及其所未選，則片言半句皆足以感發，况觸類而長，將有得於聲律文字之外，豈小補哉！歲在丁未十一月日臨川之高閑雲叟董益養性叙。

觀其序末署名，董養性當名益，自號高閑雲叟，臨川（今屬江西）人。《四庫全書總目・别集類存目一》“高閑雲集”條云：“元董養性撰，養性有《周易訂疑》，已著録。養性入明不仕，作《高閑雲賦》以自况，因以名集。前有洪武中王翌序，盛推其文及詩。此本僅詩五卷，賦一卷。文則已佚。其詩頗清遒，而淺於比興，往往意言並盡，少含蓄深婉之致。”又《四庫全書總目・易類存目一》“周易訂疑”條云：“舊本題董養性撰，不著年代。考元末有董養性，字邁公，樂陵人。至正中嘗官昭化令，攝劍州事。入明不仕，終於家。所著有《高閑雲集》。或即其人歟？”《四庫全書總目》這兩條錯誤頗多，《周易訂疑》著者與《高閑雲集》著者雖皆名董養性，但並非一人，前者爲清初山東樂陵人，後者爲明初江西樂安人。《周易訂疑》已收入《四庫全書存目叢書》，《（乾隆）樂陵縣志》卷八《藝文》録有施閏章《寧國府通判董公墓志銘》及張璥《毓初董先生傳》，卷六《儒林》亦有董養性小傳，由之可知撰《周易訂疑》之董養性生平大概。此董養性，字邁公，號毓初。以明經通判寧國，攝南陵、太平兩縣。康熙十一年(1672)卒於官,享年五十八。生平潛心理學,著有《四書訂疑》《春秋訂疑》《周易訂疑》等①。除名、字、籍貫外,《四庫全書總目》所考生平與此董養性實無絲毫相干,其大略爲明江西董養性之事迹,然亦有錯謬。《(同治)樂安縣志》卷八《人物志・文苑》董養性小傳云:

> 董養性,流坑人,居家孝友,學貫經史。洪武間應通經名儒,徵授劍州知州,赴任幾八千里,惟一僮自隨。居官簡静,惟修廨舍與學校,暇則哦詩綴文以自樂。所著有《書易題斷》《李杜詩注》,其生平詩文名曰《高閑雲集》,藏於家。

流坑在樂安西四十里,爲董氏聚族而居之地,縣志所載董姓人,皆出於此。自宋代起,流坑董氏便崇文重教,勃興於科第。其地三國時屬吴國臨川郡,由宋至清,人文繁盛,仕宦不絶,實爲臨川文化的重要代表,故董養性自可以臨川署其籍。《四庫全書總目》謂"養性入明不仕",不確,董養性實應科舉並任劍州(今四川劍閣縣)知州②。其爲官期間惟務修學校與吟詩文,足見對家族文教傳統的秉持與發揚,令人欽敬。觀縣志所載,知此董養性亦曾有易經類著作,然非《周易訂疑》,而是《書易題斷》,其與《高閑雲集》同不獲睹於今世。

《李杜詩注》各書目多有著録,但書名、卷數皆不同。晁瑮《寶文堂書目》祇録爲"杜詩董養性注",高儒《百川書志》録爲"《董養性杜詩選注》四卷,臨川高閑雲叟董養性"。《天一閣書目》著録:

---

① 參見杜澤遜《跋清正誼堂刻本〈周易訂疑〉》,《山東大學學報》1998 年第 3 期。

② 《(雍正)劍州志》卷八《學校》載:"劍學肇自宋初","明洪武五年署州事昭化縣丞董養性即舊址建立"。則董氏先以昭化縣丞攝州事。

"《杜詩選注》七卷,刊本,臨川董益輯。叙稱平生最嗜讀,然觀舊注如魯訔之編年,黄鶴之分類,劉會孟之評論,雖頗詳悉,病其附會穿鑿,徒牽合引據,而於作者之情性略無見焉。遂校勘諸本,略加删補,必求以著明作者之初意。分門歸類,共爲七卷,庶於初學之士或少助焉。"①明代三家書目皆衹著録董養性杜詩注,范濂《杜律選注》卷前所列"杜律選注書目"中亦有《董養性選注》,則明代董養性杜詩注當是單行本。且《天一閣書目》所引叙文與日本藏本同,卷數亦同,則天一閣所藏與今日本藏本當爲同一刻本。日本藏本叙末署"歲在丁未十一月",丁未,應是元至正二十七年(1367),次年,元朝即滅亡,故此集之流傳主要在明代。周采泉《杜集書録》卷六《選本律注類一》"杜詩選七卷"一條,謂"元董養性選注"。著録共列四家:"明高儒《百川書志》作《杜詩選注》四卷。清黄虞稷《千頃堂書目》著録同上。原注:自稱臨川高閑雲叟。日本内閣文庫《圖書第二部漢籍目録》作《杜工部詩選》七卷。方樹梅《明清漢人著作書目》作《李杜詩選》,不著卷數。"其編者按云:"《百川書志》及《千頃堂書目》,與日本現藏者,卷數不符。疑元明刻本,不止一種……至方樹梅作《李杜詩選》,或爲另一書,或者'李'氏爲衍文,以未見原注,姑存疑。"②今有日本藏本,本可證"'李'氏爲衍文"之推論,然《欒安縣志》亦云董養性有《李杜詩注》,則未可遽作斷言。李、杜二人詩注,有合刻而單行之例,如明閔映璧所刻《李杜詩選》,其中楊慎所選《杜詩選》即有單行本,董氏著作不無此可能。

董養性《杜工部詩選注》共收杜詩 916 首,另卷三附王維、岑參、嚴武七律各 1 首。以先分體再分類的體例編排,卷一爲五古,131 首;卷二五律,351 首;卷三七律,85 首;卷四七古,134 首;卷五五排,35 首;卷六七排 4 首,五絶 23 首;卷七七絶 53 首。共有天

---

① (清)阮元《天一閣書目》卷四之一,清嘉慶十三年刻本。
② 周采泉《杜集書録》,上海古籍出版社 1986 年版,第 289 頁。

文、地理、人物、時令、花木、禽獸、宫室、書畫、人事、器用十類，視各卷内容而有不同。卷一首行題“杜工部詩選注卷之一”，次行題“臨川高閑雲叟董養性選注”，卷二首行題“杜工部詩董養性選注卷之二”，次行與卷一同，卷三至卷七則無次行，首行格式同卷二。目録列於各卷前，惟卷六、七之目録合列。卷一、二、四因篇幅較長，皆分爲上、下。各卷體例稍有不一。此書半頁九行，行十九字，注釋置於詩後，爲小字雙行，低正文一格，行十八字。詩題下間有注，或注明作詩時地，或釋詩題，或引杜甫自注，或引史傳舊注。如《卜居》題下注：“上元元年卜浣花草堂居也。”《銅瓶》注：“古者富貴之家多以銅瓶作井桶，用以汲水，而此之所賦，恐是昔日宫中之物。”《宿贊公房》：“公自注：贊，京師大雲寺主，謫此安置。”《八哀詩》題後注爲最長，多引兩《唐書》之本傳介紹主人公生平。詩後注則大抵先訓釋字句，注明典故，繼而串講詩意，挖掘作者之情性。如卷一《奉贈韋左丞二十二韵》，在以簡略之語言解釋重要字詞、典故後云：“此篇首尾凡八節，而節節相承。起處是第一節，立議論；自‘甫昔少年日’以下是第二節，自期自負；‘此意竟蕭條’以下是第三節，言卒無所成，而顛沛困厄也；‘主上頃見徵’以下是第四節，言將進而遭讒也；‘甚愧丈人厚’以下是第五節，言左丞之德行才學；‘今欲東入海’以下是第六節，言欲遠引也；‘尚憐終南山’以下是第七節，言宗國不忍輕去之也；‘白鷗波浩蕩’是第八節，公自興自比。凡此八節，皆是陳情告訴之語，而無干望請謁之私，詞氣磊落，傲兀宇宙，以見公雖困頓之中，英鋒俊彩，未嘗少挫也。”董氏解杜、注杜簡約洗煉，綱目清晰，便於理解詩意，對老杜情性之闡發亦時有精彩獨到之處。仇兆鰲《杜詩詳注》便引“凡此八節”以下諸語①，仇注引董養

---

① （清）仇兆鰲《杜詩詳注》卷一，第79頁。所引文字稍有異：“凡此八節”，仇注作“篇中”；“皆是”，仇注作“皆”；“傲兀”，仇注作“傲睨”；“以見”，仇注作“可見”。

性注衹此一處。

董養性引前人注多以“舊注”標出，或逕自指明出處，如卷二《登岳陽樓》：“唐子西曰：‘子美此詩，氣象宏放，涵蓄深遠，殆與洞庭争雄。’劉須溪云：‘氣壓百代，五言雄渾之絶。’”而以己意出之時常有精警深刻處，如卷一《遣興三首》其一注云：“蓋謂與其有功而殘民，不若無功而安衆。”《前出塞九首》其八注云：“此篇所以愧天下後世爲臣子争功者也。”卷三《諸將五首》其一注云：“此篇激怒諸將也。”又謂《曲江二首》其一是“一步深一步法”。皆有入木三分之妙。對舊注之辨正，亦能不陷於附會穿鑿，如卷一《夢李白二首》其二首二句“浮雲終日行，游子久不至”注云：“此篇首二句，興而賦也。言彼之浮雲常無定在，終日流行，而此之遊子乃久而不至，何也？舊注謂浮雲是比人君爲群邪所蔽，遂引古詩‘浮雲蔽白日，遊子不顧返’作證，亦非也。公之意正用陶潛《停雲》思親友之興。”“浮雲”二句諸家解説各異，然起語便作群邪蔽君這樣政治化的比附，實非佳解。董養性認爲二句如同陶潛《停雲》詩，乃以“靄靄停雲”發興以引起思念親友之意，雖然“浮雲”、“停雲”字面有不合，起興之説却頗爲合理。又如《奉贈韋左丞二十二韻》詩末云：“元本‘白鷗没浩蕩’，蘇東坡、劉須溪改‘波’作‘没’字，謂白鷗滅没於煙波之間。獨宋敏求要作‘波’字也。今以愚見觀之，公之意自第六節言欲去秦入海而又眷眷不忘其君，故尚憐南山，回首清渭。人言一飯之恩尚當思報，況念大臣所當辭也。今之辭去即是東行入海，故終言此生一身，有才無命，蹭蹬非常，瞻彼白鷗，煙波萬頃，無所榮辱而莫之縶累，又誰得而馴狎之哉？故止是‘波’字，初不著力，有悠然意。”“没”“波”之争一直聚訟紛紜，所謂詩無達詁，能自圓其説即可。董養性因循此詩情理脈絡而作解，當備一説。董養性注亦有疏漏荒謬處，如《秋興八首》其一“孤舟一繫故園心”句，解作：“自孤舟一繫於此，竟莫能去，安知家鄉妻子存亡，故曰‘故園心’。”實是荒唐之至，其時杜甫携妻兒漂泊西南，何來不知家鄉妻子存亡之説?"故園心"是指思鄉念國之情。

流傳至今的四部完整的元代杜詩注本,范梈《杜工部詩批選》選録杜詩衹有 311 首,張性《杜律演義》注杜甫七律 151 首,趙汸《杜工部五言趙注》注杜甫五律 261 首,數量上都無法和董養性這部《杜工部詩選注》相比。董養性此集所録杜詩有 916 首,占杜詩總數的三分之二,名篇佳製自是包羅殆盡,其注釋既便初學者領會詩意,又不乏獨到之見,其在元代杜詩學史上的地位不言而喻。現已有孫微等人點校整理本出版,可以參看。

## 五、《重雕老杜詩史押韵》

闕名撰。元初刻本,僅湖南省圖書館藏有八卷殘本,原卷數不明,卷次俱被書賈挖去。今存韵編杜詩者,當以此本爲最古,實爲罕見之孤本。半頁十四行,行二十五字,白口,左右雙邊。共 77 頁,分訂上下兩册,存 49 韵目,收 1 071 字。書前有清著名藏書家黄丕烈題記:

> 此《重雕老杜詩史押韵》二册,計八卷,共七十七葉,士禮居爲之重裝而復其舊名者也。初書友某於苕溪某書賈家亂書堆中獲此,知爲宋槧,因檢出歸余。首尾零亂,但存散片,於每卷前標題"重雕老杜詩史",下俱剜去,後亦如之,兹復舊名爲"押韵"者,因卷中版心間有"押韵"字樣,知是書舊名必如是,特欲去不全之卷第,故並此去之耳。此書世不經見,即自來藏書家鮮有著録者,雖非必不可少之書,然前人著述湮没不傳,急當表白,而宋槧流傳尤宜珍惜。竊謂《回溪史韵》僅係抄本,苟得殘卷,亦且加諸題識,視爲寶書,此書獨不可援以爲例乎!余固佞宋者,自不惜裝潢之費,俾斷珪殘璧重若共球也。日來抱病,閒居不能觀書,殊爲愁悶,近始復元,適是書裝成,遂爲之開目於前,並志其緣起如此。嘉慶歲在己巳十月二十有八

日復翁識。

下鈐陰文"黄丕烈印"、陽文"蕘圃"二方印。有尾跋二則,分記各册所存韵目。黄丕烈斷此書爲宋槧,實誤。中國善本書目編輯組在北京鑒定此書爲元刻本。

## 第四節　元代散佚杜詩學文獻鈎沉

據現有文獻記載,元代散佚的杜詩注本、筆記及集杜詩集等各類杜詩相關著作有十七種。其中有序文或識記傳世,可以稍窺其面目者五種;後世有大量徵引者一種;杜詩全注本二種;詩法詩格類著作可確定者有三種;集杜著作二種。本節將逐一予以介紹。

### 一、杜詩舉隅　十卷　俞浙撰

俞浙(1215—1300),字季淵,號默翁。新昌(今屬浙江)人。宋開慶二年(1259)進士,官監察御史,奏三疏痛陳時病,皆未采納。改除大理少卿,不就。宋亡,杜門講學,宗師朱子,自號致曲老人。著有《六經審問》《離騷審問》《韓文舉隅》及《杜詩舉隅》等。生平事迹見《(萬曆)新昌縣志·鄉賢志》及《宋元學案》卷四九等。

《(乾隆)浙江通志·經籍十二·集部五》著録作:"《杜詩舉隅》十卷,《(成化)新昌縣志》:俞浙著。"明王圻《續文獻通考》、清錢大昕《補元史藝文志》亦著録,已佚。今存宋濂《杜詩舉隅序》,其云:

《詩》三百篇,上自公卿大夫,下至賤隸小夫,婦人女子,莫不有作。而其托於六義者,深遠玄奥,卒有未易釋者。故序《詩》之人,各述其作者之意,復分章析句,以盡其精微。至於《東山》一篇,序之尤詳。且謂一章言其完,二章言其思,三章言其室家之望女,四章樂男女之得及時。一覽之頃,綱提領挈,不待注釋,而其大旨焕然昭明矣。嗚呼,此豈非後世訓詩者之楷式乎?杜子美詩,實取法三百篇,有類《國風》者,有類《雅》《頌》者,雖長篇短韵,變化不齊,體段之分明,脈絡之聯屬,誠有不可紊者。注者無慮數百家,奈何不爾之思!務穿鑿者,謂一字皆有所出,泛引經史,巧爲傅會,楦釀而叢脞。騁新奇者,稱其一飯不忘君,發爲言辭,無非忠國愛君之意。至於率爾詠懷之作,亦必遷就而爲之説。説者雖多,不出於彼,則入於此。子美之詩,不白於世者五百年矣。近代盧陵大儒頗患之,通集所用事實,别見篇後,固無繳繞猥雜之病,未免輕加批抹,如醉翁寱語,終不能了了,其視二者相去何遠哉?會稽俞先生季淵,以卓絶之識,脱略衆説,獨法序《詩》者之意,各析章句,具舉衆義,於是粲然可觀,有不假辭説而自明。嗚呼!釋子美詩者,至是可以無遺憾矣!抑予聞古之人注書,往往托之以自見,賢相逐而《離騷》解,權臣專而《衍義》作,何莫不由於斯。先生開慶己未進士,出典方州,入司六察,其冰蘗之操,諒直之風,凛然聞於朝著。不幸宋社已亡,徘徊於殘山剩水之間,無以寄其罔極之思。其意以爲忠君之言,隨寓而發者,唯子美之詩則然。於是假之以洩胸中之耿耿,久而成編,名之曰《杜詩舉隅》。觀其書,則其志之悲從可知矣。先生既殁,其玄孫安塞丞欽,懼其湮滅無傳,將鍥諸梓,而來求序文甚力。予居金華,與先生爲鄰郡,及從黄文獻公游,備聞先生之行事可爲世法,因不辭而爲之書。先生名浙,季淵字也,晚以默翁自號。所著有《韓文舉隅》,而《孝經》《易》《書》《詩》《禮記》《春秋》《離騷》,各有審問,不但箋杜詩而已也。①

① (明)宋濂《文憲集》卷五,《景印文津閣四庫全書》集部第178册,第143—144頁。

此書是在俞浙死後，由其玄孫俞欽刻印以行世，然流傳不廣，至清初已不易見。仇兆鰲《杜詩詳注・杜詩凡例》云："元時全注杜詩者，則有俞浙之《舉隅》……俱有辯論證據，今備采編中。"①然衹引一條，明初單復《讀杜詩愚得》徵引則多達 58 條②，清何焯《義門讀書記》及齊翀《杜詩本義》徵引亦多。由宋序"各析章句，具舉衆義"之言可知，此書之解析應頗細緻，徵引前人箋注亦較豐富。單復所徵引者則主要是俞浙一己之見，允稱精微深細，如《讀杜詩愚得》卷一三《詠懷古迹五首》其五引默翁曰："此詩筆力議論，妙絶今古，然必先曉'紆'字訓詁，'一羽毛'之義，乃可尋其意。紆，卷也，猶屈也。孔明籌策，豈止於三分割據而已哉！然而不免止於此者，有此屈也。嘆息之詞也。'一羽毛'者，非謂輕如一羽毛也。一，獨也，特異之謂也。孔明之於人世，猶鸞鳳鷟鸑高翔於雲霄之上，蓋羽毛之獨奇特異者，萬古之所共仰望，不可梯及也。贊美之詞也。三解'一羽毛'之實，孔明人品，上比伊吕，使其指揮，魏吴悉底平定，蕭曹何足擬論哉！末解説'紆籌策'之由，孔明止於三分割據者，非屈於魏吴也，屈於天不祚漢也。惟屈於天不祚漢，故志雖决於恢復，而身則殲於軍務之勞矣。"③此條明邵傅《杜律集解》全引，文字微異。仇注引作："俞浙曰：孔明人品，足上方伊吕，使得盡其指揮，以底定吴魏，則蕭曹何足比論乎？無如漢祚將移，志雖决於恢復，而身則殲於軍務，此天也，而非人也。"④改動較大。

## 二、杜詩纂例　十卷　申屠致遠撰

申屠致遠（？—1298），字大用，號忍齋。本居汴京（今河南開

---

① （清）仇兆鰲《杜詩詳注》卷首，第 24 頁。

② 參見王燕飛《俞浙及其〈杜詩舉隅〉輯考研究》，《杜甫研究學刊》2015 年第 1 期。

③ （明）單復《讀杜詩愚得》，臺灣大通書局 1974 年《杜詩叢刊》本。

④ （清）仇兆鰲《杜詩詳注》卷一七，第 1506 頁。

封),金末隨父遷東平壽張(今山東陽谷)。致遠肄業于東平府學,元世祖南征時,薦爲經略使知事,贊畫軍中機務。至元七年(1270),東平守崔斌聘爲學官。十年,授太常太祝兼奉禮郎。後舉爲兩浙都事,首言宋圖籍宜運之京師,江南學田宜仍以贍學校,行省從之。轉臨安府經歷。臨安改杭州,遷總管府推官,斷案嚴明,數白冤獄。西僧楊璉真伽于宋故宫作佛塔,欲取宋高宗所書九經石刻爲基,致遠力拒之。改壽昌府判官。二十年,拜江南行台監察御史,不懼權貴,秉公執事,擅名於當時。二十八年,丁父憂,起復江南行台都事,以終制辭。二十九年,授江東建康道肅政廉訪司僉事,未至,移疾還。元貞元年(1295),纂修《世宗實録》,召爲翰林待制,不赴。大德二年(1298),拜淮西江北道肅政廉訪司僉事,行部至和州,得疾卒。《元史》有傳。致遠清修苦節,家無餘産,惟聚書萬卷,名曰墨莊。著有《忍齋行稿》四十卷、《釋奠通禮》三卷、《集驗方》二十卷、《集古印章》三卷及《杜詩纂例》十卷。

《杜詩纂例》十卷,明黄虞稷《千頃堂書目》、清倪燦《補遼金元藝文志》、錢大昕《補元史藝文志》等著録,已佚。今存虞集《杜詩纂例》序,全文如下:

> 昔夫子作《春秋》,因魯史之舊文據事直書而已,善學者以其屬辭比事而觀之,得其筆削之故,則聖人之意庶幾可見於千載之下焉。是故杜預因左氏之傳,陸淳因啖趙之説,皆纂爲例以著之,是或求經之一道也。然而聖人之筆,如化工之妙,初未嘗立例而爲文也,學者設此以推之耳。至於詩亦然,出於國人者謂之風,出於朝廷公卿大夫者謂之雅,用之宗廟郊社者謂之頌。其别不過此三者而已,其義則有比興賦之分焉。詩人作詩之初,因其事而發於言,固未嘗自必曰我爲比、我爲興若賦也,成章之後亦無出於三義之外者。故學者不得不以例而求之,此亦例之所由纂所謂譜者是也。申屠公以直節高義,在

至元中爲名御史，其所樹立，固不止乎文字之末，然獨好杜工部詩，諷誦之久，又取其一篇一聯一句一字可以類相從者録之，以爲纂例，其亦好之篤而求之詳已乎！其子駉手其遺書以示集，俾序其故焉。予故引先儒之考於《詩》《春秋》者以比之，而又爲之言曰，杜詩之體衆矣，而大概不過五言七言爲句耳。虚實相因，輕重相和，譬之律吕定五音焉，至於六十盡矣；又極之於二變焉，至於八十有四而盡矣，不能加七音以爲均也。然則五言七言之句固可以例盡也。至若一字之例，譬如橐之鼓，籥之吹，户之樞，虡之機，虚而能應，動而有則，變通轉旋，實此焉，出類而數之不已備乎！或曰：詩家之妙，乃在於嗟嘆詠歌之間，以得乎温柔敦厚於優游淫佚之表，今句比而字舉，果其道乎？則應之曰：具波磔點畫之文則可以成字，八法具而書之精妙著矣；未有失八法而可以爲佳書者也。耳目鼻口之用，則可以成人百體，從而人之神明完矣；未有隳一體而可爲全人者也。然則例之爲説詎可廢乎？嘗有問於蘇文忠曰：公之博洽可學乎？曰：可！吾嘗讀《漢書》矣，蓋數過而始盡之，如治道、人物、地理、官制、兵法、貨財之類，每一過專求一事，不待數過而事事精覈矣。參伍錯綜，八面受敵，沛然應之而莫禦焉。文忠之學未始果出於此，要之讀書之良法也。故觀乎《杜詩纂例》而深有概於予衷焉。善讀書者，能如申屠公之於杜詩，即文忠公之於《漢書》也，願學者推此説以爲凡讀古書之法焉，其精博可勝言哉！然則申屠公豈止有功于杜詩而已乎？駉清介有守於義勇，爲文學之事於詩尤長，固有所受哉！①

由虞集序"取其一篇一聯一句一字可以類相從者録之，以爲纂

① （元）蘇天爵編《元文類》卷三五，《景印文淵閣四庫全書》第1367册，第433—435頁。

例”之語,可推想是書應是詩格一類的著作。詩格類著作在元代甚爲流行,主要通過分析前人詩歌,評點其藝術成就,從而講解作詩的技巧和應遵守的法度。這是一種“重文輕道”的做法,故有人發出“詩家之妙,乃在於嗟嘆詠歌之間,以得乎温柔敦厚於優游淫佚之表,今句比而字舉,果其道乎”的質詢,虞集侃侃而談,從先儒之解《詩》《春秋》説起,繼以音律、書法,甚而人體類比而言,最後舉蘇軾讀《漢書》之法爲例,强調這種歸類分析、細緻講解的方法對學習與理解杜詩的重要性。

## 三、鳳髓集　陳巖撰

陳巖(？—1299),字清隱,一字民瞻。青陽(今屬安徽)人。宋末屢舉進士不第,入元後遂不求仕進,隱居不出。時元世祖徵求隱逸,乃汗漫江湖以避之。及老始歸青陽,築室於所居高陽河,日嘯歌其内,出則遍覽九華山之勝,詩以紀之,名《九華詩集》,《四庫全書》收録。元大德三年(1299)卒。生平事迹見邵遠平《元史類編》卷三六、曾廉《元書》卷九一上、席世臣《元詩選》癸集甲卷。

《鳳髓集》爲集杜之作,明王圻《續文獻通考》、彭大翼《山堂肆考》及清倪燦《補遼金元藝文志》等著録,已佚。今存元吴師道《陳氏〈鳳髓集〉後題》,全文如下:

> 詩集句起近代,往往采拾諸家,而間一爲之,未有尋取一家之作,而用之全編是也。文文山在羁囚中,始專集杜陵詩以發己意,咸謂創見。今觀九華陳氏《鳳髓集》,則知前乎已有此矣。夫杜陵之詩,浩博深宏,涵蓄萬象,巨細無不有,而於古今之治亂得失,人情之舒慘戚忻,亦莫不散布畢陳。斯人乃能融液貫穿,排比聯合,大篇短章,詞從句順,宛然天成,積至數百首之多,既免夫鴻鵠家雞之嘲,而自謂得鳳髓膠弦之妙,其用

心不既專且勤乎！夫良工之機錦，經緯錯雜順而成章者，固粲然可觀。若夫剪綴百衲，横斜曲直，紋縷相值，不差毫分，要非極天下之至巧者不能也。陳君名巖，字民瞻，自序在宋淳祐中，今且百年，而未傳於世。景德上人宗公出以示予，俾題其後，故爲論之如此。嗚呼！文章在天地間，其變無窮，不可測知。當杜陵有作時，豈預爲後人設哉！由今而後，凡前世諸大家皆可仿此，而爲之推其端原，必自陳君，君亦足以爲不朽矣！①

據此可知，陳巖集杜乃在宋淳祐（1241—1252）中，尚早於馳名後世的文天祥集杜。然是集問世百年而未得刊行，又吴師道卒於元至正四年（1344），則其刻印當在至正初年。周采泉云："巖有《九華詩集》，《四庫》著録，《鳳髓集》未收，想已久佚。其命名之義，蓋本諸杜牧詩：'天外鳳凰誰得髓，無人解合續弦膠。'故以題其集杜也。"②所言頗合情理。

## 四、跋杜詩集　吴思齊撰

吴思齊（1238—1301），字子善。永康麗水（今屬浙江）人。陳亮外孫。少穎悟，由任子入官，監臨安府新城税鎖廳。試漕司，中舉。上禮部，不利。後從常調爲嘉興縣丞，會令以言去，攝縣事，累遷饒州節制司準備差遣。後厭仕，請監南嶽廟，流寓桐廬。宋亡誓不失身，與方鳳、謝翱遊，自號全歸子。柯劭忞《新元史》有傳，宋濂亦爲作《吴思齊傳》。著有《俟命録》《左氏傳闕疑》等，並集《陳亮葉適二家文選》。

---

① （元）吴師道《禮部集》卷一七，《景印文淵閣四庫全書》第1212册，第241頁。

② 周采泉《杜集書録》，第849頁。

宋濂《吴思齊傳》言其有《跋杜詩集》①,《(乾隆)浙江通志・經籍十二・集部五》著録。周采泉《杜集書録・内編・輯評考訂類一》録作《杜詩跋》,並云:"是書僅稱《杜詩跋》,疑爲讀杜詩筆記之類。"②

## 五、杜陵詩律　一卷　楊載撰

楊載(1271—1323),字仲弘。浦城(今屬福建)人。《元史》有傳。少孤,博涉群書,以布衣召爲翰林院編修官。延祐二年(1315)中進士。長於詩文,爲趙孟頫推重,與虞集、范梈、揭傒斯並稱爲元代四大詩人。著有《楊仲弘集》。

《杜陵詩律》,一卷。明高儒《百川書志》,清黄虞稷《千頃堂書目》、阮元《天一閣書目》、倪燦《補遼金元藝文志》及《四庫全書總目》等皆有著録。是書初爲單刻本,《天一閣書目》集部"元書杜陵詩律一卷"條録之甚詳,云:

> 宋紙烏絲闌抄本,卷首有"尚寶少卿袁氏忠徹"、"范氏圖書之記"、"范子受氏"三印,卷末有"静思齋"、"崑崙山人"二印。○是編元至治浦城楊載仲宏氏得之工部九世孫杜舉,杜舉得之甫門人吴成、鄒遂、王恭,爲篇四十有三,爲格五十有一。仲宏以授鄒縣孟惟誠。孟因參校增注,復取仲宏集中律詩數篇,附刻于後,以見法不難守,而詩可傳世,爲不誣也。楊載自有序,其詩五首,京兆杜本跋。孟惟誠有序并識後,又莆人鄭初題并序。③

---

① (明)宋濂《文憲集》卷一〇,《景印文津閣四庫全書》集部第178册,第277頁。

② 周采泉《杜集書録》,第455頁。

③ (清)阮元編《天一閣書目》卷四之一,清嘉慶十三年刻本。

此單行本已亡佚，今有《叢書集成》本，乃據張懋賢編次、周履靖校刊的《夷門廣牘》本影印，書名作《詩源撮要》。此集還被收入多種詩法合集，題名、序跋及具體條目、注釋等都有變化。《詩法源流》中題《詩解》，《木天禁語》中題《杜陵詩律五十一格》，謝天瑞《詩法大成》中題《述杜工部律詩五十八格》，顧龍振《詩學指南》中題《杜律心法》，吴景旭《歷代詩話》中題《律詩法》，史潛校刊《新編名賢詩法》中題《楊仲弘注杜少陵詩法》。各本序跋僅存楊載序及杜本跋，孟序并識後、鄭題并序皆亡佚。各本所列詩格有三十九格、五十一格、五十八格等諸多不同。注釋亦有繁簡之别，或標吴成、鄒遂、王恭之名，或不標。所録杜詩亦不盡相同，多爲四十三首，亦有不足者。《天一閣書目》所言孟惟誠增補楊載詩五首各本皆無。

此集多被認爲僞書，如仇兆鰲《杜詩詳注・附編・諸家論杜》載："楊載仲弘少遊成都，謁杜公祠，有主祠者乃公九世孫杜舉也。因問曰：'先生所藏《詩律重寶》，不猶有存者乎？'舉曰：'吾鼻祖審言，以詩鳴世，公子閑生甫，又以詩鳴至於今，源流益遠矣。然甫不傳諸子，而獨於門人吴成、鄒遂、王恭傳其法，今子自遠方來，敢不以三子所授者與子言之。'"仇氏按語云："按仲弘記憶此事，在元英宗至治壬戌年，上距代宗大曆間，約計五百四十載，其世次應不止九代。且《詩法》所載杜律五十一首，注釋議論皆膚淺寡識，未窺作者之意。況《宗武生日》詩言'詩是吾家事'，言'熟精《文選》理'，豈可云詩法不傳於其子乎？此俱未可信也。"[1]周采泉謂仇氏之辯尚未切中要害，又以所謂少陵門人吴成、鄒遂、王恭三人名姓不見於唐人著作，且《全唐詩》無三人之詩等情由繼加辯正[2]。另張健《元代詩法校考》於是集亦有詳細校考，可以參看[3]。

---

① 仇兆鰲《杜詩詳注》，第 2322 頁。

② 參見周采泉《杜集書録》，第 668 頁。

③ 張健《元代詩法校考》，北京大學出版社 2001 年版，第 116—134 頁。

## 六、韵編杜詩　十卷　曾巽申撰

曾巽申(1282—1330),字巽初,一字亦軒。永豐(今屬江西)人。至元初著《鹵簿圖》《郊祀禮樂圖》以進,至大間授大樂署丞,延祐元年(1314)除翰林編修。復推廣舊説,所繪《中道》《外仗》二圖並書十卷,爲英宗賞,擢爲應奉翰林,泰定初辭歸。天曆二年(1329)召爲集賢照磨,明年卒。著有《超然集》《明時類稿》《補注元遺山詩》,及《韵編杜詩》。生平事迹見虞集《道園學古録》卷一九《曾巽初墓志銘》、曾廉《元書》卷八八、《宋元學案補遺》卷九二、《(光緒)吉安府志・人物志・文苑上》。

《韵編杜詩》十卷。清黄虞稷《千頃堂書目》、倪燦《補遼金元藝文志》、錢大昕《補元史藝文志》、《(光緒)吉安府志・藝文志》等著録。已佚。

## 七、杜詩補遺　李康輯

李康,字寧之。桐廬(今屬浙江)人。元至正間布衣,柯劭忞《新元史》有傳。康工詩文,琴棋書畫無不冠絶一時,尤以孝聞,有"李孝子"之稱。至正二年(1342),郡守遣使幣聘之,不起。行省官至桐廬,命縣令造請議事,康不得已往,極論當時得失,又欲薦之,以母老辭。著有《桐川詩派》《梅月齋永言》《看山清暇集》。

《杜詩補遺》,《(乾隆)浙江府志・藝文志》引《(萬曆)嚴州府志》著録,已佚。

## 八、詩史宗要　殷惟肖撰

殷惟肖,字起巖。汝南(今屬河南)人。爲著名文學家楊維禎門人,與名士李孝光、張天雨、段天祐爲忘年詩友。

《詩史宗要》,已佚。今存楊維禎《詩史宗要序》,略云:

龍江般生謁余錢唐次舍，袖出手編目曰《詩史宗要》。觀其編什，首君臣，終朋友，一根極於倫理，表端分節，顯要正訛，或有宗趣，炳然而日星列，沛然而江漢注，挈焉而領張，洞焉而鑰啓，千百五篇之大旨，博而約之于一帙之中。其忠君孝友之至情，鵙鳩、鶺鴒之餘韵，使習其讀者，油然而有感。衰得此，弗覺病懷灑然，若能言吾之所欲者。後學小子操是嘉量以廣品諸作，又何騷、雅之弗近，而聲詩之教不還於古哉？生重以序請，遂書其卷首如此。生名惟肖，字起巖，汝南人，嘗從游於余，與海内名士李光、張公天雨、段公天祐爲忘年詩友云。至正十三年九月十日在分塘之五柳園亭寫。①

周采泉云："據楊序可推斷此書爲一全集分類本，但此以倫理分，與其他分類體系不同。"②仇兆鰲《杜詩詳注·杜詩凡例》"歷代注杜"條云："元時全注杜詩者，則有俞浙之《舉隅》。"③則仇氏未見此集，諸家書目亦不見著録，或其未曾刊刻，故不見傳本。

### 九、杜詩補注　陸昌二撰

陸昌二，平湖（今屬浙江嘉興）人。周采泉《杜集書録·外編·全集校刊箋注類存目》"杜詩補注"條謂其爲都巡檢啓楨孫，並云："工詩，宗少陵句法。事迹詳《（乾隆）平湖志》本傳。"又有按語云："《（乾隆）浙江通志》誤爲宋人，並誤陸爲楊，但《（光緒）平湖志》中檢不到陸昌二傳，俟再考。"④檢《（乾隆）平湖志》中亦無陸昌二傳。

---

①（元）楊維禎《東維子文集》卷七，《四庫提要著録叢書》集部第33册景印明刻本，第234頁。

②周采泉《杜集書録》，第625頁。

③（清）仇兆鰲《杜詩詳注》卷首，第24頁。

④周采泉《杜集書録》，第701頁。

《杜詩補注》，明《（天啓）平湖志》《平湖經籍志》著録，已佚。

## 一〇、夾注杜詩　陳方撰

陳方，字子貞，自號孤篷倦客。京口（今江蘇鎮江）人，以赴省試來吴，元帥王某招致賓席，因寓吴郡。提舉龔璛以女妻之，與鄭元祐、張雨、倪瓚遊，晚主無錫華氏家塾，死張士誠難。其詩隨事感發，鍛煉精工，著有《孤篷倦客稿》及《夾注杜詩》。生平事迹見《吴中人物志》卷一〇、顧嗣立《元詩選》三集庚卷、《元詩紀事》卷二一。

《夾注杜詩》，《（同治）蘇州府志・藝文志四・流寓書目》著録，已佚。《吴中人物志》卷一〇《陳方傳》，謂其"嘗手抄杜詩一編，朱書小字夾注，其説某爲對起對結，某爲散起散結，或緣某句應某字，或由某意發某語，脈絡有自來，枝葉有所傳，方真知詩者也"[①]。據此，是集主要講解杜詩技法，亦是詩格類著作。

## 一一、集杜詩句　黄則行撰

黄則行，清江（今江西樟樹）人，元至正十六年（1356）進士。

《集杜詩句》，未見著録，已佚。元末明初胡行簡有《黄則行集杜詩句序》，全文如下：

> 清江之東里黄氏，世以科第顯。趙宋時名薦書者七人，登科者三人。有元至正丙申，郡上賢能書于行相國，黄氏之彦曰則行，復以春秋舉進士。搢紳大夫咸曰，黄氏代不乏賢矣，爲之文若詩，以彰其美，分闥定侯，樹高門于其里，表曰擢英，其榮耀可謂至矣。而則行慊然不自若也，閉門却掃，利達不入於心。闢一室，以書史自娱，壺觴籩豆，列置左右，酒酣激烈，則

---

① （明）張昶《吴中人物志》，《續修四庫全書》第541册景印明隆慶刻本，第304頁。

取杜少陵詩長哦高詠，慷慨懷古，人莫測也。或問之，輒曰："吾所欲言者，少陵先言之矣。"因摘其詩中語，集而成詩，凡若干首，不異其自賦也，遠近多傳誦之。從弟則建悼其兄之志不遂，欲托詩以自見也，率族人之好事者，捐金繡梓以傳于世，徵序其端。余惟少陵所遇之時即則行所遇之時也，則行之學之志蓋希乎少陵也。少陵志不獲展，感時撫事，形諸歌詩，以舒其忠憤之氣，蓋有不得已耳。則行借少陵語以發其性情，其志亦猶是也。但少陵羈旅萬里，艱阻備嘗，而則行棲遲丘壑，與湖山風月相周旋，其吟興差可羡也。或謂坡仙無取于集句，蓋有激而云，不可以評是集也。讀是集者能無慨然于斯？①

此集亦爲集杜著作，時當元明異代亂世之秋，與杜甫一樣"志不獲展，感時撫事"，一腔"忠憤之氣"者不在少數，黄則行"借少陵語以發其性情"，且"不異其自賦"，故頗能得時人認同，"遠近多傳誦之"。惜其雖得族人捐資刊刻，而終未能流傳於今。

## 一二、杜詩類注　劉霖撰

劉霖，字雲章，一字雨蒼。安福（今屬江西）人。嘗從虞集學，集大嘉賞之，曰："君所造，非我所能及。"至正十六年（1356），舉於鄉。時值兵亂，遂不求仕進，安福陷，避地泰和，以所學授人，學者從之。明初，徵不就，日沉潛義理，晚卒於泰和。著有《雲章集》《太極圖解》《四書纂釋》及《杜詩類注》。生平事迹見柯劭忞《新元史》卷二三六、《宋元學案》卷九二、《（光緒）吉安府志・人物志・儒林》。

《杜詩類注》，明王圻《續文獻通考》、清黄虞稷《千頃堂書目》、

① （元）胡行簡《樗隱集》卷四，《景印文津閣四庫全書》集部第177册，第272頁。

清錢大昕《補元史藝文志》、清倪燦《補遼金元藝文志》、《(光緒)吉安府志・藝文志》等著録。已佚。

## 一三、杜詩訣　曹理孫撰

曹理孫,字悦道。瑞安(今屬浙江)人。精敏好學,博涉經史,尤通《尚書》,談性命道德之理,亦能粹然成章。擅古文,下筆輒就,得韓、歐家法。爲人簡重寬厚,郡守趙鳳儀延至學宫,模範後進,立教嚴而有法。門人金健、曹瑾、鄭昂等皆有聲,年八十餘卒。著有《心遠齋筆記》《讀書史要略類編》。生平事迹見《(嘉靖)瑞安縣志・人物志・文學》。

《杜詩訣》,《(乾隆)浙江通志・經籍十二・集部五》、孫詒讓《瑞安經籍目》著録。已佚。

## 一四、選杜甫詩　六十卷　余延壽選

余延壽,元人,生平不詳。

元伊世珍《瑯嬛記》卷上引《膠葛》云:"余延壽《選杜甫詩》作六十卷,其餘二十餘卷不足存。欲畀宋無忌,有一俗官,將掩爲己物。延壽不欲,遂臨之以刃,與之。以犨麋之容,而被夷光之服,何益哉!而求如此也。其後有覺之者,仍入《杜集》中。"①周采泉《杜集書録・内編・其他雜著類》"選杜甫詩六十卷"條云:"《膠葛》不知何代何人所著,余延壽亦不知何時人。杜甫全集亦僅六十卷,選詩何以有此數?其餘二十卷何以不足存?又云'仍入《杜集》中',徜恍迷離,無從究詰,故不編入選本,附存於此。"②

---

① (元)伊世珍輯《瑯嬛記》卷上,《四庫全書存目叢書》子部第120册景印明萬曆刻本,第62頁。

② 周采泉《杜集書録》,第632頁。

## 一五、杜詩類編　三卷　傅若川撰

傅若川,字次舟。新喻(今江西新餘)人。元代著名詩人傅若金(字與礪)弟。生卒年不詳,然據《四庫全書總目》别集類二〇《傅與礪詩文集》提要記載,元至正間若川爲其兄彙刻諸詩集成《清江集》,明洪武中若川又爲其兄刻印文集十一卷附録一卷,則其應生活於元末明初。

《杜詩類編》,清黄虞稷《千頃堂書目》、倪燦《補遼金元藝文志》、錢大昕《補元史藝文志》著録,徐乾學《傳是樓書目》則録作《杜解類編》。清黄虞稷《千頃堂書目》云:"類輯楊仲弘、揭曼碩、范德機所解杜詩。"楊仲弘,即楊載,傳有《杜陵詩律》,當是僞書。揭曼碩,即揭傒斯,揭氏之注杜,未見各家著録。范德機,即范梈,范氏有《杜工部詩批選》,較簡略。周采泉言傅氏此集有元至元間(1335—1340)刊本,並云:"此書取材貧乏若此,其無足觀明矣。僅爲三卷,疑亦爲律注。清初尚存,不知尚能得其踪迹否?"①

## 一六、杜甫詩注　熊釗撰

熊釗,字伯幾,一作伯璣,又作伯昭。進賢(今屬江西)人。元至正四年(1344)以《春秋》領鄉薦,授崇仁學官,遷進賢。以破徐壽輝功,授臨江路知事,遷江西儒學副提舉。明洪武初,召校書會同館。著有《幾亭文集》《學庸私録》《論孟類編》《春秋啓鑰》《五經纂要》等。胡儼爲其門人。《四庫全書總目》别集類二三胡儼《頤庵文選》提要云:"(儼)文章則得法於熊釗,釗學於虞集,師授相承,淵源極正。"《頤庵文選》卷前亦録熊釗序,末署"洪武甲戌三月七日",即洪武二十七年(1394)。生平事迹見《(雍正)江西通志・人物志二》。

《杜甫詩注》,清黄虞稷《千頃堂書目》著録。已佚。

---

① 周采泉《杜集書録》,第284頁。

### 一七、杜詩補注　二十五卷　闕名撰

清陳揆《稽瑞樓書目》著録:"《杜詩補注》二十五卷,元刻本有缺,二十五册。"已佚。

## 第五節　元人論杜

"十年鄉國亂,幾卷杜陵詩。閉户挑燈夜,空山積雪時。紫陽夸入蜀,雙井喜居夔。岐路終何適,吾將有所思。"①這首五律,題爲《雪夜讀杜詩》,十年亂世,詩人一直以杜詩爲伴,空山雪夜,挑燈夜讀,思緒也一路跟隨杜甫的行迹。王旭《讀杜詩》則云:"風雅誰堪繼後塵,少陵詩筆妙通神。岱宗獨立群山小,元氣無私萬物春。一代興衰兼國史,百年忠義激人臣。鸞膠不續朱弦絶,北里黄花日日新。"②王旭,東平(今屬山東)人,世祖至元至成宗大德年間在世,終生布衣,以教書與他人資助爲生,然好學尚古,以文章知名於時。讀這首深得杜詩精義的《讀杜詩》可以想見,在窮愁不遇的一生中杜詩必予其極大的精神滋養。釋大圭《草堂》詩云:"杜老高風六百年,茅茨那得尚依然。側身西望人多少,萬里橋頭不盡天。"③大圭

① (明)程敏政《新安文獻志》卷五三,《四庫提要著録叢書》集部第147册景印明弘治刻本,第391頁。此詩的作者朱模,生平不可考,《新安文獻志》此詩詩末録有"張外史伯雨云:朱子範詩有虞揭遺響"數字,則朱模字當爲"子範"。伯雨乃張雨(1283—1350)之字,雨自號句曲外史,錢塘(今杭州)人。詩文、詞曲、書畫兼善,曾師從虞集,二十歲即棄家爲道士,居茅山。

② (元)王旭《蘭軒集》卷五,《景印文淵閣四庫全書》第1202册,第782頁。

③ (元)釋大圭《夢觀集》卷五,《四庫全書底本叢書》集部第141册景印清乾隆鈔本,第126頁。

(1304—1362),俗姓廖,字恒白,號夢觀,泉州(今屬福建)人。其父篤信佛教,及長遵父命出家,然其自幼習儒學,亦擅長詩文,曾云:“不讀東魯書,不知西來意。”這位貫通儒釋的佛門詩人對杜甫亦是極爲尊崇,以“高風”稱頌之。從他的這首小詩中可以看到,在杜甫歿後六百年,草堂依然是元人心目中的聖地。與大圭同時的王沂(？—1362)亦有《草堂》詩,云:“浣花老翁不可見,浣花草堂何處尋。鸕鷀曬翅錦江岸,鸚鵡將雛榿樹陰。數畝林塘誰是主,千年韶濩有遺音。一杯重酹郫筒酒,叢竹蕭蕭風動襟。”①王沂,真定(今河北正定)人,延祐二年(1315)進士。歷任臨淮縣尹、嵩州同知,後入朝爲翰林編修、國子博士、翰林待制,元順帝至正初,任禮部尚書。作爲進士出身的文臣,王沂對杜甫和杜詩無疑更熟悉,他的《草堂》詩充滿杜詩的意象,字裏行間更充溢著對杜甫的追慕。可以説,元代從貧寒士子到廟堂高官,從儒生到僧侶,各階層文人都對杜甫懷有深深的敬意,杜詩亦是元代文人案頭心中最具分量的經典之一。正是在這樣的氛圍裏,元代評杜言論之質與量都頗爲可觀。

同時,元代的詩壇有“由宋返唐”的傾向,而元之詩學批評也有“宗唐抑宋”的風尚。唐人中,杜甫當然是代表人物,正如元末李繼本《傅子敬紀行詩序》所云:“唐之興也,以神武翦積世之亂,三光五岳之氣復混。士之生也,鍾乎天地之英,其爲志岸然不淆於俗,其爲詩炳然上麗乎古,其擅名於後先者,若陳子昂、孟浩然、崔顥、李白輩是已。至杜甫氏起,大振絶響,志則皋、夔、稷、契之志,詩則虞、周、楚、漢之詩,藻發乎天趣,聲繫乎風教,詩與志混然不鑿也。”②因

① （元）王沂《伊濱集》卷七,《景印文淵閣四庫全書》第 1208 册,第 448 頁。

② （元）李繼本《一山文集》卷四,《四庫提要著録叢書》集部第 32 册景印清康熙二十八年鈔本,第 414 頁。

此,有元一代學杜、評杜便有蔚然成風之勢。《詩宗正眼法藏》云:“學詩當以唐人爲宗……諸名家又當以杜爲正宗……今于杜集中取其鋪敘正、波瀾闊、用意深、琢句雅、使事當、下字切五七言律十五首,學者不可草草看過。”①學詩應宗唐,又須以杜爲正宗,杜詩法度完備,學詩者應細細體會,此語堪爲當時風氣的注脚。在宗唐學杜風氣的孕育下,一大批詩法著作應運而生。詩格、詩法之類的著作興起于唐代,至宋則幾乎絶迹,詩話却大爲繁盛,元人復歸於唐,格法之作大行於世,詩話却衹有寥寥數家。爲何會有如此情形?《木天禁語》開首的一段話可以作爲回答:“詩之説尚矣,古今論著,類多言病,而不處方,是以沉痼少有瘳日,雅道無復彰時。”②詩話以品評詩歌優劣爲主要内容,對如何去創作優秀詩歌的問題却是語焉不詳,元人認爲這便如衹言病而無處方,對詩道的昌明難有幫助。而詩法類的著作,却是細緻講述作詩需掌握的技巧,需遵守的法度,這無疑對詩歌的創作有更爲直接的指導意義,故詩法著作空前繁榮。題爲楊載的《詩法家數》《詩學正源》,題爲范梈的《木天禁語》《詩學禁臠》《詩格》,題爲揭傒斯的《詩法正宗》《詩宗正法眼藏》,傅若金的《詩法正論》《詩文正法》等都是這一類的著作。這些著作又莫不以唐詩爲楷模而予以陳説,杜詩更是在其中占了極大的比例。杜詩法度謹嚴又變化多端,最具解説與學習的價值。元代不但各種詩法著作中都有大量的杜詩,甚至還出現了專門的關於杜甫詩法、詩格的著作,如《楊仲弘注杜少陵詩法》《杜陵詩律五十一格》等。可以説,以詩法類著作的形式進行杜詩研究是元代杜詩學的一大特色。如《詩法家數》“詩要鍊字”條云:“字者,眼也。如老杜詩:‘飛星過水白,落月動檐虚。’鍊中間一字。‘地坼江

---

①　張健編著《元代詩法校考》,第325—326頁。“鋪敘”下原還有一“敘”字,當爲衍文。

②　張健編著《元代詩法校考》,第140頁。

帆隱，天清木葉聞。'鍊末後一字。'紅入桃花嫩，青歸柳葉新。'鍊第二字。非鍊'入''歸'字，則是兒童詩。又曰：'暝色赴春愁。'又曰：'無人覺往來。'非鍊'赴''覺'字，便是俗詩。"①

元人對杜甫十分尊崇，元初陸文圭（1252—1336）《跋周子華詩稿》云："杜子美爲詩家第一。非獨以句律之清新，格調之高古，蓋其一飲一食，不忘君親，厚倫紀，憂家國，傷時感事，慷慨興懷，惓惓不自已。"②這是從藝術和思想兩個方面都把杜甫置於第一的位置，而這種觀念可以説代表了元人對杜甫的基本態度。

杜甫詩歌藝術的成就，在元人眼中是無以復加的，如舒頔（1304—1377）《夏守謙詩集序》云："晉魏以降，音律猶有可觀。迨李唐家，體有盛晚之殊，舍杜陵奚取焉？"③元末著名散文家，曾任吏部、兵部侍郎，禮部、户部尚書的貢師泰（1298—1362）在《重刊石屏先生詩序》中云："至唐杜子美獨能會衆作以繼《三百篇》遺意，自是以來，作者不能過焉。"④奉杜甫爲唐代乃至自唐而後詩人第一。元散曲名家馮子振（1253—1348）於泰定二年（1325）題詩《大德四年七月廿八日子昂畫人馬圖》，慨嘆"嗟哉今人畫唐馬，藝精亦出曹韓下"，詩後題語盛贊趙孟頫"用生紙畫《人馬圖》，居然生動之態。使龍眠無恙，當與並驅也"，然詩最後兩句却道："天廄真龍有時有，杜老歌行絶代無。"⑤御馬也可能有真龍之姿，但像杜甫《韋諷録事

① 張健編著《元代詩法校考》，第 38 頁。

② （元）陸文圭《墻東類稿》卷九，《景印文淵閣四庫全書》第 1194 册，第 643—644 頁。

③ （元）舒頔《貞素齋集》卷二，《景印文淵閣四庫全書》第 1217 册，第 570 頁。

④ （元）貢師泰《貢禮部玩齋集》卷六，《四庫提要著録叢書》集部第 61 册景印明天順刻嘉靖十四年重修本，第 441 頁。

⑤ （明）李日華撰，郁震宏、李保陽點校《六研齋筆記》三筆卷二，鳳凰出版社 2010 年版，第 203 頁。

宅觀曹將軍畫馬圖》這樣的歌行却不可復見了。徽州著名理學家、文學家唐元(1269—1349)《題張梅趣唐馬》亦云:“畫馬止於唐,詠馬亦止於唐,曹韓之入神,猶少陵之入神也。後世所謂唐馬者,往往能逼真。獨少陵諸詩歌,横絶今古,作者竟不得近似。豈詩難於畫,而畫難於詩耶?觀者當有所辨。”①認爲後世畫馬尚能如唐人一樣逼真,杜甫詠畫馬的神技却再難達到了,口吻與馮子振一致。元初著名政治家、文學家劉秉忠(1216—1274)更有多首詩作表達了對杜甫無以復加的崇敬之情。如《永樂大典》卷九〇一詩字韵先録其《讀杜工部詩》二首,其一云:“工部文章萬彙全,焕如星斗羅青天。差居三百五篇後,傑出數千餘句前。良金美玉有定價,殘膏賸馥無窮年。當時驅駕誰能並?只除太白騎鯨僊。”盛贊杜詩千匯萬狀,燦如星斗,可與《詩經》比肩,沾溉無數後人,衹有李白能與之並駕齊驅。其二云:“少日曾師杜審言,青逾藍處得非難。清雄騷雅隨情賦,遠近洪纖着意看。但諷數篇真可老,凡亡一字莫能安。漫漫一似滄溟水,無限鯤鯨吸不乾。”指出杜甫學其祖杜審言而更勝之,其詩隨情而賦,風格多樣而一字難易,直如滄溟之水,無有涯際。次録《再讀杜詩》:“規矩方圓稱物施,運斤風度見工師。干霄氣象動高興,際海波瀾生遠思。三月聞韶忘肉味,幾年疑郢和巴詞。騷人盡在清光裏,恰似中秋月滿時。”稱贊杜詩規矩謹嚴,技藝超絶,令人回味無窮,思之不已。下又有《再録杜詩》三首:

深造入龍湏,初觀見海波。闕遺前輩少,沾溉後人多。地藏琳琅窟,天機錦緞梭。元非夢含彩,文思自懸河。

詩律嚴軍律,縱横出没齊。包荒一天大,望嶽衆山低。句驟無淹韵,才閑盡着題。數篇真可老,白壁滿幽棲。

---

① (元)唐元《筠軒集》卷一一,《景印文淵閣四庫全書》第1213册,第575頁。

賊盗起如草，戈矛森似林。竄身常迫難，感物不忘吟。關塞思君泪，乾坤許國心。敬傳金石語，萬古比虞箴。①

第一首著重贊杜詩文采斐然、炫人眼目，第二首著重贊其詩律謹嚴、題材豐富，第三首著重贊杜甫之憂國感物、忠愛誠篤。再三致意，足見惓惓之心。

杜甫在思想上的貢獻和意義，則必須納入整個文化傳統中予以觀照。元末風雲人物臨海（今江蘇蘇州）人陳基（1314—1370）《乾坤草亭詩序》云：

余熟西昌鄭氏之賢久矣。今年春，鼎夫由天台棄官，與其從子士亨過吴，始相識。鼎夫宦游四方，聲稱籍甚。薦紳大夫爲文爲詩以述其乾坤草亭之勝，鏗乎金石之奏，粲乎黼績之陳也。以余不佞，俾爲之序。余嘗怪古今室屋之盛，宜莫如金張衛霍，而有志之士恒獨慕夫南陽之草盧、瀼西之草堂。而乾坤草亭云者，蓋草堂詩語也。昔諸葛孔明躬耕隆中，自許不過管樂，杜子美獨慨然以伊吕伯仲方之。及其自比，又直以爲稷契。蓋二人之用舍不同，出處亦異。然百世之下，頌其詩、讀其書，而其忠君憂國之心、繾綣惻怛之意，雖與日月争光可也。然則南陽之盧、瀼西之堂，風聲氣烈，曠世相望，不以其人乎！鼎夫瑰瑋闊達，尚志千古，開口論當世利害，爛焉如龍泉、太阿，人莫能攖其鋒。退而察之，未始不中肯綮也。今引身高蹈，將歸草亭，益致乎子美所以方孔明與其所以自謂而充其忠君愛國之心焉。異日出處，或者不詭昔人。則斯亭之在乾坤，庸知不與南陽、瀼西者相望乎？因推本其歸草亭之意爲之序。

---

① （明）解縉等纂《永樂大典》卷九〇一，第十三頁，中華書局 1986 年景印本第 1 册，第 359 頁。

若夫締搆之儉樸，花竹之敷秀，見於詩若記者，兹可以略云。①

陳基爲人灑脱恣肆，他贊賞鄭鼎夫的器識與鋒芒，把鄭氏的乾坤草亭看作與諸葛亮的南陽草廬和杜甫瀼西草堂一樣的可以光耀千秋的所在，其内質實際是對一以貫之的忠君憂國傳統的認可。基於深刻的瞭解，杜甫對諸葛亮予以由衷的贊美，再加上二人的自比，一個管仲、樂毅、伊尹、吕尚，直至稷、契的先賢群體便建立起來，諸葛亮和杜甫作爲這一群體的建立者，自然也是這一傳統的重要傳承人，也必然成爲令後人仰望的文化坐標。

對於"詩史"、"詩聖"、"集大成"這三種關於杜詩的經典評價，元人發表了許多認同性的意見。其中"詩史"説最受元人關注，不但論述最多，而且有鮮明的特色。最重要的論述是元末著名詩文、書畫大家楊維禎（1296—1370）的《詩史宗要序》：

《詩》之教尚矣：虞廷載賡，君臣之道合；五子有作，兄弟之義章。《關雎》首夫婦之匹，《小弁》全父子之恩，詩之教也。遂散於鄉人，采於國史，而被諸歌樂，所以養人心，厚天倫，移風易俗之具，實在於是。後世《風》變而《騷》，《騷》變而《選》，流雖云遠，而原尚根於是也。魏晋而下，其教遂熄矣。求詩者類求端序於聲病之末，而本諸三綱、達之五常者，遂棄弗尋。國史所資，又何采焉。及李唐之盛，士以詩命世者，殆百數家，尚有襲六代之敝者。唯老杜氏慨然起，攬千載既墜之緒，陳古諷今。言詩者宗爲一代詩史。下洗哇淫，上薄《風》《雅》，使海内靡然，没知有百篇之旨。議論杜氏之功者，謂不在騷人之下。噫！比世末學咸知誦少陵之詩矣，而弗求其旨義之所從

① （元）陳基《夷白齋稿》卷一五，《四庫提要著録叢書》集部第113册景印明鈔本，第232頁。

出，則又徇末失本，與六代之弊同。①

楊氏認爲《詩經》"養人心，厚天倫"的教化作用乃其根本，故得"采於國史"，其後《騷》《選》之原"尚根於是"，魏晋而下則衹知關注詩有聲病與否，難尋三綱五常之本，直至杜甫方完全革除此弊，陳古諷今，使詩道重歸風雅，此方爲杜詩被尊爲"詩史"的意義所在。楊氏的"詩史"之論完全是從詩教觀推導而出。元代著名學者、"元詩四大家"之首的虞集(1272—1348)在其《杜工部詩范德機批選序》中云："夫杜公之詩，沖遠渾厚，上薄風雅，下陵沈宋。每篇之中，有句法、章法，截乎不可紊。故以《贈韋左相》一篇觀之，前輩以爲佈置最得正體，如官府甲第，廳堂房室各有定處，不可亂也。至於以正爲變，以變爲正，妙用無方，如行雲流水，初無定質，出於精微，奪乎天造，是大難以形器求矣。公之忠憤激切，愛若憂國之心，一繫於詩，故嘗因是而爲之説曰：《三百篇》，經也；杜詩，史也。詩史之名，指事實耳，不與經對言也。然風雅絶響之後，唯杜公得之，則史而能經也，學杜工部則無往而不在矣。"②虞集此論雖有大段言及句法、章法、佈置、正變等杜詩精微勝於天造的詩歌創作具體技藝，但最終是落脚於"忠憤激切，愛若憂國"的思想内涵上，並指出"詩史"的名稱是指記録、再現了事實，本是和經相對的，但杜甫那些能作爲史的詩歌，亦能遠紹風雅之絶響，成爲與《三百篇》一樣的經。由經、史的相對，到"史而能經"，虞集所謂的"詩史"仍不離詩教觀。虞集《曹士開漢泉漫藁序》又云："唐杜子美之詩，或謂之詩史

① （元）楊維禎《東維子文集》卷七，《四庫提要著録叢書》集部第 33 册景印明刻本，第 233—234 頁。

② （元）范梈《杜工部詩范德機批選》卷首，1974 年臺灣大通書局《杜詩叢刊》本。

者,蓋可以觀時政而論治道也,流連光景云乎哉!"①著名詩人、理學家戴良(1317—1383)《玉笥集序》亦云:"子美之詩,或謂之詩史者,蓋其可以觀時政而論治道也。"②單純從文獻角度而言,似乎可以直接判定戴良抄襲虞集,但可能更符合實際、更需引起重視的則是,"可以觀時政而論治道"這樣以有裨教化爲前提的"詩史"觀已被廣泛接受。蘇天爵(1294—1352)《書吴子高詩稿後》云:"夫詩莫盛於唐,莫逾於杜甫氏,其序事核實,風諭深遠,後世號稱詩史。"③雖以"序事核實"置於前,但仍强調"風諭深遠",與其他"詩史"説如出一轍。元初名臣、文學家程鉅夫(1249—1318)《王寅父詩序》云:"繼風騷而詩者,莫昌於子美。秦蜀紀行等篇,山川風景,一一如畫,逮今猶可想見。他詩所詠,亦無非一時事物之實。謂之詩史,信然。"單就此言觀之,程氏所論"詩史"還是專注於杜詩所反映風景與事物的真實,但此文以"詩所以觀民風"起,足見其通篇立意。而且上段文字後又有以下數語:"後之才氣筆力可以追踪子美,馳騁躪藉而不困憊,在宋惟子瞻一人。其平生遊覽經行及海南諸詩,讀之者真能知當時土風之爲何如。詩可以觀,未有過於二公者。"④則程氏所謂"詩史"亦未離"觀民風"的教化之意。

由以上數家之論可見,元人對於"詩史"的認識幾乎全從思想教化的角度著眼,注重的是"詩教",而非"史實"。這和孟啓《本事

① (元)虞集撰,龍德壽校點《道園學古録》卷三三,《儒藏精華編》第247册,第763頁。

② (元)戴良《九靈山房集》卷一二,《四庫提要著録叢書》集部第258册景印明正統刻本,第244頁。

③ (元)蘇天爵《滋溪文稿》卷二九,《四庫提要著録叢書》集部第61册景印明鈔本,第287頁。

④ (元)程鉅夫《雪樓集》卷一四,《景印文淵閣四庫全書》第1202册,第177頁。

詩》首先提出的“杜逢禄山之難,流離隴蜀,畢陳於詩,推見至隱,殆無遺事,故當時號爲‘詩史’”的觀念還是有明顯的區别。若論緣由,則元人對於儒家傳統詩教觀的尊奉當是首位的,且其程度與以理學揚名後世的宋明比起來可謂有過之而無不及,正可看出元代儒家思想的崇高地位。另,楊維禎《梧溪詩集序》云:“世稱老杜爲詩史,以其所著備見時事。予謂:老杜非直紀事史也。有《春秋》之法也。其旨直而婉,其辭隱而見,如《東靈湫》、《陳陶》、《花門》、《杜鵑》、《東狩》、《石壕》、《花卿》、前後《出塞》等作是也。故知杜詩者,《春秋》之詩也,豈徒史也哉? 雖然,老杜豈有志於《春秋》者。《詩》亡然後《春秋》作,聖人值其時,有不容已者,杜亦然。”① 楊氏此説倒與孟啓之言十分貼合,杜詩“詩史”之稱自是因其能“備見時事”。然楊氏又指出,杜詩“非直紀事史”,還如《春秋》一樣有微言大義。孔子作《春秋》是在《詩》亡之後,其時不復能以采詩觀政之得失,故孔子作《春秋》以表達自己的政治見解,正如司馬遷《史記·太史公自序》所言:“夫《春秋》,上明三王之道,下辨人事之紀,别嫌疑,明是非,定猶豫,善善惡惡,賢賢賤不肖,存亡國,繼絶世,補敝起廢,王道之大者也。”②在光大王道意義上,《詩》與《春秋》具有同樣的價值,詩歌記録的歷史自然也具有這樣的價值和意義。《梧溪詩集序》又云:“梧溪集者,江陰王逢氏遭喪亂之所作也。予讀其詩,悼家難,憫國難,采摭貞操,訪求死節,網羅俗謡與民謳……皆爲他日國史起本,亦杜史之流歟?”至此,詩、史已由二而一,其意義所在,自然也是光大王道。

“詩聖”和“集大成”兩説,論述較少。任士林(1253—1309)《净香亭記》云:“世有愛嗜竹者,惟晋王子猷,不可一日無也。蓋此

---

① (元)楊維禎《東維子文集》卷七,《四庫提要著録叢書》集部第33册景印明刻本,第233頁。“東狩”,當爲“冬狩”之誤,杜甫有《冬狩行》詩。

② (漢)司馬遷《史記》卷一三〇,中華書局1982年版,第3297頁。

君洞然有忘物之姿，而直節蒼蒼，爲傲時之植，故寄情離世者嗜爲宜。至論杜子美善嗜竹，則人不謂然。然‘娟娟’、‘細細’之句，清圓静好，與竹寫真。夫亦天涯流落之餘，寄情離世，於竹爲真知，而世弗察也……若子美，非聖於詩者歟！心清而聞入，目息而視來，故神與竹遇，有不能翳其清也。”①對於竹子這種蒼翠挺拔、直節傲然的植物，似乎衹有王子猷這樣超然出塵的人才會喜愛有加，整日憂國憂民、沉鬱悲慨的杜甫似乎不應該嗜愛竹，但其“雨洗娟娟净，風吹細細香”（《嚴鄭公宅同詠竹》）、“風含翠篠娟娟净”（《狂夫》）等寫竹的詩句，清圓静好，真堪爲竹之寫真。儘管可能是杜甫顛沛流離的經歷，使其有寄情離世的感懷，但更重要的還是因爲杜甫是個詩歌聖手，心目清寧，故能充分感知竹之形與味，更能與竹之清韵神交。在這裏，任士林仍沿用了宋人“聖於詩”的説法，“聖”乃精通、技藝高超之意，並没有思想道德方面的含義。“集大成”説主要見於仇兆鰲《杜詩詳注》的徵引，其附編“諸家論杜”引揭傒斯語：“少陵古律，各集大成，咸趨浩蕩，正如顔魯公書一出，而書法盡廢。言其渾然天成，略無斧鑿，乃詩家運斤成風手也。是以獨步千古，莫能繼之。”又引傅若金語：“太白天才放逸，故其詩自爲一體。子美學優才贍，故其詩兼備衆體，而植綱常、繫風化爲多。《三百篇》以後之詩，子美其集大成也。”②揭傒斯以顔真卿書法作比，指出杜甫詩藝高妙，獨步千古，使前世詩法盡廢。傅若金則通過與李白的對比，指出杜詩兼備衆體，實由高才博學，盡得《三百篇》以後詩法而來。二人論述“集大成”却是一從“破”處説，一從“立”處説，正見“集大成”本是融匯衆家而化於無形，自成一格而垂範後世。另外，孔暘《午溪集序》：“古今詩人，莫盛於唐。唐之詩，莫加

① （元）任士林《松鄉集》卷二，《景印文淵閣四庫全書》第1196册，第520頁。

② （清）仇兆鰲《杜詩詳注》附編，第2322頁。

於杜少陵。自少陵而後，學詩者未有不以少陵爲師，然能造其藩籬者蓋鮮，况升堂入室乎？蓋少陵號集大成，不惟其古律詩皆備，而體制雄渾，窮妙極玄，實兼前人之所長。故其語有奇偉壯麗者，有沖淡蕭散者，有高古者，有飄逸者。至論其入神處，則皆在於沉著痛快焉。”①孔暘所論實兼承前啓後之意，又對杜詩風格的多樣性和主導性有所强調，論述比較全面。

李杜對比是詩歌史上一個永恒的話題，論者或揚李抑杜，或揚杜抑李，亦有客觀分析二人異同者，元人即多持此客觀態度。如元代陸九淵心學重要傳人李存（1281—1354）在其《雜説》中云：“李白詩，蕩蕩乎廣人志，輕世欲。杜甫詩，令人渾然端且厚，慨然有忠節。”②俞鎮《學易居筆録》：“李杜之詩，一則玉潤，得之自然；一則金精，得之鍛鍊。天人之分，固較然矣。然李常自言其志，杜則有耽句而欲驚人之癖，此又其所以不同也。”③《永樂大典》引《編類》載佚名云：“李太白才氣高邁，故其詩多是乘興而成，清麗痛快，灑落有餘，而沉鬱頓挫處却不足。杜子美功夫縝密，故其詩多是苦思鍛煉而成，窮達悲歡，各盡其趣；莊重典雅，山野富麗，濃厚纖巧，隨其所遇，各造其極。後之人學杜不成，猶在法度之内，所謂刻鵠不成尚類鶩者也；學李不成，出於規矩之外，所謂畫虎不成反類狗也。”④三條或用比喻，或用描寫；或討論李杜各自風格，或分析差别原因，幾無高下抑揚之判，而多對仗工整、鞭辟入裏之言。

---

① （元）陳鎰《午溪集》卷首，《景印文淵閣四庫全書》第1215册，第358頁。

② （元）李存《俟菴集》卷一二，《景印文淵閣四庫全書》第1213册，第662頁。

③ （元）俞鎮《學易居筆録》，《四庫全書存目叢書》子部第101册景印清道光十一年學海類編本，第416頁。“較然”，别本作“皎然”。

④ （明）解縉等纂《永樂大典》卷八二三，第一頁，中華書局1986年景印本第1册，第267頁。“出於規矩”，原作“出外規矩”，當誤。

元人對杜甫尊崇,對杜詩熟悉,故許多評論非常深刻細緻。金元之交著名的數學家、詩人李冶(1192—1279),對杜詩亦極有認識,其《敬齋古今黈》有多則對杜詩精到的見解,如:

杜詩:"醉中往往愛逃禪。"或者云:"'逃禪'之'逃',即逃楊、逃墨之逃。逃,畔也。杜詩此言謂逃禪而醉也。"或者之論非是。逃固畔也,而謂此詩爲畔然而醉,則誤矣。逃禪者,大抵言破戒也。子美意謂蘇晋尋常齋於繡佛之前,及其既醉,則往往盡破前日之戒。蓋逃禪者,又是醉後事耳。若謂畔禪而醉,何得先言"醉中"乎?又有人説云:"逃禪者,逃於禪,謂竄投於禪也。"如其説,則大與《孟子》逃楊、逃墨之"逃"異矣。①

淵明《責子》詩云:"雖有五男兒,總不好紙筆。"又云:"天命苟如此,且進杯中物。"而杜子美以爲"陶潛避俗翁,未必能達道"。黄魯直《書淵明責子詩後》乃云:"觀淵明之詩,想其爲人,豈弟慈祥,戲謔可觀也。俗人便謂淵明諸子皆不肖,而淵明愁嘆於詩,可謂癡人前説不得夢也。"如魯直此言,則子美爲俗人。淵明而果未達道乎?子美而果俗人乎?乃知子美之言亦戲言耳。陶、杜兩公之詩,本皆出於一時之戲,誠不可以輕議也。當爲知者言之。②

子美《送韋書記赴安西》云:"白頭無籍在,朱紱有哀憐。"舊注云:"'無籍',謂無籍在朝列也。'籍'如'通籍'之'籍'。"此説殊謬。蓋"籍在",顧賴之意。子美自言身已衰老,無所顧籍矣,而韋書記有哀矜於我也。"籍在"之"籍",音去聲。若言"無

① (元)李冶撰,劉德權點校《敬齋古今黈》卷三,中華書局1995年版,第41—42頁。

② (元)李冶撰,劉德權點校《敬齋古今黈》卷五,第65頁。

籍在”爲無籍在朝列,則何得以“有哀憐”爲對耶?①

子美《夔府書懷》云:“南内開元曲,常時弟子傳。法歌聲宛轉,滿座涕潺湲。”按《明皇雜録》云:天寶中,上命宫中女子數百人爲梨園弟子,皆居宜春北院。然則弟子所傳者,乃天寶曲,非開元曲也。而子美謂爲開元曲者,意以爲其曲雖盛於天寶,而原其所自來,則開元時已有之矣。故雖天寶之曲,命爲開元,亦自無傷也。②

杜子美《秋雨嘆》云:“闌風伏雨秋紛紛。”或者謂“闌風”二字無出處。偶讀《文選》詩,謝靈運《初發都》云:“述職期闌暑,理棹變金素。”翰:“闌暑”,夏末暑闌也。“闌風”當用此語,謂薰風闌盡,將變而爲涼風也。一本“闌”作“蘭”,古字通用。③

老杜詩自高古,後人求之過當,往往反爲所累。如“紈袴不餓死,儒冠多誤身”,乃云:本乎天者親上,本乎地者親下。“旌旗日暖龍蛇動,宫殿風微燕雀高”,謂爲藩鎮跋扈,朝多小人。“老妻畫紙爲棋局,稚子敲針做釣鈎”,謂爲縱横由婦人,曲直在小兒。如此等類,又豈足與言詩耶?④

不論是引用古籍解釋具體字義,還是聯繫史實講解詩意,李冶之言都可謂入情入理。正由於此他才能不爲偏頗之論,既能看到杜甫的戲謔,又能批判牽强附會之見。

劉壎(1240—1319)是宋末元初著名學者,崇尚陸九淵心學,長於詩文,亦是頗有影響的文學批評家。劉壎曾編選《四詩類苑》,將杜甫、王安石、蘇軾、黄庭堅四家詩彙爲一編,而杜甫自是第一位。

---

① (元)李冶撰,劉德權點校《敬齋古今黈》卷七,第95頁。
② (元)李冶撰,劉德權點校《敬齋古今黈》卷三,第95—96頁。
③ (元)李冶撰,劉德權點校《敬齋古今黈》卷九,第117頁。
④ (元)李冶撰,劉德權點校《敬齋古今黈》卷九,第125—126頁。

其序云："逮至少陵，博極書史，歷覽山川，以其閎材絶識，籠九有，獵衆智，挫萬物，而發之毫端，淩厲馳驟，與長卿相上下。"①對杜甫評價甚高，其《隱居通議》卷七"杜少陵"條更集中對杜詩諸名篇佳句予以具體批評，簡引之如下：

《冬狩行》云："春蒐冬狩侯得同……得不哀痛塵再蒙。"

《哀江頭》云："清渭東流劍閣深……欲往城南忘南北。"此見少陵忠君憂國，身居渭水而憶劍閣，非謂靈武也。

《舞劍行》云："先帝侍女八千人……樂極哀來月東出。"

《遣興》云："下馬古戰場……三軍同晏眠。"

以上諸篇，或豪宕悲壯，或深沉感慨，有無窮義味。蓋杜作爲古今之冠，而此等又爲杜集之冠，更千百世無能及者，故摘出以備吟誦。

《石龕》云："熊羆咆我東……山遠道路迷。"此體奇甚，而有楚騷風味。

《懷台州鄭十八司户》云："天台隔三江……乾坤莽回互。"此詩奇俊悲吒，爲《夢李白》之亞。

《石壕吏》云："夜久語聲絶……獨與老翁别。"言有盡而意無窮。

《新婚别》云："君今往死地……兵氣恐不揚。"沉鬱頓挫，哀而不傷，發乎情、止乎禮義之言也。

《大麥行》云："大麥乾枯小麥黄……托身白雲歸故鄉。"

《苦戰行》云："去年江南討狂賊……時獨看雲泪横臆。"宛轉悲愴，讀之悽愁。

《光禄阪行》云："馬驚不憂深谷墜，草動只怕長弓射。"昔

---

① （元）劉壎《隱居通議》卷六，《叢書集成初編》第212册，中華書局1985年版，第57—58頁。

人但以此等作言語看，予身經亂離，奔竄林藪，每味此句，然後知少陵狀景之妙。"用如快鶻風火生"，此句壯健飛動，可以想見花卿之雄。至於《羌村三首》，宛然陶體，《同谷》諸篇，宏縱奇峭中涵深悲，詩之至也。

末又引"天屬尊《堯典》，神功協《禹謨》"等三十一聯五言律句，"白摧朽骨龍虎死，黑入太陰雷雨垂"等十九聯七言律句，並云："以上皆少陵句法，或以豪壯，或以鉅麗，或以雅健，或以活動，或以重大，或以涵蓄，或以富艷，皆可爲萬世格範者。今人讀杜詩，見汪洋浩博，茫無津涯，隨群尊慕而已，莫知其所從也。因摘數十聯，表而出之。其他殆不勝書，姑舉其概，善學者固可觸類舉隅矣。至若'圓荷浮小葉，細麥落輕花'，'岸花飛送客，檣燕語留人'，'草敵虛嵐翠，花禁冷蕊紅'，'野船明細火，宿雁起圓沙'，'暗飛螢自照，水宿鳥相呼'，如此者，人能知之，今不復録。"①這些對於杜詩的選摘和評論，即使不能稱作卓有見地，也是精義迭見，顯示出劉壎不凡的學識。

宋末著名詞人、杜詩研究大家劉辰翁之子劉將孫（1257—？）《蹠肋集序》云："老杜有'新詩改罷自長吟'之句，蓋其句有未足於意，字有未安於心，他人所不知者。改而得意，喜而長吟，此樂未易爲他人言，而作者苦心，深淺自知，正可感也。"②對杜詩所言創作之甘苦體察入微，可見既是能詩者，又是善讀詩者。

虞集《傅與礪詩集序》："詩之爲學，盛於漢、魏者，三曹七子，至於諸謝儕矣。唐人諸體之作，與代終始，而李、杜爲正宗。子美論

---

① （元）劉壎《隱居通議》卷七，《叢書集成初編》第212册，第65—69頁。其中五言律句"擊柝可憐子，無衣何處邨"置於全部七言律句後。

② （元）劉將孫《養吾齋集》卷一〇，《景印文淵閣四庫全書》第1199册，第91頁。

太白,比之陰常侍、庾開府、鮑參軍,極其風流之所至,贊詠之意遠矣,淺淺者未足以知子美之所以爲言也。"①後人有認爲杜甫"李侯有佳句,往往似陰鏗"(《與李十二白同尋范十隱居》)、"清新庾開府,俊逸鮑參軍"(《春日憶李白》)等句是貶低李白者,虞集則指出杜甫完全是贊頌之意。大家之間自能深相契合,淺薄之徒確是不足與言。

吾丘衍(1272—1311)是頗有聲名的篆刻家、藏書家,其《閒居録》云:"杜甫無海棠詩,相傳謂其母名海棠,故諱之。余嘗觀李白、李賀等集,亦無之,豈其母亦同名邪?則知蜀中多海棠,以詩人往往入詩,若後宋之言梅花,特厭而不言耳。"②杜甫善詠花而無海棠詩,注家臆測紛紛,竟有因母名而諱之傳聞,吾丘衍則謂李白、李賀集中亦無,當是吟詠之作太多而厭言之。其立論平實而辯駁有力,《四庫全書總目》亦謂之"有識"。

平生以道學自任的吴師道(1283—1344),撰有《吴禮部詩話》,以昌明雅正詩風爲宗旨,對杜甫自然頗多關注,且時有精辟之見,如:

> 杜老《兵車行》:"長者雖有問,役夫敢伸恨。"尋常讀之,不過以爲漫語而已。更事之餘,始知此語之信。蓋賦斂之苛,貪暴之苦,非無訪察之司,陳訴之令,而言之未必見理,或反得害。不然,雖幸復伸,而異時疾怒報復之禍尤酷,此民之所以不敢言也。"雖"字"敢"字,曲盡事情。③

① (元)傅若金《傅與礪詩集》卷首,《四庫提要著録叢書》集部第256册景印明洪武十五年刻本,第279頁。

② (元)吾丘衍《閒居録》,《四庫提要著録叢書》子部第169册景印元至正鈔本,第548頁。

③ (元)吴師道《吴禮部詩話》,見丁福保輯《歷代詩話續編》,第604頁。

> 老杜"佳人雪藕絲","雪"字蓋本《家語》"以黍雪桃",注者皆不知此。又凡作詩難用經句,老杜則不然,"丹青不知老將至,富貴於我如浮雲",若自己出。①
>
> 老杜七言長篇,句多作對,皆深穩矯健,《洗兵馬》行除首尾及"攀龍附鳳"云云兩句不對,"司徒""尚書"一聯稍散異,餘無不對者,尤爲諸篇之冠。韓公長句皆不對,其體正相反。

《永樂大典》引《編類》云:"觀'自'字、'空'字、'未'字、'先'字,多少感慨!然深味之,則先主之敬禮武侯,武侯之事先主以及後主,始終如一而各盡其道,非子美其孰能知之?是雖律詩,古意存焉。他人又曰:'伯仲之間見伊吕',以其人品與其心而言也;'指揮若定失蕭曹',以才能事功而言也;'運移漢祚終難復,志決身殲軍務勞',天命已去漢矣,武侯雖有人品之高,過人之才,亦不能善其後,宜乎食少事多,而終不能久於世也。百世之下,知武侯之心者,其惟子美乎!"②此就杜甫《蜀相》與《詠懷古迹五首》其五兩首吊懷諸葛亮的詩作立論,認爲杜甫深知武侯之人品、才干,更明了其無奈而深寄感慨,可謂百世之下,武侯惟一知心人。而此人名雖不存,亦堪稱知子美者。

李祁《茅屋秋風圖序》:"世每好舉杜少陵王録事事,以爲美談,謂少陵真求資於録事,録事真以資遺少陵。余觀少陵以橫騖八極之才,振蕩千古之氣,間關險阻,憂苦百端,而反覆流涕,未嘗不念王室之靡寧,憂皇綱之未正,感生民之塗炭,哀世路之荆棘,此其忠誠懇悃,夫豈若是小丈夫然哉!茅屋秋風之歌,窮愁已極,而其志

---

① (元)吴師道《吴禮部詩話》,與下條並見丁福保輯《歷代詩話續編》,第614頁。

② (明)解縉等纂《永樂大典》卷八二三,中華書局1986年景印本第1册,第267頁。

終在於'大庇天下'。至其爲詩以嗔王録事,乃怒而責之之詞,非真以是求之者也。少陵豈真於求人哉! 彼王録事者,吾不知其何如人也。使録事而果賢,則於少陵也,必將禮而待之,尊而事之,周其困乏,而完其室廬,使之無飢寒之憂,無風雨之虞,無栖遲牢落之嘆,夫然後足以自附於古之好賢者。今不能然,乃待其嗔怒責己,而後有以遺之,則其好賢也亦末矣。况當時録事之遺少陵,其有無多少,皆不可知,則其爲人,恐亦未足深美也……余特患夫世之論者,往往過譽王録事,而不得其實,故爲序以明之,且以告夫今之有勢力者,使無待於士之求己也。"①杜甫《王録事許修草堂貲不到聊小詰》詩云:"爲嗔王録事,不寄草堂貲。昨屬愁春雨,能忘欲漏時。"詰問中寓戲謔,盡顯坦蕩真摯。王録事能得老杜如此對待,不免讓人覺得其人亦屬可敬。李祁却認爲王録事到底是何等人很難確定,且對於杜甫這樣的賢才,本該禮遇周到,王却許而不應,待杜嗔責,自不應過譽。作爲元惠宗元統元年(1333)的榜眼,崇尚君臣大義,明初不受應召的"不二心老人",李祁於士人名節亦有著極高的要求。不但對杜甫窮愁已極仍不忘憂國憂民的偉大品格極力贊頌,而且認爲有勢力者當"無待於士之求己也",希望全社會,特別是統治集團能充分尊賢重能。其《周德清樂府韵序》又云:"古之詩未有律也,而律詩自唐始,精於律者固已有之。至杜工部而雄傑渾厚,掩絶今古;然以比之漢魏諸作,則意趣風格,蓋亦有不然者矣。"②寥寥數句,將古律之迭進,杜詩之風格、地位,及與漢魏詩之差别叙説明白,誠言簡而意賅。李祁《汪子文詩集序》録有汪子文《與程甥論詩》:"近來熟讀草堂詩,終日沉吟夜復思。雅淡之中見奇崛,艱危已歷出平夷。筆端欲革從前弊,胸次當如太古時。始悟少年顛

① (元)李祁《雲陽集》卷三,《景印文淵閣四庫全書》第1219册,第653頁。

② (元)李祁《雲陽集》卷四,《景印文淵閣四庫全書》第1219册,第671頁。

劣甚，長歌短詠墨淋漓。"汪子文衹是李祁在旅邸中偶遇的一位新安士子，李祁謂其詩稿"人情物理，俯仰變態，無所不有，亦無不可愛"，而這首論杜詩的七律，頗得杜詩真意，氣度亦自不凡，李祁贊道："此如霜林喬木，收英斂華，而蒼然之色，凛乎有不可犯者。以此論詩，雖古人復興，不易其言矣，而予又奚辭哉！三嘆之餘，書此爲識。"①李祁揄揚後進，盡心竭力，而杜詩更是常讀常新，代有學人。

關於學杜，以"宗唐"、"返唐"爲時代風尚的元人更是傾力爲之，頗有成就者亦不乏人，楊維禎則是其中的傑出代表，不單有飽受贊譽的學杜佳作，而且有極富見地的學杜言論。其《李仲虞詩序》云："删後求詩者尚家數，家數之大，無止乎杜……觀杜者，不唯見其律，而有見其騷者焉；不唯見其騷，而有見其雅者焉；不唯見其騷與雅也，而有見其史者焉。此杜詩之全也。"②能盡得杜詩之家數，不但是要對杜詩有相當的熟稔，還要有深入的理解，而這種見識也必然建立在對整個詩歌發展歷程的把握上，騷雅之同異、史之内涵、律之氣格，皆需有精到的認知。其《蕉囱律選序》又云："詩至律，詩家之一厄也。東坡嘗舉杜少陵句曰：'五更鼓角聲悲壯，三峽星河影動摇。''五夜漏聲催曉箭，九重春色醉仙桃。'是後寂寥無聞。……余在淞，凡詩家來請詩法無休日，《騷》《選》外，談律者十九。余每就律舉崔顥《黄鶴》、少陵《夜歸》等篇，先作其氣，而後論其格也。崔、杜之作，雖律而有不爲律縛者。"③楊維禎對於律詩，尤其是杜律研究更多。他認爲律詩實爲詩之厄難，因其束縛太多，而杜律不少篇章則有氣有格，能擺脱拘束，自成佳作。如此獨具慧眼

① （元）李祁《雲陽集》卷三，《景印文淵閣四庫全書》第1219册，第658—659頁。

② （元）楊維禎《東維子文集》卷七，《四庫提要著録叢書》集部第33册景印明刻本，第229頁。

③ （元）楊維禎《東維子文集》卷七，《四庫提要著録叢書》集部第33册景印明刻本，第232頁。

地看到爲“十九”之人醉心的律詩的弊端,説明楊維禎對詩歌本質的認識遠超凡俗。其《剡韶詩序》云:“或問:詩可學乎?曰:詩不可以學爲也。詩本性情,有性此有情,有情此有詩也。上而言之:《雅》詩情純,《風》詩情雜。下而言之:屈詩情騷,陶詩情靖,李詩情逸,杜詩情厚。詩之狀,未有不依情而出也。”[1]詩是由性而至的情自然生出的,情性乃詩家之本,而情性必定需藉助語言來表現,故“學杜者必先得其情性語言而後可。得其情性語言,必自其《漫興》始。錢塘諸子喜誦予唐風,取其去杜不遠也。故今《漫興》之作,將與學杜者言也”[2]。楊維禎特意作《漫興七首》組詩,爲學杜者作示範,以使其領會杜甫之情性特點及杜詩之語言面貌。吴復《楊維禎漫興七首跋》云:“《漫興》者,老杜在浣花溪之所作也。漫興之爲言,蓋即眼前之景以爲漫成之詞。於其情性盎然,與物而爲春。其言語似村,而未始不俊也。此杜體之最難學也。先生此作,情性語言,似矣似矣!”[3]興致盎然、深情貫注地體察外物,語言貌似村俗,却實俊雅,杜甫此境界,委實不易達到,吴復稱楊維禎之作“似矣似矣”,即便稍有夸張,亦非謬贊之詞。

不過,針對當時普遍的學杜風氣,也有人提出不同意見,元末貢師泰《陳君從詩集序》云:“世之學詩者,必曰杜少陵,學詩而不學少陵,猶爲方圓而不以規矩也。予獨以爲不然。少陵詩固高出一代,然學之者句求其似,字擬其工,其不類於習書之模仿、度曲之填腔幾希!夫詩之原,創見於賡歌,删之於《三百篇》。漢魏以來,雖有作者,不能去此而他求。今近舍漢魏,遠棄《三百篇》,惟杜之宗,

---

① (元)楊維禎《東維子文集》卷七,《四庫提要著録叢書》集部第33册景印明刻本,第230頁。

② (元)楊維禎《鐵崖先生古樂府》卷一〇《漫興七首序》,《中華再造善本》(第二批)景印明初刻本,國家圖書館出版社2013年版,第3册,第27頁。

③ (元)楊維禎《鐵崖先生古樂府》卷一〇,《中華再造善本》(第二批)景印明初刻本,第3册,第28頁。

是猶讀經者舍正文而事傳注也。蓋《三百篇》之作,有經有緯,秩然不紊。學詩者於此而有得焉,則漢魏諸作,自可齊驅而並駕,况少陵乎?"①貢師泰認爲,杜詩雖高出一代,但學詩者衹知學杜,且斤斤於字句之工整與相似,如同臨帖填詞一般,實非正道。拋開杜詩所承襲的漢魏詩和《詩三百》,亦"猶讀經者舍正文而事傳注"一樣可笑。尤其是詩三百,經緯井然有序,學詩者實當由此入手,則無論漢魏風骨,還是少陵神韵,皆能並駕齊驅。貢師泰之言還是很有見地的,的確,學杜而不學杜之源流,必然難有成效。就杜甫自己來説,作爲一個集大成的詩人,他對前代的詩歌遺産自然有充分的吸取。關於這一點,元人也有認識。如章祖程作於"元統甲戌暢月"的《白石樵唱箋注跋》云:"詩自《三百篇》《楚詞》以降,作者不知幾人。求其關國家之盛衰,係風教之得失,而有合乎六義之旨者,殆寥乎其鮮聞也。惟陶淵明以義熙爲心,杜子美以天寶興感,爲得詩人忠愛遺意。"②指出杜詩在思想上對詩騷的繼承。謝應芳《與諸友論詩次朋南韵》則有"草堂先生獨冠佩,進退委蛇氣容肅。孔明廟柏一品題,儼然菉竹森淇澳"③之句。《詩經·衛風·淇奥》首句曰:"瞻彼淇奥,緑竹猗猗。""澳",通"奥"。此篇借緑竹來贊頌君子,開創了以竹喻人的先河。杜甫《古柏行》一詩亦借孔明廟前高聳的古柏贊美諸葛亮之才德。在謝應芳看來二者儼然一致,這是杜詩在比興的創作手法上對《詩經》的繼承。不但是對前代,即便對同時代的詩人,杜甫亦多所推許,楊士弘《唐音名氏并序》云:"夫詩莫盛於唐,李杜文章,冠絶萬世。後之言詩者,皆知李杜之爲宗

① (元)貢師泰《貢禮部玩齋集》卷六,《四庫提要著録叢書》集部第61册景印明天順刻嘉靖重修本,第439頁。

② 祝尚書編《宋集序跋彙編》卷四九,中華書局2010年版,第2375頁。

③ (元)謝應芳《龜巢稿》卷四,《四庫提要著録叢書》集部第112册景印清初鈔本,第169頁。

也。至如子美所尊許者則楊、王、盧、駱,所推重者則薛少保、賀知章,所贊詠者則孟浩然、王摩詰,所友善者則高適、岑參,所稱道者則王季友。若太白《登黄鶴樓》獨推崔顥爲傑作,《遊郎官湖》復嘆張謂之逸興,擬古之詩,則彷彿乎陳伯玉。古之人不獨自專其美,相與發明斯道者如是,故其言皆足以没世不忘也。"①楊士弘所編《唐音》因尊李、杜、韓,且三家多全集而未選,但他充分認識到李杜,尤其是杜甫對於唐代前輩和同時詩人的尊許及學習。海納百川,有容乃大,杜甫正因能不專其美,善於與同道相互發明,才能有此非凡成就。學杜者自然應盡力體會杜甫的胸襟,而不能拘於一家,亦步亦趨。

若論元人論杜的缺點,最值得注意應是對杜詩的過分尊崇。杜甫雖然在宋代獲得廣泛的承認,甚而被推至"千古第一詩人"的高位,但宋人對杜詩還是有批駁的,元人則幾乎没有反對意見,而且對宋人的些微否定看法都要予以反駁。如宋初王禹偁後裔王義山(1214—1287),是宋末元初著名文學家、詞人。其《黄草塘詩選序》云:"王介甫編《四家詩選》,以少陵爲首,是已。然少陵之詩,《三百篇》以後大家數也,介甫敢選哉!選詩如作《春秋》,筆則筆,削則削。誠齋謂工部聖於詩,介甫敢筆削吾工部詩哉!然夔州以後,不煩繩削而規矩自合,涪翁亦敢於議吾甫夔州以前之詩。"②《趙東村希夔詩集序》又云:"東坡謂子美夔州以後詩,句法簡易,而大功出焉。山谷謂子美夔州以後詩,不煩繩削而規矩自合。《捫虱新話》亦云:'子美夔州以後詩,簡易純熟,無斧鑿痕,如彈丸。'果爾,則子美夔州以前詩,句法有未簡易者乎?規矩有未合者乎?未

---

① (元)楊士弘編《唐音》卷首,《四部叢刊五編》集部第168册景印明初刻本,第12—13頁。

② (元)王義山《稼村類稿》卷四,《景印文淵閣四庫全書》第1193册,第26頁。

至於純熟如彈丸乎？諸君子之病吾子美也何故？嘗愛誠齋謂：'子美聖於詩。'夫聖，孔子不居，詩敢居乎？詩至於大而化，則聖矣。子美夔州以前詩，大而化之之聖也；夔州以後詩，聖而不可知之神矣。神則天。濂溪云：'士希賢，賢希聖，聖希天。'學不可一蹴造也。由希賢而後希聖，由希聖而後希天。東村有志於夔，當自子美夔州以前之詩入。由子美之聖，希子美之天，進進不已，安知東村不夔州以後詩乎？"①簡直容不得對杜詩的絲毫批評，任何階段的杜詩都是經典，自合規矩，不容筆削。這種不允許絲毫指摘的態度，喪失了客觀、公正的立場，不但不利於深化對杜詩的認識，還往往會陷入泥淖中。如稍晚於王義山的劉壎，其《隱居通議》卷七"杜句皆有出處"條云："家藏小册一本，字畫甚古，題曰《東坡老杜詩史事實》，略舉杜句，有曰：'賤子請具陳。'引毛遂云：'公子試聽吴越之事，容賤子一一具陳。公子可行即行，可止則止。'杜句曰：'下筆如有神。'引仲舒答策：'下筆疑有神助。'杜句曰：'青冥却垂翅。'引李斯曰：'丈夫如提筆鼓吻，取富貴易若舉杯，何青冥之翮與鷃共垂翅乎！'杜句：'崆峒小麥熟，且願休王師。'引武帝欲討西羌，耿遜諫曰：'今崆峒小麥方熟，陛下宜休王師。'如此者凡十卷，乃知杜句皆有根本，非自作語言也。山谷云：杜詩、韓文無一字無來處，今人讀書少，故謂韓、杜自作此語。予初未以此説爲然，今觀此集，則此言信矣。後世作詩者，無根之言耳。"②劉壎稱贊不已的這本小册實是以僞撰典故爲主要内容又假托蘇軾之名行世的僞蘇注。黄庭堅的"無一字無來處"説在宋代有極大影響，僞蘇注的産生雖與此密切相關，但更重要的是充分迎合了彌漫於詩壇上的這種過分

---

① （元）王義山《稼村類稿》卷五，《景印文淵閣四庫全書》第1193册，第31頁。

② （元）劉壎《隱居通議》卷七，《叢書集成初編》第212册，第69—70頁。

神化前輩詩人的情緒。如程棨《三柳軒雜識》云:"老杜詩如董仲舒策,句句典雅,堪作題目。餘人詩非不佳,但可命題者終少耳。好詩與好句,正自不同,文人自是好采取。韓文、杜詩號不蹈襲者,然無一字無來處。乃知世間所有好句,古人皆已道之,能者時復暗合孫吳耳。大抵文字中,自立語最難,用古人語又難,須是用古而不露筋骨。"①必是古人説過,采入詩中而又無明顯痕迹爲高深難得之境,"句句典雅"的杜甫雖然的確有此偉大才能,但是元人却因此而忽視、貶低了杜甫"自立語"的可能和價值,而僞蘇注正是通過僞造典故,把大量没有用典的杜詩解説成"用古而不露筋骨"的典型,所以被廣泛接受,其中不乏學養與知名度兼具的學者和詩人。可以説,僞蘇注,這一杜詩學史上餘毒難盡的大厄難深深扎根於非理性的學術批評理念,是應該爲一代代學人深自警惕的。

## 第六節　個案研究:方回論杜

方回(1227—1307),字萬里,一字先覺,號虚谷,一號紫陽山人。歙縣(今屬安徽)人。宋景定三年(1262)别省登第,提領池陽茶鹽,累遷知嚴州,入元爲建德路總管,尋爲安撫使,罷,徜徉杭、歙間以終。著有《桐江集》八卷、《桐江續集》三十六卷、《瀛奎律髓》四十九卷、《文選顔鮑謝詩評》四卷等。

方回生活於宋、元易代之際,他雖仕於元,却以宋遺民自命,頗遭人非議。與其同時的劉壎在《方紫陽序詩》一文中説方回"德祐事急時,嘗上書陳十事,乞斬賈似道謝天下。覺得是一磊落士

① 轉引自(清)仇兆鰲《杜詩詳注·附編·諸家論杜》,第2324頁。

也"①。宋恭宗德祐元年(1275),掌握朝政大權的賈似道迫於壓力以精兵十三萬親征元軍,却幾乎未作抵抗便棄兵逃走,宋軍遂大敗,元兵直逼南宋都城臨安(今浙江杭州),朝野輿論大嘩,强烈要求處死賈似道,方回亦參與其中。不過方回的這一"磊落"舉動,周密《癸辛雜識》則記載爲:"先是回爲庶官時,嘗賦《梅花百詠》以諛賈相,遂得朝除。及賈之貶,方時爲安吉倅,慮禍及己,遂反鋒上十可斬之疏,以掩其迹。時賈已死矣,識者薄其爲人。有士人嘗和其韵,有云:'百詩已被梅花笑,十斬空餘諫草存。'所謂十可斬者,指賈之倖、詐、貪、淫、褊、驕、吝、專、謬、忍十事也。"且録方回種種醜行,並謂:"有老吏見其無恥不才,極惡之……遂疏爲方回十一可斬之説,極可笑。"②方回之人品雖不佳,但其在文學批評上的成就却是公認的。其巨著《瀛奎律髓》通過類選、圈點、評論,集詩選、詩話爲一體,以求示人以學詩之切實途徑。這部著作規模宏大,批點細緻,識見高遠,方孝岳認爲:"除了《瀛奎律髓》而外,我國文學批評界,恐怕還找不出傳授詩法有如此之真切如此之詳密的書。"③而方回的主張實是爲江西派護法,他首倡"一祖三宗"之説,《瀛奎律髓》卷二六陳與義《清明》詩後方回評語云:"嗚呼,古今詩人當以老杜、山谷、後山、簡齋四家爲一祖三宗,餘可配饗者有數焉。"④這一論點的提出首先是針對當時江西詩派的現狀而發。江西派本以學杜相尚,然後學末流却衹知師法黄庭堅、陳師道,不知學杜甫。方回欲振江西,遂指明淵源,奉杜甫爲祖。同時,方回提倡學杜又

---

① (元)劉壎《隱居通議》卷六,《叢書集成初編》第212册,第62頁。

② (宋)周密撰,吴企明點校《癸辛雜識》别集卷上,中華書局1988年版,第251頁。

③ 方孝岳《中國文學批評》,生活·讀書·新知三聯書店1986年版,第142頁。

④ (元)方回選評,李慶甲集評校點《瀛奎律髓彙評》,上海古籍出版社2020年版,第1136頁。

是針對宋末“四靈派”、“江湖派”專師晚唐的傾向提出的。由於具有針對性,方回論杜就無泛泛之言,而多特識卓見,且内容十分豐富。

詩歌的“高格”是方回評詩時最注意的,其《桐江續集》卷三三《唐長孺藝圃小集序》云:“詩以格高爲第一。”①並謂古今詩人中以陶淵明、杜甫、黄庭堅、陳師道四人爲格之尤高者。他之所以反對師法晚唐,主要是因爲晚唐詩的卑弱偏狹,《瀛奎律髓》卷一〇姚合《遊春》批語云:“予謂詩家有大判斷,有小結裹。姚之詩專在小結裹,故‘四靈’學之……又所用料,不過花、竹、鶴、僧、琴、藥、茶、酒,於此幾物,一步不可離,而氣象小矣。是故學詩者必以老杜爲祖,乃無偏僻之病云。”②姚合等晚唐詩人氣象狹小,學之者必落偏僻之病,欲糾之,必須以老杜爲祖。“高格”大率是指詩歌雄渾高邁、勁健悲壯的風格,杜詩的確堪稱“高格”的代表,方回《瀛奎律髓》評老杜《悲秋》:“此詩不勝悲嘆,五六尤哀壯激烈。”③評《秋盡》:“讀老杜詩開口便覺不同。‘獨看西日落,猶阻北人來’一聯,不勝悲壯,結句更有氣力。”④評《泊岳陽城下》:“此一詩只一句言雪,而終篇自有雪意。其詩壯哉,乃詩家様子也。”⑤評《衡州送李大夫勉赴廣州》:“此詩氣蓋宇宙。”⑥評《送段功曹歸廣州》:“才大則氣盛。此小詩八句,若轉石下千仞山。而細看只四十字,非如他人補綴費力,酸嘶破碎也。”⑦評《暮秋將歸秦留别湖南幕府親友》:“五、六

① （元）方回《桐江續集》,《景印文淵閣四庫全書》第1193册,第682頁。

② （元）方回選評,李慶甲集評校點《瀛奎律髓彙評》卷一〇,第366頁。

③ （元）方回選評,李慶甲集評校點《瀛奎律髓彙評》卷一二,第452頁。

④ （元）方回選評,李慶甲集評校點《瀛奎律髓彙評》卷一二,第481頁。

⑤ （元）方回選評,李慶甲集評校點《瀛奎律髓彙評》卷二一,第911頁。

⑥ （元）方回選評,李慶甲集評校點《瀛奎律髓彙評》卷二四,第1087頁。

⑦ （元）方回選評,李慶甲集評校點《瀛奎律髓彙評》卷二四,第1088頁。

(大府才能會,諸公德業優。)雖無華麗,非老筆不能,然其實雄深雅健也。"①《公安送韋二少府匡贊》評語又云:"老杜七言律詩一百五十餘首。唐人粗能及之者僅數公,而皆欠悲壯。"②方回將杜律推爲唐人第一,原因即在杜之格高。而江西派的瘦硬枯勁的特色,方回也許爲"才格特高",並認爲這是得自杜甫,《桐江續集》卷八《讀張功父南湖集并序》中就稱贊杜甫《登蜀州東亭送客逢早梅相憶見寄》《立春》等詩,"不麗不工,瘦硬枯勁,一斡萬鈞,惟山谷、後山、簡齋得此活法"③。方回推崇的是一種語言的張力,反對的是輕俗圓滑,他並不諱言江西詩派的"粗"的弱點,但認爲其"無一點俗也。晚唐家吟不著,卑而又俗,淺而又陋,無江西之骨之律"④。二者自然有格高格卑的區别。由此出發,他特别贊賞老杜晚年的詩作,《瀛奎律髓》云:"大抵老杜集,成都時詩勝似關輔時,夔州時詩勝似成都時,而湖南時詩又勝似夔州時,一節高一節,愈老愈剥落也。"⑤"剥落"即是剥去浮豔,不流連於工巧滑俗,正和許渾詩的"體格太卑、對偶太切"⑥相對。方回從爲江西派護法和批評晚唐的角度,深入地闡釋了杜詩格高的特點,這是方回杜詩學思想中最根本的一點。

紀昀《〈瀛奎律髓〉刊誤序》説方回"以生硬爲高格,以枯槁爲

① (元)方回選評,李慶甲集評校點《瀛奎律髓彙評》卷二四,第1094頁。

② (元)方回選評,李慶甲集評校點《瀛奎律髓彙評》卷二四,第1136頁。

③ (元)方回《桐江續集》,《景印文淵閣四庫全書》第1193册,第302頁。

④ (元)方回選評,李慶甲集評校點《瀛奎律髓彙評》卷四七吕本中《寄璧公道友》評語,第1870頁。

⑤ (元)方回選評,李慶甲集評校點《瀛奎律髓彙評》卷一〇杜甫《春遠》評語,第349頁。

⑥ (元)方回選評,李慶甲集評校點《瀛奎律髓彙評》卷一四許渾《曉發鄞江北渡寄崔韓二先輩》評語,第545頁。

老境,以鄙俚粗俗爲雅音,名爲遵奉工部,而工部之精神面目迥相左也”①,其言甚爲偏頗。方回雖主張瘦硬、枯勁、剥落,但並非完全排斥詩歌技巧。相反,方回對藝術技巧非常重視,而且有自己的一套完整的理論,他從自己的理論出發,對杜詩的藝術成就作了細緻深刻的闡發。黄庭堅在《與王觀復書》中稱杜甫夔州以後詩“不煩繩削而自合”②,方回引申黄説,指出杜甫的這些詩作“繡與畫之迹俱泯”,“莫不頓挫悲壯,剥落浮華”,並得出“善爲詩者,由至工入於不工”的結論。所以,“不工”乃是“至工”後的境界,是精心鍛煉後的結果。那麽,何爲“工”,何爲“不工”呢？方回提出“工則粗,不工則細;工則生,不工則熟”的觀點③。以“粗”“生”爲工,“細”“熟”爲不工,正反映出方回贊賞江西詩派瘦硬枯勁的風格而反對晚唐詩細密纖巧之風的立場。但“細”“熟”也是必須經過的階段,《瀛奎律隨》評杜甫《春日江村》云:“或問老杜詩如此等篇,細觀似亦平易。……老杜詩所以妙者,全在闔闢頓挫耳,平易之中有艱苦。若但學其平易,而不從艱苦求之,則輕率下筆,不過如元、白之寬耳。學者當思之。”④評陸游《山行過僧庵不入》:“詩不但豪放高勝,非細下工夫有針綫不可,但欲如老杜所謂‘裁縫滅盡針綫迹’耳。”⑤評江西派三僧之一僧善權《寄致虚兄》詩云:“如此詩亦出老杜……謂晚唐雕蟲小技不及此之大片粗抹,亦恐過矣。老杜之細

① 轉引自(元)方回選評,李慶甲集評校點《瀛奎律髓彙評》附録一,第1952頁。

② (宋)黄庭堅《類編增廣黄先生大全文集》卷三二,王水照編《宋刊孤本三蘇温公山谷集六種》第六册景印宋乾道刊本,第172頁。

③ 以上俱見(元)方回《桐江集》卷一《程斗山吟稿序》,《續修四庫全書》1322册景印宛委别藏本,第367頁。

④ (元)方回選評,李慶甲集評校點《瀛奎律髓彙評》卷一〇,第348頁。

⑤ (元)方回選評,李慶甲集評校點《瀛奎律髓彙評》卷二三,第1068頁。

潤工密，不可不參，無徒曰喝咄以爲豪也。觀者幸勿謂僭。"①這些評語都强調了精心錘煉過程的不可或缺，否則，將流入輕率淺陋，難以達到豪放高邁的境地。故其評杜甫《江亭》又謂："老杜詩不可以色相聲音求。如所謂'圓荷浮小葉，細麥落輕花'，'市橋官柳細，江路野梅香'，'柱穿蜂溜蜜，棧缺燕添巢'，'細雨魚兒出，微風燕子斜'，'芹泥香燕嘴，花蕊上蜂鬚'，他人豈不能之？晚唐詩千鍛萬煉，此等句極多。但如老杜'水流心不競，雲在意俱遲'，即如'片雲天共遠，永夜月同孤'，景在情中，情在景中，未易道也。又如'寂寂春將晚，欣欣物自私'，'江山如有待，花柳更無私'，作一串説，無斧鑿痕，無粧點迹，又豈只是説景者之所能乎？他如'有客過茅宇，呼兒正葛巾'，'自媿無鮭菜，空煩卸馬鞍'，'憂我營茅棟，携錢過野橋'，十字只是五字，却下在第五、第六句上，亦不如晚唐之拘……又此篇末句'排悶'，似與'心不競'、'意俱遲'同異，殊不知老杜詩以世亂爲客，故多感慨。其初長吟野望時閒適如此，久之即又觸動羈情如彼，不可以律束縛拘羈也。"②善於鍛煉，由工穩入于自然，不爲律法拘束，才是老杜勝人處。

方回既重視錘煉，本就以示法詳密而見長的《瀛奎律髓》對如何錘煉更有詳細的解説。首先，方回非常注重字、句的鍛煉，並將緊要之字句名爲"眼"。如卷一將杜甫《登岳陽樓》"吴楚東南坼，乾坤日夜浮"一聯"坼""浮"字圈爲句中眼③。卷一九又評《獨酌》云："'仰蜂'、'行蟻'，蓋獨酌時所見如此。凡爲詩，只兩句模景精工，爲一篇之眼，餘放淡净爲佳。"④"眼"是句中、篇中最精彩的地

① （元）方回選評，李慶甲集評校點《瀛奎律髓彙評》卷四七，第1846頁。

② （元）方回選評，李慶甲集評校點《瀛奎律髓彙評》卷二三，第997—998頁。

③ （元）方回選評，李慶甲集評校點《瀛奎律髓彙評》卷一，第7頁。

④ （元）方回選評，李慶甲集評校點《瀛奎律髓彙評》卷一九，第771頁。

方,有了“眼”才能將一句、一篇的神采突現出來,故其又云:“未有名爲好詩而句中無眼者。”①如《江漢》一詩便好在“片雲天共遠,永夜月同孤。落日心猶壯,秋風病欲蘇”四句上,其中“‘共遠’、‘同孤’、‘猶壯’、‘欲蘇’八字絶妙。世之能詩者,不復有出其右矣”②。其次,方回評詩十分講究起承轉結的謀篇佈局之法。如評杜甫《上巳日徐司録林園宴集》:“‘鬢毛垂領白’,言我之形容,情也。‘花蕊亞枝紅’,言彼之物色,景也。既如此開闢,下面似乎難繼,却再着一句(欹倒衰年廢)應上句,形容其老爲可憐,又着一句(招尋令節同),言不孤物色之意。然後五、六一聯(薄衣臨積水,吹面受和風),皆是以情穿景,然結句(有喜留攀桂,無勞問轉蓬)亦不弱也。”③評《客亭》:“王右丞詩云:‘江流天地外,山色有無中。’此詩三、四(日出寒山外,江流宿霧中)以寫秋曉,亦足以敵右丞之壯。然其佳處,乃在五、六(聖朝無棄物,老病已成翁)有感慨。兩句言景,兩句言情。詩必如此,則净潔而有頓挫也。”④評《將曉二首》云:“前一詩中四句,兩言曉景,兩言時事。後一詩中四句,兩言曉景,兩言身事。拘者欲句句言曉,即不通矣。”⑤評《暮登四安寺鐘樓寄裴十迪》:“前四句專言雪後晚景,後四句專言彼此情味,自然雅潔。必若着題詩八句黏滯,即‘爲詩必此詩’,而詩拙矣,所謂不可無開闔也。”⑥評《謁真諦寺禪師》:“凡詩只如此作自伶俐。前四句景,而起句爲題目;後四句情,而結句有合殺。”⑦評《上兜率寺》:

---

① (元)方回選評,李慶甲集評校點《瀛奎律髓彙評》卷一〇王安石《宿雨》評語,第373頁。

② (元)方回選評,李慶甲集評校點《瀛奎律髓彙評》卷一九,第1342頁。

③ (元)方回選評,李慶甲集評校點《瀛奎律髓彙評》卷二六,第1200頁。

④ (元)方回選評,李慶甲集評校點《瀛奎律髓彙評》卷一四,第538頁。

⑤ (元)方回選評,李慶甲集評校點《瀛奎律髓彙評》卷一四,第537頁。

⑥ (元)方回選評,李慶甲集評校點《瀛奎律髓彙評》卷二一,第930頁。

⑦ (元)方回選評,李慶甲集評校點《瀛奎律髓彙評》卷四七,第1746頁。

"此一詩三、四(江山有巴蜀,棟宇自齊梁)忽又如此廣遠,五、六(庾信哀雖久,何顒好不忘)古淡有意。"①方回將杜詩開闔頓挫的精妙闡發得淋漓盡致。方回對杜律情句、景句的安排所論甚多,實是有爲而發。生活年代稍前於方回的周弼(字伯弜,又作伯弢),選有一本《三體唐詩》,將律詩中四句分爲四實、四虛、前實後虛、前虛後實四類,實爲狀景,虛爲寫情,方回認爲此四體根本不足以盡律詩之變化,故特别注意論述杜律及其他律詩情景安排的靈活多變,或是情景的相互交融、虛實難分。如卷一二杜甫《秋野》五首後評曰:"讀老杜此五詩,不見所謂景聯,亦不見所謂頷聯,何處是四虛?何處是四實?虛中有實,實中有虛,景可爲頷,頷可爲景,大手筆混混乎無窮也。"②另外,方回對平仄、對仗、使事等技巧也十分重視。如評賈島《題李凝幽居》《訪李甘原居》二詩:"二詩皆以平聲起句,而末句平倒。在杜老集中,'四更山吐月',平起平倒者甚少。晚唐必欲如此,而其終擲前六句不顧,别出一意繳。此二句亦一格也。如老杜'合分雙賜筆,猶作一飄蓬',以自然對繳住,則晚唐所不能矣。"③評杜甫《舟中夜雪有懷盧十四侍御弟》云:"'舟重竟無聞',可謂善言舟中聽雪之狀。凡用事必須翻案。雪夜訪戴,一時故實,今用爲不識路而不可往,則奇矣。"④

《瀛奎律髓》既是一本教示律法的書,其對律詩發展脈絡、詩家前後師承的問題也必然有深入研究,杜甫又是一個承前啓後的關鍵人物,所以杜律的淵源和影響便自然在其中得到顯現。方回認爲杜律出自宋之問、沈佺期、陳子昂、杜審言四家,猶以陳、杜二人爲主。卷四宋之問《早發始興江口至虛氏村作》評語云:"山谷教人

① (元)方回選評,李慶甲集評校點《瀛奎律髓彙評》卷四七,第1750頁。
② (元)方回選評,李慶甲集評校點《瀛奎律髓彙評》,第454頁。
③ (元)方回選評,李慶甲集評校點《瀛奎律髓彙評》卷二三,第1001頁。
④ (元)方回選評,李慶甲集評校點《瀛奎律髓彙評》卷二一,第911頁。

作詩必學老杜,今所選亦以老杜爲主。不知老杜亦何所自乎?蓋出於其祖審言,同時諸友陳子昂、宋之問、沈佺期也。子昂以《感遇》詩名世,其實尤工律體,與審言、之問、佺期,皆唐律詩之祖。唐史謂魏建安後迄江左,詩律屢變,至沈約、庾信以音韵相婉附,屬對精密;及之問、佺期又加靡麗,拘忌聲病,約句準篇,如錦繡成文。學者宗之,號曰'沈宋體'。語曰:'蘇、李在前,沈、宋比肩。'然則學古詩必本蘇武、李陵;學律詩必本子昂、審言輩,不可誣也。此四人者,老杜詩所自出也,特老杜才高氣勁,又能致廣大而盡精微耳。"[①]卷三〇沈佺期《塞北》詩下評:"八韵十六句,無一句一字不工,唐律詩之祖也。時稱沈、宋,而佺期、之問,皆不令終。無美善而有豔才,議者惜之。陳子昂、杜審言詩,亦絶出一時。於四人之中,而論其爲人,則陳、杜之詩尤可敬云。"[②]卷三評陳子昂《白帝懷古》:"陳子昂《感遇》古詩三十八首,極爲朱文公所稱。天下皆知其能爲古詩,一掃南、北綺靡,殊不知律詩極精。此一篇置之老杜集中,亦恐難别,乃唐人律詩之祖。"[③]又評《峴山懷古》:"此老杜以前律詩,悲壯感慨,即無纖巧砌甃。"[④]評杜甫《月夜》:"八句皆思家之言。三、四及'兒女',六句全是憶内,與乃祖詩骨格聲音相似。"[⑤]要之,沈、宋二人給予杜甫的主要是音韵、屬對等聲律形式方面的影響,而陳子昂則主要是悲慨風格的影響,而杜審言則因爲是杜甫的祖父,自有家法相傳,故"骨格聲音"皆有相似處。同時,方回也從學杜的角度指出杜甫對先賢及同時人詩法的融會,卷二四岑參《送懷州吴别駕》詩後評曰:"學老杜詩而有未入處,當觀老杜

① (元)方回選評,李慶甲集評校點《瀛奎律髓彙評》,第166頁。
② (元)方回選評,李慶甲集評校點《瀛奎律髓彙評》,第1390頁。
③ (元)方回選評,李慶甲集評校點《瀛奎律髓彙評》,第90頁。
④ (元)方回選評,李慶甲集評校點《瀛奎律髓彙評》卷三,第91頁。
⑤ (元)方回選評,李慶甲集評校點《瀛奎律髓彙評》卷二二,第965頁。

集中所稱詠敬嘆,及所交遊倡酬者,而求其詩味之,亦有入處矣。其所稱詠敬嘆者,蘇武、李陵、陶潛、庾信、鮑照、陰鏗、何遜、陳子昂、薛稷、孟浩然、元結之類。其所交遊倡酬者,李白、高適、岑參、賈至、王維、韋迢之類是也。"①他雖一貫反對晚唐姚賈的詩風,但並不否認他們和杜甫的相通之處,卷二三姚合《題李頻新居》詩評曰:"予謂學姚合詩如此亦可到也。必進而至於賈島,斯可矣;又進而至於老杜,斯無可無不可矣。或曰:老杜如何可學?曰:自賈島幽微入,而參以岑參之壯,王維之潔,沈佺期、宋之問之整。"②而在《桐江續集》卷三三《恢大山西山小稿序》中他直接列出一個"老杜之派"來:"王維、岑參、賈至、高適、李泌、孟浩然、韋應物以至韓、柳、郊、島、杜牧之、張文昌,皆老杜之派也。"③此派包括杜甫之前之後的許多風格各異的詩人,這其實是指出了杜甫在詩歌發展史上承前啓後的重要地位。《瀛奎律髓》評杜甫《小寒食舟中作》"春水船如天上坐,老年花似霧中看"兩句曰:"沈佺期《釣竿》篇云:'人如天上坐,魚似鏡中懸。'公加以斧斤,一變而妙矣……又有《清明》二長句……前云:'繡羽銜花他自得,紅顔騎竹我無緣。'後云:'秦城樓閣煙花裏,漢主山河錦繡中。'皆壯麗悲慨,詩至老杜,萬古之準則哉!"④杜詩集前代之大成,成爲作詩的準則,亦爲後世開無數法門,故曰:"學詩者而不熟老杜可乎?"⑤江西詩派三宗之學杜是《瀛奎律髓》所要闡釋的主要問題,書中可謂比比皆是,同時方回也認識到杜甫對其他人同樣具有不可替代的影響。卷二五在録曾幾(號茶山居士)、汪藻(字彦章)、吕本中(字居仁)數詩後評云:

---

① (元)方回選評,李慶甲集評校點《瀛奎律髓彙評》,第1097頁。

② (元)方回選評,李慶甲集評校點《瀛奎律髓彙評》,第1020頁。

③ (元)方回《桐江續集》,《景印文淵閣四庫全書》第1193册,第683頁。

④ (元)方回選評,李慶甲集評校點《瀛奎律髓彙評》卷一六,第665頁。

⑤ (元)方回選評,李慶甲集評校點《瀛奎律髓彙評》卷四七杜甫《和裴迪登新澤寺寄王侍郎》評語,第1746頁。

“自山谷續老杜之脈,凡‘江西派’皆得爲此奇調。汪彦章與吕居仁同輩行,茶山差後,皆得傳授。茶山之嗣有陸放翁,同時尤、楊、范皆能之。”①吕本中作《江西詩社宗派圖》,雖未將自己列入,但人多視其爲江西詩派中人。在方回看來,江西派得之老杜一脈的“奇調”正藉由吕氏播散的“江西詩法”而傳承後世。當然,許多人接受杜詩的影響,未必是通過江西派,方回對此也並未堅執,更多是直接指出後人詩作與杜詩的相承相似。如《瀛奎律髓》評周莘《野泊對月有感》:“詩有老杜氣骨,簡齋亦欽畏之。只‘江月亂中明’一句便高,三、四悲壯,並結句自可混入老杜集。”②評趙藩《雨中不出呈斯遠兼示成甫》云:“此等詩,老杜、後山之苗裔歟?”③評劉克莊《老馬》:“後四句儘有意。然老杜《病馬行》盡之矣,起句即老杜語耳。”④評張耒《謁太昊祠》:“老杜《先主廟詩》……此中四句全相似。”⑤評陸游《春行》“猩紅帶露海棠濕,鴨緑平堤湖水明”兩句:“引少陵、太白‘曉看紅濕處’與‘蜀江緑且明’,‘濕’字、‘明’字謂奪造化之工,却是世未有拈出者,前輩用工如此。”⑥如此等等,足見杜詩確實是澤被後世。

《瀛奎律髓》主要是講解律法,但對詩歌的思想内容也有涉及,對杜詩這方面的評論亦多深警之見。評杜甫《初冬》云:“此工部爲參謀成都時作。‘垂老戎衣窄’,所以自痛也。‘習池醉’,‘梁父

① (元)方回選評,李慶甲集評校點《瀛奎律髓彙評》卷二五吕本中《張禕秀才乞詩》後評語,第1196頁。

② (元)方回選評,李慶甲集評校點《瀛奎律髓彙評》卷三二,第1461頁。

③ (元)方回選評,李慶甲集評校點《瀛奎律髓彙評》卷一七,第731頁。

④ (元)方回選評,李慶甲集評校點《瀛奎律髓彙評》卷二七,第1290頁。

⑤ (元)方回選評,李慶甲集評校點《瀛奎律髓彙評》卷二八,第1331頁。

⑥ (元)方回選評,李慶甲集評校點《瀛奎律髓彙評》卷一〇,第407—408頁。

吟',山簡非得已而醉,諸葛又何爲而吟? 皆所以痛時世也。"①評杜甫《春望》云:"此第一等好詩! 想天寶、至德以至大曆之亂,不忍讀也!"②評杜甫《對雪》(戰哭多新鬼)云:"他人對雪必豪飲低唱,極其樂。唯老杜不然,每極天下之憂。"③評杜甫《雪》云:"江水東流,欲挽之使北,愛君戀闕之心切矣。"④卷一五杜甫《向夕》《日暮》《晚行口號》《客夜》《倦夜》《中夜》《村夜》《旅夜書懷》八首詩後評曰:"老杜夕、暝、晚、夜五言律近二十首。選此八首潔净精緻者……痛憤哀怨之意多,舒徐和易之調少。以老杜之爲人,純乎忠襟義氣,而所遇之時,喪亂不已,宜其然也。"⑤慨嘆杜甫憂時憫世的忠義情懷。《桐江續集》卷二還有《秋晚雜書三十首》,中云:"竊嘗評少陵,使生太宗時。豈獨魏鄭公,論諫垂至兹? 天寶得一官,主昏事已危。脱命走行在,窮老拜拾遺。卒坐鯁直去,漂落西南陲。處處苦戰鬥,言言悲亂離。其間至痛者,莫若《八哀詩》。我無此筆力,懷抱頗似之。"⑥又寄慨於杜甫生不逢時、以直被禍的遭遇。但方回並没有停留在這個層面上,而是挖掘出杜甫的時代、經歷對其詩歌的積極影響,《瀛奎律髓》卷二九杜甫《歲暮》評語云:"明皇、妃子之酣淫,林甫、國忠之狡賊,養成漁陽之變。史思明繼之,回紇猗之,吐蕃踵之,四方藩鎮不臣,盜賊蜂起。老杜卒於大曆五年庚戌,自天寶十四年乙未始亂,流離凡十六年。唐中葉衰矣,却只成就得老杜一部詩也。不知終始不亂,老杜得時行道如姚、宋,此一部杜詩不過如其祖審言能雅歌詠治象耳,不過皆《何將軍山林》《李監

① (元)方回選評,李慶甲集評校點《瀛奎律髓彙評》卷一三,第503—504頁。

② (元)方回選評,李慶甲集評校點《瀛奎律髓彙評》卷三二,第1436頁。

③ (元)方回選評,李慶甲集評校點《瀛奎律髓彙評》卷二一,第910頁。

④ (元)方回選評,李慶甲集評校點《瀛奎律髓彙評》卷二一,第910頁。

⑤ (元)方回選評,李慶甲集評校點《瀛奎律髓彙評》,第570頁。

⑥ (元)方回《桐江續集》,《景印文淵閣四庫全書》第1193册,第235頁。

宅》等詩耳,寧有如今一部詩乎?然則亦可發一嘅也!"[①]蘇軾《次韵仲殊雪中游西湖二首》其一云:"秀語出寒餓,身窮詩乃亨。"[②]清趙翼《題遺山詩》則曰:"國家不幸詩家幸,賦到滄桑句便工。"[③]方回深知此意也,亦深知杜陵也,此評讓人感慨萬端!另外,解説詩歌内涵時,方回有時見解十分通達,如《瀛奎律髓》謂《螢火》一詩:"説者謂此詩'腐草'、'太陽'之句以譏李輔國。凡評詩,正不當如此刻切拘泥。言之者無罪,聞之者足以戒。大丈夫耿耿者不當爲螢爝微光,於此自無相關;世之僅明忽晦不常者,又豈一李輔國?則見此詩而自愧矣。學者觀大指可也。"[④]有時亦不免陷於宋人窠臼,如卷一一《熱》詩評:"起句十字(雷霆空霹靂,雲雨竟虚無),凡上之人有驕聲而無實惠,下之人名乍驚人而澤不及物者,可以愧焉,亦所以諷時事也。"紀昀即謂此評"穿鑿無謂,宋人解杜多如是,是大病痛處"[⑤]。

總之,作爲金元時期最有貢獻的文學批評家之一,方回的杜詩學研究允稱豐富、深刻,值得關注。

---

① (元)方回選評,李慶甲集評校點《瀛奎律髓彙評》,第1243—1244頁。

② (宋)蘇軾撰,(清)王文誥輯注,孔凡禮點校《蘇軾詩集》卷三三,中華書局1982年版,第1750頁。

③ 姚奠中主編,李正民增訂《元好問全集》卷五五,三晋出版社2015年版,第1092頁。

④ (元)方回選評,李慶甲集評校點《瀛奎律髓彙評》卷二七,第1229頁。

⑤ 以上見(元)方回選評,李慶甲集評校點《瀛奎律髓彙評》,第421頁。

# 明　代　編

# 緒　　論

明朝是中國歷史上最後一個由漢族建立的王朝,從公元 1368 年明朝開國皇帝朱元璋滅元稱帝,國號大明,到 1644 年李自成攻入北京,崇禎帝在景山自縊身亡明朝覆滅,共立國 276 年,傳十六帝。後有南明王朝,歷時 18 年,爲清所滅。

與遼、金、元相比,明代是一個經濟繁榮、文化發達的朝代,文學創作與批評相應地也獲得了極大的發展。雖然由於平民化與世俗化趨勢的進一步發展,明代小説、戲曲空前繁榮,但作爲傳統文學主要形式的詩歌、散文,依然深受文人重視。在經歷了漢魏六朝以至唐宋千餘年的發展後,詩文難以别開生面的困境實際成爲明人深入展開文學批評的壓力和動力,而其學習評價的主要對象,則必然是前人創作的得到廣泛認可的優秀作品。唐代是中國古代詩歌創作的巔峰時代,唐詩自然得到了明人充分的關注,而杜詩又是唐詩的傑出代表,因此也成爲明代詩學批評的一個重要内容。有明一代的詩歌流派,影響較大的便有臺閣派、茶陵派、前七子、唐宋派、後七子、公安派、竟陵派等。這些詩派都有各自的詩歌理論,或標格調,或言性靈,或取風神,相互之間有反撥,也有承襲。這些言論無疑大大豐富了中國的詩歌理論,各流派曇花一現般的興衰,各種理論的快速更迭,促使批評家們積極思考,熱烈辯論,雖然一些意見流於表面,但是亦湧現出不少精見卓識,這樣的氛圍無疑極大促進了明代杜詩學的發展。反映在杜詩批評研究領域,不論是傳統的"詩史"、"詩聖"、"集大成"之説,還是李杜比較的話題,明人都有新的拓展,而對杜甫思想和杜詩藝術成就的探討,明人更是提出了許多深入的見解。尤其值得注意的是,勇於推翻成見的明人對宋以來杜甫的偶像地位也予以一定程度的動摇,出現了不少貶杜言論,雖然其中不乏苛刻之見,但對正確認識杜詩仍起到了不可替代的積極作用。

清人一向譏諷明人學問空疏,與乾嘉考證之學相比,明人故是罕有及者。然而在思想上,明代由理學獨尊而至心學光大,至明末漸次形成一股肯定自我價值、追求個性自由的洪流,大大提升了整個文人階層對人性以及社會的認識水平。就注杜來説,明人對杜甫性情人格的解析,對杜詩主旨意藴的揭示,皆有十分精彩處,這自然和整個社會思想認識水平的提高密切相關。周采泉在《杜集書録》張綖"杜律本義"條"編者按"中云:"綖有《杜詩通》,《本義》皆釋七律,四庫斥其'順文衍義,不能窺杜藩籬',因未見原書,亦不能矮人觀場,遽下臧否。尤其四庫於杜詩,'存書'往往不如'存目'者,而未'存目'之書佳什尤多。即以張氏之《杜詩通》而言,頗有超越前人處,亦以'淺近'見譏,安知《本義》之受删汰,不正如此耶?四庫總裁紀昀輕視明人著作,存有偏見,吾人當實事求是,衡量取舍,不應以耳食定優劣也。"①所言極是。其實,清人對明代注杜諸家的成就多有承襲,但評價却往往失之偏頗,四庫館臣更是多予貶低。流傳下來的清人杜詩注本,特别是仇兆鰲《杜詩詳注》、浦起龍《讀杜心解》這樣的代表性著作,規模宏大、體例規範、注釋詳明,的確是後出轉精。在總體成就上,明人雖無法與清人比肩,但明代杜詩注本中委實不乏真知灼見,非祇吉光片羽而已。對此今日自是不能再存偏見,故是編於明代杜詩現存及散佚文獻,皆盡力予以介紹,冀收實事求是之效。

① 周采泉《杜集書録》,第304頁。

# 第一章　現存明代杜詩全注本研究

明代現存杜詩全注本僅有單復《讀杜詩愚得》、邵寶《分類集注杜詩》、胡震亨《杜詩通》三部，明代杜詩學的不發達，由此可見一斑。但這幾部全注本收詩完備，徵引、注解頗多可觀之處，編次、體例上也有自己的發明，故在杜詩學史上也有一定的地位。

## 第一節　單復《讀杜詩愚得》

單復，一名復亨，字陽元，嵊縣（今浙江嵊州）人。明洪武四年（1371）舉懷才抱德科，授漢陽知縣。博通典籍，尤善詩歌，平生最愛杜詩，著有《讀杜詩愚得》。生平事迹見《（乾隆）嵊縣志》《千頃堂書目》《（光緒）剡源鄉志》等。

《讀杜詩愚得》十八卷，共録杜詩 1 454 首，收詩甚全，包括《虢國夫人》這樣的存疑之作也予以收録。同時，還在一些杜詩之後，録入李邕、賈至、王維、岑參、嚴武、元結等人的相關詩作，爲更好地理解杜詩提供了方便。單復於杜詩，經歷了一個由茫然於杜詩本文，悶悶於杜詩舊注，然後棄注而反復諷詠本文，又觀元范梈批選杜詩而恍然有得，最後精研細考，虛心玩味，例仿名家，博采衆長以注杜的過程。卷前單復自序對此有詳細的描述：

> 余初讀杜子詩，茫然莫知其旨意。注釋者雖衆，率多著其用事之出處耳。或有指其立言之意者，又復穿鑿傅會，觀之令

人悶悶。至若杜子作詩之旨意,卒莫能白,深竊疑焉。且近世咸重須溪劉氏評點杜詩,家傳而人誦,亟取讀之。其開卷第二首《贈李白》詩曰:"野人對羶腥,蔬食常不飽。豈無青精飯,使我顏色好。"劉評云:"野人所喜者蔬食,第對羶腥,故思青精飯耳。"余疑未解;又《望嶽》詩曰:"蕩胸生層雲。"評曰:"登高意豁,自見其趣。"余益疑矣。及觀評《上韋左相》"八荒開壽域,一氣轉洪鈞"云:"頌相業多矣,未有如此軒豁快意者。"余乃知須溪所評,大抵止據一時己見而言,亦未明作者立言之旨意。然頌相業語,實誤後學。余於是屏去諸家注,止取杜子詩,反復諷詠,似略見大意,亦未昭晰。既又得范德機氏分段批抹杜詩觀之,恍若有得,則向所謂莫知而可疑者,始釋然矣……余於暇日輒取杜子長短古律詩讀,每篇必先考其出處之歲月、地理、時事,以著詩史之實録。次乃虛心玩味,以《三百篇》賦、比、興例,分節段以詳其作詩命意之由,及遣詞用事之故。且於承接轉換照應處,略爲之説,其諸家注釋之當者取之,而删其穿鑿傅會者。庶以發杜子作詩之旨意云。未知然否,積久成帙,留之巾笥,以與同志者商榷。題曰"讀杜詩愚得",蓋取"愚者千慮,必有一得"耳!非欲多上人也。嗚呼!人苦不自知,前注之失,吾固知之;而吾注之失,第苦不能自知也。洪武壬戌八月既望,剡單復自序。

單復注杜用心甚誠、用力甚深,雖自謙是"愚者千慮",但所得實多。是書大抵以千家注爲底本,所引宋人注皆標明姓名,以王洙、黄希、黄鶴、蔡夢弼、趙次公等爲多,單復雖在自序中對劉辰翁之評深致不滿,但對其評語,並不全廢,間有引用。至於薛蒼舒、師古、鄭昂、杜修可等,亦多采用。另外,對《碧溪詩話》《苕溪漁隱叢話》《古今詩話》及歐陽修、黄庭堅、楊萬里、曾鞏、沈括、司馬光等相關評語,亦予收入。而於元人注,更是悉心徵引,其自序即拈出《杜工部詩范德機批選》,並謂觀范批始釋然於“向所謂莫知而可疑者”。范批其實極其簡略,然作爲元詩四大家之一,范梈識見之超拔毋庸置疑,故其批注雖僅隻言片語亦能開釋良多,而單復則深會其意。至於流傳甚廣的僞虞注、趙汸注等元代杜詩注,自在單復視野之内。尤其值得注意的是,今日原本已亡佚的杜詩注,《讀杜詩愚得》也有收録,如俞浙的《杜詩舉隅》就徵引了58條之多①,極具文獻價值。可見,單復對舊注下足了博覽廣收的功夫,實足稱道。更爲難得的是,單復對所見之舊注並未照搬照抄簡單堆砌,而是鑒别去取,對之進行了有效的清理。宋人注杜以詳實見長,然陷於“無一字無來處”説,常連篇累牘地注釋典故及字詞出處,於常用詞、熟語亦不放過,冗長拉雜,惹人生厭。間有闡發詩意者,又殊少簡潔明暢之語,率多傅會曲解之辭,令人生悶。單復在其自序一開始就直斥宋注繁蕪與穿鑿兩大弊病,可謂一針見血。對於爲世所重的劉辰翁注,單復在自序中徵引最多,並據以指出其多一時之見,而於杜詩旨意實未有充分揭示的缺點。有此見識,其對舊注自能取長棄短。遺憾的是,仍未能汰盡僞蘇注。

單復注杜,一般先引舊注,次訓釋詞語、典故,次簡述時代背景,然後分段串講詩意,末注以賦、比、興之體。如卷三《哀江頭》注云:“(洙曰)南苑,在曲江坊南。昭陽,漢殿名。李白詩:‘漢宫誰第一,飛燕在昭陽。’唐制,内宫才人七人。血污遊魂,謂車駕次馬嵬,賜貴妃自盡也。渭水在京,劍閣在蜀,時明皇在蜀。○按曲江爲京都勝賞之地,遭禄山之亂,宫闕荒涼,公陷賊中,潛行至此,有所感傷而作也。首四句寫其實,且曰風景若是,蒲柳爲誰緑哉?豈不可哀也耶。次八句憶天寶初明皇貴妃游幸、騎射等事,蓋曰彼一時,此一時也。次四句言貴妃自盡,明皇西幸。嘆彼此去住之無消

① 參見王燕飛《俞浙及其〈杜詩舉隅〉輯考研究》,《杜甫研究學刊》2015年第1期。

息也。末言當是時,江水江花之愁亦無窮極,况人生有情能不傷感悲泣也哉？及其晚也,胡馬來而塵滿城,故我欲往城南而迷其南北也。賦也。讀此詩,其哀傷也,詞不迫切而意已獨至,真得詩人之風旨者歟!”其引舊注、釋典故、解詞語皆極簡略,其串講亦簡潔曉暢,在宋人杜注中絶難見到此種清新文字。注末闡揚全詩旨要風格,尤爲中的。南宋張戒《歲寒堂詩話》卷上評此詩云:“題云《哀江頭》,乃子美在賊中時,潛行曲江,睹江水江花,哀思而作。其詞婉而雅,其意微而有禮,真可謂得詩人之旨者。”[①]堪稱精當之論,然與單復此注末句相比仍稍顯囉嗦,單注之簡切可見一斑。此詩“清渭東流劍閣深”一句,歷存歧義,仇注云:“唐注謂托諷玄、肅二宗。朱注闢之云:肅宗由彭原至靈武,與渭水無涉。朱又云:渭水,杜公陷賊所見。劍閣,玄宗適蜀所經。去住彼此,言身在長安,不知蜀道消息也。今按:此説亦非,上文方言馬嵬賜死事,不應下句突接長安。考馬嵬驛,在京兆府興平縣,渭水自隴西而來,經過興平,蓋楊妃稾葬渭濱,上皇巡行劍閣,是去住西東,兩無消息也。惟單復注,合於此旨。”[②]“劍閣”指玄宗,殆無疑義。以“清渭”指肅宗,自宋以來代有秉其説者;朱鶴齡是清初注杜名家,以考證精審著稱,其考渭水與肅宗行踪無涉,所言的是,然又誤扯到杜甫身上,其錯之由便是衹陷於考證本身,而未从詩作全篇著眼。單復注杜以簡爲要,儘管細節稍有疏失,然能不受枝蔓牽扯遮蔽,故可深達詩旨。又如卷一一《茅屋爲秋風所破歌》,宋注多比附時事,如黄鶴注曰:“師古謂此詩托以喻崔旰之亂,要之自不必專指旰而作。蓋安史爲禍於關内,山東、河北者已爲極盛,吐蕃又復入寇,於是隴蜀多爲踐擾,廣内且有太一之變,江浙且有袁晁之禍,二川復有段子璋、徐知道、崔旰相繼而反,詩所謂‘床床屋漏無乾處’是也。……其作

① 丁福保輯《歷代詩話續編》,第457頁。
② （清）仇兆鰲《杜詩詳注》卷四,第332頁。“唐”,誤,當作“舊”。

此詩者,以郭英乂好殺如秋風,公在成都,值嚴武之死,欲再依英乂,而英乂驕縱不可托,故捨之而去,所以托言茅屋爲秋風所破,蓋深有所感傷也。"①單注則衹引《碧溪詩話》"老杜似孟子,蓋原其心也"一段。自注云:"此詩先儒説者甚多,皆穿鑿傅會不足據。大抵杜公因茅屋爲秋風所破而作焉,蓋寫其實以紀之耳。"可謂删繁汰蕪,直會老杜之意。有如此清明理念,自能别具隻眼,發人未發,如卷二《哀王孫》其注末言:"詩言'王孫'者四,曰'可憐',曰'善保',曰'且爲',曰'哀哉';言'慎勿'者二,曰'勿出口',曰'勿疏';其曰'不敢',曰'竊聞',皆忠愛惻怛之詞也。吁! 忠義之士讀之能不墮泪者幾希。"真是深得杜陵之心。《讀杜詩愚得》可謂周詳而無枝蔓牽連之弊,平直而力避穿鑿附會,亦多深警獨到之見。單注之失有沿襲舊誤者,如卷一《巳上人茅齋》引歐陽修語,謂巳上人乃僧齊己。齊己爲晚唐人,與杜甫不同時。亦偶有偏執處,如卷三《月夜》解"遥憐小兒女,未解憶長安"兩句作"遥憐兒女年小,未知君臣之誼,唯妻知之",便有道學家氣。

單復注杜仿朱熹《詩集傳》體例,標以"賦也"、"比也"、"興也",或"賦而比也"、"興兼賦也"等語,亦打上了深刻的時代烙印。明初的科舉制度,基本沿襲元朝,考試内容主要是程朱一派對儒家經典的解釋,《明史·選舉志二》謂明太祖與劉基定以《四書》《五經》命題試士,"後頒科舉定式,初場試《四書》義三道,經義四道。《四書》主朱子《集注》,《易》主程傳、朱子《本義》,《書》主蔡氏傳及古注疏,《詩》主朱子《集傳》,《春秋》主左氏、公羊、穀梁三傳及胡安國、張洽傳,《禮記》主古注疏。永樂間,頒《四書五經大全》,廢注疏不用"②。《大全》之編纂、注疏之廢而不用,使原本各自爲

① (宋)黄希、黄鶴《黄氏補千家集注杜工部詩史》卷一〇,國家圖書館藏宋刻本。

② (清)張廷玉等《明史》卷七〇,中華書局1974年版,第1694頁。

書的經義完全整合到程朱理學的框架中,自此舉國上下皆一尊宋人之成説。正如黄宗羲在《姚江學案》序中所言:"有明學術,從前習熟先儒之成説,未嘗反身理會,推見至隱。所謂'此亦一述朱,彼亦一述朱'耳。"①故此單復的這種模仿大爲明人認可,竟成爲注杜的常用體例,後之邵寶《分類集注杜詩》、張綖《杜詩通》、謝杰《杜律詹言》等均取此例。

單復《讀杜詩愚得》將年譜與目録併在一起,起于杜甫生年,止於其卒年,每年先言重要時事,次言杜甫行迹,再列杜詩題目。如卷四目録:

> 乾元元年戊戌春二月,大赦改元,復以載爲年　三月,徙楚王爲成王　夏四月,新主入太廟　五月,張鎬罷立成王　爲皇太子更名豫　六月,立太一壇　史思明反　秋七月,初鑄大錢　册回紇英武可汗,以寧國公主歸之　八月,命郭子儀等九節度討安慶緒,以宦官魚朝恩爲觀軍容使　冬十月,郭子儀等拔衛州,遂圍鄴城　李白赦回九江　公是年春在諫省,夏赴華州,冬晚離官,間至東都。

後列《和賈至早朝大明宫》《宣政殿退朝晚出左掖》,直至《李鄠縣丈人胡馬行》《戲呈楊員外》等52首詩。單復《重定杜子年譜詩史目録序》云:"先儒嘗以杜子生年之次爲譜,而讀其詩,大意固得,然猶未盡。復述《讀杜詩愚得》,乃因其舊而重爲之參訂,每年必首書某帝某年某歲某月,而繫以史氏之實録。此書杜子出處,而以其詩之目疏於下,於以見其詩誠以與信史相表裏,非徒作也。"《讀杜詩愚得》凡例一云:"重定杜子年譜,以序次其詩,且以見遊歷用舍之

---

① (明)黄宗羲《明儒學案》卷一〇,見《黄宗羲全集》第13册,浙江古籍出版社2012年版,第185頁。

實。”是譜的確不僅實現了杜詩的詳盡編年,還將時代背景、詩人行迹和詩歌創作緊密聯繫起來,杜詩的“詩史”内涵,杜甫的經歷情感,讀者都能從此年譜與目録中得到更深刻的理解。當然其編年亦有錯謬,如《戲爲六絶句》應是杜甫入蜀後所作,難定確切作年,單復却將其繫於天寶九載,又如李白在天寶三載被賜金放還,離開長安,幾成定論,此則編于天寶六載。但總體説來,單復在參照宋譜的基礎上重新編訂的杜甫年譜,可稱後出轉精,其開創的以詩繫年的新體例,産生了很大的影響,明代張綖《杜詩通》、周甸《杜釋會通》、邵傅《杜律集解》皆參用單譜。至清代,朱鶴齡、仇兆鰲等亦多次采納單復之説以糾宋人編年之誤。

單復《讀杜詩愚得》爲明代第一部杜集全注本,並且較爲充分地吸收了已有的杜詩研究成果,明代就有“集大成”之譽,楊祜《杜律單注》序云:“元和以降,學律詩者,靡不以甫爲宗。劉辰翁、虞集、趙汸之徒,無慮百家,各以己見,爲甫注釋,甲可乙否,莫由適從。國初剡單復氏參伍錯綜,以意逆志,撰《讀杜愚得》凡若干言,獨爲集大成云。”可以説實開仇注之先河。或是受聲名所限,此書之刻印可謂一波三折。明天順元年(1457)朱熊梅月軒刻《讀杜詩愚得》卷前有楊士奇序、單復自序及天順元年朱熊跋語。楊士奇序言此書刻印經過,謂單復撰成此書後,謀刻未果而卒,丁鶴年得其遺稿以托張從善及楊士奇,後士奇以從善所録本托之於江陰朱善繼、善慶兄弟,朱氏於宣德九年(1434)刊印。則是書之初刻本爲宣德九年江陰朱氏刊本,此初刻本仍有藏本,卷前依次爲單復自序、凡例、《杜子世系考》、元稹《唐杜工部墓志銘》、《新唐書》杜甫本傳、《重定杜子年譜詩史目録》。單復自序末署洪武壬戌(1382),當是《讀杜詩愚得》撰成之年,至初刻之宣德九年,已五十二年,想單復其時早已去世多年。1974年臺灣大通書局即據此初刻本影印《杜詩叢刊》本,然單復自序缺篇末二十七字及所署年月。據天順刻本朱熊跋語,知其爲朱善慶之子,天順元年刻本乃宣德九年初刻本之重刻本。弘治十四年(1501)朱氏又有修補本,1999年齊魯書社據北京大學圖書館藏明天順元年朱熊梅月軒刻明弘治重修本影印《四庫全書存目叢書》本,該本卷前有楊士奇序、單復自序、凡例、《重定杜子年譜詩史目録叙》、《杜子世系考》、元稹《唐杜工部墓志銘》、《新唐書》杜甫本傳、《重定杜子年譜詩史目録》,卷後有黄淮宣德九年《讀杜詩愚得後序》。另有朝鮮銅活字本,"刊行年月不詳,當在明代中葉。但題名爲《讀杜偶得》,並改爲十五卷,與原刻略異"①。終明一代,國内僅朱氏一家刻印《讀杜詩愚得》。後又有歷城(今屬濟南)人陳明輯《杜律單注》,有嘉靖十一年濮州景姚堂刻本,各卷前署"鵲湖陳明輯","錢塘楊祐校",或"東陽蔣瑜校",或"海虞施雨校"。卷首録單復自序,楊祐《〈杜律單注〉序》,無目録。楊序在以"集大成"贊譽單復注後,繼云:"嘉靖中,歷下陳僉憲明,采其注五七律者,彙爲十卷,以式後學,中丞天水胡公見而韙之,命刻於濮之景姚堂。刻之二年,而江陵李子炯爲濮守,貽書祐曰:是不可不序。乃追論其所由刻如此。嗟夫!律詩盛而古詩廢久矣,余於是刻重有感焉。嘉靖十一年江西按察司僉事錢塘楊祐序。"其注釋悉同於單注,唯書眉輯有評語,多不標姓名,偶以標"劉云"者録劉辰翁評語。今浙江圖書館、安徽省博物館、南開大學圖書館等均有藏本。此律注本因體量小,且符合楊祐所謂"律詩盛"的風氣,流布似較《讀杜詩愚得》爲廣。

## 第二節　邵寶《分類集注杜詩》

邵寶(1460—1527),字國賢,號全齋,學者稱二泉先生,無錫(今屬江蘇)人。成化二十年(1484)進士,歷許州知州、户部員外

① 周采泉《杜集書録》,第125頁。

郎、江西提學副使、右副都御史、户部左侍郎、南京禮部尚書等職，卒贈太子太保，謚文莊。其人守道力行，嘗曰："我願爲真士大夫，不願爲假道學。"任職江西期間，修白鹿洞書院學舍，深得學者之心。正德中，以忤劉瑾被勒致仕，瑾誅後，重得升遷。邵寶受知于李東陽，詩文典重和雅，以東陽爲宗。又家富藏書，勤於觀覽，著述甚豐，《四庫全書總目》著録其《左觽》《學史》《簡端録》《慧山記》《漕政舉要》《容春堂集》七種著作，而不載《分類集注杜詩》一書。

《分類集注杜詩》二十三卷，編次上先分體，後分類，詩體以五古、七古、歌行、五絶、七絶、五律、七律爲序，五言排律、七言排律分别附于五古、七古之後，亦有古、律參互者；每體之中再按内容分類，共有紀行、述懷、懷古、時事等五十三類，大抵仿徐居仁《集千家注分類杜工部詩》之例。然其類别頗爲瑣細雜亂，每有重複混同之處，如"動植類"與"鳥獸類"、"木類"、"花木類"，"品食類"與"食物類"，"雷雨類"與"陰雨類"，"山河類"與"地理類"等，或内涵大小不一，或内容基本相同，皆應合併。另如《鳳凰臺》詩入"動植類"，《滕王亭子二首》中五律入"亭榭類"，七律入"樓閣類"等等，均可見其分類標準不一。是書共收杜詩 1 449 首，另因將嚴武、郭受贈杜甫詩各一首誤作杜詩而一併收入。嚴武《酬别杜二》一詩，此書詩題作《酬别杜二嚴武》，其注云："公與杜員外、嚴節度俱爲莫逆之交，故於其别也，而酬贈以詩。"郭受《杜員外兄垂示詩因作此寄上》一詩，此書詩題作《杜員外兄垂示詩因作此寄上郭受判官》，其注云："公因員外示詩，有感郭判官而作。"皆將作者誤作贈詩之人，遂竭力牽合，曲爲之説。

此書之真僞，頗受人懷疑，洪業、程千帆及日本學者森槐南等均曾撰文以辯其爲僞托之作。洪業《杜詩引得序》所言尤詳：

《分類集注杜詩》二十三卷。卷一題"邵二泉先生《分類集注杜詩》"。次行"錫山過棟汝器箋"。三行"三吴周子文岐陽参”。康熙末新安洪士桂重刻本。每半葉十一行,行二十一字。目録前有萬曆壬辰(1592)周子文序,過棟序,康熙五十八年(1719)洪士桂序。觀諸序,知是書初刻於周,重刻於洪;過序盛贊著者邵寶、刻者周子文,己所爲者何事,乃不著一字,而逐卷前皆署“過棟箋”,殊可異也。據諸家目録,萬曆壬辰刊本前尚有邵寶自序,及王穉登序,今則無之矣。按其書詩分體,題分類,参伍列之,如第二卷五言古述懷類,排律附焉,七言古述懷類、五言古懷古類、七言五(古)懷古類,第十五卷五言絶雜賦類、七言絶時事類、雜賦類、時事類、花木類,所分殊爲繁雜。詩題後輒注年代地理,詩後先注音讀,後依《詩傳》之例標賦也、比也等,殊亦無謂。繼將全詩逐句解釋,多是取材於《千家集注》,或説明某云某云,或竟不舉孰云,最後又以詩全篇翻譯爲文,字外行間之意,補以照應之辭,蓋欲全詩旨趣,盡括無遺也。揣其編撰之例,大略取法於洪武時單復之《讀杜愚得》,唯單於注後訓解,檃括詩意,略具結構而已,此則加詳也。然稍細審其書,即覺其殆非邵寶所爲。如《戲爲六絶》,六首合觀,即可見其意在警誡輕薄文人勿妄議前賢。句中如“爾曹身與名俱滅,不廢江河萬古流”,如“龍紋虎脊皆君馭,歷塊過都見爾曹”,皆譏時輩之遠不及昔人也。此點早經劉辰翁道破。今此本乃依《千家注》,誤解“爾曹”爲指楊、王、盧、駱,遂前後敷衍,不能自圓其説。又如《奉贈韋左丞丈二十二韵》,《千家注》既於“賤子請具陳”句下引趙次公痛貶《東坡事實》杜撰典故、不注出處之非,而其後又復屢引“蘇曰”,即同此類,坊賈無識,不足深責。今此本删易舊注,於“賤子”句下之“趙曰”則删去之,於“下筆如有神”句下乃改其“蘇曰”爲“蘇軾曰:仲舒對策下筆,疑有神助”。夫邵寶爲一代鉅儒,義理文章皆卓然可觀,何至淺陋如此。況書之出版,乃在寶卒後六十五年,所載寶序又不見寶集中,業故疑其出於僞托也。雖然,其所爲全詩講解,亦煞費苦心，照應彌縫，時亦燦然成篇，便於初學，故歷久而人不知其僞。清代注本，如仇兆鰲《詳注》之屬，且時或徵引焉。①

是集雖有不少疵陋，然注釋體例較爲周詳，尤其是對於字詞的解釋遠較他本爲細，的確甚便初學。其於個别詩句常有精到體會，如卷二三《小寒食舟中作》"春水船如天上坐"，注謂"天上坐，見水闊而無所依泊也。"同卷《灩滪》"舟人漁子歌回首，估客胡商泪滿襟"，注云："歌回首，久習而顧瞻其險也；泪滿襟，乍見而驚哭其險也。"《白帝城最高樓》"城尖徑仄旌旆愁"注云："旌旆愁，恐其竣拔險窄，樹之而風高見僕也。"亦常能一語道破詩旨，如卷一《發秦州》："無食無衣，乃一章之大指。"卷二三《燕子來舟中作》："故以燕之寄人居室，比己流寓他鄉，卒復感其營巢而益傷己之無家也。"而刻意求深之病亦時有流露，如卷二《羌村三首》其三本是言鄰里深情，末慨嘆兵戈未息之際父老生活之艱難，邵注却謂："時玄宗幸蜀，肅宗撫慰之道有所未盡，是何父子之恩，反不若鄰里之深情乎？四坐泪下而仰嘆，深爲朝廷惜也。"貌似挖掘出杜甫的忠君之心，其實却掩蓋了詩人的愛民之情。然此爲注杜之通病，屢見不鮮，不足深究。清初張縉彦《杜詩分類全集序》稱："古今注杜者，有趙氏、虞氏數十家，獨邵氏二泉頗簡實有據。"《杜詩分類全集》乃是删除邵寶注而成的白文本，詳見本節下文。張縉彦"簡實有據"之評尚稱公允，故此書即使爲僞作，仍不失爲明人注杜之重要版本。且曾流播域外，影響甚大，後世多有徵引。

是書卷前有王穉登序及周子文序。周序末云："不佞十年下吏，偃卧棲遲，退食之餘，鳩工繡梓，出以重鐶，佐之薄俸，朝夕謀業，畢力彈精。是役也，自癸未以至壬辰，然後底績。其歲月可考，已散諸詞林，俾垂不朽。好事者將曰：夫是集也者，文莊注之，不佞

① 洪業等編《杜詩引得》卷前，上海古籍出版社 1985 年版，第 44—45 頁。

梓之,少陵雖乏旦暮之遇,乃千載而下有吾兩人在也。萬曆壬辰之秋九月既望,三吴周子文書。"此書規模較大,周子文之謀刻,頗費氣力,觀其"自癸未以至壬辰"之語,其間竟歷十年,其心可嘉。壬辰即萬曆二十年(1592),當爲初刻之時。1974 年臺灣大通書局據此本影印,收入《杜詩叢刊》,書名作《刻杜少陵先生詩分類集注》,扉頁標"萬曆廿三年吴周子文刊本",其年似誤。丁丙《善本書室藏書志》、日本《宫内省圖書寮漢籍善本書目》、臺灣梁一成《杜工部關係書目》著録此初刻本,然丁丙録其爲二十卷,梁一成《杜工部關係書目》云:"南京國學圖書館藏本爲二十卷,缺末三卷,爲丁氏八千卷樓舊藏,見於《善本書室藏書志》。"則丁丙所藏爲殘本。又日本《宫内省圖書寮漢籍善本書目》言卷前有王穉登序及邵寶自序,今見版本及其他書目均無自序之説,邵寶《容春堂集》中亦無此自序,不知此日本書目有何依據。此書版本較多,另有清康熙五十八年(1719)新安洪士桂重刻本,洪業所見者即此本,其首載周子文序,次爲過棟序,然文字與王穉登序悉同,應即是王序而假名於過者,再次爲洪士桂序;又有清金陵讀書堂刻本,版式與洪氏本同,刊行年月不詳;梁一成《杜工部關係書目》載此書尚有日本明曆二年(清順治十三年,1656)江户覆刻本。

另有傅振商《杜詩分類全集》一書,應是出於此集。傅振商(1573—1640),字君雨,號星垣,汝陽(今河南汝南)人。萬曆三十五年(1607)進士,選翰林院庶吉士,改監察御史,巡按直隸兼四府督學,累遷右副都御史。後又以功遷南京兵部侍郎,崇禎時進兵部尚書。卒謚莊毅。著有《古論元著》《緝玉録》《蜀藻幽勝録》《四家詩選》等。

《四庫全書總目》别集類存目一著録此書,其云:"杜詩分類始于王洙千家注,振商此編則又因千家注本小爲更定,殊無所取也。"然杜詩分類實始于陳浩然《析類杜詩》,王洙《杜工部集》爲分體後編年本,陳本元以前已經亡佚,流傳下來的《集千家注分類杜工部詩》爲宋徐居仁所編。《四庫全書總目》所言錯謬迭出。傅氏此集無論收詩總數、篇目次第，還是分類方式、門類名稱，都與邵寶《分類集注杜詩》完全相同，邵寶將嚴武、郭受贈杜甫詩誤作杜詩，此本亦襲之。邵本又以徐居仁本爲底本，故《四庫全書總目》謂傅氏此集從千家注本脱胎，其實此集是傅氏將邵本注釋删去而成。卷前傅氏自序言其編纂始末云："予日與少陵集對，服膺其詩，更論其人，益羨能重其詩。每厭注解，本屬蠡測，妄作射覆，割裂穿鑿，種種錯出，是少陵以爲詮性情之言，而諸家反以爲逞臆妄發之的也，何異以敗蒲藉連城，以魚目綴火齊乎！因盡剔去，使少陵本來面目如舊，庶讀者不從注脚盤旋，細爲諷譯，直尋本旨，從真性情間覓少陵，性情之薪火不滅，少陵固旦暮遇之也。聊從舊分類彙次，以便觀覽，因屬殺青，以公同好。"是知傅氏之意乃欲使讀者不糾纏于繁雜注釋，而直接從原詩中體會少陵之真性情，故其衹保留杜詩白文、"公自注"及邵注之題解，有些題解還予以删减。序末署"萬曆歲次癸丑孟冬"，即萬曆四十一年（1613），《杜詩分類全集》應即編刻於此年。時傅振商在河北真定（今河北正定），巡按直隸兼四府督學。

是書雖無甚足取處，但因是净本，故重刻本尚多。順治八年（1651），真定守杜漺因初刻殘缺，予以修補重刻，卷前有傅振商序、梁清標序及梁清寬跋；順治十六年，又有張縉彦、谷應泰校訂高爾達重刻本，首録谷序、張序、傅序及梁氏兄弟序跋。1974 年，臺灣大通書局據王鳴盛手批之順治八年本影印，收入《杜詩叢刊》第二輯。王鳴盛爲清著名史學家、經學家，其評點既頗有獨到之處，手迹更爲藝林愛重，故有其特殊價值在。然因卷前僅録傅振商原序，而無梁氏序跋，故扉頁誤表爲明刊本。

## 第三節　胡震亨《杜詩通》

胡震亨（1569—約 1645），字君悒，一字孝轅，號赤城山人，晚年又號遯叟,海鹽(今屬浙江嘉興)人。萬曆二十五年(1597)舉人,歷故城教諭、合肥知縣、德州知州、定州知州、兵部職方司員外郎等職,以病乞歸,著書自娱。震亨家富藏書,而手不釋卷,秘册僻本,日夕蒐討,時人稱之爲博物君子,著有《海鹽縣圖經》《續文選》《靖康盜鑑録》《赤城山人稿》《讀書雜録》《唐音統籤》等行世。陳光縡《〈讀書雜録〉序》對胡震亨之學術予以高度評價:"故公著述最富,非獨《赤城山人集》摛藻如淵雲而已。其經世之學,則有《通考纂》;其啓集林之秘,則有《續文選》;其裒輯乎詩苑,則有《唐音統籤》;其預知倭寇之充斥也,則有《靖康盜鑑録》;其媲美乎《華陽國志》《吴地記》者,則有《海鹽縣圖經》;其博綜乎小説家,則有《秘册彙函》。"①尤其是胡震亨傾畢生精力編撰而成的一千零三十三卷的巨著《唐音統籤》,是清修《全唐詩》藍本,是書以天干爲紀,共分十籤,甲至壬籤輯録唐詩,間加評論;癸籤三十三卷則是其研究唐詩的心得,體大思精,已有單獨出版之排印本。胡震亨是當之無愧的明代唐詩研究學者中的巨擘。

《杜詩通》爲胡震亨《李杜詩通》之杜詩編,是書卷前有秀水朱大啓《叙》、大啓子朱茂時庚寅歲(順治七年,1650)《跋》、震亨子胡夏客所撰識語。夏客之識語言此集編撰、刻印情况甚詳,其云:"先大夫孝轅府君搜緝唐音,結習自少,至乙丑歲(1625)始克發凡定例,撰《統籤》一千卷,閲十年書成。又一年,箋釋太白、子美兩大家詩,加以評論,成《李杜詩通》。寫就頻繙,鉛黄重疊,迄於壬午(1642),時年七十有四,復盡卷竄訂焉。旋遘改革,預囑小子夏客藏本山寺,行遁不懌而卒。兵燹既過,夏客次第捧歸,深幸手澤無恙。秀水朱子若茂暉,嗜古工吟,讀之頤解,爲追述昔年從父大司寇心許剞劂,曾與立序,以告元昆子葵茂時,子葵仰承先志,亟謀鏤

① (明)胡震亨《讀書雜録》卷首,《四庫全書存目叢書》子部第109册景印清康熙十八年刻本,第709頁。

板,夏客亦勉效校勘,不日工竣。我家李杜之學從是其傳之當今來祀矣!"末署"上章攝提格季秋望日",即庚寅年,應即順治七年(1650)。由此識語可知,胡震亨編纂《唐音統籤》始於天啓五年(1625),成於崇禎八年(1635),共閱十載。自崇禎九年至崇禎十五年(1642),歷六年又完成《李杜詩通》。其時正值明、清易代,震亨亦已七十四高齡,書未及刻印,震亨已卒於兵燹。直至書成後八年,即順治七年(1650),方由朱茂時刻印刊行,是爲初刻本。洪業《杜詩引得序》因所見本無版刻序跋年月,由刻工斷之爲萬曆末或啓、禎間刻本,實誤;其他書目也有著録爲明刊本者,亦誤。

識語後爲總目録,與他本不同者,目録在篇目前還有卷目,其卷目爲:五言古詩十二卷(序論年譜列前卷)、七言古詩六卷、五言律詩十一卷、五言排律五卷、七言律詩四卷排律同後卷、五言絶句七言絶句二卷逸句聯句附末卷。全書共四十卷,録詩凡1447首。卷一首載胡震亨刪改新、舊《唐書》重作之杜甫傳記,篇末小字附注依次爲元稹《唐故檢校工部員外郎杜君墓係銘》《新唐書・杜甫傳贊》及胡震亨自叙;次爲杜甫年譜,大致采用元高楚芳編《集千家注杜工部詩》所附年譜而略加增改,時有考辨,較高本年譜爲詳。

胡震亨《自叙》云:

> 《唐藝文志》:甫集六十卷,小集六卷,潤州刺史樊晃編。五代而後,孫光憲、鄭文寶、孫僅諸家,各有編本。寶元初,翰林王洙取古詩、近體分爲二類,約略其所作之時先後之,爲十八卷。後趙次公、黄長睿及吾鄉魯冷齋復合而一之,參改其先後之序,臨川黄鶴尤加詳辨焉。元大德中,廬陵高楚芳據鶴所辨先後爲定本,刪諸家注釋附之,今行世《千家注杜詩》二十卷者是也。讀杜詩即不可不稍知其歲月,然亦何至每首必定以所作之年,强爲穿鑿,而於體例多紊乎?今仍依古本分體爲

> 編,一體之中,各以題類爲次,一類之中,除長安、秦川、蜀中、夔府、湖南確然可見者爲次外,其餘無可定者,並以題類相附,一切牽强之説,概從芟去。舊注繁蕪,百存一二,其意旨未經前人發明者,略抒膚見,以資商榷。杜詩雖云僞撰爲少,然王安石嘗益二十餘篇,黄鶴本亦有新添數什,皆王洙舊本所無,沿襲既難盡削,鑒定終俟明哲爾。

是知此書之編次,先分體,再分類,一類之中,再約略編年。其類别較簡略,遠勝邵寶《分類集注杜詩》之繁雜。其注釋則在删存前人注的基礎上闡發已見,所引舊注既有高楚芳千家注本所輯趙次公、魯訔、蔡夢弼、黄鶴、劉辰翁等宋人注,亦有張性、鄭善夫、胡應麟、鍾惺、譚元春等元、明人的評解,皆標出姓氏。其徵引絶少具體字詞典故的解釋,而重在闡發詩意的透闢見解,故所引以宋劉辰翁、明鄭善夫兩家爲最多。據統計,其具體數目大略如下:宋黄鶴注 80 條,蔡夢弼注 75 條,趙次公注 69 條,王洙注 66 條,師古注 14 條,黄希注 12 條,杜修可注 10 條,魯訔注 7 條,鮑彪注 7 條,蘇軾、黄庭堅注各 5 條,王深父注 4 條,卞圜、杜定功注各 3 條,薛夢符、楊萬里、胡仔注各 2 條,歐陽修、葉夢得、嚴羽等 17 人注各 1 條;元張性注 4 條;明方采山注 21 條,鍾惺注 19 條,楊慎、譚元春注各 4 條,謝杰、于慎行、唐瑾、譚元禮注各 1 條。而劉辰翁注則多達 340 條,鄭善夫注 299 條[①]。其中,鄭善夫、方采山等人的杜詩注今已亡佚,唯賴《杜詩通》得以保存,尤具有珍貴文獻價值。

《杜詩通》於杜詩正文頂欄上多標以"神品"、"妙品"、"能品""具品"及"删"字樣,後三者多,而前兩者少,可見震亨評詩之

---

① 參見杜偉强《明代杜詩全集注本研究》,西北師範大學 2011 年碩士學位論文,第 49 頁。其中,杜偉强原文統計鄭善夫注爲 287 條,與筆者之統計稍有不同。

嚴。詩句佳妙者,圈點之;拙劣者,則於句旁畫一豎綫,又見其評詩之細。不少詩作衹有此類標注和圈點而無注解,反映出胡震亨注杜不糾結於體例完備,而是有感而發的基本出發點。胡震亨之注解以"遯叟云"出之,其對杜詩的評價可謂立場鮮明,他認爲卷八《遭田父泥飲美嚴中丞》是"神品",便贊道:"若《毛經》可續,此當亟録《國風》。"同卷《奉贈薛十二丈判官見贈》標以"删",並云:"通不可解,當時何以存此。"真是或盛稱之,或力貶之,毫不含混。而其所言皆出自己之心得,如卷二四《與任城許主簿游南池》:"余曾游南池,時方新秋,中二聯(晚涼看洗馬,森木亂鳴蟬)景色依然不異,杜詩真足千載也。"親身經歷,自然極具説服力。同時,胡震亨也敢於突破前人的成見,如被楊萬里推爲杜律第一的《九日藍田崔氏莊》,他却視之爲杜律之最劣者(卷二五)。又卷三《玉華宫》末句"冉冉征途間,誰是長年者"畫以豎綫,並云:"要之此詩興感遺宫,忽及征人之無長年者,意殊不倫,在杜集未爲至作,雖衆所膾炙,不敢附和爲美。"尤其是卷三〇《秋日荆南述懷三十韵》之評語指出:"琯之罷相遭貶,雖由陳濤之敗,實以建諸王分守之議,爲肅宗所忌而致。"並聯繫詩句詳細解説其前後經過,所言詳實可信,屢爲後人徵引。故震亨之評多是自出機杼,不但無人云亦云之弊,而且往往多新穎深刻之見。如卷九《送從弟亞赴河西判官》"須存武威郡,爲畫長久利"後注曰:"老杜詩中往往出經濟説話,如此者極多。"卷七《示從孫濟》:"遯叟云:人情數見不鮮,而同宗者當不以此爲嫌。'汲多井水渾',以己之屢過濟爲歉,'刈葵莫傷根',以濟之不相厭爲望也。古詩'采葵莫傷根,傷根葵不生',老杜熔鑄用之,得比興深旨。"卷二五《秋興八首》其七注云:"此詩妙處,尤在一結,人多以其儷句少之。《秋興》作於夔府,前六句皆想像昆池景色,于夔府全無根著,不著此二句,做出許大悵望悲感意來,安能收向本題來?筆頭上真挽得千萬斤力者。"葉嘉瑩評曰:"此論二句結束收挽之筆力,所評頗是。"①卷二〇《朝二首》圈"霜空萬嶺含"一句,並云:"'含'字誰能下,覺'天似穹廬,籠罩四野'尚辭費。"卷二二《歸來》:"遁叟云:'有所適'三字,不欲顯言之,公流落西川,未免干謁自給,不遂所求而歸,曲寫索寞情景,字字欲真。"卷一四評《夜歸》曰:"故作一種粗魯質俚之態,以盡詩之變。此所以爲大家也。"卷五《山寺》注謂:"佛門語,總非此老所長耳。"以上諸解無論是闡發老杜之思想性情,還是剖析杜詩之藝術技巧,無論是贊還是貶,皆能入木三分,確是大家不易之論。

胡震亨博覽群籍,深於探究,對於前人未曾發現的一些用典,並不十分重視典故出處的胡震亨,也能憑藉淹博的學識予以補充。如卷三三《寄劉峽州伯華使君四十韵》"林居看蟻穴"一句,衹有胡震亨注曰:"應璩《與曹伯昭箋》:'所在悠閒,獨坐愁思,幸賴游蟻,以娛其意。'似用此。"這個典故的挖掘對於理解詩句的深意還是很有幫助的。其於舊注之誤更多有辨正之功,如卷八《奉贈射洪李四丈》注云:"南京,指成都府也;亂初定,指嚴公薨後崔旰之亂。舊注以爲上元段子璋之亂,與下峽句不合,非是。"卷一〇《别贊上人》注云:"豆子熟,即是豆熟,北人方言,五穀皆有'子'字,至今猶然。舊注引僞蘇注以爲眼珠,大誤後學。或以'豆子雨'爲禪語,亦無所出,非是。"他的態度也很通達,對不能確定的地方,也不强爲之解,卷二《遣興五首》其三注云:"蕭京兆,舊注引《東坡志林》,以爲蕭至忠,至忠非京兆人,亦未嘗爲京兆尹,不應稱京兆。或以爲此是詠房琯,以蕭望之爲比,望之京兆人,以見廢不得爲相,左遷太子太傅,琯罷相,亦拜太子少師也,然與舊尹句不可通,當再考之。"卷一三《去秋行》注云"肅、代時,反者不一,死殉者當亦不一,杜詩所紀時事,非必盡登史册",故不必一一坐實;又謂卷一八《瘦馬行》不必牽强解作爲房琯作,都言之成理。但也偶有偏執之處,如卷一三

① 葉嘉瑩《杜甫秋興八首集説》,河北教育出版社 1997 年版,第 364 頁。

《麗人行》注謂“國忠實張易之之子,冒楊姓,與虢國通,是無根之楊花”。同卷《哀江頭》認爲“翻身向天仰射雲”後一句是“一箭正墮雙飛翼”,並云:“‘雙飛翼’,正上同輦之第一人也,云箭射而墮者,不敢斥言軍士之逼縊而爲之辭。觀下句即承以‘明眸皓齒今何在’自明。諸家不得其解,至有以爲用賈大夫射雉事者,尤可笑。”似此類不能視爲詩之正解。

總之,胡震亨《杜詩通》注解簡明切當,不乏新見,是明代杜詩全注本裏的一部重要著作。周采泉謂:“孝轅父子,爲明季大藏書家……仇注引震亨、夏客父子特多。夏客淹博,尤勝其父。是書經夏客校補,益形邃密,明人注杜當以此爲首選。”①

① 周采泉《杜集書録》,第141頁。

# 第二章　現存明代杜律注本研究

明代的杜律注本數量較多,流傳至今的仍有十餘種。律詩,尤其是七律的最終成熟是由杜甫完成的,而杜甫之後,律詩逐漸成爲我國古代詩歌創作的主要形式。律詩格律上的嚴整使其具有精美的形式,最大限度地體現出漢語言含蘊豐富、音韵鏗鏘的特色。唐以來探討律法的著作、律詩的選注本日漸增多,明人這方面的著作亦甚夥。自元出現第一部杜詩七律注本和五律注本後,杜律注本在明代可謂大行其道,不但數量大,成就也高,稱得上是明代注杜領域内最燦爛的一隅。爲適應律詩盛行的風氣,有學者還從杜詩全注本或杜詩選注本中專門輯出杜律之注解作爲杜律注本單行,如出自單復《讀杜詩愚得》的《杜律單注》;亦有選注杜詩,又專選杜律作注者,如張綖《杜工部詩通》和《杜律本義》,這兩部杜律注本之情況分別見單復及張綖的相關章節中,本章將按七律注本、五律注本、五七律合注本的順序,逐一介紹其他筆者所見現存杜律注本。

## 第一節　趙大綱《杜律測旨》

趙大綱,字萬舉,自號春臺子,山東濱州人。才高學富,文章蓋東省,嘉靖十年(1531)鄉試,以亞元得中舉人,嘉靖二十年擢進士第,初授滁州知州,歷户部員外郎、淮安知府、河南兵備、山西雁門關副使、江西布政司、左參政等職。隆慶六年(1572)以後去世。有

《趙大綱詩集》《方略摘要》等著作。生平事迹見《(咸豐)濱州志・人物志・文學》《(康熙)濱州志・選舉志・進士》。

《杜律測旨》在明代頗有聲名,諸家書目多有著録,如明《澹生堂書目》録爲《杜詩測旨》,清《天一閣書目》録爲《杜律測旨》,《測海樓書目》則録爲《杜少陵七言律詩》。是書分上、下兩卷,無目録,衹收杜甫七言律詩,計150首。有嘉靖二十九年(1550)初刻本和嘉靖三十四年(1555)重刻本。今僅存重刻本,卷前有嘉靖庚戌(1550)楊上林《讀〈杜律測旨〉序》、潘壎《〈杜律測旨〉序》、李元《刻〈杜律測旨〉序》、趙大綱《〈杜律測旨〉引》,書後有同年莊莅民《刻〈杜律測旨〉序》、黄學准《〈杜律測旨〉後跋》、何宗曾《〈杜律測旨〉後跋》及嘉靖三十四年林光祖《重刻〈杜律測旨〉跋》。序跋皆稱《杜律測旨》,書首則書"杜少陵七言律詩,濱州趙大綱測旨",書口又書"杜詩測旨"。各書目著録不同,蓋與此有關。周采泉《杜集書録》稱"是書在萬曆間與張孚敬《訓解》最爲風行"①。孚敬原名璁,字秉用,號羅峰,正德進士,官至大學士,著有《杜律訓解》二卷。明邵傅《杜律集解・凡例》亦云:"羅峰統合諸家,考證詳實而注義略陳,濱州演會羅峰章旨亦稍更易。"可見,趙注對張注頗有承襲。張氏雖有宰輔之尊,其書仍不得傳於今,兩相比照,《杜律測旨》何其幸也!然是集今日亦已極爲罕見,臺灣葉綺蓮《杜工部集關係書存佚考》甚至稱是書已佚,不確,《中國古籍善本書目》著録上海圖書館有藏本。清華大學圖書館亦有藏本。除此之外,恐再難覓其踪迹。

由諸序跋所言可知,《杜律測旨》應作于趙大綱淮安知府任上,由山陽知縣莊莅民刊刻,是爲初刻本,後由廣信知府林光祖重刻。林光祖跋云:"《杜律測旨》,春臺趙公讀杜詩有得而作焉者也。公嘗治淮陽,淮人愛且梓傳矣。光祖得而誦之,愛尤不置,方欲重梓

① 周采泉《杜集書録》,第316頁。

以廣其傳,適公觀風至,因請益焉。公又出舊本,中多改易新得,且命識之。”莊爲趙之屬吏,林爲趙之同僚,《杜律測旨》之刻印必在趙氏親自監督之下,重刻本更是有所增補修訂,其精心細緻,自不待言。筆者所見爲清華大學所藏嘉靖三十四年重刻本,是本黑口,單魚尾,四周單邊,詩正文大字,半頁九行,行二十字,注釋單行小字,行亦二十字。雕工精細,字迹秀麗,觀之賞心悦目。歷四百餘年,依然完好無損,燦燦如新,實爲難得!

趙大綱注杜詩七律主要從“裨補風化”出發,注重挖掘杜詩忠君愛國的思想和有裨世教的道德風範,這一點亦爲諸序公認,如楊上林序稱“(趙氏)折衷諸家,標本於《虞注》,咀華於釋義,訂誤語於錯簡,益新得於舊聞,神會其歸,情括其妙,詞約其繁,意裨其闕,少陵平日忠君愛國之懷,所以暢彝倫而翼世教者,靡不著於抑揚詠嘆之間,此豈尋常測度之知而已哉!”潘壎序則云:“吾淮郡守春臺趙先生雅好吟詠,效法杜子,蓋涉浣花溪徑而造風雅之堂者也。政暇取諸家杜律七言注,反復參互,斷以己意,鑿者刊之,固者通之,舛者正之,探忠愛之淵旨,揚惻怛之懇情,俾情、景、事三者各得其所,不相牽紐。於君臣理亂、親友離合、古今感慨等作,則推見天道人情,附之《雅》《頌》;於《玉臺觀》則斷爲刺淫,擬諸《國風》之變,而三經三緯備矣。題之曰《杜律測旨》,若先生可謂善説詩矣。”兩人皆贊趙大綱博雅中正,能得杜詩忠愛淵旨。李元序則曰:“名之以‘測’,實爲自道,少陵匪先,春臺匪後,心領志合,是曰神交。”認爲趙大綱堪稱杜甫隔代知己,其注杜實是藉以自道。趙大綱《〈杜律測旨〉引》云:“春臺子曰:《杜律測旨》者,測其旨意之大略如此也。少陵詩緒密思深,意在言表,而或以字句牽合附會者,失之矣。昔孟子論讀詩之法:‘以意逆志,是爲得之。’余不能詩,又不自量,於讀律之餘,輒取前人訓解,斷以己意,僭爲《測旨》。嗚呼!以蠡測海,能盡其深乎?而無言神悟,固自有大方家也。若乃證事釋文,前人似備,余復不能博云。”自謂《測旨》一書乃本孟子“以意逆志”解詩法測杜詩大略之旨意，重在探求杜詩之深思密緒，而簡於語詞典故的闡釋。如《玉臺觀》一詩云：“中天積翠玉臺遥，上帝高居絳節朝。遂有馮夷來擊鼓，始知嬴女善吹簫。江光隱見黿鼉窟，石勢參差烏鵲橋。更肯紅顔生羽翼，便應黄髮老漁樵。”此詩語詞頗爲複雜，典故密度也較大，而趙注釋詞部分衹云：“中天積翠，言其山之高也。絳節者，朝上帝之儀也。馮夷得水仙爲河伯。《洛神賦》：‘馮夷鳴鼓。’嬴女，秦穆公女，名弄玉，妻蕭史，能吹簫引鳳凰至。‘烏鵲橋’，烏鵲填河成橋，渡織女以會牽牛者也。”解釋極爲簡約。之所以如此，趙氏自言是鑒於前人考釋之備及字句牽合附會之失。其實對詩歌深密意緒的挖掘，儘管可以生發出不少啓人心智的妙解，但也容易陷入刻意求深的泥潭，犯下與膠著字句同樣的附會之病。這在杜詩學史上是屢見不鮮的。何宗曾《〈杜律測旨〉後跋》云：“然竊疑夫注杜者，求之太深，則言非事實；質之太淺，則趣乏悠長；未必盡能得杜之情，而觀者難焉。”何氏確是深悉注杜之難與注杜之病者。對於杜詩注解，深淺之度確是非常難以掌握的。趙氏此書可以説就是這樣一部較有代表性的妙解與曲解並存的杜詩注本。潘壎序、黄學準跋、林光祖跋，俱將趙大綱《杜律測旨》比于朱熹注《詩經》，而朱熹《詩集傳》便以理學解詩，將詩旨與人倫道德、理欲心性相聯繫。有明一代，朱子詩學思想幾乎籠罩整個文藝批評領域，《杜律測旨》可以説是理學影響下杜詩學風貌的典型代表，其解杜詩亦注重闡發比興深意，不免有陷於牽强附會者。

莊莅民序舉《杜律測旨》“玄思雅致”之解云：

> 詠《進艇》，測其爲始懷君臣之憂，終安於父子、夫婦之樂，人紀經矣。詠《臘日》，測其爲得侍同朝之美，惟喜康共之意，大道昭矣。詠《曲江》，測其爲自古帝都兢業致治，歌舞兆亂，鑒戒著矣。詠《玉臺觀》，測其爲高山之觀道流淫穢，不欲往從，諷刺嚴矣。詠《張氏隱居》，測其爲識金銀之氣而不貪，可

以達不愛不求之原矣。詠《鄭縣亭子》，測其爲被讒自安而付之忘言，可以明不怨不尤之實矣。詠《柏學士茅屋》，測其爲勉人讀書進學，不爲謀富貴，可以見其洞於義利之辨矣。詠《秋興》"江樓"，測其爲自守所學，不羨五陵年少，可以見其審於取捨之分矣。至於詠《螢火》，測其爲小人之用事，其經世之防周矣。詠《雨不絶》，測其爲小人誤國，其憂時之念豫矣。詠《值水短述》，測其爲慨老之情，特感於詩之漫興，則非玩物喪志者矣。詠《至日遣興》，測其爲悵望思憶之情，則非以詞害志者矣。

莊序於所舉之例皆美之，然其中有發人未發、深中詩旨者，亦有求之過深、失於穿鑿者，甚而有莊氏拔高、曲解《測旨》之意者。今逐一稍作分析。《進艇》注云："大意謂久客成都，自爲生理，有農夫之苦，北望長安，感而傷身，遂偃臥於北窗之下。於是引老妻乘艇，看稚子浴江，釋此悶懷，因即物之成偶者，以比夫婦之諧，所顧惟隨所有以自娱，而更無他慕矣！蓋其始也傷神，而其既也怡神，雖不能忘君臣之憂，而且安於父子夫婦之樂，卒亦無入而不自得也。"《臘日》注云："蓋大寒之後，必有陽春，大亂之後，必有至治。臘日而暖，異于常年，此寒極而春，亂極而治，其世道轉移之機乎？故公喜而賦詩，然則公之所以欲縱酒者，殆有得侍同朝，惟喜康共之意，非徒以人生行樂之故矣。"莊氏所謂"人紀經矣"、"大道昭矣"故是，然《進艇》注前半所言平實細膩，允爲佳解；《臘日》注則對景物描寫之深意闡釋過度，頗有唯心之嫌。《曲江對酒》注將"水晶宫殿轉翠微。桃花細逐楊花落，黄鳥時兼白鳥飛"三句放于一處解："'水晶宫殿'，言明也；'轉翠微'者，煙霧蔽之，則不明矣。桃花逐楊花而落，黄鳥兼白鳥而飛，言皆混而爲群也，此三句蓋比朝廷迷眩，則是非失真，而小人逐流以苟禄也。《書》所謂'元首明則股肱良'，君無光天之德，即臣皆敷同罔功者也。"三句其實衹是承首句“苑外江頭坐不歸”而來,乃是眼前之景的實寫,趙大綱之解大言比意,太過牽强。又《曲江對雨》“城上春雲覆苑墻,江亭晚色静年芳。林花著雨胭脂落,水荇牽風翠帶長”注云:“此四句對雨之景,而所寓者深。蓋雲覆苑墻,雨不絶也,清明可得乎?四時以春爲芳,静年芳,春事歇矣,日月其邁乎?林花以著雨而落,有摧殘之意,君子之道消也。水荇以牽風而長,有附合之意,小人之道長也。”與上解如出一轍,然其解後四句“龍武新軍深駐輦,芙蓉别殿漫焚香。何時詔此金錢會,暫醉佳人錦瑟旁”云:“此四句對雨之懷,而所思者切。龍武軍,肅宗所新置者;芙蓉殿,玄宗所舊遊者。漫,猶徒也。駐輦曰深,吾王之遊寂矣;焚香曰漫,望幸之心孤矣。金錢合宴於曲江,教坊樂亦賜焉。此開元之盛事,今日何時詔此,恐再見之無期也;又曰暫醉瑟傍,欲斯須而不得也,其意微矣。”謂此乃感昔傷今,憂戚難禁,頗得杜心。莊序所謂詠《曲江》者,不出此二首,却認爲趙大綱之意乃是“測其爲自古帝都兢業致治,歌舞兆亂,鑒戒著矣”,太過道學氣,實將趙大綱所測出的一點杜心又歪曲了。《玉臺觀》注云:“此觀中蓋女道士,公是詩刺其淫穢耳。諸注俱謂美觀之爲仙境,誤矣。言高山之觀,奉尊神以惑世,遂有借名道流者入通觀姑,而觀姑誘致外人,乃始知秦女真善吹簫,能引鳳至矣。因言此觀之地,踪迹不明,爲無賴者之窟穴,其曲徑潛通往來,如烏鵲橋渡牛女以私會也。末則言如此淫穢之地,便更有返老還童、白日飛升之事,我亦安於衰老,不願往從也。”此解批諸注俱誤,自爲新解,然出語刻毒,大違老杜謹厚本性,反不若舊注妥當。謝杰《杜律詹言》亦謂此詩乃“美觀之爲仙境也”,並云:“以公之達,豈不知仙之爲幻,聊因地之勝而以寄興云爾。”注後又加按語云:“予初依測旨解以爲鄭衛之音……及讀公五言律,亦有《玉臺觀》,詩云……則似又非淫奔之詞者,故更定於此。”《題張氏隱居》“不貪夜識金銀氣”一句注云:“夜識金銀之氣而不貪,言非不知其爲寶,不愛不求耳。”此句趙次公注曰:“今言性雖不貪,而能夜識金銀之氣。舊注云以不貪故識,非是。”此句之意雖並不隱晦,但在舊注中“不貪”與“識”是因果關係,在趙次公注中則是轉折關係,顯然趙次公注更能凸顯出張氏的高潔,而趙大綱注則在趙次公注的基礎上進一步予以細説和提升,可謂後出轉精。《題鄭縣亭子》末兩句“更欲題詩滿青竹,晚來幽獨恐傷神”注曰:“結意謂發興既新,題詩欲遍,但恐晚來幽獨,或傷神思,故且付之忘言耳,蓋被讒而自安,不欲與蜂雀較矣。”正如莊序所言,趙氏“測其爲被讒自安而付之忘言”,甚得詩旨,然解前兩句“巢邊野雀群欺燕,花底山蜂遠趁人”曰:“雀,奸雀;蜂,小物而有毒。雀群欺燕,蜂遠趁人,因所見以比讒人之黨,譖陷君子者如此。”語調刻薄,又和所測“明不怨不尤之實”的詩旨有牴。《柏學士茅屋》末兩句“富貴必從勤苦得,男兒須讀五車書”注云:“莊子惠施多方,其書五車。意謂富貴雖由勤苦乃得,然多讀書者自是丈夫之事,不專爲謀富貴,此又因學士以勵世人也。”勤苦,即指讀書之勤苦耳。爲開拓出激勵世人之道,反使詩解支離。《秋興八首》其三“同學少年多不賤,五陵衣馬自輕肥”兩句注云:“少年,謂新進也;五陵,皆豪貴所居。此則言既知命而且無意於時事,則今之同學少年雖多貴顯,彼自貴顯耳,吾亦安能變所學乎?蓋當時新進之士,自爲一種學術以希世取寵,其視公殆謂之昔之人矣,所謂‘當面輸心背面笑’者是也,此公之所以嘆也歟?”新進少年“自爲一種學術”云云有所不通,杜甫與“同學少年”之區别當在德行、境遇,非學術也。《見螢火》前六句注云:“此即螢火,以比小人,因以傷旅寓焉。乘夜而飛,利於時晦也。簾疏巧入,工於進身也。驚琴書冷,厭文而妒儒也。亂星宿稀,飾似以混真也。繞井欄而添箇箇,連陰類以爲朋也。經花蕊而弄輝輝,竊寵光以自耀也。其殆指當時用事者乎?”此注解當爲襲張綖《杜律本義》,《杜律本義》初刻於嘉靖十九年,早於《杜律測旨》十年。後兩句注云:“汝指螢火也。言客居衰老,見汝生愁,不知來歲此時,果能還鄉否也?蓋有見於治日少而小人多,是以歸期未可定耳。”此詩之解過分强調比意,杜詩體物之妙反被掩蓋,其失亦遠。《雨不絶》注云:“此詩因雨不絶而傷世事也。言雨過漸細,映空如絲,此其雨殆欲絶矣。是以短草泥净,長條風稀,而晴可待也。然舞石旋將乳子,又有欲雨之意,則彼行雲不已,得無亦自濕其仙衣乎?意指當時用事小人,朋黨比周,播弄國事,使世道向治而又亂,故以不利於己曉之。蓋小人者始以誤國,終亦以自誤也。末言江舸畏雨,遂匆遽逆流而歸,又以見濟川之人,皆見幾引去,人之云亡,邦國殄瘁,然則世亂何時而已乎?公之憂深矣!”亦大談比興深意,將杜詩尋常寫景抒情之語與世教國事相連,實嫌求之過深。又如《江上值水如海勢聊短述》注云:“按此專爲詩興而發,有自恨其白首無成之意。蓋公嘗謂‘文章一小技,於道未爲尊’,則其志在天下,固有出乎詩之外者,而今其已矣,故其慨老之情,特感於詩之漫興,亦有尼父吾衰之嘆,徵之於夢也。而或者不知,遂爲作詩之道,非死不休不可以驚人,不幾於喪志乎?失之遠矣。”功名與詩名杜甫都是十分看重的,而在用世之志不獲騁的晚年,他的主要精力的確是用在作詩上。趙大綱高其天下之志,却不承認杜甫非死不休、一意驚人的作詩之道,才是“失之遠矣”。《至日遣興二首》其二後四句“玉几由來天北極,朱衣只在殿中間。孤城此日堪腸斷,愁對寒雲雪滿山”注云:“玉几,天子所憑者;朱衣,殿上引班之官。‘由來’、‘只在’四字當玩,有悵望之意。謂今天之北極,玉几猶昨也,欲爲近侍得乎?殿之中間,朱衣固在也,欲與朝班得乎?遂言孤城此日所對者,寒雲耳,陰雪耳,景象寂寞如此,所以堪腸斷也。愁而斷腸,去逍遥之樂遠矣。”此解剖析杜甫離開朝廷後的“悵望思憶”之情,細緻深刻,堪稱知音之言,故仇兆鰲《杜詩詳注》予以徵引(字句有不同)。

莊序稱美之外的一些注解亦有十分精彩者,如《早秋苦熱堆案相仍》注云:“七月六日,指言早秋,暫餐不能,酷熱甚矣。夜自足蠍,日復多蠅,既已戚其欲,而又何堪堆案之相仍邪?此束帶所以欲發狂大叫也。韓昌黎謂‘人各有能,有不能,抑而行之,必發狂疾’,正此意。”“《論語》謂‘君子不可小知而可大受’,公平生自許甚重,蓋務其遠且大者,乃出爲曹掾,則簿書疑非其所長,而又況讒人罔極,公論不明乎？此其所以感慨求去,且是時北地戎馬方殷,故欲棄官而南適也。”解析老杜處境、心態精細入微,其所徵引韓愈、《論語》警句更有將此種解析予以理論概括、提升的作用,增强了説服力。又如《狂夫》注云:“此公自詠其狂以見志。……有堂可居,有水可濯,竹净蓮香,又足以從吾所好,吾復何求哉！是以故人絶問,稚子恒飢,皆以我之疏放而然。甚則一身填於溝壑,亦惟此疏放而不以介懷。其老而更狂如此,不惟人笑,吾亦自笑之也。夫少而狂,猶可也,既老,則日暮途窮,宜若可自爲計者,乃復更爲疏放,至於身填溝壑而不顧,此其狂,真可笑哉！然狂者,聖人之所思,蓋以其志有所不爲,直友千古之前,高出萬仞之上,一切世味俱薄矣。彼卑卑自營者,乃以爲笑,噫！鴟鴞之笑大鵬乎?”趙大綱對老杜的狂傲不羈大加贊賞,充分肯定這是一種脱俗品格。這樣的見地足稱老杜千古知音！

總的説來,《杜律測旨》雖有牽强附會之失,但其語言明暢流麗,無繁冗之病;注解深刻精警,少泛泛之言,是一部有獨特價值的杜詩注本。其對後世也頗有影響,邵傅《杜律集解》多采趙説,其《凡例》自謂:“愚出入濱州注尤多。”清代著名的杜詩注本,如仇兆鰲《杜詩詳注》、浦起龍《讀杜心解》等亦多徵引。

## 第二節　黄光昇《杜律注解》與顔廷榘《杜律意箋》

黄光昇(1506—1586),字明舉,號葵峰,自稱懋明子,晋江(今屬福建)人。明嘉靖八年(1529)進士,授長興令,入爲刑科給事中。丁内艱,服除,補兵科,出爲浙江僉事,三年進僉議。歷遷廣東副使、四川考政、廣東按察使、四川右布政，尋轉左。所至頗有善政，在浙時，興修水利；在粤時，平海寇，整夷市，肅邊防。轄蜀藩，編定全省傜籍，進副都御史，仍撫四川。拜兵部侍郎，總制楚、蜀、黔三省，討叛苗，撫降二十八寨。召入工部，尋進南京户部尚書，復自南京召入爲刑部尚書，因與相國高拱不相能，謝職歸養。閉門著書，年八十一卒。著有《四書紀聞》《讀易私記》《讀書愚管》《讀詩蠡測》《春秋采義》《歷代紀要》《昭代典則》《陶集注解》《泉郡志》。生平事迹見雷禮《國朝列卿記》卷五六、一一〇及曹溶《明人小傳》卷四、《(乾隆)晋江縣志・人物志一・列傳》、朱彝尊《明詩綜》卷六七等。

據《杜律注解》卷前方沆《刻杜律注解序》與卷上末光昇子喬棟《識杜律注解後》可知，《杜律注解》撰於黄光昇任職兩浙時，由上元(今屬南京市)縣令林朝介刻印于金陵。序與識後末皆署"萬曆丙子"，即萬曆四年(1576)，則是書即初刻於此年。今此初刻本已不傳。所見刻本於喬棟識後又有跋語云：

> 葵翁《杜律注解》刻傳金陵久矣，余近自仰山景公始受一卷讀之。上下律解百篇，其訓詳，其旨晰，其説杜陵心事，千載如見。是解也，信知杜之深者，視虞、趙諸注直步影成説耳，何如其解哉！余喜得此卷，如獲拱璧，尤恨其卷不多得，特翻刻之洮陽公署，使秦之西土得人人覽焉。時萬曆癸未春蜀晚學夏鏜跋。

則知萬曆十一年夏鏜翻刻此本於洮陽公署，此重刻本亦極爲難得。

是書祇收杜甫七言律122首，分上、下兩卷，無目録，編次不分類别，不按年月，殊無倫次。其注解皆在篇末，大多先言作詩時地，然後串講詩意。對唐之名物、典章、史實多有解釋，如卷上《至日遣興寄兩院故人二首》其二注云："供奉，謂拾遺之職，供奉天子左右。

麒麟,乃御爐蓋上爲瑞獸形。孔雀者,以孔雀尾爲扇。王制天子左右各設玉几,又唐制内侍朱衣,每朝時則傳呼百官就班,今皆無由身親見之矣。孤城,謂華州城。雪滿山,即華山。”卷下《聞官軍收河南河北》注云:“廣德元年正月,史朝義以幽州降,田承嗣以魏州降,公在劍外,忽聞而泪者,喜極而咽哽也。”對名物與時代背景介紹較詳。亦有對典故絲毫不注者,如卷上《詠懷古迹五首》其三注云:“此因過昭君村詠懷昭君也,言川峽之中群山萬壑咸赴會荆門,以鍾孕明妃,至今尚有明妃村焉。當時一去漢宫紫臺,遂與朔方沙漠牽連,其後獨留青冢於胡地,以向黄昏而已。是一時山川靈秀所鍾,乃生爲胡人,死葬胡地,不亦深可慨耶?抑吾於畫圖間亦曾識其春風美容矣,每因其容想其心,而知其必不肯安於胡地者。惜乎環珮婉孌,空有其魂以附夜月而歸耳。故今千載下猶有傳其琵琶而爲當時所作胡語者,吾聞而玩之,分明以其怨恨之心而附諸曲中論焉。然則昔日之心,誠非甘爲胡人。蓋反覆深惜之也。”此詩乃就昭君生平傳説寫成,幾乎句句用典,注却一典未釋,衹是串解句意。且“畫圖省識春風面”一句,乃是言漢元帝以圖甄選後宫美人之事,黄光昇却將主語認作“吾”,實錯會其意。又有衹注出典,無他言者,如卷下《和裴迪登蜀州東亭送客逢早梅相憶見寄》注僅引何遜《揚州早梅》詩全文,並云“言其詩興如何遜也”,再無他語。其體例不甚統一,然大略卷上不釋典故,卷下則多釋之。

是書卷前方沆《刻杜律注解序》言:“昔之注杜律者數家,虞伯生蓋以訓詁失之。”伯生乃元虞集之字,元張性《杜律演義》曾被冠以虞注之名大行於世,黄光昇未能辨之,其所言虞注,實即張性注。黄氏有指責虞注處,如卷上《九日》:“此詩虞注以謂不曾登臺而致不滿之意,非也。”然亦頗受《杜律演義》之影響,如卷上《曲江對酒》,黄注曰:“此篇疑論房琯方遭譴怒徙官時作也。芙蓉苑外,曲江江頭,久坐不歸,正爲無意緒也。”下一首《曲江對雨》黄注云:“此公既罷拾遺,不復與曲江宴賜,仍獨遊作此。年芳,謂一年芳菲之景惟在春時。”張性注《曲江對酒》則云：“此篇及後篇，疑論房琯遭譖怒徙官之際而作也……久坐不歸，無意緒也。”張注《曲江對雨》云：“一年芳菲之景惟在春，故曰年芳……此篇末云：‘何時詔此金錢會。’疑公已罷拾遺，不與曲江合宴之賜，故曰何時也。”相襲之迹十分明顯。

卷上末黄喬棟識語云：“喬棟愚魯何足言詩，然念老父常命之曰：‘杜公之詩不獨聲律之高爲詩家聖，至其樂而不淫，憂而不傷，怨而不怒，喜而不流，忠君愛國之心，托物興懷之正，皆非詩人所能及。吾兒如學詩，要當法此。’”可見黄光昇十分推重杜甫之人品，其于杜詩之别有意會處常在此。如卷上《城西陂泛舟》注云：“此詩形容泛舟興致，豔而不淫，麗而有則，自非他人遊賞詩可及也。”卷上《登高》注云：“此詩前四句衹是叙登高所見秋景，後四句則情與景會也。公自長安至蜀，相去萬里，夫在萬里外逢秋而不得歸，其羈哀之狀何如耶？人生大較止於百年，夫在百年中，大半疾病，况但獨自在此，其孤鬱之懷又何如耶？凡人在艱辛中最易衰老，往往情性昏亂，飲食宴樂俱不如舊，公未必遽至潦倒停杯，亦以自狀其艱辛之極耳。”卷下《江村》注云：“此亦詠浣花溪草堂也。所謂堂上之燕隨意生成，水中之鷗相與忘機，妻子取適，任真自然者，正其事事之幽也。公之意蓋謂吾得此幽居，萬事足矣。惟微軀多病，不能不有須於藥物，自此之外，更何求哉？噫！後世縉紳之士，未嘗不以幽居爲羡，而吟詠之間動稱習静，然其心誠不能如公之無求矣！”卷上評《九日》是“一字一泪”，皆精警深刻。識語後之夏鏜跋云：“其訓詳，其旨晰，其説杜陵心事，千載如見。”方沆序云：“沆受而讀之，詳而有體，辯而不浮。辭婉則累言不爲多，指明則一言不爲少。庶幾哉，作者之意！第令杜陵復起，謂千載一知己者，非公乎？”序跋之類雖不免過譽，然亦非無根之言。

顔廷榘（1519—1611），字範卿，永春（今屬福建）人。嘉靖三十七年(1558)貢生,授九江府通判,以忤當道調太寧都司斷事,遷岷王府長史,賓主甚相得。廷槼少慧,工書善詩,在九江任上遊賞廬山、鄱陽湖諸勝,吟詠唱嘆,有"白司馬"之稱。年七十餘辭官告歸,縱遊薊燕吴楚間,交接名碩,留詩紀勝。年九十三卒,祀永春名宦鄉賢祠。著述甚豐,有《楚遊草》《燕南寓稿》《叢桂堂集》等傳世。生平事迹見《(乾隆)永春州志・人物志一・宦業》。

顔廷槼一生服膺杜甫,竭其心力著成《杜律意箋》,年八十五始成。顔氏呈書稿于岷王朱運昌,並求序。朱運昌命永春令陳見龍梓之,是爲初刻。此本未能流傳,康熙六年(1667)廷槼孫堯揆爲之重刻。是書分上、下兩卷,收杜之七律151首。卷前有朱運昌《杜律意箋叙》和顔廷槼《上杜律意箋狀》,卷末有萬曆三十一年(1603)何喬遠跋與康熙六年堯揆小識。何跋所署之年正是廷槼年八十五撰成是書之時,則初刻或即在萬曆三十一年①。1974年臺灣大通書局據康熙重刻本影印,收入《杜詩叢刊》,因原本缺顔堯揆小識,誤標爲明刊本。

朱運昌序云:"範卿憤諸注之訛舛,另注杜律七言,名之曰'意箋'。"則顔氏基於勘正諸家注之念而撰此書,其箋解不囿於成見,多出己意,然不徑言"某注誤"。書眉有評語,據何氏跋,知其爲朱運昌語。朱評甚簡,中多批駁舊注語,尤以虞注爲最。顔、朱二人確認虞注爲僞作,批之不遺餘力,顔雖不直言其誤,朱則直言之,兩相對照,正見顔箋不同於舊注之處。如《奉和賈至舍人早朝大明宫》顔箋曰:"宫曰蓬萊,故桃曰仙桃。'九重春色醉仙桃',言禁苑之桃紅如醉也。"朱評曰:"虞注以天子面如食仙桃而醉,非是。"《卜居》釋"東行萬里堪乘興,須向山陰上小舟"兩句,顔箋:"萬里,橋名。乘興,指裴公也。謂裴公東行至萬里橋,則子猷山陰之舟可

① 關於此本初刻時間的推斷,可參看王燕飛《顔廷槼及其〈杜律意箋〉》,《杜甫研究學刊》2010年第2期。

泛，而草堂可當剡溪矣。”朱評曰：“虞注：‘公欲效子猷泛舟訪戴，是有東下意。’非是。”對劉辰翁之評語，二人則時加徵引，然亦有批駁。如《暮春》“卧病擁塞在峽中，瀟湘洞庭虛映空。楚天不斷四時雨，巫峽常吹千里風。沙上草閣柳新暗，城邊野池蓮欲紅。暮春鴛鷺立洲渚，挾子翻飛還一叢”，顔廷榘箋曰：“《暮春》，病時之懷也。巫峽與瀟湘洞庭，其廣狹自殊。公病峽中，但覺擁塞不展，雖有空曠之想，未得便往，故曰虛映空。楚天四時雨，即漏天之謂。巫峽千里風，乃峽長之故。柳新暗，蓮欲紅，言客夔又當暮春之候也。鴛鷺翻飛，挾子還集，物情尚如此，寧不動他鄉流落、病卧擁塞之感乎？興而又比也。劉須溪謂此詩可不作，猶未得先生之志。”另如宋蔡夢弼《杜工部草堂詩箋》、黄鶴《補千家注杜工部詩史》、王安石《荆公語録》、范元實《詩眼》、邵伯温《邵氏聞見録》、陳師道《後山詩話》及明張孚敬《杜律訓解》、趙大綱《杜律測旨》、黄光昇《杜律注解》、謝杰《杜律詹言》等宋明注本、詩話之相關注解，《杜律意箋》亦有徵引。

何喬遠跋謂顔廷榘箋注是“先取得杜公一章大指之所在，而不貴以博洽自見，其義約而理明”，評價甚當。如著名的《秋興八首》，《杜律意箋》皆先一語概括其主旨，其一謂：“此公寓夔，將欲東下，感秋而賦，所謂‘秋興’也。”其二謂：“此公秋夜思長安也。”其三謂：“此秋日江樓述懷也。”其四謂：“此因秋而傷長安之亂也。”其五謂：“此公因秋而追思明皇昔居蓬萊宫及己爲拾遺侍從之日也。”其六謂：“此公因秋思曲江也。”其七謂：“此公因秋思長安之昆明池也。”其八謂：“此公因秋思渼陂之遊也。”朱序稱其“疏釋詳明，考據精確，不鈎深，不率意，盡洗向淺鑿之弊，一遵子輿氏‘以意逆志’之指，精研所極，往往獨詣”，至云“自《意箋》出而諸注殆可廢矣”，則不免揄揚過度。顔箋貴在平實明暢，如《覃山人隱居》“南極老人自有星，《北山移文》誰勒銘。徵君已去獨松菊，哀壑無光留户庭。予見亂離不得已，子知出處必須經。高車駟馬帶傾覆，悵望秋天虛翠屏”一詩,顔廷榘箋曰:“此必覃山人既從出仕,而公過其舊廬而題也。南極星見,則天下太平。曰‘南極老人自有星’,蓋望致太平也。《北山移文》,孔稚圭托山神拒周顒之詞也。曰‘誰勒銘’,則無有非之者矣。徵君未出時,松菊有主,哀壑有光,今曰‘獨’、曰‘無光’、曰‘留户庭’,不勝其惆悵之情矣。又言已入蜀,爲亂之故也,所謂不得已也。徵君爲濟變而出,則經常之理如是也,亦與之之詞也。末誦《四皓紫芝歌》以相勖,而且顧其來歸,是亦故人之情也。然山人之出,未必便歸,惆悵秋天,猶不免有虚翠屏之恨耳。蓋望之、與之、戒之、勉之,其委曲如此。”於解釋字句典故同時串講詩意,簡潔明晰,其箋釋不囿於成見,多出己意。

其書眉所録朱運昌評語頗多精辟之見,如《題張氏隱居》,朱評云:“《詩》:‘伐木丁丁,鳥鳴嚶嚶。’不言幽而幽在其中。此言‘伐木丁丁山更幽’,又别有一段天趣。‘鳥鳴山更幽’,亦此意。若一鳥不鳴山更幽,則淺乎言之矣。”《將赴荆南寄别李劍州弟》“天入滄浪一釣舟”句,朱評云:“‘天入滄浪’,‘入’字神妙,言天與滄浪之水相涵也,漁石釣舟入滄浪。‘天’亦妙。”皆體味獨特,發人深思。《秋興八首》其二“每依南斗望京華”一句,朱評云:“南斗,一作北斗。依南斗,以身在蜀,依北斗,以京華在北。義皆通。”自來注杜者鮮有通達若此者。有些評語則對顔廷榘注有較好的補充和修訂,如《愁》詩顔氏箋曰:“公因蜀亂,思歸未得,寄愁於所見之物,而後言其所愁之故。‘江草日日喚愁生’,是見江草而愁,若草喚之也,江草豈能愁人哉?‘巫峽泠泠非世情’,是見巫峽之泠泠而愁,峽水豈有世情哉?又見盤渦之鷺而愁,曰有‘底心性’,自得如此也。又見獨樹之花發而愁,曰何獨花之分明如此也?於是傷妖氛之未净,則曰‘十年戎馬暗南國’;念羈旅之已久,則曰‘異域賓客老孤城’。‘渭水秦山’,公家在焉,亂未已,則歸未得,曰‘得見否’,未必然之詞也。又以人罷病,由虐政使然,曰‘虎縱横’,是虐政猛於虎也,益重公之愁也。”此詩書眉録有朱批三則,一曰:“《楚詞》:

‘春草生兮萋萋,王孫遊兮不歸。’公之不歸,公之不得歸也,故所見無非可愁之物,非獨春草。”二曰:“《詹言》以人罷病爲公之病,非是。謂政猛而民罷耳。”三曰:“張文忠公曰:時京兆用第五琦什一税法,民多流亡者。”張文忠公,指張孚敬(1475—1539),原名璁,號羅峰,官至大學士,卒謚文忠。著有《杜律訓解》二卷,頗爲風行。無論是對詩作總旨的揭示,還是對具體詩句的理解,顯然朱運昌評語更恰切精當。而徵引時人對詩作背景的闡釋,也極得孟子“知人論世”的真意。

## 第三節　謝杰《杜律詹言》與郭正域《批點杜工部七言律》

謝杰(1535—1604),字漢甫,號繹梅,又號天靈山人、白雲漫史。長樂(今屬福建)人。《明史》有傳。萬曆二年(1574)進士,除行人,曾出使琉球,以却使者之饋,琉球人爲立却金亭。擢光禄寺丞,兩京太常少卿,累遷順天府尹。以右副都御史巡撫南贛,有屬吏被薦者賄之,杰曰:“賄而後薦,干戈之盜;薦而後賄,衣冠之盜。”傳爲名言。進南京刑部右侍郎,二十五年,召爲刑部左侍郎,擢户部尚書。三十二年,卒於官,贈太子少保。歷兩京太常少卿、順天府尹、南京刑部右侍郎、户部尚書等職。《明史·藝文志》及《補編》著録其《使琉球録》《順天府志》《天靈山人集》三書,不載《杜律詹言》,《千頃堂書目》則誤録爲《杜律箋言》。謝杰有自序談及書之命名云:“書成,命之曰《詹言》,園吏不云乎:‘大言閑閑(炎炎),小言詹詹。’余之詹詹,余言亦識小之義也。”蓋以《莊子》語意自謙。

是書卷前有謝杰自序,末署:“萬曆丙申菊月之吉白雲漫史謝杰漢甫書于龍山精舍。”後又有“門生張應泰、金士衡敬梓”字樣,知其由謝杰門生刻于萬曆二十四年。序後爲謝氏所撰《少陵紀》,乃參照新、舊《唐書》杜甫本傳及杜詩重新寫定之杜甫傳記。正文分上、下兩卷,共收杜七言律151首,上卷69首,下卷82首。無目録,分類編次,有紀行、述懷、懷古、時序、送别等三十類。是書書眉有評語,爲注文之補充。中多以"徐云"領起,謝杰自序在批虞注之誣後云:"宜毗陵氏摒而黜之者,自毗陵説行,世稍知其爲贋。""毗陵氏"指徐常吉,字士彰,武進(今江蘇常州,古屬毗陵郡)人。黄虞稷《千頃堂書目》著録其《杜七言律注》,亦爲明代流行之七律注本,今已不傳。書眉之"徐云"應即爲徐常吉評語。詩題下偶有題解。正文下時有簡短評語,多爲騈句,如《曲江陪鄭八丈南史飲》"自知白髮非春事"句下云"憂與時異","且盡芳尊戀物華"句下云"樂與物同",亦多獨得之妙。

謝杰自序在歷評前人注杜之失後云:"用是不揣,姑會其意而爲之詞,取材諸家,發以膚見,竊附古者以意逆志之誼,期於備而約,暢而圓,雖杜之全豹未之能窺,而寸管一斑亦時有見。"由此可知謝杰注杜乃融會衆家,出以己見。其注解置於篇末,一般先訓釋詞語、典故,注明杜甫行迹、作詩時地,此部分較爲簡略,多爲删存舊注而成,典故亦不引原出處。後另起行高一格以"詹言曰"開頭,串講詩句,闡釋詩旨,尚可稱平白曉暢,切中肯綮。然大多緊扣原句逐一翻譯,雖間有深化點染,亦不免稍嫌呆板。如卷上注《呈吴郎》"堂前撲棗任西鄰,無食無兒一婦人。不爲困窮寧有此,祇緣恐懼轉須親。即防遠客雖多事,使插疏籬却任真。已訴徵求貧到骨,正思戎馬泪沾巾"(按:題目當爲《又呈吴郎》,詩句中亦有異字)云:

> "有此","此"字指撲棗。"遠客",指吴郎。"使插疏籬",吴郎使之也,有遠嫌之意。彼之防此之插,皆事理宜然,但不必如此,故其語意甚有斟酌。在吴郎不失爲魯男子,在公足當

柳下惠,然不曰“無夫”,曰“無兒”,亦明其爲老寡。

詹言曰:此呈吴郎之詞。草堂之前,僅有一棗,無長物也,乃任鄰婦之撲取一無所問者,哀其無食無兒而贍之也。及吴郎居此,鄰婦既有所懼而不敢取,吴郎未知其窮亦不容取。故告之曰:彼不爲困窮寧有此事?此緣其恐懼更轉須親。欲吴之仍聽其取也。雖嫠婦居身之貞,即堤防遠客未爲多事,而吴郎及物之仁何必使插疏籬乃爲任真乎?所云剖破藩籬即大家者,公意也。且據鄰婦之訴徵求到骨,一人之貧可念也;推鄰婦之訴戎馬沾巾,天下之貧尤可念也。苟吾力可以援之,尚無所愛,况彼托吾鄰力所能及,又何靳一棗而不與之乎?此與柳子厚《掩役夫張進骸》詩云“及物非吾事,聊且顧爾私”同意,第柳調雖工,氣魄胸襟不及公遠甚。

注末引柳宗元詩與杜詩對比,以見杜甫超拔之胸襟氣魄,是此注之亮點。而《杜律詹言》如此類者尚多,《早秋苦熱堆案相仍》可稱其代表,謝注云:“公以乾元元年七月貶華州,詩蓋居華時作。北地多寒,早秋縱熱,未必爲所苦,或有所托而云然。夫人情不對食則不思食,既對食則亦能食。蔣食或不能,暫飱似亦可能者,令對食暫飱還不能,見爲炎熱所苦之甚也。且夜而足蝎,每防其螫,晝而多蠅,復慮其擾。斯時摇扇清涼之不暇,况束帶乎?况簿書相仍乎?安得不發狂大叫也!大叫之不已,必青松架壑以資其微涼;青松不足,必赤脚踏冰,庶祛乎酷暑。是公之視熱,不翅古之襁襶子矣!蓋是時公厭承明,居州廨,内則讒人罔極,外則戎馬方殷,且僕僕簿書間,束帶以見小兒,違所長以就所短。故其狂如此。昌黎云:人各有能,有不能,抑而行之,必發狂疾。亦此意也。或問:昌黎貶潮陽歸而賦詩,有‘照壁喜見蝎’之句,何杜愁而韓喜之?曰:公貶關中,蝎其所有,故數見而愁;韓貶嶺表,蝎其所無,故乍見而喜。非喜蝎也,喜歸也。人亦有言:苛政猛於虎。然則投荒亦毒於蝎哉?"謝氏聯繫韓愈詩文、遭際,與杜或生發,或映襯,深刻揭示出千古共同之人性與政治感懷,極富啓發意義。楊德周《杜注水中鹽》此詩之注衹稍減數字,幾乎全部照抄於此,可見對之甚爲悦服。《詠懷古迹五首》其三則引歷代文人詠昭君詩與杜詩作比,以見杜詩之神。這些都顯示出謝杰深厚的學術積累與寬闊的學術視野。

謝杰於老杜字法亦甚爲關注,每以"細玩"、"可玩"標出,常有獨到之見。如第一首詩《恨别》注末指出"篇中'急'字須細玩",第二首《曉發公安數月憩息此縣》認爲"篇中'隨'字當細玩",並云:"前'急'字見公之忠,此'隨'字見公之達。"第三首《聞官軍收河南河北》批評更爲精到,其注末云:"此詩曲盡人情,其妙皆在虚字。傳之曰'忽',聞之曰'初',泪之曰'滿',愁之曰'何在',卷之曰'漫',喜之曰'狂',歌之曰'放',酒之曰'縱',伴之曰'好',從之曰'即',下之曰'便',皆極可玩。惟其聞之驟,是以喜之深;惟其喜之深,是以悲之切;惟其悲喜之深切,是以欲歸之速也。"其對杜詩遣詞用語之妙體會頗深。亦有對杜詩别有神會處,如卷下《題桃樹》注末云:"此篇與《呈吴郎》同意,棗即桃也,西鄰之任撲棗即小徑之從遮也,無食無兒即寡妻也,困窮之親即貧人之饋也,遠客之防即兒童之打也,疏籬之戒即簾户之通也。公僅有一棗,必與鄰婦共之,而且爲戎馬之思;僅有一桃,必與貧人同之,而且爲車書之正。胸次悠然,真八荒入我闥,南金、稷契夫豈曰誣?"雖比附未必完全契合,但抓住了兩詩之本質、杜甫人格之本質。此等評語發前人之所未發,都可見出注者對杜詩長時間的揣摩。

是書簡明切當,不乏創見,惜其衹有此初刻,傳本甚爲罕見。

郭正域(1554—1612),字美命,號明龍,江夏(今湖北武漢)人,《明史》有傳。萬曆十一年(1583)進士,選庶吉士。二十二年充東宫講官,二十五年授編修,次年出爲南京祭酒。三十年徵拜詹事,復爲東宫講官,擢禮部右侍郎,掌翰林院。逾年還部,攝尚書事。正域博通載籍,有經濟大略,且正直自守,不屈附權臣,因爲首輔沈一貫銜恨,以"妖書"牽連入獄。獄解歸鄉,十年乃卒。追贈禮部尚書、太子太保,謚文毅。著有《皇明典禮志》《武昌江夏府縣志》《黄離草》及《批點考工記》等。

《批點杜工部七言律》,是編爲《韓文杜律》之杜律部分,收杜詩七律151首,大致以作年編次。《四庫全書總目》卷一九三集部四六總集類存目三著録《韓文杜律》,并謂此書乃"選録韓愈文一卷,杜甫七言律詩一卷,各爲之評點"。"所評杜詩,欲矯'七子'摹擬之弊,遂動以肥濁爲詬病,是公安之驂乘,而竟陵之先鞭也。"正域博通經籍,是書雖極簡略,所言未爲盡當,但立意甚高。卷前郭氏自序云:"約而言之,其匠心竭力處,上薄《騷》《選》,仿佛《風》《雅》;而其率易懈怠處,亦濫觴宋人,比于學究。愚不揣薄劣,謬爲拈出。"則郭氏于杜之七言律,既贊其美,又摘其病,態度坦誠而用語尖鋭。其批語置於句旁及書眉,或以"善叙事"、"具體"、"清空一氣如話"、"自然壯麗"等語頌之,或以"無味"、"湊句"、"蠢而嫩"、"興盡"等語貶之。其中重複較多,可見郭氏於好詩、劣詩自有幾個固定標準。詩句優者,予以圈點,劣者句旁加以豎畫。因其不媚於大家,故不論褒貶,皆少泛泛之言,而多深警之語。如《題省中院壁》"落花遊絲白日静,鳴鳩乳燕青春深"二句圈出,書眉批曰:"老健有情,此非'旌旗日暖'、'宫殿風微'兩句比。"批《送韓十四江東覲省》:"此子美自謂深悲極怨。"評《聞官軍收河南河北》:"寫喜意真切,愈樸而近。"《南鄰》"秋水纔深四五尺,野航恰受兩三人。白沙翠竹江村暮,相送柴門月色新"四句圈出,書眉批曰:"淺溪小艇本是實景,然寫此有至足之味。"詩末又云:"看幾過,後見朱韋齋舉此,信覺有懷。有濃有淡,當由實歷故見。"《陪李七司馬皂江上觀造竹橋即日成往來之人免冬寒入水聊題短作奉簡李公》,書眉批曰:"亦暢亦平,可取可舍。"又評"合歡却笑千年事"句:"如此下'合歡'字誰曉,頗疑其誤。""歡"字宋本杜集便有作"觀"字者,查慎行引宋蔡興宗《杜詩正異》云:"合觀謂悉觀橋成之速,而笑驅石之誕。諸本皆誤作'歡',非也。"①又如《柏學士茅屋》"古人已用三冬足,年少今開萬卷餘"兩句,竪綫標出,批曰:"便作村學究伎倆。"《曲江二首》其一尾聯"細推物理須行樂,何用浮名絆此身"兩句,亦竪綫標出,批曰:"此等語似宋人。"其二"人生七十古來稀"一句,竪綫標出,批曰:"不文。"評《寄杜位》:"如此學杜,便墮惡道。"

是書之價值,刻印者閔齊伋卷末識語評之甚當:

> 先生服膺子美,直攄所得,與相印診,蓋已達竅中微。乃若子美七言,古今宗匠,昔人有謂之聖矣。白璧之瑕,誰能指之?大都無古人之膽識而欲尚友古人,正自難耳。如其真與冥契,安在以佞爲恭?自有此評,而後進於今知所趣舍矣。子美而有知者,能無點首?先生而前,在宋唯劉須溪時寄此意。是用取先生所手校于南雍者,更付之梓,而黛書劉語以附。烏程閔齊伋識。

故而刊刻此集時,閔氏並録劉辰翁評語,以黛筆别之。是書有萬曆間刊朱墨套印本;萬曆四十五年(1617)閔齊伋刊《杜詩韓文》三色套印本;崇禎間閔氏重刊三色套印本;1974年臺灣大通書局據崇禎刊本影印《杜詩叢刊》本;1999年齊魯書社據故宫博物院圖書館藏明閔齊伋刻朱墨套印本影印《四庫全書存目叢書》本,書名作《韓文杜律》。

## 第四節　四種特殊的七律注本

元張性《杜律演義》是第一部杜詩七律注本,在明代亦以僞虞

① 《杜詩集評》卷一一,1974年臺灣大通書局影印清嘉慶九年海寧劉氏藜照堂刻本。

注之名大行。就目前所知,至少有三種七律注本是直接承襲僞虞注,即《杜律演義》而來,它們分别是王維楨《杜律頗解》、馮惟訥《杜律删注》、薛益《杜工部七言律詩分類集注》。另外趙統《杜律意注》亦是僅參考僞虞注撰成,校正考論謬誤甚多,本節逐一予以簡要介紹。

## 一、王維楨《杜律頗解》

王維楨(1507—1555),字允寧,號槐野,華州(今陝西華縣)人。《明史》有傳。嘉靖十四年(1535)進士,擢庶吉士,累官南京國子監祭酒。爲人恃才放曠,常使酒謾罵。其文追司馬遷,古詩法漢魏,近體宗杜甫,終身服膺效法李夢陽。有詩文集《王氏存笥稿》二十卷。

世傳王維楨《杜律頗解》共四卷,末附《李律頗解》一卷,有明嘉靖三十七年(1558)刊本,1974年臺灣大通書局據此本影印收入《杜詩叢刊》。首載嘉靖戊午(1558)冬朱茹《刻杜律頗解序》,次張光孝《杜律頗解序》,次"杜律頗解目録"與"李律七言頗解目録"。末有王維楨《李律頗解序》、朱茹《李律頗解跋》。是書收杜甫七律151首,分類編次,其類别、次序、篇目、收詩數與僞虞注(即張性《杜律演義》)完全相同。其注釋甚爲簡略,細考之,大率由《杜律演義》削減而來。但其中數篇有"虞注非"之類的評語,標注此等評語的詩篇,有的是與《杜律演義》(即虞注)稍異,如《曲江對酒》張注解尾聯"吏情更覺滄洲遠,老大悲傷未拂衣"二句云:"末復自責其前日牽于薄宦,絶迹滄洲,所以至於今日徒懷老大之悲傷,悔不早辭官而去也。滄洲,衹在滄浪之洲,言官於朝則與江湖疏遠也。注家指爲神仙之境,謬矣。"僞虞注此段後又有:"吏情,愚謂言官於朝而常懷吏隱之情,則久與滄洲疏遠矣。"《杜律頗解》言:"滄洲,即指今坐曲江;遠,言與世相違,可以藏身肆志。虞注作'一自作吏,與滄洲疏遠',殊非。"有的則是曲解原注,如《秋興八首》其三

“同學少年多不賤,五陵衣馬自輕肥”兩句,張注云:“但如我同學之少年,亦多貴顯,而乘肥衣輕,馳騁於五陵之間。我何爲久淹於此,獨坐江樓,甚寂寞者焉。”僞虞注與此僅有幾字不同。《杜律顏解》則言:“尾聯含譏。虞注以公自傷命薄,而深羡少年,何蔑視杜陵老也。”“自傷命薄”是真,但“深羡少年”則既不是杜陵之意,也非張性之意。杜甫嗟嘆中自寓憤憤不平,張氏已領會於心,表露於注解之中,《杜律顏解》實是錯會其意。有的則是既襲用,又妄批。如《晝夢》,張注云:“二月昏睡,不爲夜短之故而,乃中午困思。至於日落夢未醒,何也,蓋以故鄉殘破,中朝憂危,窮兵暴斂之未已。然公豈昏惰而晝寢者比乎?第三句見爲二月之饒睡,第四句見午睡至晚。又按,後四句見公憂在國家,而所願者去兵足食、平賦足民,而自比稷、契,豈虚語哉?”僞虞注與之基本相同。《杜律顏解》此首注云:“二月饒昏睡,不獨爲夜短之故。三、四句正申此意。‘夢相牽’,言未醒也。下四句乃睡覺憂思之詞。虞注以爲下四句爲申言晝夢之故,殊非。”此詩第三聯“故鄉門巷荆棘底,中原君臣豺虎邊”,應是夢中之景。末聯“安得務農息戰鬥,普天無吏横索錢”,是醒後感慨之詞,則窮兵暴斂自也是夢中所見,故醒後有此感慨。所以,張(虞)注所言並無錯處,《顏解》以下四句皆爲醒後之言,方爲不妥。更有甚者,逕自抄用,却冠以“非”名。如《簡吴郎司法》,張注末云:“末言已來相訪,却視爲吴郎之家,作親眷相見之地。但許我坐於外軒,頻來散愁而已。堂室之奥,則未許直入也。然亦相調之辭耳。”《杜律顏解》此詩全部注語爲:“末言吴郎居此堂,却自視爲家,作親眷相待之地。我欲數來相訪,坐層軒而散客愁,則子許之乎?蓋相嘆相調之詞也。虞注非。”有的又於注解前標出“虞注”字樣,如《愁》。如此種種,並不能證明《杜律顏解》不是抄襲僞虞注,祇能説明其削減襲用時,偶有辨證,然不僅無甚新意,且有曲解、不及之處,故反有刻意僞飾之嫌。是書末所附《李律顏解》,祇收《寄崔侍御》《登金陵鳳凰臺》《鸚鵡洲》《題東溪幽居》等 8 首詩,注釋亦衹寥寥數語,殊無可觀。總之,此書不似王維楨所爲,應是他人借王之聲名,取張性注,略加削飾而成。

## 二、馮惟訥《杜律删注》

馮惟訥(1512—1572),字汝言,號少洲。臨朐(今屬山東)人。《明史》有傳。嘉靖十七年(1538)進士,知宜興縣。坐蜚語,改知魏縣。稍遷知蒲州,州多强宗大姓,其政情法兼盡,衆咸感服。調揚州府同知,以父喪歸。服除,起松江督賦,遷南京户部郎。尋丁内艱,服闋,復補兵部車駕郎,出爲陝西按察僉事,備兵隴右,凡五年,邊境清謐,四民安業。改河南右參議,遷浙江督學副使。浙士浮靡,到任即與諸生約正文件,敦德行,教化大行。擢山西參政按察使,進陝西右布政,清屯田萬餘頃,事聞,賜金幣,調江西左布政。核上供磁器浮費,令民畝出一錢雇役,民大感悦,肖像祠之。入覲評騭官屬,與太宰廷辯不少依違。事竣,以光禄卿致仕。愛海浮山之勝,築室其中,專以著述爲事。與兄惟健、弟惟敏及從兄惟重,享聲名于齊魯間。輯《古詩紀》一百五十六卷,與《昭明文選》分轡並馳,均爲藝苑所珍。其《風雅廣逸》十卷,實前集之别行本。詩文集名《光禄集》,凡十卷,王世貞稱其有遠致。另有《楚辭旁注》《選詩約注》《文獻通考纂要》等著作。

《杜詩删注》,書名又作《杜律虞注删》。黄虞稷《千頃堂書目》著録,未言卷數及體例。《成都杜甫紀念館館藏杜集書目》著録:"《杜工部七言律詩》二卷　〔元〕臨川虞集伯生注　〔明〕臨朐馮惟訥汝言删。"則是書乃馮惟訥直接删存僞虞注而成。有明萬曆四十三年(1615)刻本,卷首有嘉靖十五年(1536)馮惟訥自序,卷末有萬曆四十三年惟訥孫馮珣跋。

## 三、薛益《杜工部七言律詩分類集注》

薛益,字虞卿,長洲(今江蘇吴縣)人。崇禎間曾以貢生官瀘州

（今屬四川）訓導。精于佛學，專習净業宗，又工書善詩，書學鍾、王、旭、素，年登耄耋，猶能於燈下作蠅頭小楷，頗著聲名於鄉里間。林雲鳳《薛虞卿先生杜律七言集注序》云："先生里居之宅，則長洲江令公所贈，兼有詩期玉堂，棄官杜門，則開府張公隆式廬之典署其門曰'盛世醇儒'。"著有《薛虞卿詩集》等。

《杜工部七言律詩分類集注》爲崇禎十四年（1641）刻本，卷前依次爲徐如翰序、林雲鳳序、薛益《集注杜律歌》、楊士奇《杜律虞注序》、白雲漫史（即謝杰）《少陵紀略》、《杜律心解題詞》、白雲漫史《杜律虞注叙略》、薛益《跋》、修默居士《杜律心解凡例》。《杜律心解題詞》録《遯齋閑覽》、王安石、元稹、宋祁杜詩話四則。薛益《跋》云："前庚辰歲始事，再庚辰歲告成，歲次一周中。……今辛巳秋海陽舊社兄程泊洋力任梓傳。"末署"崇禎十四年歲在辛巳秋八月"，各卷首標校者姓名"海陽社弟程聖謨，男薛桂、薛松"，是知此書成於崇禎十三年，次年由社友程聖謨刻印。是書雖名《集注》，然薛益《跋》又云："用是隻管箋杜，一秉于虞，誤則竭博稽之力，正則任習氣之口。"則是書主要是承襲僞虞注。其收杜七律凡151首，上下兩卷，分紀行、述懷、懷古等三十二類，卷數、門類數及詩歌編次，悉同于僞虞注。注解先沿明人注詩通例，標出賦、比、興體例，餘亦與僞虞注大致相同，惟於其誤處，予以辨正，如《觀造竹橋》一詩改虞注"合歡"爲"合觀"；又稍采他注以補虞注之簡略，故較虞注爲詳，然無甚發明。是本傳世極罕，國内僅吉林省圖書館有藏本。美國國會圖書館有藏本，日本宫内廳書陵部、公文書館及東洋文庫皆有藏本。日本又有後光明天皇慶安四年（順治八年，1651）中村市兵衛據崇禎刊本覆刊本。

## 四、趙統《杜律意注》

趙統，字伯一。臨潼（今屬陝西西安）人。博學好古，於書無所不窺。嘉靖十四年（1535）進士，知臨汾縣，遷蒲州守，入爲户部郎中。性憨直,中飛語罷歸。嚴生某誣以殺人,太守某與統有睚眦,遂繫逮。二十五年,家貲悉散盡,異冤也。年七十五,始白其枉,獲釋歸。垂老手不釋卷,著有《驪山集》十二卷、《杜律意注》二卷。生平事迹見《(乾隆)臨潼縣志·人物》、陳田《明詩紀事》戊集卷一九。

《杜律意注》二卷,是書爲《四庫存目叢書》收録,乃據陝西省圖書館藏清刻本影印。《四庫全書總目》卷一七四集部二七謂其爲二卷,《四庫存目叢書》亦録二卷。然據"凡例"所云,是書應是四卷,共收杜甫七律 151 首,分爲 32 類,此則今前二卷,收七言杜律 74 首,分爲紀行、述懷、懷古、寺觀、四時等 13 類。卷前有趙氏自叙及"凡例"六條;次爲分韵,即按韵分列詩目;次爲拗體,又分一句二句、三句四句、五句六句、七句八句、句裏换字五類,分論杜律拗體諸般情形。《四庫全書總目》對是書評價甚低:"是編詮釋杜甫七言律詩首論拗體,謂爲杜之粗律。是全然不解聲調者,所詮釋亦皆臆度,不甚得作者之意。《凡例》稱所見杜詩惟虞注二卷。故雖頗有所校正,而漫無考證。如《崔氏東山草堂詩》以'芹'字爲出韵,是未知唐韵'殷'字附'真'不附'文',至宋賈昌朝乃移之。許觀《東齋紀事》、王應麟《玉海》皆可考也。"雖不免苛刻,亦是入木三分之見。如《詠懷古迹五首》其三云:"月夜,或當作夜月,刊本誤倒耳。以公之細律,必'夜月'方爲切對。如'江東日暮雲',亦恐是'暮日'誤倒刊云。"《江村》注云:"《江村》,通篇是愁怨,但公之善作旁觀若適意者然。然其意乃寄言外,首二句言江自抱村而村事頗幽,'幽',言闃寂無可爲者。三句是悲己之羈孤不如燕之自如也。四句言己之孤獨無與,不如鷗之有群得依倚也……五、六句言妻之休事、兒之廢學,徒以棋鈞嬉戲遣長日耳。言妻子無所事,正以見己之無事。而又有病,正須藥物而求之不得。即太白'苦乏大藥資'之謂也。"確有漫無考證、率意臆測之弊。

## 第五節 唯一一部五律注本——汪瑗《杜律五言補注》

汪瑗(？—1566),字玉卿,新安(今安徽歙縣)人。諸生,博雅工詩,與王世貞、李攀龍友善。《四庫全書總目》楚辭類存目著録其《楚辭集解》《楚辭考異》《楚辭蒙引》三書。歸有光爲《楚辭集解》所作序稱汪瑗與其弟汪珂同遊學蘇州,師從歸氏,兄弟二人文采出衆,名噪三吴,歸有光亦盛贊之:"余碌碌謭才,端章甫衣之士相從者,何只數百人,未有如玉卿昆季者。"①焦竑所作《楚辭集解》序云:"君既逝之五十年,子文英欲梓行之,以公同好,而屬余爲弁。"②末署"萬曆乙卯春日",即萬曆四十三年(1615),則汪瑗當逝於嘉靖四十五年(1566)前後。汪文英《天問注跋》云:"不肖夙遭憫兇,甫離襁褓,先人即捐館舍。"③子方滿周歲汪瑗即卒,當屬英年早逝。其詩作結集爲《巽麓草堂詩集》,已不傳。生平事迹見《(乾隆)歙縣志・詩林》。

據瑗子汪文英《楚辭集解》跋,汪瑗還有《李杜律注》一書,李注已佚,今只有《杜律五言補注》傳世。有新安汪文英刊本,首載《杜詩補注序》,末署"萬曆甲寅上巳邑子潘之恒景升撰",次爲《杜律五言補注目録》,目録後爲汪文英記,云:"《杜律補注》四册,失没多年,近於姻親之處獲前二册,癸丑春乃授梓,既而業成。其姻復出後二册,俱先君親筆稿也,但獲而有先後之異。故校而重刊之,

① (明)汪瑗撰,董洪利點校《楚辭集解》,北京古籍出版社1994年版,第1頁。

② (明)汪瑗撰,董洪利點校《楚辭集解》,第3頁。

③ (明)汪瑗撰,董洪利點校《楚辭集解》,第8頁。

庶無遺珠之嘆云爾。時萬曆甲寅年次泰東書院不肖汪文英百拜謹刻。"據此記可知,是書始刻於萬曆四十一年,刻成於次年。1974 年臺灣大通書局據此本影印,收入《杜詩叢刊》。

書名"補注",當爲元趙汸《杜工部五言趙注》之補充。然趙著僅收杜詩五律 261 首,汪氏此著則録杜全部五律 622 首,數量超趙著一倍有餘,且注釋詳明,規模深度均非趙著可比。是書編次大略以作年先後爲序,注釋大體以一句或兩句一注,篇末總括詩旨。於典故一般不引出處,而直釋典義。于句法章法、轉承照應處,論之甚詳。如卷一《登兗州城樓》"東郡趨庭日,南樓縱目初"下注:"時公父爲兗州司馬,故曰'趨庭'。起言初來兗之由。中兩聯皆縱目所見者。""浮雲連海岱,平野入青徐"下注:"言兗之形勝,縱目所見之遠者。此聯宏闊,俯仰千里。""孤嶂秦碑在,荒城魯殿餘"下注:"言兗之古迹,縱目所見之近者。此聯微婉,上下千年。""從來多古意,臨眺獨躊躇"下注:"結總上文,臨眺應縱目。昔人謂善作文者,如常山蛇勢,擊首則尾應,擊尾則首應,擊其中則首尾俱應。嗚呼!豈獨文也哉?詩亦宜然。若少陵此篇是已,他多類此,不能盡出,讀者以意會之可也。"後又云:"舊説:公詩法實出於其祖審言,審言《登襄(陽)城》詩云……陳後山又學公詩者也,其《登鵲山》詩云……看此二詩,則其源流可概見矣。"此首注釋詳實切當,語言亦整飭精美,實爲佳解。因此詩作年較早,汪瑗將其置於《杜律五言補注》的第三首,並對杜詩之章法予以總論,頗有提綱挈領之意。注末徵引舊説,以杜審言、陳師道登樓、登山詩與杜甫此詩對比,以見杜詩之淵源影響。此舊説實爲趙汸注。趙汸注此詩首聯云:"兗州,漢之東郡。公時以父閑爲此州司馬,往省侍之,於是初登南樓,而有此作。中二聯皆縱目所見。"頷聯注云:"此聯宏闊,俯仰千里。青徐二州之境,皆距海岱。"頸聯注云:"此聯微婉,上下千年。蓋嘆秦皇好大喜功,今僅嶧山有石刻在焉。魯共王好治宮室,今其地爲郡城,曰'在'曰'餘',感慨深矣。然時方承平,故雖哀而不傷。"末聯注云:"曰'從來',則平昔抱懷可見;曰'獨',則登樓者未必同知之。"趙汸中二聯的注語其實全爲劉辰翁評,對比就可以看出,汪瑗並未像趙汸一樣全部襲用,而是有所取捨。首聯注語對趙汸注也采取了同樣的態度,末聯則完全是另起爐灶。汪瑗的注相對趙注和劉注,更著眼於評論,更簡潔。這樣引而不標的情况還是需要特別注意。但一些補充、反駁趙汸及舊注處,則有明確標明,如卷一《喜達行在所三首》末云:"趙云:題言喜達行在所,而詩多追説脱身歸順、間關跋涉之情狀,所謂痛定思痛,愈於在痛時也。瑗按:三篇皆意苦而語工,讀之令人凄然悲,豁然喜,恍然而自失。"卷一《陪鄭廣文遊何將軍山林十首》末云:"趙云:凡一題而賦數詩者,須首尾布置,有起有結,每章各有主意,無繁複不倫之失,乃是家數。觀此及重遊諸篇可見。瑗嘗考其旨趣,一章言陪鄭初遊何林,二章言泛舟潭上,三章獨詠異花,四章言卜鄰之興,五章言疏散之懷,六章言山川之勝,七章言晝宴,八章言往事,九章十章言夜宴。而何之文雅,己之淹泊,亦於是乎寓之,此其大略也。"似此類對趙注的補充生發,頗有相得益彰之妙。亦有反駁趙汸之見者,如卷一《重過何氏五首》其三"落日平臺上,春風啜茗時"下注:"時景俱見,風味悠然。趙云:按兩遊皆當夏月,'春'必'薰'字之誤。瑗按:前乃夏遊,後乃春遊,趙説非。"卷二《漫成二首》注云:"趙云:起句紀時,下六句殊不相應。故題曰'漫成'。殊不知此二首前六句皆散説,以結聯喚起一篇之意。少陵往往有此,讀者細考之自見。惜乎注者皆逐句求解,而不融會通篇之旨也。"卷二《江亭》"寂寂春將晚,欣欣物自私"兩句,汪瑗注云:"自私,猶言自愛。謂春既將晚,而物亦不自愛,即陶淵明'木欣欣以向榮'之意耳,固未嘗無意。劉説最是相業,趙説有曾點之趣,旨迂遠矣。不過即物之乘時而樂,以興下文人不得歸而悶耳。"所言甚當。

汪瑗此著雖祇録杜詩五言律,但其必然對全部杜詩做過比較深入的研究。卷四《月》(四更山吐月)注末云:"《筆談》謂詩第二字側入謂之正格,如'鳳曆軒轅紀'之類;第二字平入謂之偏格,如'四更山吐月'之句。唐名輩詩多用正格,如少陵詩用偏格者十無二三。瑗按:少陵五言八句律詩六百二十一首,平入者則四分之一而不足;五言排律一百二十二首,平入者則三分之一而有餘。七言八句律詩一百六十一首,則平側幾半;七言排律四首俱是平入。《筆談》之説非也,學者幸毋惑焉。"沈括《夢溪筆談》所謂正格、偏格之比例,乃約略言之,汪瑗之分類考察則細緻得多,雖然其具體統計數字未必完全準確,最後得出的結論實際和沈括的也相差不了太多①,但無疑其於杜詩之平仄全面梳理過,研杜用力之深可見一斑。有此功力,汪瑗對杜甫之詩藝、杜甫之思想諸問題的探討便時有真知灼見。如卷一《對雨書懷走邀許主簿》"震雷翻幕燕,驟雨落河魚"注云:"二句下因上。'翻'從'震'生,'落'從'驟'生,四字皆所謂句中眼。舊獨以'翻''落'二字爲眼,非是。"卷一《陪鄭廣文遊何將軍山林十首》其五:"剩水滄江破,殘山碣石開。緑垂風折笋,紅綻雨肥梅。銀甲彈箏用,金魚换酒來。興移無灑掃,隨意坐莓苔。"注末云:"此詩舊只以結爲足五、六之意,不知其結一篇之意也。'無灑掃'、'坐莓苔',正應前山水字。首言山水之勝,次言菜果之美,次言彈箏换酒,蓋謂摘梅烹笋、酌酒聽箏,而隨意興之所至,周旋於山水之間也,其樂可知矣。前三聯雖若散漫,而卒以結聯總括之。少陵往往有此格,讀者不可不知。"卷三《懷舊》:"地下蘇司業,情親獨有君。那因喪亂後,便有死生分。老罷知明鏡,悲來望白雲。自從失詞伯,不復更論文。"注末云:"此詩每聯自相唤應,皆有哀死之意。"卷一《月》(天上秋期近)注末云:"瑗按:此乃歸三川到家所作,公在國則憂家,在家則憂國,可謂恩義兼盡者

① 杜甫五律,汪瑗謂有621首,然是集共收622首。杜甫七律多認爲是151首,汪瑗却謂爲161首。按汪瑗所言,杜律共計908首,偏格約有281首,而沈括謂其不超過十分之三,即272首,兩者只有不足10首的差距。

矣。”卷一《收京三首》其三“萬方頻送喜，無乃圣躬勞”句下注云：“人但知今日太平之樂，而不知昔日人君播遷之苦，非少陵不能及此。”卷三《黄魚》注末云：“此詩前惡巴俗極日取之慘，後惜黄魚無變化之才。然則君子之恥爲人役者，可不以黄魚爲戒，以神龍自奮也哉！”緊接其後《白小》詩注末又聯繫《黄魚》併論之，其云：“曰‘風雷肯爲神’，曰‘細微霑水族’，嘆二魚才質之凡弱；曰‘長犬不容身’，曰‘盡取義何如’，責巴俗之殘忍。可謂有仁者愛物之心矣！”是書還録有與杜甫酬答詩三首，卷二《酬高使君》後録高適《贈杜拾遺》，高詩注末云：“杜嘗寄高詩云：‘美名人不及，佳句法如何。’觀此詩亦可略知高詩之法矣。”卷四《潭州送韋員外迢牧韶州》與《酬韋韶州見寄》之間併録韋迢《潭州留别杜員外院長》《早發湘潭寄杜員外院長》二詩，並予以注釋。《酬韋韶州見寄》注末云：“此詩全是和韋寄詩。後四句之意，觀此上四篇，往來反復，詞旨互見。可見古人和詩，必答其意，非若今人爲次韵所拘也。”附録的幾首詩有效補充了杜詩的背景，使其杜詩注更加有理有據。

汪瑗學養深厚，《楚辭》研究三種著作爲《四庫全書總目》著録，足見其造詣之精湛，而其對李白、韓愈、柳宗元、白居易等唐代諸大家，也甚爲熟悉。卷三《提封》後注云：“自《雨晴》至此十章，皆以首二字名題，似是一時之作。後八章皆詠開元之事，頗有次第，瑗嘗謂可與太白《宫中行樂詞》八章相表裏。而《宿昔》一章又絶類太白《宫中行樂詞》也。古之文人，亦多仿擬，如韓有《平淮碑》，柳有《平淮雅》；韓有《進學解》，柳有《起廢答》；韓有《送窮文》，柳有《韋中立論文》；韓有《張中丞傳叙》，柳有《段太尉逸事》。韓《送孟郊序》，用數十‘鳴’字；柳作《愚溪記》，用數十‘愚’字。則少陵此八章擬太白《宫中行樂詞》而作，未可知也，太白作於明皇之前，故微婉其詞而諷之；少陵作於明皇之後，故直述其事而刺之，然其才力格調，可謂兩雄力相當者也，學者當並觀之。”卷一《一百五日夜對月》注末云：“《玉露》曰：太白云：‘剗却君山好，平鋪湘水流。’

子美云:‘斫却月中桂,清光應更多。’二公所以爲詩人冠冕者,胸襟闊大故也。此皆自然流出,不假安排。瑗按:白樂天云:‘遥憐天上桂華孤,爲問姮娥更要無。月中幸有閒田地,何不中央種兩株。’少陵欲天下之被清光而嫌其多,樂天爲嫦娥之玩賞而惜其少,二公學識於此可見。”雖所言仿擬之事未必全是,對白居易的指斥亦稍顯道學氣,但其對諸家之熟稔却是毋庸置疑的。卷一《陪諸貴公子丈八溝携伎納涼晚際遇雨二首》其一末聯“片雲頭上黑,應是雨催詩”注云:“此結言將雨,後詩言既雨。趙云:擺脱新異,古無人道,雨至詩成,遂爲嘉話。王從周《將雨》詩云:‘雲學催詩黑,風仍作誦清。’世稱爲警句,蓋取諸此。”王從周實非名家,南宋魏慶之《詩人玉屑》卷一九“王從周”條引《趙威伯詩餘話》云:“王從周鎬,吉之永豐人,仕至忠州守;喜爲詩,亦有警句。”所録王之警句中即有此條,汪瑗所見當爲此。可見其學術視野寬大,且能觸類旁通。

基於其寬大的學術視野,汪瑗此著徵引廣博,諸如劉辰翁、司馬光、張九成等人之語盡爲引用,《石林詩話》《蔡寬夫詩話》《鶴林玉露》《夢溪筆談》等詩話、筆記之評論亦時常徵引,且多隨之闡發己見,或反駁,或引申,對深入理解杜詩極有裨益。如卷一《巳上人茅屋》注末引宋范季隨《陵陽先生室中語》之評,並加按語單論末聯“空忝許詢輩,難酬支遁詞”云:“《室中語》曰:少陵作八句近體詩,卒章有時而對,然語意皆卒章之詞,今人效之,臨了却作一頸聯,一篇之意無所屬,大可笑也。瑗按:少陵五七言律,首尾多對,《室中》之語甚善,學者不可不知。若此結本是對偶,讀之初不覺其爲對偶也。後多仿此。”卷二《奉酬李都督表丈早春作》注末云:“‘愁伴客’、‘老隨人’,庸俗常談也。‘紅’對‘青’,‘桃花’對‘柳葉’,童兒對語也。曰‘轉添’、曰‘更覺’、曰‘入’、曰‘嫩’、曰‘青’、曰‘新’,下數虚字,爲句中眼,而斡旋之,撑拄之,便覺清新俊逸,可謂臭腐化爲神奇者矣。《玉露》曰:作詩要健字撑拄,要活字斡旋,如‘紅入桃花嫩,青歸柳葉新’,‘弟子貧原憲,諸生老伏虔’,‘入’與

'歸'字,'貧'與'老'字,乃撑拄也。'生理何顏面,憂端且歲時','名豈文章著,官因(應)老病休','何'與'且'字,'豈'與'應'字,乃斡旋也。撑拄如屋之有柱,斡旋者如車之有軔。文亦然,詩以字,文以句。"卷二《江亭》注末云:"張子韶謂陶淵明'雲無心以出岫,鳥倦飛而知還',觀其曰'無心',曰'倦飛',則可知其本意。不如少陵水流而心不競,雲在而意俱遲,氣更混淪。蓋以爲過於陶淵明。趙章泉又以爲少陵之句,終焉有心,不如王摩詰'行到水窮處,坐看雲起時',初無意也。蓋以爲不及王摩詰。瑗謂善評詩者,正不當如此牽强比擬。《玉露》曰:古人好詩,在人如何看,在人把作甚麽用。如'水流心不競,雲在意俱遲',只把做景物看亦可,把做道理看,其中亦儘有可玩索處。大抵看詩,要胸次玲瓏活絡。其説善矣。"

還有特别值得注意的一點是,汪瑗注杜的態度十分公允通達,如卷三《禹廟》:"禹廟空山裏,秋風落日斜。荒庭垂橘柚,古屋畫龍蛇。雲氣生虚壁,江聲走白沙。早知乘四載,疏鑿控三巴。"注末按語云:"瑗按:橘柚龍蛇,固廟中之所有;而荒庭古屋,又可見空山寂寞之景也。石斷水流,固言疏通之功;而雲氣江聲,又可見秋風落日之景也。前四句言禹之廟,後四句言禹之功。又嘗聞之師曰:中兩聯,不必深解,解亦有味;實不用事,偶然合事;如此看亦可,不如此看亦可。公《武侯廟》詩曰:'遺廟丹青古,空山草木長。'此橘柚亦不過言草木,龍蛇亦不過言丹青耳。公《諸葛廟》詩又有'蟲蛇穿畫壁'之句,與此'古屋畫龍蛇'句何異?"解杜如此,自能遠離穿鑿附會這一歷來注杜之痼疾。李杜優劣之争,紛紜不斷,汪瑗注杜亦注李,對二人亦是不作軒輊,並尊之。如卷二《遊修覺寺》注末按語云:"瑗按:前《獨酌》詩曰:'詩成覺有神。'此曰:'詩應有神助。'是杜詩雖入神而猶有賴於神也。及公稱太白曰:'筆落驚風雨,詩成泣鬼神。'則神有不得而與者矣。傳曰:詩所以動天地,感鬼神,非太白之天才何足以當之。故瑗嘗謂:太白之才,生知安行者也;少陵之才,學知利行者也。及其成功,其妙一而已矣。世之學杜者則詘李,學李者則鄙杜,是皆不造其堂,不嚌其胾者也,何足與談李杜也哉!”卷一《春日懷(憶)李白》注末引《遯齋閑覽》所録王安石評李杜之語:“或又曰:評詩者謂子美期白太過,反爲白誚。公曰:不然,子美贈白詩曰:‘清新庾開府,俊逸鮑參軍。’但比之庾信、鮑照而已。又曰:‘李侯有佳句,往往似陰鏗。’鏗詩又在鮑庾下矣。”汪瑗力辨之曰:“瑗謂荆公此説,不惟不知太白、庾、鮑、陰鏗,亦不知子美甚矣!子美《解悶》絶句曰:‘陶冶性靈存底物,新詩改罷自長吟。熟知二謝將能事,頗學陰何苦用心。’此子美自道也。子美嘗苦學陰鏗而不至,太白則往往似之,此子美所以見太白而心醉。子美蓋具法眼者,故能知詩之高下。又以其嘗試者稱太白,太白能兼昔人獨專之妙,所以無敵於天下,而少陵每思之,欲細與論文以求教也。荆公曾不考少陵之言,而徒以己論少陵,疏哉!豈非拾元稹之涕唾也乎?嗚呼!荆公之沉思潛心者尚如此,其他群兒之浪言謾語又何足據哉!夫太白之才,爲少陵推服如此,後世乃躋少陵於九天之上,擠太白於九地之下。若當時有以荆公之語告少陵者,少陵烏得不怒而叱之、鄙而笑之也哉!使少陵有知,當不平於九泉之下。瑗爲此辨,非獨爲太白,蓋爲少陵也。”其中肯態度、精見卓識令人嘆服。

潘之恒序云:“知公之苦心於杜,往往獨觀其微,千載隱衷,一朝得暴,可謂杜之忠臣,九原有知,亦當心服。如贈太白詩,用庾信、鮑照、陰鏗爲比,人以爲譏貶之辭,至掇拾其句相同者爲證,王荆公且不免信之,惟公獨以少陵推許太白,必將怒斥此言。又如序《何氏山林》《秦州雜詩》次第分合節奏,辨趙注《重過何氏》爲春、《秦州》爲秋及熏風啜茗、仇池十九之非,皆鑿鑿可據。昔人稱杜爲詩之史,爲律之祖,得公而後傳信克肖,爲後學指南之益非淺。”潘氏之言誠非虚美,汪瑗此著的確是明代非常有價值的一部杜詩注本。

## 第六節　范濂《杜律選注》與孫鑛《杜律》

范濂《杜律選注》與孫鑛《杜律》都是五七律合注本。

### 一、范濂《杜律選注》

范濂(1540—1611後),初名廷啓,字叔子,號空明子,松江華亭(今屬上海)人,萬州知州廷言弟。萬曆間諸生,日誦萬言,名與兄埒。見其時文士多以鞶帨相高,作《文機十論》矯之。又著《一家言》,一時推爲赤幟。尋上書學使者,請削博士弟子籍,服山人服,隱佘山,泛覽群籍,以作者自命,著《空明子》《據目抄》兩書。嘗因譏切時事,爲撫軍所逮,既免,署所居爲"一寒齋",以詩酒自娱,年七十餘卒。生平事迹見何三畏《雲間志略》、《(嘉慶)松江府志》卷五四等。

《杜律選注》六卷,有書林種德堂熊沖宇刻本。流傳極罕,現僅知日本内閣文庫有藏本。該本首載錢龍錫《杜律選注題詞》,次爲范濂《杜律選注引》,末署萬曆辛亥,則是集當成于萬曆三十九年(1611)。范引認爲杜律注本雖五言宗趙汸注,七言宗虞集注,但趙注逸其大半,而虞注多繁瑣紕繆,"乃廣搜博采,自千家注而外,如單復《愚得》、周甸《會通》、張綎《杜通》、徐常吉注釋,合劉須溪批點,以及諸名賢詩評詩話,細加檢校,須合理趣,方入品騭。且求不簡不煩,有裨便覽,于趙則補其全,于虞則汰其繆"。引後列"杜律選注書目",依次爲:千家注、單復《愚得》、周甸《會通》、張綎《杜通》、趙子常注、虞伯生注、徐常吉注、董養性選注、名賢詩評、劉須溪批評、白香山金鍼集、司馬温公詩話、朱晦庵詩話、王荆公詩話、洪容齋詩話、苕溪漁隱詩話、潘邠老詩話、蔡寬夫詩話、陳簡齋詩話、《鶴林玉露》、嚴滄浪詩話、范德機詩話、石林詩話、張子韶詩話、何孟春詩話、葛常之詩話、楊升庵詩話、王元美詩話、李于鱗詩話、徐子與詩話、張伯復詩話、公自注、默翁詩話、後村詩話，共計注本、詩話 34 種。次爲總目録，以分類編次，共六卷，卷一朝省、天文，卷二天文、地理、詠物、舟楫，卷三遊覽、登眺、紀行、隱釋，卷四懷古、感舊、宗族，卷五送贈、簡寄、燕酬，卷六閒適。每一類中，先五律，後七律。其分類較爲簡潔，卷一"天文"類别下有小字附語云："按虞、趙注，天文外别分時令、節序。令人疑似，不便查考。今合爲一門，凡題中有關天文字者，悉以附録。"可知范濂是特意合併門類，以糾前人繁雜瑣碎之失。然一門中收詩數十，甚而上百，如卷一天文收五律 149 首，卷二天文收七律 45 首，卷六閒適收五律 116 首，七律 15 首，實亦不免有"不便查考"之弊。全書計收五律 568 首，七律 150 首。然卷一《立秋後題》、卷二《望嶽》(岱宗夫如何)及《赤谷西崦人家》、卷三《游龍門奉先寺》、卷四《得舍弟消息》(風吹紫荆樹)、卷六《屏迹三首》(衰年甘屏迹)6 首實爲五古。

范氏此本屬集注性質，據初步統計，范注出自趙汸《杜律趙注》者 136 處，出自張性《杜律演義》者 55 處，出自單復《讀杜詩愚得》者 115 處，出自周甸《杜釋會通》者 96 處，出自張綖《杜工部詩通》者 9 處。已佚的徐常吉注和國内久不見原本的董養性《杜工部詩選注》，范注各録 5 條，彌足珍貴①。其引前人注一般不標姓名，多以己意删裁後出之。辯駁舊注之謬時則標出姓名，闡述自己見解時標以"愚按"。其參考舊注既多，辯正處往往是有的放矢，如卷二《題桃樹》："愚按此詩先輩皆謂不可解，蓋泥其專詠桃樹也。若虞注楊盧陵贊其得旨，亦不免宋頭巾氣。今以借詠桃樹爲題，寓感今懷昔之意，似覺有情。更俟高明者酌之。"卓有識見且謙虚謹慎。又如卷三《陪鄭廣文游何將軍山林十首》其三末謂："趙又詳此詩言

① 參見張其秀《范濂〈杜律選注〉研究》，山東大學 2019 年碩士學位論文。

外之意殆爲禄山而發……愚按遊何山林共十五首,安得獨以此詩引喻。”認爲趙汸於十五首游覽詩中獨拈出一首謂有政治深意,不合情理。可謂切中肯綮,十分有説服力。范注有甚簡略者,亦有一字無注者,然大部可稱“不簡不煩”。如卷一《中夜》:“中夜江山静,危樓望北辰。長爲萬里客,有愧百年身。故國風雲氣,高堂戰伐塵。胡雛負恩澤,嗟爾太平人。”注云:“玄宗當承平之世,不能謹苞桑之戒,以致禄山之變,使太平黎庶肝腦塗地。然則厲階果誰生乎?今公乃云‘胡雛負恩澤’,最得温厚之體。‘故國’一聯,見公有爲之志未常忘,但值時之不可爲耳。”

范濂對老杜詩藝的探討頗有精深之見,如卷二《見螢火》:“愚按老杜詠物全在用字得神理,所以莫及。如詠螢火曰‘忽驚屋裏琴書冷’,蓋螢火本是虚名,只一‘驚’‘冷’二字襯出‘火’字意,則形容盡矣。”卷二《秋興八首》末云:“愚按《秋興八首》已備詩律之妙。”後舉八詩中句之險怪、奇古、綺麗、哀吟、變幻、感慨、譏諷、悲壯、工巧者,認爲“律之妙境妙理,無所不有,抑揚開合,又其餘事矣。足令高、王却走,太白避舍”。卷三《陪鄭廣文游何將軍山林十首》指出一題數首之章法在於“首尾佈置起結有法,每章各有主意,無繁雜不倫之失”。而老杜此組詩真得其格。在贊美杜詩藝術成就的同時,也不諱言其短,甚至敢於指責名篇之缺憾處,如卷三《登高》:“愚按此詩諸名家評者皆云當作老杜壓卷,獨惜結語卑弱,遂成不振。大抵作詩全要收句好,如做人一般,全要收成得好。如老杜《九日》詩曰:‘再把茱萸仔細看。’何等含蓄!《秋興》詩曰:‘秦中自古帝王州。’何等感慨! 又曰:‘江湖滿地一漁翁。’何等悲壯! 皆收句之最可法者。又如‘目極傷神誰爲携’、‘詩成吟詠轉凄涼’、‘潦倒新停濁酒杯’,則神氣俱枯,且落宋人卑格矣。”對杜詩之淵源影響也有深入的認識,除指出杜甫對其祖杜審言的繼承外,又於卷二《雞》注中云:“愚按老杜詩有太纖麗者,如《詠月》則云:‘香霧雲鬟濕,清輝玉臂寒。’寫出閨人月下納涼風態,評家以爲詩家畫也，實沿陳隋之遺靡。有太平實者，如《詠雞》則云：'紀德名標五，初名度必三。'恐太白品題未必如此切証也，實啓宋人之門户。"對杜甫思想品格，范濂也有獨到之見，如謂："老杜平生大節，一達行在，二救房琯，三對嚴武，無一語屈志，此皆有定力、定見，所以貧賤患難未嘗自失。始知公之自比稷契，非過也。不然同時以才相軋者，如摩詰則受僞官矣，青蓮則坐永王璘之黨矣，故論公者不徒以其詩文冠一時，尤當嘉其氣節重千古。"（卷六《喜達行在所三首》末）

范濂自序末言其子范機慧而早夭，有爲之傷心者，范氏却言："吾假老杜傳，不假子傳。"是書成於其晚年，必是竭一生心力所爲，寄托之深重可以想見，故注中有感慨悠長者，如卷二天文類末云："愚謂老杜天文律四十五首，中間唯《曲江》二律稍見意興，餘皆憂身、憂國事、憂家室，曾無一日破顔作一快心語，亦足悲矣。夫丈夫具鬚眉，如老杜所謂千古一人者非與？乃不能超然遠舉，奮其鴻鵠之志，且日困愁苦，隨人哭笑，矧吾輩夏蟲井蛙，即窮約没齒，且爲嚇腐鼠者僇辱，亦何怨焉。"卷二《曲江二首》其一注云："愚按'小堂巢翡翠'，言生前雖貧可樂，'高冢卧麒麟'，言死後雖貴可傷。真有空梁燕泥，荆棘銅駝之感。"卷二《螢火》以比小人意注之，然後又云："愚按張伯復《傳研齋詩話》見夏鄭公評老杜《初月》詩謂：'試起少陵于九原，問渠當時對月之懷，有此一副惡俗肺腸否？'此論極是，但無味詩作有味看亦不妨。"這種細看以求其味的心態，表明注者强調對杜詩的深入理解，甚至是再創造，這就和現代闡釋學强調讀者參與的觀念相通。也許衹有希望假杜以傳、長久沉涵于杜詩的人才會在無意的通達中産生這樣超越時代的思想。范注還常有"某幾語未解"之語，可見其不强求其解的誠懇態度。

## 二、孫鑛《杜律》

孫鑛（1543—1631），字文融，號月峰，餘姚（今屬浙江）人。明萬曆二年(1574)會元,授兵部主事,歷吏部考功文選郎中、左僉都御史、刑部、兵部侍郎,萬曆二十二年,代顧養謙經略朝鮮,以功加右都御史。還,遷南京兵部尚書加太子太保。後被劾乞歸,三十七年致仕。孫鑛一生著作宏富,多達四十餘種七百餘卷,有《孫月峰評經》《今文選》《廣離騷》《月峰先生集》等。生平事迹見過庭訓《本朝分省人物考》卷五一、萬斯同《明史》卷三三二、朱彝尊《明詩綜》卷五七、陳田《明詩紀事》庚集卷一一。

《杜律》一書乃孫鑛早年批選,卷前孫氏自序云:

> "晚節漸於詩律細",是老杜自評語也。籠統處是性情,細處便是律。刑家麗事,出入之嚴,每在句字。前人作,後人看,亦明亦暗,亦煞亦活。而若夫其叩之成聲也,摛之成色也,其後者也。孫子讀杜律,一讀再讀至五六讀,讀其成象效法者。嘆曰:易簡理得,神而明之,宜不出此。庚子中元孫鑛書。

庚子,即萬曆二十八年(1600),當爲是書刊刻之年。全書分四卷,依次爲杜律五言卷一、七言卷一、五言卷二、七言卷二,目録分置於五言卷一、五言卷二前。詩依類别編次,而不標出類别名稱,衹據分類本順序排列。共收五律245首,七律142首。詩正文間有圈點,批解置於篇末,甚爲簡略,大多是對杜律之章法、句法,起承照應、用典手法等藝術技巧的評解,中間頗有細微獨到之處。如《喜達行在所》其二批曰:"次句似是到後景,三頂次句,四應首句,用倒插法,最頓挫有味。"《宿府》批曰:"通首俱是傷嘆之意而不點出傷嘆字,讀完自見,最有深味。"孫鑛還著有《書畫題跋》一書,其於書畫題跋一事自應當行,杜甫之題畫詩歷來甚得好評,孫氏對此類杜律的批解往往能搔到癢處,如《觀李固請司馬弟山水圖》其一無批語,其二批曰:"以空聞形見畫,最有味。先布二句景,然後以聞見意點是節奏,自覺意快。此自是第二首體。"其三批曰:"句句是説畫,而不明點出畫,大是妙手。然須是第三首方合如此。"另如解《八月十五夜月》"滿目飛明鏡,歸心折大刀"句之用典曰:"古樂府'何當大刀頭,破鏡飛上天',此變'破'作'明',改'何當'做'折',而意更活潑,此乃所謂奪舍投胎,不爲事所使。"另外,值得注意的是孫礦此書還有一些批評杜甫的地方,如批《晴》:"一詩二首,而鶴重用,亦是小短。"批《麂》,在肯定"前四句代麂爲語,真奇真妙。'不敢恨庖廚',尤奇絶"的基礎上,又轉而云:"後四句太露,結尤太直致。"就是對《江漢》"片雲天共遠,永夜月同孤。落日心猶壯,秋風病欲蘇"這樣的名句也批道:"四句句法一同,亦是一病。"對《登岳陽樓》這樣的千古名篇也認爲"前後猶稍覺不襯"。可見,孫鑛對律詩技法的要求十分嚴格,故既能對杜律有鞭辟入裏的技巧分析,也不免苛刻之評。

是書未見著録,衹此一刻,傳本極罕。

## 第七節　黄文焕《杜詩掣碧》與邵傅《杜律集解》

黄文焕《杜律掣碧》與邵傅《杜律集解》也都是五七律合注本,前者甫有鈔本問世,甚爲難得,後者則版刻頗夥。

### 一、黄文焕《杜律掣碧》

黄文焕(1598—1667)①,字維章,一字坤五,號觚菴、憖齋,福

① 参見福建省永福縣地方志編纂委員會編《永福縣志》,新華出版社1992年版,第861頁。一説黄氏生於1595年或1596年初,卒於1664年1月31日,見个厂《黄文焕生卒小考》,《文學遺産》2009年第1期。

州府永福縣(今福建省福州市永泰縣)白雲鄉人①。天啓五年(1625)進士,文章淹博,歷知番禺、海陽、山陽三縣,崇禎召試,擢翰林院編修,晋左春坊左中允。後牽連黄道周案,下詔獄,年餘方獲釋,乞歸里,晚僑寓南京以終。著作甚豐,有《詩經考》《陶詩析義》《楚辭聽直》《赭留集》《毛詩箋》《莊子注》等。生平事迹見李清馥《閩中理學淵源考》卷四八、《(乾隆)福建通志・人物志一》、陳田《明詩紀事》辛集卷一八等。清乾隆五十八年(1793)刻《麟峰黄氏家譜》由黄文焕玄孫黄惠參與纂修,其所載更多切實可據者。

《杜詩掣碧》,周采泉《杜集書録》謂"此書名《掣碧》,係取杜詩'或看翡翠蘭苕上,試掣鯨魚碧海中'之意。《(民國)福建通志・藝文志》作'《製碧》',誤。光緒二年(1876)黄倬昭重刻《陶詩析義》跋中舉此書,並云:'當時諸書皆鋟版,明季吾鄉遭倭患,板盡燬,今欲求完好舊本不多覯。'又吴瞻泰《杜詩提要》時引黄維章,但未注書名,疑即出于《掣碧》……内容不詳,疑爲評杜之作。"②《(道光)福建通志・經籍志》亦著録此書作"《杜詩製碧》",而《(乾隆)江南通志・人物志・流寓一》黄文焕小傳則作《杜詩掣碧》。《閩中理學淵源考》《(乾隆)福建通志・人物志一》《(乾隆)福建通志・藝文志一》《(乾隆)永福縣志》皆言黄文焕有杜詩注,未録具體書名。黄倬昭謂黄文焕諸著作因鄉遭倭患,雖得刊刻,至光緒初年已難見完貌。然黄文焕曾孫黄任在其《恭紀中允公遺集詩十六首》其六"甲申後"注謂黄文焕晚寓金陵時"有宅一區","平生著作等身,咸在其中。忽遭一炬灰燼,今所存者什一",則其著作之散佚與遭遇火災亦有莫大關係。黄任《恭紀中允公遺集詩十六首》其十二:"蟲魚詮次杜陵箋,剥蝕鉛丹色尚鮮。别有江花江草淚,置身同在

① 參見徐燕《明末著名學者黄文焕生平若干存疑問題考》,《古籍整理研究學刊》2017年第6期。

② 周采泉《杜集書録》,第457頁。

寶元年。”注云：“中允公《杜陵句解》曾經檢校六次，播遷散失，次序缺亂。今前後補輯，尚得全稿。蠅頭繭紙，皆公手筆。三復遺篇，不勝世澤之感。”其十三：“别類編年集異同，珠連璧合見宗工。浣花全幅春江錦，碎剪丘遲一段中。”注云：“中允公《杜詩全注》未登剞劂，獨五七言律爲人借刻，世所傳辟疆園本也。惜全稿無力梓行。”①據此，則黄文焕尚有《杜陵句解》《杜詩全注》，皆未刊刻，惟其中五七律爲顧宸借刻。顧宸（1607—1674），字修遠，無錫（今屬江蘇）人。爲無錫聽社十子之一，著名藏書家。其所居名辟疆園，所著《辟疆園杜詩注解》是一部收録、注解皆極詳備的杜詩五七律注本。黄任所言“世所傳辟疆園本”黄文焕所注杜詩五七律却未見著録。其實，顧宸亦曾注全部杜詩，衹有其中五七律部分由山東海陽李贇元和濟寧李壯爲其刻印，其餘則謀刻未成，辟疆園刻黄文焕杜詩注的可能性極小。

黄氏後裔家中幸藏有一《杜詩掣碧》鈔本，雖多有蟲蝕敗壞處，然大部尚能清晰辨認，今已收入《福建文獻集成》初編集部第一册，珍稀孤本終得公布於世！是卷扉頁有濃墨大字四列，曰：“莊誦先太史公杜詩掣碧評注，如斯讀法，安得不讀破萬卷？於戲！梅願學先太史讀書。”其中兩處“先太史”分别爲第二、第四列開頭，頂格書寫，第一列僅“莊誦”二字，第三列以“安得”開頭，皆退後一字有餘，“梅”則爲小字。觀此當是文焕後輩黄梅所書，因文焕曾爲翰林院編修，有修書撰史之責，故以“先太史公”稱之。卷首列目録，先爲七律，起《聞官軍收河南河北》，終《江上值水如海勢聊短述》。“目録 七律”後有淡墨書“壹佰零柒首”，與目録所録七律數吻合，然正文於《蜀相》後尚有《王十七侍御掄許攜酒至草堂奉寄此詩併請邀高三十五使君同到》一首，爲目録缺載，其餘無異。故此本實

① （清）黄任撰，陳名實、黄曦點校《黄任集（外四種）》，方志出版社2011年版，第217—218頁。

收杜詩七律108首。"目録五律"後淡墨書"肆拾叁首",然細檢目録及正文實衹收五律42首。起《奉訓李都督表又早春》①,終《歸雁》(萬里衡陽雁)。目録後即正文,首行題"杜詩掣碧",下小字"七律",後署"閩黄文焕維章甫評注"。五律卷同,僅"七律"易作"五言律"。七律、五律中間皆未分卷次。正文每頁八行,行三十字至三十三字不等。詩題單占一行,縮三格,詩正文頂格鈔録,評注另起縮一格。

黄文焕之評注不做字詞注解,而重在闡釋詩意,分析技巧,所論深細入微,頗多精妙之見。如第一首《聞官軍收河南河北》,評注云:"哀不甚則喜不深。筆法佳處,在'忽傳'之後,接以'初聞涕泗滿衣裳',勢逆意曲。然後轉入'愁何在'、'喜欲狂',若第二句遽説快心,便淺直矣!……杜詩佳處,種種不一。有以意勝者,有以篇法勝者,有以質俚勝者,有以倉促造狀勝者。此首之'忽傳'、'初聞'、'却看'、'漫卷'、'即從'、'便下',寫出倉皇顛倒、忽哭忽歌、愁喜交集之態,使人千載如見。"②《春夜喜雨》評注云:"凡驟雨大雨,每於物有所傷,而亦沁土不深。至'潛入夜'、'細無聲',此雨殆以小心獲發生,此其爲好雨復何以加?……'花重'應'潛'、'細',雨大以驟,則隨沾隨瀉,反不能重,摧殘零落,併無由重也。"③二首都是杜詩名篇,歷來爲人重視,解説衆多,文焕却能一空依傍,獨發新見,然非故意出奇,惑人耳目,惟細揣杜詩字法、章法之妙,故能有知己會心之言,讀來令人恍然有悟,深自贊嘆。

《杜詩掣碧》於杜甫詩藝極爲推崇,如謂《又呈吴郎》:"一句一

---

① "又"字誤,當爲"丈"字。另"訓"字正文作"和",當以"訓"爲正。訓,古同"酬"。

② 《福建文獻集成》初編集部第一册,福建人民出版社2020年版,第17頁。

③ 《福建文獻集成》初編集部第一册,第176頁。

物,以此爲料淡意濃。後人所不敢學,亦不能學,不宜學。"①謂《和裴迪登蜀州東亭送客逢早梅相憶見寄》:"前四句全點本題,後四句别翻新旨。裴是因梅寄詩,非折梅相寄,故翻陸凱'折梅逢驛使'之句曰'幸不折來傷歲暮',謂幸無梅在前,免撩歲暮之感也。然既因梅見詩,則見詩若等於見梅,依然鄉愁以生,故曰'若爲看去亂鄉愁'。'幸不'、'若爲'二句婉曲之甚,是律中創句創體。結句又以江邊之梅形東亭之梅。幸不折來者,此中已自有之;若爲看去者,此中已常看之。爲傷爲愁,種種俱備,業刻刻催人白頭矣。'歲暮'映'早'字,'朝夕'、'催'亦映'早'字。"謂《江上值水如海勢聊短述》:"題中值水如海勢,詩中所寫多著奇語,乃全首衹在'聊短述'三字,層層洗意,以水如海勢歸之題中,竟不著筆,僅僅'新添'、'故著'二語略及水勢,但云'檻'、'槎'而不説及如海。立題之法、命句之法,皆非後人所可測。蓋'水如海勢',非短述堪盡,景奇則句反不易奇,不如置而不道,觀題足深思也。抛此四字,專説'聊短述',則無奇者反可生奇矣!"②皆盛贊杜詩善於創新,難測難學的高超藝術技巧。《奉和賈至舍人早朝大明宫》則與賈至、王維、岑參同時所作進行細緻對比,所言更爲鞭闢入裏:

此詩合賈至、王維、岑參三首互看,方知老杜作法之高,匠心之苦。題是早朝,開口同拈"早"意,賈則"銀燭朝天紫陌長",王則"絳幘雞人報曉籌",岑則"雞鳴紫陌曙光寒",俱實説"早"字。杜曰"五夜漏聲催曉箭",從"夜"言"早",先一步説,"催"字尤急,寫得臣子夜坐待旦心事,朝早而心更早矣。次句同拈"春色",賈則"禁城春色曉蒼蒼",岑則"鶯囀皇州春色闌",俱板填"春色"字。杜曰"九重春色醉仙桃",謂日將升

① 《福建文獻集成》初編集部第一册,第96頁。
② 《福建文獻集成》初編集部第一册,第163頁。

而東方紅氣現也,描寫色中之況,深一層説。桃添"醉"字有致,以物比春,又以人比物,愈複愈透。聯内同拈"大明宫"意,王則"九天閶闔開宫殿",岑則"金闕曉鐘開萬户",俱實説宫中。杜曰"宫殿風微燕雀高",以宫外之景物拓一步説。賈之"百囀流鶯遶建章",亦屬宫外景物,於語直而味有盡,不如"微""高"二字曲折也。聯内全拈"朝"意,賈則"劍佩聲隨玉墀步",王則"萬國衣冠拜冕旒",岑則"玉堦仙仗擁千官",俱繁列"朝"字,杜但以"朝罷"二字點綴,人詳我略。至於同用爐煙香氣,賈則"衣冠身惹御爐香",王則"香煙欲傍衮龍浮",俱正説殿内煙況。杜曰"朝罷香煙携滿袖",却從出殿退一步説。"衣冠""衮龍"不如"滿袖"之奇;爲"惹"爲"浮",不如"携滿"之妙也。同用"鳳池"之故事,賈則"共沐恩光鳳池裏",王則"珮聲歸到鳳池頭",岑則"獨有鳳凰池上客",俱係實用全用。杜曰"池上於今有鳳毛",以鳳池入超宗之鳳毛,折用翻用,事復用事之迹。同用"日動",同用"旌旗",而王之"日色纔臨仙掌動",岑之"柳拂旌旗露未乾",視杜"旌旗日暖龍蛇動"句,奇平深淺,判然相隔矣。賈、王、岑三首,意與句皆順流而下,雖人皆佳,未免雷同。惟杜變幻,此其苦心妙法,豈可草草看過!①

總之,黄文焕《杜詩掣碧》頗多分析透闢、讓人拍案叫絶處。黄文焕《楚辭聽直》《陶詩析義》也以剖析楚辭、陶詩的藝術成就見長,其對詞語訓詁不甚關注的特點雖頗遭清人非議,但毋庸置疑的是,其獨具慧眼的對詩歌文學性的挖掘却是極有價值的。黄文焕的杜詩注亦是如此,且在當時即産生了一定影響,顧宸注杜以詳備見稱,不但屢引"黄維章曰",且有大段全引,幾一字不易之處,如上

① 《福建文獻集成》初編集部第一册,第106—108頁。

引《聞官軍收河南河北》《奉和賈至舍人早朝大明宫》之評注便是。而黄注亦憑此類轉引,方使後人稍窺其奪目光華。今此鈔本於蟲蝕之餘現世,亟需進一步整理,以饋饗同道。

## 二、邵傅《杜律集解》

邵傅,字夢弼,三山(今福建侯官)人,隆慶間貢生,王府教授[①]。陳學樂《刻杜工部七言律詩集解序》云:"余社友博士邵君夢弼,乃翁符臺卿鼇峰公,心聲墨妙,著籍先代,隸宦纂閣代言。夢弼君少小侍遊宦邸,業易待舉,暇受内翰高廷禮所編《唐詩正聲》於符卿,長遊藝百家,獨賞少陵氏作,口誦心惟,若神與遊。"可見邵傅頗有家學淵源,而涵泳杜詩之日亦久。

《杜律集解》六卷,共收杜甫五言律 387 首,附録高適《贈杜二拾遺》一詩,分四卷;七言律 137 首,分上、下兩卷。由邵傅同里陳學樂爲之校刊,初刻于萬曆十六年(1588)。此初刻本國内已無傳本,今日本國會圖書館、公文書館尚有藏本。今福建省圖書館則有明末邵明偉刊本,五律卷前有陳學樂《刻杜工部五言律詩集解序》、邵傅《刻杜律五言集解引》,均署"萬曆戊子"(1588),次五言集解目録;七律卷前有陳學樂《刻杜工部七言律詩集解序》、七言集解目録、邵傅《集杜律七言注解序》及《集解凡例》七則,二序均作于萬曆丁亥(1587);七律卷末有方起莘跋。陳學樂《刻杜工部五言律詩集解序》記邵傅語云:"吾於七言律也,承先符卿之橐籥,采諸名家之瓊藻,自青衿至皓首,乃爾卒業。"其後,陳氏請注五言律,邵傅"幾八月而稿就"。故雖杜律五言集解録於前,《集解凡例》却在杜律七言集解前。而成書的一慢一快,正可看出邵傅鑽研時日之久與功力之高。

---

① 《鼓山藝文志》謂邵傅爲"隆慶四年(1570)歲貢生,官王府教授"(海風出版社 2001 年版,第 120 頁)。

是書編次用編年法,《集解凡例》首條云:"杜公少遊東魯,終老湖南,詩自隨其歷履編次,不分門類,如虞注所訂。"末條云:"杜年譜單復重定,隨杜出處疏詩自於下,見詩與史合也,當以單爲的。"單復《讀杜詩愚得》之新定年譜,將杜甫年譜與杜詩目録合在一處,邵傅所注杜律編次依單注,然亦有商榷處。七律兩卷目録中,最後幾首詩題下,都有雙行小字,言其當在位置,如卷上《野人送櫻桃》下注:"此首當在《值水如海勢》下。"《奉待嚴大夫》下注:"當在將歸成都草堂前。"卷下《寄常徵君》下注:"此當在《峽中覽物》後。"《曉發公安》下注:"當在《酬郭判官》前。"應是不同于單注處。

書名集解,即是博采衆家,《集解凡例》第三條云:"杜詩有千家注、虞注、單注、默翁注、近張羅峰並趙濱州注及各詩話不一。愚集解或以句取,或以意會,或録全文,或錯綜互發,或繁簡損益,不能盡同。羅峰統合諸家,考證詳實而注義略陳,濱州演會羅峰章旨亦稍更易,愚出入濱州注尤多。嗚呼難哉!"宋千家注乃多家宋注之集合,元明兩代甚爲風行。虞注即假托虞集之名行世的元張性《杜律演義》,單注即明初單復的《杜律單注》。默翁乃元俞浙之號,著有《杜詩舉隅》;羅峰乃明張璁之號,著有《杜律訓解》。二書今皆亡佚,邵傅之徵引自具有重要文獻價值。趙濱州注即明趙大綱《杜律測旨》。傅之集解用融會貫通之法,故注解中多不標前人姓名,然亦有標明者,如《奉寄别馬巴州》注末云:"解意出千家注。"徑引原注文處,則多標之,如《送路六侍御入朝》注末又單引舊注解"不分桃花紅勝錦,生贈柳絮白如綿'句:"張羅峰云:'生憎'、'不分',素性所惡也,路爲侍御,司觀察,公必有爲言,比也。"其於舊注,並非照録而已,而是頗多去取的考量。如《野人送櫻桃》末"金盤玉箸無消息,此日嘗新任轉蓬"注云:"金盤玉箸,御用物也。蓬草名花,飛如柳絮,比旅人之隨處飄蕩也。承上言今日亂離,朝廷玉食不知有此時物否?而野人贈我於亂離轉蓬之際,將何以爲懷哉?真所謂'一飯不忘君'者也。任轉蓬者,隨其所之,莫能自定也,意悲甚。

虞注謂自寬之辭,不然不然。"《雨不絶》:"嗚雨既過漸細微,映空摇颺如絲飛。階前短草泥不亂,院裏長條風乍稀。舞時旋應將乳子,行雲莫自濕仙衣。眼前江舸何匆促,未得安流逆浪歸。"注末引元俞浙注云:"默翁曰:此詠物一體也。首以本體言,次以物理言,又次以神異言,末以人事言。詩之佳處在言用不言體,故此詩次聯以下皆言用也。愚謂此評備録可爲詠物一助,然亦不可拘拘也。"或非之,或是之,立場鮮明而語氣平和,尚稱公允。邵傅唯於趙大綱注批駁極少,趙注牽强處亦多從之,如《玉臺觀》注云:"趙濱州《測旨》云:'此觀中蓋女道士,是詩刺其淫穢……'按:杜公又題《玉臺觀》云:'彩雲蕭史駐。'則弄玉可知。結云:'人傳有笙鶴,時過北山頭。'互相携押狀昭然矣。唐世此輩熾於濮上桑間,駱賓王代道姑王靈妃贈道士,淫詞無忌。乃知濱州之旨有據。"謝杰《杜律詹言》謂已初從趙大綱之解,待讀五言律《玉臺觀》後,反覺其非淫奔之詞,故仍從舊注謂此詩乃"美觀之爲仙境也"。邵傅却兩相映照,愈信"濱州之旨有據",實有違客觀,這恐怕是因其終難完全擺脱刻意求深之病所致。五言律則引趙汸注爲多,如《擣衣》《宿贊公房》等注末皆言"俱出趙注",《江上》《登岳陽樓》等注末皆言"出趙注",《江漢》注末則徑引"趙注云"。然於趙注亦多辯正,如《琴臺》注末邵傅曰:"愚謂花留寶靨而實莫留,草見羅裙而實莫見,與鳳意求凰而復不聞,蓋色歸空,雖吊之,實譏之也。趙注以末二句别换嘆君臣不古,吾意淫穢明良,子美必不似此罕譬。"對趙汸注不似對趙大綱注那般盲從,對其餘諸家評騭則更多批駁,如《江亭》在串講全詩詩意後云:"此詩諸家每每以'水雲'二句爲心融神會有道氣象,遂使後學即以公此詩形容道體,而全篇詩意上下不貫,何相誤之甚哉!不知宋儒舉此作談柄,特斷章取意而已。"《初月》注末云:"愚按:此詩蓋以見初月思鄉而作,味'河漢不改色,關山空自寒'句意自可會,不必如諸注引拈肅宗也。"《月夜》注末云:"公在長安見月,思妻在鄜州必獨看月而思我。若兒女癡幼,未解相憶,故遥憐之。何時歸倚虚幌,照我二人而收泪耶?'未解憶長安',亦淺淺説,不必如單云未知君臣之義,蓋亂隔,兒女未曉事,戚亦甚矣!"

邵傅注杜要在闡釋詩旨,《集解凡例》第四條云:"杜公詩中引用典故、山川、名物,集中撮要注釋,蓋意在發明詩旨耳,若一一舉之,不惟難遍,且紛詩義,博雅君子當自類推。"故於詞語、典故之訓釋皆極簡要。如《狂夫》首聯"萬里橋西一草堂,百花潭水即滄浪",衹在次句"百花潭"下注:"浣花溪。"頷聯"風含翠篠娟娟净,雨裛紅蕖冉冉香",上句末注:"風中有雨。"下句末注:"雨中有風。"頸聯"厚禄故人書斷絶,恒飢稚子色凄涼"無注,末聯"欲填溝壑惟疏放,自笑狂夫老更狂",衹於上句末注:"疏放,言無求即狂也。"詩末則注云:"有堂可居,有滄浪可濯,竹净蓮香可自適,復何求哉?是以故人絶問,稚子恒飢,皆疏放所致。甚至老死填溝壑,亦惟此疏放耳,何足介懷?老更狂如此,不惟人笑,吾亦自笑也。夫少狂猶可,老則日暮途窮,宜自爲計,乃更狂,至死不變,真可笑哉!不知聖人思狂,以志有不爲,高出萬仞,世味澹然。彼卑卑自營者竊笑,亦鴟鴞之笑大鵬也。馬援曰:'大丈夫貧益堅老益壯。'公以更狂自任,其自信益堅益壯也哉。"注釋極簡,而篇末洋洋灑灑一篇長論,新警深刻,足見邵氏注杜之側重點。

另外,邵氏對杜律之"法",亦甚關注,陳學樂《刻杜工部七言律詩集解序》云:"凡作中句法、字法辨之詳允,而章法亦研究焉,因得詩之所謂律者三大義。曰樂取其條理和也,曰法取其擬議當也,曰師取其仗隊整也。告余曰:少陵氏作首尾相生,成又不亂,謂協於樂非歟?假象不爽,剖析得情,謂協於法非歟?節度森然,比次嚴密,謂協於師非歟?"邵傅自幼沉酣於杜,對杜律遣詞造句之整飭,謀篇佈局之高妙,自有體會獨到處。如五律《送裴二虬作尉永嘉》:"孤嶼亭何在?天涯水氣中。故人官就此,絶境與誰同。隱吏逢梅福,遊山憶謝公。扁舟吾已就,把釣待秋風。"注末云:"此詩設問而答之,一句生一句。”《過宋員外之問舊莊》七句“更識將軍樹”句下注:“馮異號大樹將軍,今以比之問季弟。”末句“悲風日暮多”句下注:“結是見其弟而益悲其兄,‘風’字因‘樹’字生‘悲’字,因舊契生‘多’字,因‘更識’字生公祖審言與之問及陳子昂、沈佺期四人爲唐律之祖,有交承之契,故過之問舊館仰慕不已。”《返照》:“楚王宫北正黄昏,白帝城西過雨痕。返照入江翻石壁,歸雲擁樹失山村。衰年肺病惟高枕,絶塞愁時早閉門。不可久留豺虎亂,南方實有未招魂。”注末云:“自述既病既愁,既山村昏暗,又遠作客,又值禍亂不能歸,安得不閉門數句。具許多意緒,不見繁雜,真大手筆。”對杜律章法、句法、字法之體認可謂精妙,有此卓識,於舊注解詩法之短長亦能一語道破。如《西郊》:“時出碧雞坊,西郊向草堂。市橋官柳細,江路野梅香。傍架齊書帙,看題減藥囊。無人覺來往,疏懶意何長。”注末云:“愚按此詩首二句言自出碧雞坊,歸而向西郊草堂也。題衹‘西郊’二字,草堂合在西郊之内。單云:出碧雞坊,則柳細梅香可愛;向草堂,則齊書減藥可樂。殊不知出坊一句衹是提起作話頭,乃分扯在詩内,甚是破碎,不如趙注渾融。”

總之,邵傅《杜律集解》吸收了杜律研究的重要成果,又多能精到評駁舊注之得失,出以己見者亦多簡明警切之言,故成爲當時一部比較完備的杜律著作,故頗得重視,尤爲日人喜好,日本刻本有十餘種之多。今成都杜甫草堂博物館藏有兩種,一爲寬文十三年(1673)日本油屋市郎右衛門刊本,七律集解陳學樂序後有1954年賀昌群跋;一爲元禄九年(1696)日本神雒書肆美濃屋彦兵衛刊本,此本七律卷前尚有“杜工部年譜”,卷末有宇都宫跋,篇末、書眉還有宇都宫爲補正邵注而輯録之朱鶴齡《杜詩輯注》、張遠《杜詩會稡》、顧宸《杜詩注解》有關注解。葉綺蓮《杜工部集關係書存佚考》謂臺灣“中央圖書館”藏有日本貞享二年(1685)刊本及元禄九年刊本,宇都宫標注。1974年臺灣大通書局據貞享二年刊本影印,收入《杜詩叢刊》,然誤標爲元禄九年刊本。此外,北京國家圖書館藏有日本貞享三年江户刻本,此本爲馬同儼、姜炳炘《杜詩版本目録》著録。以上日本刻本均無邵傅《刻杜律五言集解引》。另尚有邵傅五律、七律單刻本多種。

# 第三章　現存明代杜詩選注本研究

在杜詩注本中,數量最多就是選注本,諸家所選杜詩各有不同,注解角度多有區别,可謂各有發明,各具特色。杜律注本實際也應屬於杜詩選注本之列,今爲便於叙述,本章所論杜詩選注本專言不拘古律之選注本,不包括上章所論純粹律詩注本。流傳至今的明代杜詩選注本有十餘種,其中重要的有謝省《杜詩長古注解》、張綖《杜工部詩通》、周甸《杜釋會通》、郝敬《批選杜工部詩》、盧世漼《杜詩胥鈔》、楊德周《杜注水中鹽》、唐元竑《杜詩攟》、王嗣奭《杜臆》等。本章將逐一予以考察,並於張綖《杜工部詩通》後,簡介其《杜律本義》,末節統一介紹其他現存杜詩選注本情况。

## 第一節　謝省《杜詩長古注解》

謝省(1404？—1477),字世修,號愚得,晚自稱台南逸老,黄岩(今屬浙江)人。景泰五年(1454)進士,授南京車駕主事,轉兵部員外郎,遷寶慶知府。在官三年,頗有治績。嘗書真德秀"四事十害"爲僚屬戒,又條民隱十四事請于上官,次第行之。春秋時行郊野,振饑窮,教耕織,會計儲積可支五年,乃建社學,選學官,給以餼食。於公暇則詣社學,課業講文,又撮取《朱文公家禮》並作《十勿詩》,俾民誦,習之不察者一裁以法,至黜縣令二人,籍其贓以代民賦,境内肅然。年五十四歸鄉,寶慶人立去思碑于學宫。既歸,囊空如洗,而不問産業,獨矻矻於祀先合族、訓幼睦鄰之事,時復以逍遥登高賦詩爲樂，里俗化之。居隱桃溪者二十年，學者稱桃溪先生。既卒，門人私謚曰貞肅先生，從祀太平鄉賢祠。省早歲以詩名，晚益精通群書而尤邃於禮，著有《行禮或問》《杜詩長古注解》。生平事迹見萬斯同《明史》（列傳之部）卷二一五、曹溶《明人小傳》卷一、《（萬曆）黄岩縣志・人物志下・廉節》、朱彝尊《明詩綜》卷二一等。

《杜詩長古注解》有明弘治五年（1492）王弼、程應韶刻本，卷前有謝省自序及目録，卷末有省侄謝鐸題記及王弼跋。王弼跋云："此弼鄉先進桃溪謝先生所注杜詩長古若干首，蓋始得之興化郡庠程司訓懷佐，而並屬之莆田邑庠程教授應韶，相與正其訛舛而梓行焉，期與世之愛讀杜詩者共之。杜詩之注至千家，若近代虞邵庵注杜律，實用文公注《三百篇》法。先訓詁而後章旨，蓋他家所不及焉。今先生之注，又用虞法而益精以覈者也。先生以進士歷官兵部，出爲寶慶守三年，遂以老請於是居，隱桃溪者二十年矣。其在官在鄉，所以嘉惠生民、儀式後學者，具有典則，此蓋其餘事云。"末署"弘治壬子夏五月朔鄉後學王弼謹識"。對謝省性情爲人及此集刊刻内容諸事交待得甚爲簡潔清晰。是書分上下卷，共選杜詩五、七言長古 142 首，其注大抵先釋詞語、典故，後串講詩意，兩者之間以圓圈隔之，所録舊注多標其姓名，或加"舊注"字樣，允稱眉目清楚且詳盡平易。

謝省自序云："子美生於亂世而不見用，予生於治世而不能用，則予不逮子美遠甚，豈獨詩哉！雖然，予之違衆戾俗之懷與之無異，故取長古詩一百四十二首爲之注解，非所以申杜，乃因以自發焉。"卷末謝省侄謝鐸題記亦云："叔父太守先生既休致之十有八年，猶好學不倦，經史之餘，因取杜詩長古若干首，芟釐舊注，以發其平生未盡之心。"謝省與杜既同有"違衆戾俗之懷"，又都不得遇於時，千古同慨，故於杜詩詩旨常能一語破的，如謂《白絲行》是"爲傷才士汲引之難棄捐之易而作也"（上卷），謂《呀鶻行》"喻壯士失勢爲人所輕"（下卷），謂《白凫行》"喻君子雖失時，終不爲利誘而喪其所守也"（下卷），都可稱知己之見。

謝省特别强調杜甫未得施展的政治才幹，其自序首即云："予謂子美非詩人也，負經濟之學，不得用於時，窮而在下，發於詩以見其志者也，豈可側以唐之時人觀之哉！唐以詩賦取士，當時以詩名者，不啻千百，獨李太白之天才高於一代，與之抗衡者，杜子一人耳，故時人謂之'李杜'。此但知其詩而不知其人也。以詩言之，固可以李杜並稱，若論其人，則太白豈子美之倫哉！觀子美詩之所發，無非忠君憂民之心、經邦靖難之計。識見通明，議論高遠，褒善刺惡，得《春秋》之體；扶正黜邪，合《風》《雅》之則。非它詩人模寫物象、排比聲韵、疏泄情思而已。昔人有謂其爲'靈丹一粒'、'光焰萬丈'者，有謂其'殘膏剩馥沾溉後人'者，皆極稱許其詩貫絶古今，而不論其人物之高邁也。使有力者能知而薦之於上，任以樞柄之職，則其建立功業必有異於人者。惜乎！其才不試，卒困於羈旅而以詩人見稱。非子美不遇於唐，而唐不遇子美耳。"謝省認爲不能把杜甫當作一般的詩人看待，他最可貴的不是詩歌上的成就，而是詩中表現出的"忠君憂民之心、經邦靖難之計"，故謝省之注解十分注意闡發杜詩的教化作用，如上卷《兵車行》注末云："吁！爲人君而讀此詩，必惻然興感而不以窮兵黷武爲心也。"上卷《哀江頭》注末云："吁！爲人君而讀是詩，於閒暇無事之時，可不修其政刑而耽于遊佚也哉？"下卷《憶昔二首》其一注末云："吁！爲人君而讀是詩，必思所以用人而制治於未危，救患於既亂可也。"下卷《冬狩行》注末云："天寶間明皇既已幸蜀，今代宗又復幸陝，得不甚可哀痛者乎？哀痛之意有二：一則人臣爲藩鎮者，當哀痛其君兩受蒙塵之辱，而急於趨難；一則人君當自哀痛父子（按：實爲祖孫）相繼致蒙塵之辱而勇於易轍也。讀是詩者，寧不惕然有動於中乎？"這些注解凸顯出杜甫憂心國事、窮亦兼善天下的偉大情懷，而此種情懷正是杜甫異于其他詩人，甚至超越李白，深爲後世景仰的主要原因。

同時,這種情懷在杜之長古中表現得最爲突出,杜甫律詩選本甚多,謝省此本獨選其古詩,這也許是其原因所在。然此意太過則不免陷於穿鑿荒謬境地,如上卷《秋雨嘆三首》前兩首引舊注謂詩喻李林甫爲相,政毒而普天皆罹其害,去取已然失當。末一首又云:"言長安繁華之地,貴遊乘肥衣輕,誰復比數。甫者是以安于貧賤,杜門不出,蓬蒿日長,惟稚子無憂,走戲風雨之下。此喻耆臣隱遁,奸小用事,無能爲國家憂患,但樂禍幸灾而已。"此段將"老夫"比作"耆臣","稚子"比作"奸小",已自歪曲原詩之旨,下更言:"雨聲催寒,堅冰之漸,衣冠之士陷於禍亂,如雁翅濕不能高飛。當禄山反叛,玄宗幸蜀,車駕出城,軍民官吏無有知者,故瞻望天子杳無消息,普天之下陷於泥途,無時得已。此雨蔽白日,泥汙厚土之象,其悲感之意溢于言表,爲何如哉?"牽連安史之亂,老杜此詩作于困守長安十年期間,禄山尚未反叛,何得有此比興意?况前二首謂喻李林甫,安史亂時,李早已去世,三詩所詠時事能相差若許年乎?第一首又云李林甫、楊國忠擠陷張九齡,亦與史實不合。總之,此三解牽强附會,而又謬誤百出,不免大煞風景。

仇兆鰲《杜詩詳注》亦引及謝省注,共四處。《杜詩詳注》卷四《奉先劉少府新畫山水障歌》末引:"赤城謝省曰:此詩一篇之中,微則竹樹花草,變則煙霧風雨,仙境則滄州玄圃,州邑則赤縣蒲城,山則天姥,水則瀟湘,人則漁翁稚子,物則猿猱舟船,妙則鬼神,怪則湘靈,無所不備,而縱横出没,幾莫測其端倪。"①謝省原注"無所不備"作"無不備足",末二句無。卷六《洗兵行》"鶴駕通宵鳳輦備"句注引:"赤城謝省曰:鶴駕,東宫所乘。鳳輦,天子所御。言鶴駕通宵,備鳳輦以迎上皇;雞鳴報曉,趨龍樓以伸問寢也。"②謝省注僅無末尾"也"字。卷一二《釋悶》"失道非關出襄野,揚鞭忽是

① (清)仇兆鰲《杜詩詳注》,第279頁。
② (清)仇兆鰲《杜詩詳注》,第517頁。

過胡城”兩句注引:“天台謝省注:代宗避寇奔走,非如皇帝迷道,却似明帝微行。”①謝省原注後二句作:“非如黄帝迷道,出乎襄野;却似明帝被迫,過乎胡城。”卷二〇《虎牙行》題下引:“謝省曰:因篇内有虎牙二字,摘以爲題,非正賦虎牙也。下《錦樹行》亦然。”②謝省原注“非正賦虎牙也”作“非專詠虎牙”,無末句。《杜詩詳注·杜詩凡例》“歷代注杜”條稱之爲“天台謝省之《古律選注》”③,書名與今傳版本不同。二者文字差别不大,頗疑謝本所無之句即爲仇兆鰲所撰,而非其所見者另有他本。

## 第二節　張綖《杜工部詩通》與《杜律本義》

張綖(1487—1543),字世文,高郵(今屬江蘇)人。幼即聰慧能詩,稍長論學,爲王陽明所稱。正德八年(1513)舉人,授武昌通判,專督郡賦。令有繫民催賦者,綖使放歸,十邑之民感惠而争納賦,政聲茂著,擢光州知州。時歲凶民饑,請上官賑之,得穀數萬石,民活者甚衆。尤加意學校,生徒德之。述職如京師,光州民衆皆望其復來。以湖南藩臬之譖,辭官歸鄉,隱于高郵武安湖,湖亦稱南湖,綖故自號南湖居士。建草堂,儲詩書數千卷,晝夜苦讀不已,直至目壞而猶令人誦而聽之。綖爲詩文操筆立就,尤工於長短句。著有《南湖詩集》《詩餘圖譜》及《杜工部詩通》《杜律本義》等。張綖家族文風鼎盛,其岳父爲散曲名家王磐,綖與兄經、紘,弟(一説爲從弟)繪合稱“張氏四龍”,名著一方。生平事迹見曹溶《明人小傳》卷二、《(道光)高郵州志·政事》、錢謙益《列朝詩集小傳》丙

---

① (清)仇兆鰲《杜詩詳注》,第1070頁。

② (清)仇兆鰲《杜詩詳注》,第1806頁。

③ (清)仇兆鰲《杜詩詳注》卷前,第24頁。

集、朱彝尊《明詩綜》卷三七、《明詞綜》卷三等。

《杜工部詩通》十六卷，卷前有侯一元序、其弟侯一麟小序、綎子張守中題記，卷末有張鳴鸞跋，均爲隆慶壬申(1572)作，此書即初刻於隆慶六年，是時張綎已去世近三十年，而其稿亦幾近亡佚。張守中記云："先大夫著《杜詩通》十六卷，嘉靖辛亥歲(1551)素菴先叔尹定海携行篋中，會臨海舉人胡子重氏借録，及覲回，胡亦出仕山東，相繼淪没，原本遂失傳焉。迨今二十年矣！歲壬申，不肖以職事分巡浙東，歷台郡學，諸生有胡承忠者，揖而進曰：'此先大人所注杜詩也，敢以獻諸行臺。'不肖且喜且悲，有若神授者。乃托進士張鳴鸞、侯一麟，正其魯魚之誤，捐俸鋟梓。"張鳴鸞跋《杜工部詩通》又云："憲伯裕齋[①]夫子肅清海宇，戢武之暇，雅意綏文。間出南湖公箋注《詩通》示鳴鸞曰：'此吾先大夫手澤也，曩余未離定省，仲叔宦遊赤城，謀梓是書，尋失之。嗣余購以百朋不獲，今二十年矣。適觀風其地，偶校官弟子胡承忠者挾書以獻，余經怪此事，悲喜交集。'"張綎於《詩餘圖譜》中首創詞分"婉約"、"豪放"二體及小令、中調、長調之説[②]，在詞學發展史上意義重大，可見其學術識見，而其於杜，亦頗用心。此《杜工部詩通》雖失傳二十年，幸未亡佚，終爲其子梓行於世。

《杜律本義》四卷刊刻較早，卷末張綎子張守中《杜律本義後序》云："先大夫南湖公……雅好吟弄，感遇之情契於杜者獨深。所著《杜律本義》庚子刻，在光毁之。兹不肖駐節東甌，觀風之暇，檄通判萬子木以俸資再刻於郡齋。"末署"隆慶壬申菊月望日"。知其初刻於嘉靖十九年(1540)，其時張綎尚未離世。後版毁於光州，隆慶六年(1572)張守中又將此書與《杜工部詩通》一併刻於浙江温

---

① 張守中，字叔原，號裕齋。見《(乾隆)高郵州志》卷一〇上，清嘉慶二十五年刻本。

② 參見張仲謀《張綎〈詩餘圖譜〉研究》，《文學遺産》2010年第5期。

州官署。卷前有張綖《杜律本義引》,末署“嘉靖己亥歲臘日高郵張綖書于采石舟次”,則此書當即撰成於嘉靖十八年(1539)。然《杜律本義》撰成時間當在《杜工部詩通》後,兩書共有 31 題 39 首七律詩重收,細檢之,《杜律本義》所録較《杜工部詩通》爲詳,如《城西陂泛舟》:“青娥皓齒在樓船,横笛短簫悲遠天。春風自信牙檣動,遲日徐看錦纜牽。魚吹細浪摇歌扇,燕蹴飛花落舞筵。不有小舟能蕩槳,百壺那送酒如泉。”《杜律本義》題下注:“城西陂即渼陂也。在長安鄠縣西。”《杜工部詩通》無末六字。詩末《杜律本義》有“娥當作‘蛾’”四字,《杜工部詩通》亦無。《杜律本義》注解如下:

> 悲遠天者,狀笛簫之聲哀吟於空闊之際也。牙檣,以象牙飾檣。以扇障面而歌謂之歌扇。〇此詩以首一句作柱見題,次句言船中音樂。三、四承樓船,言見春景舒和舟行幽雅之趣。五、六承青娥皓齒,言魚吹細浪影摇歌扇,燕蹴飛花落於舞筵,此寫陂中實景,亦兼寓游魚聽歌燕態與舞也。尾二句則言暢樂之懷:夫泛樓船簫管於渼陂可樂之地,又當春風遲日之時,偕青娥皓齒以爲歌舞之樂,斯地也,斯時也,而有斯樂也;若非小舟飛送如泉之酒,亦何以暢其懷乎?按:公雖爲此麗語,而氣格乃爾雄渾,可以爲麗詩者之法。秦淮海《游鑑湖》詩云:“畫舫珠簾出繚墻,天風吹入芰荷鄉。水光入座杯盤瑩,花氣侵人笑語香。翡翠側身窺緑酒,蜻蜓偷眼避紅妝。蒲萄力緩單衣怯,始信湖中五月凉。”亦麗甚矣,但傷弱耳。學者比觀而有辯焉,斯得之矣。

《杜工部詩通》〇前詞語解釋部分與之全同,〇後串講詩意部分僅有“夫泛樓船簫管”至“暢其懷乎”數語,“渼陂”後又略去“可樂”二字,然於此前加“此言渼陂泛舟之樂”八字。前六句之解並按語皆無。《杜律本義》中還改正了《杜工部詩通》中一些明顯的錯誤,如《贈獻納起居田舍人澄》注有“漢楊雄從成帝既祭後土於汾陰,行陟西嶽,還,上《河東賦》以勸”句,至《杜律本義》則將《杜工部詩通》中“後土”改爲“后土”。《杜工部詩通》卷前無目録,《杜律本義》則有總目録,凡此種種,都可證明,《杜律本義》成書於後,故其體例、見解都更趨完善。

兩書皆以編年爲次,關於杜詩之編年,張綖於《杜工部詩通》卷一前特爲長論,云:

> 觀杜詩固必先考編年,據事求情,而後其意可見。然編年非公自訂,不過後人因詩意而附之耳。夫史傳編年,已有失其真而不可盡信者,又况數百年之後徒因詩意以求合史傳之年耶？若《北征》《發秦州》《同谷》等編,及公自注年月,卓有明據,固無可疑。其餘諸篇,時之或先或後,亦未必盡實,觀者要當以詩意爲主,不可泥於編年,反牽合詩意也。且如《寄臨邑舍弟黄河泛溢》詩,諸家皆編在開元二十九年,公是時年甫三十,而詩中有“吾衰同泛梗”之句,是豈其少作耶？徒以《唐史》此年有“伊洛及支川皆溢,河南北二十四郡水”,遂爲編附。然黄河水溢,常常有之,豈獨是年哉？集中如此類者甚多,不能徧舉。今惟大約標三宗(玄、肅、代)年號於卷首,其逐詩編年,頗爲考訂,分注題下,使覽者更詳焉。

故各卷首標以“某某年間所作”,然後逐首注其作年,難以確斷作年者,則不注年月,酌情列於相應位置,其態度通達而審慎。如《遊龍門奉先寺》題解注云:“舊譜以爲開元二十四年遊東都作,考公在東都者不一,是亦未可據也。”《望嶽》題解注云:“此詩單譜訂在開元十四年公省親兖州作,時年十五。然公自省親至天寶丙戌,二十年間往來齊魯者數矣,今亦未知的爲何歲所作。”

《杜工部詩通》張守中題記云:“清江范德機先生批點杜詩共三百十一篇,皆精深高古之什,蓋欲合《葩經》之數,悉有深意……先大夫南湖公……雅好古文詞,感遇之情契于杜者獨深,暇日取清江所選杜詩爲之注釋,證事釋文,悉加考究,以會杜子之本意,題曰《杜詩通》。”則此書乃以元范梈《批選杜詩》爲底本,然所選杜詩較范批 311 首外稍多,共計 317 首。各卷收詩數差别較大,最多者爲卷九,録詩 39 首,而卷一、四、五則衹録 14 首,最少者爲卷一六,僅録 13 首。各詩注釋之詳略也有明顯不同,有洋洋灑灑長篇大論者,如名篇《兵車行》,注解之文多達七百餘字;亦有隻言片語,甚或一字無注者,如《苦竹》衹注:“此言士世不之重,惟與君子相親耳。”而《春夜喜雨》則無注。范批本編次上先分體後編年,此書不分體,衹據作年編次。其注解先於每首詩題後作簡要題解,次於詩後解釋典故、字詞,串講詩意,間或分析章法句法,偶有標“賦也”、“比也”、“興也”者。長詩則分段落,以“節”標之。張綖注末,常有大段按語或評析文字,議論生發,頗有見地處不一而足。如卷二《前出塞九首》注末云:“綖按:李、杜二公齊名,李集中多古樂府之作,而杜公絶無樂府,惟此前後出塞數首耳,然又别出一格,用古體寫今事,大家機軸,不主故常,後人不敢議也,而稱‘詩史’者以此。”卷四《蘇端薛復筵簡薛華醉歌》注末云:“大概詩才有二,有才華,有才力。詞情藻麗之謂華;氣量宏深之謂力。華配則翡翠蘭苕也,力配則鯨魚碧海也。華凡纖巧者皆能爲之,若才力則非大手筆不能也……韓退之謂:‘李杜文章在,光焰萬丈長。’正以其才力勝耳。然才力非可强爲,必作者度越一世,然後風格高邁,自成一家。又公以薛華與李白並稱,華竟不聞於後世,則不朽者詞章果足恃乎?立言君子其必有説矣。”卷五《北征》注末云:“公深以借回紇兵爲非計,故云:‘聖心頗虚佇,時議氣欲奪。’後回紇果爲唐患。至於收復河洛,則欲乘機長驅幽薊,故云:‘此舉開青徐,旋瞻略恒碣。’當時郭子儀、李泌諸臣亦欲乘河陽之勝,搗賊巢穴,然後還京。惜肅宗不能從,而河北迄不爲唐有,以至於亡。即此二事觀之,杜公經濟概見。其云:'雖乏諫諍姿,恐君有遺失。'蓋謂此也。"卷九《茅屋爲秋風所破歌》注云:"末數句則因己之不得其所,而憂天下寒士不得其所,思有以共帡幪之。此其憂以天下,非獨一己之憂也。禹、稷思天下有溺者、飢者,若己溺而飢之,公之心即禹、稷之心也。其自比稷、契,豈虚語哉?"無論是從文學藝術角度,還是政治思想角度,其所言皆深警精辟。卷九《遣意二首》注云:"世有大可憂者,衆人不知所憂,惟君子獨憂之。然世有可適意者,衆人不知所適,惟君子獨取之以自適。如'一逕野花落,孤村春水生','雲掩初弦月,香傳小樹花',此景此趣,誰不見之,而取之以適者,君子也。此其憂世之志,樂天之誠,而非夫人之所能與歟?"此注解析杜甫超越於凡衆之上、貫通於出處之間的君子品格,更是發人未發,令人嘆服。

《杜律本義》卷末綖弟張繪跋云:"元進士金溪張伯成嘗著《杜律演義》,今訛傳虞注者是也,永嘉羅峰張閣老又爲《釋義》,二書優劣不待論而可知,其間俱不免有失杜之本旨者。余兄南湖先生因又爲之注,以繼二宗之後,而以《本義》名,良有謂也。"則是書以張性《杜律演義》爲底本,共收録杜七言律詩 151 首,篇目、總數亦與張本相同。惟《杜律演義》分類編次,是書則爲編年本。卷前張綖《杜律本義引》云:"杜少陵雖稱詩史,而沉鬱頓挫,感人於言意之表,是其自負。説者乃謂其句句字字咸有意藏焉,則牽合傅會而非其本意者多矣。夫釋詩之病,舛誤者其失易知,牽會者其失難辯,將使初學之士惑焉,此予於杜律所以僭爲之本義也。"則張綖此注,意在糾正舊注之穿鑿附會,以恢復杜詩本意,故其所釋杜律簡明平直。如《和裴迪登蜀州東亭送客逢早梅見寄》:"東閣官梅動詩興,還如何遜在揚州。此時對雪遥相憶,送客逢春可自由。幸不折來傷歲暮,若爲看去亂鄉愁。江邊一樹垂垂發,朝夕催人自白頭。"此詩之用典本有歧義,多個轉折副詞的使用亦使詩意幽微迷離,故歷來此詩注解甚爲繁冗瑣細,張綖則注曰:

東閣，即東亭。何遜爲廣陵記室，有詠梅詩。雪、春皆以梅言。折來，用陸愷折梅寄范燁（按：當作曄）事，其詩云："折梅逢驛使，寄與隴頭人。"垂垂，梅帶雪貌。〇言裴以東閣官梅而動詩興，與何遜在揚州同一風致。當此之時對梅相憶，寄詩於我乃是送客逢春，烏能已於情耶？蓋送客則愴懷，逢春則增感，此相憶之情，所以不自由也。然幸祇寄詩，不折梅來以傷歲暮，若折來看去，則亂我思鄉之愁，何可當也？且此江頭一樹之梅垂垂而發，其朝夕催人亦自白頭矣。

此注摒棄蕪雜之説，順文串講詩意，將整首詩的脈絡梳理得十分清楚，種種牽合傅會之説可無地自處矣。但張綖亦未完全擺脱求深之弊，如《詠懷古迹五首》其三注末云："時肅宗以少女寧國公主下嫁回紇，公主臨别之語，聞者酸心，公故借明妃之事以哀之。"此似未有史實依據，且詠懷組詩，感慨本自深沉，不必再牽扯時事。

張綖之注杜融會舊注並參以己見，解説明晰曉暢，又時有辨正舊誤、闡發新見處，故後世注杜者多有徵引，仇注引張綖注即達54條。《四庫全書總目》卷一七四集部二七録作"《杜詩通》十六卷，《本義》四卷"，並謂《杜工部詩通》"頗能去詩家鉤棘穿鑿之説，而其失又在於淺近"，而《杜律本義》"大抵順文演意，均不能窺杜之藩籬也"，所評實嫌苛刻。

西南大學張月碩士學位論文《張綖〈杜工部詩通〉研究》對張綖生平及《杜工部詩通》介紹甚詳，可以參看。

## 第三節　王嗣奭《杜臆》

王嗣奭（1566—1648），字右仲，號於越，别號偶翁、鄞塘田叟、遥集居士、拙修老人、艱貞居士等。鄞縣（今浙江寧波鄞州）人。嘉靖間都御史王應鵬從孫。萬曆二十八年(1600)鄉試中舉。歷浙江黄岩、宣平、龍泉教諭,天啓五年(1625)擢宿遷(今屬江蘇)知縣,後被劾遷建州(今屬福建)經歷,崇禎元年(1628)補永福(今福建永泰)知縣,六年遷涪州(今重慶涪陵)知州,後因事與上官意見相左,被遣置會稽(今浙江紹興),以七十高齡欣欣然從劉宗周學。清兵南下,誓作明遺民,拒不薙髮,其民族氣節爲時所重。嗣奭工文能詩,有《密娛齋詩集》《夷困文編》《泠然草文編》等傳世;又勤于治學,除《杜臆》外,尚有《左右鏡山》《窺天》《管天》諸筆記及《管天筆記外編》等。生平事迹見全祖望《續甬上耆舊詩》卷四四、朱彝尊《明詩綜》卷五八、陳田《明詩紀事》庚集卷一九等。

《杜臆》共十卷,卷前《杜臆原始》言其撰寫是書之經過云:"偶翁王子嗣奭著《杜臆》十卷,始于崇禎甲申九月(1644)之望,竣於乙酉(1645)端二日,年已八十矣。然不八十惡乎得此也……萬曆戊申,余生四十三年矣。居先子憂,始遍閲古人詩。閲及老杜,覺有會心,隨覆閲之,光景又别……至己未,吏隱宣平,復閲杜集。妄欲精選一帙,附以箋語,業撰弁言,而竟不能就。乙亥承乏涪牧,以公事與上官左,絓議戴盆。偶得杜集,諷以遣日,間用箋語,憶舊箋茫如矣,而暗合尚多。歸而友人楊南仲究心老杜,方著《水中鹽》,又索觀余箋本,而竄改混淆。欲手録畀之,而多所未安,且寥寥不成書也。偶有觸發,遂逐章作解。易解者置之,不易解者姑置之。解及之章,十可七八,引伸觸長,往往得未曾有。蓋精之所注,行住坐卧,無非是物,夜搜枯腸作真人想,朝拈枯管作蠅頭書,八十老人不知倦也……草付次孫孫旦脱之,而自原其始。"有此三十七年精研杜詩的功底和不知疲倦的熱忱,《杜臆》的最後成書前後僅歷七月餘。稿成後付次孫孫旦繕清,分裝爲五册,每册扉頁有王嗣奭手寫書名及册數,以仁、義、禮、智、信爲序。每册後又有附補一卷,乃繕寫竣事後又有所補充、修訂者,皆嗣奭手筆。此稿爲王氏後人珍藏六十六年而不爲人知,至仇兆鰲《杜詩詳注》大量徵引始聲名顯露,此前既未經引用,亦不見於各家書目。二十世紀五十年代,郭石麒于王嗣奭故鄉浙江鄞縣收得《杜臆》原稿,後歸上海圖書館收藏。1962 年,爲紀念杜甫誕辰 1 250 周年,中華書局上海編輯所將此稿及王氏另一稿本《管天筆記外編》一併影印出版,並請顧廷龍撰寫了前言。次年,又單獨將《杜臆》整理標點後排印出版。排印本合爲一册,將稿本各册後附補之内容,分别置於有關各題之内;又因稿本未録杜詩原文,排印本於每題之下均注明中華書局 1962 年版《杜詩鏡銓》的卷數頁數,以便查檢原詩。卷前有劉開揚所撰《前言》,王嗣奭《杜臆原始》及《杜詩箋選舊序》,卷末附録顧氏《影印本杜臆前言》和王嗣奭生平資料三則。1983 年,上海古籍出版社又據此排印本重印,並改正了若干錯字、標點錯誤及前言、附録中的個别字句。以下僅以標點整理本論之。

《杜臆》共評解杜詩 1 268 首,卷前有總目録,大致以作年先後爲次,王嗣奭注杜本孟子"以意逆志"説,他從"誦其詩,論其世,而逆以意"的角度來解詩,從而收到"向來積疑,多所披豁,前人繆迷,多所駁正"(《杜臆原始》)的效果。"知人論世"、"以意逆志",是中國傳統文藝思想的主要觀點,歷來解詩者,莫不秉承此説,而真能深得詩旨者並不多,實因"知人"、"論世"、"逆志"都非易事。《杜臆》却稱得上闡幽發微、鞭辟入裏,這自然離不開他對杜甫思想情感、行踪經歷及所處時代背景等問題的深入探索,更離不開對杜詩的長久涵詠、揣摩。而敏鋭的洞察力和細緻的體察更是王嗣奭能有過人之見的前提。如卷一《奉贈韋左丞丈》一詩,他便敏鋭地體味出杜甫視韋左丞爲知己的心思和口吻,其評曰:"此詩全篇陳情……直抒胸臆,如寫尺牘;而縱横轉折,感憤悲壯,繾綣躊躇,曲盡其妙……'儒冠誤身',是一篇之綱。'紈絝不餓死'是伴語。然以身苦窮餓而及之,亦非虚設也。韋丞知己,故通篇都作真語。如'讀書破萬卷'云云,大膽説出,絶無謙讓。至於'致君堯舜,再淳風俗',真有此稷、契之比,非口給語……'朝叩'、'暮隨'等語,正見誤身，此他人所諱，而不惜爲知己言之，所以望之者不淺。”又如卷一評《渼陂行》云：“按《雍大記》：‘渼陂在鄠縣西五里，水出終南山谷，合胡公泉，其周一十四里。’又胡松《遊記》云：‘渼陂上爲紫閣峰，峰下陂水澄湛，環抱山麓，方廣可數里，中有芙蓉鳧雁之勝。’余謂平湖寬闊，湖波浩蕩，杜家京師，素不習水，初見不無驚愕，如‘黿作鯨吞’、‘惡風白浪’，皆以意想得之。已而心神稍定，主人開帆，舟子色喜，加以棹謳、絲管，易憂爲喜，自是人情之常。如水有菱荷，不過尋丈之水，而謂之‘深莫測’，此正不習水人口吻，而憂心終在也。故至夜深，仍見大水茫無際涯，又復驚惶，如雷雨將至，皆疑心幻影，有何神靈使之哉？故湖本無奇，而乍見者誤以爲奇，又誤以岑參爲好奇，而二岑固未嘗好奇。後來登臺泛舟，各自有詩，未嘗云奇，而追思前作，亦當失笑耳。‘驪龍’數語，亦以意想得之，亦喜亦驚。”諸家解此篇多謂其景象壯闊、奇眩奪目，王嗣奭却看出此詩之所以如此情緒激蕩，想象奇幻，主要是因爲詩人素不習水的緣故。一個乍游浩蕩平湖的人，不免滿心希奇又有所驚懼，驚喜之外又不禁浮想聯翩。其實，開首的考證已見渼陂之水不過方圓數里，周十四里，换作水鄉或海濱之人，實難有“黿作鯨吞”、“驪龍吐珠”之類的聯想。王氏此解真稱得上是獨具法眼。

以上衹是對杜甫日常心態的精微解讀，對杜甫的思想，王嗣奭更有深刻精切的闡發。如卷一《春日憶李白》駁王安石之説，解“細論文”之意曰：“公向與白同行同卧論文舊矣，然於别後自有悟入，因憶向所與論猶粗也。白雖‘不群’，而竿頭尚有可進之步，欲其不以庾、鮑自限，而重與‘細論’也。世俗之交，我勝則驕，勝我則妒，即對面無一衷論，有如公之篤友誼者哉？”卷一〇解《宿鑿石浦》：“俊異因窮途而多，見窮之有益於人；恩惠因亂世而少，見處窮途者又當自安，不應以少恩責備乎人。鄙夫日在窮途，正天之所以益我，而不知自愛，放蕩草草以卒歲。豈知有憂患後有斯文，斯文乃憂患之餘，獨不觀聖哲以憂患而‘垂彖繫’乎？公之自負如此，乃知其雖窮而有以自樂也。向使終身富貴,安有一部杜詩懸於日月乎?”《自京赴奉先縣詠懷五百字》是研究杜甫思想的主要詩篇,嗣奭之解略云:“婉轉懇至,抑揚吞吐,反覆頓挫,曲盡其妙。後來詩人見杜以憂國憂民,往往效之,不過取辦於筆舌耳。如杜之自叙,則云:‘窮年憂黎元,嘆息腸内熱。’云:‘生逢堯舜君,不忍便永訣。’而‘永訣’二字更痛切。叙時事則云:‘聖人筐篚恩,實欲邦國活。臣如忽至理,君豈棄此物?’而‘棄此物’三字更痛切。此皆發自隱衷,他人豈能效隻字? ……‘葵藿傾太陽’,‘庶往共飢渴’,‘所愧爲人父,無食致夭折’,讀此詩,君臣父子夫婦之情誼藹然,真《三百》之耳孫也。杜非農家,秋禾雖登,何救於貧? 故云:‘豈知秋禾登,貧窶有倉卒。’作‘未登’者,其誤無疑。人多疑自許稷、契之語,不知稷、契元無他奇,祇是己溺己飢之念而已。伊尹得之而念塵納溝,孔子得之而欲立欲達,聖賢皆同此心,篇中業已和盤托出。”這些解説可謂深得杜甫之心。他還特别强調杜甫“沉飲聊自遣,放歌破愁絶”這兩句詩,認爲:“‘沉飲聊自遣,放歌頗愁絶’二語乃杜之自狀甚真,即淵明亦然。因其喜飲,謂爲酒徒,因其放歌,號爲狂客,此皆皮相者也。‘放歌頗愁絶’,‘頗’似當作‘破’。”(卷一)嗜酒狂放祇是老杜的表象,其本心則是不遇于時的憤懣和對社稷民生的憂患,故卷二《曲江二首》之解曰:“余初不滿此詩,國方多事,身爲諫官,豈行樂之時。後讀其‘沉醉聊自遣,放歌破愁絶’二語,自狀最真,而恍然悟此二詩,乃以賦而兼比興,以憂憤而托之行樂者也。二首一意聯貫,前言‘萬點愁人’,後言‘暫時相賞’,二語便堪痛哭,而千載無人勘破,何也? ……雖有一官,而志不得展,直浮名耳,何必用以絆此身哉? 不如典衣沽酒,日遊醉鄉,以送此有限之年而已。時已暮春,至六月遂黜爲華州掾。其詩云:‘移官豈至尊?’則此時已有譖之者,而二詩乃憂讒畏譏之作也。”又卷一解《醉時歌》云:“此篇總是不平之鳴,無可奈何之詞,非真謂垂名無用,非真薄儒術,非真齊孔、跖,亦非真以酒爲樂也。杜詩‘沉醉聊自遣,放歌破愁絶',即此詩之解,而他詩可以旁通。自發苦情,故以《醉時歌》命題。"這樣的解讀的確稱得上是知其人,得其志。

在論世方面,王嗣奭則顯示出深湛的功力。如上引《自京赴奉先縣詠懷》有一段考證史實的文字:"驪山在臨潼縣,杜自京師歸奉先,路經臨潼,明皇開元、天寶間,無歲不幸驪山,故有御榻在焉。想明皇此時正在驪山,故見蚩尤前導之旗,羽林扈駕之軍,有君臣歡娱之語,此皆紀明皇實事。而伯敬因驪山字,謂借秦爲喻,真同説夢。按:天寶八年,帝引百官觀左藏,帝以國用豐衍,賞賜貴寵之家無有限極。十載,帝爲安禄山起第,但令窮極壯麗,不限財力。既成,具幄帟器皿充牣其中,雖禁中不及。禄山生日,帝及貴妃賜衣服寶器酒饌甚厚。故'彤庭分帛'、'衛霍金盤'、'朱門酒食'等語,皆道其實,故稱詩史。"有此等考證、解説,方能知杜詩爲'詩史'。"又卷六《登樓》解曰:"言錦江春水與天地俱來,而玉壘浮雲與古今俱變,俯仰宏闊,氣籠宇宙,可稱奇傑。而佳不在是,止借作過脈起下。云'北極朝廷'如錦江水源遠流長,終不爲改;而'西山之盜'如玉壘之雲,倏起倏滅,莫來相侵。曰'終不改',亦幸而不改也;曰'莫相侵',亦難保其不侵也。'終''莫'二字有微意在。按《名勝志》:玉壘山在灌縣西,衆峰叢擁,遠望無形,唯雲表崔嵬稍露。唐貞觀創關於其下,名玉壘關。乃番夷往來之衝,故公有浮雲之語,而玉壘與吐蕃正相關也。又按史:廣德元年十月,吐蕃陷長安,代宗幸陜,郭子儀擊之遁去;十二月,帝還長安,吐蕃以是月復陷松、維、保三州及二城,而劍南西山諸州,亦入吐蕃矣。公詩蓋作於此時,而'北極'一聯,蓋實録也。至結語忽入後主,必非無爲,而未有能知之者。蓋後主初年,亦無他過,而後來一用黄皓,遂至亡蜀。肅、代信任李輔國、程元振、魚朝恩,正與後主之任皓無異,雖有賢臣如李泌、子儀輩,而不得展其略,蓋幸而不亡耳。公因萬方多難,深思其故,不勝憤懣,無從發洩而借後主以洩之。公屢遊先主廟,後主從祀,亦素懷不平,故有感而發。且云日已暮矣,天下事無可爲矣,'聊爲《梁父吟》',爲當時有孔明之才而不得施者一致慨焉,此其所爲傷心者也。"此解結語一段稍嫌主觀,但仍可謂深諳唐史者之大手筆,而對"終""莫"二字微意的解説更是建立在對當時歷史形勢深刻體察的基礎上。諸如此類,不勝枚舉。王嗣奭生活的明末,政治腐敗,社會黑暗,又面臨被異族入侵的威脅,整個時代的形勢和杜甫生活的"安史之亂"時期頗爲接近,這無疑能幫助王嗣奭更好地瞭解杜甫的時代。而在評解杜詩的同時,他也時常流露出對自身和時事的感慨,如卷三解《遣懷》云:"公以直諫被黜,既已自哀而復哀後人也。"杜甫所哀後人,應包括嗣奭也,因其亦是以直被遷,後更云:"余潛思累日,始得其解;而時事傷心,不覺墮泪。"評《自京赴奉先縣詠懷》"顧唯螻蟻輩,但自求其穴"兩句云:"罵庸臣刺骨。今日國家遭此奇變,病正坐此,余讀之不覺墮泪。"卷一《行次昭陵》其解云:"近來厭薄名教,決裂繩墨,凡有端人莊士,動以道學先生誚之,天下安得不亂?"

杜詩高超的藝術技巧,王嗣奭也有精到深入的評解。如卷六《王兵馬使二角鷹》解曰:"此詩突然從空而下,如轟雷閃電,風雨驟至,令人駭愕。'悲臺'、'哀壑',夾長江南北,而山谿險峭,似舊有此名。公時在夔,因角鷹而觸目發興,奇崛森聳不待言;而尤得力在'角鷹翻倒'句,隨插入'將軍勇氣'二句,承接得住。蓋通篇將王兵馬配角鷹發揮,而穿插巧妙,忽出忽入,莫知端倪,而各極形容,充之直欲爲朝廷討叛逆、誅讒賊而後已。他人起語雄偉,後多不稱;而此詩到底無一字懶散,如何不雄視千古!再細評之:'角鷹'句起亦突然,而妙在'翻倒'二字,力與起語敵;又妙在即粘'將軍',緊頂'翻倒壯士',而勇氣之軒舉自見,得相生之妙。'角鷹'未完,接以'二鷹',而合之爲'十二翮',此其周匝處。'孩虎'語奇。前云'將軍勇鋭與之敵',後云'敢決與之齊',前呼後應,前虛後實,此局陣之妙。'白羽曾肉三狻猊',奇語,堪與'翻倒壯士臂'相敵。'荆南芮公'以下,歸重將軍,而借鷹影説。'金屋',天子之居也,惡鳥啄之,喻最奇;止詠角鷹,不意充拓到此。”章法之奇妙,詞句之奇麗,比喻之奇巧,皆爲王嗣奭所關注,而其闡説又如此興味盎然,其對杜詩的喜愛及揣摩的長久都可由此看出。他特别贊賞杜詩的雄壯,認爲《同諸公登慈恩寺塔》有出之自然而氣象雄渾的過人之處:“余謂信手平平寫去而自然雄超,非力敵造化者不能。如‘高標’句,氣象語也,誰能接以‘烈風無時休’? 又誰能轉以‘曠士懷’、‘翻百憂’? 然出之殊不費力。”又稱贊其遣詞造句的奇妙和章法的縝密:“‘七星北户’,‘河漢西流’,已奇,而用一‘聲’字尤妙。‘秦山’近在塔下,故云‘忽破碎’,真是奇語。而須溪據樊本定爲‘泰山’,謬甚。末後‘黄鵠’四句,若與塔不相關,而實塔上所見,語似平淡,而力未嘗弱,亦以見‘曠士’之‘懷’,性情之詩也。‘君看’正照題面諸公,其縝密如此。”(卷一)評《哀王孫》:“通篇哀痛顧惜,潦倒淋漓,似亂而整,斷而復續,無一懈語,無一死字,真下筆有神。”(卷二)對杜詩的繼承與創新,他也有新穎的見解,評《八哀詩》:“此八公傳也,而以韵語紀之,乃老杜創格,蓋法《詩》之《頌》;而稱爲詩史,不虚耳!”(卷七)而解《愁》則云:“愁起於心,真有一段鬱戾不平之氣,而因以拗語發之,公之拗體大都如此。”(卷七)更是一語中的,抓住了杜詩由内容决定形式的本質特點,真有入木三分之妙。

王嗣奭認爲“古來詩人無如少陵”(《杜臆原始》),在其《杜詩箋選舊序》中這樣評價杜詩的成就:

> 少陵起於詩體屢變之後,於書無所不讀,於律無所不究,于古來名家無所不綜,於得喪榮辱、流離險阻無所不歷,而材力之雄大,又能無所不挈。故一有感會,於境無所不入,於情無所不出;而情境相傳,於才無所不伸,而於法又無所不合。當其搦管,境到、情到、興到、力到;而由後讀之,境真、情真、神骨真而皮毛亦真。至於境逢險絶,情觸繽紛,緯畫相糾,榛楚

結塞，他人攞指告却，少陵盤礴解衣。凡人所不能道、不敢道、不經道甚而不屑道者，矢口而出之，而必不道人所常道。故其絶塵而奔者以是，舞交逐曲者以是，間有墮阬落塹者亦以是。得之則全瑜，偶失之則任其全瑕。瑕瑜不掩者，固不乏玉之采；即瑕掩其瑜者，猶不失玉之瑕。詩之有少陵，猶聖之有夫子，可謂金聲玉振，集其大成者矣。

集大成的杜詩左右逢源，神妙不可當，開啓無數作詩法門，而王嗣奭正是將這些神妙和法門一一解説，不但發人之所未發，有些甚至可與杜詩比肩，如對《新安吏》有一篇長解，劉開揚稱其突現出了原詩的精神，"真可與原詩媲美"（見排印本《前言》）。難能可貴的是，王嗣奭雖然如此褒揚杜詩，却並不諱言杜詩的缺點，何者爲瑕，何者爲瑜，王嗣奭有清晰的認識。如評《偪側行贈畢曜》："信筆寫意，俗語皆詩，他人反不能到。真情實話，不嫌其俗，然'實''又'二字，真可汰也。"（卷二）批評《渼陂行》："'少壯幾時'一句，用舊語可厭。"（卷一）《桃竹杖引贈章留後》解云："余謂'老去詩篇渾漫興'是實話，廣德以來之作，俱是漫興，而得失相半。失之則淺率無味，得之則出神入鬼。"（卷五）

另外，王嗣奭還特别重視杜詩組詩的連貫性，對杜之組詩一般都逐首作解，並總論其詩旨及相互間的照應關係，尤其反對割剥離析，影響對組詩主題、脈絡及藝術特色的認識。在卷一《陪鄭廣文游何將軍山林十首》的評解末，他對此問題進行了詳細的闡述："作詩易，選詩難，而選杜尤難。昔人選詩而不及杜，未爲無見也。即如'何氏十首'，須全看則老杜所云'沉鬱頓挫'者始盡其妙。趙子常選七首，所汰者'旁舍'、'棘樹'、'憶過'三首，固常人之見，然頓挫之氣索然矣。又可笑者：收六首入宴遊，而'戎王'一首謂刺禄山而作，别自爲類，此小兒强解事者，安有方遊賞園林而忽及胡奴者耶？至曹能始選六首，汰'棘樹'而收'憶過'，則與何氏山林毫無干涉矣。鍾伯敬止收'風磴'一首,豈餘九首俱不及耶？既云選,定不能全收,則如《品彙》收始末與'牀上'三首,猶不致相左耳。杜詩難看,故選者多不當人意。偶筆於此。余初欲選,已爲作序,而至今不敢也。"有此謹慎之心,他對杜甫組詩的評解多能兼顧全貌與單篇的關係,如卷八云:"《秋興八首》以第一首起興,而後七首俱發中懷;或承上,或啓下,或互相發,或遥相應,總是一篇文字,拆去一章不得,單選一章不得。"卷六評《春日江村五首》云:"此五首如一篇文字,前四首一氣連環不斷,至末首總發心事作結。"而卷五對《傷春五首》這樣的組詩又能指出一題而非一時作的特點:"五首皆感春色而傷朝廷之亂也。公詩凡一題數首,必有次第,而脈理相貫。此不然,總哀乘輿播越,而時不去心,有觸即發,非一日之作,故語不嫌其重複也。"

王嗣奭解杜最大的缺點也是好言比興,且不乏其例,如卷二《曲江二首》:"翡翠不屋棲而巢於小堂,比小人之處非其據;石麒麟乃天上之物,而卧於高冢,比正人在位而志不得展。總謂人主昵宵小而疏遠正士。'蛺蝶'、'蜻蜓'俱比小人,而'深深見'、'款款飛',則君心受其蠱惑,而病已中於膏肓矣!""起句語甚奇,意甚遠,花飛則春殘,誰不知之？不知飛一片而春便減,語之奇也。以比君心一念之差,便虧全德,朝政一事之失,便虧全盛,所以知幾者戒堅冰於履霜,此意之遠也。以此推之,而風飄萬點,意可識矣,奚能不愁？蓋花既飄,未有不盡者,以比君驕政亂,未有不亡者,故欲盡花更進一步,危斯極矣,愁更甚矣。酒不傷多,非真好飲,若非此無以解其愁也。前六句皆比也。"卷二《曲江對酒》亦云:"此詩亦以比興而兼賦,與前詩同旨。'宫殿霏微',比君心之受蔽也。花鳥俱比小人有捷捷翩翩之象,所以縱飲、懶朝,有拂衣之思也。"注杜諸家,有好言比興之弊者大有人在,而此二詩如王嗣奭這般曲言者亦是少見。

至於詠物詩,王嗣奭更認爲皆有深意,卷二《初月》之解便云:"公凡單賦一物,必有所指,乃詩之比也。"杜甫之詠物詩數量大,成就高,能"高得其格致韵味,下得其形似"(張戒《歲寒堂詩話》),而"格致韵味"自然是作者主觀思想情趣的投射,故詠物詩的確常有深意在,王嗣奭對老杜某些詠物詩的解讀也頗爲精辟,如卷四《江詠五首》(即《江頭五詠》)解曰:

> 公之詠物,俱有爲而發,非就物賦物者,蓋詩之比也。初居江上,觸目成詩,故云江詠。
>
> 丁香體雖柔弱,氣却馨香,終與蘭麝爲偶,雖粉身甘之,此守死善道者。
>
> 麗春乃春華之最,而不與百草相競,此闇然不求人知者。
>
> 梔子色堪染帛,而其性過寒,如人有所長,亦有所短;則用其長不責其短,"無求備於一人"也。
>
> 鸂鶒入籠,本非所願。然可以養毛羽,可以避鷹隼。故人於失意之時,未必非得意之路,在人善用之耳。"莫悵望"、"莫辭勞",委曲寬慰,真仁人之言。
>
> 花鴨之色,蓋黑白相間者。黑白分明,群心所妒,况可嘵嘵自鳴乎?故君子以含光混世爲貴。

此解雖言其比,但並未坐實,衹是泛言以求得其"格致神韵",故未陷於穿鑿。而一旦以人事機械比附,便不免荒謬,如解卷三《天河》解:"此詩必有所指,余揣其時,唯汾陽公可以當之。公渾厚未常立異,'當時任顯晦'也。"後又有百餘字率以郭子儀生平行迹釋詩句之意,殊失老杜之旨。又如卷二《初月》一詩舊注就有"爲肅宗而發"的觀點,王嗣奭認爲:"良是。三比肅宗即位於靈武,四比爲張皇后、李輔國所蔽。劉云:'句句欲比,却如何處此結句?'余謂露乃天澤,當無所不沾被,乃止在庭前;潤及菊花,而加一'暗'字,謂人主私恩,止被近倖而已。《通》云:'新君即位,必有以新天下之耳目,一天下之心志,'河漢不改色',是猶夫舊也。'關山空自寒',

是失其望也。露滿菊團,陰邪勝而壓君子,何以成正君之功乎?'"不但對劉辰翁不主比興的正確意見進行反駁,而且特引張綖《杜工部詩通》之語進一步印證自己的觀點,幾將前人之妄發揮至極致。王嗣奭解杜常以深刻勝人,而以此深刻入偏狹之道時,其偏狹更非常人能及。如《螢火》一詩,好稱比者,多言其"比於小人",王嗣奭則云:"公因不得於君,借螢爲喻。出自腐草,幸有微光,寧敢飛近太陽;只知自反,不敢怨君,何等忠厚。然而流離奔走,漂零無歸,固太陽所不及照也,良可悲矣。"直視作老杜自比,真是匪夷所思。

《杜臆》的另一穿鑿處,在刻意求深、求新,如卷四《蜀相》解曰:"論老臣之心,直欲追光武之中興,恢高祖之鴻業,如兩朝之開濟而後已……今以歷事二君爲'兩朝',則'天下計'、'開濟'俱説不通。"反前人舊説,而使詩意曲晦。最不可思議的是卷三對《石壕吏》的評解:"此首易解,而言外意人未盡解,此老婦蓋女中丈夫,至今無人識得。'吏夜捉人',老翁走,此婦出門,便見膽略,而胸中已有成算。老翁之逃,婦教之也。吏呼則真,而婦啼一半粧假,前致辭未必盡真也。三男亡其兩男,存者偷生而不敢歸,家下止一乳孫,母戀子故未去。然無完裙,不堪偕汝去,寧使老嫗隨至河陽執炊,不敢辭也。吏雖怒,而到此亦心軟矣。非不知有老翁在,而姑帶老婦以覆上官,必且代婦致辭而縱之使歸,所云'備晨炊',設詞也,吏不知也。此語夜久始絶,至晨行而獨與翁别,則婦夜去矣。翁亦自知可免,故敢出而别客也。夜捉夜去,何其急也?此婦當倉卒之際,而智如鏃矢,勇如賁、育,辯似儀、秦,既全其夫,又安其孤幼,而公詳述之,已默會到此矣。而伯敬獨遺此首,須溪不下一語,知其懵然也。杜詩豈易讀哉?"如此解杜詩,老杜成何人耶?

《杜臆》引前人注,以劉辰翁、鍾惺最多,他如張性《杜律演義》、張綖《杜工部詩通》等也有引及,其對舊注或是而取之,或非而駁之,大多頗爲切當。然其未汰僞蘇注,實是一大失誤。儘管《杜臆》有這些缺點,但其成績還是主要的,甚至可以説是空前的。仇兆鰲就對其極爲推崇,在《杜詩詳注·凡例》"歷代注杜"條中云:"宋元以來,注家不下數百……其最有發明者,莫如王嗣奭之《杜臆》。"①此言殆不爲過。

## 第四節　楊德周《杜注水中鹽》

楊德周(1572—1648),字南仲,又字孚(一作浮)先、齊莊,人稱次莊先生。鄞縣(今浙江寧波鄞州)人。萬曆四十年(1612)舉人,官金華教授。崇禎間歷古田知縣、高唐知州職。魯王監國時以尚寶卿召,不赴,卒于家。曾問學于黄道周。與《杜臆》作者王嗣奭爲同鄉,並稱"王楊"。生平事迹見全祖望《續甬上耆舊詩》及《(乾隆)鄞縣志》。

全祖望《續甬上耆舊詩》卷一七特將王嗣奭與楊德周作了一番細緻的比較:

> 神廟之末,薦紳稱博學醇行者,莫如王涪州嗣奭與先生。顧兩人顛末亦略同。涪州爲定齋先生之後,先生爲碧川先生之後,其門閥暨家學同;涪州問學于蕺山,先生問學于漳浦,其能得師同;涪州宰閩之永順,先生宰閩之古田,所唱和者,皆曹尚書能始輩,其取友極天下之名流同;涪州注杜詩詳其旨趣,先生注杜詩核其事迹,其著書同;至以高才皆困乙榜,又皆官至州牧不得大用,其遇同。其長民皆有惠政,以循吏稱,其治術同;又皆卒于甲申之後,其悲憤同。然涪州遺書尚藏于家,而先生之後則衰,皆散佚矣。予纂是編,求先生《淞庵集》《六鶴堂集》《光溪集》,皆不可得。最後得其《玉田吟卷》耳。其

① (清)仇兆鰲《杜詩詳注》,第24頁。

《金華文徵》《義根三刻》《銅馬編》《荒政考》《詩筏》亦未見，惟《玉田志略》存。其所注杜工部詩曰《水中鹽》，則里中尚有藏之者。先生在古田能決冤獄，高唐亦多去思，皆有專祠。惜志狀皆失，其詳不可得聞矣。①

王、楊二人皆出名門世家，王嗣奭嘉靖間都御史王應鵬（號定齋）從孫，楊德周曾祖楊守阯（號碧川），成化十四年（1478）進士，官至吏部尚書。王學於講學山陰（今浙江紹興）蕺山的理學大師劉宗周，楊學於福建漳浦著名學者、愛國名臣黄道周。兩人都曾在福建爲知縣，都與曾任隆武朝禮部尚書的曹學佺（字能始）交遊唱和。同時，王、楊二人都是未得大用却長民有惠政的循吏。這兩位同鄉同卒於甲申之變後，同秉異代之悲以注杜，令人感慨。衹是楊德周的著述散佚遠較王嗣奭嚴重，《（乾隆）鄞縣志》卷二一"藝文二"著録其《金華雜識》四卷、《寧郡補忠傳》一卷、《古田志》八卷、《武夷綴考》、《三洞志》、《延慶寺紀略》一卷、《芋記》一卷、《輿識隨筆》十二卷及《尤氏藝文志》《石門避暑録》《嘉禾徵獻録》三種（未注明卷數）。卷二二"藝文五"著録其《淞庵集》《六鶴堂集》《光溪集》《玉田吟卷》《續耆舊傳》《杜詩解》八卷及與同郡陸寶、陳朝輔、李桐同輯的《甬東詩話（一作括）》十三卷。《四庫全書總目》卷一一六子部二六著録楊德周《澹圃芋紀》一卷："其書專紀芋魁典故，凡十類，一名，二藝，三食，四忌，五事，六論，七詩，八賦，九謠，十方，采摭頗詳。"當即《芋記》。卷一三八子部四八著録其《輿識隨筆》一卷："是書雜采經史奇字，鈔撮成帙，多引原注，發明甚少。"卷一八〇集部三三著録楊德周《銅馬編》二卷："是集乃其崇禎中爲古田知縣入覲京師，往返記程之作。上卷冠以《北征記》，次以《北行諸

① （清）全祖望輯選，沈善宏審定，方祖猷、魏得良等點校《續甬上耆舊詩》，杭州出版社2003年版，第437頁。

詩》;下卷冠以《南征記》,次以《南旋諸詩》。文格頗歷落自喜,詩則庸音也。"四庫館臣對楊德周的評價雖然不高,但是從這些書名及内容的記載中,我們還是可以看到楊德周潛心搜集地方文獻、傾心一地風物考述的學者風範。而今日所存者大概僅《金華雜識》四卷殘本(缺末卷)、《玉田識略》(或即《古田志》)八卷及《杜注水中鹽》五卷,國家圖書館均有藏本。

楊德周杜詩注本之書名,《(乾隆)鄞縣志》《四庫全書總目》《續文獻通考·經籍考》《(民國)鄞縣通志·文獻志·藝文志》皆著録此書爲《杜詩解》八卷。仇兆鰲《杜詩詳注·凡例》則稱爲"楊德周之類注"。王嗣奭《杜臆原始》云:"友人楊南仲究心老杜,方著《水中鹽》。"又有謂《水中鹽》爲《水晶鹽》者,殊爲迷離。然今日可見者僅國圖所藏題名爲《杜注水中鹽》之清初刻本。

此孤本共五卷,分爲四册。半頁九行,行二十二字。白口,四周單邊。卷次下署"古堇楊德周齊莊甫注",卷四卷五"甫"作"父"。後列校訂者,各卷校訂者不一,卷一署"同社陸寶敬身甫、門人徐之垣維翰甫訂",卷二署"同社周昌晋晋然甫、門人徐之垣維翰甫訂",卷三署"同邑高聽長修甫、陳朝輔燮五甫訂",卷四署"同社閩龍溪黄以升孝翼父、周元孚孚尹父、汪樞伯機父、潘訪岳師汝父訂",卷五署"同社閩龍溪黄以升孝翼父、李埈公起父訂",去其重複,校訂者共計十人。

正文卷前首列張拱機《楊次莊先生注杜水晶鹽序》,略云:

> 句餘次莊先生篤學不衰,一似袁伯業;藩溷皆著紙筆,一似左太沖。尤服膺少陵,酷有杜癖,其於蜀豫兩本,虞蘇贗釋,已不啻韋絶,而郢堊之行役清漳,風塵歷落,從梅殘杏鬧間猶雅手工部一帙,探頣(按:當作賾)推陳,向洗墨乞靈,使高齋入夢,真能把詩過日,蔭映千古寸心者。爰輯諸家言,闡繹表章,拔其核論,輔以新裁。掃飯顆之疑,補丹棱之缺,清娱遐

賞，私其所好，取《詩翼》爲孫謀曰：夫有所授之也，今注少陵者亡慮人争驪探，户侈峎登，而槩日增疑，莛鐘小叩，下之承舛襲訛，傳會掛漏，高者中央盡鑿，三隅不反。挦撦呑剥之譏，不幾如河漢而怖其卒乎？夫不求甚解一語，是貧兒鈍賊之護符也；隨衆觀場一法，是蘆様油腔之學步也。執詩求杜，如買櫝而還；執詩注求杜，如聚矓而鼓。審其所爲，何以聖，何以史，何以集成者，不過慧從狂拾，相以肥舉，安能發音中之寂莫、領味外之酸鹹乎？故必有鄰架等身、龍威授簡者，少陵笥廚之秘，讀之乃可以選炙；有目光巖電、胸快并剪者，少陵錐鎚之利，讀之乃可以解頤；有杯浮五嶽、煙照九州者，少陵衫履之曠，讀之乃可以記里；有沐日浴月、補天縮地者，少陵鬚眉之異，讀之乃可以驚筵；有仙胎脈望、鬼泣諾皋者，少陵斑駁之厚，讀之乃可以濯魄；有麈尾散香、唾壺吸露者，少陵宫商之穆，讀之乃可以息黥。又必有沉汨懷沙、藏丹化碧者，少陵性情之正，乃可以教忠愛而起頑懦。若次莊其人，殆所謂兼之矣。人人共讀之杜，次莊不得而私之。至次莊所讀之杜少陵亦不得不私之者，如弈棋之喻，固不勝悲。哀痛之詔，豈容再下！回紇馬煩，正杞人之蚤計；侍中貂插，尤漆室之微詞。授杜者，其有憂患之心矣！獨怪少陵以窮愁工千古，尚令讀者挾以自私。次莊位不逮拾遺，院不列待制，知有房次律而不敢救，能爲大禮、西嶽諸賦而不得獻，其窮愁殆甚於少陵。不知百世而下讀次莊與注次莊之詩者，其持論又當何如也？惟是少陵詩法，授諸膳部之祖，而次莊有得臣之筆、得臣之酒者，熊兒驥子抑又過之，宜其疏纂之殺核，既舉贍而復鉤玄也。

序末署"蜀西社弟張拱機群玉父題"。張拱機，内江（今屬四川）人，崇禎四年（1631）進士。此序竭盡揄揚之能事，極贊杜詩與楊德周之杜詩注。張序後依次爲《舊唐書・杜甫傳》、謝杰《少陵紀》、計有功《唐詩紀事》、張表臣《珊瑚鈎詩話》、馮時可《藝海洞酌》等著作中有關杜甫的評論。

其後則列《論編年》與《李杜詩論》兩文，當是楊德周所作。《論編年》首云："子瞻云：老杜自秦中赴成都，所歷輒作一詩，數千里山川在人目中，古今詩人殆無比。獨明皇遣吴道子傳畫蜀山川，歸對大同殿索其畫，無有，曰：'在臣腹中，請匹素寫之。'半日，都畢。明皇後幸蜀，皆默識其處，無不相合。可用爲比。"楊德周謂此引自焦竑《焦氏筆乘》，並云："近時焦弱侯極以編年爲正，而服膺子瞻之善喻，乃有不盡然者，如《北征》《秦州》《同谷》諸篇，皆公自注歲月，卓據無疑。其餘篇亦後人揣摩詩意，妄相附會焉耳。而欲按時論事，將安所窺作者之意乎？"繼對《臨邑舍弟書至苦雨黄河泛濫堤防之患簿領所憂因寄此詩用寬其意》《洗兵馬》《寄裴施州詩》《送孔巢父謝病歸游江東兼呈李白》等詩作的編年及吕大防《杜工部年譜》提出異議。篇首所引實爲僞蘇注，不足爲據，楊德周對前人編年的辯駁亦所言多誤，今限於篇幅，不予細辯。唯文末云："孟氏曰：'盡信書，則不如無書。'夫史傳之編年猶未免魯魚甲乙之疑，矧詩史乎？或曰：'然則此注曷循編年例？'曰：'一日大同殿，足盡蜀道山川。姑以便其翻閲，非詩不可編年，而年固未易編也。'"由此可知，楊德周雖感杜詩"年固未易編也"，然爲"便其翻閲"，其杜詩注本仍是用編年體。觀國圖所藏《杜注水中鹽》，的確大抵按作年之先後編次，有的詩題後還有小字對詩之作年予以辨正，如卷一《贈李白》題後小字曰："此殆是初遊齊趙時，梁權道編在十二載，非。"所言尚是。卷二《官定後戲贈》題後小字曰："此詩天寶十五載公自奉先避地鄜州作。"此則時地皆誤。

《李杜詩論》廣泛徵引由唐至明諸家關於李杜比較的論述，兼言己之觀點。所引有韓愈、杜牧、徐積、嚴羽、范梈、葛常之、孫器之、楊萬里、胡應麟、王禹偁、丁謂、周紫芝、傅與礪、王世貞、楊慎、李攀龍、何景明、鄭善夫、焦竑、元稹，共計 20 人。楊德周於李杜不作高下之評,然對貶杜者則必予反駁。如此篇末云:"若何大復謂:'子美世故博涉[①],而出於夫婦者常少;致兼雅頌,而風人之旨或缺。'其意謂晋魏承三百篇之後,作者意關君臣朋友,辭必托諸夫婦,以宣郁而達者,而子美不盡然也。余謂子美千古辭人之宗,此而不解風人之旨,誰則解者?况杜之言及夫婦者,亦不少。鄭善夫云:'詩之妙處正在不必説到盡寫到真,而其欲説欲寫者,自宛然可想。雖可想而又不可道,斯得風人之義。杜公往往要盡處真處所以失之,至於長篇沉著頓挫,指事陳情有根節骨格,此杜公獨擅之能。衆人皆出其下,然詩正不以此爲貴,但可以爲難而已。'按善夫此言以論詩則是,以譏杜詩則非,如此抨擊,未免蚍蜉撼樹。而焦弱侯稱爲子美知己,子美固少此知己耶?王元美爲鄭得杜之骨,亦未盡然。夫不見元微之云:'詩人以來,未有如子美。'唐人自選一代,《河岳英靈》不取拾遺,《間氣》《極玄》兼遺供奉。楊伯謙選《唐音》不收李杜,則有意尊之矣。少陵抑之而不能少抑,又豈待尊之而後稱尊耶?"儼然不許對杜甫有絲毫的貶責,末尾"抑之而不能少抑,又豈待尊之而後稱尊"一句正是置杜甫於千古不易的高標地位。

除以上諸篇,卷前還列明唐龍《杜子祠記》與來斯行《槎庵小乘》關於杜甫卒葬問題的考述。

該書選注杜詩共312題,380首。不録原詩,衹按詩題選録諸家評論,間附己見。有的詩題下有題解,簡介題中人名地名,或詩歌背景作年,皆用小字。引卷一《望嶽》以見其體例:

《詩眼》曰:老杜詩凡一篇皆工拙相半,古人文章類如此。皆拙而無取,使其皆工,則峭急無古氣,如李賀之流是也。然後世學者當先學其(按:原有"工者"二字),精神氣骨皆在於

---

① 原文爲"博涉世故",見何景明《何大復先生集》卷一四八《〈明月篇〉序》,《四庫全書底本叢書》集部第154册景印明刻本,第480頁。

此。《望嶽》詩云:"齊魯青未了。"《洞庭》詩云:"吴楚東南坼,乾坤日月浮。"語既高妙有力,而言東嶽與洞庭之大,無過於此。後來文士竭力道之,終有限量。《望嶽》第二句如此,故先云:"岱宗夫如何?"洞庭詩先如此,故後云:"親朋無一字,老病有孤舟。"使洞庭詩無前兩句,語雖健,終不工。《望嶽》詩無第二句亦不成詩。今人多學得老杜平慢處,乃鄰女效顰耳。

"岱宗夫如何,齊魯青未了。"此不惟"青未了"三字妙入化境,而"夫如何"三字亦爲"望"字傳神,後《望嶽》"恭聞魏夫人,群仙夾翱翔。有時五峰氣,散風如飛霜",亦字字是望嶽,不是登臨。

○"陰陽割昏曉"三句,此言泰山高大,日月出入相隱避,迭爲昏曉。層雲蕩胸而生,歸鳥決眦而入,山高大也。眦,目睫也;決,裂也。相如賦:"弓不虚發,中必決眦。"

此注第二段未注明出處,實引自《唐詩歸》卷一八。末段方是楊德周之解,衹就有感觸之三句略爲串講,並簡釋詞語之義。可知此書不求體例之完備,而以博列衆家相關考論爲長。據初步統計,其徵引前人杜詩注,最多的一家爲僞蘇注,共計 95 條;次爲托名邵寶的《分類集注杜詩》,共計 41 條;次爲楊慎語,除《杜詩選》外,楊之詩話也多有涉及,共計 25 條;另引劉辰翁批點 14 條,謝省注 8 條,錢謙益注 8 條,蔡夢弼注 4 條,僞王洙注 3 條,師古注 3 條,單復注 3 條,張綖注 3 條,林兆珂注 2 條,蔡興宗、鮑彪、卞圜、吕祖謙、杜修可、顔廷榘、謝杰、董斯張注各 1 條。另外還徵引了其他宋明學者的大量評杜研杜言論,以鍾惺、譚元春兩家最多,共 62 條,次王慎中 27 條,楊德周曾祖楊守阯 19 條,何景明 13 條,張表臣 10 條,焦竑 8 條,王應麟 7 條,王世貞 7 條,非僞托之蘇軾評 6 條,胡仔 6 條,文翔鳳 6 條,許顗 4 條,葛立方 3 條,羅大經 3 條,王楙 3 條,黄庭堅 2 條,范温 2 條、蔡居厚 2 條,程大昌 2 條,鄭明選 2 條,文瑩、洪芻、胡宗伋、王直方、惠洪、計有功、蔡絛、周紫芝、嚴羽、范成大、蔡沈、魏慶之、謝枋得、陳巖肖、鄭瑗、何孟春、曾嶼、屠隆、馮時可、于慎行、徐㶿、劉士龍、黄光施、范汝梓、王樌、胡應麟各 1 條[①]。因其徵引亦有隱名不注之情況，故僅據其明白注出及已檢索對校出的内容作大體統計，藉以窺測《杜注水中鹽》之概貌。

楊德周徵引歷代杜詩注評已逾六十餘家，而其注杜於名物考證、背景闡釋、典故解析、舊注駁正之時，更是經史子集廣徵博引。如卷五《杜鵑行》注末附杜鵑考，竟近八百字，《華陽國志》《蜀記》《增韵》《海異物志》《孟子》《楚辭》，及左思《蜀都賦》、曹植《惡鳥論》等相關語句及前人注釋皆予引用，雖有些由他人注中轉引，但視野之寬毋庸置疑。曹學佺稱楊德周"有讀書之癖，有積書之癖，有好奇書之癖"[②]，由《杜注水中鹽》觀之，亦足見其讀書之博，藏書之豐，好書之篤。楊德周之博洽多聞儘管尚無法和乾嘉學者相比，但明末學風由空疏趨於質實的轉變在其著作中亦有充分體現。

《四庫全書總目》卷一七四集部二七"《杜詩解》八卷"條云："明楊德周撰……是編裒詩家之論杜者，爲第一篇，蓋即蔡夢弼《草堂詩話》之意，推而廣之，然分類不免於瑣屑。其最不檢者，如八卷補注例第一條云'韓昌黎曰：人各有能有不能，抑而行之，必發狂疾。故杜云：束帶發狂欲大叫。如此注那得不補'云云。是杜詩乃用韓語，天下寧有是事？他如楊慎辨槎字一條，既全載於訂訛字中，又復見於正訛例中。如斯之類，或往往失之嗜博也。"經比對，《杜注水中鹽》卷三《早秋苦熱堆案相仍》注釋幾乎全引謝杰《杜律詹言》注解，衹"或曰：時賀蘭進明譖房琯以及公，'蠅蝎'蓋指賀蘭

① 參見尤丹丹《楊德周〈杜注水中鹽〉研究》，山東大學 2016 年碩士學位論文。

② 曹學佺《贈古田令楊父母入覲序》，轉引自錢茂偉《楊德周〈玉田識略〉研究》，《中國地方志》2012 年第 2 期。

氏子也"二十餘字,謝注無。杰字漢甫,楊德周亦於注前標"謝漢甫曰"。楊德周十分推崇韓愈,其《李杜詩論》有言:"余也知詩淺,知李杜詩尤淺,何敢妄爲軒輊,謬附淵源?惟憶先太宰有云:'學文師韓吏部。'余亦曰:'讀詩亦宗韓吏部。'吏部之稱李杜,《石鼓歌》曰:'少陵無人謫仙死,才薄將奈石鼓何。'《酬盧雲夫》曰:'高揖群公謝名譽,遠追甫白感至誠。'《薦士》曰:'勃興得李杜,萬類困陵暴。'《醉留東野》曰:'昔年因讀李白杜甫詩,長恨二人不相從。'《感春》曰:'近憐李杜無檢束,爛熳長醉無文辭。'此其崇奬表章不遺餘力矣。"受家族先人的影響,楊德周不僅作詩爲文以韓愈爲師,自己的詩學觀點亦自覺以韓愈爲宗。甚至可以説正是因爲韓愈推尊李杜,楊德周才用力於杜詩,故其注杜之時,看到前人以韓注杜,自然予以徵引。韓愈之語出自其《上張僕射書》,原作:"古人有言曰:'人各有能有不能。'若此者,非愈之所能也。抑而行之,必發狂疾。"此處完全是以千古共同之人性而釋杜詩之"發狂",實無不可,並非荒唐到以爲"杜詩乃用韓語",四庫館臣之推論委實過於刻薄無理。

然《杜注水中鹽》注釋中並無"如此注那得不補"諸語,亦不見"訂訛"、"正訛"之例。另檢仇兆鰲《杜詩詳注》,共引"楊德周曰"21 處,備列如下:

1. 卷七《秦州雜詩二十首》其十二(583 頁①)

楊德周曰:《秦州》詩,滿肚憂憤悱惻,都非文人伎倆,即"歸山獨鳥遲"、"老樹空庭得"二語,亦令人閣筆。

2. 卷七《寓目》(603 頁)

楊德周曰:"關雲常帶雨,塞水不成河","谷暗非關雨,楓丹不爲霜",皆字字可思。

---

① (清)仇兆鰲《杜詩詳注》,第 583 頁,後只標頁數。

3. 卷八《寄岳州賈司馬六丈巴州嚴八使君兩閣老五十韻》(655頁)

楊德周《讀杜漫語》曰:"世情只益睡",是閲世語。"吾生亦有涯",是達生語。"男兒行處是,客子鬥身强",是真閲歷語。"物情尤可見,詞客未能忘",是真聲氣語。"侏儒應共飽,漁父忌偏醒","心微傍魚鳥,肉瘦怯豺狼",必身經憂患,纔曉讀斯語。"定知深意苦,莫使衆人傳。貝錦無停織,朱絲有斷絃",必身罹讒謗,纔曉讀斯語。

4. 卷八《别贊上人》(667頁)

楊德周曰:《釋典》:手把青楊枝,遍灑甘露水。

5. 卷八《萬丈潭》(703、704頁)

楊德周曰:山水間詩,最忌庸腐答應,試看杜公《青陽峽》《萬丈潭》《飛仙閣》《龍門閣》諸篇,幽靈危險,直令氣浮者沉,心淺者深,刻劃之中,元氣渾淪,窈冥之内,光怪迸發。初學更宜於此煅煉揣摩,庶能自拔泥滓。

6. 卷九《成都府》(726頁)

楊德周曰:此詩寄意含情,悲壯激烈,政復有俯仰六合之想。

7. 卷九《和裴迪登蜀州東亭送客逢早梅相憶見寄》(782頁)

楊德周曰:"幸不折來傷歲暮,若爲看去亂鄉愁",必如此,方不墮詠物劫。王元美以爲古今詠梅第一。

8. 卷九《暮登四安寺鐘樓寄裴十迪》(783頁)

楊德周曰:縣有修覺山,其上爲寶華山,以峰頂多雪,又名雪峰。

9. 卷一〇《石鏡》(807頁)

楊德周曰:《路史》:開明妃墓,今武擔山也,有二石闕。武陵王蕭紀掘之,得玉石棺,棺中美女,顔色如生,體如冰,掩之而寺其上,鏡周三丈五尺。

10. 卷一〇《所思》(822 頁)

楊德周曰：此九江斷主《蔡傳》，若潯陽之九江，乃揚州境，與一柱觀不合矣。

11. 卷一一《題玄武禪師屋壁》(929 頁)

楊德周曰：《王勃集》：玄武山有聖泉，浸淫歷數百千年。乘巖泌湧，接澄分流，下瞰長江，沙堤石岸，咸古人遺迹。兹乃青蘋緑芰，紫苔蒼鮮，遂使江湖思遠，寤寐寄托。既而崇巒左披，石壑前縈，丹崿萬尋，碧潭千頃，松風唱響，竹露垂空，瀟瀟乎人間之難遇也。

12. 卷一一《陳拾遺故宅》(947 頁)

楊德周曰：陳拾遺故宅，在射洪縣東武山下，去縣北里許。本集云：子昂四世祖陳方慶，好道，隱於此。有唐朝道觀址，而真諦寺在其左。

13. 卷一一《有感五首》其三(974 頁)

楊德周曰："盗賊本王臣"，駕馭撫綏，俱在其中。

14. 卷一二《巴西驛亭觀江漲呈竇十五使君二首》(1003 頁)

楊德周曰：《綿州地志》：巴字水在綿州治西四里，涪水自北經城西，析而爲二，安水自東迤邐繞城東南，匯於芙溪。每江漲，登山望之，點畫天然，甚肖也。芙蓉溪，即杜東津觀打魚處。

15. 卷一二《桃竹杖引贈章留後》(1063 頁)

楊德周曰：此兼用豐城之劍躍出延津，幾於風雨晦冥，天地澒洞，異哉！

16. 卷一三《將赴荆南寄别李劍州》(1098 頁)

楊德周曰：武當縣有川曰滄浪，即《禹貢》漢水東流爲滄浪之水者。魏文帝詩："上慚滄浪之天。"

17. 卷一三《自閬州領妻子却赴蜀山行三首》其一(1102 頁)

楊德周曰：杜詩"落月動沙虚"、"物役水虚照"、"沙虚岸只摧”、“寒江動碧虛”、“窗虛交茂林”、“朝光切太虛”,用“虛”字無一不妙。“日出寒山外”、“君聽空外音”、“晨鐘雲外濕”、“賞妍又分外”、“孤雲倒來深,飛鳥不在外”、“回眺積水外,始知衆星乾”、“寒日外澹泊,長風中怒號”,用“外”字無一不妙。

18. 卷一三《春歸》(1111 頁)

楊德周曰:“微風燕子斜”,正與此句(按:當指“輕燕受風斜”)同看,詠之不盡,味之有餘。

19. 卷一四《院中晚晴懷西郭茅舍》(1172 頁)

楊德周曰:晋山濤,吏非吏,隱非隱。公在幕府爲吏,歸草堂爲隱,兼有其名也。

20. 卷一四《別蔡十四著作》(1260 頁)

楊德周曰:玄甲四句,觸目傷心,感悵泫然。

21. 卷一五《上白帝城》(1273 頁)

楊德周曰:提出夏禹、楚襄,便足壓倒公孫子陽,引出公孫躍馬,又足折倒崔旰之徒。妙在不直貶公孫,而譏刺見於言外,尤爲微婉。

《杜注水中鹽》選録其中 8 題,《秦州雜詩二十首》《寓目》《寄岳州賈司馬六丈巴州嚴八使君兩閣老五十韵》《別贊上人》《萬丈潭》《成都府》《石鏡》7 題注語無一與仇注所引相同,唯《和裴迪登蜀州東亭送客逢早梅相憶見寄》注有“‘幸不折來傷歲暮,若爲看去亂鄉愁’,王元美以爲古今詠梅詩之絶唱”數語與仇注所引差近。然同録王世貞之評語亦有“第一”與“絶唱”之別,而楊德周自注語“必如此,方不墮詠物劫”,却仍不見於《杜注水中鹽》。仇注在卷前《凡例》中稱“楊德周之類注”,《(民國)鄞縣通志》謂楊德周《杜詩解》八卷:“此書分類注釋,詳於故實,兼采前人評語。”與仇注所所稱引頗爲吻合,其“備注”欄又云:“全祖望謂所注杜詩曰《水中鹽》……蓋即《杜詩解》之異名。"仇注所引雖難以見出"類注"之貌,但其具體内容、書名、卷數與國圖藏《杜注水中鹽》皆不同,且《四庫全書總目》所言亦與之不同,則《(民國)鄞縣通志》之推測不足信,當視《杜詩解》八卷與《杜注水中鹽》五卷爲二書。

## 第五節　盧世㴶《杜詩胥鈔》

盧世㴶(1588—1653),字德水,又字紫房,晚稱南村病叟。祖籍淶水(今屬河北),明初其祖徙德州(今屬山東),遂定居此地。天啓五年(1625),進士及第,官户部主事,未幾省母歸,起補禮部,改監察御史,督漕運。時久旱河竭,盜賊縱横,世㴶疏數十陳漕運之弊,報竣,移疾歸。甲申之變,曾與鄉人對抗李自成義軍,至斬其牧守。明亡,清廷以原官徵詣京師,世㴶以病辭。其爲人簡蕩,博學工詩,平生仰慕杜甫,又嗜酒喜談,與人晤輒論杜詩不休。晚年隱居德州,于其家之尊水園建杜亭,設杜甫與宋杜五郎像祀之,並自稱爲杜亭亭長。與錢謙益交誼深厚,曾共論杜詩于杜亭,錢箋注杜詩即因盧氏所請。著有《尊水園集略》。生平事迹見田雯《盧南村公傳》(《古歡堂集》卷三三)、王鐵山《墓志銘》(《尊水園集略》卷首)。

盧世㴶《杜詩胥鈔》十五卷,衹録杜詩白文和原注,取杜詩"乞米煩佳客,鈔詩聽小胥"(《贈李八秘書别三十韵》)之意,名之曰"胥鈔",乃以小胥自謙。其《大凡》(即凡例)云:"余數年間,於杜詩近四十餘讀,稍稍會其倫要。邇來却掃,益有餘力,另録而重讀之,長篇短章,務細察其意思所在,乃手彙爲帙,序準編年,體分古近,言之五七,區以别焉。既小有裁酌,而杜詩之全局統是矣。"故是集雖無注釋,但亦是盧世㴶數十年精心研治杜詩之結晶,殆欲以所抄之"净本"使少陵精神更出。又云:"世所傳《草堂集》編次最有法,蓋取子美作詩歲月之先後,以爲定本。一展卷而歷履瞭然。今既分體,其勢不得不離,顧就各體中仍依其原本次第,庶居行起終,不致差互。”是知此書乃以蔡夢弼《草堂詩箋》爲底本,於分體中又依蔡本編次。《胥鈔》共録杜詩 881 首,附高適詩 1 首,末卷摘録杜甫詩句若干則,爲前所未選者。崇禎四年(1631)由其友王瑞符、門人王元禮資助刻印。崇禎七年,盧氏又撰成《餘論》一卷,遂連同《知己贈言》一卷與《大凡》一卷,與前書一併刻印。《知己贈言》爲其友人劉榮嗣、陳以聞、李行志、錢希忠、王瑞符、沈嘉、周承芳、程泰、錢謙益爲此書所作序、記及贈詩。《大凡》簡述該書編撰始末、體例,並總論杜甫之生平性情及杜詩概貌。《餘論》分論各體杜詩,依次爲論五言古詩、論七言古詩、論五言律詩、論七言律詩、論五七言排律、論五七言絶句、論摘録。

《杜詩胥鈔》既然將諸家注盡行袪除,《大凡》《餘論》亦能擺脱人云亦云之弊,發人所未發,如《大凡》云:

> 子美千古大俠,司馬遷之後一人。子長爲救李陵而下腐刑,子美爲救房琯幾陷不測,賴張相鎬申救獲免。坐是蹉跌,卒老劍外,可謂爲俠所累。然太史公遭李陵之禍而成《史記》,與天地相終始;子美自《發秦州》以後諸作,泣鬼疑神,驚心動魄,直與《史記》並行。造物所以酬先生者,正自不薄。
>
> 子美最儻宕,自表其能上之天子,謂“沉鬱頓挫,隨時敏捷,揚雄枚皋,尚可跂及。有臣如此,陛下其舍諸?”自東方朔以來,斯趣僅見載。觀其《遣懷》《壯游》諸作,又謂許身稷、契,致君堯、舜,脱略時輩,結交老蒼,放蕩齊趙間,春歌冬獵,酣視八極,與高、李登單父臺,感慨駿骨龍媒,賦詩流涕,上嘉吕尚傳説之事,來碣石萬里風。至於閨房兒女悲歡細碎情狀,盡寫入《北征》篇中,與經緯密勿,《收京》、平胡參伍錯雜,不復知有旁觀。固是筆端有膽,亦由眼底無人。古之“狂也肆”,子美

有焉。

子美性極辣,惜未見諸行事。《雕賦》一篇,辣味盡露。所云重其有英雄之姿,類大臣正色立朝之義,可謂善於立言。《義鶻行》是其一生心事,偶遇好題遂不覺淋漓痛快。至功成用舍之際,何其撇脱,幾于神龍見首不見尾矣。高鳥奇文,並傳不朽。

以上三則論子美之性情,拈出"俠""狂""辣"三點,可謂新警而切當。而對杜甫之仁愛胸懷更有深刻體會,《大凡》又云:"語云:'仁人之言其利溥。'又云:'仁義之人,其言藹如。'今觀子美詩,猶信子美温柔敦重,一本之愷悌慈祥,往往溢於言表。他不具論,即如《又呈吴郎》一首,極煦育鄰婦,又出脱鄰婦;欲開示吴郎,又回護吴郎。七言八句,百種千層,非詩也,是乃仁音也。惻隱之心,詩之元也。詞客仁人,少陵獨步。"《餘論・論七言古詩》云:"兩《短歌行》,一贈王郎司直,一送邛州録事,一突兀横絶、迭宕悲涼,一委曲温存、疏通藹潤;一則曰'青眼高歌望吾子',一則曰'人事經年記君面'。待少年人如此肫摯,直是腸熱心清、盛德之至耳。"又言《寄狄明府博濟》:"末直云'早歸來,黄土汙人眼易眯'。何等斬截,何等乾净,愈率愈婉。婆心勸世,子美真佛位中人。"世潅還特别强調杜甫對待朋友的態度,認爲:"其處友也,同過、同功、同生、同死;其自處也,真忠、真厚、真懶、真狂。"(《餘論・論五言律詩》)又於"故人情味晚誰似?令我手脚輕欲旋"句評云:"夫知己相遇,亦不一矣。或精理,或高義,或深衷,或雅論,或事業,或文章,或情味,或符彩,而好心真色爲之根柢,要本於骨清行惕。使喧濁放肆之人,即有文才、有作略,要歸於下流而已。方恐餘波累及,安所稱'洸然遇知己'、'相近如白雪'也哉!'金石兩青熒'寫人生相感真光景,洞徹焦腑。又曰:'氣蘇君子前。'又曰:'氣合無險僻。'子美實以朋友爲性命者也。"(《餘論・摘録》)這些評論滿含深情,又簡明切當,從細微處挖掘出了杜甫的真精神。

而對杜甫爲人之真誠坦率,杜詩之真情貫注,世潅也特别欣賞。"《王十七侍御掄許携酒至草堂奉寄此詩便請高三十五使君同到》《遣悶戲呈路十九曹長》《崔評事弟許相迎不到應慮老夫見泥雨怯出必愆佳期走筆戲簡》合三首觀之,足徵少陵高興坦懷,實情雅趣。不止無文人捏怪陋習,并不知人世上有彼此封畛。故其起居交往,一味無懷葛天。有如此真人妙人,自然做出真詩妙詩。"(《論七言律詩》)好詩源于詩人的真與妙。"詩到真處,不嫌其直,不妨於盡。"便如《鄭十八虔貶台州司户》末可徑云:"便與先生應永訣,九重泉路盡交期。"(《論七言律詩》)"如'鄉里兒童項領成,朝廷故舊禮數絶。自然棄置與時異,况乃疏頑臨事拙',在投簡中入此等語,尤覺不平,然是一片真氣激出,不能隱忍者,不宜隱忍者也。豈許暖暖姝姝,假敦厚輩所敢望其邊際,故曰'可以怨'。"(《論七言古詩》)總之,"真"是好詩的首要因素,衹要是真,便可以直,可以盡,可以怨。

世潅讀杜詩近四十遍,對杜詩的熟稔自非常人所能及,故其所論頗有以杜解杜的精妙,如:"(杜甫)自云'晚節漸於詩律細',子美一生詩,只受用一'細'字。不止'晚節'爲然。蓋詩不細不清,詩不細不遠,詩不細不能變化,詩不細不敢縱横也。'細'之義大矣哉!"(《論七言律詩》)又如:"《風雨看舟前落花戲爲新句》,蓋句不新則詩朽,句徒新則詩亡,苟非有日新之學問、日新之識見,而惟務新其皮膚,反致面目青黄。此又與於陳腐之甚者,少陵下一'戲'字有無限防閑在。見身説法,急須理會。"(《論七言古詩》)論杜甫歌行之妙處:"惟子美自題一語曰'即事非今亦非古',最爲簡當。蓋盡少陵七言古詩,皆即事也。自撰題、自和聲、自開世界、自隆堂構,無古無今,即今即古,其坐斷古今在此,其融會古今亦在此。"(《論七言古詩》)詩律謹嚴,善於創新,善於融會,都是杜詩取得高度藝術成就的重要原因,世潅由杜詩中拈出數語加以細緻解説,更具有説服力。而杜詩借他人他事以言己之情懷的特點，世濰也有深刻的認識，如："此外贈寄送别之作幾二十首，雖云應酬，而子美獨以全力注之。蓋子美之交情、之身事、之高心、之道氣、之净眼、之曲腸、之逸趣、之任誕，具見於斯。如《贈鄭諫議》云：'毫髮無遺恨，波瀾獨老成。'分明自己評唱，特借諫議酒杯以澆磊塊。"(《論五七言排律》)世濰能看到此地，知其不愧爲老杜知己。

對具體詩篇的體會，世濰更是深入，如云："《觀公孫大娘弟子舞劍器》序與詩俱登神品，蓋因臨潁美人而溯及其師，又追想聖文神武皇帝，撫時感事，凄惋傷心。念從'風塵澒洞'以來，女樂梨園，俱付之寒煙老木。况自身業已白首，而美人亦非盛顔，則五十年間真如反掌。以此思悲，悲可知矣！一篇中具全副造化，波瀾莫有闊於此者。"(《論七言古詩》)"《燕子來舟中》是子美晚歲客湖南時作。七言律詩，以此收卷。五十六字内，比物連類，似複似繁，茫茫有身世無窮之感，却又一字説不出，讀之但覺滿紙是泪。夫世之相後也一千歲矣，而其詩能動人如此。"(《論七言律詩》)真是寥寥數語而詩之妙處、精神皆焕然而出，其功力可見。

對前人的論述，世濰也有駁正。《論七言律詩》首云："先正李滄溟云：'七言律體，諸家所難。王維、李頎，頗臻其妙。即子美篇什雖衆，憒然自放矣。'此語出而老杜七言律詩幾失坐位，雖然，未易言也。子美所可商者，惟在一二應酬之作，頗有諛氣，未免落夾。然世法拘牽，不得不爾。夫子美既以詩名海内，况所奉獻、奉贈者，定是尊流，不得已降志從俗，用幾椿餕餡故事，以塞人耳目。即謂子美苦心涉世，可；即謂子美玩世不恭，亦可。銷繳此一段，而子美七言律詩之真精彩躍躍出矣。"世濰態度較李攀龍客觀公允得多，而這種態度是建立在設身處地的體察上的。又："元微之謂自詩人以來未有如子美者，觀其云'鋪陳終始，排比聲韵，大或千言，次猶數百'，亦似專指排律而論。夫'鋪陳'、'排比'、'千言'、'數百'，凡有物料，有筆力者，皆能之，正非子美之獨絶也。子美所獨絶者在不以排律爲排律耳。原其執筆覓紙,初無鬥富取盈之心,猶水著地縱横流漫,任其所止而休焉。自六韵以至百韵,無不可者。"(《論五七言排律》)元稹所論本無錯誤,而世溎所言則更爲精辟。杜詩在形式上的突破,非爲突破而突破,而是由内容決定形式,自然而至,這就與後人之刻意大相徑庭。世溎之言一語中的。他的見識還表現在對杜詩的批評上,自命爲"杜亭亭長"的盧世溎,雖然愛杜至深,却不但不曾一味回護,而且連《秋興八首》這樣的名篇也敢指摘。如云:"《秋興詩》'千家山郭'一首,結句云:'同學少年多不賤,五陵衣馬自輕肥。'夫同學少年既是'五陵裘馬',自己'輕肥',又提他何幹?且'匡衡抗疏'、'劉向傳經',竟没交涉。'蓬萊宫闕'一首,'瑶池王母'、'紫氣函關',傷於爛熟,而'雲移'、'日繞'一聯,大類早朝,似非秋興。末即急挽云'一卧滄江驚歲晚',終非靈棹。留此二首,恐爲《秋興》減價。詩有損之而乃以益,删之而愈以全者,此類是也。"(《論七言律詩》)

世溎還特别重視杜詩有補世教的功用,在《論五言律詩》起首便云:"五言律至盛唐諸家,而聲音之道極矣,然未有富如子美者,既富矣,又有用也。何言乎有用?感天地,動鬼神,訏謨定命,遠猷辰告,蒿目時艱,勤恤民隱,主文而譎諫,言者無罪,聞之者足以戒,此所謂有用文章。乃工聲律者之所未嘗講,而子美氏之所獨饒也。"又云:"其曰:'朝野歡娱後,乾坤震盪中。'震盪起於'歡娱',以是知憂勤之味,在朝在野,不可一日不知。"(《論摘録》)"《李潮八分小篆歌》無數闡揚而歸之於'不流宕',此是書家大本領所在。收局忽作却步語曰:'我今衰老才力薄,潮乎潮乎奈汝何!'退藏於密,意味彌長。後韓昌黎仿其意,謂:'少陵無人謫仙死,才薄將奈石鼓何!'合而觀之,想見古人閎厚。今之君子攘臂下車,動輒淩轢前修。薄極矣!"(《論七言古詩》)世溎處明、清易代之際,眼見政治腐敗,士風頹壞,社會動盪,胸中無限時事感慨自然爲杜詩所激蕩。

總之,《杜詩胥鈔》選詩精審,而《大凡》《餘論》對杜甫其人其詩之論述,闡幽抉髓,勝見迭出,是一部少有的極富新意的杜詩學文獻。清初文壇領袖王士禛《戲仿元遺山論詩絶句三十二首》有"苦爲《南華》尋向郭,前唯山谷後錢盧"之句,將盧世潅與黄庭堅、錢謙益並列,可見對此書評價之高。

因盧世潅的杜詩學思想主要見於《大凡》《餘論》,故又有將二者合併爲一卷之單行本,名《讀杜私言》,有宣統三年(1911)藏湖樓重刻本。卷前首行題"讀杜私言",又有將其名録作"讀杜微言"①者。孫殿起《販書偶記》著録爲明崇禎四年(1631)精刊本②,似誤,因《餘論》崇禎七年方撰成。

## 第六節　唐元竑《杜詩攟》

唐元竑(1590—1647),字遠生,烏程(今浙江湖州)人。萬曆四十年(1612)年二十三舉於鄉。爲人至孝,母病,刲左臂肉以進。及卒,號慟幾至滅性。丙子(1636),父以薦舉蒙譴,元竑兼程抵都,刺血書陳情,爲首揆所阻,難達上聽,日跪長安門痛哭,上聞之惻然,從部議戍邊。甲申變起,往普静寺哭臨。丁亥(1647)十月十一日,欲自溺以殉國,爲人救免,遂絶食,至十九日卒。著有《易通》《南華三銓》。生平事迹見《(乾隆)烏程縣志·人物》。

《杜詩攟》四卷,爲四庫所收,然向未刊刻,衹有舊抄本存世。國家圖書館藏有文津閣抄本,四册。浙江圖書館藏有文瀾閣抄配本,其卷一爲文瀾閣原本,卷二至卷四書口下標"癸亥補抄",卷尾均署"照文津閣本謹抄",是知此後三卷乃民國十二年(1923)據文

① 周采泉《杜集書録》,第464頁。

② 孫殿起《販書偶記》卷一三,上海古籍出版社1982年版,第319頁。

津閣本抄配。此本首爲"欽定四庫全書《杜詩攟》提要",次爲唐元竑序。然臺灣商務印書館 1983 年版《景印文淵閣四庫全書》第 1070 册所收《杜詩攟》,提要後無唐元竑序。1974 年臺灣大通書局影印一舊鈔本,收入《杜詩叢刊》,此本無提要,亦無唐氏序。

唐元竑自序云:"詩始於《三百篇》而終於杜……是故我始攟《三百篇》而終於杜。攟者何? 拾遺也。"則是書爲其讀杜詩時隨手所作劄記,以言前人之所未及或辨駁舊注之誤。據評詩次第,知其以千家注爲底本,約選詩五百首左右,約略編年,卷四末評解文賦。因其所評非全篇,故不録原文,僅標篇名,或徑引詩句予以評論,亦有數詩同評,或專論某一問題者,頗類詩話。

是書所論杜詩雖衹有五百首左右,然涉及範圍甚廣,幾遍於杜甫其人其詩研究的各個方面。如對杜甫之思想,强調其忠君、憂國、愛民的一面,從《送韋諷上閬州録事參軍》"揮泪臨大江,高天意凄惻"的詩句,便闡發出"公衣食不自謀,萬方嗷嗷,瘡痍反側,官務割剥,蝥賊未去,此何與隱人事,而惓惓若此,真所謂'葵藿傾太陽,物性固莫奪'者"(卷二)的深義。而對老杜的情性,又强調其疏狂、豪鬱的特點,唐氏認爲杜甫"《狂夫》詩'欲填溝壑惟疏放','疏放'二字是公一生本色,志在千古者大都不復計一時,所謂狂也"(卷二);"氣之豪,上無過青蓮,而少陵直欲過之。觀其喜則手脚欲旋,悶則發狂大叫,乃至新松惡竹、鶯語花開等句,雖小景細事並有一種猛鷙之性溢於言外,而搜其心曲,則青天白日,迄於老困没齒終無改變。如此人安得不千古乎? 青蓮豪而暢,少陵豪而鬱,凡其筆端奇恣横溢,皆鬱所爲也"(卷二)。杜甫既是一個生長于盛世的天才詩人,也是一個流離於亂世的深沉儒者,我們衹有把握住他忠愛與疏狂的兩面,才能真正理解他。杜甫的沉鬱和憂患,使他以仁者的形象感動著一代又一代的人,而他的疏狂與豪縱,更使他散發出獨特的人格魅力。元竑之論托出了一個更完整、更真實、更可親可敬的老杜!

對杜詩的藝術成就，元竑也有精彩論述，如論杜詩之真："詩無妙訣，但貴真耳，愁即真愁，喜即真喜，流自至性，無所因仍，則不待宴搜，自然驚策。"而《新安吏》《新婚别》《垂老别》《無家别》中的一些詩句，讓人"真覺腸爲生斷，鬼亦夜哭。然皆得自目擊，有類紀事，初非愛其悲切，特撰爲此等語也。'舍弟江南病，家兄塞北亡'，對則工矣，亦有何致，有文無情，勢必至此。無病而呻，詞家所最忌也"（卷一）。杜甫被譽爲現實主義的偉大詩人，他那些反映現實生活的詩篇因其真實而感人至深，杜詩在這方面堪稱後人典範。對杜詩的字法、句法、章法，及用典技巧，唐元竑的評解細緻入微，如評《上白帝城》"老去聞悲角，人扶報夕陽"兩句"極善寫衰颯意，'報'字想見師丹老態，字法如是，乃謂絶工"（卷三）。"《第五弟豐》詩'聞汝依衣（山）寺，杭州定越州'，信腕直代家書，而句法、字法自然一一具足。'風塵淹别日，江漢失清秋'，衹一字而遲回惆悵無限，'失'，猶言錯過耳"（卷三）。評《秋興八首》其二："猿啼泪落、乘槎上天，皆熟爛事。'聽猿實下三聲泪'，猶言乃今信之，'奉使虚隨八月槎'，猶言徒浪傳耳。此用事點化法，'虚隨'謂實未得放舟歸，此即前'叢菊'一聯意也。使他人爲之，複矣。筆端變化，蓋緣才大法熟，所謂長袖善舞也。或疑首尾日月相犯，不知'請看''已映'字正從落日來，何謂相犯。"（卷三）但並不諱言杜詩之短，如卷一云："五、七言爲途窄矣，用字不得不減。如浣花溪曰花溪，錦官城曰錦城，皆文而妥，馬卿、方朔，用慣不覺，劉牢、葛亮傖矣，九十九泉曰十九泉，自非誤記，何至於此。"

是書最突出處，是對前人謬誤的駁正，如關於李、杜關係，前人言之紛紛，有以爲杜期李太過，反爲所誚者，王安石則認爲杜甫以庾信、鮑照、陰鏗比李白，非贊美之意。唐元竑屏棄兩家之説，認爲在詩歌成就上，杜甫對李白是完全贊賞的，但對李白用世才能則有微意。李白詩中，除飯顆謔語外，衹有兩首詩提及杜甫，"然'何時石門路，重有金樽開'及'思君如汶水，浩蕩向南征'，情至可想矣。

何必累牘,始稱知己哉”(卷一)。其觀點可謂是客觀公允。又如卷一《巳上人茅齋》,雖將“巳”誤作“己”,但指出“己公非齊己,齊己晚唐人,去杜甚遠,歐注誤也”。自歐陽修將巳上人誤作齊己,此訛廣爲注杜各家所襲,元竑正之,可見其識見。又辯《新唐書》所記嚴武欲殺杜甫事,及以李白《蜀道難》詩爲嘆房琯、杜甫受危於嚴武説皆虚妄之極,並云:“考而不明,闕文可也,造爲説以實之,不獨厚誣嚴、杜,並至株連房、李。立言者慎之,非有明證,奈何逞臆冤人至此極哉!”(卷二)都是卓有見地。

明末研治杜詩成就爲全明最盛,而爲四庫收録者唯《杜詩攟》,可見四庫館臣對唐元竑注杜的成就及價值頗爲認可,衹是其評論仍難免向來之苛刻。《杜詩攟》提要云:

> 《杜詩攟》四卷,明唐元竑撰。元竑,字遠生,烏程人,萬曆戊子舉人,明亡不食死,論者以首陽餓夫比之。是編乃其讀杜詩逐首劄記,所閲蓋千家注本,其中附載劉辰翁評,故多駁正辰翁語。自宋人倡詩史之説,而箋杜詩者,遂以劉昫、宋祁二書據爲稿本,一字一句務使與紀傳相符。夫忠君愛國君子之心,感事憂時風人之旨,杜詩所以高於諸家者固在於是,然集中根本不過數十首耳。咏月而以爲比肅宗,咏螢而以爲比李輔國,則詩家無景物矣;謂紈袴下服比小人,謂儒冠上服比君子,則詩家無字句矣。元竑所論,雖未必全得杜意,而刊除附會,涵詠性情,頗能會於意言之外。其中如“白鷗没浩蕩”句,必抑蘇軾而申宋敏求;“宛馬總肥秦苜蓿”句,正用漢武帝離宫種苜蓿事,而執誤本“春苜蓿”字,以爲不對“漢嫖姚”。又往往喜言詩讖,尤屬不經。然大旨合者爲多,勝舊注之穿鑿遠矣。

所舉月、螢與紈袴、儒冠之比意,乃宋元明注杜史上未曾少衰的穿鑿附會話題,唐元竑却無此種論述,其對杜詩比興深意的認識可謂十分公允。唐元竑竭力反對比擬附會之言,如云:"《一百五日夜對月》詩全首與'今夜鄜州月'同意,鄜州詩已極哀怨,此詩更帶牢騷。'斫却月中桂,清光應更多',恨語也,極一時無可奈何之意。與青蓮'剗却君山好,平添湘水流'相去千里,彼語出自曠襟。若不辨來源,幾欲例看矣。須溪注尤誤。所謂語貴不犯者,必以月中桂比君側奸邪耳,勿論比擬不當,更將千古奇幻語,扯入腐鄉,失豈細耶!"(卷一)宋人注"斫却月中桂"二句,始倡比興深意者,實爲趙次公,《新刊校定集注杜詩》卷一九引趙曰:"或云此句以興姦邪蔽人主之朋。當時楊國忠已死,明皇左右無姦邪。而杜鴻漸、崔冕之徒乃至勸太子即位,尊爲太上皇,則姦邪者,其崔、杜之謂乎?"趙次公亦不敢自信其所生發之意,故末又云:"雖未必然,而無害於義。"唐元竑則直接指出不論比擬恰當與否,這種思路本身就是錯誤的。而杜詩一些詩句如"《倦夜》詩'暗飛螢自照,水宿鳥相呼',賦景直是味長,興、比反淺"(卷二),可見其對詩歌單純景物描寫所具有的審美功用十分認可。但他又認爲不能一概而論,卷一即云:"注杜詩最苦穿鑿附會,然詩中自有有爲而發者,如《獨立》詩'草露亦多濕,蛛絲仍未收',下明言'天機近人事',蓋詩之比也。又如'天用莫如龍'二篇,若非有爲而發,則詠龍何至言'性命苟不存,英雄徒自强',詠馬亦何至言'不雜蹄齧間,逍遥有能事'也,但不可强爲之説也。"比興深意自當探討,但不可强爲説,唐氏之言極是。

"波""没"之争首見於《東坡志林》卷五:"杜子美云:'白鷗没浩蕩,萬里誰能訓?'蓋滅没於煙波間耳。而宋敏求謂余云:鷗不解没,改作波字。"改此一字,"便覺一篇神氣索然也"①。此後各家紛抒己見,莫衷一是。唐元竑謂:"宋敏求定作'波'字極是,東坡説非也。勿論鷗不解没,但'没浩蕩'無此句法。"(卷一)且《唐詩擿》卷三羅列五言古詩結句之佳者時即將此句録作"白鷗波浩蕩"。説法

① 轉引自蕭滌非主編《杜甫全集校注》卷二,第282頁。

頗有道理,立場更是堅定。而關於“宛馬總肥秦苜蓿”的論述,見《杜詩攟》卷一:“《邵氏聞見録》云:子美以‘鄭季’對‘文章’,‘春苜蓿’對‘霍嫖姚’,或以爲病,惟知詩者能辨之。此詩未當初盛,諸公句法對偶多不甚工,不獨公一人,即公詩亦不獨此二語。雖不礙高格,然一經拈出,實是語病,所惡於對偶太切者,謂戀句字傷氣格耳。如使氣格不傷對偶,故應工整。即如‘春苜蓿’、‘霍嫖姚’,縱云不礙於格,豈謂必如是始高耶?他日云‘晚節漸於詩律細’,則生平不細處公固病之矣。後人乃有學爲此等者,不黽勉氣格而徒矜拙樸,亦復何難!”查諸宋本皆作“春苜蓿”,“漢嫖姚”一作“霍嫖姚”。雖“秦”字後世注杜者亦有采用者,然若就此句之情形而論“執誤”,則四庫館臣更甚。但在杜詩用字之取捨上,唐元竑的確有偏執之弊。如卷一云:“‘朝回日日典春衣,每日江頭盡醉歸’,‘每日’字吾定爲‘每向’,傳刻誤也。童子學爲聲句,便知避此,公豈草草若是。”杜詩千變萬化,法無固常,有格律謹嚴者,亦有故犯以求其不同尋常者,況此句諸本皆作“日”,元竑之推斷不免臆測。

詩讖之説,唐元竑的確有所相信,如謂“贈鄭廣文《醉時歌》精妙不必言,事後追考之,頗似一篇挽詩,與其生平歷履句句貼合,公無前知術,何由得此?昔人畫龍點睛輒飛去,畫女子刺心即痛,伎藝到絶處,豈有神靈憑其筆端耶?詩有讖若此,毋怪今人動多忌諱,見貧病老死字毛豎色變,棄去不肯竟讀也。然鄭之餓死,命也,不因公此詩。其千古猶有生色,則實以此詩,故殆難爲俗人言”(卷一)。詩讖之荒誕更有甚於穿鑿之言,唐氏雖信之,却並未同“俗人”一般因此妄生忌諱,他不但認識到鄭虔之命運結局和杜詩毫無關係,而且强調鄭虔之後世聲名却因杜詩而高揚。此自與詩讖之本義大相徑庭。《杜詩攟》卷一又云:“漢世祖云:‘郎官上應列宿。’今遂爲詞家通用,若引以爲榮者。殊不知盜賊狗馬亦皆上應列宿,豈止郎官而已。《沈東美除膳部郎》詩云:‘詩律群公問，儒門舊史長。清秋便寓直，列宿頓輝光。'觀其下語獨自斟酌，蓋人能增列宿之光，列宿不能增人之光也。"此條更見唐元竑並無唯心神異思想，而是十分重視人本的力量。

## 第七節　其他現存明代杜詩選注本

除以上八部著作外，現存還有七部明代杜詩選注本，分别爲楊慎《杜詩選》、周甸《杜釋會通》、王寅《杜工部詩選》、郝敬《批選杜工部詩》、林兆珂《杜詩抄述注》、董斯張《箋杜陵詩》。楊慎《杜詩選》當爲刊刻者輯録楊慎《升庵詩話》等著述而成，楊慎諸觀點在本編末章明人論杜中多有引用，故是本衹於此節簡介之。其餘幾部雖然版本有罕見易見之别，但或是注語不多，或是價值不高，故亦衹簡介於下。

### 一、楊慎《杜詩選》

楊慎(1488—1559)，字用修，號升庵，新都(今屬四川成都)人。《明史》有傳。正德六年(1511)舉進士第一，授翰林修撰。世宗立，充經筵日講官。大禮議起，慎因極諫，被下詔獄，廷杖，削籍，遣戍雲南永昌衛。年近七十始還蜀。天啓中，追謚文憲。楊慎少即聰慧異常，十一歲能詩，受業于李東陽門下。後因貶謫雲南，日多閒暇，於書無所不覽，其記誦之博，著作之富，明代推爲第一。著有《楊升庵集》八十一卷。其《升庵詩話》《丹鉛總録》等著作中有許多杜詩學内容，涉及字句典故考證、舊注版本辨正、理解評價杜詩，甚而如何認識杜甫的某些觀點等多個方面，其間精見卓識不勝枚舉。

《杜詩選》六卷，爲明閔映璧所刻《李杜詩選》之杜詩編。《四庫全書總目》卷一九二集部四五著録作"《李太白詩選》五卷、《杜少陵詩選》六卷(内府藏本)",並謂:"不著編輯者名氏。《李白詩選》之首有楊慎序,辨白里貫出處甚詳。末云:'吾友禺山張子愈光嘗謂余曰:李、杜齊名。杜公全集外,節鈔選本凡數十家,而李何獨無之?乃取公集中膾炙人口者一百六十餘首,刻之明詩亭,屬慎題詞其端。'愈光爲永昌舉人張含之字,則是編含所選也。然烏程閔氏所刊朱墨版,其卷端評語引及鍾惺、梅鼎祚,皆明末人。含及慎在嘉靖中,何自見之?則已非含之原本矣。杜甫詩凡二百四十餘首,前後無序跋,多載劉辰翁評及慎評,其去取殊無別裁。蓋閔氏以意鈔録,取配李氏並行耳。明末刊版,真僞錯雜皆類此,不足異也。"而今傳之天啓烏程閔映璧朱墨套印本,卷首則有閔氏草書《杜詩選》序;次爲目録,共選詩二百六十四首,略爲編年。序跋及收詩情況均與《四庫全書總目》所記有異。1974 年臺灣大通書局據天啓閔氏刻本影印,收入《杜詩叢刊》。

是本各卷首及版心題"杜詩選",半頁八行,行十八字,行間有圈點,又有雙圈、單圈之別。書眉及句下有劉辰翁評及楊慎批注,劉評較多,楊慎之批注,有與《升庵詩話》重複者,然較《升庵詩話》簡略。閔序謂:"我朝楊太史用修閲而批騭之,才致所關,俱經拈出,偶一寓目,輒欲搔首問天,是少陵之神得詩以傳,詩之神復得用修以傳。"給予楊批極高評價。楊慎博聞强識,精於訓詁考據之學,明人罕有及者,故其批注,多有補前人所未言。如注《巳上人茅齋》"天棘蔓青絲",謂天棘非柳而爲天門冬。注《重過何氏五首》其四"苔卧緑沉槍",謂"緑沉"爲畫工色名,廣徵博引《鄴中記》等以證之,鑿鑿有據,令人信服。又如《白帝城最高樓》"峽圻雲霾龍虎卧,江清日抱黿鼉游",引南充韓廷延解,謂"龍虎形容山之樹,黿鼉形容江之石,皆登高望中仿佛之景"。辨正舊注甚當。其失則在好以己意徑改原文,如《蘇端薛復筵簡薛華醉歌》"汝與山東李白好",楊慎據樂史《李太白詩序》李白慕謝安,自號東山李白諸語,徑改"山東"爲"東山"。如此之類尚多。

## 二、周甸《杜釋會通》

周甸，字惟治，號亭山，海寧（今屬浙江）人。少孤，母孫氏撫教之。長涉經史百家，補弟子員，遞舉有司皆不合。時王陽明以父喪回鄉守制，乃從之遊，十年得其宗旨。王受命赴廣平叛前，周甸積極進言，王以爲知兵，顧其有老母，未忍携其從軍。嘉靖十九年（1540）由副榜入國子監，後以子周啓祥官至廣州知州，贈刑部主事。甸爲人至孝，嘗爲大母吮癰，凡三發三吮。母病，帥諸姬侍起卧三年，出二幸姬以懲怠者。年七十六卒。著有《性學統宗》《地理纂要》等。生平事迹見《（民國）海寧州志稿·人物志·孝友》。

《杜釋會通》七卷，傳世極罕，現僅藏於北京大學圖書館，爲海内孤本。明、清二代僅《（康熙）海寧縣志》與錢泰吉《海昌備志》予以著録，其他公私書目均未見著録①。是書首載周甸同邑吴遵《刻杜釋會通序》，據吴序知此書乃周甸卒後由子周啓祥刻印，序末署“隆慶辛未孟夏”，則此書應即初刻于隆慶五年（1571）。次爲周甸《杜釋會通引》，署“嘉靖壬戌夏”，則此書撰成時間當即嘉靖四十一年（1562）。又録元稹《唐杜工部墓志銘》及《新唐書·杜甫傳》。行間及書眉有後人所録王士禄評語。卷前有總目録，共收杜詩822首。卷一首標“開元十四年，公年十五，省親兖州”，下雙行小字云：“公父閑爲兖州司馬，此後年譜一依單陽元所定。”下列《望嶽》《登兖州城樓》二詩。後又標“開元十九年，公年二十，游吴越，二十三年，帝在東都，公歸東都赴鄉舉下第”。後列《游龍門奉先寺》《鄭駙馬宅宴洞中》《重題鄭氏東亭》《夜宴左氏莊》《房兵曹胡馬》《畫鷹》《送翰林張司馬南海勒碑》《白絲行》《與李十二白同尋范十隱居》《贈李白》十首詩。周甸是書雖是據單復年譜編次杜詩，但並非

① 《（雍正）浙江通志》卷二五二誤録作“《杜律會通》”。參見陳開林《〈杜集叙録〉明代編作家傳記補正》，《寧夏大學學報》2017年第1期。

如《讀杜詩愚得》逐首編年,逐年編次,亦不陳時事,而是於一個時期的詩作前標注年代及杜甫行迹,有類范梈《杜工部詩批選》。然單譜謬誤之處率襲之,如上《與李十二白同尋范十隱居》《贈李白》兩首詩定於開元年間則誤,單譜定於開元二十五年杜游齊、趙時,而杜與李實初會於天寶三載(744)。

是集名《杜釋會通》,意即會通諸家注釋,故對前人注徵引甚多,尤以劉辰翁、趙汸、單復三家爲最,王洙、趙次公、蔡夢弼、黄鶴、默翁(按:即俞浙)、僞虞注等亦間引及,皆標以姓氏。周甸雖是博采衆家,但徵引並不繁雜,時附己意,且不乏新見,故其注釋尚稱簡明切當,仇兆鰲《杜詩詳注》、楊倫《杜詩鏡銓》均予徵引。其弊則在於好言比興,卷三《野望》注云:"此比興體,有嘲傷末世愈衰愈暗,士之去國者已多,而獨歸何晚之意。'迢遞'、'層陰',陰氣之起遠而重也。'遠水兼天净',去國而心無累也;'孤城隱霧深',孤高而志不明也。葉稀更落,落將盡也;山日初沉,未有明也。獨鶴,君子也;昏鴉,小人也。"此詩雖稍有比興,但主要是刻畫秋野之景,於景色描寫中自然寄寓詩人情感,周注却句句都求其深意,不免穿鑿無味。至於將《望嶽》(西嶽崚嶒竦處尊)解作比肅宗聽張良娣,《螢火》解作比小人,更是沿襲前人之誤。如此解杜不但大違老杜之心,還使本來清新明暢、趣味盎然的詩意變得隱晦曲折,情味大減,甚而使真正需要注解的内容被遮蔽、忽略,如卷二《大雲寺贊公房四首》其三解末四句"雨瀉暮檐竹,風吹青井芹。天陰對圖畫,最覺潤龍鱗"曰:"結有對景思君之意,含蓄不露,竹有節,芹可獻,當此天道晦暝之時,而對竹芹圖畫之景,極有潤色龍鱗之意,惜乎滯此。"其實,竹、芹一聯祇是寫景,並無他意。末聯是用典。仇注引張彦遠《名畫記》:"大雲寺東浮圖,有三寶塔,馮楞伽畫車馬並帳幕人物,已剥落。東壁北壁鄭法輪畫,西壁田僧亮畫,外邊四壁楊契丹畫。"又引《畫斷》:"吴道子嘗畫殿内五龍,鱗甲飛動,每欲大雨,即生雲霧。"故此聯之意是用吴道子畫龍之典贊美大雲寺的壁畫栩栩如生,與思君毫不相涉。周注錯會其意,又漏解了典故,失莫大焉!

山東大學張翼碩士學位論文《周甸〈杜釋會通〉研究》,對周甸的家世生平及《杜釋會通》的特色、影響等有較詳細的考論,可以參看。

## 三、王寅《杜工部詩選》

王寅,字仲房,一字亮卿,小字淮孺,自號十嶽山人,歙縣(今屬安徽黄山市)人。約生活於明弘治、嘉靖間。少即負氣,以高才爲諸生祭酒,棄去不顧。北走大梁,問詩於李夢陽,不遇。從少林僧扁囤習兵杖,得其術十之五六,歸而盡破其産,辭家遠遊,遍歷天下名山,冀求不死之藥。又喜王霸大略,與人談不可一世,歷參胡宗宪、戚繼光等幕,然皆未究其用。中年習禪,事古峰禪師。年八十餘卒。寅實一振奇人也,生平感慨,一泄於詩,著有《十嶽山人集》四卷。鍾惺爲刻其集,今不傳。曾輯新安詩曰《秀運集》,並撰《杜工部詩選》六卷。生平事迹見王兆雲《皇明詞林人物考》卷一一、曹溶《明人小傳》卷三、朱彝尊《明詩綜》卷四九、錢謙益《列朝詩集小傳》丁集中等。

《杜工部詩選》六卷,署"大明新安淮孺王寅選,左華閔朝山校刊"。半頁九行,行十六字。白口,左右雙邊。白文,多無注,間有小字雙行注,亦極簡略。共收杜詩 662 首,其中卷一收樂府 15 首,五古 54 首;卷二,七古 84 首;卷三,五律 251 首;卷四,七律 116 首;卷五,五排 53 首,七排 3 首;卷六,五絶 9 首,七絶 77 首。是書係明刊本,雖注文無多,然版本傳世極罕。今北京大學圖書館有藏本。

## 四、郝敬《批選杜工部詩》

郝敬(1558—1639),字仲輿,號楚望,京山(今屬湖北)人。《明史》有傳。萬曆十七年(1589)進士。知縉雲、永嘉,累遷户科給事中。因彈劾重臣,以浮躁降宜興縣丞,移知江陰縣,考下下,再降,遂掛冠歸,杜門著書。五經之外,《儀禮》《周禮》《論語》《孟子》等皆著爲解,另著有《談經》《史記瑣瑣》《山草堂集》等。

《批選杜工部詩》四卷,載于郝敬《山草堂集・外編》,有天啓六年(1626)山草堂刻本。前有郝敬天啓六年夏所撰《批選杜詩題辭》,次爲目録。共選杜詩 513 首,其中卷一爲五古,85 首;卷二七古,87 首;卷三五律,235 首;卷四,七律 86 首,五排 7 首,七絶 13 首。詩正文大字,詩旁有圈點,題下、句下及詩後間有批注,皆小字雙行,欄上多有眉批。其批語極簡略,多爲"雄渾"、"壯麗"等常見語。郝敬爲經學名家,其於杜詩之認識有深思精義在,卷前郝氏題辭對此有詳細闡述:

> 唐人詩取音律宏暢,辭彩高華,不涉事理,不關典要,清空罔象,如林風水月者,别册所録,即其佳篇也。若程以古義,好濫淫志,燕女溺志,促數煩志,敖僻驕志,唐詩皆有之,非盡温柔敦厚性情之正。惟杜少陵在唐人中砥節固窮,忠義自許,故其爲詩感慨憂時,根柢性情,非徒嘲風弄月而已也。余初就外傳,先君命每夕誦杜詩一章,時年甫齔,已知有杜陵老翁,勃勃嚮往矣。子美才富學博,其爲近體長篇,多至千言,而氣力愈壯,稱擅場矣。然詩家妙義,正不在多。且如《麟趾》《甘棠》,每章十餘字,漢高《大風》二十三字,傾動千古。自《三百篇》一變爲辭,再變爲賦,泛濫旁薄,感慨藴藉,盡露於古風。故天真爛然,才思壯浪,豪華發於近體五七言者足矣。若夫長律娓娓,祇足當其富有,無關性情。蓋詩至近體,不免雕琢,更加湊砌,雖堆金積玉,興味已盡,而葛藤蔓延,甚覺無謂,故余於長律,不甚解頤。今録其最著有風韻逸趣者,以備一體,學詩之要,姑不須此。詩家絶句,如單絲孤竹,短調獨唱,清婉流麗,方爲當家。子美才大,如鏞鐘賁鼓,不作錚錚細響,故絶句少。而瀟灑疏俊者,尤不多得。如此十餘首,格調既高,風韻又妙,

亦足空唐人矣,夫豈在多?

郝敬受父教導,自幼便習杜詩,根柢於經學家的用世思想,郝敬尤看重杜甫忠義敦厚性情及感慨憂時之作。明人甚爲重視近體詩,郝敬則不以形式爲意,强調詩當以抒發性情爲主,故其選録杜詩自有高標。對大得贊美的長律,郝敬衹録"有風韵逸趣者,以備一體",並謂"學詩之要,姑不須此"。對杜甫創作不多的絶句,郝敬認爲是因其才大,"不作錚錚細響"之"短調獨唱",而所選十餘首,格調風韵皆備,"足空唐人"。有此識見,其批選可期,周采泉《杜集書録》即謂此集:"所選各詩,頗具手眼,所圈點處亦頗得要旨。晚明鍾、譚一派似頗受此影響。"①亦有長評,見解深刻,如《諸將五首》云:"此諷天寶以來諸將,以詩當紀傳,議論時事,非吟弄風月,登眺遊覽,可以任興漫作者也。必有子美憂時之真心,又有其識學筆力,乃能斟酌裁補,合度如律,非復清空無象,不用意,不著理,不求可解之類也。五首縱横開合,宛是一章奏議,一篇訓誥,與《三百篇》並存可也。評者但知《秋興八首》,不知《諸將五首》,豈子美之知己乎?"但亦有荒謬絶倫處,如謂《偪側行》下注:"時肅宗懲牛李之黨,禁百官不許相問遺,士大夫至杜門却掃,故有此作。"則似毫無歷史概念,牛李黨乃憲宗以後事,肅宗時何得有此!

《山草堂集》存世者多是殘本,此《批選杜工部詩》亦傳世極罕,徐乾學《傳是樓書目》著録,今南京圖書館及中國科學院圖書館有藏本。

## 五、林兆珂《杜詩抄述注》

林兆珂(?—約1621),字孟鳴,莆陽(今福建莆田)人。萬曆二年(1574)進士,授蒙城知縣,改封教授,升國子監助教,轉博士監

---

① 周采泉《杜集書録》,第328頁。

丞,居其位七年,董其昌、范允臨皆其所取士。升刑部主事,歷員外郎中,爲大司寇,注律例二十卷。出爲廉州太守,丁内外艱,補衡州,又補安慶,十年三典大郡,而歸之日囊無餘貲。所至禮敬名宿,獎拔寒俊,然性諒直,辛丑(1601)後乞歸。兆珂篤于友誼,有故人鄭某無嗣,兆珂爲營葬,歲時必率其子姓祭掃。所著書成,恒令布衣人撰序,曰:古云名譽不聞,朋友之過,吾將以樹其名也。故一時文史士多歸之。家居二十載,讀書綴文不輟,著有《林伯子詩抄》《毛詩多識編》《考工記述注》《檀弓述注》《宙合編》《李詩抄述注》等。生平事迹見《(乾隆)興化府莆田縣志・人物志・文苑》、陳田《明詩紀事》庚集卷一一。

《杜詩抄述注》十六卷,分體編次,五古四卷,七古三卷,五律四卷,七律三卷,五排、五絶、七絶二卷,共收杜詩 610 首。《四庫全書總目》别集類存目一著録此書云:"兆珂官西曹時,即手纂是帙,及守衡州,遂刊刻之。謂甫嘗遊衡,刻甫詩於衡,所以爲衡重也。自叙以爲博擷群書,增釋未備,時或附以己見,分體選注,成十六卷。然甫詩全集凡一千四百餘首,巨製名章往往不録,而于《杜鵑行》《虢國夫人》二詩,向因黄鶴、陳浩然二本誤入者,反並登選,其《秦州雜詩二十首》,則僅録八首,《游何將軍山林十首》,則僅録六首,竟以'其一'、'其二'標寫次第,似原詩止有此數,尤不可解。至注中援引事實,多不注出典,此又明代著述之通病,非獨兆珂一人矣。"所言甚恰切。然其援引舊注尚稱簡當,箋釋串講亦算詳明,利於初學。此集衹此初刻本,卷前有林兆珂自序、柯壽愷序,均無年月。

## 六、董斯張《箋杜陵詩》

董斯張(1586—1628),字遐周,號借庵,烏程(今浙江湖州)人。萬曆間監生。少負俊才,耽於讀書,泛覽百家,博學善文,尤精於詞,與周永年、茅維爲詞友。病體支離,又拙于生計,英年早逝。著有《吹景録》《静嘯齋詞》《廣博物志》《吴興藝文補》等。曾增訂

《唐詩品彙》。生平事迹見曹溶《明人小傳》卷四、陳田《明詩紀事》庚集卷八、朱彝尊《明詩綜》卷六五、《明詞綜》卷五。

《箋杜陵詩》，附載《吹景集》卷六，無單刻本。周采泉《杜集書録》内編卷六《選本律注類一》“箋杜陵詩一卷”條編者按云：

> 董斯張曾增訂《唐詩品彙》。此箋不附本文，與黄庭堅《杜詩箋》體例相同，所謂“欣然會意處，箋以數語”也。兹録其目如下：
>
> 復愁詩、寒雲雪滿山、竹根稚子、低頭着小冠、戎戎淰淰、花鬚、岳陽樓詩、神鴉、九日寄嚴武詩、青袍白馬、古迢生迮地、天棘夢青絲（此條仇注節引“江蓮摇白羽”解）、白鳧行、先主廟（“空山泣鬼神”東山本趙汸注“泣”作“立”。妙甚！）、蕭何功曹、風吹蒼江樹（以爲原“樹”應作“澍”。）“湛湛長江失”“宿鳥行猶失”（以爲兩句原作“去”，皆應作“失”）、烏鬼、青雲契闊、五雲太甲解（“五雲高太甲，六月曠摶扶”）、贈鄭諫議詩。
>
> 雖所箋僅二十餘則，然援據賅博，推見至隱，明代人讀杜劄記，應以此爲上乘矣。①

“援據賅博”實已不易，猶可賴下功夫助成之，“推見至隱”則須憑藉深思高才，尤爲難得。如其“先主廟”一則云：“《謁先主廟》詩‘空山泣鬼神’，東山本‘泣’作‘立’，妙甚！蓋生擅英雄，已攝老瞞之膽；魂稱蜀帝，猶警百神之趨。‘立’之一字，真有乘回風載雲旗意，讀之覺森森髮立，如陟降之不遠也。《大禮賦》‘四海之水争立’，此老慣以‘立’字角勝。”②箋釋文采斐然，感染力十足，無怪乎周采泉予以極高評價。然觀其所箋《白鳧行》等不限於律詩，周氏似不當將之入於選本律注類。

---

① 周采泉《杜集書録》，第 336—337 頁。

② （明）董斯張《吹景録》卷六，明崇禎刻本。

# 第四章　明代其他杜詩學文獻彙考

本章將綜合考察除注本外的其他現存各類杜詩學文獻，有著録但已散佚的各類杜詩學文獻，以及輯佚個案鄭善夫《批點杜詩》。

## 第一節　現存明代非注本杜詩學文獻

本節將介紹除注本以外的現存杜詩學文獻，包括和杜集杜著作、雜劇、白文本，以及殘本，以及未得寓目、不知内容之作。

### 一、和杜集杜著作

#### （一）和李杜詩　十二卷　張楷撰

張楷（1395—1460），字式之，慈溪（今屬浙江寧波）人。永樂二十二年（1424）進士，宣德初拜兵部主事，有能名，旋擢江西監察御史，理冤摘奸，讞獄明恕。正統五年（1440）遷陜西按察僉事，進副使，督屯田水利有成績。十二年召拜右僉都御史，平鄧茂七、葉宗留之亂，凱還，被誣罷官。天順元年（1457）復職致仕。楷學識廣博，自經史、諸子，至天文、醫卜、釋老之書，靡不涉獵。工古文，擅書法，尤耽于詩，生平未嘗一日廢吟詠，其詩名聞海内，日本、朝鮮使嘗市其《和唐詩》以歸。著作甚豐，有《四書糠秕》《大明律解》《南臺稿》《和選詩》等二十餘種。其《和李杜詩》十三卷，今存《和杜詩》二卷。生平事迹見萬斯同《明史》（列傳之部）卷二一三、李賢《南京都察院右僉都御史張公楷神道碑》（焦竑《國朝獻徵録》卷六四)、曹溶《明人小傳》卷一、過庭訓《本朝分省人物考》卷四七、《(光緒)慈溪縣志·列傳三·明一》等。

《和李杜詩》,《(光緒)慈溪縣志·藝文志》著録,並録張氏自序略云:"余和李翰林古樂府二百五十餘篇,杜少陵律詩二百五十首。既脱稿,海虞劉以則來京,因出示之。以則請爲余繡梓以行,遂與之歸。鋟刻既畢,以書來報,並書此以弁其端。"今國家圖書館藏明景泰刻張楷《和杜詩》,於目録後正文前有張楷識語,謂:"近得虞邵庵所注律詩一百五十首,晝夜批究,頗得其微,遂和此一編……既脱稿,或又以予言或離或近,恐不足以示人,乃於逐篇妄依仿虞注,自爲講説,非敢夸示於人,特釋己意以免疑惑耳。李詩獨無注者,以杜詩一本少陵之意,無所附益,必注乃明;李則多以愚意易之,非盡依於白也,故無庸注。學杜君子幸爲我正之。"檢是本,張氏所和杜詩確僅杜七言律,共 151 首,編次一依僞虞注分類本順序,分爲上中下三卷。且有自注以闡明詩意,頗爲用心。此或與劉以則所刻非爲一本。

**(二)和杜詩　一卷　郁文博撰**

郁文博,上海人,以字行。景泰五年(1454)進士,擢御史,有直聲。歷湖廣副使,撫蠻寇,活三十萬衆。居官清介,一錢尺布不妄取,家甚貧,而清操不減。致仕後歸居萬卷樓,年七十九仍校評群籍,手不釋卷,曾校刊補刻陶宗儀《説郛》一百二十卷。有《和杜詩》一卷。生平事迹見《(同治)上海縣志》卷一八、何出光等輯《蘭臺法鑒録》。

《和杜詩》,今人馮氏伏跗室藏《天一閣現存書目》著録。國家圖書館藏有明成化刻本一卷,乃依僞虞注分類本順序,和杜甫七言律詩 151 首。

**(三)杜詩集吟　二卷　楊光溥撰**

楊光溥,字文卿①,青州沂水(今屬山東臨沂市)人。成化五年

---

① 參見陳開林《〈杜集敘録〉明代編作家傳記補正》,《寧夏大學學報》2017 年第 1 期。

(1469)進士,授刑部主事,歷員外郎中,累官至山西按察司副使。弘治二年(1489),與王進、胡漢、楊文卿同集《寶賢堂集古法帖》。著有《剪燈瑣話》《沂州文集》《素封亭稿》《梅花集詠》及《杜詩集吟》。生平事迹見《萬姓統譜》卷四一。

《杜詩集吟》,刻本。所集杜句,皆爲五言。卷端有秦寵序、葛振孫序,均未記時日。鄭慶篤等編《杜集書目提要》著録①。

**(四)遼警集杜　楊定國撰**

楊定國,號希於。頻陽(今陝西渭南富平)人。由文庠就武,中萬曆四十三年(1615)武進士。所歷武職,俱有戰功,官至副總兵都督。常在西陲,時名王巨敵聞之莫不喪膽。後鎮守朔方,軍威頗振。禮部侍郎郭正域有《賀楊將軍晋封貳師序》,陝西佈政司張鶴鳴有《贈楊將軍移鎮朔方序》。楊定國文武兼備,著有《鎩翮草詩集》。生平事迹見《(光緒)富平縣志・人物志・名宦》。

《遼警集杜》,《成都杜甫紀念館館藏杜集書目》著録,有1956年梁伯言手抄本,一册。

## 二、雜劇

**(一)杜子美酤酒遊春　王九思撰**

王九思(1468—1551),字敬夫,號渼陂,鄠縣(今陝西西安鄠邑)人。《明史》有傳。弘治九年(1496)進士,由庶吉士授檢討。正德初,依附宦官劉瑾,官至吏部郎中。瑾敗,貶壽州同知,旋勒令致仕。九思與李夢陽、何景明等並稱"前七子",著有《渼陂集》。詩文之外,尤長於散曲、雜劇。

《杜子美酤酒遊春》,雜劇,《今樂考證》著録。收入《盛明雜

---

① 鄭慶篤、焦裕銀、張忠綱、馮建國編著《杜集書目提要》,齊魯書社1986年版,第418頁。

劇》二集。遠山堂《劇品》作簡名《酤酒遊春》,《讀書樓目録》作《曲江春》。劇寫詩人杜甫閑居長安,質典朝服至曲江池飲酒遊玩,遇詩人岑參,岑請杜同去鄠縣渼陂莊遊賞。最後以使臣宣杜甫入朝加官,杜甫力辭不就作結。劇本反映了失意文人的隱逸思想。錢謙益《列朝詩集小傳》丙集《王九思小傳》云:"敬夫之再謫以及永錮,皆長沙秉國時,盛年屏棄,無所發怒,作爲歌謡及《杜甫春遊》雜劇,力詆西涯。流傳騰湧,關隴之士,雜然和之。嘉靖初,纂修實録,議起敬夫,有言於朝者曰:'《游春記》,李林甫固指西涯,楊國忠得非石齋,賈婆婆得非南鄔耶?'吏部聞之,縮舌而止。"則此劇當時被視作影射李東陽等的劇作。

### (二) 浣花溪午日吟　許潮撰

許潮,字時泉,靖州(今屬湖南)人。師同鄉名臣宋以方,博洽多聞。嘉靖十三年(1534)舉人,曾任河南新安縣令。著有《易解》《史學續貂》等,又工樂府,著有雜劇《武陵春》等。生平事迹見《(光緒)靖州鄉土志》卷一。

《浣花溪午日吟》,清黄文暘《曲海總目提要》第七卷著録。收入《盛明雜劇》二集。取材于杜甫《飲中八仙歌》,以嚴武於端午日邀請諸公子游草堂敷衍劇情,故名《午日吟》。然杜詩中無此事,應是附會之作。

## 三、白文本

### (一) 李杜全集　八十四卷　鮑松編

鮑松,明人。生活於正德前後。

《李杜全集》八十四卷,包括《李翰林集》三十卷,《杜工部集》五十卷、《外集》一卷、《文集》二卷及宋趙子櫟撰《年譜》一卷。明正德八年(1513)自刻本。半頁十行,行二十字,白口,四周單邊。現藏上海華東師範大學圖書館。一本有清丁耀亢跋,藏上海圖書館;一本有清趙烈文批,藏山東省圖書館。

### （二）杜工部詩　八卷　許宗魯編刻，陳如綸同輯

許宗魯(1490—1559)，字東侯，一字伯誠，號少華，又稱思玄道人、青霞道人。咸寧(今屬陝西西安)人。正德十二年(1517)進士，改庶吉士。歷監察御史、太僕寺少卿、大理寺少卿、副都御史等職。嘉靖初，以按察司提學副使巡視湖廣，以義訓士，省中風氣爲之一變。其後，以右僉都御史巡撫保定，再移撫遼東，甚得遼人信賴。嘉靖三十一年(1552)，被劾致仕歸里，於長安城南築草堂收藏圖書，室名"宜静書屋""净芳亭"。宗魯能詩工書，著有《少華》《陵下》《遼海》《歸田》等集；又好刻書，以版刻精良著稱，傳世刻本有《吕氏春秋訓解》《爾雅注》《國語解》《左傳》等。生平事迹見萬斯同《明史》卷三八八、曹溶《明人小傳》卷二、朱彝尊《明詩綜》卷三六等。

《杜工部詩》，有嘉靖五年(1526)刻本，白文無注，清阮元《天一閣書目》著録。今成都杜甫草堂博物館藏有此刻殘本，僅存一、六兩卷。半頁十二行，行二十二字，白口單邊，版心下有"净芳亭"三字。卷前有許氏自序，略云："余讀杜子美詩，見其有三變焉：蓋初作多精麗，中作多雄渾，而晚作特放逸也。豈血氣之所爲邪？然其用字以飾辭，陳事以載故，則終始有不異者。乃東都以前，齊魯、吴越、趙衛、梁宋諸作，亡失不存，兹又斯文之遺憾矣！予刻是編，類析其體，而取次於編年，選辭辨格者，庶有所宗云爾。"其編次分體又編年。後邵勳編《唐李杜詩集》，杜集即翻刻此本。

### （三）杜律　陳如綸選

陳如綸（1499—1552)，字德宣，號午江，太倉(今屬江蘇蘇州)人。嘉靖十一年(1532)進士。知侯官縣，摘奸發伏，一縣神之，官至福建布政使參議，所至以清介著。致仕卒。有《冰玉堂綴逸稿》十卷、《蘭舟漫稿》一卷。曾與許宗魯同輯《杜工部詩》八卷。生平事迹見朱彝尊、王昶《明詞綜》卷三。

《杜律》,有嘉靖十四年乙未(1535)刻本,白口,半頁十行,行二十字,版心下方有“紫微精舍”四字。前有陳氏自序云:

> 杜少陵詩足嗣風雅正響,凡注家謂其句有攸據,意有攸寓,旁質曲證,匪泛即鑿,俾讀者心目徽纆,莫不了了也。然杜雖思閒而緒密,語邇而旨函,所以言旨者唯此理耳。以意逆志,以我觀理,則人己同體,古今一揆,隨其所見各有得矣,詎資注?乃因杜律虞趙本抄得五言二百四十首,七言一百五十章,厥注皆削焉。於乎!天下之學敝於注詁,豈唯杜哉!豈唯杜哉!予懵亦罔敢議也。嘉靖乙未九月望日。

可知,此本爲杜律五言趙注和七言僞虞注的白文本。今上海圖書館藏有此本,周采泉稱“寫刻極精,確爲嘉槧”①。

**(四)唐李杜詩集　十六卷　邵勛編,萬虞愷匯刻**

邵勛,字彬侯,無錫(今屬江蘇)人。庠生。曾與同鄉過棟合撰《杜少陵七律分類》。

萬虞愷(1505—1588),字懋卿,號楓潭,南昌(今屬江西)人。嘉靖十七年(1538)進士,授無錫知縣,擢南京兵科給事中,出爲山東參議,歷福建副使、湖廣按察司副使、山西左布政使、右副都御史,官至刑部右侍郎。所至著政績,敦樸有行義,不務虛名,人推爲長者。生平事迹見王錫爵《刑部右侍郎楓潭萬公虞愷墓志銘》(《國朝獻徵録》卷四六)、曹溶《明人小傳》卷三、朱彝尊《明詩綜》卷四二等。

《唐李杜詩集》十六卷。有嘉靖二十一年(1542)無錫知縣萬氏刻本,1974年臺灣大通書局據之影印,收入《杜詩叢刊》。此爲白文本,半頁十二行,行二十二字。卷前有李濂《唐李白詩序》、許宗

① 周采泉《杜集書録》,第306頁。

魯《刻杜工部詩序》,次列《新唐書·李白傳》、劉全白撰《唐翰林李君碣記》、《新唐書·杜甫傳》、元稹《杜工部墓係銘》。卷前有總目録,前八卷爲李白集,共録賦 8 篇,詩 964 首;後八卷爲杜甫集,共收賦 6 篇,詩 1 451 首。詩按分體、編年排列,各體又分若干類。書末有邵勛《刻李杜詩後序》及萬虞愷《刻李杜詩集序》。清末民初藏書家鄧邦述曾購藏此本,並有題記二則,壬戌(1922)十一月記云:"《李杜詩》十六卷,據邵氏後序,知爲無錫宰萬氏刻本,乃合正德李濂所刊李集、嘉靖許宗魯所刊杜集而合刻之者,故前載李、許兩序。明人好刻古籍,固爲可尚,但以同時之人翻刻其所雕之本,已形淺陋,而許刻杜詩,既分體又分類,乃至《秋興》《詠古》諸作,忽而入于宫詞,忽而入於時令,忽而入於陵廟,忽而入于懷古,割裂支離,則又陋之陋者。宗魯在嘉靖時頗能刻書,而好用古字,由此觀之,殆真鄉里之陋儒矣。萬氏不知表章古籍,顧取此刻翻之,其不足垂可知。"然鄧氏所購者爲曹彬侯手校本,彬侯,名炎,常熟藏書家。書中曹氏手録白居易《讀李杜詩集因題詩後》及貫休(實爲齊己)《讀李白集》二詩,又於卷一三首頁鈐其藏印,並時有校勘,以小字旁注,故鄧氏甲子(1924)三月記又以"可珍"稱之。

**(五)杜律韵集　四卷　張三畏撰**

張三畏,疑號溪山子,陝西人。嘉靖前後在世。餘不詳。

《杜律韵集》四卷,今國家圖書館有藏本,爲嘉靖張氏溪山草堂刻本。前有張氏自序曰:"溪山畏曰:昔予在成童,承父師命,得知讀李杜詩。乙未歲,與一岩子韵集爲唐十家,而子美詩尤莫能釋手。山館面墻,因取其近體長詠者,復以韵録之,久而盈積几案。因分爲卷,凡四卷,非直便於檢閲,亦小子日程之一事也。爰命諸棗,博我同志。乃若隨興陳致,各仍其故,以及歷履叙次,則他諸刊本固無弗善矣。"據此序,書當成於嘉靖乙未年(1535)或稍後。此書白文無注,共收杜詩 1 030 首,以韵編次。卷一上平聲,一東韵 54

首、二冬韵 8 首、三江韵 2 首、四支韵 76 首、五微韵 47 首、六魚韵 26 首、七虞韵 33 首；卷二上平聲，八齊韵 27 首、九佳韵原無、十灰韵 55 首、十一真韵 80 首、十二文韵 37 首、十三元韵 46 首、十四寒韵 32 首、十五删韵 25 首；卷三下平聲，一先韵 74 首、二蕭韵 22 首、三肴韵 3 首、四豪韵 20 首、五歌韵 35 首、六麻韵 33 首、七陽韵 70 首；卷四下平聲，八庚韵 71 首、九青韵 23 首、十蒸韵 8 首、十一尤韵 75 首、十二侵韵 38 首、十三覃韵 3 首、十四鹽韵 7 首、十五咸韵原無。此書之編纂，實爲便於檢閱，當屬工具書一類。

### （六）杜工部分類詩　十卷　賦一卷　李齊芳輯

李齊芳，字子繁，一作子蕃，號壒村，又號青霞外史，廣陵（今屬江蘇揚州）人。曾官參軍，刻書多種。

所輯《杜工部分類詩》十卷，有萬曆二年（1574）刻本，王重民《中國善本書提要》著録。萬曆二年（1574）刻本，今南京圖書館、北京大學圖書館、上海圖書館皆有藏本。白文無注，半頁九行，行十八字。卷前有李齊芳序、潘應詔序，卷後有舒度後叙、李茂年跋、李茂材跋。卷内題："廣陵李齊芳、侄茂年、茂材分類，同里潘應詔、舒度、馮春同閲。"北大藏本有方功惠題記，其略云："此本蓋仿王十朋《蘇詩分類》例，區爲六十八門，名目繁雜，重疊瑣碎，又删去各注，不刻文集，衹選賦七首，毫無體例，殊覺厭觀。殆無識之輩，籍以傳名耶？"其所分類别實較宋人爲簡，然編次上亦難免支離割裂。如《秦州雜詩》《秋興八首》便是一題而分屬數類，潘序引李齊芳之言曰："《秦州》非止紀秦也，《秋興》非盡詠秋也。其感賦不同，而時地偶值，故總識之。余今剖析其類，俾合有所統，分有所屬，豈必括數首於一目，並他意于强同，始符作者之意哉？"實予人强詞奪理之感。此書未見有重刻本、翻刻本，可見確不爲世所重。

### （七）唐二家詩抄　十二卷　梅鼎祚編

梅鼎祚（1549—1616），字禹金。宣城（今屬安徽）人。詩文博雅，嘗受知于王世貞、湯顯祖，申時行薦於朝，辭不赴，唯以古學自任，隱於書帶園，構天逸閣以藏書，日夜披覽著述其中，享盛名於天啓、崇禎間。著有《梅禹金集》《才鬼記》《歷代文紀》《漢魏八代詩乘》等。生平事迹見曹溶《明人小傳》卷四、過庭訓《本朝分省人物考》卷三八、朱彝尊《明詩綜》卷六二、陳田《明詩紀事》庚集卷八。

《唐二家詩抄》，包括《李詩抄》四卷、《杜詩抄》八卷。有萬曆七年（1579）鹿裘石室精印本。《粹芬閣珍藏善本書目》著録："此書共十册，萬曆白綿紙印。前有巴郡蹇達撰序，後有千秋鄉人梅鼎祚序，末有萬曆己卯元熙仲弢序。"①今日本公文書館有藏本，亦爲十二卷。又有梅鼎祚編、屠隆集評《合刻李杜二家抄評》十二卷，明萬曆十七年（1589）刻本，《中國叢書綜録》著録，其中《李詩抄評》四卷、《杜詩抄評》八卷；梅鼎祚編、明屠隆集評《唐二家詩抄評林》十二卷，明余紹崖刻本，其中《李詩選評》四卷、《杜詩選評》八卷。清盛宣懷《愚齋藏書目録》著録梅鼎祚《李杜約選》八卷，《（嘉慶）寧國府志》亦著録，然作十卷，不知是否即《唐二家詩抄》。

**（八）杜工部詩　八卷　附録一卷　鄭樸輯**

鄭樸，字思純。遂州（今四川遂寧）人。生活于萬曆前後。曾編輯《揚子雲集》六卷，其序署"萬曆乙未九月朔"，即萬曆二十三年（1595）。又重刊宋吕大臨撰《别本考古圖》十卷。以上二書《四庫全書總目》均著録。

《杜工部詩》八卷、附録一卷，有明萬曆三十年（1602）鄭樸刻本。卷前有鄭樸《刻杜工部詩叙》，云：

> 嗚呼！昌黎氏慎許可於文章，而獨稱李杜。微之月旦李杜，乃曰：山東李白雖奇文見稱，尚不能歷杜之藩翰。則詩人以來，未如子美者也。辭家率準繩之有以矣。余即不能操觚

---

① 沈知方編《粹芬閣珍藏善本書目》，世界書局民國二十三年（1934）刻本。

覓句，而私心嚮往，以意逆志，知其情不忘君，語善規時，於"詩史"之稱無忝焉。然微言隱衷，罔可殫矣。於是類綜緯訂，靡置一字好醜。雖諸箋注削不以録，亦以昭子美之全而恐説詩之固也。若庶幾釋誚河伯而懸風的人，則余是刻非虚也已。萬曆三十年二月望日遂州鄭樸思純甫題。

次爲《杜工部集附録》，收宋祁《杜工部傳》及元稹《杜工部墓志銘》。次爲杜詩正文，白文無注，分體編次。半頁十一行，行二十字，白口，左右雙邊。天津圖書館、山東省圖書館、山東大學圖書館都有藏本。

**（九）杜工部詩分體全集　六十六卷　劉世教編校**

劉世教，字少彝，一作孝彝，海鹽（今屬浙江嘉興）人。聰穎絶世，爲人豪爽，於書無所不窺，落筆每有奇語。自視門第高，才情超逸，不屑自苦，日飾容止服御，斥買書籍鼎彝，又慕義聲，好傾囊急人難，坐此故業漸削。萬曆二十八年（1600）舉北闈，數下第，家益貧，不得已謁選，授閩清令，清雖僻小，世教以清節自勵，謝請托、黜豪强、決淹獄，名聲大震，至借攝侯官、尤溪二邑。以公務繁重，積勞成疾，又逢水灾，强起視事，不數日卒，年五十三。生平事迹見曹溶《明人小傳》卷三、朱彝尊《明詩綜》卷五八、陳田《明詩紀事》庚集卷一九。

《杜工部詩分體全集》爲劉氏《合刻李杜分體全集》之杜詩部分，有萬曆四十年（1612）刻本。前有李維楨序、劉氏自序及凡例。杜詩部分前有萬曆壬子（1612）姚士粼序，次爲王洙、孫僅、王安石、胡宗愈、魯訔、王琪、王彦輔、鄭卬、蔡夢弼諸宋人序跋；次爲黄鶴撰杜甫年譜、新舊《唐書·杜甫傳》、李觀補遺《杜子美傳》、元稹《杜工部墓係銘》。此集爲白文無注本，編次上先分體，再編年。卷一至卷二爲賦表，卷三至卷一八爲五古，卷一九至卷二六爲七古，卷二七至卷四六爲五律，卷四七至卷五一爲七律，卷五二至卷五九爲排律，卷六〇爲五絶，卷六一至卷六二爲七絶，卷六三至卷六六爲雜文。是集校記均置於各首之末，仇注於異文多有取於此者。今浙江大學圖書館藏有吕留良朱批本，重慶市圖書館藏有汪琬手校本。日本國會圖書館亦有藏本。

### 四、殘本及内容不詳者

#### （一）杜少陵先生詩集注抄　原卷數不詳　闕名編

今僅殘存第十五卷四十八首五言律詩。木活字本，半頁九行，行十五字。此書極爲罕見，亦未見著録，疑爲元明間本。詩題後有題解。詩正文頂格，注釋文字附詩後，統低一格。注釋文字首標“賦也”、“賦而比也”等字樣，次釋詞語，後闡詩意，中以〇號間之。無甚新意，而錯訛頗多。如《故武衛將軍挽詞三首》題解：“武衛將軍之名起于衛。”引黄鶴注而將“魏”誤爲“衛”。《冬日有懷李白》題解：“按白本傳，天寶初，白至長安，公在齊州懷之也。”時地並誤。《送元二適江左》題解，誤謂“元二”爲元結，蓋沿舊注。

#### （二）杜少陵集　十卷　張潛編，宋灝校刻

張潛（1472—1526），字用昭，自號東谷。岷州（今甘肅岷縣）人。少穎秀，八九歲能日記數千言，口占詩對如流，稍長，爲文有奇語。從李東陽受《尚書》，爲李激賞。弘治九年（1496）進士，授户部山西司主事，以廉而能爲尚書所稱，秩滿三年，吏部考績上上，擢員外郎。以丁父憂歸，起改禮部儀制司員外郎，後擢精膳司郎中。正德四年（1509）升廣平府知府，逾五年，起擢山東左參政，明年，以譖罷官西歸。晚定居華州，常與武功康海遊，縱情山水以終。曾編《杜少陵集》十卷。生平事迹見王九思《山東布政司左參政張公潛墓志銘》（焦竑《國朝獻徵録》卷九五）、曹溶《明人小傳》卷三、過庭訓《本朝分省人物考》卷一〇三、朱彝尊《明詩綜》卷四四等。

宋灝，字孟清，山西博士，廣平府判官。

《杜少陵集》，成都杜甫草堂今存其殘本，爲明正德七年（1512）刻本，半頁十行，行二十字或二十一字。單邊，白口，無魚尾。版心上端題卷數，下端題頁數。卷前王雲鳳序，半頁七行，行十四字，云："廣平太守張侯用昭，以子美集刻者雖多，然或以所歷之地爲類，或以所命之題爲類，觀者卒難得其各體之全；其釋事、釋文、補遺、補注諸書，收擥紛嚨，未易尋省。乃以詩體分爲八，爲子美作者附録詩後，文又附其後，盡去其注，爲卷十，每卷各著其目於首。判府宋君孟清實訂訛焉。子美集斯明白矣。"此序又見黄宗羲《明文海》卷二四五，文字稍有不同。張潛正德四年任廣平知府，在任五年，此集正成于其廣平任上。王序所言"以所歷之地爲類"編次，實差近編年，而張潛編定杜詩，既厭編年，復厭分類，獨尚分體，是編前八卷按分體録杜詩，卷一、卷二爲五古，卷三七古，卷四絶句，卷五、卷六五律，卷七五排，卷八七律、七排，卷九附録他人"爲子美作者"，共十五首，卷十録杜甫之文。其編次毫不以時之先後爲意，如五古，起於《北征》，而他集多列爲第一首的《游龍門奉先寺》一詩，則列於第九十首。此集爲白文無注本，校訂甚精。傅增湘《藏園群書經眼録》著録此書，並加按語云："此書罕見，字體疏古，頗有雅致。"①

### （三）杜詩七言律　二卷　邵寶撰

邵寶，生平事迹見前第一章第二節邵寶《分類集注杜詩》介紹。

《杜詩七言律》二卷，今日本東洋文庫藏有明嘉靖三十年（1551）刊本，二册，題"邵寶集注，姚九功校"。楊慎《升庵詩話》卷六"東閣官梅"條云："近日邵文莊寶，乃手抄其注（指僞蘇注）入《杜詩七言律》刻行，豈不誤後學耶？僞蘇注之謬，宋世洪容齋、嚴滄浪、劉須溪父子，馬端臨《經籍考》，皆力辨其謬，而文章巨公如邵文莊者，乃獨信之，其尺有所短乎？"此本應是坊刻僞書。邵寶有

---

① 傅增湘《藏園群書經眼録》卷一二，中華書局2009年版，第861頁。

《杜律抄》一書,録杜甫七律,《天一閣書目》著録,不言其有注。坊賈遂雜取諸家注,其中亦含僞蘇注,刻成此本,並托邵寶之名以獲利。經楊慎指斥後,書漸不傳。

**(四)杜詩釋　一卷　闕名撰**

馬同儼、姜炳炘《杜詩版本目録》著録:"《杜詩釋》闕名注　明刻本　存一卷　前後殘缺　半頁十行,行二十字,白口,四周單邊。書名依版心上方題作《杜詩釋》。"今國家圖書館藏有殘本。王燕飛考證,其作者為張綎,參見其《國家圖書館藏〈杜詩釋〉殘卷作者及其價值》(《文獻》2013年第6期)。

**(五)李杜詩選　十二卷　顧明編,史秉直評釋**

顧明、史秉直,生平不詳。

《李杜詩選》十二卷,包括《李詩選》六卷、《杜詩選》六卷。有嘉靖三十七年(1558)金瀾刻本。今藏重慶市圖書館。

**(六)李杜詩選　四卷　李廷機撰**

李廷機,字爾張,號九我。晋江(今屬福建)人。《明史》有傳。萬曆十一年(1583)會試第一,以進士第二授翰林編修,累遷祭酒、南京吏部右侍郎、禮部左侍郎。官至禮部尚書兼東閣大學士,入參機務,卒謚文節。著述甚豐,《(乾隆)泉州府志》著録其《四書口義》《四書臆説》《易經纂注》《易答問》《詩經文林貫旨》《春秋講章》《性理删》《漢唐宋名臣録》《家禮》等十八種。

《李杜詩選》,《(乾隆)泉州府志・藝文志》著録。今日本國會圖書館藏萬曆十九年(1591)書林熊咸初刊本,四册,其中《李詩評選》四卷,《杜詩評選》四卷,署"(明)何烓編撰,李廷機考證",爲"新刻翰林考證京本"。此本當有注解。日本尊經閣文庫又有此刻藏本,衹一册,或爲殘本。與《(乾隆)泉州府志・藝文志》著録當非一本。

**(七)杜少陵詩　十卷　張文楝撰**

張文楝,明人,生平不詳。

《杜少陵詩》,周采泉《杜集書録》著録①。上海圖書館藏,明刻本,半頁十行,行二十字或二十一字,白口,四周單邊,無魚尾。有清乾隆進士王昶跋。

**(八)新刊杜工部七言律詩 二卷 闕名注 曾應祥校**

今日本東京大學東洋文化研究所藏有明静德堂刊本,共二册。

**(九)杜詩選 六卷 凌氏刻**

明吴興凌氏朱墨套印本,共三册。日本愛知大學附屬圖書館霞山文庫有藏本。

## 第二節 明代散佚杜詩學文獻考(上)

本節及下節大略按時間順序,簡介書目、方志、文集等著録的杜詩學文獻。此部分杜詩學文獻基本都已亡佚,這裏衹盡力追索著者生平,並載文獻名稱、序跋及著録等情況。

### 一、杜工部詩集 五十卷 闕名編

繆荃孫《藝風藏書記》卷六著録:"《杜工部詩集》五十卷。杜詩分五十卷者止《草堂詩箋》本,而投贈詩另爲一卷。此本亦分五十卷,每卷前一行標某年某地所作,均與草堂本同,無注,無投贈詩。字畫工整,似是明初刻本,各家書目未見著録。集前序傳後跋均爲書賈割去,想以之充宋、元槧者。"②

### 二、杜詩三百篇注 黄淮集、范觀撰

黄淮(1367—1449,或謂1366年生),字宗豫。永嘉(今屬浙江

① 周采泉《杜集書録》,第148頁。

② 繆荃孫《藝風藏書記》卷六,上海古籍出版社2007年版,第131頁。

温州）人。洪武三十年（1397）進士，授中書舍人。成祖朱棣立，命入直文淵閣，升翰林編修，累進右春坊大學士。輔太子監國，爲漢王高煦所譖，繫詔獄十年。仁宗洪熙初復官，授武英殿大學士，累加少保、户部尚書兼大學士。宣德二年（1427）以疾乞休。英宗時再入朝，卒謚文簡。《明史》有傳。淮歷五帝，受三朝寵遇，與臺閣派三楊及解縉等關係密切。其論詩以温柔敦厚爲教，强調本乎性情之正，與臺閣派同，這在他所作的《讀〈杜詩愚得〉序》與《〈杜律虞注〉後序》中有鮮明的反映。著有《黄文簡公介庵集》《省愆集》。

范觀（1363—1426），字以光，別號一齋。樂清（今屬浙江）人。少警敏，年十一喪母，執喪如成人。事父無違，禮事繼母如所生，撫諸弟一以誠。學博文暢，尤工於詩。好遊山水，與雅士、高僧偕游于雁蕩山，數月不歸，又號雁蕩山樵。采訪使通政趙公以文學舉，辭不就，又號文峰遺老。生平事迹見黄淮《一齋范處士墓碣銘》（《黄文簡公介庵集》卷六）。

《杜詩三百篇注》，《（光緒）樂清縣志・經籍志》著録，題作"黄淮集，范觀著"。據黄淮《黄文簡公介庵集》卷六（黄淮集曾重編，卷六即原卷之十）《一齋范處士墓碣銘》，范觀著有《一齋集》《注杜詩三百篇》《考訂歷代紀年圖》，藏於家。黄淮或爲之刊刻注杜一書，故《（光緒）樂清縣志・經籍志》著録如上。清孫詒讓《温州經籍志》亦著録是集，並小字注"《黄介庵集》卷十"，乃是言其所據，周采泉遂誤認爲是集載于《黄介庵集》卷十①。

### 三、李杜詩解　三卷　賴進德撰

賴進德，萬安（今屬江西吉安）人。明洪武二十三年（1390）舉人，授湖廣寶慶知事，升鳳翔推官。著有《草廬集》《李杜詩解》。生平事迹見《（光緒）吉安府志・人物志・庶官二》。

---

① 周采泉《杜集書録》，第633頁。

《李杜詩解》三卷,《(同治)萬安縣志・經籍志》《(光緒)吉安府志・藝文志》著録,黄虞稷《千頃堂書目》録作《李杜詩集》。

## 四、李杜詩抄　朱權輯刻

朱權(1378—1448),朱元璋第十七子,封寧王,初就藩大寧,永樂元年(1403)徙封南昌,卒謚獻,史稱寧獻王。少時自稱大明奇士,中年後號臞仙、涵虚子、丹丘先生。《明史》有傳。權雖爲皇子,但因宗室内部矛盾,在政治上頗受排擠,於是托志學道,潛心著述,對詩詞戲曲等都很有研究。著有《太和正音譜》《漢唐秘史》《采芝吟》等書數十種,並創作雜劇十二種。其詩話《西江詩法》共録詩話二十五則,其中有關杜甫的八則。其家又富秘本,多所刊布。

《李杜詩抄》,解放初北京天祥商場《古舊書店書目》第二期著録。已佚。

## 五、杜律集注　李應吉撰

李應吉,字維禎,餘姚(今屬浙江)人。永樂三年(1405)舉人,補雞澤教諭,乞便養,改定海。遭喪,改蕭縣,又改欒城,坐事謫章丘訓導。尚書劉中敷、侍郎魏驥薦其文行可顯用,不報,終金壇教諭。應吉雖一直沉淪下僚,然頗富識見,又敢於言事,故所至多有善政。著有《和順英華録》五卷及《先天圖説》《忍齋集》《集韵詩》《杜律集注》等。生平事迹見《(光緒)余姚縣志・列傳七》。

《杜律集注》,《(乾隆)浙江通志・藝文志》引《(弘治)紹興縣志》著録。《(民國)浙江通志稿・藝文志》(未刊本)作《杜詩集注》。

## 六、杜詩風緒箋　六卷　黄養正撰

黄養正,名蒙,以字行,温州(今屬浙江)人。《明史》有傳。永樂中以善書授中書舍人,官至太常少卿。時宫殿房匾碑刻多其所書。正統中從駕北上,死於土木堡之變。著有《杜詩風緒箋》六卷。

《杜詩風緒箋》,清祁理孫《弈慶藏書樓書目》著録。

### 七、和杜詩　一卷　李賢撰

李賢(1408—1466),字原德,鄧州(今屬河南)人。宣德八年(1433)進士,授吏部主事,歷郎中,擢兵部右侍郎,改户部,旋改吏部,進尚書,入直文淵閣,終少保兼太子太保,華蓋殿大學士,卒贈太師,謚文達。有《古穰正續集》、《天順日録》、《和陶詩》二卷、《和杜詩》一卷、《讀易記》一卷、《讀詩記》一卷、《南陽李氏族譜》若干卷、《體驗録》一卷等。

《和杜詩》一卷,王士禛《居易録》卷二一稱,明程敏《篁墩集》所撰《行狀》中著録。已佚。

### 八、和杜詩　三卷　趙璉撰

趙璉,字仕瑛,明初縉雲(今屬浙江麗水)人。穎悟勤學,弱冠能文,下筆輒數千言。正統十二年(1447)舉人,授監察御史,發奸摘伏如神。嘗署都臺事,百僚震慴,尋升荆州知州。著有《復庵集》及《和杜詩》三卷。生平事迹見《(光緒)處州府志・經濟》。

《和杜詩》,《(光緒)處州府志・書目》著録。

### 九、和杜詩　四卷　萬翼撰,童軒評

萬翼,"翼",一作"翬",又誤作"葉"。字毖之。眉州(今四川眉山)人。吏部尚書安子,天順元年(1457)進士。官至南京兵部右侍郎。著有《和杜詩》四卷,今《明文海》卷二六一存童軒所作《和杜詩序》,謂其"登丁丑進士,拜户部主事,四轉而有今官"。萬安以諂事貴妃而得寵信,在其授意下子翼及孫弘璧皆弱冠即登第,且官運亨

通。然安死後,翼及子弘璧俱早卒,安竟無後。董序則稱翼"學博才敏,雅好吟事,當其酒酣興發、健筆縱横,雖一日數十韵而無難者……今岦之不數月間乃能追和其詩數百餘首,至於公牒遊從,舉無廢事,雖其天才踔絶,豈亦有神以助之與?"不免阿諛之嫌。

明高儒《百川書志》卷二〇著録:"《和杜詩》四卷,皇明南京兵部右侍郎眉山萬葉(當爲翼)取少陵五七律、排、絶體和之,太常卿鄱陽童軒評點之。"童氏有《和杜詩序》云:"(萬翼)間於退食之暇,常取宋人周伯弼所選《唐詩三體》、元人楊士弘所選《唐詩正音》,歷次其韵而和之,業已梓行於世矣。兹復取伯生虞公所注杜律暨韋布士董益所注杜選排律、五七言絶句總若干首,不數月間盡和其韵。殆若出其時,履其地,親聆其謦欬,而熟睹其眉宇者。其體裁、其興象、其風格,雖不盡求其似,而其豪邁渾雄者,自無不似。雖不力求其工,而其清淡閒雅者,又自無有不工。"①

## 一〇、李杜詩句圖　伊乘撰

伊乘,字德載,吴縣(今屬江蘇蘇州)人。明成化十四年(1478)進士,授南京刑部主事,進員外郎,擢四川僉事。乘居官嚴明,持法甚平,數使冤獄得白。秩滿,乞終養歸里,父歿,遂不復出,卒年七十六。平生嗜學,至老不倦,所著詩文有古人風。著有《六書考》《音韵指掌》《廣雋》《學古次第》《史學撮要》《皇明風雅》《僉事集》及《李杜詩句圖》等。生平事迹見曹溶《明人小傳》卷二、《(同治)蘇州府志・人物六》、朱彝尊《明詩綜》卷二五。

《李杜詩句圖》,《(同治)上江兩縣志・藝文志》《(同治)蘇州府志・藝文志》及清黄虞稷《千頃堂書目》文史類著録。《(民國)吴縣志・藝文志》亦著録,然未載著者。已佚。

---

① (清)黄宗羲編《明文海》卷二六一,中華書局 1987 年版,第 2732 頁。

## 一一、杜律抄　二卷　邵寶抄

邵寶,生平事迹見前第一章第二節邵寶《分類集注杜詩》介紹。

阮元《天一閣書目》著録:"《杜律鈔》二卷,刊本,明無錫邵寶鈔,姚九功校。"①晁瑮《寶文堂書目》著録作《邵二泉七言杜律抄》。錢謙益《絳雲樓書目》作《邵二泉抄杜七言律》,錢曾《述古堂書目》作《抄杜七言律》。已佚。

## 一二、杜少陵七律分類　二卷　過棟、邵勛撰

過棟,字汝器,號最木。無錫(今屬江蘇)人。與同鄉邵勛合撰《杜少陵七律分類》,又曾箋校邵寶《分類集注杜詩》。

邵勛,字彬侯。明無錫(今屬江蘇)人。庠生,與同鄉過棟合撰《杜少陵七律分類》,又曾校萬虞愷所刊《李杜詩集》。

《杜少陵七律分類》二卷,清王聞遠《孝慈樓書目》著録。未見,或存。

## 一三、杜詩質疑　周旋撰

周旋(1450—1519)②,字克敬,自號半齋,人稱西溪先生。浙江慈溪人。明成化二十三年(1487)進士,除南京户科給事中,後轉北京兵科給事中。時北虜猖獗,旋陳方略,咸中時宜。知州劉遜爲宗藩所陷,言者皆繫獄,旋上章申救得釋。又奏開南旺舊湖,使漕河皆賴其利。又奏罷皇室侵奪之各營牧地。在科九年,屢上疏,論事剴切。後出爲廣東參議,計平蘇孟剴之亂。旋性好學,雖仕途倥傯而手不釋卷。著有《西溪小稿》《東湖十詠》《廣西通志》及《杜詩

---

① (清)阮元編《天一閣書目》卷四之一,清嘉慶十三年刻本。

② 關於周旋生卒年,參見陳開林《〈杜集叙録〉明代編作家傳記補正》,《寧夏大學學報》2017年第1期。

質疑》等。生平事迹詳見張邦奇《靡悔軒集》卷八《明故廣東布政司右參議進階朝議大夫周公墓志銘》及卷一二《明故朝列大夫廣東布政司右參議進階朝議大夫周公行狀》,另見萬斯同《明史》(列傳之部)卷二四七、曹溶《明人小傳》卷二、《(光緒)慈溪縣志》卷二七《列傳四》、朱彝尊《明詩綜》卷二五等。

《杜詩質疑》,清黄虞稷《千頃堂書目》及《(光緒)慈溪縣志·藝文志》著録。已佚。

## 一四、四節記·杜子美曲江記　沈采撰

沈采,字練川。嘉定(今屬上海)人。生平不詳,約生活于明成化前後。工作曲,吕天成《曲品》稱其"名重五陵,才傾萬斛"。著有傳奇《千金記》《四節記》《裴度香山還帶記》《臨潼記》等。

《四節記》,《八能奏錦》又題作《四遊記》。乃敷演四名人在春夏秋冬四節之故事,一人一節一景,春爲《杜子美曲江記》,夏爲《謝安石東山記》,秋爲《蘇子瞻赤壁記》,冬爲《陶秀實郵亭記》。清黄文暘《曲海總目提要》卷一七著録此劇,並云:"因少陵《曲江》詩,有'典衣'、'盡醉'之句,故標其事而增飾成之也。劇云,天寶十三載,杜甫奏賦三篇,授集賢院待制,遷左拾遺。與禮部賀知章、翰林李白,共詣曲江遊樂。甫與黄四娘舊好,四娘居曲江頭萬花村,三人因就飲花下。尋避安禄山之亂,甫依節度使嚴武于蜀。四娘亦他徙,依杜韋娘以居。甫在蜀時,知章、白亦同流寓,相與造甫,登臺覽古。嚴武亦來訪,報李猪兒已刺禄山。於是甫與賀、李同歸京師。四娘亦偕杜韋娘,返曲江舊宅。甫尋夙好,復與賀、李詣飲,用相歡慶云。"今已無全本傳世,僅散見於《醉怡情》等書,《明清傳奇鈎沉》輯有佚曲一支。吕天成《曲品·舊傳奇》著録,並云:"此作以壽鎮江楊相公。初出時甚奇。""一記分四截,是此始。"故其在戲曲發展史上有特殊地位。今僅存部分曲詞。

## 一五、杜陵花 闕名撰

傳奇。清姚燮《今樂考證》、焦循《曲考》、黄文暘《曲海總目提要》及王國維《曲録》皆著録。已佚,本事不詳,疑與杜甫有關。

## 一六、杜詩辯體 潘援撰

潘援,字匡善,號東厓。景寧(今屬浙江麗水)人。《(民國)長樂縣志·列傳一》潘援本傳謂其於弘治十三年(1500)以舉人署長樂教諭事。能均視諸生,絶無厚薄低昂之態。睹其風儀,聆其議論者,樂於親近,如在春風和氣中。器識完粹,篤于經學。《(乾隆)泉州府志·名宦二》潘援傳則謂其正德五年(1510)教授泉州,性潔而介,有文譽,教諸生,隨材成就,濯新振發,直欲趨乎道而後已。歷升國子監丞,爲祭酒所重,升中書舍人,以老致仕。著有《東厓集》。

《杜詩辯體》,周采泉《杜集書録》謂:浙江圖書館藏抄本《重修浙江通志稿·著述》第四十六册著録是書[①]。未見,或存。

## 一七、和杜詩 一卷 何晋撰

何晋,字石川,龍游(今屬浙江衢州)人。明弘治十七年(1504)舉人,官通判。著有《蟲技集》《寓蒲集》《和杜詩》等。

《和杜詩》一卷,清黄虞稷《千頃堂書目》著録,《浙江通志·經籍十·集部三》據《(萬曆)龍游縣志》亦著録。已佚。

## 一八、杜詩便覽 錢貴撰

錢貴(1472—1530),字元抑,長洲(今江蘇蘇州)人。《明史》有傳。五代吴越武肅王之後。弘治十一年(1498)舉人,正德十六

① 周采泉《杜集書録》,第611頁。

年(1521)選太常寺典簿。貴性端直,嘉靖初論劾中官蕭敬貪饕不法,又集王振、曹吉祥、劉瑾事,著《三患傳》上之。大禮議起,因明職掌籩豆之數,乘間論列,會議禮者皆得罪,遂乞歸,進鴻臚寺丞致仕。其學務綜博,尤屬意於性命之學,歸鄉後益集諸生講明其説。著有《易通》《讀史例餘》《騷經標注》《太常都編》《吴越紀餘》。

《杜詩便覽》,《(同治)蘇州府志·藝文志》《(民國)吴縣志·藝文志》著録。文徵明《甫田集》卷一三《明故鴻臚寺寺丞致仕錢君墓志銘》録作《杜詩便覽》。

## 一九、杜詩類集　姚鳴鳳撰

姚鳴鳳,字景陽,莆田(今屬福建)人。正德十二年(1517)進士,授南京太常博士,拜南京浙江道御史。後以事罷歸,惟圖書數篋。歸鄉閉門讀書,以經術課諸子侄。著有《杜詩類集》。生平事迹見何出光《蘭臺法鑒録》卷一四、《(光緒)莆田縣志》卷一九。

《天一閣書目》著録:"《杜詩類集》二册,刊本,明閩人姚鳴鳳集,戴金序稱:是編姚侍御、李父臺、史少雲分門析句,撮其警語,類萃成帙。"①當是摘句一類。

## 二〇、杜律訓解　張孚敬撰

張孚敬(1475—1539),原名璁,字秉用,號羅峰,永嘉(今屬浙江温州)人。《明史》有傳。正德十六年(1521)進士,以迎合世宗朱厚熜尊生父興獻王爲皇帝事,得帝歡心,不次擢用。嘉靖十年(1531),以名犯御諱,請更,乃賜名孚敬,字茂恭。爲人廉明果敢,然心性偏狹,先後歷南京刑部主事、兵部左侍郎、禮部尚書、吏部尚書等職,官至大學士,卒謚文忠。有《喻對録》《奏對録》《保和冠服圖》《張文忠公集》。

---

① (清)阮元《天一閣書目》卷四之一,清嘉慶十三年刻本。

《杜律訓解》二卷,明代頗爲風行,今已佚。明趙琦美《脈望館書目》著録:"張羅峰《杜律釋》。"晁瑮《寶文堂書目》著録:"《杜詩釋義》,張羅峰注。"不著卷數。黄虞稷《千頃堂書目》著録:"張璁《杜律訓解》,二卷。"書已佚,但尚有張氏《杜律訓解序》《再識》及《進〈杜律訓解〉疏》存于《張文忠公集》中,故應以《杜律訓解》爲是。據自序及《再識》,此書是以元張性《杜律演義》爲底本的杜甫七言律注本。其進呈疏曰:"臣竊謂古詩自三百篇以後,其存忠君愛國之心者,惟唐杜甫之詩,而甫詩之尤精者,惟七言律詩。臣昔年於書院中,嘗因注家多失其意,愚不自揣,略爲訓解,近托梓刻,以便抄謄。"則此應作于張氏中進士之前,明代應有刻本。張氏注解仇注有引,邵傅《杜律集解》所引更多,其《凡例》云:"羅峰統合諸家,考證詳實,而注義略陳。"可見,明人頗重此書。

## 二一、杜律選注　二卷　蕭鳴鳳撰

蕭鳴鳳(1480—1534),字子雝,山陰(今屬浙江紹興)人。《明史》有傳。正德九年(1514)進士,授監察御史,督學南畿,與前御史陳選並稱"陳泰山,蕭北斗"。嘉靖初,遷河南副使,仍督學政,調湖廣兵備副使,改廣東提學副使。一生三督學政,廉無私,然性剛狠,學者稱静庵先生。著有《静庵詩録》《文録》。

《杜律選注》二卷,清黄虞稷《千頃堂書目》著録。明徐象梅《兩浙名賢録》及《(乾隆)浙江通志・人物五・儒林中》録作《杜詩注》。

## 二二、杜律辨類　顧可久撰

顧可久(1485—1561),字與新,號前山,别號洞陽,無錫(今屬江蘇)人。正德九年(1514)進士,歷官行人司行人、户部郎中、福建泉州知府、江西贛州知府、廣東按察副使等職。爲官耿直敢諫,曾兩遭廷杖,與同邑楊淮、黄正色、張選并稱"錫谷四諫"、"嘉靖四忠"。他曾在瓊州多次主持鄉試,察識選拔人才,爲海瑞恩師。後遭豪强和權臣中傷而被勒令辭職返鄉,卒於家。著有《洞陽詩集》二十卷、《唐王右丞詩集注説》六卷及《李杜詩體略》等。生平事迹見《無錫金匱縣志》卷二三《忠節》。

顧可久所注王維集今尚有傳本,《李杜詩體略》則未見。顧可久爲清代著名杜詩學家顧宸的直系先祖,顧宸《辟疆園杜詩注解》於《暮登四安寺鐘樓寄裴十迪》後曰:"解此詩後,因檢家洞陽公《杜律辨類》曰:'末句乃自咎意。懷裴而不相見,則於交遊之情甚懶矣。即裴之尤親厚者,以例其餘。通上一句,文斷意不斷,筆力作法妙處。'按如此解,'故人相見未從容'句,甚有情。其不能與故人從容相見者,由我太慵故也。"此外,顧宸注本於《秋盡》《將赴成都草堂途中有作先寄嚴鄭公五首(其五)》《暮登四安寺鐘樓寄裴十迪》《送王十五判官扶侍還黔中得開字》《閣夜》《江雨懷鄭典設》《送李八秘書赴杜相公幕》《覃山人隱居》等詩後均引《杜律辨類》。今行世之顧宸《辟疆園杜詩注解》對杜甫的全部五七律詩予以詳細注解,然其對顧可久《杜律辨類》的徵引則僅限於七律,由此判斷,《杜律辨類》很可能是一杜甫七律注本。惜該本早已散佚,無從知其與《李杜詩體略》是否爲一書,唯賴顧宸《辟疆園杜詩注解》的徵引窺其一鱗半爪。

## 二三、少陵純音　十卷　南大吉撰

南大吉(1487—1571),字元善,號瑞泉,渭南(今屬陝西)人。正德六年(1511)進士,歷官户部主事、員外郎、郎中、紹興知府。幼穎異知學,稍長治《禮》,兼通《易》。初以古文鳴世,入仕尚友講學,探討日邃,爲群僚所推。與人和而有容,當官任事則毅然有執,所至多有善政。紹興知府任上建書院、修水利、決冤獄,後以事罷歸,紹興士民垂涕若失父母。歸構書院以教四方來學之士。著有《瑞泉集》《紹興志》《渭南縣志》。生平事迹見《紹興府知府南大吉傳》(焦竑《國朝獻徵録》卷八五)、曹溶《明人小傳》卷二、過庭訓

《本朝分省人物考》卷一〇四、朱彝尊《明詩綜》卷三四、黄宗羲《明儒學案》卷二九。

《少陵純音》,黄虞稷《千頃堂書目》著録。已佚。

## 二四、擬杜詩　四卷　陳大濩撰

陳大濩(1498—1583)[1],字則殷,長樂(今屬福建福州)人。正德十六年(1521)進士。先授上虞知縣,抑巨室,伸單弱,豪貴毁諸上官,尋調光山。故事,光山民調役他縣,饑年亦不免。大濩抗詞争曰:"天降灾於下邑,奈何又重之以虐? 莩民之道也。"臺使無以難,寢其役用,薦行取入京。奸人中以上虞事,諸同徵者率補御史、給事,而大濩得隰州知州。復爲巡鹽御史所劾。然大濩甫至,已捐四門榷税,廉聲大起。吏部爲格御史章,遷思恩府同知。俄歸,行李蕭然。以教授里中兒自給,先後邑令數造請不能得也。抗倭名臣朱紈巡視閩中,願一見,竟辭謝,紈嘆息去。著有《詩經義》四卷、《春秋管見》、《四書□義》四卷、《雙溪集》、《雙拙稿》四卷、《擬陶詩》四卷。王世貞《弇州山人四部續稿》卷一一三《思恩府同守致仕累封通議大夫兵部右侍郎兼都察院右僉都御史雙溪陳公墓志銘》、葉向高《蒼霞草》卷一三《雙溪陳先生墓表》載其生平甚詳。生平事迹另見《(民國)長樂縣志・列傳四》、曹溶《明人小傳》卷二四、朱彝尊《明詩綜》卷三七、陳田《明詩紀事》戊集卷一四。

《擬杜詩》四卷,清黄虞稷《千頃堂書目》及《(民國)長樂縣志・藝文志》《(民國)福建通志・藝文志》著録。

## 二五、杜少陵詩注　邵濬撰

邵濬,字懷源,號象峰,太平(今浙江台州温嶺)人。嘉靖七年

---

① 参見陳開林《〈杜集叙録〉明代編作家傳記補正》,《寧夏大學學報》2017 年第 1 期。

(1528)舉人。任崖州知州,歲饑,不待民請即發倉賑濟,州民生爲立祠。旋改知河池州,逼近南丹、那地、東蘭三土州,孚以威信,皆欣然奉約束。升德府長史,緝古賢王言行可爲法者,名《訓志録》進之,王嘉納。後乞歸掃墓,王贈詩相别。另著有《陳伯玉詩注》。生平事迹見《(嘉慶)太平縣志・仕進》《(光緒)台州府志・經籍志》《(民國)浙江通志・經籍志》。

《杜少陵詩注》,乾隆《浙江通志・經籍十二・集部五》引《太平縣志》著録,《(嘉慶)太平縣志・藝文志》作《杜詩注解》。

## 二六、杜律七言五言注　各二卷　章杰撰

章杰,字謙甫,號南明。《(光緒)重修安徽通志・藝文志》作"章傑",誤。建平(今安徽宣城郎溪縣)人。嘉靖十三年(1534)由選貢授無極縣令。以執法觸權閹,謫改永平教授,遷北雍學録、永州司理。逾年引退,杜門著書,有《詩經明辨》十卷、《北遊草》二卷。生平事迹見《(乾隆)廣德州志》卷二一。

《杜律七言五言注》各二卷,門人霍韜序並刻印行世。《(乾隆)廣德州志》《(光緒)廣德州志》著録。已佚。

## 二七、評選李杜詩　汪旦撰

汪旦,字仲昭,晋江(今屬福建)人。嘉靖元年(1522)舉人,嘉靖十四年(1535)進士。知金溪縣,計破縣天竺寺僧淫亂奸狀,得寺院窖金數萬兩,有鎸湘吴州縣字者,則皆僧行剽鄱陽中解京庫帑也。事聞,調繁吴江,尋擢貴州道御史。後以言事忤當道歸,卒於家。除詩文集外,還著有《黄庭經注》《道德經注》。生平事迹見何出光《蘭臺法鑒録》卷一六、《(乾隆)泉州府志・明循績四》。

《評選李杜詩》,《(乾隆)泉州府志・藝文志》《(民國)福建通志・藝文志》著録。

## 二八、杜律解　徐楚撰

徐楚(1499—1589),字世望,號青溪,嚴州淳安(今屬浙江杭州)人。嘉靖十七年(1538)進士,授工部主事,轉郎中,除辰州守,升廣西副使,復補雲南屯田副使,官終四川布政司參政。楚明敏有才幹,所至頗有政績,末以忤當要免歸,年九十一卒。《四庫全書》收録其所編《清溪詩集》。另著有《吾溪集》《蜀阜小志》。今存郭正域《明嘉議大夫四川佈政使司左參政吾溪徐公神道碑》(《合并黄離草》卷二六),言其行實甚詳①。生平事迹另見曹溶《明人小傳》卷三、《(光緒)淳安縣志》卷九《人物志一・循吏》、朱彝尊《明詩綜》卷四二。

《杜律解》,《(乾隆)浙江通志・經籍十二・集部五》引《(萬曆)嚴州府志》著録。未見。

## 二九、杜律七言注　沈啓撰

沈啓,字子由,號江村,吴江(今屬江蘇蘇州)人。嘉靖十七年(1538)進士,授南京工部主事,三年調北京刑部主事,歷員外郎中,出爲紹興知府,官至湖南按察使副使。沈氏有吏才,在官多有善政,既歸,絶口不言官事,築室仙人山,以著述自娱。博覽群籍,凡陰陽、律曆、水利之學等,靡不研究。著有《家居稿》《南北稿》《西臺净稿》《越吟稿》《楚吟稿》《雞窠嶺稿》《吴江水利考》《南廠志》《南船記》《牧越議略》。生平事迹見王世貞《湖廣按察副使沈公啓傳》(見焦竑《國朝獻徵録》卷八八)、王兆雲《皇明詞林人物考》卷一二、曹溶《明人小傳》卷三、過庭訓《本朝分省人物考》卷二三、朱彝尊《明詩綜》卷四二。

---

① 參見陳開林《〈杜集叙録〉明代編作家傳記補正》,《寧夏大學學報》2017年第1期。

《杜律七言注》,《(同治)蘇州府志·藝文志》著録爲二十卷,恐係二卷之誤。

## 三〇、評杜詩鈔　李攀龍撰

李攀龍(1514—1570),字于鱗,號滄溟,世爲歷城(今屬山東濟南)人。《明史》有傳。嘉靖十九年(1540),舉鄉試第二,二十三年成進士,試政吏部文選司。二十四年,以疾歸,益發憤爲古學。二十五年,入京師充順天鄉試同考官,簡拔多奇士。二十六年,授刑部廣東司主事,歷員外郎、山西司郎中。三十二年,出爲順德知府,滿三歲擢按察副使,視陝西學政,其鄉人東阿殷學爲巡撫,以檄致攀龍,使屬文。攀龍不懌曰:"副使其屬,學政非其屬也。且文可檄致耶?"會關、陜地裂,後數動摇,心悸,念母老,上疏乞歸。歸則構一樓鮑山、華不注間,曰白雪樓,居之。郡守以上詣謁,輒謝病,造詣數四,終不一見,亦無所報,以是得簡亢聲,家居將十年。隆慶初(1567),用薦起浙江按察副使。二年遷參政,奉表入賀,道遷河南按察使。攀龍至是摧亢爲和,賓客亦稍稍進。無何,以母喪歸,哀毁致疾,逾小祥,暴心痛,一夕卒。著有《李滄溟集》《古今詩删》等。李攀龍爲明後七子領袖,曾左右文壇,煊赫一時。

《評杜詩鈔》,此書幾不爲諸家書目著録,《(民國)山東通志·藝文志》載:"《評杜詩鈔》,李攀龍撰,海寧沈珩《耿巖文選》云:'癸丑予在長安,同年天雄孫雪崖郁豪於詩,見其枕中一帙甚秘,則于鱗《評杜詩抄》,天雄孔使君得之書林,發篋梓之。此本人所未見,予從雪崖匄有之。詩僅三百首。點次切密,評騭字極質約,無浮文,真先雅風格。按所最賞心處,大較奇淡險遠、清真幽樸爲多,視世所哀杜詩瑰瑋壯麗者懸别。始嘆古人劌心嗜古,心得難以告人,豈皮相所知?顧于鱗詩未造極,其亦詘於年命邪?'"①可見,歷來

① 《(民國)山東通志》卷一四六,民國四年至七年山東通志刊印局排印本。

得見此書者不多。

### 三一、杜律雜著　鍾一元著

鍾一元,字太初,號侍山[①],秀水(今屬浙江嘉興)人。嘉靖三十二年(1553)進士。初知福寧州,值倭警,預拓外城爲保障。丁内艱,著墨衰禦敵,福民涕泣挽留,立石頌績。後守池州,會景府宫眷還闕,所至驛騷,一元一意爲民節省,力抗内豎。復守寧國,有惠政,轉四川副使。以祖母年高,上疏乞歸,結廬郭外,泉石觴詠。一元性純樸,素介直,非我同志,即謝弗與,里人皆高其誼。生平事迹見《(萬曆)嘉興府志》卷一八、徐象梅《兩浙名賢録》卷二九、盛楓《嘉禾徵獻録》卷三二。

《杜律雜著》,《(萬曆)秀水縣志》《(康熙)嘉興府志》著録,然《(崇禎)嘉興縣志》録作《杜律雜注》。

### 三二、杜律心解　劉瑄撰

劉瑄,太倉(今屬江蘇蘇州)人。嘉靖時人,嘗爲諸暨尉,以讒罷。著有《杜律心解》。

《杜律心解》,已佚。今存王世貞《劉諸暨杜律心解序》,云:

> 自三百篇出,而諸爲詩故者亡慮數十百家,即爲詩故者數十百家,而知詩者不與焉。獨蔽之於孟氏曰:以意逆志。得之哉!得之哉!夫所謂意者,雖人人殊,要之其觸於境而之於七情,一也。唐杜氏詩出,學士大夫尊稱之,以繼三百篇,然不謂其協裁中正也,謂其窺於興賦比之微而已。諸爲杜詩故者,亦無慮數十百家,而杜氏詩最宛然而附目,鏗然而諧耳者,則五

① 參見陳開林《〈杜集叙録〉明代編作家傳記補正》,《寧夏大學學報》2017年第1期。

七言近體。諸專爲近體者,又亡慮數家,自張氏之故托於虞而去杜遠矣。夫不得其所屬事而淺言之則陋,得其所屬事而深言之則刻,不究其所以比則淺,一切究其所以比則鑿。此四者俱無當於孟氏謂者也。余束髮游學士大夫,遇關中王先生允寧,爲杜氏近體抗眉掀鼻鼓掌擊節,若起其人於九京而與之下上,既賞其美,又賀其遇。然至讀所謂解,蓋精得夫開闔節輳照映之一端,正倒插之二法。而余里中老人劉諸暨,間與爲杜,甚乃捻鼻酸楚,讀不能篇,而時嗚咽贊一語,涕洟涔淫下,或憤厲用壯,揮如意擊唾壺盡缺。既間出其書讀之,往往縱吾偏至之鋒,以抉其所繇發之秘。吾意至而彼志來,而不務爲刻鑿,以求工於昔人之名稱杜者,庶幾孟氏所謂矣。夫杜氏之去《三百篇》固近,至於生貧賤而食骯髒,終始孰禍難,大要雅頌之和平,不勝其變風之慅激。今王先生用文顯廊廟,而老人困諸生久,釋褐僅得一尉,以讒罷,貧病且死,其於所從逆而入可知也。老人之尊杜氏詩極,以爲古無匹者,而不能不有所彈射,間爲之雌黄竄易。雖以余不自量,亦竊駭其狂,然竟無以難之也。老人名瑄,其稱諸暨,則嘗爲其邑尉云。①

## 三三、杜詩注　趙建郁撰

趙建郁,字本學,號虚舟,晋江(今屬福建)人。《明文海》卷二七一何喬遠《杜注七言律序》稱"趙虚舟名本學",周采泉《杜集書録》誤將趙建郁、趙本學録爲二人②。《(乾隆)泉州府志》卷五四《明文苑一》有趙建郁傳,除名、字有顛倒齟齬之外,其他生平事迹與何序所言完全相同,是二者實爲一人。其爲明嘉靖間布衣,爲宋

① (明)王世貞《弇州四部稿》卷六六,《景印文淵閣四庫全書》第1280册,第155—156頁。

② 周采泉《杜集書録》,第310、704頁。

宗室裔,蔡文莊高弟。通《周易》,知兵法,謂升平日久,世罕知兵,因即《易》演爲陣法。又彙集《韜鈐》内外篇凡七册,解引《孫子》書凡三册,稿就封識,以俟其人。抗倭名將俞大猷嘗從受學。何序又云:"已宦京師,見當道已爲刻其《韜鈐》諸書,而嘆曰:'世亦知有此人邪?'比者,吾友黄懋弢得虚舟所爲《注杜聲律》,出而示予。懋弢既好其注,益論考虚舟平生,而始大驚以服,以爲何得斯人泯然吾世,吾黨當相與表章之。"①可見,其不顯於世,然學識卓越,深爲知者嘆服。著有《引解孫子書》三册、《讀武經總要》十卷、《陣法》、《周易説》、《學庸説》、《參同契釋》等。

《杜詩注》,《(乾隆)泉州府志 · 藝文志》著録,已佚。今存何喬遠序,題作《杜注七言律序》,序内又稱爲《注杜聲律》。何序謂是書"蓋依杜公年譜,按其出處,考究既精,闡發復確,深嘆其壞于劉須溪之評,再壞于虞伯生之注,以爲杜公厄亡之一會。余近見敖陶孫評謂'工部如周公制作,後世無能擬議'。今觀虚舟所注,當與敖公千載之下並爲杜門知己已"。則此本乃依編年之序,注釋杜甫七律。趙氏堪稱奇人高士,其注應頗有可觀之處。

## 三四、分類杜詩　徐𤊹撰

徐𤊹(1512—1590),字子瞻,閩縣(今屬福建福州)人。明嘉靖八年(1529)貢生,以易學名家,選江西南安訓導,滿三歲遷廣東茂名教喻,薦擢江西永寧縣令。子徐熥、徐𤊹皆有才名。徐𤊹《紅雨樓題跋》卷下有《分類杜詩》跋,末云:"今先君歿已十載,不無手澤之感。萬曆庚子三月朔日徐惟起書。"②萬曆庚子,即萬曆二十八年(1600)。則徐𤊹應卒于萬曆庚寅,即萬曆十八年(1590)。鄧原岳

① (清)黄宗羲編《明文海》卷二七一,第 2828 頁。

② (明)徐𤊹《紅雨樓題跋》卷下,《續修四庫全書》史部第 923 册景印清嘉慶三年刻本,第 18 頁。

《西樓全集》卷一四有《徐子瞻令君傳》,謂其卒年七十九[①]。有《徐令集》。錢謙益《列朝詩集小傳》丁集上亦有其小傳。

《分類杜詩》,《(民國)福建通志・藝文志》著録,已佚。徐𤊹《分類杜詩》跋云:"世傳杜詩,不下數百本,箋注者十之七,編年者十之三,分類者十之一。此則分類無注,簡而易覽,先君子少時所披誦者,藏余家將六十年。"當爲分類白文本。

## 三五、杜詩注解　十二卷　趙志撰

趙志,字竟成,嘉定(今屬上海)人。明諸生,約生活於嘉靖間。餘不詳。

《杜詩注解》,《(光緒)嘉定縣志・藝文志》著録,並節録趙氏自序云:"因蔡夢弼、顧僖注本,先會大旨,次釋時事,句梳字櫛,考證異同,歷六載始成。"此本底本選擇既佳,箋釋内容又較全面,其中應頗有可觀處。惜已佚。

## 三六、譔杜律虞注　曾應翔撰

曾應翔,字牧庵,南豐(今屬江西撫州)人。明嘉靖間布衣,早孤,育于祖母,博覽群籍,長而不喜舉子業,日與邑之友人宴會往來,詩賦則出人之上。嘉靖癸卯中秋之夕,卿雲見,東南郡守王度表奏稱賀,應翔作《卿雲賦》,大爲度賞,由是益知名。益莊王聞,手篆"牧庵"二大字遺有司,具禮幣存問。生平事迹見《(同治)南豐縣志・人物》。

曾撰《譔杜律虞注》,《(民國)南豐縣志・藝文志》著録。譔或爲"選"字之誤。已佚。

---

① (明)鄧原岳《西樓全集》卷一四,《四庫全書存目叢書》第174册景印明崇禎元年刻本,第103頁。

## 三七、杜詩注　李堯撰

李堯,字陶濱,南豐(今屬江西撫州)人。明嘉靖間在世。博綜群書,過目成誦,著述甚豐,而己不自炫,故名不顯。業師鄧侃齋卒,無子,堯爲之心喪三年,春秋祭掃,終其身。所著有《邵子皇極解》《河洛衍義》《通書釋》《祛惑編》《遐觀録》《宋忠義補遺》《宗祠條規》《女訓》《和梅花百詠》。生平事迹見《(同治)南豐縣志・人物》。

《杜詩注》,《(民國)南豐縣志・藝文志》著録。已佚。

## 三八、杜工部詩　二十卷附文二卷　闕名編

傅增湘《藏園群書經眼録》著録:"明刊本,似正、嘉間。九行十七字,字大行疏,殊爲古雅。"①未見。

## 三九、杜詩五律集解　黄喬棟撰

黄喬棟,字以藩,晋江(今屬福建)人。約生活于嘉靖、萬曆間,刑部尚書黄光昇子。以蔭入宫,授南中軍府都事,轉治中,擢雲南臨安守。爲人端方清廉,礦場例金及土司饋贈皆謝絶。念父年春秋高,凡四陳情,終得歸,入門行李蕭然。侍父未嘗晷離,父殁,終身廬墓,貧薄,人不堪。著書自適,至老不倦,有《三禮輯義》《十三經傳習録》《讀書管見》《老子解》《詩經名物考》《希豳集詠》《無益子集》。生平事迹見曹溶《明人小傳》卷三、《(乾隆)泉州府志・明循績八》、朱彝尊《明詩綜》卷四九、陳田《明詩紀事》已集卷一八。

《杜詩五律集解》,《(乾隆)泉州府志・藝文志》《(民國)福建通志・藝文志》著録。

---

① 傅增湘《藏園群書經眼録》卷一二,第861頁。

## 四〇、次杜五言　一卷　劉愛撰

劉愛,字任夫,朝邑(今屬陝西渭南大荔縣)人。諸生,隆慶五年(1571)任平谷縣知縣。著有《蕘山漫稿》二卷、《聖山集》一卷,曾編《平谷縣志》。餘不詳。

《次杜五言》一卷,黄虞稷《千頃堂書目》著録。已佚。

## 四一、杜詩全集注　蘇希栻撰

蘇希栻(1531—1620),字於欽,號阜山,南安(今屬福建泉州)人。博涉群書,總角能文,十五試有司輒高等,十八爲諸生,嗣試第一。然屢困場屋,年四十始成舉人,萬曆二年(1574)中進士。授許州知州,詢疾苦,鋤豪右,獎俊士,停不急之徵,却公使横索。素以强明自任,兼習法令,文移皆出己手,吏莫從舞文。然爲論劾,計莅任十月,遂報罷。歸而甘貧守寂,課督子孫,與里中黄鳳翔、詹仰庇諸公聯社賦詩、酌酒敲棋。孝友敦睦,施政於家,修族譜,置義倉,葺橋築壩,栽樹防洪。郡邑廉其名,屢邀之,竟不得一晤。林居四十餘載,手不釋卷,至老猶能作蠅頭小楷。年九十而終。著有《漢魏詩注》《選詩集解》《文選摘注》《莊子注抄》《騷賦類萃》《管班存質》《廋生匯草》《拾存零草》《雪峰志詠匯録》。生平事迹見《(乾隆)泉州府志·明循績九》。

《杜詩全集注》,《(乾隆)泉州府志·藝文志》《(道光)福建通志·經籍志》著録,已佚。

## 四二、杜詩選注　六卷　蘇希栻撰

蘇希栻,生平事迹見上《杜詩全集注》介紹。

《杜詩選注》,《(乾隆)泉州府志·藝文志》《(道光)福建通志·經籍志》著録,已佚。

## 四三、選子美獻吉于鱗詩 沈懋孝輯

沈懋孝(1537—?),字幼真,號晴峰。平湖(今屬浙江嘉興)人。隆慶二年(1568)進士,選庶吉士,授編修,進修撰,萬曆二年(1574)入考禮闈,十年副考南畿,遷南司業,謫兩淮鹽運司判官,尋歸。家藏書萬卷,平生纂輯甚多,有《長水先生文抄》,共七種二十四卷。生平事迹見李維楨《大泌山房集》卷一一五《祭沈少司成》,《(乾隆)平湖縣志·人物志·文苑》亦有傳,然謂其爲嘉靖四十一年(1562)進士,不知何據。

沈懋孝所輯《選子美獻吉于鱗詩》,已佚。李夢陽,字獻吉,慶陽(今屬甘肅)人。李攀龍,字于鱗,歷城(今屬山東濟南)人。《明文海》卷二六六沈氏《選子美獻吉于鱗詩叙言三首》略云:"北地(李夢陽),希少陵者也,沉至蓄藏,有之似之。其濃淡細鉅,輕重之變,似小不及耳,然去之不遠,可謂善鑄矣。歷下(李攀龍),希青蓮者也,亟稱其七言絶,唐三百年一人,融而昌之爲七言律,往往登峰造極,自命以古所未睹。由今視之,亦飄飄而淩雲焉,何其拔也!二君各有師,北地顯用其摹,歷下密會其巧,兩能兩信,故當不同。"①周采泉《杜集書録》著録,並云:"是書選録李夢陽、李攀龍兩家詩,與杜詩彙鈔成帙,原爲自課之資,不能列入著作之林。"②

## 四四、唐詩類選 劉逴撰

劉逴,字翁高,自號石孔山人。鄢陵(今屬河南許昌)人。博學有志操,以貢生謁選,作《北征賦》數千言,名動京師,與王祖嫡、方九功等友善。隆慶二年(1568),神宗初出閣讀書,祖嫡等力薦逴伴

---

① (清)黄宗羲編《明文海》卷二六六,第2778頁。

② 周采泉《杜集書録》,第801頁。

讀東宫,張居正疑其與高拱有親,不用。逴就吏部,考授略陽主簿。既之官,稱引古義,不肯以下吏自待。居四十日,棄歸,優遊林壑,閉門著述。所著有《石孔山人集略》《石孔山人年譜》《石孔山人六稿》《傳知録》《家教録》等,並編有《唐詩類選》三十卷。生平事迹見《(民國)鄢陵縣志·人物志·文苑》、王兆雲《皇明詞林人物考》卷一一。

《唐詩類選》三十卷,《(民國)鄢陵縣志·經籍志》著録。其中杜詩部分爲仇兆鰲《杜詩詳注》徵引,其《凡例》"歷代注杜"條稱"楚中劉逴之《類選》",並於《又呈竇使君》、《將赴成都草堂途中有作先寄嚴鄭公五首》之四、《八陣圖》、《上巳日徐司録林園宴集》詩注中引"劉逴曰"。周采泉《杜集書録》將此書誤作《杜詩類選》[1]。

## 四五、杜詩内外編　張應文撰

張應文,字茂實,嘉定(今屬上海)人。生活于嘉靖、隆慶、萬曆前後[2]。八九歲即善屬文,長益力學,能書,擅畫蘭竹,旁及星學、陰陽家言,莫不通曉。父宦南都,會有倭警,應文代父條上十三事,陳禦倭之見,見者嘆曰:不惟事合機宜,文亦晁、董之流也。然屢試不中,以諸生終。與王世貞交好,王世貞《弇州山人四部續稿》卷四五有爲張應文《國香集》所作《國香集序》,卷一六〇又有《題張應文雜著後》《張應文詩跋後》兩文。《四庫全書總目》著録其《清秘藏》二卷、《張氏藏書》四卷,另著有《羅鍾齋蘭譜》二卷、《國香集》一卷、《巢居小稿》一卷、《焚香略》一卷、《天台游紀》一卷、《雁蕩游紀》一卷等。生平事迹見曹溶《明人小傳》卷三、《(光緒)嘉定縣

---

① 周采泉《杜集書録》,第746頁。

② 參見陳開林《〈杜集敘録〉明代編作家傳記補正》,《寧夏大學學報》2017年第1期。

志・人物志四・文學》、朱彝尊《明詩綜》卷五〇。

曾輯《杜詩内外編》,《(光緒)嘉定縣志・藝文志》著録。

### 四六、杜律一得　二卷　温純撰

温純(1539—1607),字景文,三原(今屬陜西咸陽)人。《明史》有傳。嘉靖四十四年(1565)進士。由光壽知縣徵爲户科給事中,官至左都御史。曾倡罷礦税,爲人清白剛毅,時稱名臣。卒謚恭毅。有《温恭毅公集》。

《杜律一得》,有萬曆間刊本。孫殿起《販書偶記》著録:"《杜律一得》二卷　明關中温純解　萬曆甲辰(1604)刊。"[①]然《明史》本傳及《藝文志》及其他公私書目皆未著録,想見其傳本之罕。

## 第三節　明代散佚杜詩學文獻考(下)

### 一、杜律注評　二卷　陳與郊撰

陳與郊(1544—1611),字廣野,號玉陽仙史,又號禺陽、隅園、高漫卿等。海寧(今屬浙江嘉興)人。萬曆二年(1574)進士,官至太常寺少卿。著有《檀弓輯注》《方言類聚》《廣修辭指南》《隅園集》《文選章句》及雜劇《昭君出塞》等。生平事迹見《四庫全書總目》卷二四、《曲録》卷三、《大泌山房集》卷七八。

《杜律注評》二卷,《四庫全書總目》卷一七四集部二七著録,云:"是編因元張性《杜律演義》,略施評點。每首皆有旁批注文,亦時有塗乙,大致皆劉辰翁之緒論也。"已佚。

---

① 孫殿起《販書偶記》卷一三,第318頁。

## 二、李杜或問　黄淳撰

黄淳，字鳴谷，新會（今屬廣東江門）人。舉隆慶元年（1567）鄉薦，登萬曆八年（1580）進士，授寧海令。爲官方正廉明，以忤當道得罪，謝病歸。三十餘年，辟洞鳴山，構定帆亭，醉詠其中，不知老之將至。閭里饑輒白當事發賑，人皆賴之。晚自稱六柳先生，以爲出處大有類于陶淵明。曾與修縣志，詩文自出機杼，瑣録俚謡，尤匪夷所思。年八十五卒。著有《鳴山定帆亭集》十卷、《厓山志》四卷。生平事迹見《（康熙）新會縣志・人物》。

《李杜或問》，《（光緒）廣州府志・藝文志》著録，已佚。

## 三、杜七言律注　二卷　徐常吉撰

徐常吉，一作長吉，字士彰，武進（今屬江蘇常州）人。嘉靖四十三年（1564）鄉薦，萬曆初署上海教喻，登萬曆十一年（1583）進士，上海署教喻登第自常吉始。擢南京户科給事中，以清廉聞，遷浙江按察司僉事，未仕卒。有《事詞類奇》《六經類聚》。生平事迹見《（光緒）武進陽湖縣志・人物志・文學》。

《杜七言律注》二卷，黄虞稷《千頃堂書目》著録。書名又作《注杜律》《注杜詩》。是書在明代頗爲風行，其時諸藏書家頗多著録，范濂《杜律選注》、謝杰《杜律詹言》等都有徵引，惜其已佚。

## 四、杜詩類韵　魯點撰

魯點，一作魯典，字子興，南漳（今屬湖北襄陽）人。萬曆十一年（1583）進士，除廣州推官，以判案忤時，奉母歸，起補休寧縣，升户部郎中。萬曆二十八年典雲南鄉試，萬曆三十二年督漕徐州，卒。《四庫全書總目》著録其所撰《齊雲山志》及所編《黄樓集》。另著有《澹齋草》。生平事迹見《（民國）南漳縣志・人物一》。

《杜詩類韵》，《（民國）南漳縣志・藝文志》《（民國）湖北通志·藝文志》著録,已佚。

## 五、李杜詩解　高節成撰

高節成,字元洲,號賓峰,南豐(今屬江西撫州)人。明萬曆十一年(1583)舉人,仕湖廣武岡州判。爲官正直,不合流俗,而沉酣詩酒,專事著述,爲世推重。生平事迹見《(民國)南豐縣志·人物》。

著有《李杜詩解》,《(民國)南豐縣志·藝文志》著録,已佚。

## 六、杜詩注　鄭日强撰

鄭日强,字邦寅,縉雲(今屬浙江麗水)人。仁孝温恭,幼聰穎,父誘之學,翻閲即能記誦。喜讀《漢書》,工書法。弱冠補弟子員,丁母艱,哀毁骨立,水漿不入口者數日,父慰之乃稍解。萬曆十一年(1583)選貢,爲大司成所重,以父稀年告歸。父喪,泣血,如喪母。服闋,授崇仁丞,書"素位"二字於署,誓飲崇一勺水,甚負清望。攝東鄉、樂安兩縣,益虔飭如在崇時。臺使列之薦剡,竟以瘁卒於官。僅圖書數卷,無以爲殮,賣諸媳衣始得葬。治下之民皆巷哭。著有《易經家説》《四書鏡》《南華臆稿》《哦松草》。生平事迹見《(光緒)縉雲縣志·人物志·宦績》。

著有《杜詩注》,《(乾隆)浙江通志·經籍十二·集部五》據《縉雲縣志》著録,已佚。

## 七、杜詩注解　李光縉撰

李光縉,字宗謙,晋江(今屬福建)人。萬曆十三年(1585)解元。日研經史,潛心大業。取四書、《易傳》玩索討論而手筆之。爲人端方,座師之子開府閩中,未嘗至其門;徵修郡志,同事欲立其父傳,固辭。著作甚多,尤喜序述忠義節烈事。其文悉嘔心而出,不輕下一語,學者稱爲衷一先生。卒年七十五,李維楨爲撰《墓志》。著有《景壁集》《四書要旨》《四書指南》《中庸臆説》《四書千百年眼》《易經潛解》《南華膚解》《讀史偶見》《獨照醒言》《蘇文抄評》等。生平事迹見李清馥《閩中理學淵源考》卷七〇、《(乾隆)泉州府志・人物列傳・明列傳九》。

《杜詩注解》,《(乾隆)泉州府志・藝文志》著録,已佚。

## 八、和杜詩　曾仕鑒撰

曾仕鑒,字人倩,南海(今屬廣東佛山)人。少慷慨有大志,十歲解賦詩,十五通經史,十九補邑諸生。萬曆十三年(1585)舉於鄉,二十年授内閣制敕房中書舍人。仕鑒胸懷韜略,時有倭警,著《兵略》上之,經略宋應昌得之驚喜,疏請加仕鑒職銜,充贊畫,與俱東征,上不許。寧夏平,仕鑒奉使論兩廣,覆命纂修玉牒、實訓、實録。其官侍從,留意民瘼,曾疏止錦衣千户采珠之請,又疏修屯政,酌古適今,鑿鑿可法。遷户部主事,乘便南還,遂不復出。著有《兩粤鎮乘》《順德圖經》《洞庭集》《羅浮稿》《慶歷集》《公車集》等。生平事迹見曹溶《明人小傳》卷三、《(康熙)南海縣志》卷一一、朱彝尊《明詩綜》卷五五、陳田《明詩紀事》庚集卷一四下。

《和杜詩》,清黄虞稷《千頃堂書目》著録,已佚。

## 九、杜律心解　龔道立撰

龔道立,字應身,武進(今屬江蘇常州)人。明萬曆十四年(1586)進士,由兵部郎知建寧府,歷河南按察副使、江西布政司參議、湖廣按察使。道立清廉好學,江西任上,與鄒元標根究性命之學,剖析疑義,吏治悉本於經術。歸鄉十五年,杜門著書,與弟道高聚講不倦。生平事迹見《(乾隆)江南通志・人物志・宦績四》《(乾隆)江南通志・名宦二》《(光緒)武進陽湖縣志・人物志・文學》。

《杜律心解》,《(光緒)武進陽湖縣志・藝文・集部・輯注類》著録,並云"存",或今尚有傳本存世。

## 一〇、杜詩搜髓　二卷　李文華撰

李文華，字光甫，藍山（今屬湖南永州）人。生平不詳，《（同治）桂陽直隸州志》卷一八《明代舉人表（副榜）》録爲萬曆戊子科（十六年，1588）舉人。《（光緒）湖南通志》列爲清初人，則其清初尚在世。《（同治）桂陽直隸州志・藝文志》，著録其《拊甄吟》七卷。

《杜詩搜髓》二卷，《（同治）桂陽直隸州志・藝文志》《（光緒）湖南通志・藝文志》著録，已佚。

## 一一、杜詩卮言　鄭明選撰

鄭明選，字侯升，號春寰，歸安（今浙江湖州）人。萬曆十七年（1589）進士，知安仁縣，升南京刑科給事中。日本侵朝鮮，朝鮮請救，朝議紛然，明選陳救朝鮮之説五，固中國之説五，又條上六議備倭，爲留都根本計。又具疏請罷孝豐礦役，疏入不報，移疾歸。結廬横山之陽，飲酒賦詩以終。著有《鳴缶集》《鄭侯升集》等。《四庫全書總目》卷一二六子部三六著録其《秕言》四卷，並云："是編皆考證之文，而舛陋特甚。如辨西王母但引《山海經》，是並《爾雅》及《穆天子傳》均未考也。辨《飲馬長城窟行》謂見《蔡邕集》，是並《玉台新詠》未考也。辨接羅引《世説》曰：'接羅，今之襴衫。'《世説》實無此文，是並《世説》未考也。辨望羊但引《釋名》，是並《家語》未考也。辨羽化引柳公權語，是並《晋書》未考也。辨諱丙爲景始於六朝，是並《唐書》未考也。其他舛誤顛倒者，不可以殫數。觀所徵引者，不過《韵會》《事物紀原》之類，而遽欲攻詰古人，宜其動輒自敗矣。"

仇兆鰲《杜詩詳注・凡例》"歷代注杜"條云："鄭侯升之《卮言》，楊德周之《類注》，俱有辯論證據，今備采編中。"並於《巳上人茅齋》詩注引"鄭侯升《秕言》曰"一條，又於《寄韓諫議注》詩注引

“鄭侯升曰”一條。冀勤編著《金元明人論杜甫》據鈔本《秕言》十卷引録鄭明選論杜語12條①,其中《巳上人茅齋》論“天棘”一條較仇注所引稍略,《寄韓諫議注》“楓香”條則較仇注詳,且文字相異處頗多。《杜詩卮言》未見其他書目著録,或謂《秕言》《卮言》爲一書,俟考。

## 一二、杜詩摘抄　張懋忠撰

張懋忠,字聖標,一字念堂。肥鄉(今屬河北邯鄲)人。萬曆十七年(1589)武進士,累官都督。能詩,五言尤爲清挺,與郭登、張元凱並爲明武將之稱詩者,其詩學少陵。著有《元聲》《式道》等集。生平事迹詳陳田《明詩記事》庚集卷二四。

《杜詩摘抄》,有明作雅堂刻本,《中國書店目録》卷一八著録。未見。

## 一三、李杜詩意　李延大撰

李延大,字四餘,樂昌(今屬廣東韶關)城南玉井人,生卒無考。萬曆二十年(1592)進士,官柳州推官,興水利,除弊政,辦學校,減賦税,賑貧民,聲名遠震。旋調工部主事,上書斥宦官馬謙侵奪公物,擢爲吏部稽勛郎中,奏請任用賢能,爲時人所稱。不久辭官返鄉,散財贈族人,建學校,修路橋,興水利。後補任湖廣江防道,未就任而病卒,祀先賢。著有《修齊人鑒》《皇明定紀》《嶺表人文》《通意軒表》《李杜詩意》《粤政略》《四書人物志》《吴中六草》《考古録》等。生平事迹見清温汝能《粤東詩海》卷四一、《(民國)樂昌縣續志·文學傳》。

其《九日登龜峰用杜工部韵二首》其一云:“用拙未能趨徑

① 見冀勤編著《金元明人論杜甫》,商務印書館2014年版,第489—491頁。

賓,一時登眺俯江濱。芙蓉露浥侵衣冷,熠耀沙明入檻新。天與清閒堪逸老,日惟吟弄可同人。已將往事隨漚泛,觀物應知静俗塵。"用杜甫《九日》詩韵。"浮屠江面鬱崔嵬,九日年年陟此臺。宦思更於秋後減,病懷偏向酒中開。卷舒雲岫無心出,斷續蟬聲隨意來。蹈碎薜蘿方丈外,嘯歌莫訝鬢毛催。"用杜甫《九日五首》其一韵。

《李杜詩意》,《(民國)樂昌縣續志・藝文志》著録。已佚。

## 一四、杜律評解　張光紀撰

張光紀,河間(今屬河北滄州)人。萬曆二十三年(1595)進士,曾任陽信縣令。《(乾隆)河間縣志》卷五《補遺》録《薇花堂稿》云:"明河間進士張光紀,令陽信縣,有《晋中草》一卷,自叙云曾以詩賈禍,未知何所指。朱檢討竹垞撰《明詩綜》百卷,富於匯羅,未嘗載光紀作,今觀其五言如:'暮雲出塞冷,新月浴霜明';'泉飛丹嶂雨,樹老碧潭龍';'宦迹羊腸後,歸心雁影前';'寒芳籬菊前,秋意暮山多';'雲深鴻語亂,籬近菊香分';'歸夢和雲黯,鄉書與雁遲';'山風傳鳥語,池影受花枝';'月璧名娼佩,雲帆大賈舟'。七言如:'秋聲斷續雲中犬,夜色蕭疏月下山';'近酒疏嶂沉晚翠,穿簾細雨點秋衣';'榆關木盡開燕趙,雁塞天空近斗牛'。其詞旨清雅,不減李學士。"

《(民國)河北通志稿・藝文志》著録張光紀《杜律評解》,已佚。

## 一五、集杜詩　五卷　南師仲撰

南師仲,字子興,南軒子,室名玄象山房。渭南(今屬陝西)人,萬曆二十三年(1595)三甲進士,官至南京禮部尚書。與詩人梅國楨常有唱和,著有《玄麓堂集》五十卷、《增定關中文獻志》八十卷、《長安京城圖》一卷。生平事迹見《(雍正)陝西通志・人物九・儒林》。

《集杜詩》五卷,黄虞稷《千頃堂書目》卷二七于“南師仲《玄麓堂集》五十卷”後著録,《陜西通志·經籍志二》亦著録。

## 一六、淑少陵初言　劉格撰

劉格,字念劬。商丘(今屬河南)人。家饒有餘財,郡西南有田四十萬畝。少以文學爲邑令姚體乾所知。萬曆二十五年(1597)舉人。是時文體詭異,格獨篤好先正,雖屢試不第,然不改素志,嘗延浙中名士宋鳳翔至家讀書,教其子伯愚及甥吴伯裔、伯胤,崇雅黜浮,其後皆以古學名世,子甥亦爲明末清初商丘頗具影響之雪苑社骨幹。宋中後起能習龍門、扶風、昌黎、柳州諸家言,格之力爲多。生平事迹見《(康熙)商丘縣志·文苑傳》。

《淑少陵初言》,《(康熙)商丘縣志·文苑傳》著録。格亦善詩,文風樸厚,此著或與杜詩有關,當有不同流俗處,惜其已佚,不得知其面目。

## 一七、杜集約　黄琦撰

黄琦,字瑲聞,饒平(今屬廣東潮州)人。萬曆二十八年(1600)舉人,再上春官不第,遂構室山巔,讀書其中,以攻讀勤苦,年四十即病卒。與父黄河清俱祀鄉賢。生平事迹附見《(順治)潮州府志·人物志·黄教授傳》。

《杜集約》,《(順治)潮洲府志》黄河清傳後附黄琦傳,言其著有《杜集約》一書,且所注“與虞、趙解頗有異同”,當爲杜詩五七律注本,已佚。

## 一八、杜詩注釋　蔡宗禹撰

蔡宗禹,字寶元,號震湖,漳浦(今屬福建漳州)人。秉性剛介,明敏過人,萬曆間貢入太學,大司成葉向高稱爲天下士,一時名震京師。萬曆二十九年(1601)登進士第,授鎮江理刑。持法平允,以忤郡丞,爲其所陷,被劾去官。後丞敗,事白,起授麗水令,升刑部湖廣司主事。以老乞歸,講學湖西書院,以力行爲宗。凡所甄陶,皆成佳士。居喪不作佛事,傳爲家法。年七十餘卒。著作甚富,有《程朱要言》《續毛詩釋》《史記一家言》《桂叢軒語録》等。生平事迹見《(康熙)漳浦縣志》卷一五、《(乾隆)福建通志·文苑》、李清馥《閩中理學淵源考》卷八二。

《杜詩注釋》,《(乾隆)福建通志·文苑》、李清馥《閩中理學淵源考》蔡宗禹小傳均著録,《(康熙)漳浦縣志》蔡氏本傳則録作《杜詩句釋》。已佚。

### 一九、李杜詩評　二卷　王象春撰

王象春(1578—1632),字季木,新城(今山東淄博桓臺縣)人。萬曆三十八年(1610)進士,除上林苑典簿,遷南京大理評事,歷工部員外,改兵部,終南京吏部考功郎中。其人剛直敢言,以詩自負。象春乃清初文壇領袖王士禛從祖,其詩集曾由王士禛評點。著有《王考功集》《問山亭集》《齊音》《濟南百詠》。生平事迹見萬斯同《明史》卷三四八、王鴻緒《明史稿》卷二二八、曹溶《明人小傳》卷四、錢謙益《列朝詩集小傳》丁集下、朱彝尊《静志居詩話》卷一七。

《李杜詩評》,王士禛《分甘餘話》卷三著録,已佚。

### 二〇、杜詩衍　陳龍正撰

陳龍正(1585—約1645),字惕龍,號幾亭、龍致、發蛟,嘉善(今屬浙江嘉興)人。《明史》有傳。師事高攀龍。崇禎六年(1633)進士,授中書舍人。數上疏言事,秉公直言。十七年左遷南京國子監丞。福王立,用爲祠祭員外郎,不就。以病卒,私謚文潔。著有《幾亭集》等。

《杜詩衍》,《檇李往哲遺書續編》著録,已佚。

## 二一、和杜詩　馮元飂撰

馮元飂(1586—1644),字爾賡,一字言仲,别號留仙。浙江慈溪人。《明史》有傳。崇禎元年(1628)進士,授工部都水司主事。因上疏力抗中官張彝憲總理户工二部事忤帝,遂請告歸。尋起禮部主事,進員外郎郎中,遷蘇松兵備參議。以事謫山東監運司判官,十一年攝濟寧兵備事,十四年遷天津兵備副使,十月擢右僉都御史,代李繼貞巡撫天津兼督遼餉。次年以衰老乞休,詔遣李希沆代,未至而京城陷,元颺由海道歸鄉,是秋九月卒。除《奏疏》十二卷外,還著有《韵律》《小漁山集》《癡券》《和和陶詩》。

《和杜詩》,清《(光緒)慈溪縣志·藝文志》著録,已佚。

## 二二、虞本杜律訂注　二卷　汪慰撰

汪慰,字慰心,新安(今安徽黄山歙縣)人。曾官江西南昌照磨。著有《虞本杜律訂注》二卷。周采泉《杜集書録》外編卷二《選本律注類存目》"杜詩訂注一卷"條又録婺源汪慰,字善之①。頗疑二者實爲一人。

孫殿起《販書偶記續編》著録:"《虞本杜律訂注》二卷,明新安汪慰撰,無刻書年月,約萬曆間精刊。"②是書當出自僞虞注,並有所訂正。周采泉《杜集書録》著録婺源汪慰所撰《杜詩訂注》一書,《(光緒)婺源縣志》亦著録作《杜詩訂注》一卷,明祁承㸁《澹生堂藏書目》則著録作《杜律訂注》二卷。頗疑二書亦是一書。

---

① 周采泉《杜集書録》,第738頁。

② 孫殿起《販書偶記續編》卷一三,上海古籍出版社1980年版,第204頁。

## 二三、杜詩輸攻　傅汝祚撰

傅汝祚,字子延,號檻亭,臨朐(今屬山東濰坊)人。明萬曆諸生。爲人正直,才高學優而連試不利。後以子國官京師,累贈奉政大夫,户部雲南司郎中。遂絶意仕進,隱居鄉里。益肆力於學,自置圓枕,倦極就寐,不可得轉側即寤,寤即復讀矣。著有《四書示掌》《左傳芟》《馬班薈萃》《資治通鑑領要》等。

《杜詩輸攻》,《(光緒)臨朐縣志》《(宣統)山東通志・藝文志》著録,已佚。

## 二四、杜詩緒箋　六卷　程元初撰

程元初,字全之,歙縣(今屬安徽黄山)人。《(民國)歙縣志・藝文志》著録其《周易韵叶》二卷、《詩經韵叶》四卷、《詩經音釋》一卷、《五經詞賦叶韵統宗》二十四卷、《律古詞曲賦叶韵》十二卷、《歷代二十一傳》殘本十二卷、《季周傳》十二卷。《四庫全書總目》卷四四亦著録其《律古詞曲賦叶韵》,並謂:"是編成於萬曆甲寅(1614),前有自序及凡例。"則其當爲萬曆時人。

《杜詩緒箋》,明祁承㸁《澹生堂書目》著録。日本《尊經閣文庫漢籍分類目録》亦著録,書名作《杜工部七言律風緒箋》①。

## 二五、杜詩肆考　十卷　沈求撰

沈求,字與可,上海人。明諸生,約萬曆前後人。秉性耿介,慎取予,不妄交遊,隱居梅花源,以吟詠爲樂。卒私謚貞愍先生。祀鄉賢,與子白並稱"兩世之隱,百世之芳"。

《杜詩肆考》,《(光緒)松江府志・藝文志》《(民國)上海縣志・藝文志》著録,已佚。

---

① 葉綺蓮《杜工部關係書存佚考》,臺灣《書目季刊》1970年夏季號。

## 二六、杜詩雙聲疊韵表　不分卷　宋鴻撰

宋鴻,字子漸,仁和(今浙江杭州)人。萬曆諸生。

《杜詩雙聲疊韵表》,郭紹虞《中國詩歌中的雙聲疊韵》一文引及。周采泉《杜集書録》謂:“研究杜詩雙聲疊韵之專著,似以此爲最早。”①未見。

## 二七、集杜　金道合撰

金道合,字洞觀。潛山(今屬安徽安慶)人。嗜古博學,弱冠即馳聲藝苑,後以明經訓余姚,與葛寅亮、倪元璐(1593—1644)友善。移諭楚行,與邑令争雪諸生冤不合,即告歸。著有《弋談》《瑶草山房全集》。生平事迹見《(乾隆)江南通志・人物志・文苑三》《(乾隆)江南通志・藝文志・集部二》。

金道合所著《瑶草山房全集》共八十餘卷,其中含《越吟》《楚吟》《南草》《北草》《集杜》諸集。《(乾隆)江南通志・人物志・文苑三》《(乾隆)江南通志・藝文志・集部二》均著録。已佚。

## 二八、杜邵詩選　六卷　鄭鄤選

鄭鄤(1594—1639),字謙止,號峚陽,武進(今屬江蘇常州)人。明天啓二年(1622)進士,改庶吉士。供職都察院,以忤魏忠賢削職爲民。後客居南京,仿老伶工,點定劇曲,編《選曲》。崇禎中,温體仁以杖母不孝誣陷之,磔於世。著有《峚陽草堂詩集》《峚陽草堂説書》等。生平事迹見《天山自訂年譜》、清湯狷石《鄭鄤事迹》、《四庫全書總目》卷三四等。

《杜邵詩選》,沈復燦《鳴野山房書目》(即祁理孫《奕慶藏書樓書目》)著録,其注云:“杜子美六卷,邵堯夫八卷。”邵堯夫名雍,爲

① 周采泉《杜集書録》,第684頁。

宋理學大儒,有《擊壤集》。今尚存鄭鄤《選杜子美詩序》,云:

> 王介甫謂:"學者至乎甫而後爲詩,不能至,要之不知詩焉爾。"然介甫詩於杜終逕庭也。近見評杜諸家,無不自謂獨得。以予觀之,亦各自領其本色而已。嗟乎,詩甚難讀,杜詩尤難。予嘗竊以一言評之曰"真",而凡後之學焉而不能至者,大抵失其真也。《虞書》曰:"詩言志。"《孟子》曰:"説詩者以意逆志。"真者,志之微也。失其真,則其志荒矣。子美一生憂患,早年所負,百未一展。身爲諍臣,亦未有顯樹,流離奔走以終其身。是故感遇而懷故國,窮途而仗友生。冷炙殘杯,亦覯人面;老妻稚子,能不顧傷。凡此皆子美之所不諱,正以不諱爲真。乃若睠懷君父,所至不忘,俯仰依人,而中有較然不可苟者,此其志也。以至山川草木,本物命意,觸目皆真,非身歷者亦難推較。東坡云:"詩至於杜子美,天下之能事畢矣!"今少年教以讀杜詩,多不終卷,彼閲世不深,更變不熟,无何怪也。抑豈惟少年?逍遥閭里,足不藺十舍者,不可讀杜詩;能涉山水間,而中無所感者,不可讀杜詩;仕宦利達者,不可讀杜詩;早掇浮名便踞人上者,不可讀杜詩。又况於功利根深,忠孝衰薄,所謂其志已荒者,雖窮年白首,欲竊子美之一二,子美其許之乎?夫漢人樂府篇名,率多古奥,子美未嘗摹擬,直以所至署題而已。無其志而爲其詞,此所以學焉而終不能至也。邇來評杜,略有二種:考繫聲響者,矜鄭重之詞;翻刻意義者,摘雋異之解。予均未之逮也。特以年來憂患中,獨此一編,師友相對,苦簡帙重大,因而删之。考録僅三百餘首,質之千古,正未知若何。或弗畔於子美之真焉則幾矣①!

---

① 鄭鄤《鄭太史遺集》文集卷四,轉引自冀勤編著《金元明人論杜甫》,第598頁。

據此序,鄭鄤所選杜詩僅三百餘首,且其所重惟杜詩之真,當是自有手眼。惜其已佚。

## 二九、杜集注　倪元瓚撰

倪元瓚(1594? —1650?),字獻汝,上虞(今屬浙江紹興)人。倪涷子,崇禎名臣元璐弟。年十三試輒冠軍,其學以事親守身爲本。名在復社,而不掛黨籍。崇禎十四年(1641),越中奇荒,條議上當事,備言賑濟事。又鬻産修學宫,鄉里咸推其行。應舉明經不出,當事以賢良方正薦,辭。元璐殉國難,元瓚哀國痛兄,目腫聲喑,猶故作好容以慰母。福王立,拜兵部員外郎,不赴。明亡,惟以奉母侍養爲務。母逝,作小兒號,形貌焦黑,至不可識。廬墓三年,又逾年而卒。著有《理學儒傳》《春秋五傳》等。

《杜集注》,《(光緒)上虞縣志・藝文志》引《王氏備稿》著録,已佚。

## 三〇、李杜詩選　池顯方選

池顯方,字直夫,號玉屏,同安(今屬福建廈門)人。明天啓四年(1624)應天舉人,以母老不赴春官。喜山水,曾游武夷、秦淮、泰岱;又參禪樂道,結廬玉屏端山,日與香爐經卷爲伴;亦工詩文,所作空靈飄忽,不可方物,時與鍾惺、譚元春唱和。海内名輩,如董其昌、黄道周等皆樂與交。尤與同邑蔡復一稱莫逆,復一經略顛黔,一字未妥,郵筒往返討論。著有《晃岩集》二十二卷,及《南參集》《玉屏集》《澹遠詩集》。生平事迹見《(民國)同安縣志・人物志・文苑》、朱彝尊《明詩綜》卷六六。

《李杜詩選》,《(乾隆)泉州府志・藝文志》《(道光)福建通志・經籍志》著録,已佚。

## 三一、杜律解 龔方中撰

龔方中,字仲和,嘉定(今屬上海)人。龔錫爵仲子,國子生,能詩好事,爲人有氣節。與李長蘅等交好。周順昌被逮,方中醵金助之。生平事迹附見《(光緒)嘉定縣志・人物志一・宦迹》龔錫爵傳及錢謙益《列朝詩集小傳》丁集下鄭胤驥傳。

《杜律解》,《(光緒)嘉定縣志・藝文志》著録,已佚。

## 三二、李杜志林 陳懋仁撰

陳懋仁,字無功,别號藕居士。嘉興(今屬浙江)人。萬曆中由掾吏官泉州府經歷。性嗜古,不以簿書廢鉛槧,所記泉南事,多故牒所未備,足迹幾遍海内,與袁宏道、鍾惺、譚元春等友善。著有《藕居士詩話》《石經草堂集》《文章緣起注》《續緣起》《泉南雜志》《異魚贊注》《異姓補》《析酲漫録》《年號韵編》《庶物異名疏》等凡二十餘種。

《李杜志林》,《(光緒)嘉興府志・藝文志》、黄虞稷《千頃堂書目》史部著録,已佚。

## 三三、杜詩注 董養河撰

董養河,字叔會,閩縣(今屬福建福州)人。崇禎五年(1632)特賜進士,官工部司務。與黄道周友善,黄以鈎黨下獄,養河亦被逮。獄中與黄道周、葉廷秀唱和,成《西曹秋思》。獄解,以原職升户部主事,遷員外郎,卒。著有《羅溪閣韵語》等。生平事迹見《(乾隆)福建通志・人物志一》、錢謙益《列朝詩集小傳》丁集下。

《杜詩注》,《(道光)福建通志・經籍志》《(民國)閩侯縣志・藝文志》著録。已佚。

## 三四、忘機杜詩選 宋咸輯

宋咸,初名斌,字二完,後字爾恒,别號覺非。平湖(今屬浙江嘉興)乍浦人。與李天植(明崇禎六年舉人)友好。工舉子業,好詩,潛心易學,著有《易説》。性倜儻,不拘小節。工臨池,筆力遒勁,又善弈。家貧薄,遊金陵,上湖湘,有卜居半山之志,不果而卒。著有《覺非草》《金陵游草》。生平事迹見沈季友《檇李詩繫》卷二一。

《忘機杜詩選》,《檇李詩繫》卷二一宋咸小傳著録。《(乾隆)浙江通志・經籍十二・集部五》亦據《檇李詩繫》著録。

### 三五、杜律注解　黄潤中撰

黄潤中,字嗣雨,號静谷,晋江(今屬福建)人。崇禎十年(1637)進士,授刑部主事,轉禮部祠祭員外郎。出爲河南督學,甄拔奇士,强半列仕籍。唐王時,擢廣東惠潮兵備道,廉正愛民,潮民尸祝之,稱爲黄佛。以病告歸,著書自娱。著有《易義注解》《詩義注解》《禹貢注解》《金剛經注解》《火火篇》。生平事迹見《(乾隆)泉州府志・明循績十》。

《杜律注解》,《(乾隆)泉州府志・藝文志》《(道光)福建通志・經籍志》著録。已佚。

### 三六、杜詩注　李實撰

李實,字如石,遂寧(今屬四川)人。崇禎十六(1643)年進士。爲人方正清潔,於書無所不讀。令蘇州長洲縣,每遇徵輸,但以至誠勸諭,不加敲撲,而國課不缺,民懷其德。遂寓於蘇市,隱居三十年,著述甚富。子仙根以鼎甲歷官户部侍郎,衣粗食,澹如未有禄養者,年八十卒。生平事迹見《(嘉慶)四川通志・人物志》。周采泉《杜集書録》誤以李實爲宋宣和間人[1]。

《杜詩注》,《(嘉慶)四川通志・經籍志・集部》著録,已佚。

---

① 周采泉《杜集書録》,第881頁。

李實於朱鶴齡《杜工部詩集輯注》卷一列名參校,朱注中徵引李實注四條。其詳可參蔡錦芳《李實乃明末清初的杜詩注家》①。

## 三七、杜律解易 二卷 沃起鳳撰

沃起鳳,字彦仲,山陽(今屬江蘇淮安)人。其先以武功顯,至其父士彦折節讀書,遂成名儒。起鳳與其兄起龍皆有名于諸生中,每試,兄弟各冠一軍,一以敏,一以工,士林交稱之,同選崇禎十七年(1644)恩貢生。會丁變亂,避迹田間,耽情吟詠。所著《史論》二十篇,論斷精嚴,多發前人所未發。另有《禮記匯解》四十卷。

《杜詩解易》,《(乾隆)淮安府志·藝文志》著録。《(同治)重修山陽縣志·藝文志》亦著録,然誤爲起鳳兄起龍撰。已佚。

## 三八、集杜 二卷 李元植著

李元植,明末嘉定(今屬上海)人,諸生。嘗集杜吊邑中殉節諸人,又爲和陶詩以自況,遊京師、齊魯、閩浙、楚豫等地,歸老蒲塘。有《挺生遺稿》二卷。

《集杜》,爲吊邑中殉節諸人而作。《(光緒)嘉定縣志·藝文志四·集部上·别集類》著録。已佚。

## 三九、李杜詩正聲 蕭思倫撰

蕭思倫,字彝子,涇縣(今屬安徽宣城)人。明崇禎時在世。劇有學識,爲國事瀕危,著《千秋尚友録》十二卷,録四十九人,皆排大難於傾覆,挽宗社於危疑之輩,人服其論。生平事迹見《(嘉慶)涇縣志·人物志·孝友》。

《李杜正聲》,《(嘉慶)涇縣志·藝文志》著録,同志蕭思倫本

---

① 參見蔡錦芳《杜詩版本及作品研究》,上海大學出版社2007年版,第90—92頁。

傳稱是集"説詩之法别有悟會"。已佚。

## 四〇、讀杜小言　李騰蛟撰

李騰蛟,字力負,别號咸齋,寧都(今屬江西贛州)人。明諸生。鼎革後,入翠微山講《易》,後别居三巘峰,以經學教授。著有《半廬文稿》《周易勝言》。生平事迹見徐鼒《小腆紀傳補遺》卷四。

《讀杜小言》,已佚。今存李騰蛟《讀杜小言序》,云:

> 《三百一十篇》而下,詩之可以怨者,楚屈子、唐杜甫而已。乃學士家于屈平獨推爲詞賦之祖,且推其忠;若甫則僅目爲詩人之雄,甫匆乃少殁乎?唐以詩名一代,天寶之際,君臣將相,戲浪笑傲,黜雅頌之徽音,崇鄭衛之淫樂,海内人士,翕然向風。倡予和女,多效閨中燕昵。迨至范陽一變,二十四郡幾無一人,何其靡也。以妾婦多而丈夫少耳!少陵野老毅然一男子,身遭安史之亂,悲家傷國,懷友念君,對城郭而唏嘘,過山川而詠嘆。或增感於荒陵殘闕,或寄托於戍子征夫。哀緒危情,不至嘔出心肝不止,其于屈子行吟澤畔,無以異也。《小雅》怨誹不亂,屈大夫不得獨擅千古矣!間嘗取而讀之,如秋江夜月,風肅冰寒,駕扁舟,淩萬頃,凄然簫聲,自遠而至。又如坐塞外,聽胡笳,令人魂銷肌栗。人知騷爲變風,孰知杜爲變騷矣!余閲其詩,得若干首,雖不足近少陵,而近盡也。今日之亂,甚于安史,而余才不逮少陵,雖欲怨而不可得。乃世卒無有能怨者,少陵其絶唱乎?①

就其序所言,身處明清異代之際的李騰蛟十分看重杜詩反映

---

① (明)李騰蛟《半廬文稿》卷二,沈乃文主編《明别集叢刊》第五輯第85册,黄山書社2016年版,第579頁。

亂世危情的現實内容和憂時愛國的精神内涵,認爲其忠愛思想直承《詩經》,可以與屈原比肩。其注杜亦是有感於"今日之亂,甚於安史",故欲借闡釋杜詩以抒心中之"怨",則其注釋應側重於詩意闡揚。

## 四一、杜詩話　劉廷鑾撰

劉廷鑾,字得輿,貴池(今屬安徽池州)人。其父城,以文雄江左。廷鑾少承家學,又師事父友吴應箕,盡得其傳,淹雅該博,詩文皆偉麗,爲時所稱。康熙元年(1662),以貢考授州同知,未仕,卒。著有《梅根集》《五石瓠》《尚書年曆》《春秋日曆》《九華散録》《九華掌故》等。生平事迹見《(乾隆)江南通志》卷一六七、朝鮮闕名編《皇明遺民傳稿》卷六。

《杜詩話》,朝鮮闕名編《皇明遺民傳稿》卷六《劉廷鑾傳》著録此書。已佚。

## 四二、集杜詩　一卷　萬荆撰

萬荆,字子荆,南昌(今屬江西)人。明諸生,總角即有才名,讀書城中,坐右不置書,惟字帖、琴畫及諸玩器而已,日揣摩之。明亡,聞西江縉紳亦有陷没者,憤而裹足不至城。游於山野,逍遥自樂。荆善音樂,每友人宴集,輒奏雅調,聲韵脆潤,悲壯動人。生平事迹見《(光緒)南昌縣志・人物志九》。

《集杜詩》,《(光緒)南昌縣志・藝文志》著録。已佚。

## 四三、杜詩外傳　鄭汝薦撰

鄭汝薦,字一鶚,號嘆庵。明末涇縣(今屬安徽宣城)人。早年留意書畫,三十讀《朱子語録》,遂專志濂洛關閩之學。師青陽施天柱,爲所深器,更字陋如。五十後,學問益進,講業水西書院,從遊者甚衆。以疾終,遺命勿作佛事。著有《南國雜詠》《山莊漫賦》。

生平事迹見《(嘉慶)涇縣志·人物志·懿行》。

《杜詩外傳》,乾隆《江南通志·藝文志》《(光緒)重修安徽通志·藝文志》著録。已佚。

## 四四、杜詩蠡測　二卷　范逸撰

范逸,初名述,字亦緒,松江(今屬上海)人。生活于明末清初,不樂仕進,畢生致力於詩,有《芥軒詩存》。

《杜詩蠡測》,《(咸豐)黄渡鎮志》著録。《(光緒)嘉定縣志·藝文志》亦著録,書名作《杜詩蠡得》。已佚。

## 四五、杜律集注　黄中理撰

黄中理,字純卿,人稱東愚先生,濟寧(今屬山東)人。明諸生,爲人端方,窮研程朱理學,有疑義未徹,至自掌其面。晚年教授生徒,一以朱子爲准。有友贈以句云:"窮年兀兀,心源尚友程朱;丰采稜稜,卓見不淫佛老。"疾革,呼孫維祺,授以《大學》誠意章,曰:"爲聖賢當從此下手。"遂卒。著有《倔强編》《偶覺録》《陋室放言》等。生平事迹見《(道光)濟寧直隸州志·人物志》。

《杜律集注》,《(道光)濟寧直隸州志·藝文志》著録。已佚。

## 四六、杜詩集注　八卷　鄭壬撰

鄭壬,字有林,人稱雙松先生,崑山(今屬江蘇)人。宋華原郡王鄭居中之後①,南宋時徙昆山,世以醫爲業,至壬祖子華精儒術。壬謹言笑,事母孝,母年高不能行,作板輿,與家人舁之往來者數年,母意甚適,殆歿,治喪不作佛事,斂、含、葬、祭一依《朱子禮》。兄亡,無後,事寡嫂如母,嫁孤女不異己出。重修世

① 其祖説法有異,今取陳開林觀點,參見其《〈杜集叙録〉明代編作家傳記補正》,《寧夏大學學報》2017 年第 1 期。

譜，建葺祠堂，必循禮制。讀書務探義理，尤喜談史，詩宗少陵，學行表於一鄉。著有《雙松草堂集》十卷。生平事迹見張昶《吴中人物志》卷一三、方鵬《昆山人物志》卷五、《（同治）蘇州府志》卷九二、《（光緒）昆新兩縣續修合志·卓行》、張大復《梅花草堂集》卷四等。

《杜詩集注》，《（同治）蘇州府志·藝文志》《（光緒）昆新合志·藝文志》著録。已佚。

## 四七、杜詩綱目　全大鏞撰

全大鏞，字聲遠，一字碩人，鄞縣（今浙江寧波鄞州）人。全元立曾孫，《（民國）鄞縣通志·文獻志甲編·人物·人物類表第二·仕績甲》全元立傳末衹稱其"盛德篤行"，其餘鄞縣方志均無其傳。

《杜詩綱目》，全祖望《續甬上耆舊詩》及《（民國）鄞縣通志·藝文志》著録。已佚。

## 四八、杜詩彙解　全大鏞撰

周采泉謂《（民國）鄞縣通志·藝文志》著録①。檢《藝文志》衹録大鏞《杜詩綱目》一書。仇兆鰲《杜詩詳注·凡例》"近人注杜"條則有"四明全大鏞之《彙解》"之語。並於《題張氏隱居二首》之二、《對雨書懷走邀許主簿》及《秋盡》三首詩注引"全大鏞注"。未知二者是否爲一書。

## 四九、杜詩淵源　張著撰

張著，明人，生平不詳。

《杜詩淵源》，《（光緒）山西通志·藝文志》引舊志著録。

---

①　周采泉《杜集書録》，第706頁。

已佚。

### 五〇、類體少陵詩　十七卷　吴集撰

吴集,明人,生平不詳。

《類體少陵詩》,李如一《李氏得月樓書目》著録。已佚。

### 五一、杜詩七律注　李國樑撰

李國樑,明人,生平不詳。

《杜詩七律注》,仇兆鰲《杜詩詳注》進呈本《凡例》著録,並云"惜未寓目",可見清初其傳本已罕見。

### 五二、篆書杜律　朱岱書

朱岱,明宗室。生平事迹不詳。

《篆書杜律》,徐乾學《傳是樓書目》著録。已佚。

### 五三、杜律摘旨　闕名撰

晁瑮《寶文堂書目》著録,或疑此即趙大綱《杜律測旨》。

### 五四、杜學詩抄　闕名撰

晁瑮《寶文堂書目》著録,餘不詳。

### 五五、李杜律集　闕名撰

晁瑮《寶文堂書目》著録爲"蘇刻"。已佚。

### 五六、李杜白文　闕名撰

晁瑮《寶文堂書目》著録爲"無錫刻",周弘祖《古今書刻》著録爲"常州府"刻,餘不詳。

### 五七、李杜千家詩　闕名撰

周弘祖《古今書刻》著録爲"雅州"刻。已佚。

### 五八、杜少陵文集　十卷　闕名編

高儒《百川書志》著録,並注云:"工部員外郎杜子美撰,凡三十二篇。按《通考》云: 雜著二十九篇。"

### 五九、杜詩諸家評　闕名編

明趙琦《脈望館書目》著録:"《杜詩諸家評》,一本。"

### 六〇、杜歌行　闕名編

明趙琦《脈望館書目》著録:"《杜歌行》,一本。"

### 六一、杜律五言　闕名撰

晁瑮《寶文堂書目》著録,謂爲白文本,餘不詳。

### 六二、新刻杜律集注　闕名撰

晁瑮《寶文堂書目》著録爲"無錫刻"。已佚。

### 六三、杜詩詳注　三十一卷　闕名撰

清金星軺《文瑞樓藏書目録》著録。已佚。

### 六四、李杜合集　四十七卷　闕名編

清金星軺《文瑞樓藏書目録》著録:"《李杜合集》,李二十五卷,杜二十二卷。"已佚。

### 六五、纂杜律　一卷　闕名撰

明宋定國、謝星纏《國史經籍志補》轉録徐健庵(乾學)《傳是樓書目》著録。已佚。

### 六六、杜詩摘句分韵　二卷　闕名集

盛宣懷《愚齋圖書館藏書目録》(抄本)著録:"《杜詩摘句分韵》二卷,稿本,二本。"已佚。

## 第四節　輯佚個案研究:鄭善夫《批點杜詩》

鄭善夫(1485—1523),字繼之,號少谷,閩縣高湖鄉(今福建福州郊蓋山鎮高湖村)人。少有才名,長詩文,精于數易、曆法。弘治十七年(1504)舉人,翌年即中進士。正德元年(1506),於京候補期間與何景明交善。旋因父母相繼去世,返鄉守孝六年。正德六年(1511)始任户部主事,榷税蘇州滸墅關,以清廉聞。八年初,任滿返京,以嬖幸用事,病辭歸。于家鄉金鰲峰下築少谷草堂,閉門讀書。十三年起爲禮部主事,次年春武宗將南巡,與同列切諫,遭廷杖,罰跪午門,幸不死。九月循例進員外郎。十五年上疏請改曆法,未獲准,兩度上疏乞病歸,年末返鄉,自此轉而崇尚王守仁心學。嘉靖改元(1522),都御史周季鳳等薦其爲南京刑部郎中,未上,改吏部。二年於赴任途中便道游武夷,風雪絶糧,得病卒,年三十九。其友汪文盛等人爲其料理喪事,並將其詩文編定刊印。鄭善夫遺著凡九刻,現存較早的版本是清朝乾隆年間刻印的《鄭少谷全集》,共二十五卷。《明史》本傳稱其"敦行誼,婚嫁七弟妹,貲悉推予之,葬母黨二十二人。所交盡名士,與孫一元、殷雲霄、方豪尤友善。作詩,力摹

少陵"①。鄭善夫不僅品行甚高,而且多才多藝,除對數學、曆法有較深的研究,著有《奏改曆元疏》《日宿例》《時宿例》《序數》《田制論》《九章乘除法》《九歸法》等對明代數學、曆法的發展產生重要影響的著作外,還能書善畫,其作品多爲歷代名士所珍藏。然生平以詩文成就最高,鄭善夫是明弘治、正德年間文學復古運動的代表人物,與李夢陽、何景明等人聲氣相投,既在政治上共同反對宦官亂政,又在文學上共同提倡復古,主張"文必秦漢"、"詩必盛唐",因與李夢陽、何景明、徐禎卿、邊貢、朱應登、顧璘、陳沂、康海、王九思並稱"十才子"②。在明代福建文壇上鄭善夫更是居於承上啓下的關鍵地位,《明史·文苑傳》稱:"閩中詩文,自林鴻、高棅後,閲百餘年,善夫繼之。迨萬曆中年,曹學佺、徐𤊹輩繼起。"③

鄭善夫英年早逝,其仕途全在正德一朝,正德混亂黑暗的朝政令爲人剛正、秉性沉鬱的鄭善夫自然對杜甫其人其詩十分認可,況其時前七子的文學復古運動方興未艾,鄭善夫便成爲其中的重要人物。他在詩文中多次表達對杜甫的崇敬和對杜詩的贊美之意,如《讀李質庵稿》言"大哉杜少陵,苦心良在斯。遠遊四十載,而況經險巇。放之黄鐘鳴,斂之珠玉輝。幽之鬼神泣,明之雷雨垂。變幻時百出,與古乃同歸"④,《〈葉古厓集〉序》亦謂"杜詩渾涵淵澄,千彙萬狀,兼古今而有之,他人不足彼乃有餘。又善陳時事,精深至千言不少衰"⑤,高度贊揚了杜詩風格多樣、衆體兼備的成就,繼承了元稹以來對杜詩集大成的特點及無可企及的詩壇地位的認可。鄭善夫自己的詩歌創作,正如《明史》本傳所言"力摹少陵",

---

① （清）張廷玉等《明史》卷二八六,第 7357 頁。
② （清）張廷玉等《明史》卷二八六《李夢陽傳》,第 7348 頁。
③ （清）張廷玉等《明史》卷二八六,第 7357 頁。
④ （明）鄭善夫《鄭少谷先生全集》卷一下,明崇禎九年刻本。
⑤ （明）鄭善夫《鄭少谷先生全集》卷九,明崇禎九年刻本。

他寫下了大量憂時感事,反映現實的詩作,如《百憂行》《貧女吟》《送周方伯入楚》《寇至》《聞西江亂》等,雄健悲壯,頗得杜詩之神貌,王世貞《藝苑卮言》卷五評曰:"如冰凌石骨,質勁不華,又如天寶父老談喪亂,事皆實際,時時感慨。"卷六謂:"國朝習杜者凡數家。華容孫宜得杜肉,東郡謝榛得杜貌,華州王維禎得杜一支,閩州鄭善夫得杜骨。"①清王士禛《池北偶談》卷一六亦謂:"宋、明以來,詩人學杜子美者多矣。予謂退之得杜神,子瞻得杜氣,魯直得杜意,獻吉得杜體,鄭繼之得杜骨。"②可以説,鄭善夫以尊杜學杜著稱,其師法杜甫的成就深爲當時後世詩壇所認可。

但是,傾二十餘年精力,廣搜博取,撰寫出集前人之大成的杜詩注本的仇兆鰲,却將鄭善夫稱作"杜陵蟊賊",他在其《杜詩詳注・凡例》"杜詩褒貶"條中云:"至嘉隆間,突有王慎中、鄭繼之、郭子章諸人,嚴駁杜詩,幾令身無完膚,真少陵蟊賊也。"蟊賊之評,至爲刻毒,而且是出自在杜詩學史上占有極高地位的仇兆鰲之口,不由讓人對鄭善夫心生疑竇,作爲以學杜著稱的復古派詩人,他又是如何"嚴駁杜詩"的呢?在傳世的《鄭少谷全集》中,幾乎没有對杜詩的批駁之語,仇氏所見,當指鄭善夫的《批點杜詩》。明萬曆十七年(1589)狀元,著名學者、藏書家焦竑,在其《焦氏筆乘》卷三"評杜詩"條中云:"予家有鄭善夫《批點杜詩》,其指摘疵纇,不遺餘力,然實子美之知己。餘子議論雖多,直觀場之見耳。嘗記其數則,一云:'詩之妙處,正在不必説到盡,不必寫到真,而其欲説欲寫者,自宛然可想;雖可想而又不可道,斯得風人之義。杜公往往要到真處盡處,所以失之。'一云:'長篇沈著頓挫,指事陳情有根節骨格,此杜老獨擅之能,唐人皆出其下。然詩正不以此爲貴,但可以爲難而已。宋人學之,往往以文爲詩,雅道大壞,由杜老起之也。'

① 見丁福保輯《歷代詩話續編》,第1034、1050頁。

② (清)王士禛撰,靳斯人點校《池北偶談》,中華書局1982年版,第391頁。

一云:'杜陵只欲脱去唐人工麗之體,而獨占高古,蓋意在自成一家,不肯隨場作劇也。如孟詩云"當杯已入手,歌伎莫停聲",便自風度,視"玉佩仍當歌",不啻天壤矣。此詩終以興致爲宗,而氣格反爲病也。'善夫之詩,本出子美,而其持論如此,正子瞻所謂'知其所長而又知其弊'者也。"①《批點杜詩》,顧名思義,當是鄭善夫研讀杜詩時的批點,此本既未見於諸家書目著録,更未有刻本傳世,據焦竑"嘗記其數則"之語,此本在焦氏手中時間亦未必太長,按其傳本之罕推想,其所見或即鄭善夫手稿。焦竑博覽全書,識見超邁,見鄭善夫《批點杜詩》頗有新見卓識,便録其語於己之筆記《焦氏筆乘》中,並給予"子美知己"的高度評價。後來此本傳入晚明著名文學家、藏書家、唐詩研究巨擘胡震亨手中。胡震亨對《批點杜詩》非常重視,他不僅將焦竑所引的鄭善夫三條評語收入其《唐音癸籤》卷六中,還在同書卷三二中稱:"吾嘗謂近代談詩,集大成者,無如胡元瑞。其别出勝解者,惟鄭繼之老杜詩評,可與劉辰翁諸家詩評並參,吟人從此入,庶不誤岐向爾。"②直有將鄭善夫與胡應麟、劉辰翁等名家比肩之意,評價不可爲不高。因此,他在其所編撰的《杜詩通》中大量徵引《批點杜詩》,共計 290 條,遠遠超過其餘所引元明人評點的總和③。本節將在輯録整理《杜詩通》所引 290 條《批點杜詩》的基礎上,詳細分析《批點杜詩》的具體内容,客觀認識鄭善夫對杜詩的態度。

---

① (明)焦竑撰,李劍雄點校《焦氏筆乘》卷三,中華書局 2008 年版,第 108—109 頁。

② (明)胡震亨《唐音癸籤》,上海古籍出版社 1981 年版,第 333 頁。

③ 杜偉强《明代杜詩全集注本研究》(西北師範大學 2011 年碩士論文)第 42 頁,統計胡震亨引用元明時人評點:"鄭善夫注,287 條;方采山注,21 條;鍾惺注,19 條;張性注,4 條;楊慎注,4 條;譚元春注,4 條;謝杰(漢甫)注,1 條;于慎行注,1 條;唐瑾注,1 條;譚元禮注,1 條。共 10 人,343 條。"所引鄭善夫注數目雖與筆者統計稍異,但其引用他人評點之概貌基本如是。

字句是詩歌最基本的構成單位，鄭善夫對杜詩優劣得失的評判也是首先立足於此。如《杜詩通》卷四《萬丈潭》引鄭善夫評曰："無字不經鍛琢，雄峻峭深，令人神奪。"卷二〇引《落日》"啅雀争枝墜，飛蟲滿院游"句鄭善夫評曰："小點綴，自是佳句。"激賞杜詩精於煉字琢句，營造出完美詩意，但其對杜詩用字的批評意見更多，且十分尖鋭。如《杜詩通》卷八《贈蘇四徯》"將老委所窮"句下引鄭云："老杜好用'所'字，而用多不恰。"卷九《苦雨奉寄隴西公兼呈王徵士》"今秋乃淫雨"句下引鄭云："'乃'字不倫。"卷九《送從弟亞赴河西判官》"所以子奉使"句下引鄭云："'所以'二字無當。"卷二四《重過何氏五首》其五"到此應嘗宿"句下引鄭云："'應嘗'二字不大可通，杜公多此病。"《李監宅二首》其一"尚覺王孫貴"句下引鄭云："'尚'字全無當。"其二"虚懷只愛才"句下引鄭云："'只'字無當。"卷三五《秋盡》"秋盡東行且未回"句下引鄭云："杜公有許多'且'字，用的不愜好。"這些字多是副詞、連詞，其作用是表示語詞間的邏輯關係，而在以跳躍性思維著稱的詩歌創作中，情韵、意境的營造是首要目標，邏輯的表述不是十分必要，鄭善夫對杜詩中這些副詞、連詞的運用很不認可，每以"不恰"、"不倫"、"不大可通"、"無當"、"不愜好"來表示自己的不滿。對《游龍門奉先寺》首句"已從招提遊，更宿招提境"，他更明白地説："起句無味，'已''更'二字更無味。"(《杜詩通》卷三引)鮮明地表達了自己認爲諸如此類副詞的運用使詩歌喪失韵味的觀點。《寄杜位》"干戈况復塵隨眼，鬢髮還應雪滿頭"兩句，鄭善夫更批評道："'况復''還應'二字全無關係，徒填滿七字耳，杜老亦有此蹋趿處。"(《杜詩通》卷三七引)蹋趿，同"塌趿"，指目閉失神的樣子。此評直接指出詩中使用不必要副詞、連詞的做法會令詩句大減聲色，毫無神采。評《曲江值雨》"龍武新軍深駐輦，芙蓉别殿謾焚香"兩句則云："'深''謾'二字皆無謂。"(《杜詩通》卷三五引)可以説是完全否定了副詞的作用。

另外,《杜詩通》還徵引了多條鄭善夫《批點杜詩》"不成語"、"敗語"、"不成句"的評點,如:

《送韋十六評事充同谷郡防禦判官》"論兵遠壑净"句下引鄭云:"不成語。"(卷九)

《發閬中》"女病妻憂歸意速,秋花錦石誰能數"句下引鄭云:"敗語。"(卷一五)

《蘇端薛復筵簡薛華醉歌》引鄭云:"篇中'端復得之名譽早'、'開筵上日思芳草',及'移遠梅'、'插晴昊'、'如澠之酒'等句,皆杜撰不成語。"(卷一六)

《寄柏學士林居》"自胡之反持干戈"句下引鄭云:"不成語。"(卷一七)

《王命》"血埋諸將甲"句下引鄭云:"何語?"(卷一九)

《覆舟二首》引鄭云:"二首大不成語。"(卷一九)

《重題鄭氏東亭》"向晚尋征路,殘雲傍馬飛"句下引鄭云:"不成語。"(卷二五)

《秋笛》"相逢恐恨過,故作發聲微"句下引鄭云:"全不成語。"(卷二九)

《小寒食舟中作》"雲白山青萬餘里"句下引鄭云:"不成語。"(卷三五)

《解悶十二首》其八:"最傳秀句寰區滿,未絶風流相國能。"句下引鄭云:"不成句。"(卷四〇)

有的學者認爲,"'不成語',指詩中硬湊字詞爲詩句的現象,有時礙于格律,有時拘於聲韵,或將數意寫於一句之中而以減省顛倒字句爲句,意雖通而詞不達,亦或不見於前人如此運用,因此皆淪爲不成語"①。情形大略如此,再如卷一《留花門》"中原有驅除,隱

① 王偉《攻杜:杜甫及杜詩接受的另面向及其詩學意義》,《陝西理工學院學報》2011年第1期,第53頁。

忍用此物”句下,《杜詩通》引鄭云:“幾於押韵。”卷四《鐵堂峽》“修纖無垠竹,嵌空太始雪”句下引鄭云:“造語處。”卷二五《禹廟》“早知乘四載,疏鑿控三巴”句下引鄭云:“二句不甚可解。”卷三二《與李十二白同尋范十隱居》“向來吟橘頌,誰欲討蓴羹”句下引鄭云:“不可曉。”卷三四《别蘇徯》篇末引鄭云:“每句中多有不甚通之字。”此類基本上也是批評杜詩拼湊字詞、杜撰造語,致使詩意艱澀難懂的現象。

之所以有這樣的批評,根本原因還是鄭善夫推崇含蓄藴藉的詩歌審美觀。《杜詩通》卷九《送樊二十三侍御赴漢中判官》“天子從北來”句下引鄭云:“不成語。”仇兆鰲注曰:“此言肅宗興復之勢。靈武在鳳翔之北,故曰北來。”(《杜詩詳注》卷五)這句是對時事的描寫,格律聲韵亦無牽强之處,鄭善夫“不成語”的批評純粹是因其太過直白,毫無詩意可言。又如其評《破船》曰:“‘破船’亦不倫。”(《杜詩通》卷六引)則是嫌其淺俗。又如評《洗兵馬》:“此篇多陋語可怪。”(《杜詩通》卷一三引)陋者,平直粗陋也,亦是大悖於含蓄之美。而《熱三首》其二“乞爲寒水玉,願作冷秋菰”句鄭善夫評曰:“雖戲亦自成語。”(《杜詩通》卷二〇)兩句寫酷熱難當之際,詩人盼望能化作寒水之玉,冷秋之菰,雖是想入非非的戲謔之言,然興象玲瓏,深藴詩情,故鄭善夫以“亦自成語”評之。兩相比照,充分體現出鄭善夫對詩歌含蓄之美的大力追求。杜詩中直白淺俗的用字和缺乏情味的副詞、連詞都令鄭善夫不滿。綜觀整個杜詩研究史,甚而是詩歌研究史,對於直白淺俗的批評一直不絶於耳,而對副詞、連詞的運用如此集中地提出尖鋭批評的,大概祇有鄭善夫。

當然,詩歌的含蓄之美更多地不是從具體字詞,而是從整體風格上體現出來,對此鄭善夫也多有論述。《杜詩通》徵引的 290 條《批點杜詩》的評語中“味”出現了 20 次,而且多以與其他字組合的形式出現,如“風味”、“趣味”、“意味”、“情味”等語。另外,還有“風致”4 次,“情韵”4 次,“情致”3 次。這些評語都强調了詩歌應具有令人回味的藝術效果，即含蓄的審美要求。如評杜詩名篇《春夜喜雨》末聯“曉看紅濕處，花重錦官城”云：“挽得風味。”（《杜詩通》卷二〇引）評《水檻遣興二首》其一“澄江平少岸，幽樹晚多花”句：“風韵可人。”（《杜詩通》卷二一引）評“吹花隨水去，翻却釣魚船”句：“有情致。”（《杜詩通》卷三九引）

而對如何達到這種境界，鄭善夫也提出了自己的觀點，他反對淺陋直白，同時也反對生造晦澀，主張精心鍛煉而不露雕琢痕迹。如《杜詩通》卷三五《暮歸》篇末引鄭云：“雕苦之過，反合自然，此爲最佳者。”這首作于杜甫晚年的七律拗體詩，矯勁蒼秀，却又通暢妥帖，正如清申涵光所言：“作拗體詩，須有疏斜之致，不衫不履，如‘客子入門月皎皎’，及‘落日更見漁樵人’，語出天然，欲不拗不可得，而此一首律中帶古，傾欹錯落，尤爲入化。”①鄭善夫所言遠不如申涵光細緻，但其意旨却一致。在中國古代的詩歌創作中，清新自然一直備受推崇，無論是李白宣揚的“清水出芙蓉，天然去雕飾”（《經亂離後天恩流夜郎憶舊游書懷贈江夏韋太守良宰》），還是元好問贊美陶淵明詩“一語天然萬古新，豪華落盡見真淳”（《論詩三十首》其四），都是此意。但詩歌的創作不可能完全不雕飾，平直的白話往往難以寫出詩意，細細推敲後的暢達自然方是化境，鄭善夫和申涵光認爲《暮歸》一詩正是如此。另如鄭善夫評《壯遊》：“豪宕奇偉，無一句一字不穩貼，此等乃見老杜之神力。”（《杜詩通》卷二引）評《送從弟亞赴河西判官》：“雄心鋭氣，奮發飛騫，而造語雕字之力，妙出筆墨之外。”（《杜詩通》卷九引）評《投簡成華兩縣諸子》：“全篇悲壯，絶無字句之恨矣。”（《杜詩通》卷一六引）幾則都是充分肯定杜甫善於煉字造句，達到了既恰切妥當、灑脱通暢，又富於藝術感染力的至高境界。但如果流於刻意造作，自然不成好詩。如評《雨晴》“雨時山不改，晴罷峽如新”句：“刻意之句，然不

① （清）仇兆鰲《杜詩詳注》卷二二引，第1916頁。

成詩。”(《杜詩通》卷二〇引)評《秦州雜詩二十首》其二“月明垂葉露,雲逐渡溪風”句:“豈不巧,然不足貴,此類是也。”(《杜詩通》卷二三引)評《重過何氏五首》其三“石欄斜點筆”句:“五字極無味。”(《杜詩通》卷二四引)評《巳上人茅齋》“枕簟入林僻,茶瓜留客遲”句:“大無情味。”(《杜詩通》卷二五引)鄭善夫認爲這些詩句雕鏤之迹太過明顯,影響了詩的韵味。另如《杜詩通》卷一二引其評《夜聽許十一誦詩愛而有作》:“苦刻而傷於情韵,都不可諷矣。”卷一八引其評:“《鳳凰臺》《石笋行》《杜鵑行》皆不是詩家本宗,雖刻苦出奇,難以爲訓。”卷五引其評《南池》更稱:“故爲奇刻,而實膚陋。爲詩絶不可學!”苦、刻、奇之作,難以含蓄藴藉,鄭善夫認爲如若學詩本此道,一定難成氣候,其情緒頗爲激烈。同時,對一些所謂的巧對,他也極爲反感,如評《曉望白帝城鹽山》“翠深開斷壁,紅遠結飛樓”句:“近醜。”(《杜詩通》卷二三引)評《獨坐二首》(其二)“白狗斜臨北,黄牛更在東”句:“二峽名取對,有何情趣?”(《杜詩通》卷二一引)評《與任城許主簿游南池》“晨朝降白露,遥憶舊青氈”句:“無味。”(《杜詩通》卷二四引)諸如此類借顔色或固定名稱中含顔色的詞語來取對,雖然奇巧,但難有韵致,所以鄭善夫認爲絶不是好的詩句。而對《九日登梓州城》“伊昔黄花酒,如今白髮翁”句,鄭善夫則贊道:“淡中極巧,無緣無由,偏似著得。”(《杜詩通》卷二三引)“黄花酒”“白髮翁”亦同“白狗”“黄牛”、“白露”“青氈”,但黄花酒是重陽節日風物,白頭翁是自我寫照,此聯似就眼前景物信手寫來,但無窮今昔之感並亂離之痛皆寓其中,如此“極巧”恰能充分表達詩情,可謂意韵天成,自是佳句。總之,巧而能無迹,巧而含蓄有情韵,方是詩之高境,此境委實不易達到,故鄭善夫評《城上》“風吹花片片,春動水茫茫”句云:“此語不可易作。”(《杜詩通》卷二二引)對仗工穩已難,疊詞對仗,且自然含情,其難度非同一般,所以鄭善夫認爲不要輕易作此嘗試。

但是對於含蓄之美的過於看重,終究使鄭善夫的看法不免苛刻。如《杜詩通》卷一四引其評《百憂集行》:"此詩只以拙樸勝,情韵終不爲工。"卷一二引其評"《病橘》《枯椶》二首皆枯槁淺澀,如擊土缶,絶無意味。"《百憂集行》重在抒寫窮厄不平之氣,浦起龍認爲《病橘》《枯椶》兩首皆用"比而賦"的手法,《病橘》"口腹疲民,用告尚方也",《枯椶》"軍興賦緊,爲民請命焉"①。三首或傷己或慨時,皆直抒胸臆,風格樸拙勁切,鄭善夫認爲這樣的詩作在情韵意味上有所欠缺。對此類詩作的否定,實有因噎廢食之嫌。最突出的表現是其評《同諸公登慈恩寺塔》:"後段於遊覽間寓感慨時事,苦刻,徒然無味。"(《杜詩通》卷三引)關於這組同題共作的登塔詩,仇兆鰲的評價可謂全面,其云:"同時諸公登塔,各有題詠。薛據詩已失傳;岑、儲兩作,風秀熨帖,不愧名家;高達夫出之簡净,品格亦自清堅。少陵則格法嚴整,氣象峥嶸,音節悲壯,而俯仰高深之景,盱衡今古之識,感慨身世之懷,莫不曲盡篇中,真足壓倒群賢,雄視千古矣。三家結語,未免拘束,致鮮後勁。杜於末幅,另開眼界,獨闢思議,力量百倍於人。"②杜詩之所以高出衆家,正在於在這首登佛塔的詩中,將自己對於時事的感懷有機交融在景色的描繪中,如此含藴豐富,怎能説"徒然無味"?此篇苦心結撰之意,昭然在目,雖不似《暮歸》一樣達到"雕苦之過,反合自然"的程度,但其境界闊大,氣韵高邁,又怎能僅僅因未能達到自然無迹而冠以"苦刻"之名?

《杜詩通》徵引鄭善夫此類苛評尚多,如:

《上水遣懷》篇末引鄭云:"觀篙工觸類推之,求古來經濟之才,如操舟之妙者,何獨罕有?屈曲用比,詩何得如是耶?此皆老杜逗滯處,篇篇有之。"(卷五)

《暇日小園散病將種秋菜督勒耕牛兼書觸目》"飛來雙白鶴,暮

---

① (清)浦起龍《讀杜心解》卷一之三,第92、93頁。

② (清)仇兆鰲《杜詩詳注》卷二,第106頁。

啄泥中芹”句下引鄭云:“老杜最有此病。”(卷六)

《八哀詩·故著作郎貶台州司户滎陽鄭公虔》末“他日訪江樓,含凄述飄蕩”後引鄭云:此等處終不純,杜往往有此病,死人詩中,忽著生人,無粘帶,無次第,如武功及滎陽詩中,則不妨耳。(《杜詩通》卷一一)

《朝雨》“黄綺終辭漢”句下引鄭云:“忽入此妥否?”(卷二〇)

《又雪》“愁邊有江水,焉得北之朝”句下引鄭云:“雪中著此不倫。”(卷二〇)

《九日登梓州城》“弟妹悲歌裏,朝廷醉眼中”句下引鄭云:“此類獨老杜好之,甚非佳語也。”(卷二三)

以上諸條都指向杜詩欲發議論處,這本是詩聖超越風花雪月的狹小詩情,表現出的對社會人生的深沉感懷,此類自不能簡單地以是否自然而有情韵、是否具有含蓄之美來判定其優劣。民胞物與、憂國憂民,於他人而言也許是需要竭力而爲方能達到的境界,于杜甫而言却是自然而然的心性,雖然杜詩的一些議論稍顯生硬,但是出自一腔誠篤之情,依然極具感動人心的力量。

好在鄭善夫儘管對杜詩之議論頗有非議,但對杜詩之“真”却充分肯定,且極爲稱賞,如評《過南鄰朱山人水亭》“看君多道氣,從此數追隨”句:“真率爾雅。”(《杜詩通》卷二四引)評《曲江二首》(其二)“酒債尋常行處有,人生七十古來稀”句:“真率有情。”(《杜詩通》卷三五引)評《春日梓州登樓二首》(其二)詩:“直率説話,自是情感,而風致亦具,詩正合如此。”(《杜詩通》卷二三引)真誠率直而能近於雅正,飽含情感,甚而具有風致,此種自然是好詩。而“真”字於詩實是第一要義,鄭善夫對此的認識可謂十分深刻,他評《述懷》“柴門雖得去,未忍即開口”句:“固善造語,亦由忠怛有本性,言不可以强爲也。”(《杜詩通》卷三引)評《錦樹行》則云:“信是雜亂,但次第無端由處,見一種感嘆!”(《杜詩通》卷一三引)不論是精心構思,還是信筆而行,詩之動人首在於“真”。唯有真性情能牢籠一切,即使善於造語也不能僞裝本性,即使意緒紛亂也難以掩蓋真情。鄭善夫的此類評語還是頗富真知灼見的。

杜詩向有"集大成"之譽,而鄭善夫尤其注重杜詩對《詩經》、漢魏古詩優秀傳統的繼承,《批點杜詩》對杜甫古體詩的評價就以《詩經》、漢魏古詩爲標準。從評點數量上看,《杜詩通》五言古詩十二卷,七言古詩六卷,共計十八卷,其中徵引《批點杜詩》涉及詩歌 90 首,相關評點 105 條,而明確提出標榜《詩三百》有 3 處,標榜漢魏樂府古詩有 9 處。評點亦多用"似魏人"、"學魏人"、"有樂府之致"、"學樂府"等語來説明杜甫對漢魏古詩的繼承,如《出塞前九首》(其五)"軍中異苦樂,主將寧盡聞"句下引鄭云:"似魏人。"(《杜詩通》卷一)《後出塞五首》(其一)"少年别有贈,含笑看吴鈎"句下引鄭云:"純用魏人體格口氣。"(《杜詩通》卷一)《石龕》"熊羆咆我東,虎豹号我西"句下引鄭云:"此類起語雖學樂府,都無甚意致在。"(《杜詩通》卷四)有的評點中則直接指出師承的具體方面,如《遣興三首》(其二)篇末引鄭云:"二詩皆有魏人風格,以其不造一種苦怪語也。"(《杜詩通》卷二)贊揚了杜詩對漢魏古詩氣勢雄渾而又語出自然這一優秀傳統的繼承。再如對《石龕》的評點,則指出杜詩在起結句上學習漢魏古詩。鄭善夫對杜甫得樂府精神的詩作,往往給予毫不吝嗇的贊美,如評《石壕吏》云:"目前實事寫的就是樂府。"(《杜詩通》卷一引)評《秋雨嘆三首》云:"三首有樂府之意,悲咽感慨,語短意長,真堪屢諷也。"(《杜詩通》卷一四引)此外鄭善夫還認爲一些詩作可與《詩三百》相媲美,如《自京赴奉先縣詠懷五百字》"所愧爲人父,無食致夭折"句下引鄭云:"置之《三百篇》中亦不愧。"(《杜詩通》卷三)評價非常高。

鄭善夫在《批點杜詩》中重點闡述杜甫古詩與《詩經》,特别是漢魏古詩的淵源,一方面説明了杜詩吸取衆家之長的表現,另一方與其"古體宗漢魏"詩學取向有莫大關聯。鄭善夫通過《讀李質庵稿》叙述古詩發展源流,突出《詩經》、漢魏古詩的正宗地位,而《批點杜詩》中又進一步用漢魏古詩的標準來評價杜詩。可以説,伸正詘變、體調之正爲鄭善夫詩學主張第一義,他特别講求詩體的純正、詩法的嚴謹,因此對杜詩中獨樹一幟的創新之作稱爲"變體",並持批評態度,如其評《鄭駙馬宅宴洞中》云:"變體至此,都不是詩,用意可謂過矣。"(《杜詩通》卷三五引)此詩是杜詩七律拗體詩代表作,全篇四聯皆拗,此外還引古體詩中隔句用韵之法入律,仇兆鰲言:"《毛詩》如《兔罝》《魚麗》等篇,皆隔句用韵。韓昌黎作《張徹墓銘》,上下韵脚仄平迭用,亦效此體。如此詩三、五、七句末,疊用薄、麓、谷三字,古韵屋陌相通,豈亦效隔句韵耶?但律詩從無此格。"①鄭善夫還認爲杜詩中的"變體"之作,對宋詩産生了惡劣而重大的影響。如《杜詩通》卷一五《石犀行》篇末引鄭云:"何大復謂詩法亡于杜,雖不可謂亡,然如《石筍》《石犀》等篇,體亦已大變矣,宜其起宋人一種村惡詩派也。"再如卷三三《秋日夔府詠懷奉寄鄭監李賓客一百韵》篇末引鄭云:"長篇沉著頓挫,指事陳情,有根節,有骨格,此老杜獨擅之能,唐人皆出其下,然詩亦不以此爲貴,但可以爲難而已,宋人往往學之,遂以詩當文,濫觴不已,詩道大壞,由老杜啓之也,漫發凡於此云。"此條爲焦竑徵引的三條評論之一,在這裏鄭善夫批評了杜甫長篇頓挫鋪排,開啓宋代以文爲詩的詩歌創作風氣,借杜詩"變體"表達對宋詩的不滿。應該説鄭善夫對杜詩"變體"的批評指摘較爲保守苛刻,對詩歌發展創新的認識比較偏頗狹隘。但他對時人不辨妍媸、學習杜詩不足之處的一些評點則能切中肯綮。如《杜詩通》卷六《除草》篇末引鄭云:"比《送菜》《伐木》稍成文理,然亦不必作,作亦不必傳,今人一概誦之,可笑也。"

杜詩之用典歷來受人稱道,但並非每一典故都用得恰如其分,

---

①（清）仇兆鰲《杜詩詳注》卷一,第48頁。

其不當處却罕有人提及，鄭善夫則明白指出兩處，一是《八哀詩・贈左僕射鄭國公嚴公武》"顔回竟短折"句，鄭善夫謂："雖欲明其短折，然人事大不相類。"（《杜詩通》卷一一引）認爲用顔回早逝典故來説明嚴武英年早逝，但人物生平經歷没有必然的聯繫，用得不妥當。一是《别房太尉墓》"對棋陪謝傅，把劍覓徐君"句，鄭善夫謂："如此用事入聯，依稀可通，終不合。"（《杜詩通》卷二八）謝傅，指謝安，字安石，死贈太傅。謝安侄謝玄等淝水之戰大敗苻堅。"有驛書至，安方對客圍棋，看書既竟，便攝放床上，了無喜色，棋如故。客問之，徐答云：'小兒輩遂已破賊。'"（《晋書・謝安傳》）①謝安弈棋而接侄子謝玄淝水之戰的捷報，却鎮定自若，不于客人面前露出半點狂喜之意，這種風度爲後人稱道不已。杜甫此句之意却衹是説他與和謝安一樣同爲宰相的房琯曾經一起下棋，相與歡洽。而此典的核心思想，對謝安風度的贊頌則被棄置一旁，可謂遺神取貌。下句徐君典故出自《史記・吴太伯世家》載春秋時吴國季札出使，"北過徐君，徐君好季札劍，口弗敢言。季札心知之，爲使上國，未獻。還至徐，徐君已死，於是乃解其寶劍，繫之徐君冢樹而去。從者曰：'徐君已死，尚誰予乎？'季子曰：'不然。始吾心已許之，豈以死倍（背）吾心哉！'"②季札繫劍徐君墓旁，只爲"心已許之"，對一個未出口的諾言，他仍依照一諾千金的行爲準則，不以生死之變而違背。然季札之心，徐君生前並不知曉，二人也談不上有什麽交情，這句杜詩的本意當是表明作者自己在房琯死後仍會珍視彼此間的情誼，顯然這裏選用季札的典故並不合適。葉夢得《石林詩話》云："詩之用事，不可牽强，必至於不得不用而後用之，則事詞爲一，莫見其安排鬥湊之迹。"③杜詩的這兩處用典遠達不到"事

① （唐）房玄齡等《晋書》卷七九，中華書局 1974 年版，第 2075 頁。
② （漢）司馬遷《史記》卷三一，第 1459 頁。
③ （清）何文焕輯《歷代詩話》，第 413 頁。

辭爲一"的程度，和杜詩中大量如着鹽水中、無迹可尋的典故相比不可同日而語。

綜觀《杜詩通》所引 290 條鄭善夫對杜詩的批點，其中不乏苛刻之評，如評《遣興二首》"二首艱晦無神氣"(《杜詩通》卷二引)，評《可嘆》"雜亂鈍拙，都不可讀"(《杜詩通》卷一三引)等等。但更有對杜詩的極力贊美，如評《鐵堂峽》："悲苦感慨，盡行旅之况。"(《杜詩通》卷四)評《將適吴楚留别章使君留後兼幕府諸公得柳字韵》"相逢半新故，取别隨薄厚"句："世情行迹，時久事變之感，峥嶸飛動，無不極其工。"(《杜詩通》卷一〇引)鄭善夫對杜詩的苛評源於其對詩歌含蓄之美的追求，這樣的詩歌理念當然不能説是錯誤的，衹是過猶不及，在評點杜詩時，鄭善夫有時過於偏狹。在歷代對杜詩的批評中，像鄭善夫這樣對杜詩嚴加指摘的的確少而又少，故仇兆鰲稱之爲"少陵蟊賊"。然而以學杜著稱的鄭善夫畢竟是真心贊賞杜詩的，就《杜詩通》所引其批點看，其肯定贊賞的比例並不低於貶責批評，且兩者都有精到中肯之見。由此觀之，鄭善夫正如焦竑所言，堪稱"子美知己"！而他不爲尊者諱的態度，對推動杜詩學甚而整個詩學的發展都有積極的意義，尤其值得肯定。

# 第五章　明人論杜研究

明代的思想文化得到了長足的發展,文學批評亦十分繁榮,在這樣的背景中,明人討論杜甫其人其詩的各種見解可謂豐富多彩,其中雖有偏執之見,更多精深之言,構成了明代杜詩學至爲精彩的華章。本章將整體呈現其風貌,前五節以專題形式分别探討有關明人論杜的幾個重要問題,第六節則對著名詩學家胡應麟的論杜予以個案研究。

## 第一節　關於"詩史"、"詩聖"、"集大成"説

"詩史"、"詩聖"、"集大成"是評價杜甫其人其詩的三種傳統説法,至今已成定評。"詩史"説首見於唐孟棨的《本事詩》,歷來少有反駁者,明代却有人提出異議;"詩聖"説由宋人首倡,但並非專指杜甫,其内涵也與現今不同,而到明末則基本定型;"集大成"之意在唐元稹的《唐故工部員外郎杜君墓係銘并序》中已呼之欲出,至宋得到公認,明人亦承此説。明人對此三説,或承襲,或反駁,或深化,在杜詩學史上都有重要的意義。

首先,明人對"詩史"説是繼承的,而且在肯定的意義上對其價值、内涵還有進一步的開拓。如:

故甫之詩並與時事相經緯,而世謂之詩史,此編年之略例

> 也。（董説《董若雨詩文集·豐草庵文集》卷三《文苑英華詩略序》）①
>
> 杜詩意在前，詩在後，故能感動人。今人詩在前，意在後，不能感動人。蓋杜遭亂，以詩遣興，不專在詩，所以叙事、點景、論心，各各皆真，誦之如見當時氣象，故稱詩史。（王文禄《詩的》）②
>
> 昔賢稱杜詩似《史記》，豈不以天寶以來間事不得少陵載而傳之，安能如畫？此史傳所不及也。（陳謨《海桑集》卷五《周石初集序》）③

第一則前還有唐之時事與杜詩的詳細比附，是將杜詩的詩史特性認作對歷史大事的反映。第二則、第三則則强調了杜詩刻畫之真，能再現唐時的氣象，即不止記録大事，更有全面、細膩、真實反映社會現實、感動人心的功用，這是"詩史"勝於史傳之處。明初周叙又云："杜子美《蜀相》詩首云'丞相祠堂何處尋'，便接以'錦官城外柏森森'，而承之以'映階碧草自春色，隔葉黄鸝空好音'。可見武侯於蜀有許多大功，而今皆忘之，唯有碧草自能春色，黄鸝空復好音而已。因而思其往事，乃云：'三顧頻繁天下計，兩朝開濟老臣心。'轉此一意，已斷武侯之出處，言因當日先主三顧之勤，故武侯所以報施之效，非圖身後之事。而千載之下蜀人之思不思，焉足繫武侯之重輕哉！若此則先主之顧，乃爲天下之計；武侯之報，實歷事兩朝，老臣之心又可見；當時君臣皆公天下之心，非私心也。結云：'出師未捷身先死，長使英雄泪滿襟。'以收合上文句意。謂當

---

① 轉引自吴文治主編《明詩話全編》，江蘇古籍出版社 1997 年版，第 10841 頁。

② 轉引自冀勤編著《金元明人論杜甫》，第 408 頁。

③ 轉引自吴文治主編《明詩話全編》，第 37 頁。

時君臣際遇如此之篤,似可中興漢室,而漢之興與否,只在武侯一人,惜其出師未捷而先死矣,所以千載之下英雄爲沾襟也。多少筆力,多少意思,杜詩謂之史者,非以此乎?”(《詩學梯航・述作下・專論唐律》①)則周氏又以爲杜詩“詩史”之稱還因爲其《蜀相》之類的詩反映了前代的歷史,透露出深刻的歷史含蘊。由上可見,明人對“詩史”内涵的肯定性闡發還是很深入的。

但明人對“詩史”説也提出了許多異議,最具代表性的是楊慎,他在《升庵詩話》卷四“詩史”條中説:“宋人以杜子美能以韵語紀時事,謂之‘詩史’。鄙哉!宋人之見,不足以論詩也。夫六經各有體,《易》以道陰陽,《書》以道政事,《詩》以道性情,《春秋》以道名分。後世之所謂史者,左記言,右記事,古之《尚書》《春秋》也。若《詩》者,其體其旨,與《易》《書》《春秋》判然矣。《三百篇》皆約情合性而歸之道德也,然未嘗有道德字也,未嘗有道德性情句也。二《南》者,修身齊家其旨也,然其言‘琴瑟’‘鐘鼓’,‘荇菜’‘芣苢’,‘夭桃’‘穠李’,‘雀角’‘鼠牙’,何嘗有修身齊家字耶?皆意在言外,使人自悟。至於變風變雅,尤其含蓄。言之者無罪,聞之者足以戒。如刺淫亂,則曰‘雝雝鳴雁,旭日始旦’,不必曰‘慎莫近前丞相嗔’也;憫流民,則曰‘鴻雁于飛,哀鳴嗷嗷’,不必曰‘千家今有百家存’也;傷暴斂,則曰‘維南有箕,載翕其舌’,不必曰‘哀哀寡婦誅求盡’也;叙饑荒,則曰‘牂羊羵首,三星在罶’,不必曰‘但有牙齒存,可堪皮骨乾’也。杜詩之含蓄藴藉者,蓋亦多矣,宋人不能學之。至於直陳時事,類於訕訐,乃其下乘末脚,而宋人拾以爲己寶,又撰出‘詩史’二字,以誤後人。如詩可兼史,則《尚書》《春秋》可以併省。又如今俗《卦氣歌》《納甲歌》,兼陰陽而道之,謂之‘詩

① 轉引自吴文治主編《明詩話全編》,第984頁。

易’，可乎？”[①]楊慎反對以韵語紀時事的做法，强調詩的特殊體旨。楊慎此論是針對宋以來詩壇上以文爲詩、以議論爲詩的現象而發的，他認爲詩應以“道性情”爲本，比興的手法、含蓄的風格才是詩歌最重要的特點，他以《三百篇》爲標準批評杜甫直陳時事的詩歌，更反對宋人“拾以爲己寶”，抬高杜甫此類詩歌，並得出“詩史”説誤人的結論。楊慎的説法因爲有一定的針對性，因此，也有一定的意義；但其片面性還是十分明顯的，詩的手法和風格應是多種多樣的，以賦的手法直接叙事不但不應被排斥於詩歌之外，而且正是《詩經》以來的傳統作法。王世貞《藝苑卮言》卷四便據以反駁楊慎：“其言甚辯而覈，然不知向所稱皆興比耳。《詩》固有賦，以述情切事爲快，不盡含蓄也。語荒而曰‘周餘黎民，靡有孑遺’，勸樂而曰‘宛其死矣，它人入室’，譏失儀而曰‘人而無禮，胡不遄死’，怨讒而曰‘豺虎不受，投畀有昊’。若使出少陵口，不知用修何如貶剥也？且‘慎莫近前丞相嗔’，樂府雅語，用修烏足知之？”[②]許學夷《詩源辯體》則云：“愚按：用修之論雖善，而未盡當。夫詩與史，其體、其旨，固不待辯而明矣。即杜之《石壕吏》《新安吏》《新婚别》《垂老别》《無家别》《哀王孫》《哀江頭》等，雖若有意紀時事，而抑揚諷刺，悉合詩體，安得以史目之？至於含蓄藴藉雖子美所長，而感傷亂離，耳目所及，以述情切事爲快，是亦變雅之類耳，不足爲子美累也。”[③]許學夷認爲杜詩雖紀時事，却並未喪失詩歌的基本特性，和真正的史有本質的區别；此類詩歌也不應視爲杜詩的下乘。

楊慎《升庵詩話》卷九“民歌出牧”條又云：“杜子美《滕王亭

① （明）楊慎撰，王大厚箋證《升庵詩話新箋證》，中華書局2008年版，第212—213頁。

② 丁福保輯《歷代詩話續編》，第1010頁。

③ （明）許學夷撰，杜維沫校點《詩源辯體》卷一九，人民文學出版社1998年版，第221頁。

子》詩:'民到於今歌出牧,來遊此地不知還。'後人因子美之詩,注者遂謂滕王賢而有遺愛於民。今郡志亦以滕王爲名宦。予考新舊《唐書》,並云:'元嬰爲荆州刺史,驕佚失度,太宗崩,集宦屬燕飲歌舞,狎昵廝養。巡省部内,從民借狗求罝,所過爲害。以丸彈人,觀其走避則樂。及遷洪州都督,以貪聞。高宗給麻二車,助爲錢緡。小説又載其召屬宦妻於宫中而淫之。其惡如此,而少陵老子乃稱之,所謂'詩史'者,蓋亦不足信乎?未有暴于荆、洪兩州而仁于閬州者也。"①此是言杜詩記録時事之不可靠。王世貞云:"又曰《詩》亡,然後《春秋》作。《春秋》者,史也,史能及事,不能遽及情。詩而及事,謂之'詩史',杜少陵氏是也。然少陵氏早疏賤,晚而廢棄,寄食于西諸侯,足迹不能抵京師,所紀不過政令之窳衰,與喪亂乖離之變而已。獨王司馬建,生於貞元之後,以宗人分偶有所稔,習于宫掖而記其事,得辭百首。"(《弇州山人續稿》卷四三《編注王司馬宫詞序》②)此謂杜詩所記之史,非帝王宗室之事,尚不若王建之宫詞。謝肇淛云:"少陵以史爲詩,已非風雅本色,然出於憂時憫俗,牢騷呻吟之聲,猶不失《三百篇》遺意焉。至胡曾輩之詠史,直以史斷爲詩矣。李西涯之樂府,直以史斷爲樂矣。以史斷爲詩,讀之不過嘔噦。以史斷爲樂,何以合之管弦?野狐惡道,莫此爲甚。"(《小草齋詩話》卷二外編上③)此謂杜詩紀史已爲變體,學之者更逐漸墮入惡道。以上三則皆不滿於"詩史"説,楊慎之言尚稱在理,然正史尚有不可信處,又豈能要求杜甫衹憑一人之力而體察入微,絲毫不錯?況《升庵詩話》卷九又有"滕王"條,曰:"杜工部有《滕王亭》詩,王建詩'搨得滕王蛺蝶圖',皆稱滕王湛然,非元嬰也。王

---

① (明)楊慎撰,王大厚箋證《升庵詩話新箋證》,第431頁。

② 轉引自吴文治主編《明詩話全編》,第4461頁。

③ 張健輯校《珍本明詩話五種》,北京大學出版社2008年版,第370—371頁。

勃記滕王閣，則是元嬰也。”[1]故是楊考證有誤，而非杜所記不實。王世貞衹將史視爲帝王宗室之事，其偏狹自不待言。謝氏亦是欲嚴詩、史之别，和楊慎前論有相同之處，但尚稱杜詩“不失《三百篇》遺意”，通達處甚于楊慎，衹是變體之論已自偏頗，故對後學之評更是頗爲苛刻。

至於“詩聖”説，今人多從思想方面來理解，即將杜甫看作品德高尚，尤其是符合儒家道德規範的聖賢。許總《“詩聖”廢名論》[2]就認爲宋人尊杜的主要原因是其“一飯未嘗忘君”（蘇軾《王定國詩集叙》）的思想，宋人從以詩傳道的角度來界定杜詩的價值存在極大的片面性，“詩聖”的稱號既不能充分反映杜甫的思想，又淹没了杜詩的文學價值，因此應當廢除。其實，“詩聖”在宋代的涵義，並非指杜詩之思想合于道統，而是言其詩歌具有極高的藝術技巧。以“聖”稱杜始于宋楊萬里《誠齋集》卷七九《江西宗派詩序》：“昔者詩人之詩，其來遥遥也。然唐云李、杜，宋言蘇、黄……今夫四家者流，蘇似李，黄似杜。蘇、李之詩，子列子之御風也。杜、黄之詩，靈均之乘桂舟駕玉車也。無待者，神於詩者歟？有待而未嘗有待者，聖於詩者歟？”[3]楊萬里稱李、蘇是“神於詩者”，杜、黄是“聖於詩者”，乃是言各自在詩歌藝術上的高超技巧及存在的差異。宋人以“聖”稱杜時，皆如楊萬里，根本没有思想方面的涵義；而在稱揚杜甫思想時，也没有和“聖”聯繫起來。“詩聖”的“聖”在宋代，和“書聖”、“草聖”、“醫聖”的“聖”的涵義一樣，都是指在某一種技能

---

① （明）楊慎撰，王大厚箋證《升庵詩話新箋證》，第 432—433 頁。《歷代詩話續編》所收《升庵詩話》卷一二有並列兩“滕王”條，前一條即“民歌出牧”條，後一條與此同，唯所引王建詩“揭”作“搨”。見丁福保輯《歷代詩話續編》，第 886—887 頁。

② 許總《“詩聖”廢名論》，《江漢論壇》1985 年第 9 期。

③ （宋）楊萬里撰，辛更儒箋校《楊萬里集箋校》，中華書局 2007 年版，第 3231—3232 頁。

上有極高的造詣,是"聖手"的意思。在明代"詩聖"基本上也是贊賞杜詩高度的藝術成就的涵義。

楊士奇《杜律虞注序》云:"若雄深渾厚,有行雲流水之勢、冠冕佩玉之風,流出胸次,從容自然,而皆由夫性情之正,不局於法律,亦不越乎法律之外,所謂'從心所欲不逾矩',爲詩之聖者,其杜少陵乎!"①楊榮序亦云:"嗚呼!子美聖於詩者也,其立意立言足爲後世法。"②何景明《明月篇并序》則云:"僕始讀杜子七言歌行,愛其陳事切實,布辭沉著。鄙心竊效之,以爲長篇聖於子美矣。"③賀貽孫《詩筏》謂:"太白仙才,然其持論,不鄙齊、梁;子美詩聖,然其持論,尚推盧、駱。"④這幾則詩話從明初直到明末,都是從藝術的角度來説的,在這個意義上,李白也被稱爲"聖",甚至是"詩聖",如楊慎《周受庵詩選序》謂"唐則陳子昂海内文宗,李太白爲古今詩聖"⑤。所以,在明人眼中"詩聖"也是詩中聖手的意思,和思想内容並無關係,最能説明這一點的是黄光昇《杜律注解》卷上末所録光昇子喬棟之識語,中引光昇語曰:"杜公之詩不獨聲律之高爲詩家聖,至其樂而不淫,憂而不傷,怨而不怒,喜而不流,忠君愛國之心,托物興懷之正,皆非詩人所能及。"在這裏"詩聖"與"忠君愛國之心,托物興懷之正"是並列的,所以,明人和宋人一樣,雖然從維護道統、强調詩教的角度大力稱贊杜甫其人其詩,但這並不是賦予

① (明)楊士奇《東里續集》卷一四,《景印文淵閣四庫全書》第1238册,第542頁。

② 楊榮《杜律虞注序》,見《杜律七言注解》卷首,明萬曆十六年吴懷保七松居刻本。

③ (明)何景明《何大复先生集》卷一四八,《四庫全書底本叢書》集部第154册景印明刻本,第479頁。

④ (明)賀貽孫《詩筏》,清道光二十六年刻《水田居全集》本,第40頁。

⑤ (明)楊慎撰,王大厚箋證《升庵詩話新箋證》附録二《升庵論詩序跋録要》,第1188頁。

杜甫"詩聖"稱號的原因。所以,明人所説的"詩聖"的真正涵義和今天的並不相同。

"詩聖"作爲一個固定名詞在明代方被廣泛使用,陳沂《拘虚詩談》云:"少陵七言如《秋興》《諸將》《蜀相》《懷古》《小至》《返照》《登樓》《宿府》《野望》《聞笛》諸詩,自唐大家作者,無此之多,且聲洪氣正,格高意美,非小家妝飾,但才大不拘,後學茫昧,特拾其粗耳。五言律警妙處,首首見之,不可以擇,可謂'詩聖'矣。"①陳沂,生於1469年,卒於1538年,正德進士,能詩善文,亦工書畫。初與顧璘、王韋號"金陵三俊",後朱應登繼起,稱"四大家";又與李夢陽、何景明、邊貢、鄭善夫、康海等並稱"十才子"②。明末王嗣奭《夢杜少陵作》云:"青蓮號詩仙,我翁號詩聖。仙如出世人,軒然遠泥濘。在世而出世,聖也斯最盛。詩祖三百篇,我翁嫡孫子。詩豪立如林,雙韃視翁指。"又《浣花草堂二首》其二云:"詩聖神交蓋有年,到來追想一悽然。"③陳沂所謂"詩聖"還是從其藝術性上説的,王嗣奭第一首詩,因相對於"仙"之出世,而論及"聖"之"在世而出世",涉及思想方面,"詩聖"的涵義是否即由此開始從藝術轉向思想的角度,還有待進一步考察。第二首詩則很難看出"詩聖"之稱的具體所指,但王嗣奭這樣不作解釋,而直以"詩聖"稱杜甫,正説明這個稱謂開始固定下來。上所引賀貽孫,生活于明末清初而年歲晚于王嗣奭,亦直稱"子美詩聖",可見,"詩聖"在明末應已成爲杜甫的專稱。

對"集大成"説,明人基本是持贊同意見的,如高棅《唐詩品彙》雖然在所有的詩體中最高只將杜甫列爲大家,位在"正宗"之下,五、七言絶句更置杜于"羽翼",但他對杜詩的成就還是非常肯定的,在

① 轉引自吴文治主編《明詩話全編》,第1946頁。
② (明)張廷玉等《明史》卷二八六《李夢陽傳》,第7348頁。
③ (清)仇兆鰲《杜詩詳注·附編·諸家詠杜》,第2294頁。

《五言古詩叙目・大家》中他就引影響甚大的元稹和嚴羽之評來説明杜詩集大成的地位。元稹和嚴羽都是從杜甫對前代詩歌成就廣泛繼承、創造性融會的角度來理解杜詩之"集大成",這是比較經典的理解,故也經常爲主張"集大成"説的其他明人引用。但胡應麟却將"集大成"不衹視爲對前代的繼承,也包括對後代的啓迪:

> "飛星過水白,落月動沙虚",吴均、何遜之精思;"春色浮山外,天河宿殿陰",庾信、徐陵之妙境;"山河扶繡户,日月近雕梁。碧瓦初寒外,金莖一氣旁",高華秀傑,楊、盧下風;"冠冕通南極,文章落上臺;詔從三殿去,碑到百蠻開",典重冠裳,沈、宋退舍;"耕鑿安時論,衣冠與世同;在家常早起,憂國願年豐",寓神奇于古澹,儲、孟莫能爲前;"片雲天共遠,永夜月同孤。落日心猶壯,秋風病欲蘇",含闊大於沉深,高、岑瞠乎其後;"退朝花底散,歸院柳邊迷","花動朱樓雪,城凝碧樹煙",王右丞失其穠麗;"地平江動蜀,天闊樹浮秦","日月低秦樹,乾坤繞漢宫",李太白遜其豪雄。至"岸花飛送客,檣燕語留人",則錢、劉圓暢之祖;"兩行秦樹直,萬點蜀山尖",則元、白平易之宗;"兩邊山木合,終日子規啼",盧仝、馬異之渾成;"山寒青兕叫,江晚白鷗饑",孟郊、李賀之瑰僻;"凍泉依細石,晴雪落長松",島、可幽微所從出;"竹齋燒藥灶,花嶼讀書床",籍、建淺顯所自來;"雨抛金鎖甲,苔卧緑沈槍",義山之組織纖新;"圓荷浮小葉,細麥落輕花",用晦之推敲密切。杜集大成,五言律尤可見者。①

李東陽《麓堂詩話》則從風格多樣性的角度來論説杜詩集大成的特徵:

---

① 胡應麟《詩藪》内編卷四,上海古籍出版社 1979 年版,第 71 頁。

清絶如“胡騎中宵堪北走,武陵一曲想南征”。富貴如“旌旗日暖龍蛇動,宫殿風微燕雀高”。高古如“伯仲之間見伊吕,指揮若定失蕭曹”。華麗如“落花遊絲白日静,鳴鳩乳燕青春深”。斬絶如“返照入江翻石壁,歸雲擁樹失山村”。奇怪如“石出倒聽楓葉下,櫓摇背指菊花開”。瀏亮如“楚天不斷四時雨,巫峽長吹萬里風”。委曲如“更爲後會知何地,忽漫相逢是别筵”。俊逸如“短短桃花臨水岸,輕輕柳絮點人衣”。温潤如“春水船如天上坐,老年花似霧中看”。感慨如“王侯第宅皆新主,文武衣冠異昔時”。激烈如“五更鼓角聲悲壯,三峽星河影動摇”。蕭散如“信宿漁人還泛泛,清秋燕子故飛飛”。沉著如“艱難苦恨繁霜鬢,潦倒新停濁酒杯”。精煉如“客子入門月皎皎,誰家搗練風凄凄”。慘戚如“三年笛裏關山月,萬國兵前草木風”。忠厚如“周宣漢武今王是,孝子忠臣後代看”。神妙如“織女機絲虚夜月,石鯨鱗甲動秋風”。雄壯如“扶持自是神明力,正直元因造化功”。老辣如“安得仙人九節杖,拄到玉女洗頭盆”。執此以論,杜真可謂集詩家之大成者矣。①

胡、李二人的論述擴大了“集大成”的内涵,在贊同此説的明人中比較有代表性。但也有人對“集大成”説持反對意見,謝肇淛《小草齋詩話》卷三外編下云:“子美詩如‘遲日江山麗’,是齊、梁之浮弱者;‘旌旗日暖龍蛇動’、‘紅豆啄殘鸚鵡粒’,是初、盛之癡重者;‘石出倒聽楓葉下’,是中、晚之纖靡者;‘伯仲之間見伊吕’、‘顧我老非題柱客’、‘衆流歸海意,萬國奉君心’,是宋人之濫惡者。至於‘錦江春色來天地’、‘彩筆昔曾干氣象’,又儼然七子門逕矣。‘舉家聞若咳’、‘頓頓食黄魚’,又胡釘鉸、張打油唇吻矣。謂之上國武

① 丁福保輯《歷代詩話續編》,第1398頁。

庫,信然。謂之集大成,則吾未敢。”①他認爲有些杜詩承襲前代之弊,有些又使後人漸入歧途,不當賦予其集大成的崇高地位。然謝氏所舉數例衹憑一己好惡,偏頗處自不待言。

## 第二節　關於杜甫思想的論述

明人對杜甫的思想有許多獨特的認識,而且這些認識和當時的文化思潮有著極爲密切的關係。可以說,明人對杜甫思想的闡釋、評價既打上了同時期文化思潮的深刻烙印,也構成了文化思潮中的一個重要内容。

明初,出於開國文治的需要,詩學批評一本于儒家傳統的詩教觀,宋濂、劉基是其中的代表人物,二人論詩皆主明道致用、美刺諷諫説。但二人的側重點又有不同,劉基更强調詩歌美刺的作用,提倡情感的直接抒發。劉基《項伯高詩序》云:“言生於心而發爲聲,詩則其聲之成章者也。故世有治亂,而聲有哀樂。相隨以變,皆出乎自然,非有能彊之者。是故春禽之音悦以豫,秋蟲之音悽以切,物之無情者然也,而況於人哉！予少時讀杜少陵詩,頗怪其多憂愁怨抑之氣,而説者謂其遭時之亂,而以其怨恨悲愁發爲言辭,烏得而和且樂也?然而聞見異情,猶未能盡喻焉。比五六年來兵戈迭起,民物凋耗,傷心滿目,每一形言,則不自覺其悽愴憤惋,雖欲止之而不可,然後知少陵之發於性情真不得已,而予所怪者不異夏蟲之疑冰矣。”②劉基從“世有治亂,而聲有哀樂”的觀點出發,聯繫自己在異代之際的見聞感受,指出杜詩“多憂愁怨抑之氣”是因其“遭

① 張健輯校《珍本明詩話五種》,第 376 頁。

② 劉基《太師誠意伯劉文成公集》卷五,《四庫提要著録叢書》集部第 35 册景印明隆慶刻本,第 148 頁。

時之亂”。他將杜詩裏的“怨恨悲愁”看作是不得不發的真性情,這就在主張“美刺”的同時超越了温柔敦厚詩教的束縛,不論是在當時,還是整個文學史上都是頗爲不同的觀點。宋濂直接論杜之語不多,但他的弟子方孝孺却對杜甫思想有比較獨到的闡述。方孝孺是明初文臣中最得重用者,朱元璋對其大加稱贊,建文帝更是禮遇甚隆,《明史・方孝孺傳》謂其“恒以明王道、致太平爲己任”①。方孝孺爲宋濂門生,論文大抵本宋濂,然方孝孺較宋濂更具一個“醇儒”的道學氣,他把道看得高於一切,論詩以明道宗經爲本。《談詩五首》其一云:“舉世皆宗李杜詩,不知李杜更宗誰。能探風雅無窮意,始是乾坤妙絶詞。”②風雅既是詩之經,又是道統的體現,詩能有風雅之意,即爲好詩,不必衹學李、杜,李、杜之好也在其能宗經明道。方孝孺《時習齋詩集序》又云:“詩者,文之成音者也,所以道情志而施諸上下也。《三百篇》,詩之本也;《風》《雅》《頌》,詩之體也;賦、比、興,詩之法也;喜怒哀樂動乎中而形爲褒貶諷刺者,詩之義也;大而明天地之理,辨性命之故,小而具事物之凡,彙綱常之正者,詩之所以爲道也。詩道廢久矣。自漢以下,編册之所載,樂府之所傳,隱而章,麗而不浮,沉篤而雍容,博厚而和平者,則亦古詩之流也,而其體横出矣。體之變,時也;不變於時者,道也;因其時而師古,道者有志於詩者也。而師者寡矣。唐之杜拾遺、韓吏部,皆深於詩,其所師則周公、吉甫、衛武公、史克之徒也。其體則唐也,而其道則古也。世之言詩者而不知道,猶車而無輪、舟而無柂也,雖工且美,奚以哉!”③他認爲杜詩因其時而爲唐體,但其所師

① (清)張廷玉等《明史》卷一四一,第4017頁。

② (明)方孝孺《遜志齋集》卷三〇,《中華再造善本》(第二批)景印明成化十六年刻本,第18册,國家圖書館出版社2013年版,第52頁。

③ (明)方孝孺《遜志齋集》卷一七,《中華再造善本》(第二批)景印明成化十六年刻本,第11册,第8頁。原“自漢以下”之“以”字缺,據《四部叢刊》本補。

却是周公等古聖賢,因而其道是古之道,是《三百篇》體現的詩道,其論杜亦皆本明道宗經説。

方孝孺還曾撰《成都杜先生草堂碑》,云:

士之立言爲天下後世所慕者,恒以藴濟世之道、絶倫之才,困不獲施而於此焉寓之。故其氣之所至,志之所發,浩乎可以充宇宙,卓乎可以質鬼神,非若專事一藝者之陋狹也。荀卿寓於著書,屈原寓於《離騷》,司馬子長寓於《史記》。當其抑鬱感慨,無以泄其中,各托於言而寓焉。是以頓挫揮霍,沉醇宏偉,雷電不足喻其奇,風雲不足喻其變,江河不足喻其深,卒之震耀千古而師表無極。苟卑卑然竭所能以效一藝,雖至工巧,亦技術之雄而已耳,烏足與大儒君子之寓於文者並稱哉?少陵杜先生在唐開元、天寶間,懷經濟之具而弗得施,晚更兵亂,益爲時所簡棄,由是斂所得于古人者,悉於詩乎寓之。其言包綜庶類,淩跨六合,辭高旨遠,兼衆長而挺出,追風雅以爲友。蓋有得乎《史記》之叙事,《離騷》之愛君,而憂民閔世之心,又若有合乎《成相》之所陳者。微意所屬,時以古昔命世聖賢自擬。不知者笑之以爲狂,而知其粗者憐之,以爲詩人之大言,而孰能果識其所存哉!蓋嘗論人與物之品才,知僅施於身者,物之所以局於形;理無不備而知無不通者,人之所以異於物。至於不能擴其所有以濟萬物,而規圖止乎一身,此則人而物者也。均是形也,而能賤其形;均是性也,而能不私乎己。以宇内之治亂、生民之安危爲喜戚,而勞思極慮,必期有以濟之,此則所謂人而能天,而可以謂之大儒君子矣乎!自孔孟殁,聖學不傳,士之卑者多以私智小數爲學,枉道以取富貴,視斯民之困窮,不少介於心;甚者或罔之以自利。聖賢仁義之道,不絶如髮。先生獨有感於此,其心願世之人咸得其所而已。雖飢寒有不暇顧,視夫自私之徒如螻蟻之求穴,則嘆而哀之。是心也，使幸而達諸天下，雖致治如唐虞之盛，可也。彼淺於知德者，顧以大言爲先生病。嗚呼，先生庶乎人而能天者也！其寓於言，豈衆人之所能識哉！成都浣花溪之上故有草堂，廢于兵也蓋久。大明御四海，賢王受封至蜀，以聖賢之學，施寬厚之政。既推先王之心以惠斯民，貧無食者賜之以粥，陷於夷者贖之以布，歲所活以萬計，歡聲達於遐邇。復謂先生爲萬世所慕者，固不專在乎詩，而成都之民思先生而不忘，亦不在乎草堂。然使士君子因睹先生之居而想先生之爲，心咸有願學之志，則草堂不可終廢。乃於洪武二十六年冬十二月，命臣工更作之，不逾月而成。中爲祠以奉祀，廡其左右而門其前後，爲草堂以存其舊，高傑華敞皆昔所未有。下教俾臣某記其事。臣某惟先生不遇聖哲之君爲知己，汝陽、漢中二王雖與友善，而不能用其言。數百載之内，在位而尊慕者間有其人，然皆以詩人稱先生，而未能察其所存。至於今王，稽古尚德，而後先生之道益光。則夫懷奇抱節之士不有遇於時，必有合於後。而道之顯晦莫不有命，觀於此亦可以知勸矣！乃拜手獻銘曰：天於萬民，愛而子之。篤生聖賢，俾之理之。群聚錯居，顛迷於欲。聖賢何事，爲民耳目。其處大位，匪厚其身。爲君爲師，制産明倫。四海九州，若視閨闥。一物失所，仁聖憂怛。稷契佐虞，亦有伊周。劬勩其形，億兆爲憂。古道不傳，士溺於利。以位自娱，以民爲戲。卓哉先生，千古是懷。力不能止，詩以告哀。推其本心，可宰天下。利澤滂滂，物無遺者。世不能以，天實使然。不諧一朝，乃傳萬年。神施鬼設，地藏海湧。片言所加，山岳震動。載求其實，濟衆忠君。爲唐一經，上配典墳。知言寥寥，賤德貴藝。摭其餘膏，粱肉是棄。惟王濬哲，道協聖神。蒐羅千載，友古之人。興懷先生，爰作祠宇。江山改容，觀者如堵。仁于黎庶，憫恤艱窮。聞其呻呼，如疾在躬。散粟賜糜，以起其瘠。百役不興，以蘇其力。

問誰匡輔,惟王之明。先生之志,王舉以行。由唐迨今,歷世悠久。孰謂賤士,而能不朽。嗟蜀多士,敬承王心。斯道在人,何古何今。①

方孝孺此碑著重贊揚杜甫愛君憂民之心,將其定位爲一位蓄濟世之道、懷絶倫之才而不遇於明君的大儒君子,並竭力反對把杜甫祇看作一個"卑卑然竭所能以效一藝"的詩人。杜詩之所以能流傳千載,主要是因爲其體現了聖賢之道,可以追配上古之經典。方孝孺論杜甫是站在一個純粹的正統儒者的立場上,他所詮釋的杜甫其實就是一個理想化的自己。方孝孺以文章理學著稱於時,但當别人稱贊他的文章,他却"慚愧彌日,不能自解"②,"以講明道學爲己任,以振作綱常爲己責,以繼往緒開來爲己事,以輔君德起民瘼爲己業"(王可大《重刻正學方先生文集叙》③)的方孝孺更希望人們從輔君、明道、安天下的角度來認識他的價值。而他自己也從這樣的角度來認識杜甫,其中雖不免帶些道學氣,但對杜甫思想的認識却還是深刻的。方孝孺還有《題萬間室》一詩,中有句云:"少陵老翁餓瀕死,意欲大庇天下人。一椽茅屋不足蔽風雨,安得萬間之廈,蓋覆四海赤子同欣欣? 言狂意廣不量力,至今世俗聞者交笑嗔。侯城小儒愚獨甚,不敢嗔笑謂公之意厚且真。古來致亂皆有因,大臣固位謹持禄,其計止爲安一身。高車大纛耀侈富,子女玉帛驕里鄰。安危得失百不知,更僭膏腴便利田宅遺子孫。生靈窮苦墮溝瀆,寒士困悴無衣紳,彼也珍羞綺席歌舞燕樂窮朝昏。老翁

① (明)方孝孺《遜志齋集》卷二五,《中華再造善本》(第二批)景印明成化十六年刻本,第15册,第3—6頁。

② (明)方孝孺《遜志齋集》卷二二《與鄭叔度六首》,《中華再造善本》(第二批)景印明成化十六年刻本,第13册,第65頁。

③ (明)方孝孺撰,徐光大點校《方孝孺集》附録《附序跋》,浙江古籍出版社2013年版,第1018頁。

哀痛實爲此，熟視鄙夫憸子辟之犬鼠加冠巾。曰我得志有不爲，嫉邪憤世欲救其弊忘賤貧。至今已閲八百歲，知翁之意世獨少，蹈翁所惡常紛紛。"[①]詩以今日世俗者的驕矜自私反襯杜甫不顧己之賤貧而心憂天下的高風亮節，這種解讀也自透露出方孝孺作爲一個儒者的博大與正直。

明初還有兩位名人遊草堂，留下遊記，一位是理學名家薛瑄，一位是因反抗弄權宦官王振而被肢解的劉球。二人都是忠正之士，遊草堂之際，對杜甫的忠愛情懷自有特别的感發。薛瑄《遊草堂記》云："夷考子美平日所作諸詩，雖當兵戈騷擾流離之際，道路顛頓凍餓之餘，其忠君一念，炯然不忘。故其發而爲詩也，多傷時悼亂、痛切危苦之詞，憂國愛民、至誠惻愴之意。千載之下，讀之者尚能使之憤懣而流涕，感慕而興起。則子美之忠，終始不渝又如此。非特不污賊中之一節爲然也，夫忠在人心，乃天理民彝萬世之所同，故後世慕子美之忠，則慕其爲人；慕其爲人，則併慕其所居之室。此子美之草堂所以屢興不廢，而名永長存也。"[②]劉球《謁少陵杜先生草堂記》云："蓋先生之文辭冠於唐，超越於六朝、兩漢，卓然成一家於《三百篇》之後。凡習爲詩者，皆知其然。至其處溷世能不污其行、隳其高，其清類伯夷；無日不懷其君、憂於國，其忠類屈原；閔人窮倫圮，汲汲欲拯而叙之以復古初，其慮世類箕子。有是道而未遇知當朝，復更世變，未及施諸用，窮亦至矣！惟其窮，故其道施於文者愈光。成都浣花溪草堂，其守道固窮之地也，距先生六百餘年而幸造焉。求其所謂萬里橋、百花潭、雪峰、錦里之勝概固在，而先生不可作，無由觀道德而聆教誨。然徘徊滄浪之涘，榿林

---

① （明）方孝孺《遜志齋集》卷二九，《中華再造善本》（第二批）景印明成化十六年刻本，第18册，第14頁。

② （明）薛瑄撰，孫玄常等點校《薛瑄全集·文清公薛先生文集》卷一九，三晋出版社2015年版，第558頁。

籠竹之間,閱景物而誦其詩,玩其雅澹之音而得其類伯夷者,亦足以勸己廉;沉潛其憂憤感激之詞而得其類屈原者,亦足以隆君敬;探其陳古諷今之意而得其類箕子者,亦足以資民治。一行而三得者,謁草堂之謂也。"①薛、劉二人大力闡揚杜甫歷亂世而不污其行的高潔和始終懷君憂國的忠正,並認爲杜甫的這種思想有千古不泯的感召力,這也是草堂屢興不廢的原因。

草堂是杜甫生活過的地方,在一個儒者的眼中,那是"守道固窮"的聖地,身臨其境時,敬仰之情自會油然而生。從明朝初年開始,杜甫在士人心目中已被塑造成道德典範,一遇機緣,禮贊之情就被激發出來,游草堂時如此,見到相關書畫時亦如此。沈周有《題子美像》七律二首,一云:"滿地干戈草木秋,漫將白髮染窮愁。英雄感慨言空在,家國艱難盜未收。老泪邊頭哭堯舜,此心裏許夢伊周。草堂依舊成都是,日暮門前江水流。"一云:"貧莫容身道自尊,先生肝膽照乾坤。泪因感事時時有,詩不忘君首首存。孔雀豈知牛有角,杜鵑還認帝遺魂。千年珍重丹青在,大雅何從着贊言。"②沈周爲"吴門畫派"始祖,與唐寅、文徵明、仇英並稱"明四家",因子美之像而題詩稱揚,正可見一個畫家兼詩人的襟懷。而茶陵詩派領袖李東陽面對一幅以杜詩爲内容的書法作品,明知是贋品,却依然忍不住發一通感慨,其内心情感積澱之深可以想見。其《題趙子昂書茅屋秋風詩後》云:"右杜子美《茅屋秋風詩》,賀給事克恭所藏,云趙子昂書。今按此書累有俗筆,當非子昂真迹無疑。嗚呼,讀是詩者可以興矣,書不足論也。唐室中興,瘡痍未復。子美以一布衣,衣不蓋兩肘,食不飽一腹,不愁朝夕凍餓死填溝壑,

---

① （明）劉球《雨谿文集》卷四,《四庫提要著録叢書》集部第263册景印明成化刻本,第49頁。

② （明）沈周撰,湯志波點校《沈周集》中册,浙江人民美術出版社2019年版,第740頁。

乃嘐嘐然開口長嘆,爲天下蒼生計。其事若迂,其志亦可哀矣！使開元之世,海内富庶,邊塵不生,唐之君與相能以子美爲心,豈有成都之禍哉？豈惟開元,古之人皆然。嗚呼,漆室婦死,狂人病子之誚半天下,孰可與言是計者哉？君卧病環堵間,展卷呻吟之暇,尚有味于予言哉！"①沈周詩是贊杜甫憂君愛國、守道自尊的精神;李東陽則是贊其窮亦兼善天下的胸懷,嘆君相不能用子美之心,致有安史之亂,而世之不解杜陵心意,反譏誚之,亦可哀也。

總之,杜甫忠君憂民、愛國憫世的思想在明初士人那裏得到比較充分的闡揚,這和明初理學占統治地位的時代氛圍緊密相關。在這種氛圍中,杜甫符合儒家傳統君子人格的一面必然會得到高度認可,臺閣派的代表人物楊士奇這樣評價杜甫:"少陵卓然上繼《三百十一篇》之後,蓋其所存者,唐虞三代大臣君子之心,而愛君憂國、傷時閔物之意,往往出於變風、變雅者,所遭之時然也。其學博而識高,才大而思遠,雄深閎偉,渾涵精詣,天機妙用,而一由於性情之正,所謂'詩人以來,少陵一人而已'。"②可以説,杜甫在明初地位極高,而這種地位的獲得更多是因其合於道統的思想。之後,隨著理學影響的漸漸衰弱,人們推崇杜甫這種思想的興趣也轉淡,直至明末,動盪不安、危機四起的社會現實使士人重新關注道統,也才重有人大論杜甫之道德思想,但聲勢遠不及明初。葉廷秀是此時期一個比較有代表性的人物。葉廷秀爲天啓五年(1625)進士,歷知南樂等三縣,進順天府推官,崇禎中任户部主事,南明福王時授光禄少卿,唐王召拜左僉都御史,進兵部右侍郎。南明覆亡後,以僧終,一説參加反清義軍被殺。《明史》本傳謂其"受業劉宗

① (明)李東陽《懷麓堂集》文稿卷二〇,《四庫提要著録叢書》集部第265册景印清康熙刻本,第542頁。

② (明)楊士奇《東里續集》卷一四《讀杜愚得序》,《景印文淵閣四庫全書》第1238册,第541頁。

周門,造詣淵邃,宗周門人以廷秀爲首。與道周未相識,冒死論救,獲重罪,處之恬然”①。可見其不同凡俗的風采與胸襟。其《詩譚》一書,既録舊文,又發己論,葉氏自序謂“以爲譚詩也可,譚道也可”。卷八有一長篇“杜詩論”②,乃是照録宋林駉《古今源流至論》前集卷二“杜詩”條。林氏之解杜詩時涉附會,但其要皆在闡明杜甫卓然特出的愛國愛君之心。葉廷秀對此全篇引録,足見其贊同

① (清)張廷玉等《明史》卷二五五,第6601頁。

② (明)葉廷秀《詩譚》卷八“杜詩論”:“白樂天《海圖屏風》之作,前輩窺見其心之不忍用兵;劉禹錫《三閣詩》四章,識者謂可以配《黍離》。後之讀工部詩者,安可不求詩之意哉!吾觀公之氣節高邁,秋霜争嚴,風標屹立,砥柱中流。嗜殺人如嚴武,則瞪睨而兒戲之;房琯毁師,公乃排衆而申救之。而議者不挈置於仁人之列,至與沈、宋諂諛,温、李淫豔者爲伍,前輩深以是爲恨,惜哉!夫公之詩,蓋愛君之盛心也。《北征》之篇,蓋倉皇問家室而作也,使或者處之,對童稚,語妻孥,他不暇顧,而終篇諄復惟及國事。山谷喜之,謂:‘退之《南山》不必作,《登慈恩塔寺》此正陪諸公遊遨而作也,固宜笑談風月,傲視八極,以樂其心,而措意立辭,意在言外。’荆公謂其譏天寶時事,則其愛國之意果何如?‘微升古塞外,已隱暮雲端’,夏鄭公知其爲肅宗而非爲月也;‘初月出不高,衆星尚争光’,或謂史思明尚在而非爲星也;《石壕吏》之作,韓魏公知其論戍役之苦;茅壁之詠,蘇公知其嫉藩鎮之强。噫!非杜工部之知道,不能發愛君愛國之辭,非蘇、王諸公之知詩,不能明愛君愛國之心。是詩也,烏可與騷人墨客同日語哉!不特此也。《百舌》一詠,惡讒佞也;《惡木》一章,傷小人也;腐草之螢,譏閹寺也;寒城之菊,憫士操也;《悲青阪》,傷戰敗之無功也;嘆秋雨,刺暴虐之傷思也;《兵車行》,蓋念驅中國之衆開邊境之地也;《洗兵馬》之作,蓋言復西京之地、掃犬羊之虜也。又不特此也。以是心而處己,又以其處己者而待人。其送嚴鄭公也,則曰:‘公若登臺輔,臨危莫愛身。’其寄裴道州蘇侍御也,則曰:‘致君堯舜付公等,早據要路思捐軀。’其寄董嘉榮也,則曰:‘雲台畫形象,皆爲掃妖氛。’嗚呼!又何待人之厚耶?先輩謂公詩足以歷知一代治亂,以爲一代之史,則非詞人之詩,乃詩中之史也。先儒作公詩序,又謂詩與唐録猶概見事迹,復許之以爲詩之六經,則非特詩中之史,又詩中之經也。《三百》既删之後,果無詩乎?(出《源流至論》)”(《續修四庫全書》第1696册景印明崇禎刻本,第596—597頁)

之意。

以上所言可以説是明人論杜甫思想的主流，且集中在明初與明末。另外，明人對杜甫思想的其他方面也發表了一些精到的見解。如明初劉永之《劉子高詩集序》云："昔之論詩者曰，詩人少達而多窮。或爲説以解之曰，非詩之能窮人，殆窮者而後工耳。是二者皆非也。惟不以窮達累其心，而後辭有大過人者。古之詩人若晋陶淵明，唐李白、杜甫、孟浩然、韋應物，是皆魁壘奇杰之士，不得志于時，而其胸中超然，無窮達之累，故能發其豪邁雋偉之才、高古沖澹之趣，以成一家之言，名世而垂後，千載之下誦其詩而想見其人，猶爲之低回嘆息，以爲不可企及。使其感情鬱積，出爲覊窮愁嘆之辭，譬之寒蟬、秋蟥，哀吟悲唱于灌莽之中，以自鳴其不幸，雖工何足取哉！"①指出杜甫和其他著名詩人一樣，有超越自身憂患的闊大胸襟，因而才能寫出千古佳作，窮並非是詩工的原因。生活於嘉靖至萬曆間的方弘静持論正與之相反，其《燕貽法録》云："杜子美立朝之日殘淺，其獻賦時，思沾微禄，買薄田而不得。將軍不好武，苔卧槍，雨抛甲，天下晏然，豈慮危亡耶？及爲拾遺，逍遥供奉。其時上皇在蜀，京邑初復，干戈方事，而掖垣諸作，宛貞觀、開元間耳。方從容語笑，未有四郊多壘之憂，有喜無補也。乃至艱難奔走，皮骨空存，而裁詩遺悶，無非憂國忠君之辭矣。孟子所謂空乏拂亂，所以增益人者，不既多乎？然則子美之窮，非徒益工於詩也。君子觀乎此，可以固窮矣，可以讀《西銘》矣。"②方氏認爲子美立朝日多一己之慮，無憂世之心，至其窮時方盡爲憂國忠君之辭，則杜之詩工得於窮，杜之明道亦當得於窮。劉、方二人雖持論相反，却各有見地。俞弁則盛贊杜甫善待友朋："古人服善，往往推尊於朋

① （明）劉永之《劉仲修先生詩文集》卷七，《續修四庫全書》第1326册景印清鈔本，第42頁。

② 轉引自吴文治主編《明詩話全編》，第3844頁。

友。如杜子美:‘不見高人王右丞,藍田丘壑蔓寒藤。’‘復憶襄陽孟浩然,清詩句句盡堪傳。’至高適則云:‘美名人不及,佳句法如何。’”①李贄推崇狂傲率真的品格,云:“李謫仙、王摩詰,詩人之狂也;杜子美、孟浩然,詩人之狷也。韓退之文之狷,柳宗元文之狂,是又不可不知也。”②雖衹一言,却揭示出杜甫身上常被忽視的耿直、孤傲,堪稱大家之論。楊慎對此稍有發揮,《升庵詩話》卷八“稱許有乃祖之風”條云:“老杜高自稱許,有乃祖之風。上書明皇云:‘臣之述作,沈鬱頓挫,揚雄枚臯,可企及也。’《壯遊》詩則自比於崔魏班揚。又云:‘氣劘屈賈壘,目短曹劉墻。’《贈韋左丞》則曰:‘賦料揚雄敵,詩看子建親。’甫以詩雄於世,自比諸人,誠未爲過。至‘竊比稷與契’,則過矣。史稱甫‘好論天下大事,高而不切’,豈自比稷契而然邪?至云:‘上感九廟焚,下憫萬民瘡。斯時伏青蒲,廷争守御床。’其忠藎亦可嘉矣。”③他認爲杜甫詩雄於世,故雖高自稱許而不爲過,政治上自比稷、契雖嫌過分,但因忠義在心,亦可稱揚。對杜甫的狂傲性情總體上還是以肯定爲多。

## 第三節　關於杜詩藝術成就的論述

明人對杜詩藝術成就的論述涉及字法、句法、章法、聲韵、對偶、用典、風格、變化等等各個方面,範圍既廣,認識也很深刻,其中的許多見解已成定評,常爲後人引用。應該説,明人在剖析杜詩藝

---

① (明)俞弁《山樵暇語》卷四,《四庫全書存目叢書》子部第152册景印明鈔本,第27頁。

② (明)李贄《藏書》卷三二《德行門一·德業儒臣·孟軻·樂克論》,中華書局1959年版,第522頁。

③ (明)楊慎撰,王大厚箋證《升庵詩話新箋證》卷八,第389頁。

術技巧方面作出了相當大的貢獻。

字是詩歌構成的最小單位,字法也是寫詩的首要技巧,杜詩用字上尤爲精妙。其善煉字者,如楊慎所謂:“杜詩‘關山同一點’,‘點’字絶妙。”而坊本改“點”作“照”,便語意索然。並謂此“點”字“東坡亦極愛之,作《洞仙歌》云‘一點明月窺人’,用其語也。《赤壁賦》云‘山高月小’,用其意也”①。李東陽《麓堂詩話》則單言其善用仄聲字:“五七言古詩仄韵者,上句末字類用平聲。惟杜子美多用仄。如《玉華宫》《哀江頭》諸作,概亦可見。其音調起伏頓挫,獨爲趫健,似别出一格。回視純用平字者,便覺萎弱無生氣。”②

杜詩句法、章法之妙,明人論述更多,略舉數例以見之:

子美《遣意》二首,皆偏入格。“四更山吐月,殘夜水明樓”,突然而起,似對非對,而不失格律。時孤城四鼓,睡起憑高,則前山半吐月矣。其清景快人心目,作者可以寫其真,良工莫能狀其妙,不待講而自透徹,此豈偶然得之邪!此豈冥然思之邪!(謝榛《四溟詩話》卷三)③

李獻吉云:“疊景者意必二,闊大者半必細。”此言洩律詩三昧。杜之“吴楚東南坼,乾坤日夜浮”,此疊景而意二也,然極闊大矣。下即接以“親朋無一字,老病有孤舟”,又何情緒凄愴而極其細也。又“錦江春色來天地,玉壘浮雲變古今”,下即接以“北極朝廷終不改,西山寇盜莫相侵”,亦是景二而上闊下細。大都唐人多得此法,不獨杜爲然。若只管闊大説去,便無

① (明)楊慎撰,王大厚箋證《升庵詩話新箋證》卷九“關山一點”條,第442頁。

② 丁福保輯《歷代詩話續編》,第1386頁。

③ 丁福保輯《歷代詩話續編》,第1192頁。

收殺，自少風致。不觀善歌者乎，一聲高必一聲低，詩安得不爾！名園花石，部置參差，古董爐瓶，決無一對。故詩之對偶，須變化開闔，呼應顧盼，兩句字雖排比，而意迥不同，脈潛相貫，始稱上諦。不然則貂璫几案，物物相配，俗氣薰人矣。（鄧雲霄《冷邸小言》）①

凡詩須一聯景、一聯情，固也，然亦須情中插景，景中合情。顯露者爲中乘，渾化者爲上駟。如杜之"孤嶂秦碑在，荒城魯殿餘"，景中情也。王之"流水如有意，暮禽相與還"，情中景也，然猶顯露者也。至杜之"片雲天共遠，永夜月同孤"，誰共耶？誰同耶？不落思議，乃情景渾化之極矣。（同上）②

長篇中須有節奏，有操、有縱、有正、有變，若平鋪穩布，雖多無益。唐詩類有委曲可喜之處，惟杜子美頓挫起伏，變化不測，可駭可愕，蓋其音響與格律正相稱，回視諸作，皆在下風。（李東陽《麓堂詩話》）③

謝茂秦云："長篇最忌鋪叙，意不可盡，力不可竭，貴有變化之妙。"蘇子由云："老杜陷賊時有《哀江頭》詩，予愛其詞氣如百金戰馬，注坡驀澗，如履平地，得詩人之遺法。如白樂天詩，詞甚工，然拙於紀事，寸步不遺，猶恐失之。此所以望老杜之藩垣而不及也。"愚按：子由此論，妙絶千古，然子美歌行，此法甚多，不獨《哀江頭》也。（許學夷《詩源辯體》卷一九）④

子美五言古，凡涉叙事，紆回轉折，生意不窮，雖間有詰屈

① （明）鄧雲霄《冷邸小言》，《四庫全書存目叢書》子部第417册景印清道光刻本，第400—401頁。

② （明）鄧雲霄《冷邸小言》，《四庫全書存目叢書》子部第417册景印清道光刻本，第401頁。

③ 丁福保輯《歷代詩話續編》，第1373頁。

④ （明）許學夷撰，杜維沫校點《詩源辯體》，第211頁。

之失，而無流易之病。（同上）①

作詩必句句着題，失之遠矣。子瞻所謂"作詩必此詩，便知非詩人"也。如詠梅花詩，林逋諸人，句句從香色摹擬，猶恐未切；庾子山但云"枝高出手寒"，杜子美但云"幸不折來傷歲暮，若爲看去亂鄉愁"而已，全不粘住梅花，然非梅花莫敢當也。如子美《黑白二鷹》詩，若在今人，必句句在"黑白"二字尋故實，子美却寫二鷹神情。只擘頭點出黑白，如一幅雙鷹圖，從妙手繪出，便覺奇矯之骨，摶空之氣，驚秋之意，俱從紙上活現，只輕輕將粉墨染黑白二色而已。（賀貽孫《詩筏》）②

子美《遭田父泥飲美嚴中丞》詩，遭田父泥飲與嚴中丞何干？發題便妙。詩云：（略）篇中政簡俗龐，家給户饒景象，盡從田父口中寫出，却將大男放營一事，點綴生動。前後形容，只一"真"字，别無奇特鋪張，而頌聲已溢如矣。既自占地步，又爲中丞占地步，又爲田父占地步。若在今人不知如何醜態也。（同上）③

杜甫五言古詩《石壕吏》　其事何長？其言何簡？"吏呼一何怒，婦啼一何苦"二語，便當數十言寫矣。文章家所云，要會以去形而得情，去情而得神故也。（陸時雍《唐詩鏡》卷二一）④

杜子美之勝人者有二，思人所不能思，道人所不敢道，以意勝也。數百言不覺其繁，三數語不覺其簡，所謂御衆如御寡，擒賊先擒王，以力勝也。五、七古詩雄視一世，奇正雅俗稱

---

①（明）許學夷撰，杜維沬校點《詩源辯體》，第210頁。

②（明）賀貽孫《詩筏》，清道光二十六年刻《水田居全集》本，第41—42頁。

③（明）賀貽孫《詩筏》，清道光二十六年刻《水田居全集》本，第44頁。

④（明）陸時雍《唐詩鏡》，《景印文淵閣四庫全書》第1411册，第499頁。

> 題而出,各盡所長,是謂武庫。五、七律詩,他人每以情景相和而成,本色不足者,往往景饒情乏。子美直攄本懷,借景入情,點鎔成相,最爲老手。(同上)①

詩至老杜而稱法度完備,“晚節漸於詩律細”,“語不驚人死不休”,有意識的努力使老杜詩法臻于豐富謹嚴而又不失自然的化境,爲後世開啓了無數法門。明代的詩學批評流派之多,争論之激烈,都是其他時代難以比擬的,而關於詩法的探討也是各流派批評的一個焦點,老杜詩法便在這推陳出新的激烈争論中得到比較全面而深入的發掘。上引數條或論杜詩起承轉接之巧奪天工,或論其景色佈置之開闔錯落,或論其情景交融之渾化無迹,或論其長篇章法之富於變化,或論其詠物著題之飄逸靈動,或論其發題叙事之迂回生動而又情神兼得,或論其何以能意力兩勝、古律兼長。所言數端,莫不入木三分,啓人深思,而似此類論述,明人尚有許多。比如由竟陵派代表人物鍾惺、譚元春編選的《詩歸》一書,就有許多關於詩法的研究。

《詩歸》是明後期一部影響極大的詩歌評選著作。鍾惺《詩歸序》稱:“庶幾見吾所選者,以古人爲歸也。引古人之精神,以接後人之心目,使其心目有所止焉,如是而已矣。”②爲使古人之精神能與後人之耳目相接,必須指示古人詩法,譚元春《題簡遠堂詩》云:“夫詩文之道非苟然也,其大患有二:朴者無味,靈者有痕。……必一句之靈能回一篇之運,一篇之朴能養一句之神,乃爲善作。譚子曰:古人一語之妙,至于不可思議,而常借前後左右寬裕朴拙之氣,使人無可喜而忽喜焉。如心居内,目居外,神光一寸耳,其餘皆皮

---

① (明)陸時雍《唐詩鏡》,《景印文淵閣四庫全書》第1411册,第497頁。

② (明)鍾惺、譚元春輯《唐詩歸》卷前,《續修四庫全書》第1589册景印明刻本,第521頁。

肉膚毛也。”[1]是知鍾、譚二人特别注意發現古人詩作中字句的靈動神妙,並視此爲“神光一寸”,本此,二人其對杜詩詩法也多精警之見,如杜甫《麗人行》詩題後鍾云:“本是風刺,而詩中直叙富麗,若深羨不容口者,妙! 妙!”又云:“如此富麗,一片清明之氣行其中,標出以見富麗之不足爲詩累。”[2]《風雨看舟前落花戲爲新句》詩末鍾又云:“有杜此詩,千古無落花矣。今人落花詩,猶唱和至數十首不已,何其有膽而無目,有目而無心也?”又云:“他人是詠落花便板,此詩是看落花便靈,此出脱之妙。”[3]《送遠》詩末鍾云:“深甚不在不可解,而在使人思。若以不可解求深,則淺矣。”[4]《絶句》後總批鍾云:“少陵七言絶,非其本色。其長處在用生,往往有别趣。有似民謡者,有似填詞者,但筆力自高,寄托有在,運用不同耳。看詩者仍以本色求之,止取其音響稍諧者數首,則不如勿看矣。”[5]《暝》夾批譚云:“境有想得出,看得見,而亦謂微妙者,如‘半扉開燭影’之類是也。若曰微妙者必在不可想不可見,則固矣。”[6]《晨雨》詩題後譚云:“前喜雨詩,妙在是春時雨。此詩妙在字字是晨雨。俗傳晨雨易晴,詩中皆晨雨易晴妙境,不曾説出,而意象浮動其内。”[7]

① (明)譚元春《新鐫譚友夏合集》卷二三,明崇禎六年張澤刻本。

② (明)鍾惺、譚元春輯《唐詩歸》卷二〇,《續修四庫全書》第1590册景印明刻本,第70頁。

③ (明)鍾惺、譚元春輯《唐詩歸》卷二〇,《續修四庫全書》第1590册景印明刻本,第77頁。

④ (明)鍾惺、譚元春輯《唐詩歸》卷二〇,《續修四庫全書》第1590册景印明刻本,第79頁。

⑤ (明)鍾惺、譚元春輯《唐詩歸》卷二二,《續修四庫全書》第1590册景印明刻本,第107頁。

⑥ (明)鍾惺、譚元春輯《唐詩歸》卷二一,《續修四庫全書》第1590册景印明刻本,第90頁。

⑦ (明)鍾惺、譚元春輯《唐詩歸》卷二一,《續修四庫全書》第1590册景印明刻本,第91頁。

《苦竹》詩題後譚云:"自此至《歸雁》十五首,皆詠物詩,最靈最奥,有神有味,令人不苦此體,以爲死板無趣之事也。"又云:"十五首中,有似'如來度衆生'者,有似'慈吏憫疲民'者,有似'真人念舊友'者。萬物在其胸中,群動森於筆下。至此則不敢以淺衷輕言詩矣。"①鍾惺總評杜詩曰:"讀老杜詩,有進去不得時,有出來不得時。諸體有之,一篇有之,一句有之。"又云:"讀初盛唐五言古,須辨全副精神而諸體分應之。讀杜詩,須辨全副精神而諸家分應之。"②鍾、譚二人可謂深知解杜之難,知難而即投入全副精神,其解也終於獨具闡幽抉髓之妙。此外,對杜詩之篇法,《詩歸》亦兼及之。如杜甫《奉贈韋左丞丈二十二韵》詩題後鍾云:"此詩妙意、妙語疊出,逐句求之佳,全篇誦之亦佳。所以不及《北征》《詠懷》諸長篇者,篇法稍散緩,涉於鋪叙,遜其變化警策之致耳。此可悟長篇之法。"③《自京赴奉先縣詠懷五百字》詩題後鍾云:"讀少陵《奉先詠懷》《北征》等篇,知五言古長篇不易作。"又云:"當於潦倒淋漓、忽正忽反、若整若亂、時斷時顧處,得其篇法之妙。"④

同時,鍾、譚論詩以幽深孤峭爲宗,故其所選詩目與其他選本大不相同,杜之七律名篇竟至"十或黜其六七"⑤,而對杜甫清幽淵厚風格的詩作特別贊賞,如杜甫《閬水歌》詩末譚云:"選杜詩,最要

---

① (明)鍾惺、譚元春輯《唐詩歸》卷二一,《續修四庫全書》第1590册景印明刻本,第92頁。

② (明)鍾惺、譚元春輯《唐詩歸》卷一七,《續修四庫全書》第1590册景印明刻本,第38頁。

③ (明)鍾惺、譚元春輯《唐詩歸》卷一七,《續修四庫全書》第1590册景印明刻本,第42頁。

④ (明)鍾惺、譚元春輯《唐詩歸》卷一九,《續修四庫全書》第1590册景印明刻本,第59頁。

⑤ (明)鍾惺、譚元春輯《唐詩歸》卷二二杜甫《小寒食舟中作》後總批,《續修四庫全書》第1590册景印明刻本,第101頁。

存此等輕清淡泊之派，使人知老杜無所不有也。"[①]《擣衣》末句"用盡閨中力，君聽空外音"後譚云："余嘗愛此二語，與右丞'别後同明月，君應聽子規'，皆以其涵蓄淵永，意出紙外。而王語之淵永以清，此語之淵永以厚，不可不察。"[②]《大雲寺贊公房》三首總批鍾云："三詩有一片幽潤靈妙之氣，浮動筆舌間，拂拂撩人，此排律化境也。舊編入古詩，覺天趣減矣。此中甚微，試思之！"[③]杜詩之風格本就多樣，鍾、譚喜其清幽一派，許學夷又强調杜律之沉雄："子美律詩，大都沉雄含蓄，渾厚悲壯，然有句法奇警而沉雄者，有意思悲感而沉雄者，有聲氣自然而沉雄者……然句法奇警、意思悲感者，人或識之，聲氣自然者，則無有識也。學杜者必先得其聲氣爲主，否則終非子美耳。"[④]馮復京亦云："'近泪無乾土，低空有斷雲'；'生還今日事，間道暫時人'；'獨坐親雄劍，哀歌嘆短衣'；'親朋無一字，老病有孤舟'；'死去憑誰報，歸來始自憐'；'勳業頻看鏡，行藏獨倚樓'；'天風隨斷柳，客泪墮清笳'；'無家問消息，作客信乾坤'；'永夜角聲悲自語，中天月色好誰看'；'萬里悲秋長作客，百年多病獨登臺'；'路經灩澦雙蓬鬢，天入滄浪一釣舟'，惟子美於聲律之間，多作傷心苦句，而沈雄遒古，絶無哀氣，所以爲杜也歟！"(《説詩補遺》卷六[⑤])杜詩風格雖多樣，許、馮所論沉雄應是其主導風格。許氏剖析了沉雄風格的多種表現形式，另有人討論其形成原因，謝榛認爲是杜甫性格使然："太白謂子美詩苦，然却沉

---

① （明）鍾惺、譚元春輯《唐詩歸》卷二〇，《續修四庫全書》第1590册景印明刻本，第71頁。

② （明）鍾惺、譚元春輯《唐詩歸》卷二一，《續修四庫全書》第1590册景印明刻本，第87頁。

③ （明）鍾惺、譚元春輯《唐詩歸》卷二二，《續修四庫全書》第1590册景印明刻本，第105頁。

④ （明）許學夷撰，杜維沫校點《詩源辯體》卷一九，第215頁。

⑤ 轉引自吴文治主編《明詩話全編》，第7276頁。

鬱,緣其性褊躁婞直,而多憂愁憤厲之氣。”(《四溟詩話》卷四[①])張著、江盈科認爲是經歷使然,張著《虞山廿詠詩序》云:“昔杜子美北遊秦晋,西行巴蜀,南入衡湘,東極吴越魯宋之墟;凡而泰華之高,滄海洞庭之大,瞿塘灩澦三峽之奔激險絶,靡不盡之。故其放爲歌詩,往往豪雄蒼老,變態百出。然猶至夔州而句法益高,豈非得之心目既多而詞氣愈壯也歟?”[②]江盈科《雪濤詩評》云:“少陵秦州以後詩,突兀宏肆,迥異昔作,非有意换格。蜀中山水,自是挺特奇崛,獨能象景傳神,使人讀之,山川歷落,居然在眼,所謂春蠶結繭,隨物肖形,乃謂真詩人、真手筆也。”[③]性情、經歷應是形成杜詩沉鬱雄壯風格的兩個不可或缺的原因。

善於使事用典亦是杜詩能取得高度藝術成就的一個方面,明人論其妙者不勝枚舉,僅列兩家以見其大概。郝敬曰:“或謂宋人詩使事,唐人不使事。唐人非不使事,使事而人不覺。故杜甫自云:‘讀書破萬卷,下筆如有神。’讀書多,見聞富,筆底自寬綽。唐詩莫如杜甫,使事莫如杜甫,而使事人不覺莫如杜甫。韓愈詩好使事,人卒然難解。人不解,何由觀興? 何貴爲詩?”(《藝苑傖談》卷之三[④])楊慎則曰:“客有見予,拈‘波漂菰米’之句而問曰:‘杜詩此首中四句,亦有所本乎?’予曰: 有本,但變化之極其妙耳。隋任希古(按: 任爲唐人)《昆明池應制》詩曰:‘回眺牽牛渚,激賞鏤鯨川。’便見太平宴樂氣象。今一變云:‘織女機絲虚夜月,石鯨鱗甲動秋風。’讀之則荒煙野草之悲見於言外矣。《西京雜記》云:‘太液池中有雕菰,紫籜绿節,鳧雛雁子,唼喋其間。’《三輔黄圖》云:

① 丁福保輯《歷代詩話續編》,第1217頁。

② (明)張著撰,楊奔點校《永嘉集》卷一一,上海古籍出版社2005年版,第107頁。

③ 轉引自莫礪鋒《杜甫評傳》並從其校改,南京大學出版社2011年版,第142頁。

④ 轉引自吴文治主編《明詩話全編》,第5939頁。

‘宫人泛舟采蓮，爲棹人歌。’便見人物游嬉，宫沼富貴。今一變云：‘波漂菰米沉雲黑，露冷蓮房墜粉紅。’讀之則菰米不收而任其沉，蓮房不采而任其墜。兵戈亂離之狀具見矣。杜詩之妙，在翻古語。千家注無有引此者，雖萬家注何用哉？因悟杜詩之妙，如此四句，直上與《三百篇》‘牂羊羵首，三星在罶’同。比之晚唐‘亂殺平人不怕天’，‘抽旗亂插死人堆’，豈但天壤之隔。”①杜詩之用典或讓人渾然不覺，或使人愈考證愈覺其意味深長，郝、楊兩家之論堪稱中的。

杜甫在詩歌藝術上的偉大成就，既在於以上所言種種，也在於他能在全面繼承前代成就的基礎上予以創新，用明人的話來説，就是善於“變”，此點王世懋《藝圃擷餘》所言猶多，如云：“少陵故多變態，其詩有深句，有雄句，有老句，有秀句，有麗句，有險句，有拙句，有累句。後世别爲大家，特高於盛唐者，以其有深句、雄句、老句也；而終不失爲盛唐者，以其有秀句、麗句也。輕淺子弟，往往有薄之者，則以其有險句、拙句、累句也，不知其愈險愈老，正是此老獨得處，故不足難之。”②他還從整個詩歌發展史的角度，來談論杜詩“變”的意義：“古詩，兩漢以來，曹子建出而始爲宏肆，多生情態，此一變也。自此作者多入史語，然不能入經語。謝靈運出而《易》辭、《莊》語，無所不爲用矣。剪裁之妙，千古爲宗，又一變也。中間何、庾加工，沈、宋增麗，而變態未極。七言猶以閒雅爲致，杜子美出而百家稗官，都作雅音；馬涔牛溲，咸成鬱致，於是詩之變極矣。子美之後，而欲令人毁靚粧，張空拳，以當市肆萬人之觀，必不能也。其援引不得不日加而繁。”③杜甫可以説是完成了詩歌藝術的

① （明）楊慎撰，王大厚箋證《升庵詩話新箋証》卷六“波漂菰米”條，第408頁。

② （清）何文焕輯《歷代詩話》，第777頁。

③ （清）何文焕輯《歷代詩話》，第774—775頁。

一個大蜕變、大飛躍,即便衹從唐詩發展的角度看,他也具有承前啓後的功用:"子美七言律之有拗體,其猶變風、變雅乎? 唐律之由盛而中,極是盛衰之介。然王維、錢起,實相倡酬,子美全集,半是大曆以後,其間逗漏,實有可言。"①李東陽也盛贊杜詩的開創精神,其《麓堂詩話》云:"漢魏以前,詩格簡古,世間一切細事長語,皆著不得。其勢必久而漸窮,賴杜詩一出,乃稍爲開擴,庶幾可盡天下之情事。"②宋王禹偁稱"子美集開詩世界"(《小畜集》卷九《日長簡仲咸》),明人對此亦予以充分認可。

杜詩在明人心目中的崇高地位,可以由兩位名人的詩歌觀之:

**夜坐讀少陵詩偶成　袁宏道**

嘗聞工書人,見書長一倍。每讀少陵詩,輒欲洗肝肺。體格備六經,古雅淩三代。武庫森戈戟,廟堂老冠佩。變幻風雲新,妖韶兒女黛。古鬼哭幽冢,羈遊感絶塞。古人道不及,公也補其廢。化工有遺巧,代之以覆載。僅僅蘇和仲,異世可相配。剪葉及綴花,諸餘多瑣碎。紛紛學杜兒,伺響任嗚吠。入山不見瑶,何用拾瓊瑰。③

**讀杜少陵二首　李贄**

少陵原自解傳神,一動鄉思便寫真。不是諸公無好興,縱然興好不驚人。

困窮拂鬱憂思深,開口發聲泪滿襟。七字歌行千古少,五

① (清)何文焕輯《歷代詩話》,第776—777頁。

② 丁福保輯《歷代詩話續編》,第1386頁。

③ (明)袁宏道撰,錢伯城箋校《袁宏道集箋校》卷三二,上海古籍出版社1981年版,第1049頁。

言杜律是佳音。①

## 第四節　關於李杜比較及其他

明人對李杜比較的話題比較有興趣,有關詩話很多,故在此專論之。二人之比較本應是言其異同,然對李白與杜甫,二人之間的相異顯然比相同更受人關注。首先李杜對待君王朋友的態度有所不同,瞿佑《歸田詩話》卷上"少陵識大體"條云:"老杜詩識君臣上下,如云'萬方頻送喜,無乃聖躬勞','至今勞聖主,何以報皇天','周宣漢武今王是,孝子忠臣後代看','神靈漢代中興主,功業汾陽異姓王'。《上哥舒開府》及《韋左相》長篇,雖極稱贊翰與見素,然必曰'君王自神武,駕馭必英雄','霖雨思賢佐,丹青憶老臣',可謂知大體矣。太白作《上皇西巡歌》《永王東巡歌》,略無上下之分。二公雖齊名,見趣不同如此。"②葉盛《水東日記》卷二七"李杜器識不同"條云:"李、杜詩雖齊名,而器識夐不同。子美之言曰;'廟堂知至理,風俗盡還淳';'舜舉十六相,身尊道何高';'秦時任商鞅,法令如牛毛';'用爲羲和天道平,用爲水土地爲厚'。其志意可知。若太白所謂'爲君談笑静胡沙',又如'調笑可以安儲皇',此皆何等語也。"③杜甫對君王而謙恭,李白則豪放;言己輔君志向,杜甫謹細而李白疏闊。都穆《南濠詩話》又云:"李太白、杜子美微時爲布衣交,並稱於天下後世。今考之《杜集》,其懷贈太白者多至四十餘篇,而太白詩之及杜者,不過沙丘城之寄,魯郡東石門之送,及飯顆之嘲一絶而已。蓋太白以帝室之胄,負天仙之才,日試萬

---

① (明) 李贄《續焚書》卷五,中華書局 2009 年版,第 111 頁。

② 丁福保輯《歷代詩話續編》,第 1236 頁。

③ (明) 葉盛撰,魏中平點校《水東日記》,中華書局 1980 年版,第 263 頁。

言,倚馬可待,而杜老不免刻苦作詩,宜其爲太白所誚。洪容齋、胡苕溪以飯顆詩不見《太白集》中,疑爲後人僞作。予謂古人嘲戲之語,集中往往不載,不特太白爲然。然後之人作詩,乃多學杜而鮮師太白,豈非以太白才高難及,而愛君憂民,可施之廊廟者,固在於飯顆之人耶?"①穆以爲李杜對待對方的態度不同,乃境遇、性情使然,其説頗有道理。但以詩集中大多不載嘲戲之語,而推論飯顆詩爲李所作,則未必恰當。

李白、杜甫在藝術上的不同更是明人注目的焦點,有關論述最多:

> 嘗竊論杜繇學而至,精義入神,故賦多於比興,以追二《雅》;李由才而人,妙悟天出,故比興多於賦,以繼《國風》。(張以寧《釣魚軒詩集序》)②
>
> 少陵苦於摹情,工於體物,得之古賦居多。太白長於感興,遠於寄衷,本於十五《國風》爲近。(陸時雍《詩鏡總論》)③
>
> 李詩七言歌行自是好,至於五言古詩又更好,作出來皆無迹。此是他天資超逸處。召對時固氣象,流謫已後,氣愈倜儻不群,略不以世累經意,此其所以號爲詩中仙也。杜詩五言自是好,七言歌行又更好。老杜全是學力,所以不乏險阻艱難,愈見精到。他一生把做事業看處在詩而已。(黄省曾《名家詩法》卷二)④
>
> 杜甫之才大而實,李白之才高而虚。杜是造建章宫殿千門

---

① 丁福保輯《歷代詩話續編》,第1347—1348頁。

② (明)張以寧《翠屏詩集》卷三,《景印文淵閣四庫全書》第1226册,第591頁。

③ 丁福保輯《歷代詩話續編》,第1414頁。

④ (明)黄省曾《名家詩法》,《中華再造善本》(第二批)景印明嘉靖二十四年刻本,第1册,國家圖書館出版社2012年版,第16頁。

萬户手,李是造清微天上五城十二樓手。杜極人工,李純是氣化。(屠隆《鴻苞節録》卷六上《論詩文》)①

韓退之詩云:"李杜文章在,光焰萬丈長。"然二公之詩又各不同。太白以天才勝,子美以人力勝。太白光焰在外,子美光焰在内。王元美云:"五言古及七言歌行,太白以氣爲主,(以'興'字易'氣'字,更爲妥貼。且'高暢'二字,氣在其中矣。)以自然爲宗,以俊逸高暢爲貴;子美以意爲主,以獨造爲宗,以奇拔沈雄爲貴。其歌行之妙,詠之使人飄揚欲仙者,太白也;使人慷慨激烈、歔欷欲絶者,子美也。"愚按:太白歌行,窈冥恍惚,漫衍縱横,極才人之致;子美歌行,突兀崢嶸,俶儻瑰瑋,盡作者之能。此皆變化不測而入於神者也。元美之論雖善,不免於太白神奇處失之。然今人學子美或相類,而學太白多不相類者,蓋人力可强,而天才未易及也。(許學夷《詩源辯體》卷一八)②

杜詩之妙多緣於學,李詩之妙多因其才,故杜甫常被稱爲學者型詩人,而李白常被稱爲天才型詩人,由此兩人詩歌就有截然不同的面貌,明人對其各自特色的闡述文采盎然而又入木三分。

李杜比較,明人又有李優於杜和杜優於李的争執,持李優杜劣論者當以楊慎爲代表,《升庵詩話》卷七"評李杜"條云:"余謂太白詩,仙翁刺客之語,少陵詩,雅士騷人之詞。比之文,太白則《史記》,少陵則《漢書》也。"③此條優劣意味還不甚濃,同卷"巫峽江陵"條又云:"盛弘之《荆州記》巫峽江水之迅云:'朝發白帝,暮到江陵,其間千二百里,雖乘奔御風,不以疾也。'杜子美詩:'朝發白

① 轉引自吴文治主編《明詩話全編》,第 4947 頁。

② (明) 許學夷撰,杜維沫校點《詩源辯體》,第 193—194 頁。

③ (明) 楊慎撰,王大厚箋證《升庵詩話新箋證》,第 383 頁。

帝暮江陵，頃來目擊信有徵。'李太白：'朝辭白帝彩雲間，千里江陵一日還。兩岸猿聲啼不盡，扁舟已過萬重山。'雖同用盛弘之語，而優劣自別，今人謂李杜不可以優劣論，此語亦太憒憒。"①楊慎其實對杜甫還是很推崇的，但他由此一例而得出"優劣"自别的結論，實在難以服衆，胡應麟對之有嚴厲的批評，《詩藪》外編卷四云："古大家有齊名合德者，必欲究竟，當熟讀二家全集，洞悉根源，徹見底裏，然後虚心易氣，各舉所長，乃可定其優劣。若偏重一隅，便非論篤。況以甲所獨工，形乙所不經意，何異寸木岑樓，鈎金輿羽哉！正如'朝辭白帝'，乃太白絶句中之絶出者，而楊用修舉杜歌行中常語以當之。然則《秋興》八篇，求之李集，可盡得乎？他日又舉薛濤絶句，謂李白亦當叩首，則杜在李下，李又在薛下矣。甚矣可笑也！"②持杜優李劣論者多於楊慎一派，如後七子領袖李攀龍《選唐詩序》云："七言古詩，唯杜子美不失初唐氣格，而縱横有之。太白縱横，往往强弩之末，間雜長語，英雄欺人耳。至如五、七言絶句，實唐三百年一人。蓋以不用意得之，即太白亦不自知其所至，而工者顧失焉。"③于慎行則云："李詩似放而實謹嚴，不失矩矱；杜詩似嚴而實跌宕，不拘繩尺，細讀之可知也，然皆從學問中來。杜出《六經》、班《漢》、《文選》，而能變化不露斧痕；李出《離騷》、古樂府，而未免有依傍耳。"④郝敬《藝苑傖談》卷三云："李白、杜甫，縱筆揮霍，口無擇言，如洪鐘賁鼓，鏗訇鏜鎝，聲滿天地，所以爲大……李白一味嘹亮豪爽。杜甫亦豪，時而樸野，時而温婉，時而凄涼，時而纖麗，時而深沈，時而沖淡，所以軼群絶倫。杜牧之（按：應爲元微

① （明）楊慎撰，王大厚箋證《升庵詩話新箋證》，第386頁。

② （明）胡應麟《詩藪》，第190頁。

③ （明）李攀龍撰，包敬第標校《滄溟先生集》卷一五，上海古籍出版社2014年版，第473—474頁。

④ （明）于慎行撰，吕景琳點校《穀山筆麈》卷八"詩文"，中華書局1984年版，第87頁。

之)謂:‘自有詩人以來,未有如子美者。’非諛語也。”“李白稱仙才,惟是七言歌行,豪宕俊爽,絶塵而奔,前無古人,後無來者,然藴藉深厚處絶少。直以便利之舌,吐任放之氣,衹是一聲一腔。不如杜甫‘七歌’,有風騷之遺。杜甫七言古,亦豪放,而氣味沈渾。白謂甫‘作詩苦’,甫謂白‘飛揚跋扈’,各中其僻。其實甫能兼白,白不能兼甫也。讀白詩,令人氣放;讀甫詩,令人心悲。故甫勝。”①諸人所言有中肯者,亦有單憑一己之好者。

更多的明人還是持李杜不當優劣論,認爲二人各有所長,亦各有所短:

> 《三百篇》後,李、杜爲萬世詩人之宗,本不可以優劣。或欲强優劣之,右李者則曰:“李才飄逸如仙,杜未免有世俗語。”右杜者則曰:“李詩不出婦人杯酒,杜詩句句憂國愛君。”此晚宋人語,當時想亦偶然有所見,人遂以爲的論。假令村中學究句句説忠君愛國,便可跨謫仙;句句説神仙蓬萊,便可跨少陵耶?可發一笑。(孫緒《沙溪集》卷一二《無用閒談》)②
>
> 學杜多於學李者,李放縱也。排杜多於排李者,杜纏累也。然李之五律,法極謹嚴,杜之七言,神駿斬截,譬之國手,互有勝負,未可執一以議其餘。(謝肇淛《小草齋詩話》卷二外編上)③
>
> 李、杜光焰千古,人人知之,滄浪並極推尊,而不能致辨。元微之獨重子美,宋人以爲談柄。近時楊用修爲李左袒,輕俊之士往往傳耳。要其所得,俱影響之間。五言古、選體及七言歌行,太白以氣爲主,以自然爲宗,以俊逸高暢爲貴。子美以

① 轉引自吴文治主編《明詩話全編》,第 5935 頁。

② (明)孫緒《沙溪集》,《景印文淵閣四庫全書》第 1264 册,第 600 頁。

③ 張健輯校《珍本明詩話五種》,第 367 頁。

意爲主，以獨造爲宗，以奇拔沈雄爲貴。其歌行之妙，詠之使人飄揚欲仙者，太白也；使人慷慨激烈，歔欷欲絶者，子美也。選體，太白多露語率語，子美多稚語累語，置之陶謝間，便覺傖父面目，乃欲使之奪曹氏父子位耶！五言律、七言歌行，子美神矣，七言律聖矣。五七言絶，太白神矣，七言歌行聖矣，五言次之。太白之七言律，子美之七言絶，皆變體，間爲之可耳，不足多法也。（王世貞《藝苑卮言》卷四）①

十首以前，少陵較難入；百首以後，青蓮較易厭。揚之則高華，抑之則沉實，有色有聲，有氣有骨，有味有態，濃淡深淺，奇正開闔，各極其則，吾不能不伏膺少陵。（同上）②

青蓮擬古樂府，以己意己才發之，尚沿六朝舊習，不如少陵以時事創新題也。少陵自是卓識，惜不盡得本來面目耳。（同上）③

微之稱少陵詩"鋪陳終始，排比聲韵，大或千言，次猶數百，太白不能望其藩翰，况堂奥乎?"而樂天亦謂子美"貫穿古今，覼縷格律，盡工盡善，過於李白"。夫李以天分獨勝，而杜則天工人巧俱絶。欲推杜於李上，寧患無説，乃獨推其"排比聲韵"、"覼縷格律"，何耶？以聲韵格律論詩，已近於學究矣，况"排比"、"覼縷"，俗學所病。苟無雄渾豪邁之氣行於其間，雖千言數百，何益於短長？以此壓太白，恐太白不服也。大凡讀子美洋洋大篇，當知他人能短者不能長，能少者不能多，能人者不能天。惟子美能短能長，能少能多，能人能天。亦復愈長愈短，愈多愈少，愈人愈天。如韓信用兵，多多益善，百萬人如一人。漢高雖以神武定天下，然所將不過十萬而已。然則

① 丁福保輯《歷代詩話續編》，第1005—1006頁。
② 丁福保輯《歷代詩話續編》，第1006頁。
③ 丁福保輯《歷代詩話續編》，第1007頁。

子美能長能多，而非"排比"、"覶縷"之謂。"排比"、"覶縷"，亦子美用長用多之一班，然不足以盡子美也。韓信多多益善，然其奇在以萬人作背水陣，破趙兵二十萬。蓋韓信之能在用多，而其奇在用少。子美亦然，故於五言長篇，雖見能事，然其短篇，尤爲神奇。三韵詩短極矣，然短而愈妙。蓋未有不能用少而能用多者。若太白短篇佳矣，乃其《蜀道難》《鳴皋歌》《夢遊天姥吟》諸篇，亦何遽不如子美長歌？讀二家詩者，勿隨人看場可也。（賀貽孫《詩筏》）①

因持論公正，眼界自然闊大，而眼光自然深邃，李杜互相對照，更能發現各人的長短所在，及何以能長，何以能短，故上引幾條頗多精妙之見。

另外，杜詩之承前啓後雖是個老話題，但在杜詩研究領域却是十分重要的，明人對此亦十分重視，相關論述不勝枚舉，然中間承襲宋人詩話處頗多，今單録數則舉例稍爲新穎、論證亦稍深於宋人者。楊慎是明代的大學問家，其論詩喜考索，《升庵詩話》卷八"杜詩奪胎之妙"條云："陳僧慧標《詠水》詩：'舟如空裏泛，人似鏡中行。'沈佺期《釣竿篇》：'人如天上坐，魚似鏡中懸。'杜詩：'春水船如天上坐，老年花似霧中看。'雖用二子之句，而壯麗倍之。可謂得奪胎之妙矣。"②宋人多謂杜襲沈，而不知亦用慧標語。同卷"杜詩本選"條云："謝宣遠詩：'離會雖相雜。'杜子美'忽漫相逢是別筵'之句，實祖之。顔延年詩'春江壯風濤'，杜子美'春江不可渡，二月已風濤'之句，實衍之。故子美諭兒詩曰：'熟精《文選》理。'"③發

① （明）賀貽孫《詩筏》，清道光二十六年刻《水田居全集》本，第55—56頁。

② （明）楊慎撰，王大厚箋證《升庵詩話新箋證》，第394頁。

③ （明）楊慎撰，王大厚箋證《升庵詩話新箋證》，第415頁。

人未發。焦竑《焦氏筆乘》卷三"何遜爲少陵所推"條又云:"何遜之詩,極爲少陵推服,嘗曰'能詩何水曹'是也。少陵嘗引'昏鴉接翅歸,金粟裹搔頭'等語,今集中無之,則軼者不少矣。他如'團團月隱洲,輕燕逐風花'、'野岸平沙合,連山遠霧浮'、'岸花臨水發,江燕遶檣飛'、'遊魚上急瀨,薄雲岩際宿'諸語,皆采爲己句,但少異耳。"①

賀貽孫《詩筏》所言則重在論杜詩融化前人詩句之妙:

> 自皎然有"三偷"之説,因指子美"湛湛長江去"同於"湛湛長江水","江平不肯流"同于"潮平似不流",而後人遂謂少陵詩未免蹈襲。如"船如天上坐,人似鏡中行","人如天上坐,魚似鏡中游",沈佺期詩也,子美"春水船如天上坐,老年花似霧中看",特襲沈句耳。不知少陵深服沈詩,時取沈句流連把詠,爛熟在手口之間,不覺寫出。觀唐諸家,語句相似頗多,大抵坐此,非蹈襲也。且"人如天上坐",不及"船如天上坐",加"春水"二字作七言,却更活動。而"老年花似霧中看",描寫老態,龍鍾可笑,又豈"魚似鏡中游"可及哉!《古詩十九首》中有意用他家句者,曹孟德亦然。不獨寫來無痕,試取前後語反覆諷詠,反似大出古人之上,非如今人本無佳句,偶盜他語,便覺態出,如窮兒盜乘輿服物,一見便捉敗也。②
>
> 杜子美詩云"熟精《文選》理",而子瞻獨不喜《文選》。蓋子瞻文人也,其源出於《國策》《莊》《孟》,而助以晁、賈諸公之波瀾,所浸灌于古者深矣。《文選》之文,自秦、漢諸篇外,其餘皆不脱六朝浮靡,其爲子瞻唾棄,無足怪者。若子美則詩人也,詩以《騷》爲祖,以賦爲禰,以漢、魏諸古詩,蘇、李、《十九

---

① (明)焦竑撰,李劍雄點校《焦氏筆乘》卷七,第134頁。

② (明)賀貽孫《詩筏》,清道光二十六年刻《水田居全集》本,第46頁。

首》，陶、謝、庾、鮑諸人爲嫡裔。子美詩中沉鬱頓挫，皆出於屈、宋，而助以漢、魏、六朝詩賦之波瀾。《文選》諸體悉備，縱選未盡善，而大略具矣。子美少年時爛熟此書，而以清矯之才、雄邁之氣鞭策之，漸老漸熟，範我馳驅，遂爾獨成一體。雖未嘗襲《文選》語句，然其出脱變化，無非《文選》者。生平苦心，在此一書，不忍棄其所自，故言之有味耳。①

至于後人對杜詩的承襲，于慎行論宋人學韓文杜詩云："宋文之淺易，韓文兆之也；宋詩之蕪拙，杜詩啓之也。韓之文大顯於宋，而宋文因韓以衰；杜之詩盛行於宋，而宋詩因杜以壞。雖然，宋文衰于韓而韓不爲之損，未得其所以文也；宋詩壞於杜而杜不爲之損，未得其所以詩也。嗟夫，此豈可爲世人道哉！韓、杜有知，當爲點頭耳。"②識見超拔，"宋文衰於韓而韓不爲之損，未得其所以文也；宋詩壞於杜而杜不爲之損，未得其所以詩也"尤爲允當，韓、杜自當點頭。

明人還特别談到讀萬卷書、行萬里路才能讀杜詩的問題，李東陽《瓊臺吟稿序》曰："昔人謂必行萬里道，讀萬卷書，乃能讀杜詩。蓋杜之爲詩也，悉人情，該物理，以極乎政事風俗之大，無所不備，故能成一代之製作，以傳後世，非惟不易學，亦不易讀也。"③楊慎《丹鉛總録》卷一九"讀書萬卷"條則謂："杜子美云：'讀書破萬卷，下筆如有神。'此子美自言其所得也。讀書雖不爲作詩設，然胸中有萬卷書，則筆下自無一點塵矣。近日士夫，争學杜詩，不知讀書果曾破萬卷乎？如其未也，不過拾《離騷》之香草，丐

---

① （明）賀貽孫《詩筏》，清道光二十六年刻《水田居全集》本，第48頁。

② （明）于慎行撰，吕景琳點校《穀山筆麈》卷八"詩文"，第87頁。

③ （明）李東陽《懷麓堂集》文稿卷七，《四庫提要著録叢書》集部第265册景印清康熙刻本，第422頁。

杜陵之殘膏而已。"①楊慎認爲學杜應像杜甫一樣打下深厚的根基，不由杜之根基入手，衹學杜，則難有真收穫也，所言十分深刻。

## 第五節　明人貶杜論析

明人對杜甫也有不少的批評意見，論者基於特定的時代背景，從各自的詩歌理論出發對杜甫展開批評，其中一些不免帶有時代的局限性，但是也有一些意見可説是指出了杜詩真正的缺陷。宋以來，杜詩被推上極高的地位，在某種程度上甚至帶有一種不可侵犯的偶像性，而明人的批評對打破這種偶像性，正確認識杜詩，推動杜詩學的發展無疑具有積極意義。

明代理學影響較深，論詩本教化觀者甚多，杜甫其人其詩雖多爲言教化者尊崇，但他的狂傲性格也引起了一些人的不滿。如與前七子大致同時的孫緒比較重視詩人的人品氣節，他于唐人中推重李白、杜甫、韓愈，認爲："三君子之什，膾炙千載，不俟評議。然蠛蠓貴近，傲睨强藩，勇犯人主，此其爲人爲何如……讀其詩，想見其人，使人毛髮森豎。"②其《無用閒談》又云："孔子萬世之師，恩同天地。詩人狂縱不檢，直斥其名……至杜甫乃直曰：'孔丘盗跖俱塵埃。'孔子何人，與盗跖並稱，且直斥姓名，可謂忍心無忌憚者也。其祖審言曰：'爲小兒造物所苦。'天地尚比之小兒，何有於夫子？蓋其家傳傲睨無禮非一日矣。雖有才藝，名教罪人之言不足多也。"③孫

---

① （明）楊慎撰，王大厚箋證《升庵詩話新箋證》，第995頁。

② （明）孫緒《沙溪集》卷一《馬東田漫稿序》，《景印文淵閣四庫全書》第1264册，第493頁。

③ （明）孫緒《沙溪集》卷一三，《景印文淵閣四庫全書》第1264册，第612頁。

緒認爲對權貴君主的傲睨冒犯便已有損文人的品格，令人驚怖，對孔子與天地的狂妄無禮，更是“名教罪人”。其論太過偏狹，杜甫所言不過一時憤激之語，偶爾無所忌憚，正可見其詩人氣質，就此稱之爲“名教罪人”，完全是道學家口吻。

何景明是主張復古、倡言學杜的前七子派的代表人物，但他對杜甫也有批評。在著名的《明月篇序》中，他説：“僕始讀杜子七言詩歌，愛其陳事切實，布辭沉著。鄙心竊效之，以爲長篇聖於子美矣。既而，讀漢魏以來歌詩及唐初四子者之所爲而反復之，則知漢魏固承《三百篇》之後，流風猶可徵焉。而四子者雖工富麗，去古遠甚，至其音節，往往可歌。乃知子美辭固沉著，而調失流轉，雖成一家語，實則詩歌之變體也。夫詩本性情之發者也，其切而易見者，莫如夫婦之間。是以《三百篇》首乎《雎鳩》，六義首乎風。而漢魏作者，義關君臣、朋友，辭必托諸夫婦，以宣鬱而達情焉。其旨遠矣！由是觀之，子美之詩，博涉世故，出於夫婦者常少，致兼雅頌，而風人之義或缺，此其調反在四子之下與？”①他認爲杜詩比興手法太少，缺乏古詩中的風人之義。其《海叟集序》又云：“蓋詩雖盛稱于唐，其好古者自陳子昂後，莫若李、杜二家。然二家歌行近體，誠有可法；而古作尚有離去者，猶未盡可法之也。故景明學歌行、近體有取於二家，旁及唐初、盛唐諸人；而古作必從漢魏求之。”②認爲杜甫的古詩不及漢魏，不可盡法。何景明、李夢陽的復古，本第一義之説，認爲“學不的古，苦學無益”（李夢陽《空同集》卷六二《答周子書》③），故其論詩往往有拘泥之病。此兩則一以古詩爲准，對

---

① （明）何景明《何大復先生集》卷一四，《四庫全書底本叢書》集部第154册景印明刻本，第479—480頁。

② （明）何景明《何大復先生集》卷三四，《四庫全書底本叢書》集部第156册景印明刻本，第6頁。

③ 轉引自吴文治主編《明詩話全編》，第1987頁。

杜詩之不合於古詩法處予以批駁,實際是其重承襲摹擬而不重變化創新思想的反映。前七子興起時,爲明初"三楊"開創的臺閣體和宋儒影響下的性理詩所籠罩的詩壇已引起了普遍不滿,李、何以師古相尚,使詩壇風氣有了顯著改觀,故其思想在當時還有較大的意義,但從縱的方向上看,何景明對杜甫的這種批評却是不足爲訓。

郝敬是明中期一個比較少見的正統儒者,其詩話《藝圃傖談》富於批評精神,既對朱熹擅改詩序表示不滿,也對漢樂府、近體詩頗有微詞,卷三有幾則專批杜甫:

> 杜甫詩"一片花飛減却春,風飄萬點正愁人",又"風急天高猿嘯哀,渚清沙白鳥飛回",此等語勢壯浪,人所膾炙。其實非雅音也。又如"王郎酒酣拔劍斫地歌莫哀,我今拔爾抑塞磊落之奇才",與李白《蜀道難》《天姥吟》《北風行》等篇,皆險峭翕忽,如驚飆走石,霆火焚槐。温柔敦厚之意,性情之理,所損實多。故氣格壯厲者,雅意寖微。
>
> 詩至子美、太白,各以雄放之才,壯浪之氣,吐泄其胸中不平。故温柔之意盡矣。詩至李、杜愈盛,自李、杜愈衰。
>
> 杜甫歌行,如《大食刀》《二角鷹》之類,窮奇吊詭,大虧風雅。後世效顰者,藉以文其陋。如拙工好畫牛鬼蛇神。今繪美人雞犬,則扼腕耳。風雅淪亡,皆由於此。
>
> 杜甫律詩多壯麗,人便以爲佳。亦有甚無味者,如《題張氏隱居》有云:"澗道餘寒歷冰雪,石門斜日到林丘。"《贈起居田舍人》:"曉漏近隨青瑣闥,晴窗檢點白雲篇。"《贈田九判官》:"宛馬總肥春苜蓿,將軍只數霍嫖姚。"此等句雖壯麗,其實無謂。詩以意趣爲佳,不全在句。
>
> 杜詩長篇,多者千言,其氣愈壯,人所難及。然詩佳處不在多,以不盡爲温,以有餘爲厚。杜詩叙事期於竭盡無餘。如

《北征》豈不佳,而叙致駢累。首叙君臣國事一段,繼叙時境一段,又到家對妻子哭窮一段,末又轉入軍國一段。就使行文如此,亦嫌冗遝,豈詩人詠嘆不足之意?唐子西謂‘文章欲如作家書’,未免傖矣。①

郝敬對杜詩之險峭、壯浪、奇詭及叙致駢累,皆予以批駁,其論詩全從温柔敦厚的風雅之意出發,甚至連一些壯麗的詩句都看作“無味”,認爲詩之佳處乃在温厚有餘的意趣。這整體上還是七子派的觀點,衹是闡發角度有所不同。

公安派本與七子派詩學觀點相對,但後期因意識到“性靈説”空疏率易的流弊,三袁的詩學觀點有所糾正,袁中道的轉變尤爲突出,他早年鋭氣十足,竭力批判七子派崇古、摹擬的觀點,晚年論詩則以三唐爲宗,並把“藴藉”看作詩文創作的最高境界。本此他批評杜詩云:“天下之文,莫妙於言有盡而意無窮,其次則能言其意之所欲言……詩亦然。《三百篇》及蘇、李《河梁》《古詩十九首》,何其沉鬱也。陳思王、謝康樂輩出,而英華始漸泄矣。杜工部、李青蓮之才,實勝王維、李頎,而不及王維、李頎者,亦以發洩太盡故也。”②杜詩因發洩太盡,不能臻於“言有盡而意無窮”的最高境界,尚不及王維、李頎,這和李攀龍的觀點簡直如出一轍,李《選唐詩序》云:“七言律體,諸家所難,王維、李頎頗臻其妙,即子美篇什雖衆,隤焉自放矣。作者自苦,亦惟天實生才不盡。”③顯示公安派後期欲調和七子派的傾向。

---

① 轉引自吴文治主編《明詩話全編》,第5929、5936、5937、5938頁。

② (明)袁中道撰,錢伯城點校《珂雪齋集》卷一〇《淡成集序》,上海古籍出版社2019年版,第515頁。

③ (明)李攀龍撰,包敬第標校《滄溟先生集》卷一五,上海古籍出版社2014年版,第473—474頁。

明末陸時雍論詩則可謂兼取七子、公安二派，既承七子派，以復古相尚，又吸取了公安派自然本真的主張，反對雕琢，反對以意爲詩，認爲好詩乃是由人自然而生的真實情感成就的。其《詩鏡總論》論杜詩云："少陵五古，材力作用，本之漢魏居多。第出手稍鈍，苦雕細琢，降爲唐音。夫一往而至者，情也；苦摹而出者，意也；若有若無者，情也；必然必不然者，意也。意死而情活，意迹而情神，意近而情遠，意僞而情真。情意之分，古今所由判矣。少陵精矣刻矣，高矣卓矣，然而未齊於古人者，以意勝也。假令以《古詩十九首》與少陵作，便是首首皆意。假令以《石壕》諸什與古人作，便是首首皆情。此皆有神往神來，不知而自至之妙。"①陸時雍認爲在詩歌創作中應情勝於意，杜甫却是意勝於情，故未能齊於古人。情是自然而然，若有若無的，意則是必然必不然，故意黏著而情靈妙，"意僞而情真"，詩由意作，則不是過於重視技巧，陷於奇詭境地，就是在情緒上有違中和之則，杜詩之誤處正在此：

杜少陵《懷李白》五古，其曲中之悽調乎？苦意摹情，過於悲而失雅。《石壕吏》《垂老别》諸篇，窮工造景，逼於險而不括。二者皆非中和之則，論詩者當論其品。②

夫優柔悱惻，詩教也，取其足以感人已矣。而後之言詩者，欲高欲大，欲奇欲異，於是遠想以撰之，雜事以羅之，長韵以屬之，俶詭以炫之，則駢指矣。此少陵誤世，而昌黎復湎其波也。心托少陵之藩，而欲追《風雅》之奥，豈可得哉？③

子美之病，在於好奇。作意好奇，則於天然之致遠矣。五

---

① 丁福保輯《歷代詩話續編》，第1414頁。
② 丁福保輯《歷代詩話續編》，第1413頁。
③ 丁福保輯《歷代詩話續編》，第1415頁。

七言古,窮工極巧,謂無遺恨。細觀之,覺幾回不得自在。①

少陵五言律,其法最多,顛倒縱横,出人意表。余謂萬法總歸一法,一法不如無法。水流自行,雲生自起,更有何法可設?②

詩之所以病者,在過求之也,過求則真隱而僞行矣。然亦各有故在,太白之不真也爲材使,少陵之不真也爲意使。③

(《石壕吏》)末四語酸楚殊甚。嘗觀王粲《七哀詩》情事之悲曾不減此,然《七哀》聲色不動,吐納自如。若老杜諸作,便覺捶胸頓足,唾涕俱來矣。此古今人所以不相及也。④

陸時雍尊情斥意,有其先進的一面,比如他指出:"十五國風皆設爲其然而實不必然之詞,皆情也。晦翁説《詩》,皆以必然之意當之,失其旨矣。數千百年以來,憒憒於中而不覺者衆也。"⑤認爲朱熹從理學的角度解《詩經》,實是歪曲詩旨,這的確是打破了長久以來憒憒不覺的混沌狀態。他又説:"宋人抑太白而尊少陵,謂是道學作用,如此,將置風人於何地? 放浪詩酒,乃太白本行;忠君憂國之心,子美乃感輒發。其性既殊,所遭復異,奈何以此定詩優劣也。"⑥他將杜甫的忠愛之心視爲情感的自然結果,這就把杜甫忠君愛國的思想和道學家的"理"區分開。但是他指責杜詩理勝於情,認爲杜甫因此而不如古人,並對杜詩的藝術技巧和奔放情感皆予以否定,顯然是偏頗的。

明人中對杜甫批評能超越時代局限,在杜詩學史上比較站得

① 丁福保輯《歷代詩話續編》,第 1415 頁。
② 丁福保輯《歷代詩話續編》,第 1415 頁。
③ 丁福保輯《歷代詩話續編》,第 1417 頁。
④ (明) 陸時雍《唐詩鏡》,《景印文淵閣四庫全書》第 1411 册,第 499 頁。
⑤ 丁福保輯《歷代詩話續編》,第 1414—1415 頁。
⑥ 丁福保輯《歷代詩話續編》,第 1416 頁。

住脚的，當推楊慎和許學夷。楊慎是明代著名的文論家，他對杜甫的批評比較多，有些比較偏執，但也有十分精到者，如《升庵文集》卷二《唐絶增奇序》云："予嘗評唐人之詩，樂府本效古體，而意反近，絶句本自近體，而意實遠，欲求風雅之彷彿者，莫如絶句，唐人之所偏長獨至，而後人力追莫嗣者也。擅場則王江寧，驂乘則李彰明，偏美則劉中山，遺響則杜樊川。少陵雖號大家，不能兼善，一則拘乎對偶，二則汩於典故。拘則未成之律詩，而非絶體；汩則儒生之書袋，而乏性情。故觀其全集，自'錦城絲管'之外，咸無幾焉。近世有愛而忘其醜者，專取而效之，惑矣！"①其對杜甫絶句弊端的分析可謂切中肯綮，雖然杜甫絶句佳作未必衹"錦城絲管"一首，但楊慎對杜甫絶句整體地位的界定還是符合實際情況。《升庵詩話》卷一一"絶句四句皆對"條又云："絶句四句皆對，杜工部'兩箇黄鸝'一首是也。然不相連屬，即是律中四句也。唐絶萬首，惟韋蘇州'踏閣攀林恨不同'及劉長卿'寂寂孤鶯啼杏園'二首絶妙。蓋字句雖對，而意則一貫也。"②亦是言杜甫絶句之不佳。楊慎還有一則評論，常爲後人引用："詩歌至杜陵而暢，然詩之衰，實自杜始；經學至朱子而明，然經之拘晦，實自朱始，是非杜、朱之罪也。玩瓶中之牡丹，看擔上之桃李，效之者之罪也。"（《升庵文集》卷六《答重慶太守劉嵩陽書》）③他對杜詩中一些影響詩歌健康發展的因素有所認識，但認爲這些因素在杜詩中尚稱恰當，如園中之牡丹，林中之桃李，根基尚深厚，後世仿效之人單學此處，如見牡丹之妍、桃李之豔而折之，不久既委頓矣。楊慎不因噎廢食，可見其高明。他還在《書品》卷一"字畫肥瘦"條中批評杜甫論書觀點的偏頗："方遜志

① （明）楊慎撰，王大厚箋證《升庵詩話新箋證》附録二，第1173—1174頁。

② （明）楊慎撰，王大厚箋證《升庵詩話新箋證》卷五，第242頁。

③ （明）楊慎撰，王大厚箋證《升庵詩話新箋證》附録二，第1196頁。

云:'杜子美論書,則貴瘦硬,論畫馬,則鄙多肉。'此自其天資所好而言耳,非通論也。大抵字之肥瘦各有宜,未必瘦者皆好,而肥者便非也。譬之美人然,東坡云:'妍媸肥瘦各有態,玉環飛燕誰敢輕。'又曰:'書生老眼省見稀,圖畫但怪周昉肥。'此言非特爲女色評,持以論畫可也。"①持論亦稱允當。

許學夷也是一位以七子派爲宗的詩論家,他對杜甫的批評多在摘其累句、拙句、稚句,如以下《詩源辯體》卷一九幾則評論:

> 子美歌行,起語工拙不同……如"陸機二十作《文賦》,汝更小年能綴文。""昔有佳人公孫氏,一舞劍器動四方。""今我不樂思岳陽,身欲奮飛病在床"等句,未可爲法。至"天下幾人畫古松,畢宏已老韋偃少。""聞道南行市駿馬,不限匹數軍中須。""麟角鳳嘴世莫識,煎膠續弦奇自見。"則斷乎爲累語矣。今人於工者既不能曉,於拙者又不敢言,烏在其能讀杜也?後梅聖俞、黄魯直太半學杜累句,可謂嗜痂之癖。②
>
> 胡元瑞最愛老杜"風急天高"一篇,反覆贊嘆,凡數百言……然此篇在老杜七言律誠爲第一,但第七句即杜體亦不免爲累句。③
>
> 元美嘗欲於老杜"玉露凋傷"、"昆明池水"、"風急天高"、"老去悲秋"四篇定爲唐人七言律第一,中雖稍有相訛,又皆無當。愚按:杜律較唐人體各不同無論,若"叢菊兩開他日淚",語非純雅;"織女機絲虚夜月,石鯨鱗甲動秋風",細大不稱;"羞將短髮還吹帽,笑倩傍人爲正冠",似巧實拙。故自"風急天高"而外,在杜體中亦不得爲第一,況唐人乎?"老去悲秋"

① (明)楊慎撰,王大厚箋證《升庵詩話新箋證》卷二五,第1178頁。
② (明)許學夷撰,杜維沫校點《詩源辯體》,第213頁。
③ (明)許學夷撰,杜維沫校點《詩源辯體》,第217頁。

宋人極稱之,自無足怪。①

唐人詩惟杜詩最難學,而亦最難選。子美律詩,五言多晦語、僻語,七言多稚語、累語,今例以子美之詩而不敢議,又或於晦、僻、稚、累者反多録之,則詩道之大厄也。晦、僻者不能盡摘,稺、累者略舉以見。如"西望瑶池降王母"、"柴門不正逐江開"、"三顧頻繁天下計"、"風飄律吕相和切"、"不分桃花紅勝錦,生憎柳絮白于綿"、"桃花細逐楊花落,黄鳥時兼白鳥飛"、"酒債尋常行處有,人生七十古來稀。穿花蛺蝶深深見,點水蜻蜓款款飛"等句,皆稚語也。如"艱難苦恨繁霜鬢"、"晝漏稀聞高閣報"、"恒飢稚子色凄涼"、"志決身殲軍務勞"、"寵光蕙葉與多碧"、"太向交遊萬事慵"、"總戎楚蜀應全未,方駕曹劉不啻過"、"不爲困窮寧有此,祇緣恐懼轉須親"等句,皆累語也。胡元瑞云:"子美利鈍雜陳,正變互出,後來沾溉者無窮,詿誤者亦不少。"按:宋梅、黄諸人,於其晦、僻、稚、累處悉力擬之,此是意見乖謬,非詿誤也。②

許氏所摘大部較恰當,杜詩的確有稚、累、晦、僻之病,此爲杜詩爲人詬病最多處,但很少有人如許學夷一般一氣摘録這麽多句,且言"晦、僻者不能盡摘",其批評力度可謂大矣。而且他這種批評是從杜甫對後人,尤其是對宋人影響的角度來説的,在上引第一及最末一條,他痛貶梅、黄專擬此處,譏爲"嗜痂之癖"。《詩源辯體》卷一九又有一條云:"或問予:歐陽公不好杜詩,其意何居?曰:至和、嘉祐間,(俱仁宗年號。)場屋舉子爲文尚奇澀,讀或不成句,歐公力欲革其弊,既知貢舉,凡文涉雕刻者,皆黜之。時楊大年、錢希聖、晏同叔、劉子儀爲詩皆宗李義山,號'西崑體'。公又矯其弊,專

① (明)許學夷撰,杜維沫校點《詩源辯體》,第217—218頁。

② (明)許學夷撰,杜維沫校點《詩源辯體》,第219—220頁。

以氣格爲主。子美之詩，間有詰屈晦僻者，不好杜詩，特藉以矯時弊耳。或言'歐公欲倡古文以抑末學'，是又不然；果爾，則歐公但不爲詩足矣，何既爲之而又不好杜耶？"①指出歐陽修不好杜詩，即因杜詩"間有詰屈晦僻者"，不合於其欲矯當時爲文奇澀之弊的心意。而許學夷之批評杜甫，其實頗與歐陽修通，其意在矯學杜之失，故又云："子美五、七言律，命意創句與諸家不同，後之學者欲學子美，必須先學諸家。既而於子美果有所得，然後變調以學之，庶幾不謬。不然，恐徒有重拙之纇，不能入其壼奥也。今之初學，輒慕子美，及問子美佳處，直兒童之見耳。故予論之如此，此前人所未道也。"②許學夷認爲，欲學杜必須明其佳處、拙處，必須先學諸家以厚其根基，次學子美之正體，然後才可觀其變調，如此方不墮入惡道。清初"海虞二馮"馮舒、馮班之父馮復京有一則詩話與許學夷所論差近，却説得更有趣味："杜詩佳處，有雄壯語，痛快語，秀麗語，蒼老語，忠厚語，平典語。累處有粗豪語，村俗語，險瘦語，庸腐語，鬼怪戲劇語，强造生澀語。蓋此老胸中壁立，無一體不自運天矩，'語不驚人死不休'，'恐與齊梁作後塵'，是其一生本領。然竊攀屈宋，熟精《文選》，亦自明言其所得，如河潤千里，必本星宿之源，所以利鈍雜陳，涇渭並泛，終不失爲大家。古今不可無一，不可有二。其詩不可不讀，亦最不易讀，非具天眼者，未有不墮霧隨場者也。然予得一讀杜詩捷法，但看宋人詩話，所甚口贊嘆者，非老杜極佳之詩，即係其極惡之詩，以此參之，十不失一。"（《説詩補遺》卷六③）馮復京性嗜酒，風止詭越，觀其言如見其人。還有幾則詩話亦言杜詩之病，及宋人解杜、學杜之失，更爲尖利，玆不贅言。

另有幾位詩論家就杜詩的一些具體問題提出批評，亦稱中肯：

---

① （明）許學夷撰，杜維沫校點《詩源辯體》，第 221 頁。

② （明）許學夷撰，杜維沫校點《詩源辯體》，第 214 頁。

③ 轉引自吴文治主編《明詩話全編》，第 7269 頁。

至於"囀枝黄鳥近,泛渚白鷗輕",此亦對起,頗似簡板。況用二虛字,意多氣靡,緩於發端。夫鳴於枝上者黄鳥,則近而可親;泛於渚次者白鷗,則輕而可愛。著於前聯則可。子美起對固多切者,宜在中而不宜在首,此近體定法也。(謝榛《四溟詩話》卷三)①

凡作詩要情景俱工,雖名家亦不易得。聯必相配,健弱不單力,燥潤無兩色。能用此法,則不墮歧路矣。少陵狀景極妙,巨細入玄,無可指摘者;寫情失之疏漏,若"讀書難字過,對酒滿壺頻",上句真率自然,下句爲韵所拘爾。(謝榛《四溟詩話》卷四)②

七言排律,創自老杜,然亦不得佳。蓋七字爲句,束以聲偶,氣力已盡矣。又欲衍之使長,調高則難續而傷篇,調卑則易冗而傷句,合璧猶可,貫珠益艱。(王世貞《藝苑卮言》卷四)③

少陵句云:"淮王門有客,終不愧孫登。"頗無關涉,爲韵所强耳。後世不解事人翻以爲法。至於北地所謂"鄭綮騎驢,無功行縣",行縣、騎驢,既非實事,王績、鄭綮,又否通人,生俗無謂,大可戒也。近代謝茂秦大有此病,蓋不學之故。(王世貞《藝苑卮言》卷七)④

杜少陵詩極精細,然亦間有誤用處,如《吹笛》詩用胡兒北走事,乃吹笳非吹笛也。"不聞夏殷衰,中自誅褒妲",褒姒乃周事非夏事也。"婁公不語宋公語",婁、宋二公年代相遠,原非同時。"奉使虛隨八月槎","八月乘槎",原非張騫事。"還

① 丁福保輯《歷代詩話續編》,第1193頁。
② 丁福保輯《歷代詩話續編》,第1205頁。
③ 丁福保輯《歷代詩話續編》,第1009—1010頁。
④ 丁福保輯《歷代詩話續編》,第1059—1060頁。

如何遜在揚州”，何遜原本作揚州。“何顒好不忘”，又“何顒引與孤”，何顒素不聞佞佛。“軒墀雪寵鶴”，鶴軒且非軒墀也。（謝肇淛《文海披波》卷二《杜詩語誤》）①

明人對杜甫的批評雖然有許多不恰當的地方，但這種敢於批評的精神還是强于宋人，明人何以能如此？有兩則詩話值得我們注意：

劉須溪批點杜詩，時有不滿意；王梅溪注東坡詩，亦或有異同。杜與蘇，千古人豪，劉、王豈敢固訾之哉？不但所見不能盡同，抑亦作者有得意不得意，未能字字句句俱工也。近世胡雲峰炳文，于朱子《周易》《四書》注極口稱誦，千篇一律，使人厭觀。尹起莘作《通鑑綱目》，發明亦然。余嘗謂二子朱晦庵家奴婢也。正德間，何侍郎子元、潘編修辰、謝内翰鳴治注西涯李文正公樂府，溢美尤甚，至謂西涯格律遠在李、杜之上。時西涯方當國，喜人諛佞，故諸君投其好以要美秩，比之胡、尹，更在下風，可笑！（孫緒《沙溪集》卷一二《無用閒談》）②

金元人呼北戲爲雜劇、南戲爲戲文。近代人雜劇以王實甫之《西廂記》、戲文以高則誠之《琵琶記》爲絶唱，大不然。夫詩變而爲詞，詞變而爲歌曲，則歌曲乃詩之流别。今二家之辭，即譬之李、杜，若謂李、杜之詩爲不工固不可，苟以爲詩必以李、杜爲極致，亦豈然哉！……苟詩家獨取李、杜，則沈、宋、王、孟、韋、柳、元、白，將盡廢之耶？（何良俊《四友齋叢説》卷三七《詞曲》）③

---

① 轉引自吴文治主編《明詩話全編》，第6763頁。

② （明）孫緒《沙溪集》，《景印文淵閣四庫全書》第1264册，第609頁。

③ （明）何良俊《四友齋叢説》，中華書局1959年版，第337頁。

正是明人中這種不樹偶像,不諛權威,視不同意見爲天經地義的思想才促成了這種批評精神的誕生。也許並不是所有的批評者都意識到了這一點,但即便衹是一部分人的自覺行爲也彌足珍貴。

## 第六節　個案研究:胡應麟論杜

胡應麟(1551—1602),字元瑞,一字明瑞,號少室山人,後又號石羊生,蘭溪(今屬浙江)人。萬曆四年(1576)中舉人,後屢試不第。于蘭溪山中築二酉山房,廣貯藏書逾四萬卷,以著述自娱。與王世貞甚善,互相推挹,王列其名於末五子中。

胡應麟的《詩藪》是明代一部規模宏大、影響深遠的詩話著作。全書共二十卷,分爲内編、外編。内編總論各體詩歌的起源與流變;外編(包括雜編與續編)則依時代順序,對自周至明的作家作品進行評論。錢謙益《列朝詩集》謂《詩藪》"大抵奉元美《卮言》爲律令,而敷衍其説,《卮言》所入則主之,所出則奴之"[①]。胡應麟與王世貞交善,又是末五子之一,其論詩確有本於《藝苑卮言》者,但《藝苑卮言》僅八卷,《詩藪》與之自有詳略深淺之别;且胡應麟又標舉"興象風神",對格調説作了重要的補充和發展,其間發明處尚多。《詩藪》一書堪稱是格調説的集大成之作,其中也包含了豐富的杜詩學内容。

《詩藪》開宗明義第一則詩話云:"四言變而《離騷》,《離騷》變而五言,五言變而七言,七言變而律詩,律詩變而絶句,詩之體以代變也。《三百篇》降而《騷》,《騷》降而漢,漢降而魏,魏降而六朝,

① (清)錢謙益撰集《列朝詩集》丁集第六,中華書局 2007 年版,第 4530 頁。

六朝降而三唐，詩之格以代降也。”①“體以代變”、“格以代降”是《詩藪》一書的主旨。胡應麟雖認識到詩歌的體裁都有一個由興起、繁盛到衰亡的過程，但並没有因此而樹立詩歌變化發展的觀念，“格以代降”的説法表明他仍是崇古論者。胡應麟由此出發，認爲杜甫師古而不如古，後人師杜而不如杜：

“免絲附蓬麻，引蔓故不長，嫁女與征夫，不如棄路傍。”子美之極力於漢者也，然音節太亮，自是子美語。②

李、杜歌行，擴漢、魏而大之，而古質不及。③

“小麥青青大麥枯，誰當穫者婦與姑，丈夫何在西擊胡”，三語奇絶，即兩漢不易得。子美“大麥乾枯小麥黄，婦女行泣夫走藏，問誰腰鐮胡與羌”，才易數字，便有唐、漢之别。杜尚難之，况其下乎！④

宋黄、陳首倡杜學。然黄律詩徒得杜聲調之偏者，其語未嘗有杜也。至古選歌行，絶與杜不類，晦澀枯槁，刻意爲奇而不能奇，真小乘禪耳。而一代尊之無上。陳五言律得杜骨，宋品絶高，他作亦皆懸遠。⑤

杜：“拭泪沾襟血，梳頭滿面絲。”崔峒“泪流襟上血，髮白鏡中絲”，全首擬杜，亦婉切可觀，而力量頓自懸絶。⑥

老杜吴體，但句格拗耳。其語如“側身天地更懷古，回首風塵甘息機”，“落花遊絲白日静，鳴鳩乳燕青春深”，實皆冠冕雄麗。魯直“黄流不解涴明月，碧樹爲我生涼秋”，“蜂房各自

① （明）胡應麟《詩藪》内編卷一，第1頁。
② （明）胡應麟《詩藪》内編卷一，第20頁。
③ （明）胡應麟《詩藪》内編卷三，第47頁。
④ （明）胡應麟《詩藪》内編卷三，第54頁。
⑤ （明）胡應麟《詩藪》内編卷三，第56頁。
⑥ （明）胡應麟《詩藪》内編卷三，第192頁。

> 開户牖,蟻穴或夢封侯王",自以平生得意,遍讀老杜拗體,未嘗有此等語。獨"盤渦鷺浴底心性,獨樹花發自分明"稍類。然亦杜之僻者,而黄以爲無始心印。"天下幾人學杜甫,誰得其皮與其骨?"其魯直謂哉!①

雖然學而不如,然愈不如愈應用心學,因此,胡應麟對詩法的承傳也十分關注。同時,因爲他博覽群籍,故其所論往往扎實而又精到。杜甫對漢魏古詩的繼承,胡應麟有一些闡述(如上引一、三條),但常落脚到不及其古質方面;他着力挖掘與稱揚的則是所謂"少陵家法",即杜審言對杜甫的影響:"審言'楚山横地出,漢水接天迴'、'飛霜遥度海,殘月迥臨邊'等句,閎逸渾雄,少陵家法婉然。宋人掇其牽風紫蔓小語,以爲杜所自出,陋哉!"②"初唐四十韵惟杜審言,如《送李大夫作》,實自少陵家法。杜《八哀・李北海》云'次及吾家詩,慷慨嗣真作'是也。而注者懵然,可爲一笑。"③他更看重的是杜甫對祖父雄渾詩風的繼承。他也注意到杜甫對初唐詩人一些詩歌技巧的借鑒:"賓王《幽縶書情》十八韵,精工儷密,極用事之妙。老杜多出此。"④至於杜詩對後人的影響,胡應麟更有許多獨到而深刻的見解。他既看到字句層面的直接承襲,如:"李群玉《贈歌妓》:'貌態祇應天上有,歌聲豈合世間聞。'蓋祖襲杜語也,證此益明。""杜'野日荒荒白,江流泯泯清'……第疊字最難,此又疊字中最警語,對屬尤不易工。一日偶讀杜'山市戎戎暗,江雲淰淰寒',以下五字屬前聯上五字,銖兩既敵,而駢偶天成,不覺自爲擊節。""李獻吉'層崖客到蕭蕭雨,絶頂人居淰淰寒',張助父'肅

---

① (明)胡應麟《詩藪》外編卷五,第217頁。
② (明)胡應麟《詩藪》内編卷四,第67頁。
③ (明)胡應麟《詩藪》内編卷四,第75頁。
④ (明)胡應麟《詩藪》内編卷四,第75頁。

肅哀鴻參斷吹，戎戎寒霧挾飛濤’，皆用杜後聯字。”①更重視杜詩在體格上對後世的衆多啓迪，以及後人對杜詩風神等空靈特點的把握，如：“‘力侔分社稷，志屈掩經綸’，歐、蘇得之而爲論宗。‘江山如有待，花柳更無私’，程、邵得之而爲理窟。‘魯衛彌尊重，徐陳略喪亡’，魯直得之而爲沈深。‘白屋留孤樹，青天失萬艘’，無己得之而爲勁瘦。‘煙花山際重，舟楫浪前輕’，聖俞得之而爲閑澹。‘江城孤照日，山谷近含風’，去非得之而爲渾雄。凡唐末、宋、元人，不皆學杜，其體則杜集咸備。”②“宋之學杜者，無出二陳。師道得杜骨，與義得杜肉；無己瘦而勁，去非贍而雄；後山多用杜虚字，簡齋多用杜實字。”③“國朝學杜者：獻吉歌行，如龍跳天門。明卿近體，如虎卧鳳閣；獻吉得杜之神，明卿得杜之氣。皆未嘗用其一語，允可爲後學法。”④

杜甫在詩歌史上的確是居於承前啓後的關鍵地位，爲闡明這一點，胡應麟還常將杜甫與同時代人作比，以見杜之特出。如云：“五言律體，極盛於唐。要其大端，亦有二格：陳、杜、沈、宋，典麗精工；王、孟、儲、韋，清空閑遠。此其概也。然右丞贈送諸什，往往闌入高、岑。鹿門、蘇州，雖自成趣，終非大手。太白風華逸宕，特過諸人。而後之學者，才匪天仙，多流率易。唯工部諸作，氣象嵬峨，規模宏遠，當其神來境詣，錯綜幻化，不可端倪。千古以還，一人而已。”⑤集大成的杜甫自是勝於衆人，就是與之並稱的李白，他雖然説：“李、杜二公，誠爲勁敵。杜陵沈鬱雄深，太白豪逸宕麗。短篇效李，多輕率而寡裁。長篇法杜，或拘局而靡暢。廷禮首推太

---

① （明）胡應麟《詩藪》外編卷四，第193頁。
② （明）胡應麟《詩藪》内編卷四，第72頁。
③ （明）胡應麟《詩藪》内編卷四，第214頁。
④ （明）胡應麟《詩藪》續編卷二，第356頁。
⑤ （明）胡應麟《詩藪》内編卷四，第58頁。

白,于鱗左袒杜陵,俱非論篤。”[①]認爲兩家各有長短,不欲以優劣論之,但在啓迪後世方面,李顯然不如杜,因爲:“工部體裁明密,有法可尋。青蓮興會標舉,非學可至。又唐人特長近體,青蓮缺焉,故詩流習杜者衆也。”[②]杜優於李處還有:

> 少陵不效四言,不仿《離騷》,不用樂府舊題,是此老胸中壁立處。然《風》、《騷》、樂府遺意,杜往往深得之。太白以《百憂》等篇擬《風》、《雅》,《鳴皋》等作擬《離騷》,俱相去懸遠;樂府奇偉高出六朝,古質不如兩漢,較輸杜一籌也。[③]
>
> 短歌惟少陵《七歌》等篇,雋永深厚,且法律森然,極可宗尚。近獻吉學之,置杜集不復辨,所當併觀。李之《烏棲曲》《楊叛兒》等,雖甚足情致,終是斤兩稍輕,詠嘆不足。[④]
>
> 太白《蜀道難》《遠别離》《天姥吟》《堯祠歌》等,無首無尾,變幻錯綜,窈冥昏默,非其才力學之,立見顛踣。少陵《公孫大娘》《渼陂行》《丹青引》《麗人行》等,雖極沈深横絶,格律尚有可尋。[⑤]

當然,在絶句上杜甫不如李白,然總論其對詩歌發展的影響與貢獻,胡應麟還是更傾向于杜甫。因此,他對杜詩的論述十分豐富精彩。

《詩藪》論杜用力最多處是對杜詩藝術技巧與成就的闡揚。杜甫對各種詩歌手法的發展、各種詩歌體式的完善都作出了幾乎是

① （明）胡應麟《詩藪》内編卷三,第 49 頁。
② （明）胡應麟《詩藪》外編卷四,第 190 頁。
③ （明）胡應麟《詩藪》内編卷二,第 38 頁。
④ （明）胡應麟《詩藪》内編卷三,第 48—49 頁。
⑤ （明）胡應麟《詩藪》内編卷三,第 49 頁。

空前絶後的貢獻,對此胡應麟所言甚細。如内編卷四有數則專論杜詩之用事:

> 用事之工,起於太沖詠史。唐初王、楊、沈、宋,漸入精嚴。至老杜苞孕汪洋,錯綜變化,而美善備矣。
>
> "荒庭垂橘柚,古屋畫龍蛇","錫飛常近鶴,杯渡不驚鷗",杜用事入化處。然不作用事看,則古廟之荒凉,畫壁之飛動,亦更無人可著語。此老杜千古絶技,未易追也。
>
> 杜用事錯綜,固極筆力,然體自正大,語尤坦明。晚唐、宋初,用事如作謎:蘇如積薪,陳如守株,黄如緣木。
>
> 杜用事門目甚多,姑舉人名一類。如:"清新庾開府,俊逸鮑參軍",正用者也;"聰明過管輅,尺牘倒陳遵",反用者也;"謝氏登山屐,陶公漉酒巾",明用者也;"伏柱聞周史,乘槎似漢臣",暗用者也;"舉天悲富駱,近代惜盧王",並用者也;"高岑殊緩步,沈鮑得同行",單用者也;"汲黯匡君切,廉頗出將頻",分用者也;"共傳收庾信,不比得陳琳",串用者也;至"對棋陪謝傅,把劍覓徐君","侍臣雙宋玉,戰策兩穰苴","飄零神女雨,斷續楚王風","晋室丹陽尹,公孫白帝城",鍛鍊精奇,含蓄深遠,迥出前代矣。①

胡應麟認爲杜詩之用事錯綜變化,靈活多樣,却不晦澀難懂,有些甚至臻於用而不覺的化境,的確抓住了杜詩用事的特點。

内編卷五又有數則贊杜詩起結之妙勝於他人,或云:"仄起高古者……苦不多得。蓋初、盛多用工偶起,中、晚卑弱無足觀。覺杜陵爲勝:'嚴警當寒夜,前軍落大星','不識南塘路,今知第五橋','今夜鄜州月,閨中只獨看','帶甲滿天地,胡爲君遠行','吾

---

① (明)胡應麟《詩藪》内編卷四,第64—65頁。

宗老孫子,質樸古人風’,‘韋曲花無賴,家家惱殺人’,皆雄深渾樸,意味無窮。然律以盛唐,則氣骨有餘,風韵少乏。惟‘風林纖月落’,‘花隱掖垣暮’,絶工。亦盛唐所無也。”①或云:“唐五言多對起,沈、宋、王、李,冠裳鴻整,初學法門,然未免繩削之拘。要其極至,無出老杜。如‘國破山河在,城春草木深’、‘戰哭多新鬼,愁吟獨老翁’、‘冠冕通南極,文章落上臺’、‘死去憑誰報,歸來始自憐’、‘城晚通雲霧,亭深到芰荷’、‘秋月仍圓夜,江村獨老身’、‘四更山吐月,殘夜水明樓’、‘江漢思歸客,乾坤一腐儒’、‘路出雙林外,亭窺萬井中’、‘滿目悲生事,因人作遠遊’、‘寺憶曾遊處,橋憐再渡時’之類,對偶未嘗不精,而縱橫變幻,盡越陳規,濃淡淺深,動奪天巧。百代而下,當無復繼。”又云:“結句之妙者:……杜則‘明朝有封事,數問夜如何’、‘經過自愛惜,取次莫論兵’、‘親朋滿天地,兵甲少來書’、‘安危大臣在,不必泪長流’、‘萬里黄山北,園陵白露中’、‘無由睹雄略,大樹日蕭蕭’。唐人五言律,對結者甚少,惟杜最多。‘無家問消息,作客信乾坤’之類,即不盡如對起神境,而句格天然,故非餘子所辦,材富力雄故耳。”②起結之妙當有多種,但仄起、對起、對結是起結之難者,而杜甫却獨能運用自如,真是“材富力雄”,“動奪天巧”。

同卷又言杜詩字法、句法、篇法入於化境:“老杜字法之化者,如:‘吴楚東南坼,乾坤日夜浮’,‘碧知湖外草,紅見海東雲’,坼、浮、知、見四字,皆盛唐所無也。然讀者但見其閎大而不覺其新奇。又如:‘孤嶂秦碑在,荒城魯殿餘’,‘古墻猶竹色,虚閣自松聲’,四字意極精深,詞極易簡,前人思慮不及,後學沾溉無窮,真化不可爲矣。句法之化者,‘無風雲出塞,不夜月臨關’,‘露從今夜白,月是故鄉明’,‘江山有巴蜀,棟宇自齊梁’,‘近泪無乾土,低空有斷雲’

① (明)胡應麟《詩藪》内編卷五,第88頁。

② (明)胡應麟《詩藪》内編卷五,第88—89頁。

之類,錯綜震盪,不可端倪,而天造地設,盡謝斧鑿。篇法之化者,《春望》《洞房》《江漢》《遣興》等作,意格皆與盛唐大異,日用不知,細味自别。”“七言如‘錦江春色來天地,玉壘浮雲變古今’,‘織女機絲虚夜月,石鯨鱗甲動秋風’,‘香稻啄餘鸚鵡粒,碧梧棲老鳳凰枝’,‘聽猿實下三聲泪,奉使虚隨八月槎’,字中化境也;‘無邊落木蕭蕭下,不盡長江滚滚來’,‘二儀清濁還高下,三伏炎蒸定有無’,‘永夜角聲悲自語,中天月色好誰看’,‘絶壁過雲開錦繡,疏松隔水奏笙簧’,句中化境也;‘昆明池水’、‘風急天高’、‘老去悲秋’、‘霜黄碧梧’,篇中化境也。”①在論杜詩字法、句法、篇法之化境前,胡應麟先對“化”作了一番解釋:“近體盛唐至矣,充實輝光,種種備美,所少者曰大、曰化耳。故能事必老杜而後極。杜公諸作,真所謂正中有變,大而能化者。今其體調之正,規模之大,人所共知。惟變化二端,勘覈未徹,故自宋以來,學杜者什九失之。不知變主格,化主境;格易見,境難窺。變則標奇越險,不主故常;化則神動天隨,從心所欲。如五言詠物諸篇,七言拗體諸作,所謂變也。宋以後諸人競相師襲者是,然化境殊不在此。”②化是運用技巧而使人不覺,精心錘煉而出之自然,即極煉如不煉,絢爛之極歸於平淡,能化詩才能有境界。後人學杜往往學其奇險,其實衹是學杜之變,化實更高更難也。

對杜詩在不同題材、體裁上的開拓、發展,胡應麟也有比較深刻的認識。他認爲在詠物詩和排律的創作上,杜甫的成就都可以説是空前絶後的。内編卷四云:“詠物起自六朝,唐人沿襲,雖風華競爽,而獨造未聞。惟杜諸作自開堂奥,盡削前規,如題月:‘關山隨地闊,河漢近人流。’雨:‘野徑雲俱黑,江船火獨明。’雪:‘暗度南樓月,寒深北浦雲。’夜:‘重露成涓滴,稀星乍有無。’皆精深奇

① (明)胡應麟《詩藪》内編卷五,第90—91頁。

② (明)胡應麟《詩藪》内編卷五,第90頁。

邃,前無古人,後無來者。然格則瘦勁太過,意則寄寓太深,他鳥獸花木等多雜議論,尤不易法。"①杜之詠物詩"自開堂奥,盡削前短",絶勝古人,因其過於精奇,所以不易法,故後繼者亦少。同卷又論杜之排律云:"徘律,沈、宋二氏,藻贍精工;太白、右丞,明秀高爽;然皆不過十韵,且體在繩墨之中,調非畦徑之外。惟杜陵大篇鉅什,雄偉神奇,如《謁蜀廟》《贈哥舒》等作,闔闢馳驟,如飛龍行雲,鱗鬣爪甲,自中矩度。又如淮陰用兵百萬,掌握變化無方,雖時有險朴,無害大家。近選者僅取'沱水臨中坐',以爲他皆不及,塗聽耳食,哀哉!"②"杜排律五十百韵者,極意鋪陳,頗傷蕪碎。蓋大篇冗長,不得不爾。惟《贈李白》《汝陽》《哥舒》《見素》諸作,格調精嚴,體骨匀稱,每讀一篇,無論其人履歷,咸若指掌,且形神意氣,踴躍毫楮。如周昉寫生,太史序傳,逼奪化工;而杜從容聲律間,尤爲難事,古今絶詣也。"③杜甫排律雖間有險樸、蕪碎之病,但其佳作,奔騰變化,奇妙無方,而又"格調精嚴,體骨匀稱",堪稱"古今絶詣"。

至於七律,胡應麟力推杜甫《登高》一詩爲古今第一,他認爲:"杜'風急天高'一章五十六字,如海底珊瑚,瘦勁難名,沈深莫測,而精光萬丈,力量萬鈞。通章章法、句法、字法,前無昔人,後無來學。微有説者,是杜詩,非唐詩耳。然此詩自當爲古今七言律第一,不必爲唐人七言律第一也。(元人評此詩云:"一篇之内,句句皆奇;一句之中,字字皆奇。"亦有識者。)"又云:"《黄鶴樓》、'鬱金堂',皆順流直下,故世共推之。然二作興會適超,而體裁未密,丰神故美,而結撰非艱。若'風急天高',則一篇之中句句皆律,一句之中字字皆律,而實一意貫串,一氣呵成。驟讀之,首尾若未嘗有

---

① (明)胡應麟《詩藪》内編卷四,第72頁。
② (明)胡應麟《詩藪》内編卷四,第60頁。
③ (明)胡應麟《詩藪》内編卷四,第72頁。

對者,胸腹若無意於對者;細繹之,則錙銖鈞兩,毫髮不差,而建瓴走坂之勢,如百川東注於尾閭之窟。至用句用字,又皆古今人必不敢道,决不能道者,真曠代之作也。然非初學士所當究心,亦匪淺識所能共賞。此篇結句似微弱者,第前六句既極飛揚震動,復作峭快,恐未合張弛之宜,或轉入別調,反更爲全首之累。只如此軟冷收之,而無限悲涼之意,溢於言外,似未爲不稱也。'昆明池水'雖極精工,然前六句力量皆微減,一結奇甚,竟似有意湊砌而成。益見此超絶云。"[①]胡應麟對此詩對偶之精嚴自然、意脈之貫串流動、字句之曠絶古今都作了詳細的闡述,並對"此詩非唐詩"及"結句微弱"的批評意見進行辯駁,雖稍涉偏愛,總的説來還是言之成理。胡應麟"一篇之中句句皆律,一句之中字字皆律"的評價已成爲今天解説這首詩時必然要引用的話,"古今七言律第一"的説法也基本得到後世的認可。

對杜詩的風格,胡應麟首先推崇杜詩的壯,他遍列杜詩七言句之壯而閎大者、壯而高拔者、壯而豪宕者、壯而沈婉者、壯而飛動者、壯而整嚴者、壯而典碩者、壯而穠麗者、壯而奇峭者、壯而精深者、壯而瘦勁者、壯而古淡者、壯而感愴者、壯而悲哀者及結語之壯者、疊語之壯者、拗字之壯者、雙字之壯者,並云:"以上諸句,古今作者無出範圍也。"[②]又論他人之壯皆不及杜:"'山隨平野闊,江入大荒流',太白壯語也;杜'星垂平野闊,月湧大江流',骨力過之。'九衢寒霧斂,萬井曙鐘多',右丞壯語也;杜'星臨萬户動,月傍九霄多',精彩過之。'氣蒸雲夢澤,波撼岳陽城',浩然壯語也;杜'吴楚東南坼,乾坤日夜浮',氣象過之。'弓抱關西月,旗翻渭北風',嘉州壯語也;杜'北風隨爽氣,南斗避文星',風神過之。讀唐

---

① (明)胡應麟《詩藪》内編卷五,第95—96頁。

② (明)胡應麟《詩藪》内編卷四,第97頁。

諸家至杜,輒令人自失。"[①]壯確實是杜詩最主要的風格特徵,但是,杜甫不僅在其擅長的一面上獨領風騷,偶爾涉及處,也有旁人不及的建樹,胡氏又云:"唐以澹名者,張、王、韋、孟四家。今讀其詩,曷嘗脱棄景物?孟如'日休采摭'三語,備極風華。曲江排律,綺繪有餘。王、韋五言,秀麗可挹。蓋詩富碩則格調易高,清空則體氣易弱。至於終篇洗削,尤不易言。惟杜《登梓州城樓》《上漢中王》《寄賀蘭二》《收京》《吾宗》《征夫》《可惜》《有感》《避地》《悲秋》等作,通篇一字不粘帶景物,而雄峭沈著,句律天然。古今能爲澹者,僅見此老。世人率以雄麗掩之,余故特爲拈出。第肉少骨多,意深韵淺,故與盛唐稍别,而黄、陳一代尸祝矣。"[②]胡應麟認爲杜詩還有一些天然古澹的作品,能達到"終篇洗削","通篇一字不粘帶景物",以澹名家的張、王、韋、孟皆不及。世人因贊賞杜詩之雄麗而忽視了其"能爲澹"的一面,所以,胡氏"特爲拈出"以醒人眼目。

胡應麟在指出杜詩藝術上偉大成就的同時,還探討了能取得這些成就的原因:

> 杜公才力既雄,涉獵復廣,用能窮極筆端,範圍今古。[③]
>
> 杜詩正而能變,變而能化,化而不失本調,不失本調而兼得衆調,故絶不可及。[④]
>
> 杜題柏:"霜皮溜雨四十圍,黛色參天二千尺。"説者謂太細長,誠細長也,如句格之壯何!題竹:"雨洗娟娟净,風吹細細香。"説者謂竹無香,誠無香也,如風調之美何!宋人《詠

① (明)胡應麟《詩藪》内編卷四,第71—72頁。

② (明)胡應麟《詩藪》内編卷四,第73頁。

③ (明)胡應麟《詩藪》内編卷五,第83頁。

④ (明)胡應麟《詩藪》内編卷四,第73頁。

> 蟹》:“滿腹紅膏肥似髓,貯盤青殼大於杯。”《荔枝》:“甘露落來雞子大,曉風吹作水晶團。”非不酷肖,畢竟妍醜何如?詩固有以切工者,不傷格,不貶調,乃可。①

杜甫才力雄,涉獵廣,又深諳變化之道,故能範圍古今,達到絶不可及的境界。胡應麟還指出杜詩藝術技巧的運用始終以“不傷格,不貶調”爲旨歸,把杜詩能立於不敗之地的原因歸結爲格調,體現出其“格調説”的立場。基於細緻而廣泛的分析,胡應麟對杜甫在詩歌史上的成就與地位作出了精到的評價:“大概杜有三難:極盛難繼,首創難工,遘衰難挽。子建以至太白,詩家能事都盡,杜後起集其大成,一也;排律近體,前人未備,伐山道源,爲百世師,二也;開元既往,大曆繼興,砥柱其間,唐以復振,三也。”②杜一人完成了繼盛、開創、挽衰三大任務,的確是空前絶後的偉大詩人。

胡應麟之可貴處在於,他雖然極力稱贊杜甫,但也絶不諱言杜甫的缺點,並且在這方面也發表了一些頗爲獨到的見解,如:

> 杜語太拙太粗者,人所共知。然亦有太巧類初唐者,若“委波金不定,照席綺逾依”之類;亦有太纖近晚唐者,‘雨荒深院菊,霜倒半池蓮’之類。③
>
> 杜《題桃樹》等篇,往往不可解。然人多知之,不足誤後生。惟中有太板者,如“思家步月清宵立,憶弟看雲白日眠”之類;有太凡者,“朝罷香煙攜滿袖,詩成珠玉在揮毫”之類,若以其易而學之,爲患斯大,不得不拈出也。④

---

① (明)胡應麟《詩藪》内編卷五,第100頁。

② (明)胡應麟《詩藪》内編卷五,第91頁。

③ (明)胡應麟《詩藪》内編卷五,第89頁。

④ (明)胡應麟《詩藪》内編卷五,第89頁。

盛唐句法渾涵,如兩漢之時,不可以一字求。至老杜而後,句中有奇字爲眼,才有此,句法便不渾涵。昔人謂石之有眼爲研之一病,餘亦謂句中有眼爲詩之一病。如"地坼江帆隱,天清木葉聞",故不如"地卑荒野大,天遠暮江遲"也。如"返照入江翻石壁,歸雲擁樹失山村",故不如"藍水遠從千澗落,玉山高並兩峰寒"也。此最詩家三昧,具眼自能辨之。齊梁以至初唐,率用豔字爲眼,盛唐一洗,至杜乃有奇字。①

杜七言律,通篇太拙者,"聞道雲安麴米春"之類;太粗者,"堂前撲棗任西鄰"之類;太易者,"清江一曲抱村流"之類;太險者,"城尖徑仄旌旆愁"之類。杜則可,學杜則不可。②

老杜好句中疊用字,惟"落花遊絲"妙絶。此外,如"高江急峽"、"小院迴廊",皆排比無關妙處。又如"桃花細逐楊花落"、"便下襄陽向洛陽"之類,頗令人厭。③

胡應麟列舉若干例句,指出杜甫一些詩句有太粗、太拙、太板、太凡、太易、太險,或太纖巧的缺點,基本符合實際情況,衹是在具體詩句上不免仁者見仁,智者見智。他論詩重渾樸自然,故十分反對杜甫的好用奇字,也對杜詩中一些疊字的運用表示反感,這都是杜煉字而未能入於化境的地方。他還贊同楊慎關於杜甫於絶句不能兼美的觀點,指出:"五言絶二途:摩詰之幽玄,太白之超逸。子美于絶句無所解,不必法也。"④同時對"自少陵絶句對結,詩家率以半律譏之"的説法,他則表示反對,認爲"絶句本有對結之體,特杜非當行耳",並舉岑參《凱歌》爲證,若"雄渾高華,後世咸所取法,

① (明)胡應麟《詩藪》内編卷五,第91頁。
② (明)胡應麟《詩藪》内編卷五,第92頁。
③ (明)胡應麟《詩藪》内編卷五,第104頁。
④ (明)胡應麟《詩藪》内編卷六,第109頁。

即半律何傷"①。將各自功過剖析得明明白白。

總之,胡應麟之論杜稱得上全面、細緻、深刻,觀點鮮明而不偏執,在明代乃至整個杜詩學發展史上都占有一定的地位。

---

① (明)胡應麟《詩藪》内編卷六,第115頁。

# 結　語

遼、金、元、明是杜詩學史上的衰落期，夾在南宋和清初的兩個治杜高潮之間，這一時期的杜詩學研究不免顯得有些薄弱蒼白。這在注杜方面尤爲突出，除《杜臆》外，其他杜詩注本鮮有能在杜詩學史上占據突出地位者。但是，一個不容置疑的事實是，杜詩學研究一直是遼、金、元、明時期詩學研究中極爲重要的組成部分，這一時期的文人於之也一直進行著不懈的努力。雖然從個人成就而言少有十分突出者，但在總體上却依然有力地推進了杜詩學的發展。在注杜方面，杜律注本的整體成就最爲可觀，由元張性《杜律演義》發軔，元、明之際流傳下來的杜律注本就有十五六種。蔚爲大觀的杜律注本開創了一個宋代不曾出現的研治杜律的新局面，也爲清代杜律的研究奠定了深厚的基礎。其他杜詩全注本、選注本也都有各自的創獲，既對前人之失有所辨正，也爲後人提供了許多啓迪，其成就依然值得引起我們的關注。而在遼、金、元、明的各種詩話、詩文中，有關杜甫其人、其詩的論述則十分豐富深刻，在這方面，此時期的成就並不遜于宋代和清代。方回、楊慎、胡應麟等著名詩論家的著作本就影響巨大，其中大量關於杜詩研究的內容成爲後世的重要參考資料，具有極高的學術價值。

本書首次系統梳理了遼、金、元、明杜詩學的基本情況，並聯繫相關文化背景，比如金元時期的文化衝突與融合、明代詩學批評的繁盛熱鬧等，力求在更深的層面上解讀這一時期杜詩學的內容，以期能更爲客觀公正地界定其在杜詩學史上的地位。

# 參考文獻

## 一、杜詩學文獻

《杜工部詩范德機批選》,(元) 范梈批選,臺灣大通書局 1974 年《杜詩叢刊》景印元末刻本。
《杜律演義》,(元) 張性撰,臺灣大通書局 1974 年《杜詩叢刊》景印嘉靖十六年汝南王齊刻本。
《杜律虞注》,題(元) 虞集撰,臺灣大通書局 1974 年《杜詩叢刊》景印明萬曆十六年新安吴懷保刻本。
《杜工部五言趙注》,(元) 趙汸撰,臺灣大通書局 1974 年《杜詩叢刊》景印明萬曆十六年新安吴懷保刻本。
《杜工部詩選注》,(元) 董養性撰,明刻本。
《讀杜詩愚得》,(明) 單復撰,臺灣大通書局 1974 年《杜詩叢刊》景印明宣德九年江陰朱氏刻本。
《杜詩長古注解》,(明) 謝省撰,明弘治五年刻本。
《分類集注杜詩》,題(明) 邵寶撰,臺灣大通書局 1974 年《杜詩叢刊》景印明萬曆二十年刻本。
《杜工部詩通》,(明) 張綖撰,臺灣大通書局 1974 年《杜詩叢刊》景印明隆慶六年刻本。
《杜律本義》,(明) 張綖撰,臺灣大通書局 1974 年《杜詩叢刊》景印明隆慶六年刻本。
《杜律注解》,(明) 黄光昇撰,明萬曆十一年刻本。

《杜律頗解》,(明) 王維楨撰,臺灣大通書局 1974 年《杜詩叢刊》景印明嘉靖三十七年刻本。
《杜律意注》,(明) 趙統撰,清刻本。
《杜律五言補注》,(明) 汪瑗撰,臺灣大通書局 1974 年《杜詩叢刊》景印明萬曆四十二年刻本。
《杜釋會通》,(明) 周甸撰,明隆慶五年刻本。
《杜律測旨》,(明) 趙大綱撰,明嘉靖三十四刻本。
《杜律意箋》,(明) 顔廷榘撰,清康熙六年刻本。
《杜律集解》,(明) 邵傅撰,臺灣大通書局 1974 年《杜詩叢刊》景印日本貞享二年刻本。
《杜律選注》,(明) 范濂撰,明萬曆三十九年刻本。
《杜律》,(明) 孫鑛撰,明萬曆二十八年刻本。
《杜律詹言》,(明) 謝杰撰,明萬曆二十四年刻本。
《杜詩鈔述注》,(明) 林兆珂撰,明萬曆間刻本。
《批點杜工部七言律》,(明) 郭正域撰,臺灣大通書局 1974 年《杜詩叢刊》景印崇禎刊本。
《批選杜工部詩》,(明) 郝敬批選,明天啓六年山草堂刻本。
《杜詩分類全集》,(明) 傅振商選,臺灣大通書局 1974 年《杜詩叢刊》景印王鳴盛手批順治八年刻本。
《杜臆》,(明) 王嗣奭撰,上海古籍出版社 1983 年版。
《杜詩通》,(明) 胡震亨撰,清順治六年刻本。
《杜詩胥鈔》,(明) 盧世㴶撰,明崇禎七年刻本。
《杜注水中鹽》,(明) 楊德周撰,清初刻本。
《杜詩攟》,(明) 唐元竑撰,臺灣大通書局 1974 年《杜詩叢刊》景印舊鈔本。
《杜詩掣碧》,(明) 黄文焕撰,《福建文獻集成》初編景印清鈔本。
《杜工部七言律詩分類集注》,(明) 薛益撰,明崇禎末刻本。
《杜詩詳注》,(清) 仇兆鰲撰,上海古籍出版社 1979 年版。

《讀杜心解》,(清) 浦起龍撰,中華書局 1961 年版。
《杜甫全集校注》,蕭滌非主編,人民文學出版社 2014 年版。

## 二、古代文獻

《類編增廣黄先生大全文集》,(宋) 黄庭堅撰,王水照編《宋刊孤本三蘇温公山谷集六種》景印宋乾道刊本。
《焚椒録》,(遼) 王鼎撰,《四庫全書存目叢書》景印明萬曆寶顏堂秘笈本。
《中州集校注》,(金) 元好問編,張静校注,中華書局 2018 年版。
《元遺山文集校補》,(金) 元好問撰,周烈孫、王斌校注,巴蜀書社 2013 年版。
《元好問文編年校注》,(金) 元好問撰,狄寶心校注,中華書局 2012 年出版。
《滹南遺老王先生文集》,(金) 王若虚撰,《四庫提要著録叢書》景印明澹生堂鈔本。
《閑閑老人滏水文集》,(元) 趙秉文撰,《四庫全書底本叢書》景印清康熙鈔本。
《敬齋古今黈》,(元) 李冶撰,劉德權點校,中華書局 1995 年版。
《瀛奎律髓》,(元) 方回著,李慶甲集評校點,上海古籍出版社 2020 年版。
《桐江集》,(元) 方回撰,《續修四庫全書》景印宛委别藏本。
《桐江續集》,(元) 方回撰,《景印文淵閣四庫全書》本。
《湛然居士文集》,(元) 耶律楚材撰,謝方點校,中華書局 2021 年版。
《隱居通議》,(元) 劉壎撰,《叢書集成初編》本,中華書局 1985 年版。
《稼村類稿》,(元) 王義山撰,《景印文淵閣四庫全書》本。
《袁桷集校注》,(元) 袁桷撰,楊亮校注,中華書局 2012 年版。

《道園學古録》,(元)虞集撰,龍德壽校點,北京大學出版社 2016 年《儒藏精華編》本。
《録鬼簿》,(元)鍾嗣成撰,上海古籍出版社 1978 年版。
《石初集》,(元)周霆震撰,施賢明、張欣點校,北京師範大學出版社 2016 年版。
《元文類》,(元)蘇天爵編,《景印文淵閣四庫全書》本。
《龜巢稿》,(元)謝應芳撰,《四庫提要著録叢書》景印清初鈔本。
《東維子文集》,(元)楊維禎,《四庫提要著録叢書》景印明刻本。
《鐵崖先生古樂府》,(元)楊維禎撰,《中華再造善本》(第二批)景印明初刻本。
《貢禮部玩齋集》,(元)貢師泰撰,《四庫提要著録叢書》景印明天順刻嘉靖重修本。
《雲陽集》,(元)李祁撰,《景印文淵閣四庫全書》本。
《文憲集》,(明)宋濂撰,《景印文津閣四庫全書》本。
《遜志齋集》,(明)方孝孺撰,《中華再造善本》(第二批)景印明成化十六年刻本。
《永樂大典》,(明)解縉等纂,中華書局 1986 年景印本。
《懷麓堂集》,(明)李東陽撰,《四庫提要著録叢書》景印清康熙刻本。
《沙溪集》,(明)孫緒撰,《景印文淵閣四庫全書》本。
《何大复先生集》,(明)何景明撰,《四庫全書底本叢書》景印明刻本。
《升庵詩話新箋證》,(明)楊慎撰,王大厚箋證。中華書局 2008 年版。
《楚辭集解》,(明)汪瑗撰,董洪利點校,北京古籍出版社 1994 年版。
《滄溟先生集》,(明)李攀龍撰,包敬第標校,上海古籍出版社 2014 年版。

《穀山筆麈》,(明) 于慎行撰,吕景琳點校,中華書局 1984 年版。
《詩藪》,(明) 胡應麟著,上海古籍出版社 1979 年版。
《詩源辯體》,(明) 許學夷撰,杜維沫校點,人民文學出版社 1998 年版。
《袁宏道集箋校》,(明) 袁宏道撰,錢伯城箋校,上海古籍出版社 1981 年版。
《珂雪齋集》,(明) 袁中道撰,錢伯城點校,上海古籍出版社 2019 年版。
《唐詩歸》,(明) 鍾惺、譚元春輯,《續修四庫全書》景印明刻本。
《冷邸小言》,(明) 鄧雲霄撰,《四庫全書存目叢書》景印清道光刻本。
《唐詩鏡》,(明) 陸時雍撰,《景印文淵閣四庫全書》本。
《詩筏》,(明) 賀貽孫撰,清道光二十六年刻《水田居全集》本。
《明文海》,(清) 黄宗羲編,中華書局 1987 年版。
《歷代詩話》,(清) 何文焕輯,中華書局 1981 年版。
《續甬上耆舊詩》,(清)全祖望輯選,沈善宏審定,方祖猷、魏得良等點校,杭州出版社 2003 年版。
《遼詩話》,(清) 周春輯,《續修四庫全書》景印清嘉慶刻本。
《天一閣書目》,(清) 阮元編,清嘉慶十三年刻本。

《舊唐書》,(後晋) 劉昫等撰,中華書局 1975 年版。
《新唐書》,(宋) 歐陽修等撰,中華書局 1975 年版。
《契丹國志》,(宋) 葉隆禮撰,賈敬顔、林榮貴點校,中華書局 2014 年版。
《遼史》,(元) 脱脱等撰,中華書局 2016 年版。
《金史》,(元) 脱脱等撰,中華書局 1975 年版。
《元史》,(明) 宋濂等撰,中華書局 1976 年版。
《明史》,(清) 張廷玉等撰,中華書局 1974 年版。

## 三、今人著述

《杜詩引得》,洪業等編,上海古籍出版社 1985 年版。
《歷代詩話續編》,丁福保輯,中華書局 2006 年版。
《明詩話全編》,吴文治主編,江蘇古籍出版社 1997 年版。
《金元明人論杜甫》,冀勤編著,商務印書館 2014 年版。
《全元詩》,楊鐮主編,中華書局 2013 年版。
《元好問論詩三十首小箋》,郭紹虞撰,人民文學出版社 1978 年版。
《元代詩法校考》,張健編著,北京大學出版社 2001 年版。
《珍本明詩話五種》,張健輯校,北京大學出版社 2008 年版。
《杜集書録》,周采泉撰,上海古籍出版社 1986 年版。
《杜集書目提要》,鄭慶篤、焦裕銀、張忠綱、馮建國編著,齊魯書社 1986 年版。
《杜甫大辭典》,張忠綱主編,山東教育出版社 2009 年版。
《中國文學批評》,方孝岳撰,生活・讀書・新知三聯書店 1986 年版。
《隋唐五代文學批評史》,王運熙、楊明撰,上海古籍出版社 1994 年版。
《宋金元文學批評史》,顧易生、蔣凡、劉明今撰,上海古籍出版社 1996 年版。
《明代文學批評史》,袁震宇、劉明今撰,上海古籍出版社 1991 年版。
《金代文學思想史》,詹杭倫撰,成都科技大學出版社 1990 年版。
《元代文學史》,鄧紹基主編,人民文學出版社 1991 年版。
《杜甫評傳》(上、中、下卷),陳貽焮撰,上海古籍出版社 1982、1988 年版。
《杜甫評傳》,莫礪鋒撰,南京大學出版社 1993 年版。
《杜詩學發微》,許總撰,南京出版社 1989 年版。

《遼金元杜詩學》,赫蘭國撰,河南人民出版社 2012 年版。
《明末清初杜詩學研究》,劉重喜撰,中華書局 2013 年版。
《詩聖杜甫研究》,張忠綱撰,上海古籍出版社 2015 年版。

《"詩聖"廢名論》,許總,《江漢論壇》1985 年第 9 期。
《黄文焕生卒小考》,个厂,《文學遺産》2009 年第 1 期。
《再論騎驢與騎牛——漢文化圈中文人觀念比較一例》,張伯偉,《清華大學學報》2007 年第 1 期。
《顔廷榘及其〈杜律意箋〉》,王燕飛,《杜甫研究學刊》2010 年第 2 期。
《攻杜: 杜甫及杜詩接受的另面向及其詩學意義》,王偉,《陝西理工學院學報》2011 年第 1 期。
《俞浙及其〈杜詩舉隅〉輯考研究》,王燕飛,《杜甫研究學刊》2015 年第 1 期。
《〈杜集叙録〉明代編作家傳記補正》,陳開林,《寧夏大學學報》2017 年第 1 期。
《明末著名學者黄文焕生平若干存疑問題考》,徐燕,《古籍整理研究學刊》2017 年第 6 期。
《邵傅〈杜律集解〉考論》,汪欣欣,《中國典籍與文化》2020 年第 4 期。
《元明清杜詩題材的戲曲重構》,杜桂萍,《社會科學輯刊》2020 年第 6 期。
《范梈批選李杜詩辨僞》,唐宸,《中國典籍與文化》2021 年第 3 期。
《明代杜詩全集注本研究》,杜偉强,西北師範大學 2011 年碩士學位論文。
《張綖〈杜工部詩通〉研究》,張月,西南大學 2015 年碩士學位論文。
《楊德周〈杜注水中鹽〉研究》,尤丹丹,山東大學 2016 年碩士學位論文。

《范濂〈杜律選注〉研究》,張其秀,山東大學 2019 年碩士學位論文。
《周甸〈杜釋會通〉研究》,張翼,山東大學 2022 年碩士學位論文。
《明末清初杜詩評點研究》,張學芬,山東大學 2022 年博士論文。

# 後　　記

這本書的寫作開始於二十多年前的博士論文，今天看真的已經很久了。所謂光陰似箭，但在主觀感受上，却並非是勻速的，逝去的似乎總是比眼前的更快，年紀越大越是會有這樣的感覺。

回想新世紀之初，讀博一年後的我在張忠綱師的安排與指導下，開始撰寫博士論文《金元明杜詩學研究》。山東大學是杜甫研究的重鎮，擁有國内最全的杜甫研究資料，其中最重要的部分就是各時期的杜集注本。這些資料是由蕭滌非先生主導的杜甫全集校注組的各位老師多方搜集而來，儘管許多只是複印件，但所得已頗爲不易。中間的艱辛與機緣，從我進入山大讀碩士起便常聽張老師津津樂道，逐漸在我心裏成爲一個個具有傳奇色彩的故事。爲盡快了解、把握這些注本，張老師囑我參考校注組老師們編寫的《杜集書目提要》（齊魯書社，1986 年），以及周采泉先生的《杜集書録》（上海古籍出版社，1986 年）。我遵照二書所示，逐一翻閱金、元、明三朝所能看到的杜詩文獻，並以新的框架給予各注本更爲深入的介紹。同時將這一時期有代表性的詩論家及其觀點，或進行個案研究，或整合總體評述。最後完成的博士論文基本由這兩部分構成，雖篇幅不長，論述尚淺，但初步勾勒出了金元明杜詩學的概貌。

博士畢業後，我留校工作，在學術上繼續跟隨張忠綱師。張老師工作起來向來是孜孜不倦，對杜甫研究更是滿腔熱忱。我作爲第一個從碩士直接讀博，又接着留校的張門研究生，所受耳提面命之教誨自是最多。同時也有幸參與了張老師主持的多部著作的編寫,其中與杜甫相關的有:《山東杜詩學文獻研究》(齊魯書社,2004 年)、《杜集敘録》(齊魯書社,2008 年)、《杜甫大辭典》(山東教育出版社,2009 年)、《新譯杜甫詩選》(臺北三民書局,2009 年)、《杜甫全集校注》(人民文學出版社,2014 年),以及這部即將出版的《杜詩學通史》。回首寫作的過程,瑣碎、勞累是常態,但其間亦有許多無可比擬的由衷歡喜。

我畢業後先是在山大圖書館古籍部工作,其時正在撰寫《山東杜詩學文獻研究》,涉及元代的一個重要注本——董養性《杜工部詩選注》。關於此書的作者,周采泉《杜集書録》289 頁"杜詩選七卷"條沿襲《四庫全書總目》的著録,謂:"養性,字邁公,樂陵人,(樂陵應爲山東,而董氏自稱臨川,應以其自稱籍里爲准,則四庫誤也。)昭化令。元亡,入明不仕。著有《高閑雲集》《周易存疑》等。"此條"編者按"云:"董氏有《周易存疑》等著作,四庫存目,惜未及此。"查《四庫全書總目·易類存目》,並無《周易存疑》,而有《周易訂疑》,所録作者生平與周著同,則其書名誤記。董氏的杜詩注本,國内早已不見原本,但山大杜甫組有一份日本藏本的複印件,爲曾師從蕭滌非先生的耶魯大學博士車淑珊女士在日本訪學時複製。此本卷前有董氏自序,末署"臨川之高閑雲叟董益養性叙"。周書324 頁又有"杜詩選注七卷"一條,謂作者爲明董益,"益,臨川人。同治《臨川縣志》無傳。仕履不詳,僅知爲成化間人"。從董氏之自稱來看,其當是名益,字養性,則周著又將一人誤爲二人,一書誤作兩書。困惑於前人記載的諸多齟齬,我便捧着董養性杜詩注本的複印件向四庫專家杜澤遜老師請教。杜老師是《四庫全書存目叢書》的主要編纂者、版本文獻研究的大家。他一看董書版式,便初步判定其爲元明之際的刊本,和清刻本《周易訂疑》有明顯的差別,那麼兩書的作者也不可能是同一人。隨即介紹我看他發表於《山東大學學報》1998 年第 3 期的《跋清正誼堂刻本〈周易訂疑〉》一文。原來杜老師在將此書編入《四庫全書存目叢書》時,已從《(乾隆)樂陵縣志》中找到了作者董養性的諸多資料,有墓志銘,有傳記,且墓志銘還是施閏章這樣的名家所撰。而臨川的董養性却正如周采泉先生所言,《臨川縣志》無傳。我清楚地記得那是一個陽光燦爛的上午,當我坐在山大圖書館古籍部寬大的閲覽桌旁,細細翻完幾部所能看到的《臨川縣志》,再次印證了周先生所言,爲未能發現一點資料而一籌莫展地望向窗外時,那燦爛的陽光忽然讓我靈光一閃:去看看府志吧,或許範圍擴大一下會有綫索。臨川屬撫州,而在《撫州府志》中竟然一下就查到了董養性!其爲樂安縣流坑村人,再查《樂安縣志》,果然記載更爲詳細。那一刻,心裏洋溢着"踏破鐵鞋無覓處,得來全不費工夫"的欣喜,一如窗外陽光般燦爛的心情,二十年後仍記憶猶新。

此後我安心循着已知的綫索,將元明注杜諸家的生平資料輯出。注杜者大多聲名不顯,許多只在方志中有所記載。那些文人小傳雖未必詳細,但却刻畫生動,讀來興味盎然。一經翻檢這些原始資料,我發現前人記載錯謬頗多,從而深刻認識到張忠綱師反復强調的必須核查原出處的重要性。其更正則都收入《杜集叙録》和《杜甫大辭典》二書中。《新譯杜甫詩選》出版方要求有注有譯,對寫作者來説正是一個最深入的讀杜詩的機會。當時我正處高齡孕期中,雖然體力有所不濟,但因爲向來喜愛杜詩,沉浸其中的涵泳體味,反而給我以不可替代的精神愉悦。《杜甫全集校注》作爲一個里程碑式的大工程,具有完備的體例和嚴格的操作規範。編寫者要把每首詩的歷代注解、評點彙集起來,然後予以甄别取捨。多次翻閲數百年間的百餘種杜集注本,那種感覺如同跋涉於萬山叢中,既需經歷坎坷艱難,又可飽覽無限風光。這種縱向的對比無疑極大提高了我對各時期杜詩注解價值、地位等的感知和判斷,爲以後的相關研究工作奠定了堅實的基礎。

這本《杜詩學通史・遼金元明編》可以説是我一直以來所從事的杜甫研究工作的一個總結性成果,其大體框架雖源自我的博士論文,然補充、調整處實不勝枚舉。其中遼金元部分擴展尤多,明代部分則更多吸收了學界新的研究成果。種種積累,盡付其中,且傾力爲之,屢加完善。但限於學識才力,錯訛之處,自恐難免,祈請諸位方家不吝賜教!

在這個科技發展日新月異的時代,也許那些曾經付出的繁瑣勞動,人工智能已可輕易完成,但是基於熱愛的探究却永遠是充滿樂趣的。而杜甫偉大的人格、高超的詩藝,更是人類文明殿堂中熠熠生輝、永不失色的珍寶,親近者受益無窮。謹以此聊表内心不足萬一之崇敬!

綦　維

2023年6月9日

於濟南洪樓居所

# 已出書目

**第一輯**

目録版本校勘學論集
秦制研究
魏晉南北朝文體學
李燾學行詩文輯考
杜詩釋地
關中方言古詞論稿

**第二輯**

兩漢文獻與兩漢文學
秦漢人物散論
秦漢之際的政治思想與皇權主義
文心雕龍學分類索引
宋代文獻學研究
清代《儀禮》文獻研究

**第三輯**

四庫存目標注(全八册)

**第四輯**

山左戲曲集成(全三册)

**第五輯**

鄭氏詩譜訂考

文心雕龍校注通譯

唐詩與民俗關係研究

東夷文化通考

泰山香社研究

**第六輯**

日名制·昭穆制·姓氏制度研究

易經古歌考釋(修訂本)

儒學視野中的《文心雕龍》

唐代文學隅論

清代《文選》學研究

微湖山堂叢稿

經史避名彙考

**第七輯**

古書新辨

温柔敦厚與中國詩學

詩聖杜甫研究

宋遼夏金經濟史研究(增訂本)

探尋儒學與科學關係演變的歷史軌迹會通與嬗變

被結構的時間:農事節律與傳統中國鄉村

民衆年度時間生活

里仁居語言跬步集

**第八輯**

20 世紀 50 年代山東大學民間文學采風資料彙編

先秦人物與思想散論
《論語》辨疑研究
百年"龍學"探究
晚明士人與商業出版
衣食行:《醒世姻緣傳》中的明代物質生活
清代杜詩學文獻考(增訂本)
前主體性詮釋——生活儒學詮釋學

**第九輯**

杜詩學通史・唐五代編
杜詩學通史・宋代編
杜詩學通史・遼金元明編
杜詩學通史・清代編
杜詩學通史・現當代編
杜詩學通史・域外編